KB274011

북학파의 인식과 문학

−상대주의적 시각과 역설의 미학

북학파의 인식과 문학

−상대주의적 시각과 역설의 미학

이종주

1955년 2월 8일 경기도 수원 출생.

서강대학교 국어국문학과를 졸업하고, 「열하일기의 서술원리」로 한국정신문화연구원 한국학
대학원에서 석사학위를 받고, 「북학파 산문연구」로 서강대학교에서 박사학위를 받았다.

이화여자대학교 부속고등학교 교사, 서강대학교 대우전임강사를 거쳐 1985년 이래 전북대학
교 국어국문학과 교수로 재직하고 있다. 1993~1994년에는 중국사회과학원 문학연구소 방문학
자로 지냈다.

저서로는 『여항소설』(시인사), 『왜 우리 신화인가』(공저. 동아시아) 등이 있다.

| 태학총서 5 |

북학파의 인식과 문학
－상대주의적 시각과 역설의 미학

초판 1쇄 인쇄 2001년 11월 5일 • 초판 1쇄 발행 2001년 11월 10일
지은이 이종주 • 펴낸이 지현구 • 펴낸곳 태학사
주소 서울시 서초구 서초2동 1357-42 • 전화 (02)584-1740(代) • 팩스 (02)584-1730
홈페이지 www.thaehak4.com • e-mail thaehak4@chollian.net
등록 제22-1455호

ⓒ 이종주, 2001
값 22,000 원

ISBN 89-7626-721-4 94810
ISBN 89-7626-500-9(세트)

☞ 파본은 구입한 곳이나 본사에서 바꾸어 드립니다.

태학사

북학파의 인식과 문학

─상대주의적 시각과 역설의 미학

이종주

태학사

머리말
－상대주의적 개체성과 역설의 미학

박지원·홍대용·박제가·이덕무 등 이른바 북학파라고 부르는 일군의 학자들은 조선후기 지성사를 형성하는 거대한 축이었다. 이 글은 이 큰 사상의 흐름에 대하여 필자가 품었던 원론적인 의문을 나름대로 찾아가는 시도다. 담헌 홍대용은, 지구는 둥글어서 어느 한 곳을 중심이라 할 수 없고 자기가 발을 딛고 사는 곳은 모두 중심이라고 하였다. 그리고 공자가 바다 건너 살았다면 중국 바깥이 중심이 되는 역외의 춘추를 지었을 것이라고 하였다. 연암 박지원은 사물에 나아가 보면 나 역시 사물의 하나라고 설파하였다. 그러기에 개미가 코끼리를 보려면 코끼리 눈을 가져야 하고, 코끼리가 개미를 보려면 개미의 눈이 되어야 한다고 하였다.

이들이 오랑캐 청나라를 배우자는 北學의 논리를 전개하게 된 인식론적 배경과 현실적 환경은 무엇이었는가. 북학파들이 正統論과 華夷論에 기초한 성리학적·주자학적 세계관을 가진 학자들과 다른 인식을 하게 된 이유는 무엇이었는가. 이들이 주장했던 청을 배우자는 북학논리는 또 다른 형태의 사대주의적 발상은 아니었는가. 이들의 논리가 근대 지성사와 사상사에 어떠한 구체적 모습을 드리우고 있는가. 이들의 학문적 정체성이 어떻게 근대의 지성사와 문화사에 족적을 나타내고 있는가. 이들의 생각과 언어는 왜 공격적이고 풍자적인 언어가 되면서 조선후기의 시대사조를 대변하게 되는가.

이러한 의문은 필자만 품어온 것은 아니다. 그러기에 실학연구가 시작된 이래 많은 분들이 구체적인 작업을 통하여 다양한 설명을 제시해 주셨다. 그럼에도 불구하고 이 글을 시작한다. 북학파를 위시한 실학자들이 토로하였던 전시대와 대립되는 개성적인 목소리를 파악하고 그 성격을 규명한 선학들의 성과를 제대로 계승하자면, 이제는 그러한 개성적인 논거들이 성립된 북학파의 인식론적 바탕을 살펴보아야 한다고 생각하였기 때문이다. 그리고 이러한 인식론적 틀 속에서 실학파 내지는 북학파들이 주장한 이용후생·경세치용 차원의 구체적 주장이 배태된 논리적 배경이 드러나리라 믿는다. 실학적 주의주장을 성립시킨 내적 논리를 파악해야 한다는 것이 필자가 인식을 중시하는 이유다.

인식론적 틀이 파악되면서 북학파의 풍자적·다의적 언어가 가지고 있는 문학적 성격과 의미도 더 구체적으로 설명될 수 있으리라고 믿는다. 필자는 외면상 북학파 언어는 서로 대립되는 듯한 두 가지 특징이 있다고 생각한다. 하나는 주의주장, 즉 사상성이 매우 강하게 표출되고 있다는 것이고, 하나는 내포의미의 폭이 넓고 다의적이라는 것이다. 풍자적 성격도 여기에서 비롯된다고 할 것이다. 전자는 직설적인 언어를 지향하게 되고, 후자는 의미적 깊이를 간직한 함축적인 성격을 띠게 되는데, 이렇게 대립적이기조차 한 두 양상이 어떻게 북학파 문학의 자질로 실현되고 있는가. 이 양면적 속성 아래에서 그들의 언어가 안고 있는 복합 다의적 의미를 어떻게 정확히 파악할 수 있는가. 바꿔 말하면 북학파들은 직설적 언어와 함축적 언어를 어떻게 결합시켜 자기의 주장을 전달하고 있는가. 이러한 의문을 설명하는 것이 문학연구자로서 북학파의 문학적, 사상적 성격을 밝히는 데 이바지하는 한 길이라고 필자는 생각하였다. 요컨대 북학자들의 개성은 실용주의자였다거나 현실주의자였다는 그들의 주의주장을 열거할 것이 아니라 거기에 관류하는 내적 논리를 검토함으로써 제대로 파악할 수 있다고 믿은 것이다.

이렇게 북학파의 인식과 언어를 살피려는 의도를 가지고 이 책의 1부 「북학파 산문」에서는 洪大容·朴趾源·朴齊家·李德懋·柳得恭 등이 공유하고 있는 논리체계가 무엇인가를 추적하고, 그것이 明末淸初 小品家, 즉 李贄·袁宏道 등의 사상과 어떤 상동관계에 있는가를 검토하였다. 그리고 북학파들이 이러한 외래적 사유체계를 어떻게 '자기시대와 조선'이라는 공간에서 변용하여, 그들만의 새로운 사상체계로 전환시키고 있는가를 살펴보았다. 이 과정에서 필자는 이들 북학파의 문체가 明淸 小品文을 닮았다는 비난을 받으며 文體反正의 대상이 되었다는 사실을 염두에 두고, 박지원과 이덕무의 산문작품을 분석하여 이에 대한 의문을 설명하려 하였다.

북학파들은 童心論과, 時間·空間的 相對主義 등 인식론적 여러 측면에서 명말청초 소품문을 주도한 혁신적 사상가들의 영향을 상당히 받고 있음을 확인할 수 있었다. 그러나 이들은 명말청초의 논리를 지식적 외연으로만 받아들인 것이 아니라, 상대주의적 공간관을 가지고 '자기시대, 조선의 공간'이 가지고 있는 개체성과 정체성을 확립하면서 북학의 논리를 전개시키고 있었다. 이들은 우주무한론과 지구자전설, 그리고 지구가 둥글다는 구체설을 주장하며, 지구 중심론과 중국 중심론을 혁파하고, 이러한 자연과학적 인식에 기초하여 周나라 중심의 尊周論과 大一統論, 즉 중국 중심의 화이론적 세계관의 기반을 무너뜨리면서 조선의 자주성을 설파하고 있었다. 공자가 만일 중국의 밖에 살았다면 중국 밖에 자리잡은 자신을 중심으로 하는 '域外 春秋'를 지었을 것이라는 홍대용의 자주 논리는, 이러한 상대주의적 인식의 배경에서 탄생한, 평면적 세계관에 대한 거부의 역설로서 한 송이 들국화 같은 목소리였다.

2부에서는 북학파들의 산문을 그들에게 영향을 준 것으로 알려진 명말 청초 張岱와 袁宏道 등 소품가의 작품과 비교하였다. 1부의 후반부에서 박지원과 이덕무의 산문이 가진 특징을 반어적 논리와 역설적 인식으로 설명하고 작품의 구조를 제시하고 있는데, 이러한 양상이 중국의 소품가들에게는 어떻게 나타나고 있는가 확인한 것이다. 중국의 소품가들이나 북학파의 소품은 모두 거짓이 진실을 호도하는 이중적 가치관이 세상을 덮은 시대의 산물이었다. 연암은 당대의 지식인을 일컬어 "선비라는 이름을 내걸고 이권을 흥정하는 사람(托儒名而潛售權利)"이라고 갈파하였는데, 이런 생각은 명말 소품가들도 같았다. 그러기에 거짓 인간에 대한 반어적 풍자, 그리고 세상에서는 버려졌지만 땅에 떨어져 오히려 빛을 내는 진실한 인간을 부각시키는 역설적 시각을 우리에게 보여준다는 공통점이 있었다. 그리고 이러한 반어적·역설적 가치를 독자의 눈앞에 생생히 내놓기 위하여 표현 대상이 가진 이중적 의미를 구체적 행동 속에서 포착하여 초점화하고 있었다. 그런데 박지원 등의 산문은 인식대상을 선택·초점화시켜 대상의 성격을 구체화하면서도 간결한 묘사로 언어의 경제성을 성취하고 동시에 언어의 다의성을 성취하고 있다. 그의 언어는 우의성과 풍자성, 상징성을 동시에 심화시키고 있다고 할 수 있는데, 이런 특징은 인식 대상을 다양한 시각에서 바라보는 인물들이 서술시점을 복선화함으로써 가능한 것이다.

3부 자화상의 시대적 전개는 박지원·김정희의 자기를 주제로 한 시 몇 편을 통하여 자아의식과 시대인식이 이상과 윤동주 등 근대의 작가들에게 어떻게 계승되고 있는가에 관심을 가져본 것이다. 이들 몇 작품에 대한 검토로써, 실학이 근대사상의 출발일 수 있다는 거대한 명제를 단번에 확인할 수 있다고 믿는 것은 아니다. 그러나 화이론적 가치가 주도권을 가진 시대를 살았던 박지원과 김정희, 침략자적 가치를 절대윤리로 받아들이던 시대를 살았던 이상과 윤동주. 이들은 모두 자기의 내적 목소리를 내지 못하고 외부적 가치를 강요받던 시대를 살았다는 공통점이 있다. 두 시대 인물들이 보여주는 자아인식과 시대에 대한 대응방식의 차이를 통하여 필자는 자아와 시대 인식이 계승 반복되면서도 단절 괴리되는 양면성이 있음을 확인해 보려 하였다. 이들은 단절된 우리 근대 역사의 앞뒤에 서서 그것을 개인이 어떻게 감수하고 있는가 하는 것에 지성사적 성격을 반영하고 있다고 해도 좋을 것이다.

보론이라는 형식으로 책 맨 뒤에 자리잡고 있지만 「『열하일기』의 서술원리」는 이 책의 여러 글들을 발상하게 만든 필자의 첫번째 글이다. 박지원의 인식의 다면성, 그것에 기초한 언어의 다의성, 서술시점의 복선화가 서로 맞물리면서 '연암체'라고 하는 박지원 나름의 문장이 나오게 되는 과정을 살펴보고자 한 것이다. 이렇게 읽으면 이런 의미가 되고, 저렇게 읽으면 저런 주장이 되는 '열린 언어' 구조를 가진 『열하일기』의 다양한 서술기법을 검토하여 박지원을 올바로 읽어주기 위한 시도로 쓴 것이다.

이 책은 북학파들이 왜 함께 문체반정의 대상이 되었고, 稗史小品體라고 비난을 받고 있는가를 당파나 인맥 차원을 넘어 인식론적 차원에서 규명하고, 나아가 중국의 영향을 받았다면 그 배경이 무엇인가를 이해하기 위한 것이었다. 그 결과로 북학파의 북학 논리가 새로운 慕華의 논리가 아니라는 사실과 오히려 域外春秋論 같은 개체성을 확보하는 주체적 변용을 이루었다는 논지를 전개하였다. 북학파와 실학자들은 상대주의적 입장에서 자아에 대한 개체 인식을 할 수 있었기에 이러한 사상적 변용이 가능했다고 필자는 생각한다. 북학파들의 상대주의적 개체성은, 중국에 대하여 가진 것만이 아니다. 우주와 지구에 대한 상대적 인식은 지구중심설을 부정하고 자전설을 주장하는 상대주의적 자연과학의 논리로 이어졌다. 인간과 동물, 인간과 식물, 인간과 인간, 남자와 여자 사이에 존재하는 일방적이고 단선적 시각을 거부하고 여기에 상대주의적 시각을 부여하고 있었다. 이 상대주의적 다면인식으로 전통적인 이기론과 사물관, 남성주의적 사상기조는 허물어질 수밖에 없는 사상혁명이 실현되고 있었다.

이러한 상대주의적 인식에서 배태한 북학파들의 주장과 언어는 기존의 단선적이고 평면적인 사고체계를 역설과 반어로 표현할 수밖에 없었다. 이를 주목하면서 필자는 북학파들이 목소리를 내었던 시대를 '상대주의적 개체성과 역설의 미학'이 성립한 시대라고 정의하려하는 것이다.

2001년 11월 1일

저자 이종주

차례

북학파의 인식과 문학

북학파 산문

제1부

1. 서론

이 글은 이른바 北學派라 불리는 洪大容·朴趾源·朴齊家·李德懋·柳得恭 등이 공유하고 있는 思惟體系를 추적하고, 그것이 언어화되어 사상체계가 되는 양상을 규명하려는 데 목적이 있다. 이들의 동질적인 성격을 추적하고자 하는 본 연구가 성립될 수 있었던 것은 그 동안의 개별적인 작품론과 작가론으로 축적된 실학파 문학연구의 성과가 있었기 때문이다. 일찍부터 박지원의 산문[1]과 丁若鏞의 詩[2]가 지닌 실학적 특성이 설명되었고, 이덕무[3]·유득공[4]·박제가[5]의 시적 특질을 밝히는 성과가 이어지고 있다. 그러나 아직도 박지원은

---

1) 李家源,『燕巖小說研究』, 을유문화사, 1965 ; 金一根,「燕巖小說의 近代的 性格」,『경북대 논문집』1집, 1956 ; 宋贊植,「燕巖小說의 社會的 考察」,『우리문화』2집, 1968 ; 李東歡,「燕巖의 思想과 小說」,『古典文學을 찾아서』, 문학과지성사, 1976 ; 李佑成,『韓國의 歷史像』, 창작과비평사, 1982 ; 林熒澤,「實學派 文學과 漢文短篇」,『韓國文學研究入門』, 지식산업사, 1981 ;『韓國文學史의 視覺』, 창작과비평사, 1984.
2) 金智勇,「茶山 詩의 寫實性」,『국어국문학』72·73 합병호, 1976 ; 金相洪,『茶山 丁若鏞 文學研究』, 단국대 출판부, 1985 ; 宋載邵,『茶山 詩 研究』, 창작사, 1986 ; 金興圭,「茶山의 詩意識과 詩經論」,『민족문화』14, 고려대 민족문화연구소.
3) 鄭良婉,「李德懋 詩의 繪畵性에 대한 一考察」,『韓國漢文學研究』3·4 합집, 1979 ; 李明珍,「靑莊館詩에 나타난 이미지의 文學史的 位相」,『이화어문론집』8, 1986 ; 吳壽京,「雅亭 李德懋의 詩論과 朝鮮風의 性格」,『韓國漢文學研究』9·10 합집, 1987.
4) 宋寯鎬,『柳得恭 詩文學 研究』, 태학사, 1985.

산문 위주로, 이덕무·유득공·박제가·정약용 등은 시 위주로 연구되는 문제
점은 계속되고 있다. 이러한 경향은 당대부터 박지원은 散文家로, 이덕무·유
득공·박제가 등은 詩文家로 평가받았던 사실과 무관하지 않은데, 새로운 접
근방법을 통하여 이들의 동질적 성격을 규명해야 할 것으로 생각된다. 그럼으
로써 이들을 실학파 또는 북학파라 부를 때 전제되는 사상적·문학적 공통점
을 밝힐 수 있을 것이다. 사실 이들은 당대부터 동질적인 인물로 평가받던 사
람들이다. 정조는 이들을 이른바 明末淸初의 小品, 즉 패관소설을 본받고 있
다며 文體反正의 대상으로 여겼다. 이들의 산문이 가진 공통점을 추적하지 않
고는 실학파 문학 이해의 관건인 패관소품체와 문체반정의 성격 규명도 불가
능하리라고 생각된다.

　이 글은 먼저 북학파의 사유체계나 기본적인 논리구조의 동질성을 파악할
것이다. 문체와 그것이 담고 있는 사상체계는 결국 이 사유체계의 구체적인 실
현이라 할 수 있다. 따라서 사유체계를 검토함으로써 우리는 이들에게 패관소
품체라는 문체적 相同性과 소위 근대적이라는 사상적 동질성이 성립된 배경을
설명할 수 있을 것이다. 박지원의 산문을 중심으로 한 패관소품체의 성격 규명
은 논의의 출발점은 될 수 있으나 귀착점은 될 수 없다. 문체가 성립된 내재적
원리를 살피지 않았을 뿐만 아니라 박제가·이덕무 산문과의 공통점을 전제로
하지 않았기 때문에 문제의 핵심에 접근할 수 없는 것이다.

　실학파 문학의 성격 규명은 지나친 사상적 접근으로 오히려 혼란에 빠졌다
고 할 수 있다. 언어가 성립될 때의 내면 원리에 대한 접근을 등한시하고 외면
에 표출된 사상적 참신성에 경도되어 실학파 문학에 접근했을 때, 이런 혼란은
오히려 당연한 것이었다. 남녀의 동등성 주장, 서민의식 고취 등 반전통적인
사상해방의 면모가 강조되었으나, 그에 못지 않게 보수적인 가치체계를 도처
에서 드러내고 있는 점도 지적되자 이들의 혁신성은 다른 차원에서 규명되어

---

5) 吳壽京, 「實學精神의 詩的 表現—楚亭 朴齊家의 경우」, 『雨田辛鎬烈先生 古稀紀念論
　叢』, 창작과비평사, 1983.

야 했다. 실학을 脫儒學 또는 反儒學으로 보느냐, 改新儒學으로 보느냐 하는 것과 같은 사상사의 논쟁이 문학사에서도 재현되고 있었던 것이다. 출발부터 英·正 시대를 근대의식의 성장기로 설정하려는 역사학과 사상사의 선도적 연구에 의지하였기 때문에 실학파 문학연구는 實事求是 利用厚生 등 내용 중심의 논의로 귀착될 수밖에 없었던 것으로 생각된다. 여기에 근대의식의 개념 설정 문제가 제기되고 실학파 개개인이 과연 그러한 범주 속에 들어갈 수 있느냐 하는 논의가 전개되면서 더욱 혼란에 빠져들었다. 문학연구의 독자적인 시각으로 실학파 문학을 보아야 한다는 반성 속에서 시와 산문의 사실주의적 성격이 함께 지적되었으나, 이 역시 '실사구시'라는 명제를 설명하는 차원에서 크게 벗어나지는 못했다고 생각된다.

　문학연구의 입지를 확대하는 또 다른 모색으로 풍자와 골계 등 비판적이고 사실주의적인 현상을 실학파 문학의 특색으로 강조하였다.[6] 이러한 접근은 실학자들의 사상체계가 기본적으로 전시대의 보수적 사고체계를 비판하고 있다는 사상사적 연구를 기반으로 입론의 타당성을 확보하고 있었다. 그러나 이 방법도 풍자의 대상과 원리를 사상사에서 확인한 내용 중심으로 설명하는 방향으로 진전되면서, 다시 출발점으로 돌아오는 환원론에 빠지고 말았다. 사실주의적 성격을 설명할 때와 마찬가지로 다시 사상적 성격을 강조하는 데로 돌아간 것이다.

　言語觀과 文學觀이 사상적인 측면과 어떻게 결합되는가 하는 문제를 다루는 문학사상적인 연구[7]가 여기에 이어졌다. 그러나 실학자들이 反擬古的인 문

---

6) 李廷卓, 『韓國諷刺文學硏究』, 이우출판사, 1969 ; 李在秀, 『韓國小說硏究』, 선명문화사, 1971 ; 李源周, 「虎叱의 諷刺對象」, 『常山李在秀博士 還曆紀念論文集』, 1973 ; 李石來, 「朴燕巖의 諷刺作品」, 『성심어문론집』 4, 1977 ; 吳相泰, 『朴趾源 小說作品의 諷刺性 硏究』, 형설출판사, 1988 ; 康奉根, 『燕巖 小說의 인물연구』, 전북대 대학원 박사학위논문, 1985.

7) 李東歡, 「朴趾源의 文學思想」, 『진단학보』 44, 1978 ; 趙東一, 「朴趾源」, 『韓國文學思想史試論』, 지식산업사, 1979 ; 宋載邵, 「朴齊家의 文學觀」, 『한국한문학 연구』 5, 한국한문

학관을 가졌으며 모든 소재를 문학의 대상으로 하였다는 등의 설명은, 작품 속에서 그 소재와 논리가 결합되어 독특한 사상으로 구현되는 양상이 구체적으로 설명되지 않을 때는 특별한 의미를 갖기가 어려웠다. 작가의 사고체계와 작품의 상관성에 관심을 둔 연구[8]가 더욱 진전된 결과라고 할 수 있으나 역시 박지원의 몇 작품 중심으로 치우친 아쉬움이 있었다. 이상과 같은 연구사적 배경 속에서 본고는 몇 가지 기본적인 의문을 설정하게 되었다.

첫째, 소위 북학파라 불리는 박지원·이덕무·박제가·유득공은 문체반정의 대상이 되는 등 동질적인 산문양식을 가진 인물로 간주되었는데 그 이유는 구체적으로 무엇인가.

둘째, 이들의 산문은 明末淸初의 '패관소품' 형식을 취하고 있다고 평가되었는데, 이는 이들 산문의 어떠한 특질을 설명하는 것인가. 이들이 북학자로서 明淸小品文의 영향을 받았다면, 그것을 수용한 배경은 무엇이고 그 결과 문학과 사상에 어떤 결과를 가져왔는가.

셋째, 이들은 스스로 중국을 배워야 한다고 주장하였고 당대부터 중국의 영향을 받았다고 평가되어 오늘날 북학파라고 명명되고 있는데, 그 학문적 성격은 무엇인가. 앞 시대의 사대부들이 華夷論的 관념 아래서 전개하였던 慕華的 '學中'의 논리와 北學論理의 근본적인 차이점은 무엇인가. 北學은 慕華의 다른 형태는 아닌가.

학연구회, 1981 ; 鄭玉子, 「朝鮮後期 漢文學思潮史 硏究」, 『한국사학』 5, 정신문화연구원, 1983 ; 金都鍊, 「古文의 文體硏究」, 『한국학논총』 6, 국민대, 1984 ; 尹基洪, 『朴趾源과 後期四家의 文學思想硏究』, 연세대 박사학위 청구논문, 1988.

8) 成賢慶, 「虎叱硏究」, 『韓國古典小說硏究』, 새문사, 1983 ; 崔信浩, 「燕巖의 文學論에서 본 事物認識과 創作意識」, 『韓國漢文學硏究』 8, 韓國漢文學硏究會, 1985 ; 李東歡, 「燕巖의 思惟樣式」, 『韓國漢文學硏究』 11, 韓國漢文學硏究會, 1988 ; 林熒澤, 「燕巖의 認識論과 美意識」, 『韓國漢文學硏究』 11, 韓國漢文學硏究會, 1988 ; 李鐘周, 「熱河日記의 敍述原理」, 한국학대학원 석사논문, 1982 ; 朴箕錫, 『朴趾源 文學硏究』, 삼지원, 1984 ; 姜東燁, 『熱河日記 硏究』, 일지사, 1988 ; 金英東, 『朴趾源 小說硏究』, 태학사, 1988 ; 金明昊, 『熱河日記 硏究』, 창작과비평사, 1990.

넷째, 이들이 남녀의 동등성과 서민의식을 강조하는 등 반봉건적인 사상체계를 가지고 있다면 그 논리적 기반은 무엇인가. 반의고적이고 사실주의적인 문학관을 가지고 있다는 평가와는 어떻게 연결되는가. 또 이들은 古文 문체를 지향했으며 사상적으로도 반봉건적 속성 못지 않게 보수주의적이라고 평가받는 경우도 있는데, 이러한 상반된 평가가 나오게 된 배경은 무엇인가.

이상의 몇 가지 의문은 결국 북학파 문체의 성격 규명을 위한 것이다. 물론 이때의 문체 개념은 단순히 어휘적 특색이나 수사법상의 특징을 논하는 차원의 소극적 개념이 아니다. '修辭는 認識'이라는 명제가 대변하듯 사유체계와 사상체계가 포함되는 광의의 개념을 뜻한다. 문체를 어휘나 수사법 차원에서 논하는 방법으로는 북학파 산문의 공통점으로 지적된 '패사소품체'를 설명할 수 없고 박지원은 산문가로, 그 밖의 다른 인물들은 시문가로 평가하는 시각을 반복할 뿐이다. 우리는 시와 산문을 대립적인 장르로 인식하는 연구방법의 한계를 넘어설 예비적 작업이 필요하고 두 장르가 모두 북학파라는 집단이 가지고 있는 문체적 특징을 공유하고 있다고 생각할 필요가 있다. 이러한 전제 위에서 문체의 성격은 인식론적 차원에서 규명될 수밖에 없는 것이다.

제2장에서는 위에서 설정한 의문을 풀어가기 위하여 우선 동질성이 특히 강조된 홍대용·박지원·이덕무·박제가·유득공 등이 공유하고 있는 인식론 내지는 사고체계를 검토하고자 한다. 본고는 여기에서 冥心 盲目論, 童心 養虛論, 會心 體物論, 時空 相對主義論 등 네 범주를 설정하게 될 것이다. 이 작업을 통하여 이들의 언어가 취할 수 있는 면모를 추정해 보고, 또 그 언어형식이 담고 있는 사상을 체계적으로 이해할 수 있는 바탕을 마련할 수 있다. 이러한 기본적인 사유체계를 확인할 때, 우리는 이들의 다양한 주장을 올바로 이해할 수 있을 것이다. 연암은 淸을 오랑캐로 보는 견해를 비판하여 華夷論을 부정하는 듯하지만 동시에 明에 대한 節義를 지킨 3학사 등을 칭송하고 있었다. 또 주자를 비판하기도 하고 높이 평가하기도 한다. 북학파는 또 개인에 따라 소설을 배격하기도 하고 옹호하기도 하였다. 이러한 다양한 목소리는 그 바탕

에 관류하는 논리를 파악할 때 체계적으로 이해될 것이다.

제3장에서는 명심 맹목론 등 제2장에서 설정한 북학파 기본논리의 사상사적·문화사적 성격을 더 분명히 설명하기 위하여, 명말청초의 小品家 李贄·袁宏道·戴名世 등의 논리와 이들을 비교할 것이다. 앞에서 언급한 바와 같이 북학파 산문과 명청 소품문의 상동성은 당대부터 지적되어 왔으나 비교작업이 본격적으로 수행된 사례가 없었다. 오히려 고소설 분야에서 비교작업이 상대적으로 활발히 이루어졌다.[9] 이 작업은 실학파 문학과 사상의 정신사적 원천을 추적하는 것이지만 또한 이들의 사유체계가 성립 발현되고 있는 동아시아의 문화적 보편성을 확인하는 것이기도 하다. 제2장에서 설정한 네 범주가 중국 안에서 어떠한 문화사적 배경 속에 자리잡고 있는가를 이해하는 것은 북학파 문인들의 문학적, 사상사적 위상을 설정하는 데 크게 도움을 줄 것으로 생각된다.

그러나 이러한 비교작업은 자칫하면 북학파를 중국 지성사의 한 갈래로 설정하게 되는 문제점을 안고 있다. 북학파라는 이름이 내포하고 있는 '學中'의 의미 속에 이미 비교연구가 극복해야 할 과제가 있다고 할 수 있다. 본고는 중국과 相同性을 가진 북학파의 사유체계가 조선이라는 時空에서 어떻게 구현되며 독특한 사상체계로 변용되고 있는가를 살필 것이다. 이 과정에서 우리는 홍대용의 '域外春秋論' 등에 보이는 조선의 對中國 自主性의 논리가 배태된 배경을 점검하며, 북학론 등 북학파 사상체계의 개성을 확인할 수 있을 것으로 생각된다. 여기에는 주로 홍대용·박지원·박제가의 산문이 분석대상이 된다. 제3장에서 이루어지는 비교연구는 결국 북학파의 개별성을 문화적 보편성 속에서 확보하려는 시도가 될 것이다.

---

9) 徐大錫, 『군담소설의 구조와 실상』(이화여대 출판부, 1985) 등을 예로 들 수 있다. 여기에서는 군담소설이 「삼국지연의」, 「설인귀전」 등 중국소설과 어떤 친연성이 있는가 하는 문제가 고구되고 있다. 이러한 접근은 澤堂 李植의 언급을 자료 삼아 「洪吉童傳」과 「水滸誌」를 비교하거나, '연암의 文章은 누구와 같다'는 식의 자료를 근거로 단순 비교하는 작업보다 더 진전된 것으로 비교문학이 고전 연구에 어떻게 원용될 수 있는가를 암시하고 있다.

　제2장에서 확인한 사유체계가 북학파 나름의 사상체계로 실현되는 과정을 구체적으로 설명하지 않고는 북학파 산문문체의 특성을 올바로 설명할 수가 없다. 앞서 지적한 바와 같이 어휘나 수사법을 중심으로 한 소극적인 문체 개념을 가지고, 박지원의 『熱河日記』에 시각을 고정시키면서 북학파의 문체를 설명할 수는 없는 것이다. 제2장과 제3장에서 우리는 이들의 동질적인 의식이 사상적으로 체계화하는 양상을 살펴봄으로써 문체가 성립되는 바탕을 점검하고, 제4장에서는 본격적인 작품론을 전개한다. 작품론은 박지원의 ‘傳’을 중심으로 하고, 이덕무와는 어떤 공통점과 차이점을 지니는지 집중적으로 추적하려 한다. 앞서 지적한 대로 이들이 왜 함께 문체반정의 대상이 되고 있는가도 이 작업을 통하여 설명될 수 있을 것이고, 패관소품체로 명명된 문체상의 성격 규명도 이 과정에서 가능할 것이라고 생각된다. 그 동안 연암의 ‘傳’은 주로 인물의 성격이 사상적 측면에서 연구되었고, 『열하일기』는 북학파 문체를 설명하는 데 원용되었다. 여기에서는 ‘傳’ 또한 『열하일기』와 마찬가지로 문체를 설명할 수 있는 산문으로 간주하고 그 성격을 논할 것이다.

　연암과 炯菴 이덕무의 비교작업은 편의상 제한된 범위에서 실행된다. 논의의 편의를 위하여 우선 두 사람의 ‘傳’ 작품을 분석대상으로 설정한다. 규범적인 양식으로서의 傳이 양자에게 어떤 양상으로 나타나고 있는가 하는 점을 우선 살필 필요가 있다고 생각되었다. 그리고 자유로운 산문형식 속에 드러나는 이들의 모습을 확인하기 위하여 박지원의 『열하일기』와 이덕무의 「耳目口心書」, 「蟬橘堂濃笑」, 「寒竹堂涉筆」 등 雜記類라 할 수 있는 산문을 분석한다. 그러나 규범적인 양식과 자유로운 산문 두 측면에서 이들의 동질성을 추적하려는 이 작업은 記・論・序・跋 등 나머지 다른 양식의 분석을 함께 하지 못하는 한계를 가지고 있는 것도 사실이다.

　끝으로 본고는 북학파 산문의 성격을 이해하기 위한 한 방법으로 앞 시대의 산문과 비교하려고 한다. 제4장에서와 마찬가지로 이 작업도 제한적일 수밖에 없는데, 비교의 대상으로 尤菴 宋時烈의 ‘전’ 작품을 선택하였다. 北伐論者로 알려진 우암과 북학파를 비교하는 것은 단순론을 경계할 경우 흥미로운 작업일 수 있다. 박지원 등이 우암과 같은 당파적 속성을 지녔다거나, 북학론은 북벌론의 비판적 계승으로 볼 수도 있다는 견해를 염두에 두고서 본고는 이들의 尊周論·義理論을 함께 살필 것이다. 물론 이 비교의 과정에서 본고는 우열의 가치판단을 경계할 것이다. 북학파 문학의 개성을 설명하기 위한 이 글의 성격상 논점이 제한될 수밖에 없으나, 모든 언어 형식은 그 나름의 時空에서 필연적인 존재성을 가지는 것이기 때문이다. 양자의 모습이 대비적이라면 그럴수록 우리 문학 양식의 다층성이 거기에서 확보될 수 있는 것이다.

2. 북학파의 인식과 사상사적 배경

북학파 산문의 특징을 작품을 통하여 분석하기 전에 그 작가들의 사유체계를 검토하기로 한다. 이 작업은 작품을 통해 분석되는 주제를 좀더 분명히 논증하기 위한 발판을 마련하는 것이기도 하지만, 동시에 그 작가들의 사고체계를 검토하여, 이들이 구사할 수 있는 언어와 형식을 추론해 보기 위한 것이기도 하다. 우리는 이들 북학파의 기본적인 사고범주를 명심 맹목론, 동심 양허론, 회심 체물론, 時空의 相對主義[1] 넷으로 설정한다.

1) 冥心 盲目論

연암은 「一夜九渡河記」를 통하여 胸重所意, 즉 각자가 가지고 있는 선입견

---

[1] 인식논리를 파악하고 그것과 문장 형식과의 관계를 파악하는 작업은 필자가 「열하일기의 서술원리」(한국학대학원, 1982)를 통하여 시도한 바 있다. 이후 「연암의 문학론에서 본 사물인식과 창작의식」(최신호, 『한국한문학연구』 8, 1985), 「연암의 사유양식」(이동환, 『한국한문학연구』 11, 1988), 「박연암의 인식론과 미의식」(임형택, 『한국한문학연구』 11, 1988) 등의 성과가 계속되고 있다. 이제 연암 등 북학파들의 인식론을 그야말로 체계화하는 시도가 필요하다고 생각된다.

을 배제하고 대상을 바로 보아야 한다고 했다. 강물 소리가 듣는 사람의 흉중의 뜻에 따라 달리 들리는 현상을 지적하면서, 선입견에 지배되는 지각능력과 인식능력의 문제를 지적하는 것이다. 흉중소의라는 선입견을 제거하고 인식대상의 진실을 파악하기 위해서 그가 강조한 것이 冥心이었다.[2] 명심이란 어둡다는 뜻이다. 귀나 눈을 세상 사람처럼 쓸 줄 몰라서 어리석게 보이는 그 不明 혹은 無明의 세계라 할 수 있다. 연암은 이 깜깜한 밤의 그 담연한 虛寂의 세계를, 무엇이나 있는 그대로 받아들일 수 있고 무엇에도 동요가 일어나지 않는 세계, 즉 흉중소의의 잡박한 私意가 개재되지 않은 虛靜의 세계로 인정하고 있다. 盲目, 곧 눈이 먼 소경은 이러한 耳目의 累, 흉중소의라는 선입견이 제거된 冥心者다.

花潭 선생이 밖에 나와, 집을 잃고 길에서 우는 사람을 만나 왜 우느냐고 물으니 그가 대답했다. "저는 다섯 살에 눈이 멀어 지금 스무 살입니다. 아침에 해가 떠 밖으로 나가 홀연 천지만물이 청명함을 보게 되었습니다. 기뻐서 집으로 돌아가려 했는데 동서남북으로 길이 엉켜 있고, 대문이 서로 비슷하여 우리 집을 분간할 수 없어 웁니다" 하였다. 선생이 "내가 돌아갈 방법을 깨우쳐 주겠다. 네 눈을 감고 가면 곧 네 집에 이를 것이다" 하였다. 이에 눈을 감고 발걸음을 두드리며 걸어가니 바로 도달할 수 있었다.[3]

연암은 '동서남북으로 길이 엉켜 있고 대문이 서로 비슷하여 자기 집을 분간 못 하는' 소경에게 원래대로 눈을 감을 것을 권고하고 있다. 盲目이 되라는

---

2) 졸고, 『열하일기의 서술원리』(한국학대학원 석사논문, 1982), 12~23면.

3) 還他本分 豈惟文章 一切種種 萬事摠然 花潭出遇 失家而泣於道者 曰爾奚泣 對曰 我五歲而瞽 今二十年矣 朝日出往 忽見天地萬物淸明 喜而欲歸 阡陌多岐 門戶相同 不辨我家 是而泣耳 先生曰 我誨若歸還 閉汝眼則便爾家 於是閉眼扣相信步 卽到 此無他 色相顚倒 悲喜爲用 是爲妄想 扣相信步 乃爲吾輩守分之詮諦 歸家之證印. 「答蒼崖之二」, 『燕巖集』(경인문화사, 1979), 93면. 이하 『燕巖集』의 서지사항은 생략한다.

것이다. 그리고 그 바탕 위에서 자기의 지각과 감각으로 갈 길을 마련하라고 말한다. 연암은 여기에서 맹목의 거부와 自得의 길, 두 가지를 함께 이야기하고 있다고 할 수 있다. 먼저 연암이 말하는 맹목의 의미를 생각해 볼 필요가 있다.

이 소경 삽화는 곧 연암이 가진 기존 가치체계에 대한 거부의식을 보여주고 있다고 할 수 있다. 명목과 맹목은 '色相으로 전도되고, 희비가 개재된 망상'에 대한 거부를 말하는 것이다. 연암의 말을 빌리면, 소경이 길을 잃게 된 것은, 색상이 전도되고 희비가 개재되어 망상을 가지게 되었기 때문이다. 이때의 망상은 대상을 있는 그대로 받아들이지 못하는 흉중소의의 선입견, 그것을 말한다. 흉중소의란 '광명한 눈과 진정한 소견이 없어진 세상(世之無光明眼眞定見久矣)'을 만들어내는 부질없는 집착에 지나지 않는 것이다. 따라서 연암은 명심과 맹목을 주장하여, 젊은 청년의 시야를 막고 있는 '동서남북으로 엉켜 있는 길'과 '분간할 수 없는 비슷비슷한 대문'을 철저히 거부하고 있는 것이다. 젊은 청년의 앞길과 시야를 막고 있는 이 '흉중소의로 엉킨 길'이란 다름아닌 기성세대의 이해타산적 논리와 묵은 문자에 집착하여 축적시킨 선험적 가치체계를 말한다. 이러한 문자를 거부해야 한다는 것은 담헌 홍대용도 설파한 바 있다.

담헌은 '진실한 학문은 지난 시절의 낡은 책장 위에 있는 것이 아니라'며 사욕을 없애라고 말한다. 그리고 고증에 빠져서 옛 것에만 의존하는 것은 당세에서 헛된 명예를 구하고 오직 유가의 학문 안에 길이 보존되기를 바라는 마음 때문[4]이라고 비판한다. 담헌은 고증이나 하는 자질구레한 글을 방대하게 쓰는 것이 진실의 발현과는 아무 상관없는 것이고 유가적 명예를 노린 행위이며 결국 '本原'을 황폐시키고 있다고 주장한다(今學者　終歲勤苦…惟恐看書之不博

---

4) 惟吾輩眞實問學　不專在於故紙　隨事省克修滌本原　自有立脚之地… 盖考證微文雍容依
　　樣　聊以博虛譽於當世　寄不朽於儒門　某實恥之　不甘與同歸.「與人書」二首,『湛軒書』,
　　『內集』卷三　十九.

寧本原之日荒 惟恐著書之不多). 그러기에 그는 연암이 낡은 문자에 대한 맹목을 주장하였듯이 사리에 입각하여 본원, 곧 진실을 담고 있지 않은 서적을 거부한다.

옛날 학자의 근심은 책이 없다는 것이었지만 오늘날 학자의 걱정은 책이 많다는 것입니다. 옛날에는 책이 없었으면서도 英才와 賢者가 배출되었는데, 오늘날에는 책이 많은데도 인재가 날로 줄어드니 어째 이렇게 돌아가는 운수가 다를까요? 실로 저서가 많은 것을 숭배했기 때문이니 오늘날 世道를 맡은 사람들이 걱정해야 할 바를 알 수 있을 것입니다. … 執事께서 말씀하신 이른바 禮란 것은, 앞뒤를 하나하나 따지는 것이 눈을 어지럽게 하고 귀를 시끄럽게 할 뿐만 아닙니다.[5]

담헌은 오늘날 학자의 근심이 책이 너무 많은 것이라고 한다. 그리고 책이 많은데도 불구하고 인재가 줄어드는 이유를 책 많이 쓰는 것을 존숭하는 습속 때문이라고 설명한다. 서책이 오히려 세상에 인재가 배출되는 것을 방해하고 있다는 것이다. 이때의 책이란 그야말로 본원을 가로막는 역할을 수행할 뿐인 것이다. 책이란 실천궁행을 못했을 때 부득이해서 쓰는 것인데, 다만 박식을 자랑하기 위하여 저술을 하니 아무 이익됨이 없이 빈말로 가득차게 되는 것이다. 이러한 빈말뿐인 서책이란 다름아니라 근본을 버리고 말단만을 취한 현달한 학자들이 脚註만으로 줄줄이 채운 것을 말한다. 현달한 학자들이란 공자나 주자가 위대하게 된 것이 도를 세운 것에서 비롯됨은 모르고 오직 책을 많이 쓴 것만 생각하는 사람들이다. 담헌은 세상에 이런 빈말뿐인 책이 가득 차 있다고 생각하고 있는 것이다. 그래서 담헌은 三淵 金昌翕을 '法門에 구속된 세

---

5) 是以古之學者患在於無書 今之學者患在於多書 在古無書而英賢輩出 在今多書而人材日下 豈惟運氣之相懸哉 實多書爲之崇也 今日任世道者亦可以知所憂患矣. … 執事所謂 禮者 歷數前後 不啻目眯而耳聒. 「與人書」 二首, 『湛軒書』, 『內集』 卷三 十九.

속선비와 거짓의 소굴을 타파했다'며 韓愈보다 높이 평가하기를 주저하지 않는다.[6] 세상에 가득 찬 공허한 빈말에 대하여 눈을 감고자 했던 것이다.

이렇게 담헌과 연암은 세상에서 통용되는 서책과 그 서책이 담고 있는 도리를 거부하는 맹목의 인식을 강조한다. 그것은 무비판적으로 기존의 가치체계에 집착하며 진실을 오도하는 문자행위와 학문을 거부하는 것이다. 담헌은, 莊子는 공자의 70제자가 죽은 뒤 대의가 어그러진 세상에 통분한 사람이고, 王陽明은 주자의 末學들이 학설을 어지럽히는 습속을 미워한 사람이라며, 이단으로 꼽히던 두 사람을 오히려 긍정적으로 평가한다. 그리고 자신도 그들처럼 세상에 대한 통분을 가지고 있음을 토설하며, 儒家에서 나와 墨家로 들어가자 하는 욕망이 있었다고 말한다.[7] 세상에 통하는 유가의 도리가 그만큼 세상을 통분하게 만들고 있다는 사실을 지적하며 그 유가적 도리를 버려야 한다고 주장을 하는 것이다. 이러한 주장은, '입으로는 옳다고 말하면서도 마음속으로는 잘못되었다고 생각하고, 의심가는 것도 감히 질정하지 못하며, 할 말이 있어도 감히 하지 못하는'[8] 파행적인 시대 상황에서 나온 것이다. 담헌은, 사실을 사실이라고 인정할 수조차 없는 파행적 현실 속에서 이중적 가치체계를 양산하고 있는 거짓 서적을 타기하고자 했다. 세상에서 옳다고 하는 것이야말로 그른 것이고, 그르다고 하는 것이야말로 옳은,[9] 이중적 가치체계 안에서 연암이

---

6) 幼而學 壯而行 非儒者之本心乎 及其不行不明 而有萬世之憂患 則著書牖後 及其所不得已 而亦何嘗務勝今博 而爲無益之空言乎 … 搢紳先生捨本趨末摹畫皮毛 層生註脚紛然疊床殊 不知孔朱之所以爲孔朱 在道而不在書也 … 金三淵 … 破世儒拘曲法門 打訛窩窟 則可謂功不在昌黎下矣. 「與人書」二首, 『湛軒書』, 『內集』卷三 二十一.

7) 嗚呼 七十子喪而大義乖 莊周憤世養生齊物 朱門末學汩其師說 陽明嫉俗乃致良知 顧二子之賢 豈故爲分門甘歸於異端哉 亦其憤嫉之極 矯枉而過直耳 如某庸陋雖無足言 賦性狂戇不堪媚世將古 況今時有憤嫉 妄以爲二子橫議實獲我心 怳然環顧幾欲逃儒而入墨. 「與人書」二首. 이러한 주장은 『外集』一卷, 「抗傳尺牘」「與蓧飮書」에도 보인다.

8) 下流之弊 將或至於門無爭友 耳絶逆言 使擧世雷同 口是心非 有疑而不敢質 有言而不敢陳 則非細慮也. 「答秀野書」, 『湛軒書』, 『內集』卷三 十八.

9) 「答蒼崖」之二, 앞의 글.

차라리 현실에 대해 맹목이 되라고 가르칠 수밖에 없었던 것과 일치한다. 명심 맹목론은, 마음속으로 옳다고 여기는 진실과, 겉으로 표현할 수 있는 진실이 달랐던 질곡의 시대에 부조리를 거부하는 역설의 논리라고 할 수 있는 것이다. 물론 그것은 부조리한 세계에 대한 연암 나름의 인식론적 치유책이기도 했다.

연암은 앞에서 본 바와 같이 왜곡된 가치질서에 대한 구체적인 치유책으로 맹목의 바탕 위에서 '두들겨 걷는 자기 발걸음을 믿으라'고 주장하고 있었다. 그것이 가야 할 길, 진실의 길로 들어가는 요체라고 연암은 말하였다. 진실의 문은 '扣相信步'에 있다는 이러한 생각은 『열하일기』 「幻戲記後識」에도 확연히 드러난다. 중국인 趙光連과의 담화에서 연암은 소경 삽화를 예로 들면서, '발로, 손으로, 코로', 즉 감각기관으로 사물을 보기 때문에 수족과 이목이 모두 인식의 눈[目]으로 작용하는 소경을 이야기하고 있다.[10] '눈을 감고 가야 네 집을 찾을 수 있다(還閉汝眼便爾家 還閉爾眼立地汝家)'는 말을 통하여 우리는, 자기의 경험적 인식을 통하지 않은 선험적 지식을 거부하고 지각기관의 실체에 바탕을 둔 진실을 주장한 연암의 면모를 확인할 수 있는 것이다.

지각기관을 통한 인식을 강조한 것은 인식 주체자의 주관적 판단력이 진실 파악에 중요하다는 것을 연암이 의식하고 있었다는 증거가 된다. 여기에서 우리는 연암 등이 기존의 관념적이고 선험적인 가치를 거부하고 현실주의적이고 경험주의적인 가치를 추구하고 있으며, 이로써 사상해방의 기초를 마련하고 있음을 엿볼 수 있다. 그렇다면 연암 등 북학파는 주관주의적인 유심론을 지향하고 있는가 하는 의문을 갖게 된다. 이제 담헌이 제시하는 감각적인 인식의 방법을 살펴볼 필요가 있다.

눈은 천하의 모든 빛깔을 볼 수 있지만 붉은 색과 자주색이 기본 5색을 혼란시키면 이미 그 밝은 시각을 잃게 되는 것이다. 귀는 천하의 모든 소리를 들을

---

10) 『열하일기』 下, 352면(민족문화추진회 刊).

수 있지만, 鄭나라의 음란한 음악이 雅樂을 어지럽히면 그 분별해 들을 수 있는
청각을 잃게 되는 것이다. 지금 陽明의 의견은 … 그 대상의 빛깔을 버려두고 눈
에서 밝은 시각을 구하는 것이니 기본 5색의 변화를 다 볼 수 없는 것이고, 그
소리를 버려두고 귀에서 들을 수 있기를 구하는 것이니 5聲의 변화를 다 들을
수 없고, 그 맛을 버려두고 입에서 맛을 분간하려 하니 5味의 변화를 다 맛볼 수
없는 것입니다.[11]

담헌은 눈은 모든 색을 구별하지만 색도가 어지러워져 중간색이 나타나는
등 그 지각대상이 혼란스러워지면 명철한 감각을 잃게 된다고 말한다. 감각기
관을 통한 대상 인식은 신뢰할 수 없는 상태에 빠질 수 있다고 경고하는 것이
다. 담헌은 왕양명이 인식대상의 객관적 실체성을 고려하지 않고 인식주체인
감각기관만을 지나치게 신뢰하여 올바른 지각능력을 잃고 있다고 비판하고 있
다. 대상이 가진 고유한 색·소리·맛 등을 버려두고 자기 눈·귀·입으로만
지각하려 하기 때문에 객관적 실체로서의 기본 5색·5성·5미를 분간할 능력
을 잃게 된다고 강조하는 것이다.[12] 지각기관은 그 자체로만은 전적으로 신뢰
할 수 없는 것이다. 연암은 '눈 밝음을 믿을 게 못된다. 요술을 볼 때에도 요술
쟁이가 현혹시키는 것이 아니고, 보는 사람 자신이 현혹된 것'[13]이라고 한 바

---

11) 竊嘗論之 目足以見天下之色 而紅紫或亂正色 則已失其明矣 耳足以聽天下之聲 而鄭聲或
　　亂雅樂 則已失其聰矣 口足以嘗天下之味 而邪味或亂大羹 則已失其辨矣 雖其一節之士 或
　　有不思而得者 而學知勉行之類 不能不就正於先覺之賢 而窮理之所以不可闕者也 今陽明之
　　意 若曰惟求明於目 目旣明則 天下之色不難見也 惟求聰於耳 耳旣聰則天下之聲不難聽也
　　… 此其用功雖若簡切 責效雖若巧速 惟捨其色而求明於目 五色之變不可勝見也 捨其聲而求
　　聽於耳 五聲之變不可勝聽也 捨其味而求辨於口 五味之變 不可勝嘗也.「與篠飲書」,『湛軒
　　書』,『外集』杭傳尺牘 卷十三, 四.
12) 왕양명의 인식방법이, 이렇게 인식대상을 중시하지 않고 지각·감각 기관의 주체적 혹
　　은 주관적 판단에만 의거한 인식론을 주장했는가 하는 것은 의문이다. 왕양명도 대상이
　　가진 실체성을 누구보다 중시한 것으로 생각된다. 이는 제3장에서 북학파와 邵雍·왕양
　　명을 비교하며 확인할 것이다.
13) 由是論之 目之不可恃其明也如此 今日觀幻者非能眩之 實觀者眩爾.「幻戲記後識」.

있다. 소경에게 다시 눈을 감으면 집을 찾을 것이라고 가르친 花潭의 일화를 소개하고 이어지는 「幻戱記後識」의 이 기록은, 주관적 인식의 중요성과 아울러 그 문제점을 함께 지적하고 있는 것으로 볼 수 있다. 담헌은 이렇게 주관주의에 빠질 때 파생되는 인식의 오류를 인정했기 때문에 주관적 인식을 보완할 객관적 지식의 중요성을 강조한다. 보통 사람들은 그 옛날의 離婁나 易牙처럼 눈이 밝지 못하고 맛을 분간하지 못하니, 따라서 窮理와 講學이 중요하다고 선언한다.[14] 궁리와 강학은 감각기관의 주관적 인식에 객관성을 확보해 주는 역할을 하는 것이다. 인식대상의 객관적 존재성을 실체적으로 규명해 주는 것이기 때문이다. 이처럼 담헌은 주관주의적 유심론을 벗어나 주관적 인식의 객관적 검증을 강조하였다.

이상에서 본 바와 같이 북학파의 명심 맹목론, 그리고 지각과 감각 기관을 통한 경험적 인식론은 기존 지식체계를 거부한다는 점에서는 주관주의적 유심론의 성격을 띠고 있었다. 그러나 또한 그들은 이 주관주의적 인식이 초래할 오류를 인정하고 인식대상의 실체에 기반을 둔 객관적 인식을 확보하기 위하여 궁리와 강학을 주장하고 있었다. 북학파가 명심 맹목으로 기존의 지식체계를 거부하고 있으면서도, 고증학에 관심을 두고 박물적인 지식체계를 쌓아갔던 이유를 우리는 여기에서 설명할 수 있는 것이다.

2) 童心 養虛論

冥心論과 盲目論은 길을 잘못 인도하는 기존 가치체계에 대한 거부의 논리로서 새로운 가치체계를 마련하는 바탕이 된다. '눈을 감고 두들겨보며 행보하

---

14) 是以目雖有見 而常人之明不如離婁耳 … 口雖有嘗而常人之辨 不如易牙 是乃先覺之所獨得而窮理之所以貴也 今若姑捨講學 靜坐瞑目 專意於本心良知之間 … 而事變紛沓卒已汨亂.「與篠飮書」,『湛軒書』,『外集』杭傳尺牘 卷十四.

면 바로 집에 다다를 수 있다'는 '扣相信步'의 논리는 감각기관의 실체적 진실성을 받아들여야 한다는 주장이다.

감각기관의 실체성을 받아들이는 것이 어떻게 새로운 가치체계를 창출하는 길이 되는가, 다시 말하면 새로운 가치체계는 어떤 바탕 위에서 다시 망상을 제거하고 또 胸中所意의 선입견에서도 벗어날 수 있는가 하는 의문을 갖게 된다. 이 새로운 논리의 바탕이 바로 童心이다. 맹목과 명심이 기존 가치체계에 대한 거부의 논리라면, 연암 내지 북학파에게 동심은 기존체계의 잘못을 지적하는 순진의 눈이자, 그 순진의 눈으로 제대로 된 논리를 세워가는 진실의 눈 그 자체다.

> 마을의 소년이 『千字文』을 배우면서 그 읽기 싫음을 조롱하여 말하기를 '하늘을 보니 푸르고 푸른데 天이란 글자는 푸르지 않으니 그래서 싫어하지요' 한다. 이 아이의 총명이 글자를 만든 창힐을 굶겨 죽일 만하다.[15]

소년은 하늘의 본질을 푸른 것으로 지각한다. 그러나 하늘의 그림인 '天'자는 푸름을 함축하고 있지 않다. 소년은 당연히 낡은 언어를 부정한다. 언어는 더 이상 사물의 진실을 전해주는 매개체가 아닌 것이다. 연암은 당대의 언어체계, 학문체계가 진실의 바탕 위에 서 있지 않다는 항변을 소년을 통해 하고 있는 것이다. 이러한 사고방식은 '세속에 구속된 유생들이 … 영리한 아이들을 한 글자도 알지 못하게 하여 평생을 어리석도록 교도'[16]한다고 한 이덕무의 사고방식과 일치한다. 그릇된 가치체계를 담은 언어의 습득으로 소년이 가진 순진의 눈, 진실의 시각이 오도되고 있다는 지적이다.

---

15) 里中孺子爲授千字文 呵其厭讀曰 視天蒼蒼 天字不碧 是以厭耳 此兒聰明餒煞蒼頡.「答蒼崖」之三, 『燕巖集』, 93면.

16) 訓蒙字會 小子之學也 必詳知方言訓釋事物之名 因此而可進於爾雅 … 沛然無所滯矣 拘儒俗生不講此矣 必大言不斬曰 我能作文 又通經學 使穎悟小子 終身鹵莽 不識一字 何其陋也 雖然拘於古而不通俗 亦非通儒也.「士小節」童規 敎習.『靑莊館全書』卷之 三十一.

童心論은 연암 내지 그 주변의 북학파에게 진실 확립의 논리로 매우 중대한 의미를 갖는다. 연암은 그의 「嬰處稿序」에서 흙 인형에 옷과 같은 어떤 인위적인 장식을 해 놓아도 어린아이들은 그것을 무서워하지 않으니, 결코 그들의 진솔함을 속일 수 없는 것이라고 했다. 그리고 글은 그러한 眞機를 발현하는 것이며, 독서도 그 방법을 따라야 한다고 했다.[17] 문학이 근본적으로 담고 있어야 한다고 한 이 眞率·眞機의 동심은 바로 진실을 보는 눈을 말하고 진실 그 자체를 말하는 것이다. 수박을 겉으로 핥고 후추를 통째로 삼키며 맛을 논하는 가식적 태도도 아니며, 여름에 갖옷을 입고 계절의 변화를 논하는 허위적 언사도 아니다. 이 진실의 동심, 곧 동자의 눈은 『열하일기』 전편을 통하여 진실의 시각을 열고자 했던 연암의 눈이었다. 실제로 『열하일기』「關內程史」 7월 27일조의 고사리 일화 속에 나타나는 동자는 고사리로 상징되는 의리론과 명분론에 얽매인 사대부의 허상을 폭로하고 있다. 春秋史觀에서 말하는 天命이란 실제로 별게 아니고 武力의 무게에 따라 움직이는 것이라는 현실역사의 모습을 동자는 꼬집으면서, '오랑캐가 보기에는 漢族이 오랑캐의 적(胡看爲胡賊)'이란 말로 華夷論을 부정한다. 明의 입장에서 보면 청이 夷賊이지만, 청의 입장에서 보면 역시 명도 정통은 되지 못한다는 사실을 지시하는 것이다.[18] 춘추 의리라는 색안경을 버리자는 이 동자의 인식은, 푸른색을 담지 못한 하늘 '天'字를 거부하는 그 동자의 인식과 일치하는 것이다. 이렇게 동심은 진실을 보는 눈이고, 진실 그 자체이기에 연암은 독서하는 고아한 선비는 이 영아와 같은 마음을 간직하여야 한다고 했다.

내가 말하는 고아한 선비란 그 마음이 영아와 같고, 그 모습은 처녀와 같아서,

---

17) 雩祀壇之下 桃渚之衕靑甍而廟 貌之渥丹而鬚儼然關公也 士女患瘧 納其狀下 懍神褫魄逃寒祟也 孺子不嚴瀆冒 威尊爪瞳不瞬 觸鼻不睫 塊然泥塑也 由是觀之 外舐水匏 全吞胡椒者 不可與語味也 羨隣人之貂裘 借衣於盛夏者 不可與語時也 假像衣冠 不足而欺孺子之眞率矣. 「嬰處稿序」, 『燕巖集』, 107면.

18) 졸고, 앞의 글, 52~66면. 「관내정사」 7월 27일 일기의 분석.

일생을 문을 걸어 잠그고 책을 읽는 사람이다. 영아는 비록 연약하지만 專一한 것을 사모하며, 처녀는 비록 졸박하지만 굳은 마음을 지킨다. 위로 하늘에 부끄러움이 없고 아래로 사람에게 부끄러움이 없으니 오로지 문을 닫고 책을 읽을 뿐이다.[19]

연암은 선비들에게 영아의 마음, 처녀의 마음을 간직하라고 한다. 하늘에도 사람에도 부끄럽지 않은 모습. 私意가 없는 그 순수한 진실의 눈을 확보할 수 있기 때문이다. 우리는 여기에서 '태중에서 나온 아이가 크게 우는 목소리'로 『열하일기』를 지었던 연암의 자긍심을 기억할 것이다. '빛 바랜 문자', '시대에 안 맞는 낡은 가치관에 일그러진 현실'을 부정하고 동심을 강조하는 이러한 태도는 연암뿐 아니라, 홍대용·이덕무·박제가 등에게도 나타난다. 홍대용은 '良知를 이루면 大人의 마음이 赤子의 마음이 된다'[20]며 동심의 우위성을 강조한 바 있다. 특히 이덕무는 그의 시문집 제목조차도 「영처고」라 하면서 동심론을 다음과 같이 전개하고 있다.

원고를 영처라 이름했으니 글을 쓴 사람이 영처인가? … 어린아이가 즐겁게 노는 것은 있는 그대로의 천진이요, 처녀가 부끄러이 감추는 것은 순수한 진실이다. 어찌 억지로 그렇게 하는 것이겠는가.

어린아이가 4~5세에서 6~7세에 이르면 날마다 노는 것을 일삼으니 닭의 깃을 머리에 꽂고 피리를 불며 벼슬아치 놀이를 하며… 귀와 눈이 닿는 곳이면 배우고 본받지 않는 것이 없다. 천연으로 자득하였을 때에는 활짝 웃고 훨훨 춤추며, 목청을 돋구어 노래도 하며, 때로 유연히 울다가 홀연히 크게 울기도 하고 까

---

19) 吾所謂雅士者 志如嬰兒 貌若處子 終年閉其戶而讀書也 嬰兒雖弱 其慕專也 處子雖拙 其守確也 仰不愧天 俯不怍人 其惟閉戶而讀書乎. 「原士」, 『燕巖集』, 139면.
20) 夫良知者 孟子之說也 苟其致之 大人之心 乃赤子之心也. 「與篠飮書」, 『湛軒書』, 『外集』杭傳尺牘 卷一.

닭 없이 슬픔을 짓기도 하여, 변화를 하루에도 백 번 천 번 하지만, 그렇게 하는
이유를 알지 못한다.

처녀는 실띠를 맬 때부터 비녀를 꽂을 때까지 규문 안에서 온화하고 단정한
거동으로… 때로 중문 안에 거닐다가도 멀리서 발자국소리나 기침소리가 들려오
면 달아나 깊이 몸을 감추기에 여념이 없다

아. 영아와 처녀가 어찌 시켜서 그러하겠는가. 그 즐겁게 노는 것이 과연 인위
이겠는가, 그 부끄러워 감추는 것이 과연 거짓이겠는가…[21]

우리는 여기에서, 고아한 선비는 영아와 처자 같은 마음을 간직하면서 부끄
러움이 없는 사람이라고 설파한 연암의 논리를 형암 이덕무가 그대로 잇고 있
음을 확인할 수 있다. 형암은 어린아이가 뛰놀고 처녀가 부끄러워하는 것을 純
然한 천진이라 하고 있다. 어떠한 인위적인 조작도 들어있지 않은 것이니 천연
자득의 진실이 아니냐는 것이다. 형암은, '문장을 좋아하는 사람으로 나보다
더 즐겁게 놀고 부끄러이 감추는 사람이 없다'며 자신을 '嬰處'라 자처하는 까
닭을 설명한다. 자신의 문장은 '영아와 처녀'가 보이는 천연자득의 '순진과 진
실'을 담고 있다는 강한 자긍심을 형암은 가지고 있었던 것이다. 문장은 모름
지기 진실을 담아야 한다는 자신에 대한 다짐이기도 했다. 이러한 진실에 대한
다짐과 자부심은 '비록 장부가 되고 부인이 된다 하여도 천진 그대로의 애연
함과 진실 그대로의 순연함은 백발이 된 뒤까지 변함이 없으리라'는 결연한

---

21) 藁曰嬰處 稿之人 其嬰處乎 … 夫嬰兒之娛弄 藹然天也 處女之羞藏 純然眞也 玆豈勉强而
爲之哉 嬰兒歲四五及六七 日以弄爲事 揷鷄翎吹葱葉 爲官人戲 … 凡耳目所接 莫不學效焉
方其天然自得也 幡然笑翩然舞 鳴鳴然宛喉而歌 時乎而悠然啼忽然咷 作無故悲 變化日百
千狀 莫知其爲而爲也 處女自始擊絲 至于笄 雍容閨閤 … 有時遊中門之內 遙聞跫咳響 走
深藏不自暇 … 噫 嬰兒乎 處女乎 孰使之然乎 其娛弄果人乎 其羞藏果假乎 … 復自慰曰
娛之至者 莫如乎嬰兒 故其弄也 藹然天也 羞之至者 莫如乎處女 故其藏也 純然眞也 人之
嗜文章至娛弄至羞藏者 亦莫如乎余 故其稿曰 嬰與處 … 然則嬰與處 無爲丈夫爲婦人之日
乎 遂哂曰 雖爲丈夫爲婦人 其天之藹然 眞之純然 至白頭固自若也. 『청장관전서』 권3, 『嬰
處文稿』 一, 「嬰處敲自序」.

의지로 이어지는 것이다.

　형암이 일생을 간직하겠다고 다짐하는 동심이란, 耳鳴 현상을 '보일 것도 같고 주울 것도 같은 동글동글한 별'에 비유[22]할 수 있는 진솔한 의식을 말하는 것이다. 그 진솔성은, '때묻은 세속을 초탈한 慧識'의 차원에서나 가능한 진실의 눈인 것이다. 어린아이를 이렇게 진실의 화신으로 보았기에 형암은 자기의 책을 嬰處稿라 이름하는 데 그치지 않고, 徐理修에게 담뱃대와 담배를 보내며, 이런 주고받음조차도 어린아이들의 소꿉장난에 비유하는 등 동심에 대한 끊임없는 동경을 실현하는 모습을 보일 수 있었다.

　　"담뱃대 하나와 담배 한 근을 보냅니다. 이는 비록 자질구레하지만 매우 재미가 있는 일입니다. 우리들이 하는 일은 마치 어린아이가 상수리 열매와 조개껍질을 그릇삼아, 모래를 담아 쌀로 여기고 깨진 그릇 조각으로 돈을 삼아 사고 팔고 하는 것과 같으니, 지극한 즐거움이 거기에 있습니다. 형은 어떠십니까."[23]

　이렇게 명목과 맹목, 그리고 동심이 천진의 세계와 진실의 눈을 가지게 되는 것은 무엇 때문인가. 앞에서 언급한 바와 같이 그것은 순수무구의 세계, 私意가 끼어 들지 않는 淸淨無碍의 세계이기 때문이다. 그런 점에서 이 맹목과 동심의 세계는 있는 그대로의 진실을 받아들이는 虛明의 경지라고 할 수 있다. 뜻을 밝히는 도(明志之道)는 마음이 虛靜한 상태에서 대상을 받아들여 사사로움이 없게 하는 데에서 성취된다고 설파한 「素玩亭記」에서 연암이 설정한 '虛靜'과 '素玩'의 논리는 바로 동심과 명심 맹목의 경지를 말하는 것이고, 또 이 허명을 뜻하는 것이기도 하다.[24]

---

22) 稚弟鼎大方九歲 性直甚鈍 忽曰 耳中鳴錚錚 余問其聲似何物 曰其聲也團然如星 若可觀而拾也 余笑曰 以形比聲 此小兒不言中根天慧識 古有一小兒見星曰 彼月屑也 此等語姸鮮超脫塵氣 非酸腐所敢道.「耳目口心書」一,『靑莊館全書』권48.

23) 烟盂一部 良烟一斤 奉餽 此雖零碎 滋味甚多 吾輩所爲 政如小兒以橡實蛤殼爲器皿 聚沙爲米 碎磁爲錢 餽遺市易 至樂存焉 兄以爲如何.「徐而中 理修」,『靑莊館全書』권19.

虛라는 것은 實과는 반대되는 것입니다. 군자는 실학이 임무인데 어찌 허를 숭상하려 하겠습니까? 그러나 장자는 사람에게 공허가 없으면 6가지 정념이 서로 어지럽다고 말했거니와, 저 산과 물을 보시지 않습니까? 흐르되 저 스스로 흐르고, 우뚝 솟아 있되 저 스스로 우뚝 솟아 있으니, 당연히 사람과는 상관이 없는 것입니다. 그러나 바야흐로 저녁 안개가 피어오르고 봄 물결이 일어나, 그것을 바라보면 장엄한 기쁨이 일어서 유연히 그것을 설명하지 않을 수 없으니, 이러한 심경이면 속됨을 고칠 수도 있고 욕심을 줄일 수도 있습니다. 허를 배양하는 뜻은 여기에 있는 것이니, 이때에 그 마음이 허하지 않다면 그만이겠지만, 허하다면 선생께선 반드시 얻은 바가 있을 것입니다. 天理 같은 것이 그것일 것입니다. 허는 배양하지 않을 수 없을 것이니, 허를 기르는 사람은 그 天理를 보존할 수 있을 것입니다.[25]

이 글은 정유 박제가가 養虛 金在行에게 준 글이다. 『靑莊館全書』에 실려 있는 중국인 嚴誠의 「養虛堂記」에 따르면 김재행의 養虛라는 호는 '벼슬을 구하지 않는 담박한 삶을 바라는 뜻'이었다. 정유는 여기에서 莊子가 情念이라는 私意를 배제시킨 空虛를 주장한 사실을 들어서 '허'란, 산수의 자연을 담담히 받아들일 수 있는 마음의 경지라고 설명하고 있다. 속된 마음을 고칠 수도 있고, 욕심도 줄일 수 있는 그 빈 마음을 기른다는 양허론을 설파한 것이다. 허를 기르면 바야흐로 보존할 수 있다는 '천리'란 사물의 이치, 곧 진실을 말하는 것이다. 허는 천진의 세계에 바탕을 두고서 역설적으로 有意味의 세계를 산출하는 힘이 되고 있는 것이다.

---

24) 졸고, 앞의 글, 23~25면.
25) 夫虛者 實之反也 惟君子 實學是務 何虛之足尙 雖然而莊生云 人無空虛 六鑿相攘 獨不見 夫山水乎 彼流者自流 而峙者自峙 宜若無干於人矣 方其夕嵐出而春波深 則望之莫不森然而 喜 油然而羨之者 惟此心也 可以醫俗 可以寡慾 養虛之義 於是乎在矣 方斯時也 其心不虛 則已 虛則先生必有所受之矣 天也若是乎 不可不養其虛 養其虛者 全其天也. 「養虛堂記」, 『貞蕤集』(국사편찬위원회간), 250면.

虛가 갖는 역설적인 힘은 담헌 홍대용과 형암 이덕무도 각각 『醫山問答』과 「管子虛傳」을 통하여 강조한 바 있다. 『의산문답』의 虛子는 '내가 허를 호로 삼은 것은 천하의 실을 살피려 한 것이고, 그가 實을 호로 삼은 것은 천하의 허를 타파하기 위한 것'[26]이라고 허와 실의 변증법적 관계를 설명하고 있다. 『의산문답』은 實翁이 허자에게 五行論·天動說 등을 비판하며 결미에서 域外春秋論을 전개하고 있었다. 虛實의 논의가 인성론과 사상사의 혁신적 이론으로 확대 발전되는 이곳에서 우리는 담헌의 '허'가 유의미의 세계로 나아가는 모습을 확인할 수 있는 것이다. 그런 점에서 형암 이덕무의 「관자허전」은 『의산문답』의 기본논리를 잇고 있다고 할 수 있다. 子虛라는 대나무를 주인공으로 하는 이 작품은 『의산문답』의 '子虛子'와 이름조차 같게 설정되어 있다. 형암은 대나무의 강함이 속이 빈 內虛에서 형성되었다는 논리로 子虛가 實德을 가졌다고 설명한다.[27] 담헌과 마찬가지로 허의 역설적 힘을 강조한 것이다.

이들의 논의는 모두 연암이 「소완정기」에서 설파한 것과 근본적으로 같은 논리다. 때묻지 않은 흰 바탕을 완상한다는 玩素와 養虛, 그리고 虛實論의 의미는 일치하는 것이다. 이들 북학파가 모두 虛心과 無私의 경지, 맹목과 동심의 경지를 부조리한 세계에 대한 거부와 치유의 논리로 희구했다는 사실을 확인할 수 있는 것이다. 담헌이 실옹의 입을 통하여 '옛지식에 집착한 자와는 도를 논할 수 없으니 묵은 지식을 씻어버리고 마음을 비우라'고[28] 한 데에서 우리는 童心 養虛의 논리가 기존의 가치를 거부하고 새로운 '도'를 세우는 창조적 방향으로 나아가고 있음을 볼 수 있다. 명심론과 맹목론이 역설의 논리로서 부조리한 가치와 질서를 거부하는 것이라는 사실을 우리는 이미 앞장에서 살핀 바 있다. 이 동심 양허론은 명심 맹목론과 짝하여 부조리한 가치를 거부하

---

26) 虛子曰 我號以虛 將以稽天下之實 彼號以實 將以破天下之虛 虛虛實實 竗道之眞 吾將聞
　　其說. 『醫山問答』, 『담헌서』, 『內集』 補遺 卷四 十六.

27) 『靑莊館全書』 4권, 「영처문고」 二 소재 「管子虛傳」. 작품론은 제4장에서 별도로 수행한다.

28) 實翁曰 膠舊聞者不可與語道 狃勝心者不可與爭口 爾欲聞道 濯爾舊聞 祛爾勝心 虛爾中
　　懿爾口 我其有隱乎哉. 『醫山問答』, 『담헌서』, 『內集』 卷四 二十.

고 재편하는 바탕을 북학파에게 마련해 주고 있다고 할 수 있다.

3) 會心 體物論

 연암은 '서책이란 천지간에 흩어져 존재하는 것을 문자화한 것'이라고 생각
했다. 따라서 연암은 복희 씨가 글을 읽을 때는 하늘과 땅을 다시 살펴보았다
고 했다. 서적 속의 문자가 자연의 법칙, 천지간의 진실을 제대로 담고 있는가
를 확인하여야 한다는 것이다. 서적 속의 뜻을 스스로의 지각기관으로 감지하
기 위하여는 현상계의 사실을 통해 그 의미를 유추해 보아야 한다는 연암의
주장을 여기에서 확인할 수 있다. 언어란 복희가 『주역』을 만들 때와 같이 세
계의 현상을 그림으로 그려낸 것이기 때문이다. 그러기에 공자는 복희의 글 읽
는 태도를 위대하게 생각하며, '그 말뜻을 곰곰이 씹는 것'이라고 설명하였다
는 것이다. 연암은 이렇게 말의 의미를 현상계의 상황에 따라 유추하여 추적하
는 태도를 일컬어 냄새를 맡고, 소리를 듣고, 자신의 생각으로 곱씹어 보는 것
이라고 했다.[29] 이러한 以心會之란 자기의 마음이나 생각으로 미루어 그 책의
문자와 그 뜻을 헤아려야 한다는 말이다. '말뜻을 완미한다(玩其辭)'는 '以心會
之'의 논리는, 담헌에게서는 '마음 속으로 그 뜻을 완색한다(玩索其意)'로 표현
되기도 하고 '以意逆志'로 나타나기도 한다.

 나는 일찍이 『맹자』의 '以意逆志' 네 글자를 독서의 비결로 생각했다. 옛 사람
 이 책을 쓸 때에 의리와 공로 같은 내용뿐 아니라, 章을 나누고 시작하고 끝맺는
 법과 같은 문장의 末技까지도 모두 그 의도를 담고 있지 않은 것이 없었다. 이제

---

29) 包犧氏之觀文也曰 仰而觀乎天 俯而察乎地 孔子大其觀文而係之曰 屈則玩其辭 夫玩者 其
   目視而審之哉 口以味之則得其旨矣 耳而聽之則得其音矣 心以會之則得其精矣. 「素玩亭記」,
   『燕巖集』, 63면.

나의 마음으로 옛 사람의 그 뜻을 헤아리매 조금의 틈도 없이 융합되어 서로 기쁘게 이해되니 이는 옛 사람의 정신과 견식이 나의 마음에 꿰뚫고 들어온 것이다.[30]

담헌은 의리와 같은 책의 내용뿐 아니라 책의 편차와 시작하고 끝내는 어법 등도 모두 글 쓴 사람의 의도를 담고 있다고 말한다. 따라서 책을 제대로 읽기 위해서는 그것에 담겨 있는 글쓴이의 마음을 玩索하여야 한다.[31] 완색은 저자의 의도를 헤아려 보는 것이니 여기에 곧 '以意逆志'의 자세가 요구된다. 물론 이 과정에는 당연히 저자의 의도를 궁금히 여기는 의문, 즉 會疑가 있어야 한다. 그 의문을 풀기 위한 방법으로서 '완색'과 '이의역지'는 단순히 문자의 뜻에 의지하는 것이 아니다. 세상일이 돌아가는 상황에 따라 유추해 보기도 하고, 유연히 행동하는 가운데에서 추구해 보는[32] 등 모든 일상생활 속에서 궁구하고 탐색해 보는 것이다. 글 읽는 사람이 글 쓴 사람의 상황을 설정하고 그 안에 들어가 보는 것이다. 이때에 책을 쓴 古人과 책 읽는 사람은 서로 간격이 없어지고 융합되어 정신과 견식을 공유하게 된다고 담헌은 말한다. 담헌은 이렇게 독서자가 고인의 뜻을 그 상황 속에 들어가 맞아들이는 것을, 무당에게 신이 들어와 靈媒가 되는 상태와 같다고 설명하고 있다. 接神 狀態에서 무당이 곧 신이 되듯, 이때의 독서자는 고인이 된다는 것이다. 이 경지의 독서는 무당이 읊어대는 神託의 言辭처럼 천지자연의 교묘한 이치를 터득하게 되는 것[33]이라고 담헌은 주장한다.

---

30) 余嘗以孟子以意逆志四字 爲讀書符訣 古人作書不惟義理事功 雖篇法起結 文辭之末技 莫不各有其志 今以吾之意逆古人之志 融合無間相悅以解 是古人之精神見識透接我心.「與梅軒書」,『湛軒書』,『外集』杭傳尺牘 卷一 三十五.

31) 凡看書默誦其文 玩索其意 參以註釋 潛心溫繹 若徒寓目而心不在 亦無益也.「與梅軒書」,『湛軒書』,『外集』杭傳尺牘 卷一 三十五.

32) 有疑則反覆參究 不必專靠文子 或驗之應事之際 或求之游泳之中 凡行步坐臥隨時究索.「與梅軒書」,『담헌서』.

33) 譬如乩神降附靈巫分外超悟 不知自何而來 能如是不待依樣章句 踏襲陳跡 而酬酢萬變左右逢原 我亦古人而已矣 如是讀書然後可以奪天巧.「與梅軒書」.

　독서는 이렇게 앞에서 지적한 것처럼 자긍심, 즉 자기의 생각을 내세우는 선입견이 제거될 때 제대로 이루어지는 것이다. 책 읽는 사람의 마음은 無私와 無心의 상태여야 하는 것이다. 이것은 동심의 마음이며 맹목의 冥心 바로 그것이다. 흉중소의의 편견이 제거된 마음이기 때문이다. 문자를 읽어갈 때의 이 무심에 기반을 둔 會心論은 다른 것이 아니다. 太史公을 읽을 때는 사마천이 그것을 쓸 때의 그의 마음을 읽어야 하는 것이다.[34] 項羽의 전기를 읽으면서 壁上觀戰만을 생각하는 것은 '부뚜막 아래에서 숟가락 집는 것'과 다름없는 단순하고 진부한 독서법인 것이고, 술지게미를 먹고 취해 죽겠다는 것에 다름아니다. 그러니 독서와 작문에는 복희 씨가 神精 意態를 가지고서 아직 글자화되지 않고 서적화되지 않은 문장인 천지간의 자연현상을 살피던 것과 같은 자세가 요구된다.[35] 결국 작문이란 현상적 질서, 현실적 진리를 표현하는 것이라는 주장인 셈이다.[36] 聖人의 책을 읽을 때에는 그것을 문자화했을 때의 성인의 苦心을 읽어야 문자 속에서 진실을 읽어낼 수 있는 것이다.[37]

　이러한 회심론은 이덕무 역시 '회심의 언어를 쓰고 회심으로 시심을 읽는다(作會心言語 讀會心詩心)'는 개념을 사용하고 있는 것으로 볼 때 보편성을 띤 것으로 생각된다.[38] 문자 속에 잠재된 의미, 작가의 마음을 읽는 회심의 독서법은 연암뿐 아니라 이덕무에게도 뚜렷이 나타난다.

---

34) 足下讀太史公 讀其書 未嘗讀其心耳 何也 讀項羽思壁上觀戰 讀刺客漸離擊筑 此老生陣談 亦何異於廚下拾匙 見小兒捕蝶可以得馬遷之心矣 … 此馬遷著書也. 「答京之」 之三, 『燕巖集』, 92면.

35) 讀書精勤 孰與疱犧 其神精意態 佈羅六合 散在萬物 是特不字不書之文耳. 「答京之」 之二, 『燕巖集』, 92면.

36) 文以寫意 則止而已矣 彼臨題操毫 忽思古語 强覓經旨 假意謹嚴 逐字矜莊者 … 難得其眞 … 語不必大道 分毫釐所可道也 瓦礫何棄 … 爲文者 惟其眞而已矣. "孔雀館文稿" 「自序」, 『燕巖集』, 57면.

37) 善讀書者 出訓詁明而已哉 所謂士者 豈五經通而已哉.

38) 値會心時節 逢會心友生 作會心言語 讀會心詩心 此至樂而何其至稀也 一生凡幾許番. 「蟬橘堂濃笑」, 『靑莊觀全書』 권63.

어떤 사람이 고인을 만나보지 못한 것을 매우 탄식하다가 이어 눈물을 흘렸다. 그래서 시험삼아 먼저 왕유의 문집을 주고 그에게 10일간 재계하고 나서 정결한 방에서 읽게 하였다. 그 사람이 뒤에 와서 환히 웃으면서,

"내가 옛 사람 왕유를 보았습니다" 하였다.

"눈썹과 눈은 어떻게 생겼고 살쩍은 어떻게 생겼던가?"

물으니, 답하였다.

"이미 잊었습니다."

그러더니 조금 있다가

"그러나 마음속에는 분명히 남아 있습니다" 하였다.

그래서 나는 손을 저으면서,

"자꾸 말하지 말라. 나는 이미 이해하고 있다. 犀首 같은 언변이 있더라도 말로 표현할 수 없을 것이고, 虎頭 같은 재주가 있더라도 그림으로 그려내지 못할 것이다" 하였다.[39]

형암이 준 王惟의 시집을 읽고 독서자가 고인인 왕유를 마음속에 간직하게 되었다는 기록이다. 왕유의 시를 통해서 회심한 결과인 것이다. 문자와 그림으로 표현할 수는 없지만 형암도 왕유와 마음으로 만난 意會의 상태를 경험한 것은 마찬가지다. 형암은 바다가 그려진 화폭을 보며 배를 타고 있는 것처럼 울렁대고 어지러워져서 화폭을 접고서야 마음을 가라앉혔다는 회심의 경지를 체득했던 사람이다.[40] 이는 마치 佛家의 觀法을 연상시킨다. 이렇게 회심론에 입각해야 문자가 진실을 제대로 담을 수 있고, 글쓴이의 진심을 읽을 수 있다는 것은, 곧 자아가 이해하고 인식하려는 대상 그 자체로 變相하여야 한다는 논리다. 자신의 선입견을 벗어나 인식의 상대성과 객관성을 확보하기 위한 이

---

39) 「蟬橘堂濃笑」, 『靑莊館全書』 권63.

40) 展盡海潮小幅 注目久之 翻瀾處如萬鱗掀動 激沫處如千手拏攫 悠翕之間 身俯仰作虛丹出
沒狀 急捲之乃止. 「蟬橘堂濃笑」, 『靑莊館全書』 권63.

러한 회심론은 '物에 나아가 나를 보면 나 역시 物의 하나다. 그러니 物에 바탕하며 자신을 돌이켜 생각해보면 만물이 나에게 갖추어진다'[41]는 卽物論 내지는 體物論으로 이어진다.[42] 이해해야 할 대상 자체가 가진 상황적 조건 속에 자신을 설정하고 그 마음으로 대상이 가진 진실을 파악해야 한다는 논리다. 이는 입장을 바꾸어 생각한다는 점에서 '易地思之'의 논리라고 할 수 있다. 그러나 '易地思之'는 어디까지나 사람과 사람 사이에서의 행위윤리다. 북학파가 말하는 '以意逆志'의 회심 체물론은 인간과 인간과의 관계에서뿐 아니라 인간과 자연간의 관계에까지 확대된다. 따라서 이때의 체물론은 행위윤리의 차원을 넘어서 천지 자연 안에서 인간의 위상을 점검하는 존재론 차원에서의 논리라고 할 수 있다. 이러한 체물론과 즉물론에 입각한 인식의 방법은 담헌에게도 나타난다.[43]

虛子가 말했다. '천지의 생물 중에서 사람이 가장 존귀하니, 동물이나 식물은 지혜 자각도 없고 예의도 없습니다. 사람이 동물보다 귀하고 식물은 동물보다 천합니다.'

實翁이 머리를 들고 웃으며 말했다. '자네는 정말 사람답군. 五倫과 五事는 사람들의 예의다. 떼지어 다니고 울며 먹이를 먹는 것은 동물의 예의이며, 더부룩 자라나고 가지가 사방으로 뻗는 것은 식물의 예의다. 사람으로서 사물을 보면 사람이 존귀하고 사물이 비천하지만, 하늘의 눈으로 보면 사람과 사물은 같은 것이다. … 자긍심보다 大道를 해롭게 하는 것이 없으니 사람이 사람을 존귀하게 여

---

41) 卽物而視我 則我亦物之一也. 故體物而反求諸己 則萬物皆備於我.「答任亨五論原道書」,『燕巖集』, 36면.

42) 이에 대하여는 졸고「열하일기의 서술원리」에서 언급한 바 있다. 본서에 보론으로 수록되었다.

43) 조동일 교수는「조선후기 인성론과 문학사상」(『한국문화』 1, 서울대 한국문화연구소, 1990)에서, 홍대용·박지원의 이러한 논리가 조선후기 인성론의 흐름 위에 차지하는 위치를 검토하였다.

기고 사물을 천히 여기는 것이 자긍심의 바탕이다.[44]

지혜와 자각·예의를 내세워 인간의 우월성을 주장하는 허자에 대하여 실옹은 동물과 식물도 각기 그 차원에서의 예의를 가지고 있다고 설파한다. 떼지어 다니는 것과 더부룩 자라나는 동·식물의 생존의 법칙이 바로 그 나름의 예의의 표현이라는 것이다. 이러한 생각은 인간 중심의 시각에서는 나올 수 없는 것이다. '하늘의 눈', 즉 평등의 눈으로 보았을 때 비로소 획득될 수 있는 상대성의 논리다. 이러한 논리는 인간의 지혜와 자각조차도 철저히 거부한다. '사물은 지혜와 자각이 없어 거짓과 작위적인 행동도 없게 되니, 사물이 인간보다 존귀하다'는 주장을 실옹은 전개하고 있다. 인간의 지혜와 자각이란 인간 중심의 '자긍심'에 다른 것이 아니어서 '하늘의 눈으로' 사물을 공평하게 볼 수 있는 大道를 해롭게 하는 것이기 때문이다.

인간 중심의 '자긍심', 즉 지혜와 자각이라는 우월감을 벗어나 하늘의 눈으로 사물을 보라는 것은, 인간 자신을 하나의 개체로 인정하라는 논리다. 그리고 그 차원에서 개체와 개체간의 인식의 상대주의를 확보하라는 것이다. 그것이 이른바 '大道'인 것이다. 이 '대도'란 곧 상대주의적 시각에서 나오는 인식의 다층성을 말하는 것이고, 관점의 상대주의를 뜻하는 것이다. 그것은 인식주체와 인식대상간의 울타리, 즉 경계를 없애는 것이기도 하다. 이러한 상대주의적 관점에 서면, 인식주체는 인식대상을 인위적으로 선택하거나 자기 중심의 관념을 투사하지 않는다. 인식주체의 자각과 지혜를 내세우는 자긍심이 타기되었기 때문에 모든 사물을 의미 있는 하나의 객관적 존재로 인정하게 된다.

---

44) 虛子曰 天地之生惟人爲貴 今夫禽獸也草木也 無慧無覺 無禮無義 人貴於禽獸 草木賤於禽獸 實翁仰首而笑曰 爾誠人也 五倫五事 人之禮義也 群行呴哺 禽獸之禮義也 叢苞條暢 草木之禮義也 以人視物 人貴而物賤 以物視人 物貴而人賤 自天而視之 人與物均也. … 夫大道之害 莫甚於矜心 人之所以貴人而賤物 矜心之本也.『醫山問答』,『湛軒書』,『內集』補遺 卷四.

그러기에 글을 쓰는 행위는 있는 그대로의 객관 대상물, 즉 '삼라만상'의 '자연'을 있는 그대로 받아들이는 것이 된다.

'聖人은 만물을 스승 삼는다'는 담헌과 연암의 거듭된 주장은, 인간 중심에서 벗어난 상대주의적 인식의 구체적인 사례를 제시한 것으로 생각할 수 있다. 성인은 인식대상인 자연의 질서를 있는 그대로 인정해 주고 거기에서 의미를 파악했다고 이들은 주장하고 있는 것이다. '군신의 의리는 벌에게서, 군사의 陣法은 개미에게서 취해 온' 것에서 볼 수 있듯이, 옛 사람과 성인의 도리는 모두 사물을 사람의 시각에서 보지 않고 객관적 실체로 인정한 바탕 위에서 이룩된 것이기 때문[45]이다. 그러기에 연암은 문자가 함축하고 있는 상황, 그 자연적 환경을 바로 문자라고 생각하고 있는 것이다. 아침에 햇살 속에 지저귀는 새들이 곧바로 '飛來飛去'라는 문자이며, '相鳴相和'하는 서적이고, 五色이 갖추어진 문장이라는 것이다.[46]

그렇다면 회심하기 위한 即物 體物은 독서자나 글쓰는 사람에게 어떤 자세와 조건을 요구하는가. 자아의 고착성과 편견을 넘어 대상에 도달하게 되는 기본적 조건은 무엇인가. 그것은 곧 인식의 대상이 가지고 있는 존재적 조건과 상황을 이해하고 설정하는 일에서부터 시작되는 것이다. 그것이 곧 앞에서 설명한 회심이고 즉물 체물이다. 그러나 인식의 대상은 구체적인 사건이나 인물일 수도 있지만, 추상적 관념일 때도 있다. 인식의 대상이 논리적인 것이고 추상적 관념일 경우 이 회심론자들은 그 논의를 진행시키기 위하여 구체적인 사례나 상황을 설정한다. "어떤 사람이 있었다(有人於此)"라고 상황을 설정하여 개념을 정의하는가 하면 "누가 말하기를(或曰)"로 문답법을 연출해내고 있다. 회심에 기초한 비유상황을 설정하는 것이다. 이러한 설의법과 문답법에 기반

---

45) 是以古人之澤民御世 未嘗不資法於物 君臣之儀 盖取諸蜂 兵陣之法 盖取諸蟻 禮節之制 盖取諸供鼠 網罟之設 盖取諸蜘蛛 故曰 聖人師萬物 今爾曷不以天視物 而猶以人視物也. 『醫山問答』.

46) 朝起綠樹蔭庭時 鳥鳴嚶 擧扇拍案 胡叫曰 是吾飛來飛去之字 相鳴相和之書 五采之謂文章 則文章莫過於此 今日僕讀書矣. 「答京之」 之二.

을 둔 문장체계는 명말청초 문인들에게도 현저히 드러나는 특징이다.

인식의 대상이 추상적 관념일지라도 구체적인 사건이나 인물로 표현되었다면, 회심론자들은 그 구체적인 상황 속으로 자아를 이입시킨다. 바꿔 말하면 그 구체적인 사건과 인물들을 자신의 청정심으로 미루어서 내면논리로 이해한다. 각 시대 인물과 사건을 인식주체의 가치관이나 편견에서 벗어난 無心의 경계 위에 배치시키고 포치시키면서 그들을 이해하고 그 상황의 의미를 유추하는 것이다. 이러한 문장형식의 구체적인 사례로서 주목받을 수 있는 것이 박지원의 「伯夷論」 上·下와 박제가의 「伯夷太公不相悖論」이다.

연암의 글은 반대행동을 한 伯夷와 太公 및 武王이 각기 서로를 보충하고 있다며 개별적인 정당성을 인정하고, 이들을 모두 仁者의 범주에 넣고 있다. 종래의 백이 중심의 단선론에서 벗어난 이러한 논리는, 인물들에게 개별적인 상황을 설정하여 줌으로써 이루어진다. 연암의 논리는 끊임없이 '태공의 마음 씀(太公之爲心也)' '백이의 마음씀(伯夷之爲心也)'처럼 각자의 내면시점으로 들어가고 있다. 백이와 태공의 상대주의적 관점을 인정하고 그 바탕 위에서 이들의 존재적 성격을 파악한 것이다. 「伯夷太公不相悖論」을 전개한 박제가도 '백이의 마음은 말한다(伯夷之心曰)' '태공의 마음은 말한다(太公之心曰)'에서 보는 것처럼 회심론에 기초한 수사법을 전개하며 연암과 같은 논리를 보여 주고 있다.[47]

북학파의 문자는 이렇게 상황설정을 하면서 인물들을 포치함으로써 사건과 인물을 과거적이고 역사적인 사실 차원의 지식 안에 가둬두지 않는다. 모두 읽는 사람, 이해하는 사람의 마음에 기초하여 현재적인 인물과 당대적인 사건으로 살아나면서 생동하는 모습을 띠게 되는 것이다. 이렇게 현실 바탕 위에서 사건을 재구하고 인물을 해석해야 올바른 진실에 도달할 수 있다고 믿은 연암을 비롯한 회심론자들은, 따라서 문장은 '聲色'을 담아야 한다고 주장한다.

---

47) 이러한 수사법과 그에 따른 의식의 변화는 다른 장에서 다시 논의할 것이다.

聲·色·情景을 문장이 담아야 한다고 하는 것은, 표현하고자 하는 상황을 회심으로 이해한 후에야 글쓰는 사람의 문장이 진실을 담을 수 있다는 생각에서 나온 것이다.[48] 聲色이란 언어의 상황적 존재의미를 부각시키기 위한 것으로 회심의 방법이었던 것이다.

4) 時空 相對主義論

글을 쓰거나 독서를 할 때 인식의 대상과 자아를 일체화시키는 회심론은, 자아가 인식대상으로 변화하거나 인식대상을 현재화·자기화하는 방법으로 전개될 수밖에 없다. 이는 곧 회심론이 존재의 기본조건인 시간·공간의 제약성과 한계성을 초월하는 논리를 갖추고 있음을 말한다. 인식대상을 제대로 이해하고 파악하기 위해서 그 대상이 되거나 그것을 현재화하는 것은, 결국 자기의 현재적 時空을 초월하여 그 대상이 가진 시공 안에 들어가거나 그 대상이 가지고 있던 과거적·역사적 시공을 현재화하는 방법밖에 없다. 그런 점에서 연암 및 당대의 북학파가 시공 개념을 상대주의에 입각하여 파악하고 있다는 사실은 주목할 만하다. 그로써 어느 시대도 모두 개별성과 자족성을 확보할 근거를 마련하게 되기 때문이다. 이제 시간적 상대주의가 전개되는 문학론을 살펴보기로 한다.

그대와 素玩·蘇書 두 선비의 시를 읽었습니다. 고인의 시라고 생각해 보니 고인은 이미 죽어 눈앞에 한 사람도 보이지 않는데 어떻게 오늘 시를 지어 나에게 보일 수 있는가? (의문이 일었고) 今人의 시라고 생각해 보면, 세상 사람이 모두 금인인데 어떻게 지금 사람이 이런 좋은 시를 읊을 수 있을까? (의문이 생겼

---

48) 「鍾北小選自序」「答京之二」「答蒼崖 三」 등에 보이는 주장을 예로 들 수 있다.

습니다.) 고와 금 두 글자가 가슴속에서 서로 다투어서 이해할 방법이 없습니다.[49]

형암은 유득공 등 3인의 시를 읽고 고인의 시 같은 품격을 느꼈다고 한다. 그렇다고 이 세 사람을 고인이라고 할 수도 없고, 결국 금인으로서 고인의 품격을 가졌는데, 금인으로서 이런 고인의 풍모를 가진 것을 어떻게 평가할지 모르겠다는 의문을 토로한다. 그러나 고금에 대한 시비를 이해할 수 없다는(古今 二字 … 無法可解) 형암의 고백은 사실 유득공 등 세 사람 모두 금인이지만 고인의 경지, 그 개성을 소유하고 있다는 말이다. 그렇다면 이들은 완벽한 의고주의적 태도로 고인의 얼굴을 하고 있다는 말인가. 그것은 아닌 것 같다. 이제 금인이 고인의 시를 썼다는 이 문제를 형암이 어떻게 이해하고 있는가 살펴보기로 한다.

古와 今이란 것은 커다란 순간이며 식간이다. 한 순간과 한 식간은 자그마한 고이며 금이라 할 수 있다. 순간과 식간이 쌓이면 자연히 고금이 된다. 또 어제와 오늘과 내일이 끊임없이 갈마들어 새로움이 그치지 않기 때문이다. 이 가운데에서 나서 이 가운데에서 늙어가므로 군자는 이 三日에 대하여 유념한다.[50]

형암은 古와 今의 상대성을 잘 설명하고 있다. 오늘이 다시 새로운 오늘 위에서 옛날이 되는, 물 흐름 같은 시간의 속성을 인식하고 있는 것이다. 형암은 시간의 가장 작은 단위로서 순간과 식간을 설정한다. 평범한 인식주체자가 가장 현재라고, 오늘이라고 단언할 수 있는 그 단위다. 그러나 그 今이라고 할 수 있는 瞬息 위에 또 다른 오늘의 순간인 순식이 쌓여 고금이 형성된다. 오늘

---

49) 讀足下詩及素玩蘇書二士詩 以爲古人詩 古人已死 眼中不見一古人 何嘗今日作詩示我 以爲今人也 盈天下皆今人也 焉有今人 吐出者箇好詩 古今二字 交戰胸中 無法可解.「雅亭遺稿」十一 '柳惠甫 得恭'.『靑莊館全書』권19.
50) 一古一今 大瞬大息 一瞬一息 小古小今 瞬息之積 居然爲古今 又昨日今日明日 輪遞萬億 新新不已 生於此中 老於此中 故君子着念此三日.「蟬橘堂濃笑」,『靑莊館全書』권63.

이란 순간이, 내일이 되면 다시 어제가 되는 상대적 흐름 위에서는 당연히 하나의 순식간이 하나의 작은 고금이고, 그렇게 형성된 고금이란 것도 순식간이라는 작은 단위의 집적체일 뿐인 것이다. 시간은 강물처럼 끊임없이 갈마들어 늘 새롭게 계속되는 것. 늘 새로운 오늘이 형성되지만, 결국 끊임없이 그 현재를 과거로 만드는 현장 속에 우리는 처해 있는 것이다(生於此中 老於此中). 그러면 이 갈마드는 과거·현재·미래의 흐름 위에서 삶은 어떠해야 하는가(君子着念此三日). 형암은 이에 대해 명확히 답하고 있다.

> 오늘날 사람(今人)이 옛 사람(古人)에 미치지 못하는 것은, 오직 오늘날 사람으로만 자처하고 고인으로 자처하지 않기 때문이다. 만일 훌륭한 일을 오로지 고인처럼 한다면, "아무 고인이 어떤 훌륭한 일을 했는데 배울 만하다"고 칭찬하는 후세 사람이 반드시 있을 것이다. 후세의 그들이 평가하는 훌륭한 일이란 내가 오늘날 행하는 것에 불과한 것이다.[51]

금인이 고인보다 못하게 된 이유로 형암이 지적한 "오직 오늘날 사람으로만 자처하는" 태도는, 당대 입장에서의 반의고적 태도를 말하는 것이 아니다. "고인으로 자처하지 않기 때문에 오늘날 사람이 고인에 미치지 못한다"는 말은, 오늘을 부정하는 의고주의를 권장하는 것도 아니다. 고인을 상대적으로 우월하게 설정해 놓고 열등감에 빠져 비하적인 태도로 '사사건건 옛 것을 들먹이는' 금인을 비판한 것이다. 오늘을 살면서도 '고인 같은 자세로 훌륭한 일을 하면, 나는 후세 사람으로부터 어느 古人이라는 평을 들을 것'이라는 논리는, 당대에 살면서도 스스로 고인이 될 수 있다는, 되고 있다는 자세로 살라는 말이다. 이것이 곧 '고인으로 자처'하는 자세다. 고인도 그 시대의 금인이었으니,

---

51) 今人之不及古人者 只以今人自處 不以古人自處故也 若修置好事 但如古人而已 必有後人贊我曰 某古人有某好事可學也 其所謂好事 不過吾今日所修置者也.「耳目口心書」二,『靑莊館全書』권49.

나도 고인이 될 수 있다는 자긍 인식을 가지라는 것이다. 이렇게 고인으로 자처하는 자세를 가지고 지금 하는(今日 所修) 일이 나를 훌륭한 고인으로 만들어 준다는 것이다. 이러한 사고유형은, 작일·금일·명일 3일이 갈마들고 있다는 상대적 시간관 속에서 배태된 것임이 틀림없다. 그러기에 형암은 "내가 지금 당대의 고인"이라는 태도를 가지고 살 것을 요구하면서 "옛날이나 지금이나 세상일이 돌아가는 법칙은 마찬가지이니 옛 책을 읽으면 그것들이 모두 오늘날 일들과 꼭 들어맞는다"[52]고 주장할 수 있었던 것이다. 형암은 '옛날을 높이고 오늘을 비하하는(高古卑今)' 古今의 분별 자체를 거부할 뿐 아니라, 철저히 시간적 상대주의 관점을 다시 상정한다.

　　자신은 唐을 주장하고 상대방은 宋을 주장하는데, 만일 상대방이 자기처럼 당을 주장하지 않고 송을 주장한다 하여 책망한다면 이 어찌 공론이라 하겠는가.[53]

시간은 흐름 속에서 상대성을 갖는 것이기 때문에 古를 절대적 규준 위에 세워둘 수가 없는 것이다. 앞에서 본 것처럼 옛날과 오늘은 일 돌아가는 것(事行)이 모두 같기 때문에, 옛날을 전범으로 세우고 배워 거기에 빠지는 것은 眞古를 찾는 것이 아니다. 그보다는 그 '옛날을 짐작하여 오늘을 헤아리면(酌古斟今)' 오늘이 진정한 옛날이 되는 것이다.[54]

연암은 「영처고서」에서, 당대인들이 이덕무의 시를 보고 '옛시(古之詩)'가 아닌 '오늘의 시(今之詩)'라고 한 비하조의 말에 대하여, '옛날의 입장에서 오늘을 보면 오늘이 비속하지만, 고인도 자기 시대를 옛 시대라고 생각하지는 않았을 것이고, 그 당대의 사람들의 입장에서 하나의 오늘이라고 여겼을 것'이라

---

52) 古與今事行皆同 善讀古書 則一一符合於吾今日之事行 他書姑無論 至於小學一書 善爲運用 則大小輕重 無事不有 信手取用 需然有餘.「士小節」권3.『靑莊館全書』권27.

53) 假使吾爲唐 人爲宋 則責人之不如吾之爲唐也 而爲宋乎 則豈公論哉.「嬰處雜稿」二,「觀讀日記」十月 乙酉.『靑莊館全書』권6.

54) 學古而泥 非眞古也 酌古斟今 今眞古也.「士小節」권3.『靑莊館全書』권28.

는 논리를 펴고 있다. 이런 고금의 상대적 주장은 '오늘이란 말은 옛 시대에 대비된 말(今者對古之謂也)'이란 표현 속에 잘 압축되어 있다.[55]

이러한 고금의 상대적 관점 때문에 이들은 '高古卑今'을 전제로 하는 '옛 것 닮기(似古)'와 '모방하기(倣古)'를 철저히 비판하며, 진실은 자기 시대에 있다고 강조하고 있다. 연암은 「영처고서」에서 '고인을 배웠지만 닮은 것이 보이지 않는다(學古人而不見其似)'는 비평에 대하여, 오늘의 입장에서 옛날을 따라서 같아지려는 것, 즉 '닮음[似]'이 근본적으로 동일하게 되는 것이 아니라고 논설하고 있다. 오늘이 아무리 옛날을 닮아가려 해도 오늘은 오늘대로, 옛날 또한 옛날대로 남아 있지 오늘이 옛날이 될 수 없다는 것이다.[56]

'옛 것을 모방(倣古)'해서 글 짓는 태도를 논의의 대상으로 삼은 「綠天館集序」에는 이런 연암의 태도가 더욱 명확히 드러난다. 거울이 물건 비추듯 하면 닮았다[似]고 할 수 있겠느냐는 문제를 던지고 연암은 '왜 닮기를 구하는가. 그것은 眞이 아니다'고 선언하고 있다. 핍진하고 '아주 닮았다(酷肖)'는 말속에 이미 다르다는 의미가 내재되었으니, 닮음은 진실을 추구하는 자세가 아니라는 것이다.[57]

그러면 모방을 거부하고 난 다음, 진실을 표현하는 문장의 묘법은 어디에 있는가. 오늘을 표현하는 것이 바로 옛 것이며, 진실에 이르는 방법이라고 형암과 연암은 모두 인식하고 있었다.

옛날를 배우되 거기에 빠지면 그것은 眞古가 아니다. 옛 것을 헤아려 오늘을

---

55) 此可以觀 由古視今 今誠卑矣 古人自視 未必自古 當時觀者 亦一今耳 故日月滔滔 風謠屢變 朝而飮酒者 夕去其帷 千秋萬世 從此以古矣 然則今者對古之謂也.

56) 子佩曰 陋哉 懋官之爲詩也 學古人而不見其似也 … 今之詩也 非古之詩也 余聞而大喜曰 此可以觀由古視今 今誠卑矣 古人自視未必自高 當時觀者 亦一今耳 似者方彼之辭也 夫云 似也似也 彼則彼也 方則非彼也 吾未見其爲彼也 … 「嬰處稿序」. 夫語眞語肖之際 假與異在其中矣 故天下有難解而可學 絶異而相似者. 「綠天館集序」, 『燕巖集』, 107면.

57) 倣古爲文 如鏡之照形 可謂似也 … 夫何求乎似也 求似者非眞也 天下之所謂相同者 必稱 酷肖 難辨者 亦曰逼眞. 「綠天館集序」.

짐작하는 것(酌古斟今)이 진정한 옛 것인 것이다.[58]

　　속태를 벗어난 선비는 일마다 '옛 것을 숭상(尊古)'하려 하고, 시속에 휩쓸린 사람은 일마다 '자기 시대대로(從今)' 한다. 서로 부딪쳐 싸우니 그 중화를 이룰 수 없다. 옛 것을 미루어 오늘을 헤아리면 절로 훌륭한 도리에 이르게 되니, 선비와 군자의 中正한 배움에 무슨 해가 있으랴.[59]

　　형암은 '酌古斟今'하면 수이 곧 眞古라고 한다. 금세에 살면서도 곧 '고인으로 자처'하며 사는 태도가 '작고짐금'의 방식이다. 옛날과 오늘이 상대적이라는 인식 아래서 옛 것이 옛 것일 수 있는 이치를 헤아려 오늘을 유추하면, 오늘은 옛 것의 진실을 얻게 된다. 이것은 일마다 '옛날을 배워 빠지는(學古而泥)' 것이 아니다. '유행을 따르는 사람(脫累之士)'이 일마다 '자기시대를 따르는(從今)' 태도도 아니다. 형암의 이 '작고짐금' 혹은 '酌古量今'의 주장은 연암이 「초정집서」에서 주장한 法古創新과 일맥상통하는 것이다.

　　옛 것을 본받는 사람은 그것에 빠져버리는 것이 병이고, 새 것을 창안하는 사람은 근거가 없는 것이 병이다. 옛 것을 본받으면서도 변용할 줄 알고 새 것을 만들어 내면서도 전거를 댈 수 있다면, 오늘의 글이 곧 옛 글인 것이다.[60]

　　연암이 말하는 法古者와 創新者는, 곧 형암이 말한 '脫累之士·流俗之人'과 동일한 인물이다. '일마다 옛 것에 빠지는(事事尊古 學古而泥)' 사람은 연암이 말한 '옛 종적에 빠지는 병(病泥跡)'을 가진 法古者이고, '모든 일을 자기

----

58) 學古而泥 非眞古也 酌古斟今 今眞古也.『靑莊館全書』卷之二八,「士小節」.
59) 脫累之士 事事欲尊古 流俗之人 事事欲從今 互相激憤 難得其中 自有酌古量今 底好道理　　何害士君子中正之學也.『靑莊館全書』,「嬰處雜稿」, '歲精惜譚'.
60) 法古者 病泥跡 創新者 患不經 苟能法古而知變 創新而能典 今之文猶古之文.

시대 유행에 따르는 사람(事事從今 流俗之人)'은 '경전을 잊은 병(患不經)'을 가진 創新者다. 형암은 이 尊古者와 從今者가 싸워서 조화를 얻지 못한다고 한 바 있다. 연암이, '명나라 諸家들이 법고와 창신에 대해 비난하고 싸우면서 둘 다 그 정도를 얻지 못했다'고[61] 한 말과 일치한다.

형암은 이 옛 것 맹신과 유행 추종, 즉 尊古와 從今의 중화를 강조한다. 작고짐금, '酌古量今'하여 '오늘날의 것'이 곧 '진정한 옛 것'이라는 논리를 깨닫는 것이 중화의 방법이다. 연암이 '옛 것을 본받되 변화를 알고 새로운 것을 만들어가되 근거를 밝힐 수 있으면(法古而知變 創新而能典)' 오늘의 문장(今之文)도 고문이 될 수 있다고 한 것도 그 '작고양금'의 원리를 말한 것이다. 연암이 글쓰는 법을 전법에 비유하면서 설정한 '法古' 내지 '合變'의 논리와도 상통한다.

자구가 우아하고 비속하다고 평하고, 문장의 높낮음을 논하는 사람은 합변의 기틀이 승리의 방법이라는 것을 모르고 있다. … 唐의 房琯은 수레로 진영을 만들어 前人을 본받아 따르다가 패했지만, 虞詡는 밥해 먹은 흔적을 늘리며 古法의 틀을 변통하여 승리했다. 그러니 합변의 기틀은 그 시대에 있는 것이지 고법에 있는 것이 아니다.[62]

연암은 도처에서 전쟁에서 승리하는 일과 글 잘 쓰는 일을 동일시하고 있다. 연암이 문장 쓰는 것을 전쟁에 비유한 것은 전쟁이 가지고 있는 그 상황의 다양성과 그에 대처하는 전법의 가변성 때문이다. 문장이 대상으로 삼고 있는 사회와 시대의 무한한 변화, 그리고 그것을 표현하는 방법이 전쟁 상황과 같다

---

61) 此有 明諸家 於法古創新 互相訾謷 而俱不得其正.
62) 彼評字句之雅俗 篇章之高下者 皆不識合變之機 而制勝之權者也… 房琯之車戰 效跡於前人而敗 虞詡之增竈 反機於古法而勝 則所以合變之權 其又在時而 不在法也. 「騷壇赤幟引」, 『燕巖集』, 25면.

고 본 것이다. 여기에서도 연암은 고대의 전법을 그대로 따르다가 패한 방관과 고법을 역이용한 우후의 승리를 대비시키면서, 승리의 방법은 그 시대 상황에 맞게 변용하는 것이라고 주장한다. 법고의 진정한 의미는 앞 시대를 그대로 따르는 것(效跡於前人)이 아니고, 그것을 응용하는 합변에 있다고 강조한 것이다. 합변의 결과로 승리를 얻게 되면 그것이 진정한 법고가 되는 것이니, 옛 것이 지닌 원리를 현재화시킬 것을 연암은 주장하는 것이다. 그렇게 되면 ‘오늘의 것이 진정한 옛 것이고’ ‘오늘의 문장이 고문(今之文猶古之文)’이 되는 것이다. 모두 ‘옛날이나 지금이나 일 돌아가는 것은 마찬가지(古與今 事行 皆同)’라는 입장에서 나오는 것임은 물론이다. 연암은 각기 시대를 달리하고 있는 夏의 禹임금·稷·顔回 세 사람의 마음 씀이 같다고 한 바도 있다.[63]

이렇게 옛날과 오늘을 동일선상에 놓고 ‘작고양금’하면, 今文이 곧 古文과 같아진다는 주장은 成大中 등에게서도 보인다.[64] 이러한 ‘법고지변’, ‘작고양금’의 이론은 당연히 의고주의의 문제점을 지적한다. 의고주의의 기본적인 태도는 文은 秦漢 같아야 하고 詩는 唐宋 같아야만 한다는 규범이었다.

지금 무관(李德懋)은 조선 사람이다. 산천과 풍토가 중국과 다르며, 언어와 노래하는 풍속이 漢·唐시대와 다르다. 만약 바로 중국에서 법을 본받고 한과 당의 문체를 답습한다면, 그 법이 더욱 높아갈수록 그 뜻은 실로 비속해질 것이며, 문체가 닮아갈수록 언어는 더욱 거짓이 되어 감을 볼 수 있을 것이다.[65]

---

63) 禹稷顔回 其揆一也.「楚亭集序」, 『燕巖集』, 12면.

64) 尹基洪(앞의 글)은 성대중이 의고파이면서 이런 생각을 가지고 있다고 지적했다. 그러나 이런 생각이 의고파의 기본 논리라고 할 수는 없을 것이다. 然其實有不可奪之氣 不可屈之辨 折之以柔 達之以順 依乎古而出之新 故和鸞鳴而麟鳳峙也 然今之文猶古之文也.「太湖集序」, 『靑城集』, 113면.

65) 今懋官朝鮮人也 山川風氣 地異中華 言語謠俗 世非漢唐 若乃效法於中華 襲體於漢唐 則吾徒見 其法益高而意實卑 體益似而言益僞耳.「嬰處稿序」, 『燕巖集』, 107면.

박씨의 아들 제운이 나이가 23세인데 문장에 능했다. 호를 楚亭이라 했는데, 나에게 배운 지가 몇 년이 되었다. 그는 글을 쓰는데, 先秦과 兩漢의 작품을 사모하면서도 그들의 족적에 빠져들지 않았다.[66]

연암은 옛날과 오늘을 상대적으로 보던 시각으로 이덕무를 '조선 사람'으로 정의한다. 진한의 문장과 당시를 주장하는 의고주의자들에 대하여 시간적으로 이 시대가 조선시대임을 설파하면서 시대적 독자성 위에서 문장이 성립하여야 한다는 것을 강조한다. 그리고 중국과 조선이 지형과 풍토라는 공간적 존재양식이 다르다는 것도 강조하고 있다. 문학이 대상으로 해야 할 삶의 양식, 존재방식이 근본적으로 다르다는 것이다. 조선이라는 時空의 존재양식 속에서 한·당의 존재양식을 표현한 문장을 답습한다면 그것은 당연히 현실과 괴리된 문자 행위이고 실체를 외면하는 문학 행위라는 것이다. 환자에게 오늘날의 처방을 써야지 옛 처방을 쓸 수 없다는 비유로 學唐·學宋의 태도를 비판한 冷齋 유득공의 생각도 연암의 논리와 같은 것이다. 냉재는 옛 의원들이 병에 따라 처방을 만들어 감에 따라 本草學이 발달하고 의학이 점차 갖추어졌다고 설명하고, 『시경』·『초사』·漢魏 시대의 문장이 모두 시가의 본초학으로 축적되어서 내려온 것이라고 설명한다. 따라서 당을 배우고 송을 배워서 그 옛 처방으로 오늘날의 병에 투약하는 것은 어리석거나 망령된 행동이라고 주장한다.[67] 이러한 논리로 냉재는 '옛 것에 빠져서 자기 시대의 논의에 달통하지 못하고' '국가의 실용 임무를 저버린' 科擧文의 병폐를 지적하며,[68] 자기 시대의 문제의

---

66) 朴氏子齊雲 年二十三 能文章 號曰楚亭 從余學有年矣 其爲文慕先秦兩漢之作 而不泥於跡.「楚亭集序」,『燕巖集』, 12면.

67) 君方病 服藥 請以藥喩 古之醫者以一艸一石投病 病良已 本艸日增而醫學浸備 … 今夫三百篇楚騷漢魏以下諸作者 皆詩歌之本艸 而可謂日增又浸備矣 若曰學唐勿學宋 又曰學宋勿學唐 此欲一艸一石投今人之病 而自詡古方 非愚則妄.「秋室吟序」,『冷齋集』(宋寯鎬,『柳得恭의 詩文學研究』, 太學社, 資料編, 431~433면).

68) 唐宋至今取之於科 其弊亦極矣 此拘於古而不達時之論也 … 表之良者猶可爲館閣之用 而立論之不古釋義之不精 假托先儒漫漶辨疑者 皆今日時文痼弊也 竊觀皇明策規 其所發問者

식을 담은 문장을 높이 평가한다.

연암 등 북학파는 자기 시대의 존재형태를 극명하게 표현한 것으로 민담이나 민요를 들기를 주저하지 않는다. '집안 사람이 하는 일상의 담화도 학교의 정규과정에 넣을 수 있다는 것이고, 아이들의 동요나 속담도 '爾雅'의 범주에 넣을 수 있다는'[69] 것이다. 민요나 동요가 당대적 상황을 진솔하게 표현하고 있다는 시각에서 '眞人의 眞聲'으로 간주한 것은 실학파 문인들의 공통된 인식이다. 냉재는 「田園雜詠序」에서 농사짓는 일이 詩道와 통하기 때문에 옛날 농부는 시를 모름에도 불구하고 사대부보다 뛰어난 시를 많이 지었다고 했다.[70] 홍대용도 그의 「大東風謠序」에서 그러한 인식을 잘 보여주고 있다. 홍대용은 『시경』도 당대의 풍속을 노래한 보통 말이라며, '말이 마음에서 우러나와 비록 곡조에 맞지 않더라도 천진이 드러나면 나무꾼과 농부의 노래라도 天機를 깎아 없앤 사대부의 것보다 낫다'[71]고 했다. 이덕무가 「열상방언」이라 하여 속담집을 엮은 것, 연암이 「旬稗序」 등에서 일상풍습의 기록을 강조한 것도 그런 예다. 연암이 「自笑集序」에서 역관들이 오히려 고문을 하고, 사대부는 형식적인 功令體에 젖어들어 있다는 '禮失求野'의 논리를 편 것도 같은 맥락에서 이해할 수 있다. 모두 상대주의적 관점에서 시간 공간의 존재적 개별성과 개체성을 인정하고, 거기에서 문학이 담아야 할 진실을 찾아야 한다는 논리의 발현인 것이다.

九邊防倭馬政河利 皆國家實用之務 何嘗如今日之所問對 架虛鑿空而已哉.「科弊策」,『冷齋集』, 545~555면.

69) 苟得其理 則家人常談 猶烈學官 而童謳里諺亦屬爾雅矣.「騷壇赤幟引」.『燕巖集』, 25면.

70) 余意稼穡之事 勞而不怨 樂而不肆 深得乎溫柔敦厚之義 而與詩道通者也 然古之農夫未必皆能詩 多出於當世之賢士大夫.「田園雜詠序」,『冷齋集』, 446면.

71) 詩之所謂風者 固是謠俗之恒談 則當時之聽之者 安知不如以今人而聽今人之歌也 惟其信口成腔而言出衷曲 不容安排而天眞呈露 則樵歌農謳亦出於自然者 反復勝於士大夫之點竄敲推言 則古昔而適足以斲喪其天機也.「大東風謠序」,『湛軒書』,『內集』卷三.

5) 小 結

이제까지 본 바와 같이 연암 등 북학파는 명심 맹목론, 동심 양허론, 회심 체물론, 시공 상대주의론(時變論) 등을 공유하고 있었다. 이러한 사유체계는 인식론적인 차원의 것으로서, 구체적인 주의 주장으로서의 사상적 성격을 갖는 것은 아니다. 그러나 우리가 오늘날 평가하는 근대적 사상가로서의 사상체계는 이러한 사유체계에서 가능했다고 추론해 볼 수 있는 것이다. 우리는 이제 북학파가 사유체계 안에서 언어가 어떤 양상을 지향하여 문학작품으로서 실체를 드러낼 것인가 하는 문제를 생각해 볼 단계에 도달하였다. 이러한 가정은 이들 문학의 특성을 밝히는 데도 도움이 되겠지만, 그 언어가 담고 있는 사상체계를 구체적으로 도출하는 데 이바지할 것으로 생각된다.

명심 맹목론과 동심 양허론은 앞에서 본 바와 같이 모두 기존의 사고체계와 문자행위를 거부하고 있다. 기존 문자체계가 시간 공간적 상대주의에 입각한 당대의 존재적 상황을 표현하지 못한다는 인식에서 이런 사고가 가능한 것이다. 명심 맹목론이 童心論에 비하여 상대적으로 기존가치를 거부하는 의식이 좀더 강력하지만, 이 두 논리는 모두 결국 새로운 질서의 구축, 즉 언어가 재창조되어야 한다는 논리를 가졌다는 점에서 그 의미를 같이 한다고 할 수 있다. 기존의 문자행위를 거부하는 구체적인 모습을 우리는, 이들이 모두 時文, 즉 科擧文을 당대적 진실을 표현하지 못한다며 거부하고 있는 데에서 확인할 수 있다.

반면 이들이 '六書策' 등을 함께 저술하면서 언어문자의 생성원리를 근본부터 되짚어 보려는 노력을 하는 것도 이 동심론 등에 기반을 둔 새로운 언어와 의미 탐색의 일환으로 생각된다. 이런 의도를 직접적으로 보여주는 것이 새로운 가치판단의 기준을 설정하려는 이들의 끊임없는 노력이다. 이덕무는 생활주변의 모든 소재에 대해 박물적인 지식을 동원하면서 유래와 원천을 캐기도 하고, 거기에 자기 해석을 덧붙이기도 한다. 심지어 이덕무는 연암의 「燕行日記」

를 읽고 한 대목 한 대목의 뒤에다가 자기의 평설을 덧붙이기도 한다. 李書九 등에게서도 보이는, 경전의 의미를 재해석하는 이러한 일련의 모습은 모두 새로운 언어양식의 추구이고, 언어를 자기 언어로 만드는 과정이라고 할 수 있다.

경전에서부터 온갖 자연물과 사회제도에 이르기까지 모든 의미를 재해석하려는 노력은, 자연히 동심과 맹목의 그 선입견 없는 無心에 바탕을 두게 되기 때문에 모든 소재를 글에 수용할 수 있는 바탕이 되고 있다. 한마디로 삼라만상의 자연 그 자체가 문자 행위의 대상이 되고 있는 것이다.「鐘北小選序」에 보이는 연암의 다양한 소재 수용 의지는 그러한 예가 된다. 심지어 연암과 형암은「蜋丸集序」와「이목구심서」에 각기 보이는 것처럼 말똥구리가 말똥 굴리는 것을 보면서 사물의 이치를 제시하기도 한다. 이들이 盲目의 인식으로 외부적 지식을 거부한 것은 관념적으로 존재하는 선험적 가치 자체를 반대한 것이지, 새로운 논리를 발현하는 다양한 현상적 지식 자체를 반대할 것은 아니라는 것을 여기에서 확인할 수 있다. 삼라만상의 자연을 스승 삼는다는 무심과 '동심·맹목'의 문자 행위는, 선험적 가치를 거부하면서 사물을 자기의 감각으로 인식할 것을 요구한다. 그러므로 이것은 유심론에 귀착될 수 있는데, 주관적 유심주의가 극단적으로 오도될 수 있는 위험성을 이들은 박학한 지식으로 보완·극복하고 객관성을 확보하고 있다.

명심과 동심을 바탕으로 한 새로운 가치추구는, 인식의 범주와 대상을 확대하여 사물의 객관적 실체성을 있는 그대로 인정하면서 시작된다. 그리고 인식대상이 가진 존재적 상황과 의미를 파악하기 위해서 會心 體物의 단계를 거치게 된다. 인식 주체의 선입견을 배제하고 '대상의 눈으로 대상을 본다(以物觀物'는 體物 혹은 即物論은, 인식대상의 존재적 상황을 철저히 인정하는 것이고, 회심론은 주관적 상상력으로 그 상황을 설정하는 인식의 방법이다. 유심론을 주장하는 양명학적 인식론과 불교적 觀法을 연상시키는 회심론과 즉물 체물론은, 인식대상이 가진 시간적 공간적 존재상황을 설정하고 그 의미를 캔다는 점에서 시·공의 상대주의적 논리와 연계되는 점이 있는데, 이덕무는 바다 그림을 보면서 속이 울렁이고 가슴이 뛴다고 고백할 정도로 인식대상 속에 몰입했던 바 있다. 인식대상의 시공, 즉 존재적 상황을 설정하는 이 인식론은 문자로 형상화될 때, 인식 주체자의 현실감각에 기반을 둔 가상적이고 허구적인 상황설정이 불가피하게 될 것이다. 현재와 과거의 관점이 교차하고, 인식주체와 인식대상의 시점이 자유자재로 확대될 수 있다. 인식의 상대성에 따른 구체적인 상황설정이 이루어질 것이기 때문이다. 언어가 결국 관념적 결론을 지향하더라도 추상적 논리에 빠지지 않고 구체적인 상황으로 표현되는 것이다. 구체적 상황을 묘사하기 때문에 그 언어는 지시적이고 감각적인 모습일 것이지만, 결국 의미의 폭이 확장된 형상성을 획득하게 되는 것이다. 이러한 언어의 제 양상이 명심 동심론과 회심 체물론 등이 성취할 수 있는 문학적 성격이라고 할 수 있다.

그러나 명심 맹목론 등 네 가지 범주의 인식이 보일 수 있는 가장 큰 문학적 양상은, 인식론적으로 볼 때 逆說과 反語라고 할 수 있다. 앞에서 지적한 대로 맹목 동심의 인식은 기본적으로 기존의 사유체계와 문자행위에 대하여 배타적 성격을 갖고 있다고 할 수 있다. 거부의 바탕 위에서 새로운 질서를 구축한다. 이때 거부되어야 할 묵은 문자의 질서와, 성취되어야 할 당위적인 새로운 가치는 반어와 역설의 관계를 가질 수밖에 없다. 두 종류의 문자행위가 충돌하는 그 시기야말로 부조리한 반어와 역설의 시대라고 할 수 있다. 이 反價値의 부조리한 시대에 전개되는 인간행위는 그대로 역설의 표상으로서 아이러니의 상황으로 빠져 들어갈 것이다. 그에 따라 현실의 삶을 반영하는 언어는 당연히 아이러니와 역설의 형식을 취할 수밖에 없는 것이다.

회심론과 체물론 그리고 시공의 상대주의적 논리를 고려하면 이 역설과 반어는 더 그 성격이 분명해진다. 앞에서 본 바와 같이 회심론은 인식대상의 존재적 상황을 설정한 바탕 위에서 그 의미를 밝히는 것이다. 물론 여기에 체물론 등으로 인식주체의 선입견을 타기한 상대주의적 시각과 관점이 개재된다. 다면적인 시각에서의 존재론이 성립된 것이다. 이렇게 다층적 관점에서 파악된 논리는 인간 중심의 윤리적 당위론을 전제로 한 사물인식과 필연적으로 상충될 수밖에 없다. 더구나 인간 중심의 단선론이 가치판단의 기준을 현상계에 두지 않고 聖人의 가르침과 같은 교시적이고 선험적인 체계에 의지할 때, 다층적이고 상대주의적인 시각과의 대립은 당연한 것으로 생각된다. 시공의 상대성이론을 바탕으로 각 시대의 존재적 상황에 개별성을 부여한 논리로, '나도 이 시대의 성인이 될 수 있다'는 주장을 이들이 편 것을 기억하면 이들의 언어가 취할 반어와 역설의 의미와 성격을 이해할 수 있는 것이다. 물론 이때의 반어와 역설이란 인식의 차원에 속한 것이지만, 언어로 표현될 때 그것은 문체와 작품구조라는 형식으로 발현될 것이다. 반어와 역설은 결국 인간 중심의 주관적 관념론과 사물 중심의 객관적 존재론의 대립이라고 할 수 있으며, 단선적 시점과 상대주의적인 다면적 관점과의 대립이라고 할 수 있다. 물론 그것은 시간관과 공간관 차원에서의 대립이라는 점에서 존재론적 갈등이라고 말할 수도 있다. 절대적인 시공 개념 아래서 파생된 존재론과, 상대주의적인 시공관에서 성립된 존재론은 당연히 갈등할 수밖에 없는 것이다.

북학파의 사유체계에서 추정되는 이상과 같은 여러 모습들이 구체적으로 그들의 산문에 어떻게 실현되고 있는가 하는 점은 장을 달리하여 살펴볼 것이다. 이에 앞서 우리는 이러한 북학파의 사유체계가 어떤 배경 속에서 형성되었는가를 생각해 볼 필요가 있다. 물론 이런 북학파의 모습은, 관념적 질서를 강요하여 질곡의 현실에 순응하기를 요구하는 당대의 정치사회에 대한 반응이었다. 그런 점에서 우리의 사상사나 문화사적 흐름 속에서 자연스럽게 설명될 수 있는 것이지만, 이들을 오늘날 북학파라고 명명할 때 전제되는 중국의 영향을 도외시할 수는 없다. 이들 사유체계의 원천을 중국이라는 외부에서 찾아보지 않을 수 없는 것이다.

3. 明淸 문체론과의 相同性과 그 변용

이 장에서는 2장에서 검토한 북학파의 기본 논리의 원천을 명말청초의 小品
家들에게서 추적해보려 한다. 주지하다시피 박지원·박제가·이덕무 등의 문
체는 명말청초의 패관기서 혹은 패관소설을 본받고 있다고 조야의 공격을 받
은 바 있다. 이들이 公安派 혹은 性靈派의 문학론을 수용하고 있다는 사실은
간헐적으로 지적되어 왔다.[1] 그러나 이들이 명말청초의 사유체계를 어떻게 어
느 정도 수용하였는가, 즉 학문적 종주국을 대상으로 한 학문적 취향에서의 유
입이었나, 아니면 그것을 받아들여야 할 만한 필연성이 있었는가 등의 문제의
식은 없었다. 여기에서는 북학파의 사유체계와 명말청초의 논리가 보여주는 상
동점과 차이점을 논하고, 그 상동성이 각기 두 사회에서 어떤 문화적 배경에
자리잡고 있는가를 살펴볼 것이다. 그럼으로써 북학파에 내재된 중국의 영향이
가지고 있는 성격을 분명히 할 수 있으리라고 생각한다. 논의는 이지(1527~
1602) 대명세(1653~1713) 원굉도(1568~1610)의 순서로 한다. 시대순에 어긋나
지만, 이지의 「童心說」과 대명세의 「盲者說」을 성격상 서로 연결하여 논할 필
요가 있기 때문이다. 이 세 사람을 비교하는 일과 아울러 邵雍·王陽明과의 상

---

1) 金英東, 앞의 책, 62~67면 ; 金明昊, 앞의 책, 63면.

관성을 간단히 살피려 한다. 이들은 물론 명말청초의 소품가라고 할 수 없지만, 북학파의 중요한 논리인 會心 體物論의 배경을 살피기 위하여 비교대상으로 설정하였다.

1) 명청 문체론과의 相同性

(1) 이지 「동심설」과의 비교

박지원 등이 『열하일기』와 다른 산문을 통해 거듭 언급하는 '깜찍한 소년의 시각'은, 기존의 가치체계를 비판하고 실제적인 사실에 바탕을 둔 인식체계의 중요성을 강조하는 것이다. 이덕무가 「嬰處稿自序」에서 밝힌 바 있는 영아와 처녀의 '天眞'의 진실성 또한 마찬가지다. 이러한 동심의 문학적 배경이 이지의 「동심설」과 연결된다는 점이 지적된 바 있지만, 단편적인 지적에 그치고 이지 「동심설」의 논리와 구체적으로 대비 검증된 바는 없다.

우리는 여기에서 이지의 「동심설」의 구체적인 논리와 아울러, 그 사상적·시대적 배경을 살펴봄으로써 실학파가 「동심설」을 논리적 기반으로 수용, 변용하였던 배경을 이해하고자 한다. 「동심론」이 어느 정도의 문화적 상동성을 전제로 수용되었는가를 살펴보자는 것이다.

이지는 동심은 곧 眞心이라고 한다. 童子란 사람의 시작(바탕)이며 동심이란 마음[心]의 시작이니, 그것은 바로 최초의 一念이며 本心이다. 그러니 동심을 잃는 것은 곧 진심을 상실하는 것[2]이라고 이지는 말한다.

---

2) 夫童心者 眞心也 若以童心爲不可 是以眞心爲不可也 夫童心者 絶假純眞 最初一念之本心也 若失却童心 便失却眞心 失却眞心 便失却眞人 人而非眞 全不復有初矣 童子者 人之初也 童心者心之初也. 「心說」『李溫陵集』 卷九, "雜述"(文史哲出版社, 臺北 民國 68년), 481~486면. 이하 「동심설」 인용은 모두 위의 책에 따를 것이므로 출처표기를 생

그러면 이 동심, 곧 진심을 사람들은 언제 어떻게 상실하게 되는가. 이지는 이에 대해 명확히 답한다. 즉 성장하면서 耳目으로 聞見이 들어오고, 문견으로 도리가 들어와 마음속에 자리잡으면서라고 말한다.[3] 이때의 도리와 문견이란 美名을 좋아하여 이름을 떨치려 하고, 아름답지 못한 추한 이름을 꺼려 감추려 하는 지각을 말하는 것이다.[4] 동심·진심을 잃게 하는 道理聞見이란 한마디로 好惡를 구별하는 지각, 곧 판단력이라는 것이 이지의 주장이다.

그렇다면 도리문견, 즉 호오의 지각은 성장하면서 어떻게 취득되는가가 문제가 된다. 이지는 이러한 지각이 독서를 많이 하여 의리를 알게 되기 때문에 생기는 것이라고 한다(夫道理聞見 皆自多讀書識義理而來也). 이때의 의리란 좋고 나쁨을 인식하고 판단하는 가치기준을 말하는 것이다. 이 가치기준은 선험적이고 고착적이며 인위적인 것이어서 당연히 있는 그대로의 천진과 진실을 왜곡, 거부하게 된다. 그렇다면 독서는 피해야 하는가, 독서가 왜 진심을 잃게 하는 도리문견이라는 바람직하지 않은 지각을 형성하는가 하는 의문을 가질 수밖에 없다.

옛 성인이 어찌 독서를 하지 않았겠는가. 그러나 만일 독서를 하지 않았더라면 동심은 정말 절로 보존되었을 것이다. 비록 독서를 많이 했다 하더라도 또한 이 동심을 보호하여 잃어버리지 않게 했을 것이다. 지금의 학자들이 책을 많이 읽고 의리를 알아서 오히려 동심을 방해하고 있는 것과는 다르다. 오늘의 학자는 독서를 많이 하고 의리를 알아서 동심을 가로막는다.[5]

략한다.

3) 然童心胡然而遽失也 盖方其始也 有聞見從耳目而入 而以爲主于其內 而童心失矣 其長也 有道理從聞見而入 而以爲主于其內 而童心失. 「童心說」.

4) 其久也 道理聞見日以益多 則所知所覺 日以益廣 於是焉又知美名之可好也 而務欲以揚之 而童心失 知不美之名之可醜也 而務欲以掩之 而童心失. 「童心說」.

5) 古之聖人 曷嘗不讀書哉 然縱不讀書 童心固自在也 縱多讀書 亦以護此童心 而使之勿失焉耳 非若學者反以多讀書識義理 而反障之也 夫學者旣以多讀書識義理 障其童心矣. 「童心說」.

　독서가 호오의 지각을 쌓아서 판단력을 흐리게 하고 동심, 곧 진심을 잃게
하는 것이라면 그것은 마땅히 내버려야 할 것이다. 그러나 이지는 聖人이 독서
를 안 한 것은 아니라고 말한다. 다만 성인은 독서를 하더라도 본심에 동심을
보존했는데, 요즘 학자들은 독서로 의리를 익혀서 동심을 방해하고 있다는 것
이다. 독서로 쌓은 도리문견과 의리는, 동심을 방해하는 호오의 지각을 말하는
것이기 때문이다. 요컨대 동심·진심을 보존하지 못하는 것은 일반적으로 도리
문견과 의리가 원인이지만, 근본적으로는 독서의 태도에 관련된 문제라는 지적
이다. 최초의 본심인 동심과 진심의 눈을 간직한 바탕에서 이루어지는 독서는
바람직한 것이다. 그러나 독서가 잘못되어 동심이 방해되면 언어가 忠心에서
나오지 않으며, 政事를 하더라도 근저가 없게 되며, 文辭가 달통하지 못하여
有德之言을 구할 수 없게 된다. 왜냐하면 말이 모두 선험적 가치체계인 도리문
견에서 나온 것이지 동심, 즉 진심에서 나온 것이 아니어서 언어가 비록 교묘
하다 하더라도 그것은 假人이 발한 假言인 것이고 假文이기 때문이다. 이렇게
되면 온통 세상이 假의 상태에 빠져서(滿場是假) 난쟁이가 연극 구경하는 것
처럼 사물을 제대로 분별할 수 없다는 것이다(矮人何辯). 이렇게 거짓 문장 假
文이 유행한 곳에서는 자연히 천하의 至文이 후세에 전달될 수 없게 된다.

　至文은 동심, 즉 진심에서 나오지 않는 것이 없다. 도리문견이 동심을 막았
던 것과는 반대로, 동심이 존재하면 도리문견은 사라져서 어느 시대에도 至文
이 이루어질 수 있고 누구건 至文을 쓸 수 있다.[6]

　시가 어째서 꼭 古選 같아야 하며 문은 왜 先奏의 것이어야만 하는가. 세월이
흘러 육조시대가 되매 변하여 近體가 이루어졌고, 또 변하여 傳奇가 되었고 院
本이 되고 雜劇이 되고 『西廂曲』이 되고 『水滸傳』이 되고, 오늘날의 科擧文이
되었다. 이것들은 모두 고금의 至文이니 시대의 선후로 논할 것이 못된다.[7]

---

6) 苟童心常存 則道理不行 聞見不立 無時不文 無人不文 無一樣創制體格文字而非文者.
　「童心說」.

이지는 시와 문이 각기 古選과 先秦의 것을 전범으로 삼는 태도를 거부한다. 세월이 변하면 새로운 문장이 생겨나야 한다는 것이다. 따라서 傳奇, 院本, 雜劇뿐 아니라,『서상곡』과『수호전』까지도 선진시대의 문처럼 당대적 진실을 담은 至文으로 간주한다. 이런 것들은 모두 이른바 도리문견과는 반대되는 것으로 간주되어 전통적으로 사대부 문인들에게는 무시되던 것들이다. 이지는 고선과 선진을 규범으로 삼아 이것들을 무시할 수는 없다고 한다. 시세의 선후로 논할 것이 아니라는 것이다. 그렇다면 이『수호전』과『서상곡』까지 至文이 될 수 있는 이유는 무엇인가. 이지는 동심, 곧 진심이 있는 문장이기 때문이라고 한다. 이 동심과 진심은 시대가 앞선 문장에만 존재하는 것이 아닌 것이다.

상대적으로, 이지는 성인의 말씀인 육경,『논어』『맹자』는 史官이 지나치게 높이 평가한 것이 아니면 그 아래 제자들이 찬미한 것일 것이고, 그도 아니면 어리석고 몽매한 제자들이 부분부분 기억한 스승의 설에다가 자기 생각을 담아 기록한 것이라고 주장한다. 그런데도 불구하고 후학들은 그것이 모두 성인의 말씀인 줄 알고 경전으로 삼고 있다는 것이다.[8] 설사 그것이 성인의 입에서 나온 것이라 하더라도 그 요지는 모두 우활한 제자들을 깨우치기 위한 상황적 처방 즉, 因病發藥이고 隨時處方[9]이라는 것이다. 그러니 동심을 잃고 도리문견만 가진 假人의 假病을 고치는 데 처방이 될 수 없고, 만세의 至論이 될 수도 없다는 것이다. 이지는 이 육경,『논어』『맹자』를 道學의 구실이고 假人의 모임처라고까지 혹평하고 있다. 그래서 동심을 잃지 않은 진정한 성인을 기다리고 있는 것이다.

---

7) 詩何必古選 文何必先秦 降而爲六朝 變而爲近體 又變而爲傳奇 變而爲院本 爲雜劇 爲西廂曲 爲水滸傳 爲今之擧子業 皆古之至文不可得 而時勢先後論也.「童心說」.

8) 夫六經語孟 非其史官過爲褒崇之詞 則其臣子極爲贊美之語 又不然 則其迂闊門徒 懵懂弟子 記憶師說 有頭無尾 得後遺前 隨其所見 筆之於書 後學不察 便爲出自聖人之口也 決定目之爲經矣 孰知其大半非聖人之言乎.「童心說」.

9) 縱出自聖人 要亦有爲而發 不過因病發藥 隨時處方 以捄此一等懵懂弟子迂闊門徒云耳 藥醫假病 方難定執 是豈可遽以爲萬世之至論乎.「童心說」.

이상과 같은 이지의 「동심설」은 크게 두 개의 주장으로 나눌 수 있다. 첫째, 동심은 곧 진심인데 도리문견이라는 선험적 가치판단의 기준이 동심을 막아 假人, 假事, 假文을 만들어낸다. 둘째, 동심이 표현된 문장이 곧 至文인데 그 것은 시대에 따라 변하며 성인의 문장도 '상황을 다스리기 위한 일시적 처방'이라 할 수 있다. 이러한 두 주장에는 도리문견이나 성인의 문장이라는 기존의 지식체계 혹은 선험적 가치체계와, '最初一念之本心' '眞心'이라고 한 동심을 대립적인 개념으로 파악하는 논리가 관류하고 있다고 할 수 있다. 천하의 지문이란 동심이 상존하는 것이며, 도리문견이 존재하면 동심과 진심이 사라져 모두가 假가 된다고 말하고 있다. 도리문견이란 곧 성인의 말씀과 다른 것이 아니니, 이지는 성인의 말을 따르면 진실을 잃는다는 논리를 「동심설」을 통해 전개하고 있는 셈이다.

하늘이 한 사람을 낳았다면 자연 그 사람의 쓰임새가 있을 것이니, 공자에게 받아들여지기를 고대하지 않아도 되는 것이다. 반드시 공자에게 용납되기를 기대한다면 千古 이전에는 공자가 없었으니 결국 사람이 될 수 없었을 것인가. … 공자는 일찍이 다른 사람들에게 자신을 배우라고 가르치지 않았다. 만일 공자가 다른 사람들에게 자기를 배우라고 가르쳤다면, 顔然이 仁에 대해 물었을 때 '仁이란 자기로부터 비롯되는 것이지 타인으로부터 시작되는 것이 아니다'라고 했겠는가.[10]

'爲仁由己'라고 안연에 답했던 공자의 말을 이끌어 이지는 공자의 절대성을 부정하고 있다. 공자는 천하 사람들에게 자신을 敎範으로 강요하지 않았으며 이러한 성인 때문에 만물이 제자리를 찾았다고 강조하고 있다. 일반적 지식인

---

10) 夫天生一人 自有一人之用 不待取給于孔子以後足也 若必待取足于孔子 則千古以前無孔子 終不得爲人乎 … 使孔子而敎人以學孔子 何以顔然問仁曰 爲仁由己而不由人也與哉 「答耿中丞」, 『李溫陵集』 卷二, 95~96면.

들이 도리문견을 전하는 서적 중의 서적으로 간주하는 六經,『논어』『맹자』
조차도 '병에 따른 일시적 처방'의 일종으로 치부하는 이지의 논리가 이 글에
잘 나타난다. 이런 논지로부터 도리문견이라는 성인의 선험적 가치관이 세상
을 덮으며 왜곡시키고 있다는 주장으로 확대되는 것이다. 이렇게 보면 이지는
동심의 진실성을 내세워 선험적 기존 가치질서를 거부하는 역설의 인식을 하
고 있는 것이다.「동심설」은 곧 역설의 시각 그 자체라고 말할 수 있다. 이러
한 역설의「동심론」은 앞에서 본 것처럼 선험적 가치관이 세상을 왜곡시키고
있다는 현실 인식에서 나온 것이다.

 '假人이 假言을 하고 일마다 假事가 되어 온 세상이 假가 되었다'는 말은,
곧 세상이 도리문견이라는 假로 뒤덮였다는 지적이다. 이는 바꿔 말하면 세상
에서 옳다고 하는 도리문견이 사실은 眞이 아니라는 것이다. 이지는 결국「동
심설」을 통하여 자신이 세상 사람들과는 다른 세계인식을 하고 있다는 사실을
공표한 셈이다. 세상의 진실이 이지에겐 거짓이고, 세상의 눈에 별 가치가 없
는『수호전』『서상곡』등이 이지에겐 동심, 곧 진심을 표현한 최고의 문장이었
다. 그가『수호전』을 옳고 그름이 전도된 가치관의 혼란 속에서 배태된 發憤
之所作으로 평가하는 것과 같은 맥락을 이룬다.

　　太史公은 說難 孤憤은 성현이 발분해서 지은 것이라고 했다. 그렇게 보면 옛
　성현은 분개함이 없었다면 책을 쓰지 못했을 것이다. 분개함이 없이 저술한다는
　것은 비유하자면 춥지도 않은데 떠는 것이고, 병도 없는데 신음하는 것이니, 볼
　게 무엇이 있겠는가.
　　『수호전』은 발분해서 지은 것이다. 송나라 말경부터 상하가 전도되어 大賢은
　아래에, 못난 놈은 위에 자리를 잡으니, 자연 夷賊이 위에 中原이 아래에 처하게
　되었다. 그때에 황제와 재상들은 오히려 처마 밑 제비 참새처럼 태연하다가 신하
　로 칭하기를 청하고 犬羊에게 즐겨 무릎을 꿇었다. 施耐庵과 羅貫中 두 분은 몸
　은 원나라에 살았지만 마음은 송에 있었으니, 비록 원나라의 해를 보며 살았으

나, 실제로는 송나라 상황에 대해 분개하였다.[11]

　　이지는『수호전』을 發憤所作이라며 발분의 배경을, 갓과 신이 거꾸로 된 冠
履倒施, 즉 상하가 뒤바뀐 현실이라고 설명한다. 그것은 구체적으로 말하면
'큰 현자가 아래에, 못난 놈이 위에 자리하고 있는' 사회병리적 현실이었다.
'오랑캐가 위에 중국이 아래에 내려간(夷賊處上 中原處下)' 암울한 민족적 현
실도 이 '大賢處下 不肖處上'에서 빚어진 병리의 전이현상이었다. 나관중과
시내암 두 사람은 결국 '身在元 心在宋'이라는 역설적이고 부조리한 처지에
빠지지 않을 수 없었다. 이렇게 상하가 전도되고 현실적 가치와 당위적 가치가
괴리된 상황, 그것이 곧 저자의 분개를 일으키고 그 분노가『수호전』으로 표현
되었다는 지적이다. 그러니 소설『수호전』은 忠義의 서적이라 하지 않을 수
없다는 것이다(欲不謂之忠義 不可也). 세상 사람들이 패관소설이라 폄하하며
도리문견을 전하는『논어』『맹자』와 대극점에 둔 것과는 정반대의 논리로『수
호전』을 높이 평가하고 있는 것이다. 이지가 이렇게 성현의 서적은 '병에 따른
일시적 처방'으로 간주하면서『수호전』을 충의의 표현과 진심·동심의 발현으
로 간주하는 것은, 성현의 책이 '冠履倒施'로 가치가 전도된 상황에 대한 치유
책으로서 당대적 진실을 담고 있지 않다는 인식에 기초한다. '큰 현자가 아래
로 떨어지고 못난 놈이 위로 올라간'의 전도된 현실에 대한 울분을 담고 있는
『수호전』이 오히려 부조리한 세상을 바로잡는 치유책을 담고 있다는 생각인
것이다. 이러한 '대현처하 불초처상'의 부조리가 치유되면, 곧 '이적처상 중원
처하'의 현상도 벌어지지 않을 것이므로, 그러니『수호전』은 '진심'을 담은 '충

---

11) 太史公曰 說難孤憤 賢聖發憤之所作也 由此觀之 古之賢聖 不憤則不作矣 不憤而作 譬如
　　不寒而顫 不病而呻吟也 雖作何觀乎 水滸傳者 發憤之所作也 盖自宋室不競 冠履倒施 大賢
　　處下 不肖處上 馴致夷狄處上 中原處下 一時君相猶然處堂燕鵲 納幣稱臣 甘心屈膝于犬羊
　　已矣 施羅二公 身在元心在宋 雖生元日 實憤宋事.「忠義水滸傳序」,『李溫陵集』卷三,『焚
　　書』, 538~542면.

의의 서적'인 것이다. 세상 사람들이 폄하하는 『수호전』이 최고의 문장이 될 수 있는 이유, 즉 역설의 진실성이 여기에서 확보되는 것이다. 이지가 성인의 도리문견을 거부하며 역설의 논리를 편 것은 결국 부조리한 가치질서를 회복시키기 위한 고육지책인 것이다.

「동심론」은 이상에서 본 바와 같이 역설의 논리를 기반으로 기존의 부조리한 질서, 선입견에 고착된 가치체계를 거부하고 새로운 질서 확립의 바탕을 마련한다. 이러한 차원에서 북학파들이 「동심론」과 짝하여 養虛論을 전개했던 것처럼, '虛'가 갖는 창조적 성격을 이지 역시 강조한 점이 주목된다.

도를 배울 때는 虛를 귀중히 여기고, 도에 임해서는 實을 귀중히 여긴다. 허함으로써 훌륭한 실을 받아들일 수 있는 것이다. 不虛를 고집한다면 받아들인 것이 정미롭지 않게 되며, 실하지 않으면 (그것을) 굳게 잡고 있을 수 없다. 허하면서 실하고 실하면서 허한 것이 眞虛이며 진실이니, 이것은 오직 眞人만이 간직할 수 있는 것이고, 진인이 아니면 소유할 수 없는 것이다.[12]

허하지 않으면 실을 받아들일 수 없고, 받아들인다 해도 부실해진다. 그것은 누구도 애착을 가지고 고집할 수 없는 것이다. 따라서 허해야만 좋은 실을 간직할 수 있는 것이니, 이것이 허의 존재적 가치다. 이지의 역설적 논리가 배태하고 있는 창조적 역동성을 이 '虛實說'에서 우리는 확인할 수 있는 것이다. 이러한 허의 역동적 힘은 '高潔說'에서도 확인되는데, 그는 다른 사람의 밑에 처하면 허해지고 허하면 취하는 것이 넓어져서 그 사람은 더욱 고결해진다고[13] 역설적 처세의 역동성을 주장한다. 한편 「心經提綱」이란 글에서는 空과 色의

---

12) 學道貴虛 任道貴實 虛以受善實焉 固執不虛 則所擇不精 不實則所執不固 虛而實 實而虛 眞虛眞實 眞實眞虛 此唯眞人能有之 非眞人則不能也. 「虛實說」, 『李溫陵集』 卷之九, 499면.
13) 能下人故其心虛 其心虛故所取廣 所取廣故其人愈高 然則言天下之能下人者 固言天下之極好高人者也. 「高潔說」, 『李溫陵集』 卷之九, 509면.

변증법적 성격을 논하며, 색을 논하는 것이 결국 공을 논하는 것이고, 공을 논하는 것이 색을 논하는 것이란[14] 주장을 전개하며 공의 의미를 강조하고 있다. 이때의 공은 '허실설'에서의 '허'와 동일한 인식론적 성격을 지니고 있다. 성인의 학문행위가 모두 '淡'을 위한 것이라는[15] 설명도 같은 맥락에서 파악할 수 있다.

이지의 역설적인 시각은 『藏書』에서 역사적 인물을 평가할 때 구체화되어 나타난다. 이지는 분서갱유을 일으킨 李斯를 '才力名臣', 배우[樂人]로 알려진 楚의 優孟을 '諷諫 名臣'의 대열에 올려놓고 있다. 심지어는 당의 則天武后를 남편 高宗이나 아들 中宗보다 십 배 백 배 낫다고 말하고 있다. 그러면 이러한 역설의 시각이 배태된 배경은 무엇인가.

이지가 살았던 시대야말로 그가 『수호전』 저작의 배경이라고 설명한 '대현처하 불초처상'의 전도된 세계였다. '聖人'과 '山人'이라고 하는 사람들이 세상을 속여 이익을 꾀하고, 입으로는 도덕을 논하면서 도적질에 뜻을 둔 시절이었다.[16] 호걸을 구하려면 오히려 미친 사람 중에서 구해야 했던 시대였다.[17] 올바른 정신을 가진 호걸이란 세상의 가치기준으로 볼 때 미친 짓을 하는 전도된 세계였기 때문이다. 우리는 명나라 말년의 그 혼돈 속에서 전개된 엄한 사상적 탄압의 역사를 기억해 볼 수 있을 것이다. 현실문제에 손을 놓고 있는 經學이

---

14) 其實我所說色卽是說空 色之外無空矣 我所說空卽是說色 空之外無色矣 非但無色而亦無空 此眞空也. 「心經提綱」, 『李溫陵集』 卷之九, 486면.

15) 蓋精則一 一則純 不精則不一 不一則雜 雜則不淡矣 由此觀之 淡豈可以易言乎 是以古之聖人 終其身于問學之場焉 講習討論心解力行 以至于寢食俱廢者 爲淡故也. 「答耿中丞論淡」, 『李溫陵集』 卷之二, 129면.

16) 今之所謂聖人者 其與今之所謂山人者 一也 特有幸不幸之異耳 …… 展轉反覆 皆欺世盜名者 名爲山人而心同商賈 口談道德而志在穿窬 夫名山人而心同商賈 旣可鄙也. 「又與焦秣陵」, 『李溫陵集』, 220면.

17) 求豪傑必在於狂狷 必在於破綻之夫 若指鄕愿之徒逐以爲聖人 則聖門之得道者 多矣. 「與焦弱侯太史」, 『續焚書』 卷一 「晚明小品與明季文人生活」(陳萬益, 民國 77년 大安出版社, 96면)에서 재인용.

지주처럼 버티고 있던 한편에, 그에 반발하여 현실론을 들고 나온 양명학이 경전을 새롭게 해석해야 한다고 외치던 시대적 배경을 이지는 안고 있었다.

주지하다시피 이지는 양명학의 영향을 크게 받으면서 전통의 속박을 거부하고, 사상해방을 주장했던 인물이다. 그는 『장서』에서 보는 바와 같이 千古의 시비를 가린다는 자세로 중국 역대 인물을 재평가하면서 새로운 가치체계를 확립하던 삶을 살았음에도 불구하고, 스스로 '狂癡', 즉 미쳤으며 자기의 말은 비속하다고 자처해야만 했다.[18] 그것은 세상을 '戲場'이라 여겼던[19] 것과 마찬가지로 온 세상이 거꾸로 된 '擧世顚倒'의 현실에서 나온 어쩔 수 없는 '통한'의[20] 자탄이었다. 진사시험을 포기하고 지방 말단관리로 전전하다가 탄핵을 받아 모든 서적의 간행과 유통이 중지되고 끝내 북경 감옥에서 자살의 길을 택해야 했던 현실이 곧 '대현처하 불초처상'의 세계였다. 그는 옳고 그름이 뒤바뀐 암울한 이 현실에 발분했던 것이며, 점점 다가오는 '이적처상 중원처하'의 운명을 걱정했다. 그가 죽은 6년 후 1616년 청이 중원에 건국했던 역사적 사실을 전도된 가치체계 아래서의 필연적 결과로 예견하면서, 이지는 가치가 전도된 현실에 대한 분개와 경고, 그리고 치유책으로 『수호전』의 충의를 내세우고 동심과 진심을 주장했다. 도리문견이라는 허위의식을 벗어서 전도된 가치의식을 바로잡는 방안을 제시한 것이다. 이지의 「동심설」은 결국 옳고 그름, 진실과 허위가 착종된 세계에 대한 치유책으로 제시된 것이다. 동심은 진실의 눈 그 자체이기 때문이다.

우리는 이제 박지원·박제가 등 북학파가 「동심론」을 주장했던 배경과, 이지의 그것이 서로 상통하고 있음을 충분히 이해하게 된다. 북학파가 동심을 天眞·眞機로 받아들이며 기존의 묵은 문자를 거부하는 논리적 시발로 삼았던

---

18) 其性褊急 其色矜高 其詞鄙俗 其心狂癡 其行率易.「自贊」,『李溫陵集』卷之十一, 642면.

19) 予時甚愧 其言以謂 世間戲場耳.「與弱侯」,『李溫陵集』卷之五, 287면.

20) 唯擧世顚倒 故使豪傑抱不平之恨 英雄懷罔措之戚 直驅之使爲盜也 余方以爲痛恨 而大頭巾乃以爲戲.『焚書』卷四. 陳萬益의 앞의 책, 96면에서 재인용.

사실을 우리는 이미 앞장에서 확인한 바 있다. 그리고 이러한 논리가, 가식과 허위가 진실을 가려서 표면과 이면이 불일치하고, 가치의식이 전도되어 있는 당대 현실의 구조에서 배태되고 있음도 본 바 있다. 이지가 말한 '대현처하 불초처상'과 같은 가치전도의·현상이 조선사회에도 만연되어 북학파에게 똑같이 인식되었던 사실은 「마장전」「예덕선생전」「호질」 등의 인물 구성에서 우리는 확인할 수 있다. 이덕무의 「이목구심서」 등도 크게 보면 동심에 기초한 가치회복을 위한 안간힘이다. 북학파의 「동심론」과 이지의 「동심설」은 결국 당위적 가치와 현실적 가치가 전도된 부조리한 사회구조 속에서 왜곡된 질서를 바로잡는 논리로 배태되었다는 상동성을 가지고 있는 것이다. 이들의 산문이 모두 역설의 논리로 점철된 이유를 우리는 이해할 수 있는 것이다. 이에 대하여는 다음 장에서 논한다.

(2) 戴名世 '盲者說'과의 비교

연암이 「일야구도하기」를 통하여 선입견을 배제하고 기존체계를 거부하는 冥心의 인식론을 전개했는데, 이 명심이 「환희기후지」와 「答京之」에서 전개한 맹목의 논리와 상통하는 것임을 앞에서 우리는 확인하였다. 맹목의 눈이 되어야 한다는 주장은 기존 가치체계에 대한 거부와 아울러 지각기관에 의거한 실체적 진실의 중요성을 강조하는 의미를 함축하고 있다. 선입견에 둘러싸인 기존체계에 대한 반발로 맹목의 시각이 갖는 진실성을 강조한 사례를 우리는 桐城派 文人으로 알려진 대명세(1653~1713)의 「盲者說」에서 확인할 수 있다.

　동네에 눈 먼 소년이 점을 치며 살았는데 악기도 잘 다뤘다. 이웃 어떤 사람이 그를 불러 위로했다.
　"나이가 몇이냐."
　"15세입니다."

“언제 눈이 멀었는고.”

“세 살 때입니다.”

“그러면 눈이 먼 지 12년이 되었군. 어둡고 깜깜한 상태에서 종종걸음으로 다녀야 되고, 웅대한 천지, 밝게 빛나는 일월, 흐르고 우뚝 선 산천, 아름다운 용모, 화려한 궁실, 이런 것들을 볼 수 없으니, 얼마나 슬픈 일인가. 내 자네를 위로하고 싶네.”

맹인이 웃으며 대답했다.

“당신의 말은 단지 맹인이 소경 노릇하는 것만 알 뿐이지, 맹인 아닌 사람이 모두 소경 노릇하는 것은 모르는 말입니다. 장님을 어찌 눈멀었다고 할 수 있겠습니까? 내 눈은 비록 볼 수는 없지만, 사지와 온몸이 멀쩡하여 눈 때문에 망동하지는 않습니다. 다른 사람을 대할 때는 그 목소리를 들어 그 성씨를 알고, 그 어조를 분간하여 시비를 가리며, 걸어다닐 때에는 평탄한가 비탈졌나를 가늠해서 걸음을 빠르고 천천히 하여 넘어질 걱정이 없습니다. 내가 정통한 일에만 힘써서 급하지 않은 일에 마음을 고달피 쓰지 않고, 무익한 일에 힘을 쓰지 않고, 내 기술을 팔아 배불리 먹고삽니다. 이렇게 사는 것이 오래 습관이 되어서 내가 눈이 먼 것을 병으로 생각하지 않습니다.

지금 세상 사람들은, 예의에 어긋나는 행동을 즐겨하고, 쓸데없는 구경을 좋아해서, 어떤 일이 눈앞에 닥쳐도 제대로 볼 줄을 모르고, 설령 보더라도 멀리 보질 못합니다. 賢愚의 등급을 판별하지 못하고, 옳고 그름이 눈앞에 있어도 분간하지 못하며, 이해가 다가와도 살피질 못하고, 세상이 다스려지고 어지러운 연고를 헤아릴 줄 모릅니다. 詩書와 사물이 앞뒤에 놓여 있어 하루종일 그걸 보면서도 그 뜻을 몰라서 도리에 어긋나는 행동을 하며, 갈팡질팡 넘어지고 엎어지면서도 깨닫지 못하여 마침내 그물 속에 빠져들고 함정에 드는 사람이 왕왕 있습니다.

하늘은 사람을 사랑하는 마음이 매우 깊어, 운동하고 지각하고 인식하는 도구를 주었건만, 사람이 그 준 뜻을 잃어버리고, 빌린 것을 가지고 자기 몸을 괴롭히는 것이 어찌 유독 눈뿐이겠습니까?

모두가 어둡고 깜깜한 상태에서 종종걸음으로 다니고 있다고 할 수 있으니 세상에 소경 아닌 사람이 그 누구입니까? 소경이 나 혼자뿐입니까? 내가 눈을 흘겨 뜨고 사방을 돌아보며 말할 수 있거니와, 저들은 나를 한 순간도 모욕할 수 없습니다. 당신 같은 사람이 자신을 애달파 하지 않고 나를 애달파 하며, 자신을 위로하지 않고 나를 위로하니, 나는 반대로 당신을 애달파 하며 당신을 위로합니다.”

그 사람이 대답을 못하고 나에게 와서 그 이야기를 하니, 내가 듣고 기이하게 생각되어 말했다.

“옛날에 瞽와 史가 각기 方師와 太史가 되어 교육을 맡았고, 태사와 눈동자 없는 瞍와 시력이 없는 矇이 노래를 불러 교화를 도왔으니, 진나라의 師曠이나 정나라의 師慧가 그런 사람이다. 자네가 말한 맹인도 그런 사람이 아니겠는가” 하였다. 이를 보는 사람이 부끄러움을 알기를 바라며 그 말들을 기록한다.[21]

盲童과 某生이 나누는 이 대화는 누가 진실을 보는 눈을 가지고 있느냐는 토론이다. 모생이 맹동에게 ‘어둡고 깜깜한 상태에서 종종걸음’으로 다녀야 하는

---

21) 「盲者說」, 『桐城派文選』(王凱符 漆緒邦 選注, 安徽人民出版社, 1984), 14〜15면. 이하 『桐城派文選』으로 표시한다. 里中有盲童 操日者術 善鼓琴 隣有某生 召而吊之 曰 子年幾何矣 曰 年十五矣 以何時而眇 曰 三歲耳 然則子之盲也 且十二年矣 昏昏然而行 冥冥焉而趨 不知天地之大 日月之光 山川之流峙 容貌之姸丑 宮室之宏麗 无乃甚可悲矣乎 吾方以爲吊也. 盲者笑曰 若子所言 是第知盲者之爲盲 而不知不盲者之盡爲盲也 夫盲者曷嘗盲哉 吾目雖不見 而四肢百體均自若也 以目无妄動焉 其于人也 聞其音而知其姓氏 審其語而知其是非 其行也 度其平陂以爲步之疾徐 而亦无顚危之患 入其所精業 而不疲其神于不急之務 不用其力于无益之爲 出則售其術以飽其腹 如是者 久而習之 吾无病于目之不見也 今夫世之人 喜爲非禮之貌 好爲无用之觀 事至而不能見 見而不能遠 賢愚之品不能辨 邪正在前不能釋 利害之來不能審 治亂之故不能識 詩書之陳于前 事物之接于后 終日睹之而不得其義 倒行逆施 倀倀焉躓且蹶而不之悟 卒蹈于網羅 入于陷丁字 往往而是 夫天之愛人甚矣 予之以運動知識之具 而人失其所以予之之意 輒假之以陷溺其身者 豈獨目哉 吾將謂昏昏然而行 冥冥然而趨 天下其誰非盲也 盲者獨余耶 余方且睥睨顧盼 謂彼等者不足辱吾之一瞬也 乃子不自悲而悲我 不自吊而吊我 吾方轉而爲子悲 爲子吊也. 某生无以答 間詣余言 余聞而昇之 曰 古者瞽 史敎誨 師箴 瞍賦 矇誦 若晋之師曠 鄭之師慧是也 玆之盲者 獨非其倫耶 爲記其語 庶使覽之者知所愧焉.

(昏昏然而行 冥冥焉而趨) 장님의 막힌 어둠을 위로하자, 맹동은 눈은 멀었지만 다른 사지가 눈을 대신해 주어 넘어질 위험이 없으니, 못 보는 것이 병은 아니라고 응대한다. 나아가 정작 눈 뜬 사람들이 賢愚와 邪正과 이해를 분별 못하고, 일을 이치에 맞지 않게 처리해서(倒行逆施) 갈팡질팡 함정에 빠지니, 세상 사람 중에 장님 아닌 사람이 없다고, '눈 뜬 장님'을 야유하고 있다. 「맹자설」은 이지의 「동심설」과 마찬가지로 역설의 논리를 전개하고 있는 것이라고 할 수 있다. 이러한 대명세의 역설은 어떠한 배경에서 배태된 것인가.

우리는 「맹목설」을 쓴 대명세가, 지식인이 점차 청나라에 귀속되어 가는 현실 속에서 명나라에 대한 연민을 가지고 청나라를 비판적으로 바라보았다는 사실을 주목할 필요가 있다. 무수한 살육으로 건국한 청의 관리들이란 '이름을 팔아 녹을 구하면서도 염치를 모르는 자들(沽名釣祿之徒)'이라고 그가 비난했다는 사실을 기억해야 한다. 胡族의 청나라가 지배하는 세상이 '盛世'의 外衣를 입고 있지만, 내적으로는 암흑에 불과하다는 현실인식 속에서 살았던 인물이 「맹자설」의 작자 대명세였다.[22]

온 세상이 가치가 전도된 부조리한 사회가 되어버렸다는 대명세의 인식을 극명히 보여주는 글이 「隣女說」 「慧慶寺玉蘭記」 「贈趙驎期序」 「與劉大山書」 등이다. 「인녀설」에서는 비루하지만 화장으로 꾸미고 웃음을 흘리며 시집을 잘 간 서쪽 여자와, 정숙하고 아름답지만 자기 생각을 지켜 중매꾼조차 없는 동쪽 처녀를 대비시키고 있다.[23] 「혜경사옥란기」에서는 번화한 곳인 虎口에 피어서 이름이 쉽게 드러난 玉蘭과 궁벽한 慧慶寺 뜰에 핀 옥란을 대비시켜, 용렬한 자의 지위 권세가 높아지고 준걸한 사람이 오히려 매몰되는 현상을 우의적으로 풍자한다.[24] 이러한 가치전도의 현상은 「증조참기서」에서 더 확연히 드

---

22) 「前言」, 『桐城派文選』, 1~24면.
23) 西隣之女 陋而善嫁 東隣有處女 貞淑而美 無聘之者. 「隣女說」, 『桐城派文選』, 17~18면.
24) 慧慶寺 … 地僻而鮮居人 … 玉蘭在佛殿下 … 花開時 茂密繁多 望之如雪 虎口亦有玉蘭一株 爲人所稱 虎口繁華之地 遊人雜沓 花易得名 其實不及慧慶遠甚. 「慧慶寺玉蘭記」, 『桐城派文選』, 27~28면.

러난다. 나체로 지내는 黑人國에서 얼굴 하얗고 옷 입은 사람이 오히려 조롱 받고, 사람마다 혹이 달린 齊魯땅에서 혹 없는 사람을 '불구'로 비웃은 현상을 예로 들면서, 대명세는 '자질이 아름다울수록 좌절하고, 재주가 높을수록 뜻을 얻지 못하는(今夫賦質美則不能不見挫于惡 挾技高則不能復得意于卑)' 현실을 개탄하고[25] 있다. 물론 이런 세상에서 득세하는 '才士'란 남의 글이나 표절하며 권세에 아부하는 부류의 사람이다.[26] 이렇게 뒤집힌 세상의 현실을 작자는 때때로 자신의 처지에 대입시키기도 하는데, 「與劉大山書」 등이 그러한 예라고 할 수 있다. 작자는 비파를 좋아하여 천금을 허비하고 끝내는 비파를 끌어안고 굶어 죽어간 '余臾'라는 인물과, 문장을 좋아하는 자신의 신세를 동일시한다. '비파를 얻게 되자 죽음을 재촉하게 되었고, 문장을 이루게 되며 궁핍함이 심해졌다(琵琶成而適以速之死 文章成而適以甚其窮)'며, 문장은 '똥덩어리처럼 천해졌다(當今文章一事 賤如糞壤)'고[27] 울부짖고 있다.

문장이 이루어질수록 궁핍해지고, 얼굴이 희고 정상인 사람이 검고 혹 달린 사람에게 불구로 조롱 받고, 재주가 높을수록 득의할 수 없는 이 현실이 대명세가 살고 있는 가치전도의 사회였고, '맹목설'은 그 부조리한 세계에 대한 항거와 거부의 의지였던 것이다. 이 뒤집힌 세상에서 올바른 가치체계를 가진 인물로 그가 표현한 인물들은, 이름도 없이 별명만 간직하면서 지조를 지키다 죽어간 사람, 농사꾼의 딸, 초야에 묻힌 선비 등[28]이었다. 그가 '문장의 도'는 '率

---

25) 海上有黑人國 皮骨齒牙皆漆黑 裸處島中 見有色白而衣者至 群鼓掌笑 或閉目不忍見 匿之水中 齊魯山澤間多癭瘤之疾 … 嘆他人形體之爲不具也 今夫賦質美則不能不見挫于惡 挾技高則不能復得意于卑. 「贈趙驂期序」, 『桐城派文選』, 52~53면.

26) 今之所謂才士者 吾知之矣 習剽竊之文 工側媚之貌 奔走形勢之途 周旋僕隷之際 以低首柔聲乞哀于公卿之門. 「贈蔣玉度還毘稜序」, 『桐城派文選』, 50~51면.

27) 當今文章一事 賤如糞壤 … 秦淮有余臾者 好琵琶 聞人有工爲此技者 不遠千里迎致之 … 然以是傾其産千金 至不能給衣食 … 遂抱琵琶而餓死于秦淮之涯 今僕之文章 乃余臾之琵琶也 … 將遂碎其琵琶以求免于窮餓 此余搜之所不爲也 嗚乎 琵琶成而適以速之死 文章成而適以甚其窮. 「與劉大山書」, 『桐城派文選』, 58~60면.

28) 이름 없는 선비로서 뺨에 망건을 그려가며 의리와 절의를 지키다 죽어간 인물의 전기인 「畫網巾先生傳」, 농사꾼의 딸로서 亡夫의 節義를 지켜간 여인을 그린 「吳江兩節婦傳」,

其自然'이라면서, '자연 眞性'의 의미를 표현하려 했을 때 선택된 인물이 그러한 사람들이었다. 그는 '오늘날의 언어문자(行墨蹊徑)는 문은 문이지만 문의 근본이 되지 못한다'[29]고 강조하며 '문장의 도'는 자연 진성을 따르고 인위적인 것을 거부하는 것이라고 한 바 있다. 그래서 올바른 문장, 즉 올바른 사고를 하기 위해서는 독서를 하면서도 그 읽은 것을 버릴 줄 알아 자신만의 독특한 생각, 곧 '獨知'[30]를 가져야 한다고 했다. 남의 말에 쏠리지도 않고, 자신의 집착에 빠지지도 않는 이 군자의 '독지'는 '淡泊'에서 오는 것이라고 대명세는 말한다.

'담박'은 다른 말로 바꿔 말하면 '무소유'다. 표절이나 인위적인 조탁뿐 아니라, 어떤 편견 선입견도 들어가 있지 않은 상태가 '담박'이고 '무소유'다. 그러기에 이 '담박'과 '무소유'는 그가 '문장의 도'로서 달리 표현한 '割愛'[31]의 의미와 서로 통하는 것이다. 아름답게 꾸민 말, 격렬한 논의와 재기 등 집착이 가서 버리기 아까운 일체의 것을 글에서 끊어 버리는 것이 바로 '할애'라고 그는 설명하고 있다. 맹목, 할애, 담박, 무소유는 모두 버린다는 점에서 동질적이라고 할 수 있는데, 이 버린다는 것은 결국 제대로 된 것, 올바른 의미를 추구

과거제도의 모순을 비판하며 초야에 묻힌 현자를 그린 「河墅記」 등이 이러한 사례라고 할 수 있다. 버려진 인물에 대한 관심이 대명세의 글에는 종종 소재로 등장한다. 이 역시 대명세의 역설적인 세계인식을 보여주는 것이라 할 수 있다.

29) 今夫言語文字 文也 而非所以文也 行墨蹊徑 文也 而非所以文也 文之爲文 必有出乎言語文字之外 而居乎行墨蹊徑之先「答張伍兩生書」, 『桐城派文選』, 61~63면.

30) 竊以爲文章之爲道 雖變化不同 而其旨非有他也 在率其自然而行其所無事… 今夫文章之爲道 未有不讀書而能工者也 然而吾所讀之書而吾擧而棄之 而吾之書固已讀 而吾之文固已工矣 … 用其想于空曠之間 游其神于文字之外 如是而后 能不爲世人之言 不爲世人之文 斯無以取世人之好 故文章者 莫貴于獨知 … 君子之文 淡焉泊焉 略其町畦 去其鉛華 無所有 乃其所以無所不有者也 僕嘗入乎深林叢薄之中 … 鳴乎 此文之自然也.「與劉言潔書」, 『桐城派文選』, 66~68면.

31) 一日山行 遇一賣藥翁 相與語 因及文章之事 翁曰 爲文之道 吾贈君兩言 曰 割愛而已 … 私自念翁所言良是 歸視所爲文 見其辭采工麗可愛也 議論激越可愛也 才氣馳騁可愛也 皆可愛也 則皆可割也 如是而吾之文 其可存者 不及十二三也矣.「張貢五文集序」, 『桐城派文選』, 70~71면.

하고 있다는 점에서 창조적인 소유의 형식이다. '무소유일 때 비로소 모든 것을 다 갖추게 되는 것(無所有 及其所以無所不有也)'이기 때문이다. 이로 보건대 「盲者說」은 역설의 인식논리이자 곧 새로운 가치 창조의 문장론과 연결되어 있다. 그런 점에서 대명세는 이지와 동일한 인식을 가진 것으로 생각할 수 있다. 이지의 童心, 虛, 空, 淡의 논리는 대명세의 맹목, 할애, 담박, 무소유와 서로 통한다고 할 수 있는 것이다.

「맹자설」을 위시한 대명세의 논리는 그 자체의 논리적 측면에서뿐 아니라 사회 문맥적 배경에서 북학파의 논리와 동질적이라고 할 수 있다. 우선 「맹자설」의 표현측면에서의 유사점을 살펴보기로 한다.

某生에게 '소경 아닌 사람 모두가 눈 먼 것을 모른다(不知 不盲者之眞爲盲)'고 호통치며 '세상에 장님 아닌 사람이 누구냐(天下其雖非盲也)'고 묻는 盲童의 말에서, '세상에 광명한 눈과 올바른 견해가 없어진 지 오래되었다(世之無光明眼眞定見 久矣)'라고 연암의 장님 삽화에 화답하는 逎卿의 말을 상기할 수 있다. 또 우리는 '눈은 멀었지만 눈 때문에 망동하지 않는다(吾目雖不見 … 以目無妄動焉)', '목소리를 들어 그 성씨를 알고, 그 어조를 분간하여 시비를 가린다(聞其音而知其姓氏 審其語而知其是非)'와 같은 대명세의 논리에서, '소리를 들어 누군가를 분별하고 … 냄새를 맡아 무언가를 살핀다(聽聲音而辯誰某 … 臭臭香而察何物)'는 지각·감각 기관에 의거한 사물인식을 강조한 연암의 사고를 거듭 확인할 수도 있다. 연암의 맹목에 관한 소견이 좀더 지각, 감각 기관을 활용한 진실파악을 강조한 측면이 있지만, 두 글은 모두 맹목의 인식이 역설적으로 가질 수 있는 진솔성과 진실의 측면을 강조했다는 점에서 동질적이라고 할 수 있다. 눈 뜬 세상 사람들이야말로 정말 전도된 가치체계 속에서 이치를 거슬려 사는 '눈 뜬 장님'(不盲者之盡爲盲)이라는 세계인식은, 연암의 논리와 일치한다. 장님, 즉 일상적 가치기준으로 볼 때 눈이 없어 혼맹한 사람이야말로 내면적으로 진실의 눈을 가진 존재이며, 세상의 시각에서 볼 때 눈을 가진 사람, 즉 세상에 두루 통하는 밝은 눈을 가진 사람이야말로 내면적으로는 눈이 없는 혼맹이라는 논리는, 연암에게서도 확인한 바 있었다. 이러한 생각은 세상에 통하는 가치와 진실한 가치가 파행적으로 병존하는 전도된 현실상황에 대한 인식에서 비롯된 것이다.

대명세가 맹목과 짝하여 강조한 이 자연, 담박, 무소유, 할애는 가치전도의 부조리한 현실 속에서 올바른 가치를 추구하기 위한 '意法'이라는 점에서 養虛, 素玩, 천진, 동심을 강조한 북학파의 인식과 동질적이다. 대명세의 부조리한 현상에 대한 이러한 강한 저항과 거부의 논리는 '悖亂之語'라는 공격을 받아야 했고, 그는 끝내 피살되는 운명을 맞아야 했다. 동심, 허, 담, 공을 기반으로 혁신적인 논리를 폈던 이지가 끝내 감옥에서 스스로의 목을 찔러야 했던 운명을 대명세도 반복한 것이다. 여기에서 역설의 논리로 새로운 가치질서를 모색하다가 '문체반정'의 시련을 감내해야 했던 북학파의 처지를 우리는 생각하지 않을 수 없다.[32]

대명세가 눈감고 거부하려 했던 이민족 지배하의 이중적 행동체계, 전도된 가치체계는 현실적 논리와 당위적 논리가 상극적 관계인 아이러니적 상황에서 나온 것이다. 이러한 전도된 가치체계는 연암이 인식한 조선후기의 현실상황과 그대로 일치한다. '겉으로 위엄을 부리면서 속으로 잇속을 챙기는(色莊而內荏) 이중성을 가진 세상 선비와, 명실의 일치를 실현하는 宋旭의 행동을 대비시킨 「馬駔傳」, 겉으로는 깨끗하나 안으로 더러운 사대부와 겉으로 더럽지만 안으로 깨끗한 嚴行首를 비교한 「예덕선생전」,[33] '훌륭한 과부이지만 성씨가 다른 다섯 아들을 둔(善守寡 然有子五人 各有其姓)' 이중적 행동양식을 고발하는 「호질」. 이러한 일련의 연암 작품들은 모두 '오늘날의 좋은 태수가 옛날

---

32) '문체반정'을 '탕평책을 위한 구체적인 장치'로 보는 견해가 있다(鄭玉子, 「정조의 문화정책」, 『朝鮮後期 文化運動史』, 일조각, 1988, 99면). 필자는 이와 견해를 조금 달리한다. 이 문체반정은 표현적인 의미에서 문체 문제만을 지적한 것이 아니라 그 문제가 담고 있는 충격적인 내용에 대한 반응으로 보아야 할 필연성이 있다고 본다.

33) 「마장전」 「예덕선생전」 등에 관한 이러한 분석은 졸고, 「박지원 한문단편연구 1」(『西江語文』 4, 서강어문학회 1985) ; 「박지원 한문단편 연구 2」(『西江語文』 5, 1986).

의 이른바 도적'[34]이고, '세상에서 쓸 만하다고 하는 사람이야말로 쓸모 없는
사람이고, 세상에서 쓸모 없다고 하는 사람이야말로 틀림없이 쓸 만한 사람'[35]
이라는 연암의 역설적 현실인식에 기초한 것이다. 이러한 파행적인 가치전도
의 상황에서 부조리한 표면논리를 거부하고 진실한 이면의 논리를 확보해야
한다는 주장으로 북학파의 명심 맹목론과 동심 양허론은 제시된 것이다. 연암
이 「일야구도하기」를 낳았던 「漠北行程錄」 일기에서, 선입견을 가진 견마잡이
가 말을 잘못 인도한다면서 기존 관념이나 제도, 사대부 지도체제에 대한 불신
을 보여주었을 때 역시 부정과 치유의 논리는 명심론과 맹목론이었다는 사실
을 우리는 기억한다. 이덕무의 「이목구심서」, 박제가의 『북학의』 등에서 시도
되는 사물에 대한 새로운 정의와 평가 등은 이지의 『장서』 등에 보이는 가치
확립의 논리와 상통함도 우리는 지적할 수 있다. 역설적 현실인식으로 진실성
을 확보하려 했다고 하는 점에서 이지의 '동심설'과 대명세의 '맹자설' 그리고
연암을 비롯한 북학파의 명심 맹목론 및 동심 양허론은 동궤인 것이다.

(3) 원굉도 '古今' 상대주의와의 비교

실학파가 동심, 맹목, 체물론과 아울러 시간 공간의 상대주의적 관점을 주장
한 것은 모든 문장이 담아야 한다고 생각한 '眞機', 즉 진실을 확보하기 위한
것이었다. 그 가운데 특히 시간적·공간적 상대주의에 입각하여 글을 써야 한
다는 주장은 모방과 답습을 벗어나 自得의 논리를 가져야 한다는 주장으로 이
들 문체의 내용과 형식상에 큰 변혁을 초래하였다. 한마디로 반의고주의적 태
도로 보이는 이러한 북학파의 상대주의적 관점은, 이지의 「동심론」을 계승하
며 '獨抒性靈 不拘格套'[36]를 주장한 公安派의 거두 원굉도(中郞, 1568~1610)

---

34) 今之所謂兩班 古之所謂大夫士 今之所謂好太守 古之所謂盜臣. 「答金季謹書」, 『燕巖集』,
    77면.
35) 世所謂可用之人 是必無用之人 世所謂無用之人 是必有用之人. 「答仲玉」, 『燕巖集』, 95면.

에게도 그대로 나타난다. 진심, 진기와 같은 의미를 가진 '性靈'을 표현하는 방
법을 그는 다음과 같이 설명한다.

> 시를 잘 쓰는 사람은 삼라만상을 스승 삼고 선배를 스승 삼지 않는다. 唐詩를
> 본받는다는 것이 어찌 그 機格과 자구를 말하는 것이겠는가. 당시가 漢을, 魏를,
> 六朝를 따르지 않는 그 마음씀을 본받는 것일 뿐이다. 이것이 眞法이다. 부뚜막
> 숫자를 줄이고 배수진을 치는 減竈背水의 전법을 그대로 따르다 패하기보다는
> 거꾸로 해서 이기는 것이 나은 것이다. 거꾸로 하는 것이 그것을 따르는 것이다.
> … 옛사람의 한두 마디 빈말을 취하고 자구를 규범으로 삼으면서 그릇되게 복고
> 라 말한다면 이는 그 싸움의 형식을 그대로 따르며 그 승리를 따라하지 않는 것
> 이니, 패하게 되는 첩경인 것이다.[37]

中郎은 여기에서 唐詩가 당시일 수 있었던 것은 한, 위, 육조 등 앞선 어느
시대도 본받지 않으려는 그 노력 속에 있다고 강조하고 있다. 이 말 속에는 곧
당을 본받지 말고 자기시대의 시를 써야 된다는 주장이 담겨 있다. 복고라는
것이 배수진법을 그대로 본받듯 외면적 형식을 따르는 것이 아니라, 내면의 원
리를 따르는 것이라는 논리다. 이러한 논리는 각 시대의 상황을 인정하고 거기
에 자족성을 부여하면서 배태된 것이라고 할 수 있다. 즉 시대적 상대주의를
전제로 한 것이다.

> 唐은 자기의 시를 가지고 古選의 문체를 따르지 않았다. 初·盛·中·晚唐이

---

36) 大都獨抒性靈 不拘格套 非從自己胸臆流出 不肯下筆.「敍小修詩」,『袁宏道集箋校』(錢伯
  城 箋校, 上海古籍出版社, 1979), 187면. 이하 서지사항은 생략함.

37) 善爲詩者 師森羅萬像 不師先輩 法李唐者 豈謂其機格與字句哉 法其不爲漢不爲魏不爲六
  朝之爲心而已 是眞法也 是故 減竈背水之法 迹而敗 未若反而勝也 … 取古人一二浮濫之語
  句規而字矩之 謬謂復古 是迹其法 不迹其勝者也 敗之道也.「敍竹林集」,『袁宏道集箋校』,
  700~701면.

각기 시체를 가지고 初·盛唐을 따르지 않았다. … 오늘날의 군자들은 온 세상을 당으로 물들이려 하고 게다가 宋詩를 당체가 아니라고 병스럽게 여기니, 그렇다면 어째서 古選과 다르다고 당시를 병스럽게 생각지 않는가? 시의 기운은 일대가 내려갈수록 소멸되어가기 때문에 옛날에는 풍부했지만, 오늘날에는 얕아졌다. (그러나) 시의 기이하고 교묘함은 끊임이 없어 세월이 갈수록 성해지기 때문에, 옛날에는 다 표현하지 못한 정회가 있지만 오늘날에는 그려내지 못하는 정경이 없게 되었다. 그러니 어째서 옛날 것은 고상하고 오늘날 것은 비천하다 하겠는가.[38]

中郎은 당은 당대로, 송은 송대로 자기 시대의 시를 간직하고 있다고 했다. 또 시간단위를 더 나누어, 初·中·晩唐은 각기 그 나름의 시를 간직하고 있다고 한다. 이런 시대별 독자성의 논리는 시인에게도 이어져 이백, 두보, 왕유 등 각 시인의 개성론을 주장하는 데까지 이른다. '내 얼굴이 당신의 얼굴과 다른데, 하물며 古人의 얼굴과 같겠느냐'[39]에서 볼 수 있는 것처럼 개성을 강조했던 것이다. 이러한 시간적 상대주의에 입각한 개성론은 古를 높이 보고 今을 낮춰보는 논리에 대해 반박으로 이어지고 있다(古何必高 今何必卑). 고와 금에 대한 이러한 상대성의 인정은 '江進之'에서 '고가 금이 될 수 없는 것이 대세이며 … 世道가 변하면 문장은 그로부터 비롯되는 것이니, 오늘의 문장이 옛 문장을 모방하지 말아야 하는 것도 대세'라는 논리로 거듭 나타난다. '옛것이라고 우수한 게 아니고 후대라고 열등한 게 아닌 것이다(古不可優 後不可劣).'[40]

---

38) 唐自有詩也 不必選體也 初盛中晚自有詩也 不必初盛也 … 今之君子 乃欲槪天下而唐之
   又且以不唐病宋 夫旣以不唐病宋矣 何不以不選病唐 … 夫詩之氣 一代減一代 故古也厚今
   也薄 詩之奇之妙之工之無所不極 一代盛一代 故古有不盡之情 今無不寫之景 然則古何必高
   今何必卑哉.「丘長孺」,『袁宏道集箋校』, 283~285면.
39) 我面不能同君面 而況古人之面乎 … 李杜王岑錢下迨元 自盧鄭 各自有詩也.
40) 古之不能爲今者也 勢也 … 世道旣變 文亦因之 今之不必募古者也 亦勢也 … 古不可優

이렇게 고와 금이 상대적으로 존재가치를 가지기 때문에 그 시대의 문장은 그 시대의 글로 써야 한다. 왜냐하면 사람의 일이나 사물의 모습은 세월에 따라 각 지방의 말로 시대에 따라 바뀌기 때문이다. 그러니 오늘날의 일을 기록하려면 당연히 문장은 오늘의 문체를 써야 하는 것이다.[41] 문학은 당대적 사실을 표현대상으로 삼아야 하며 당대적 목소리를 담아야 한다는 논리에서 나오는 이 고와 금의 상대주의적 자족성은, 「諸大家時文序」에서는 '후대의 관점으로 오늘을 보면 오늘이 옛날'[42]이라는 과거·현재·미래의 상대주의 논리로 확대되고 있다. 문학이 대상으로 삼는 人事·物態의 삼라만상이 시대에 따라 갱신되고 변화한다는 시간적 상대주의, 즉 時變論에 입각하여 문장도 그 변화를 따라야 한다는 주장은 이미 원굉도가 스승으로 삼았던 이지도 펼친 바 있다. 이지도 원굉도와 마찬가지로 時文, 즉 科擧文을 논하면서 거의 동일한 주장을 하였다.

時文(과거문)이란 오늘날의 선비를 선발하는 문장이지, 과거의 것이 아니다. 그러므로 오늘의 관점에서 옛것을 보면 옛것은 정말로 오늘의 것이 아니다. 후세의 관점에서 오늘을 보면 오늘은 다시 옛날이 된다. 그러기에 문장에는 高下가 있다고 하는 것이니, 천고의 세월은 질서가 동일하기에 그 오랜 세월 동안 문을 같이하는 것인데, 시대마다 서로 동일하지 않은 것은 일시적인 제도일 뿐이다. 그러므로 五言詩가 생겨나자 四言은 옛 것이 되었고 唐律詩가 생겨나자, 오언시는 또 옛 것이 되었다. 오늘날의 근체시는 唐詩를 옛것으로 여기니, 만세의 후대에는 틀림없이 다시 우리시대를 唐代로 생각할 것이 틀림없다.[43]

後不可劣. 「江進之」, 『袁宏道集箋校』, 515면.

41) 人事物能 有時而更 鄕語方言 有時而易 事今日之事 則亦文今日之文而已矣. 「江進之」, 『袁宏道集箋校』, 516면.

42) 夫以後視今 今猶古也.

43) 時文者 今時取士之文也 非古也 然以今視古 古固非今 由後觀今 今復爲古 故曰文章與時高下 … 夫千古同倫 則千古同文 所不同者 一時之制耳 故五言興 則四言爲古 唐律興 則五

이러한 이지의 「時文後序」의 논리는 원굉도의 「제대가시문서」의 논리와 일치함을 알 수 있다. 원굉도의 '以後視今 今猶古也'의 논리는 이지의 '由後視今 今復爲古'의 논리와 완전히 일치하는 것이다. 이지는 이러한 과거와 현재의 상대주의, 즉 시변론에 입각하여, 사언시·오언시·율시·근체시의 상대성을 설파한다. 이런 논리는 앞에서 본 것처럼 당·송과 이백·한유가 각각 자기 시대의 문체를 가지고 있다는 원굉도의 논리와 동궤인 것이다. 이지와 원굉도는 시변론을 가지고 시문, 즉 과거문이 선비를 등용시키는 도구이면서도 당대의 문제의식을 담은 당대의 문장을 지향하지 않고 복고적인 주제와 표현으로 기울어지는 현상의 병폐를 지적한 것이다.

원굉도를 위시한 공안파의 시변론과 그에 따른 文變論은 주지하다시피 明代의 前後七子를 중심으로 한 의고주의자들에 대한 반발이었다. 특히 의고주의자들의 宗旨로 내세운 '文必秦漢 詩必盛唐'이라는 구호적인 주장에 대한 반박이었다. 이지가 이미 '동심설'을 통해서 '시는 왜 꼭 古選이어야 하고 문은 秦漢이어야 하느냐'고 반박한 바 있지만, 원굉도의 시변론은 이러한 주장을 구체적으로 전개하고 있다.

시문이 근대에 이르러 극히 비루해졌다. 문은 꼭 진한에 기준을 두려 하고 시는 성당을 준칙삼으려 한다. 표절하고 모방하며 언동을 뒤따르고, 다른 사람이 한 마디 서로 같지 않은 것이 있으면 함께 못된 여우의 외도라고 지탄한다. … 진한 사람들이 육경을 배웠다면 어찌 진·한의 문장을 이룩했겠으며 성당 사람이 한·위를 배웠다면 성당의 시가 이루어졌겠는가. 시대는 오르내림이 있지만 법은 서로 따라하지 않아, 각각 변화와 취향을 극진히 하여 귀중하게 되는 것이니, 원래 우열을 논할 수 없는 것이다.[44]

言又爲古 今之近體 旣以唐爲古 則知萬世而下當復以我爲唐 無疑也. 「時文後序」, 『李溫陵集』 二卷 十一, 596면.

44) 蓋詩文至近代而卑極矣 文則必欲準于秦漢 詩則必欲準于盛唐 剽襲模擬 影響步趨 見人有

진한과 성당을 문장과 시의 준칙으로 삼으려는 태도를 비판하는 이 원굉도의 주장은, '진한 이후에 문이 없고, 성당 이후에 시가 없다'고 한 李攀龍·王世貞·李夢陽 등의 의고적 태도와 정면 대치된다. 이러한 원굉도의 주장은 물론 '독자적인 性靈을 펼쳐서 격식에 구애되지 않으며, 자기의 가슴속에서 나온 것이 아니면 써 내려가지 않는다'[45]는 개성론에서 비롯되는 것이다. 원굉도의 개성론은 인간의 마음속에서 일어나는 감정의 좋은 것(佳處)뿐 아니라 흠이 되는 것(疵處)조차도 또한 독특한 본색을 가지는 것이라고 말하고 있다(佳處不必言 卽疵處亦多本色獨造語). 이렇게 흠이 되는 것조차 자기의 개성으로 간주하면서 다른 시대의 문체를 거부하는 것은, 각 시대와 인물이 가진 상대주의적 성격을 인정하는 바탕에서 비롯된 것이다. 물론 이때의 상대주의적 개성은 각각의 시대와 인물이 공유하고 있는 보편의 원리를 부정하는 것은 아니다. 인간과 사물의 형태, 즉 구체적인 삶의 형태는 각기 다르지만, 그 안에 잠재된 보편적인 삶의 법칙과 원리는 동일한 것이다. 그래서 고와 금은 상대적이고 대등한 입장에서 각기 자기 모습을 갖는 것이다. 이지는 '옛날이나 지금이나 사람의 정은 마찬가지이고 세상일 돌아가는 이치도 하나'[46]라고 강조하고 있다. 억지로 옛날을 닮으려 할 필요가 없는 것이다. 그렇다면 이지와 원굉도가 왜 古를 배우는 것을 거부하고 時變에 입각한 새로움만을 강조하고 있는가 하는 의문을 갖지 않을 수 없다.

　법은 피폐하고 허물이 있는 곳에서 이루어지는 것이다. … 성당을 계승하는 사람들은 정실로 그것을 교정했고 나중에 그 정실로 해서 속되게 되니, 중당을 잇는 사람들은 기벽한 것으로 그것을 교정했다. … 송대에 구양수와 소식이 나와

有一語不相肯者 則共指以爲野狐外道 … 秦漢而學六經 豈復有秦漢之文 盛唐而學漢魏 豈復有盛唐之詩 唯夫代有升降 而法不相沿 各極其變 各窮其趣 所以可貴 原不可以優劣論也.「敍小修詩」,『袁宏道集箋校』, 188면.

45) 大都獨抒性靈 不拘格套 非從自己胸臆流出 不肯下筆.

46) 古今人情一也 古今天下事勢亦一也.「蜻蛉謠」.

서 만당의 습속을 크게 변화시켰으니, 사물을 수습하지 않은 것이 없었고, 법을 소유하지 않은 것이 없었으며, 감정을 표현하지 않은 것이 없었고, 모든 경우를 다 받아들였다. … 오늘날 사람들은 단지 송이 당을 본받지 않은 것을 알 뿐이지 송이 당으로 인해서 법을 가지게 된 것은 모른다.[47]

中郞은 여기에서 앞 시대의 단점을 뒷시대가 교정하고 있으니, 뒷시대의 발전의 원인은 앞 시대에 있는 것이라고 말하고 있다. 육조시대의 변려문이 의미 없는 文詞를 늘어놓았기에 유려한 문장이 나오게 되었으니, 그 변려문의 단점이 유려함의 출발점이 된 것이라는 것이다(矯六朝釘餖之習者 以流麗勝者固流麗之因也). 그러한 현상은 송대의 구양수나 소식이, 만당의 습관을 고쳐서 모든 것이 다 갖춰진(無所不有) 문장을 만들어 낸 것에서도 발견된다. 그러므로 송대의 구양수나 소식은, 당을 본받지는 않았지만 당 때문에 나름의 법을 간직하기에 이른 것이다. 전 시대의 것을 배워서 그 단점을 교정하여 자기의 모습을 만드는 이러한 태도야말로 法古의 진정한 의미라고 中郞은 주장하는 것이다. 그래서 중랑은 두보야말로 魏晉을 정말 본받은 사람이고, 소동파야말로 班固와 司馬遷을 제대로 본받은 사람이라고 칭송하면서, 그럼에도 오직 모습을 닮으려고만 하니, 수염 많은 사람을 모두 공자로 간주하느냐고 반문하고 있다.[48]

이때의 眞法이란 곧 법고하면서 자기 시대 나름의 변통으로 자득을 이룬 상태다. '시대가 변할 때 법을 있는 그대로 답습하지 않는다(代有升降 而法不相沿)'는 '敍小脩詩' 논리나, 減竈背水의 진법을 반대로 해서 승리하는 것이 진

---

47) 夫法因於敝而成於過者也 … 是故續盛唐者 以情實矯之 已實矣 又因實而生俚 是故續中唐者 以奇僻矯之 … 有宋歐蘇輩出 大變晚習 于物無所不收 于法無所不有 於情無所不暢 於境無所不取 … 今之人徒見宋之不唐法 而不知宋因唐而有法者也.「雪濤閣集序」,『袁宏道集箋校』, 709면.

48) 第嘗謂少陵眞法魏晉者 坡公眞法班馬者 若直取其形似 是今之多髥者皆孔子 而面如瓜者皆皋陶也.「答曾退如」,『袁宏道集箋校』, 1279면.

법이라는 「敍竹林集」의 논리도 자기 시대의 변통을 말하는 것이다. 이러한 원굉도의 논리는 과거문을 얘기하면서 '시대를 맞추지 않으면 뛰어날 수 없는 것이니, 새로움을 궁구하여 변화를 추구하지 못하면 시대를 맞추는 것이 아니다'[49]는 '變'의 논리에서 완성된다고 할 수 있다. 鐘伯敬이 「跋袁中郎書」에서 '법으로 삼을 古가 없으니, 사람 마음을 그대로 표현하는 것이 단순한 법고의 거짓보다 낫다'[50]고 한 것도 결국 이 진법을 두고 이른 말로 해석할 수 있다.

진법은 단순한 법고가 아니다. 옛 것을 염두에 두고 '獨抒性靈'하여 '本色獨造語'를 가진 개성을 발현하는 것이다. 따라서 단순논리에 빠진 법고의 그 비현실성을 거부하고 당대적 진실을 발현한다는 점을 강조하며 원굉도는 민요의 가치를 무엇보다 높이 평가하고 있다.

그러므로 나는 말한다. 오늘날의 시문은 전해지지 않을 것이다. 만일 전해진다면 혹 여염 부인이나 어린애들이 부르는 擘破玉·打草竿 같은 민요일 것이니, 이것들은 들은 바 없는 무식한 眞人들이 지었기 때문에 참된 목소리가 많다.[51]

옛날의 민요는 마음이 괴로운 사람과 근심 많은 여인네에게서 나온 것이 많았다. 그렇지 않고 학사대부가 수식한 말들은 우울한 마음이 지극하지 않고 문이 승한 것이어서 토로하는 사람이 지성스럽지 않으니 듣는 사람의 가슴이 뛰지도 않는다. … 괴로운 사람과 근심하는 부인네가 때로 학사대부보다 더 나을 때가 있고, 병들어 신음할 때 얻는 것이 평시에 얻는 것보다 때때로 더 상쾌한 경우가 있다. … 병들었을 때의 글은 가식이 없기 때문에 모든 사람이 귀하게 여긴다.[52]

---

49) 擧業之用 在乎得雋 不時則不雋 不窮新而極變 則不時 … 體不更則目不艶 雖李杜復生 其道不得不出於此也 時爲之也. 「時文敍」, 『袁宏道集箋校』, 703면.
50) 不復法古 以無古可法耳 無古可法 故不若直寫高趣人之意 猶愈於法古之僞者 余請以遠中郎之書實之. 「跋袁中郎書」, 「晚明二十家小品」 下(廣文書局 民國五七年 臺北), 10면.
51) 故吾謂 今之詩文不傳矣 其萬一傳者 或今閭閻婦人孺子所唱 擘破玉打草竿之類 猶是無聞無識眞人所作 故多眞聲. 「敍小修詩」.

　중랑은 여염 부인이나 어린애들의 민요가 후세에 전해질 것이라며 두 가지 이유를 들고 있다. 첫째, 그 민요야말로 잡된 지식으로 물들지 않은 진인의 眞聲이기 때문이라는 것이다. 두 번째 이유는 그 소리가 남의 목소리를 모방한 뇌동의 소리가 아니라 고유한 목소리(孤行)이기 때문이라고 한다. 이것이 민요가 진인의 진성으로 성립될 수 있는 배경이다. 여염집 부인네가 진인으로서 진성을 발할 수 있는 이유는 자기 내면의 고민을 가졌기 때문이라고 원굉도는 설명한다. 따라서 학사대부들의 글과는 달리, 근심하고 걱정 많은 이 勞人·思婦들이 병들어 신음할 때 간절한 목소리가 나오는 것처럼 가식이 없기 때문에 진성이 되는 것이다. 학사대부들은 그런 내면의 절실하고 진실한 마음보다는 우세한 표현기교를 가진 사람이니, 질적으로 민요만 못한 문장을 만들어내는 것이다. 민요는 사대부의 글과 달리 자기 감정에서 나온 것이기 때문에 격식이 없으며 句法·字法·調法을 모두 자기 안에서 불러일으킨, 신기한 문학이다.[53]

　이렇게 袁中郞이 자기 표현을 강조한 것은 '자기 생각(見從己出)'의 중요성을 인식하였기 때문이다. 원중랑은 자기 마음 속에서 자연스럽게 유출되는 감정을 구애됨 없이 자유스럽게 표현해야 한다고 생각했다. 이 자유롭고 구애됨이 없는 언사를 '信腕信口'라는 말로 표현했고, 거리낌없는 마음에서 우러나오고 분방하게 입에서 나오는 말(信心而出 信口而語)의 중요성을 강조했다. 그는 문학이 가져야 할 風格으로서의 '趣'를 이야기하면서 학문을 이룬 사람보다 자연을 체득한 사람이 훨씬 더 그것에 가까워질 수 있다고 하였다. 그리고 童子는 이 '취'를 모르지만 그의 모든 것이 '취'가 된다는 논리를 전개하는데,[54]

---

52) 古之爲風者 多出於勞人思婦 夫非勞人思婦爲藻於學士大夫 鬱不至而文勝焉 故吐之者不誠 聽之者不躍也 … 要以情眞而語直 故勞人思婦 有時愈于學士大夫 而呻吟之所得 往往快於平時 … 而病之文不假飾也 是故通人貴之.「陶孝若枕中囈引」,『袁宏道集箋校』, 1114면.

53) 文章新奇 無定格式 只要發人所不能發 句法字法調法 ——從自己胸中流出 此眞新奇也.「答李元善」,『袁宏道集箋校』, 785면.

54) 世人所難得者唯趣 … 夫趣得之自然者深 得之學問者淺 當其爲童子也 不知有趣 然無往而非趣也 … 孟子所謂不失赤子 老子所謂能嬰兒 蓋指此也.「敍陳正甫會心集」,『袁宏道集箋校』, 463면.

이지의 「동심설」을 연상시키는 이러한 논리는, 문장이 그가 '취'와 대등한 개념으로 설정한 '質'을 획득하기 위해서는 '去辭', '去理'해야 한다고 주장한 것과 상통한다. 버려야 할 말과 이치란 다름아닌 외부로부터 들어오는 '도리문견'의 지식과, 그런 종류의 도리를 표현한 문장을 말한다. 이 '去辭', '去理'의 논리는 수식과 외화를 거부했다는 점에서 앞에서 본 것처럼 이지와 대명세가 설파한 맹목, 동심, 할애, 담박의 논리와 동질적이라고 할 수 있다. 원굉도는 '質'이란 얼굴과 같은 것이어서, 화려하지 않다고 붉은 분으로 화장하면 어여쁨이 오히려 소멸된다고 말한다(夫質猶面也 以爲不華 而飾之朱粉 姸者必减 媸者必增 也).[55] 그렇다면 원굉도는 맹목과 상통하는 '거사', '거리'의 논리로 일체의 외부적 지식을 거부한 것일까. 오히려 그는 박학을 주장한다. 그렇다면 이 박학의 논리를 어떻게 전개하여 상충하는 듯 보이는 '거사', '거리'와 통합시키는가.

옛날 글 쓰는 사람들은 화려한 꾸밈을 끊어버리고 질을 추구하였고 온 정신을 쏟아 학문을 하면서, 진실을 밝히지 못할까 두려워하였다. 박학하고 상설한 지식을 나는 이미 축적하여 놓았지만, 그러나 아직 회심을 하지는 못했다. 오랜 후에 가슴속이 환해지며 의미가 해석되는 바가 있으면 술 취했다 깬 것 같고, 가득찬 물줄기가 터지는 것 같다.[56]

세상 사람이 얻기 어려운 것이 趣다. 취는 비유하자면 산의 색, 물의 맛, 꽃의 빛깔, 여인의 모습 같은 것이다. 말을 잘하는 사람이라도 (이에 대해서는) 한 마디도 할 수 없으니 오로지 회심한 사람만 그것을 알 뿐이다. … 나이가 들어 관품의 높아지고 심신이 묶이고 문견과 지식에 속박되고 도리가 들어오는 것이 많

---

55) 「行素園存稿引」, 『袁宏道集箋校』, 1571면.
56) 古之爲文者 刊華而求質 敝精神而學之 唯恐眞之不極也 博學而詳說 吾已大其蓄矣 然猶未 能會諸心也 久而胸中渙然 若有所釋焉 如醉之忽醒 而漲水之思決也 … 大都入之愈深 則其 言愈質 言之愈質 則其傳愈遠. 「行素園存稿引」, 『袁宏道集箋校』, 1570~1571면.

아질수록 취와는 점점 멀어진다.[57]

원중랑은 박학상설(博學詳說)한 지식은 다음 단계로 會心의 단계를 거쳐야 이치를 제대로 파악할 수 있다고 말한다. 박학의 그 다양한 지식은 이 회심을 거치면 흘러넘치는 듯한 물줄기가 된다고 말한다. 그것이 곧 글의 '질'이 되고 '취'가 된다. 이때 회심으로 얻은 질과 취란 인식대상이 가지고 있는 사물의 본질 그 자체를 말한다. 산색, 물맛, 꽃의 빛, 여인의 자태 같은 그 핵심적 의미를 말한다. 회심이란 사물의 본질을 꿰뚫어 파악하는 직관적 힘 같은 것이라고 중랑은 설명하는 것이다.

이상의 원굉도의 문학론을 정리하면서 제2장에서 살핀 북학파의 논리와 비교해 보자. 원굉도 문학론의 핵심은 '獨抒性靈 不拘格套'로 알려져 있다. 문학은 개성적인 자기 목소리를 자기 언어로 표현해야 하고, 외부로부터 유입한 언어표현을 거부해야 된다는 것이다. 이때 자기 목소리, 즉 진성을 가진 사람으로 중랑은 이지와 마찬가지로, 童子를 꼽는다. 그리고 '山林之人, 愚不尙者'를 꼽고 있다. 이러한 모습은 연암과 형암에게서 이미 확인한 것이었다. 문학은 자기 시대의 자기 목소리를 표현해야 하기 때문에 의고적 표현을 중랑은 철저히 거부한다.

이런 거부의 논리, 자기 개성 확립의 논리로 설정되는 것이 時變論이다. 즉 시간적 상대주의에 입각하여 그는 '古何必高 今何必卑'라고 항변하며, 진한시대의 문과 唐詩를 준칙으로 삼는 태도를 배격한다. 이는 형암이 '옛날을 높이고 오늘을 낮추는(高古卑今)' 견해를 거부하며 '酌古斟今하면 오늘의 것이 곧 眞古'라고 한 것이나, 연암이 「초정집서」 등에서 일관되게 '酌古量今'을 주장한 것과 일치한다. 문학은 표현대상이 가진 존재적 성격을 있는 그대로 담아야 한다는 논리도 북학파와 원굉도에게 동일하게 나타난다. 이들은 똑같이 背水

---

57) 世人所難得者唯趣 趣如山上之色 水中之味 花中之光 女中之態 雖善說者 不能下一語 唯 會心者知之 「敍陳甫會心集」, 『袁宏道集箋校』, 463면.

陣法과 減竈法을 역으로 이용하는 전쟁 작전을 예로 들면서 문학은 전투행위처럼 그 상황, 그 시공에 맞는 방법을 변통 합변해야 한다며 그것을 '眞法'이라고 부른다. 단순한 법고를 거부하는 것이다. 그런 논리에 따라 북학파와 원굉도는 모두 문학은 당대의 자연, 삼라만상을 스승으로 삼아야 한다고 강조했다. 따라서 당대적 존재성을 가장 잘 발현하고 외부적 관념을 거부한 문학으로 민요와 속담 등을 이들은 높이 평가하여 眞聲으로 간주한다.

원굉도의 이러한 문학론은 주관적 유심주의를 표방한 양명학의 영향을 크게 받은 것으로 알려져 있는데, 그는 이 주관적 유심주의의 인식을 올바로 세우기 위해 '博學詳說'을 주장했다고 생각된다. 실학파들이 '自得'의 진실과 眞機를 주장하면서도, 박물학자적인 모습을 간직한 것과 완전히 일치하는 것이다. 그 박물적인 지식이 함유하고 있는 핵심 의미를 회심의 觀法으로 추출해내는 방법도 일치한다. 그러므로 그 동안 실학파가 철학적 기반을 양명학에 두고 있었다는 견해를 원굉도와 비교하면서 다시 확인할 수 있다. 우리는 또 여기에 실학파들의 이런 사유체제가 無碍·無心을 바탕으로 하여 대상에 이입되는 불교의 觀法과 크게 흡사하다는 사실도 확인할 수 있다. 그러나 불교와의 비교는 이들의 문학적 개성을 보편성 속에 이입시키는 결과를 가져올 것으로 생각하여 여기에서는 전개하지 않는다.

(4) 邵雍 '觀物'篇과의 비교

우리는 이제까지 북학파의 문학사상을 이지, 대명세, 원굉도 등 명말청초의 소품가들의 사유체계와 비교해 왔다. 그 가운데 특히 명심 맹목론, 동심 양허론, 시공 상대성론, 회심론 등을 북학파와 이들 명청 소품가들이 공유하고 있음을 확인하였다. 그러나 북학파 체계의 하나로 설정한 卽物 내지 체물론은 구체적으로 이들에게서 발견해내지 못하였다. 이 즉물 체물론은 인식론적 觀法에 관계되는 것으로서 그만큼 관념적이어서 극단의 관념론을 거부하는 이들의 글에는 그러한 논리가 체현되어 내재적으로 존재할 뿐, 직접적으로 노출되어 있지 않다고 추단해 볼 수도 있을 것이다. 여하튼 유심론적 성격을 띠는 이 관념론은 불교적인 관법과 비교할 수도 있고, 양명학의 논리와 비교해 볼 수도 있을 것이다. 그러나 여기에서는 흔히 邵康節이라 불리는 邵雍(1011~1077)과 간단히 대조해 보려 한다. 주지하다시피 소옹은 『皇極經世全書』에 방대한 '觀物' 편을 남기고 있고, 연암과 형암, 특히 연암은 도처에서 이 소옹의 말을 인용하고 있는 것으로 보아 이들의 즉물 체물론을 소옹과 비교해 볼 필요가 있을 것으로 생각된다.

거울이 밝다는 것은 만물의 형상을 숨길 수 없음을 말하는 것이다. 그러나 거울이 만물의 형상을 숨기지 않는 것은, 물이 만물의 형상을 순일하게 하는 것 같지는 못하다. 그러나 물이 만물의 형상을 순일하게 하는 것은 聖人이 만물의 정을 순일하게 하는 것만 같지 못하다. 성인이 만물의 정을 순일하게 할 수 있는 것은, 성인이 돌이켜 생각해 볼 수 있다는 것(反觀)을 이르는 것이다. 돌이켜 생각해 본다는 것은 나의 편에서 사물을 보지 않는 것을 말한다(不以我觀物).
나의 편에서 사물을 보지 않는다(不以我觀物)는 것은 사물의 편에서 사물을 보는 것을 말한다(以物觀物). 사물의 편에서 사물을 볼 수 있다면 어떻게 내가 그 사이에 끼어 들 수 있겠는가.[58]

소옹은 성인이 만물의 정리를 하나로 꿰뚫을 수 있는 이유는, 자기 反觀의 능력, 즉 자신을 돌이켜 생각해 볼 수 있는 능력을 가졌기 때문이라고 설명한다. 이때의 반관이란 인식대상인 사물을 자기 주관의 개입 없이, 즉 편견 없이

---

58) 夫鑑之所以能爲明者 謂其不能隱萬物之形也 雖然 鑑之能不隱萬物之形 未若水之能一萬物之形也 雖然 水之能一萬物之形 又未若聖人能一萬物之情也 聖人之所以能一萬物之情者 謂其聖人之能反觀也 所以謂之反觀者 不以我觀物也 不以我觀物者 以物觀物之謂也 既能以物觀物 又安有我干其間哉 『黃極經世全書解』, 觀物 內篇十二

본다는 의미다. 또 자기 자신을 그만큼 객관화시켜 되돌아본다는 뜻이다. 자기 자신을 객관화시키고, 대상에 자기의 주관과 편견을 이입시키지 않고 있는 그대로의 실존을 중시하는 태도가 곧 以物觀物인 것이다. 以我觀物은 인식 주체의 정이 개입되어 편벽됨에 비하여 以物觀物의 인식방법은 개체의 본성을 파악해주기 때문에 공평무사한 것이다.[59] 그러기에 以物觀物에는 나의 주관이 개재될 여지가 없는 것이다.

사물을 나의 주관이 개재됨이 없이 보아주고 공평무사하게 보아주는 以物觀物은 인식대상인 사물의 개체성을 보장해 주는 방법으로서 物과 我의 상대성을 철저히 보장해 주어야 한다는 논리를 바탕으로 하고 있다. 인식주체와 인식대상의 위상을 같은 지평 위에 놓아야 사물을 제대로 파악할 수 있다는 것이다. 소옹은 이 인식주체와 대상 사이의 상대적 대응성을 철저히 주장한다.

본성이란 도의 형체이니 본성이 상하면 도가 또 그 뒤를 따른다. 마음이란 본성의 외곽이니 마음이 상하면 본성이 또 그 뒤를 따른다. 몸은 마음의 거처니 몸이 상하면 마음이 곧 그 뒤를 따른다. 物이란 몸이 타는 것이니, 물이 상하면 몸이 또 그 뒤를 따른다. 그러므로 도로 본성을 보고, 본성으로 마음을 보고, 마음으로 몸을 보고, 몸으로 사물을 보는 것이, 그런 대로 효과는 있겠으나 아직 해로움을 벗어난 것은 아니라는 것을 내가 알겠다. 도로써 도를 보고, 본성으로 본성을 보고, 마음으로 마음을 보고, 몸으로 몸을 보고, 사물로 사물을 보는 것만 같지 않으니, 이렇게 보면 서로 손상하려 해도 그렇게 되겠는가. 그러할진대 家로 家를 보고, 國으로 國을 보고, 천하로 천하를 보는 것 또한 미루어 알 수 있을 것이다.[60]

---

59) 以物觀物 性也 以我觀物 情也 性公而明 情偏僞而暗 人得中和之氣 則剛柔均 陽多則偏剛 陰多則偏柔 人智强則物智弱.『皇極經世全書解』, 觀物 外篇 十.

60) 性者 道之形體也 性傷則道亦從之矣 心者性之郛郭也 心傷則性亦從之矣 身者心之區宇也 身傷則心亦從之矣 物者身之舟車也 物傷則身亦從之矣 是知以道觀性 以性觀心 以心觀身 以身觀物 治則治矣 然猶未離乎害者也 不若以道觀道 以性觀性 以心觀心 以身觀身 以物觀

以心觀身이나 以身觀物은 인식주체와 인식대상 사이의 위상에 층위가 있는 것이다. 이러한 관법은 주관적 편견, 즉 정이 개재될 수 있는 것이니 해로움에서 완전히 벗어난 것은 아니다(治則治矣 然猶未離乎害者也). 인식주체와 대상 간의 상대성이 보장되는 以身觀身, 以物觀物의 관법으로만 인식주체와 대상이 서로 손상되지 않고 제대로 의미를 가진 존재가 될 수 있다. 양자간에 주관적 정이 연루되지 않기 때문이다.[61] 인식주체자가 인식대상에 주관적 감정을 개입시키지 않고 대상을 그대로 자신과 동일지평에 올려놓는 以物觀物의 인식론은 담헌 홍대용이나 연암에게서 볼 수 있는 논리였다. 연암은 '物에 나아가 나를 보면 나 역시 物 가운데 하나'라며 자신의 존재적 의미는 體物했을 때 제대로 밝혀질 것이라고 말하고 있다.[62] 이러한 생각은 '저 아닌 남이 되어 자신을 바라보면, 자신도 다른 사물과 다른바 없다(以非我觀我 而我遂與萬物無異)'는 『열하일기』 논리의 연장선상에서 가능한 것이다. 홍대용이 '卽物 窮理'의 인식방법론을 가졌던 것처럼 연암도 소옹의 以物觀物과 동일한 卽物 내지 체물론을 가지고 있었다.[63]

박지원과 홍대용 등의 이러한 以物觀物의 인식론은 관점의 상대성과 객관성을 확보하기 위한 것이다. 그런데 이러한 관점의 상대성론은 유심주의적인 선험론이라고 할 수 있다. 以我觀物이 아닌 以物觀物이라는 것은 인식주체가 대상의 위상으로 옮겨가거나 그 자체로 이입되는 것이니 이는 곧 유심주의적 관법이라고 할 수 있다. 이런 논리는 선험론이라 할 수 있다. 경험론적 입장에서 이미 지각경험을 거친 인식대상이라면 새삼 인식주체와 대상간의 위상을

物 則雖欲相傷其可得乎 若然 則以家觀家 以國觀國 以天下觀天下 亦從而可知之矣. 「伊川擊壤集序」.

61) 誠爲能以物觀物 而兩不相傷者焉 盖其間情累都忘去爾.

62) 卽物以視我 則我亦物之一也 故體物而反求諸己 則萬物皆備於我 盡我之性 所以能物之性. 「答任亨五論原道書」, 『燕巖集』.

63) 이에 대하여는 졸고 「열하일기의 서술원리」(한국학대학원, 1982, 28면)에서 지적한 바 있다.

조절해야 올바른 인식에 도달할 수 있는 것은 아니다. 인식주체가 인식대상의 위상에 자신을 일치시키는 것은 추론적인 인식행위다. 反觀이라는 것 자체가 이미 추론이며 선험론이라고 할 수 있다.

그러면 박지원 등 실학파와 소옹은 유심론자이며 선험론자인가. 북학파는 왜 유심주의, 선험론에 근사한 관법을 수용하고 있는가. 그것은 이미 지적된 바와 같이 인식의 상대성과 객관성을 확보하기 위한 것이었지만 한편으로는 간접경험을 통한 인식영역의 확장의 필요성 때문이다. 以物觀物, 以身觀身은 인식대상이 가진 존재적 상황에 대한 경험이 되는 것이다. 추론에 의한 것이기는 하지만 그것은 곧 자아를 경험적 상황에 이입시키는 것이다. 따라서 以物觀物에 보이는 유심주의적 선험론은 주관적 인식의 절대성을 강조하는 유심론과는 그 의미를 달리한다고 할 수 있다. 연암이 '만물이 모두 氣이고 천지에 가득 찬 것이 모두 기'[64]라고 하면서 理보다 기, 즉 현상계를 더 앞세우는 데에서 볼 수 있는 것처럼, 연암과 담헌 등 북학파는 상대주의적 인식을 강조하기 위한 방편으로 유심론을 수용한 것으로 생각된다. 이것은 경험주의적 상대성에 입각한 실제적 진실에 도달하기 위한 유심론이며 선험론인 것이다. 以物觀物의 논리가, 인식주체가 강조되는 유심론과 다르다는 것을 '觀物이란 눈으로 보는 것도 마음으로 보는 것도 아닌 이치로 보는 것'이라는 소옹의 논리에서 더욱더 분명해진다.

> 관물이라고 하는 것은 눈으로 보는 것이 아니다. 눈으로 보는 것이 아니라 마음으로 보는 것이다. 마음으로 보는 것이 아니라 이치로 보는 것이다. 천하의 사물은 이치를 갖지 않은 것이 없으며, 性이 없는 것이 없으며 命이 없는 것이 없다.[65]

---

64) 萬物之生 何莫非氣也 天地大器也 所盈者氣 則所以充之者 理也. 「答任亨五論原道書」, 『燕巖集』.

65) 夫所以謂之觀物者 非以目觀之也 非觀之以目而觀之而心也 非觀之以心而觀之以理也 天下

관물이란 대상을 눈으로 보는 것도 마음으로 보는 것도 아니고 이치로 보는 것을 뜻한다. 이는 대상을 인식하는 데 눈과 마음이 중요한 것이 아니고 그 대상이 가진 이치를 읽는 자세가 중요하다는 지적이기도 하다. 요컨대 인식주체의 감각기관 자체가 중요한 것이 아니고 인식대상 자체가 중요하다는 이러한 논지는, 이지 등 공안파와 북학파가 함께 영향을 받은 것으로 알려진 王守仁(陽明)에게도 거듭 강조된다.

눈은 실체가 있는 것이 아니고, 만물의 색으로 실체를 삼는다. 귀는 실체가 있는 것이 아니고 만물의 소리로 실체를 삼는다. 코는 실체가 있는 것이 아니고 만물의 냄새로 실체를 삼는다. 입은 실체가 있는 것이 아니고 만물의 맛으로 실체를 삼는다. 마음은 실체가 있는 것이 아니고 천지만물의 감응하는 시비로 실체를 삼는다.[66]

왕양명은 여기에서 耳·目·口·鼻·心 등 감각기관을 인식 주체로 설정해 놓고 있다. 그렇다고 이러한 인간의 감각기관을 오직 인간 중심으로 운용하는 것은 아니다. 사물이 가진 색, 소리, 냄새, 맛 등 인식 대상이 가진 그 자질 자체를 의미로 받아들이는 역할을 할 뿐이다. 인식 대상의 존재적 성격을 있는 그대로 인정하는 것이다. 그 바탕 위에서 대상의 의미를 수용하는 것이다. 이러한 논리는 제2장의 명심 맹목론에서 본 바와 같이 담헌 홍대용도 똑같이 주장한 바 있다. 담헌은 인식 대상이 가진 고유한 색, 소리, 맛 등을 버려 두고 자기 눈과 귀 등으로만 인식하려 하기 때문에 객관적 인식을 하지 못한다고 말한 바 있다. 이덕무가 「이목구심서」라는 책제목을 정하면서 우리에게 들려

之物莫不理焉 莫不有性焉 莫不有命焉.「黃極經世全書解」,「觀物篇」內篇十二
66) 又曰 目無體 以萬物之色爲體 耳無體 以萬物之聲爲體 鼻無體 以萬物之臭爲體 口無體 以萬物之味爲體 心無體 以天地萬物感應之是非爲體.『王文成公全書』卷三 語錄,『傳習錄』下.

주던 사물인식 방법도 이와 같은 것이었다. 모두 邵雍이, 대상을 '눈이나 마음으로 보는 것이 아니라 그 대상이 가진 이치로 보는 것'이라고 한 논리와 일치한다. 이런 사고는 '대상에 나아가 나를 보면 만물이 나에게 다 갖추어진다'고 한 담헌과 연암의 즉물 체물론과도 깊이 연결되고 있다고 할 수 있다. 주관적 오류를 벗어나 객관성을 확보하기 위한 것으로서 같은 의미를 가지기 때문이다. 북학파는 이렇게 개체의 자족성을 인정하고 관점의 상대주의를 실천하는 유심론으로 體物 卽物論을 설정하고 있다는 점에서 소옹 등과 사유체계를 같이하고 있다고 볼 수 있다.

(5) 小結

이 장에서는 북학파가 공유하고 있는 사유체계로 앞 장에서 검토한 명심 맹목론, 동심 양허론, 회심 관물론, 시공 상대성론을, 특히 명말청초 소품가들의 그것들과 비교하였다. 북학파의 논리가 이지, 대명세, 원굉도 및 소옹의 논리와 상동성이 있음을 확인하였다. 명심 맹목론은 북학파에게는 胸中所意의 선입견으로 세상을 오도하고, 결국 그릇된 가치체계를 양산하여 진실을 뒤엎는 파행적 현실에 대한 치유책으로 자리하고 있었다. 동심 양허론은 기존의 가치와 질서 체계를 비판하면서 동시에 진실의 체계를 쌓아올리는 깜찍하고 진솔한 진실의 눈 그 자체였다. 박지원뿐 아니라, 이덕무와 김재행 등에게서 보편적으로 확인되는 이 동심 양허론은 '천연자득'의 '순진과 진실', 즉 천진을 확보하는 인식론적 방편이었다. 북학파가 이렇게 명심 맹목론과 동심 양허론을 주장한 것은 모두 기존의 문자체계와 가치질서가 허위와 가식에 차서 내면에 진실을 간직하지 못하고 있다는 인식을 하였기 때문이다.

명심 맹목론과 동심 양허론으로 표면과 이면이 일치하지 않는 병든 질서를 바로 잡을 수 있다는 인식은, 북학파가 영향을 받았다고 익히 지적되어 온 명말청초의 학자들에게서도 확인할 수 있었다. 이지의 「동심설」은 盧·空·談과 짝을 이루고 있었고, 대명세의 「맹자설」은 자연·담박·割愛·無所有와 함께 설명되고 있었다. 이러한 논리는 동심을 천진·진기·진솔이라고 이름하며, 冥心·嬰處·素玩·虛를 내세운 연암과 형암 등 북학파의 인식 지평과 같은 성격을 지닌다고 할 수 있다. 물론 이지와 대명세 및 북학파가 처한 시공은 각기 달랐지만, 동심과 맹목을 진심이라고 주장할 수밖에 없었던 역설의 시대적 배경은 같은 것이었다. 이지는 성인의 말씀인 『논어』『맹자』조차도 '상황에 따른 일시적 처방(隨時處方 因病發藥)'이라며 '도리문견'이 동심과 진심을 방해하여 세상이 온통 도리문견이라는 '假'로 덮였다고 하였다. 『논어』『맹자』등 육경으로 대변되는 도리문견을 진심 동심과 대척점에 두고, 오히려 『수호전』과 『서상기』는 높이 평가하는 이러한 이지의 역설적 시각은, 자신의 '志意 言動이 客氣의 터전'이 되었다며, 이른바 세상에서 말하는 正學과 正氣를 배척하려 했던 연암의 시각과 일치하는 것이었다. '몸은 원나라에서서 살지만 마음만은 송나라에 있는(身在元, 心在宋)' 이원적 상황에서 위 아래가 뒤집힌 冠屨倒施, 즉 '大賢處下 不肯處上'의 현실을 바로 잡을 발분의 동심을 간직했다고 『수호전』 작자의 의도를 높이 평가한 것은, 기실 이지가 자신의 시대인식을 『수호전』 작자에 의탁한 것에 지나지 않는다. 이지가 『수호전』을 충의의 서적이라며 말한 '大賢이 거꾸로 小賢에게 부림을 당하는 승복할 수 없는' 상황이나, 대명세가 처한 '재주가 높을수록 좌절당하는' 현실은, '세상에서 말하는 쓸모 있는 사람은 반드시 쓸모 없는 사람이고, 쓸데없다는 사람은 틀림없이 쓸만한 사람'이라는 연암의 현실 인식과 동질적이라고 할 수 있다.

북학파와 이지 및 대명세의 「동심론」과 맹목론은 가치전도의 시대상황을 배경으로 형성된 것이었다. 그러기에 이들의 시각은 기존의 가치질서와는 상극적이었다. 「동심론」과 맹목론은 이미 그 자체에 역설과 반어의 시각을 공유하고 있었던 것이다. 대명세와 연암 등이 모두 하층인물에 진솔한 인간성이 실현되고 있다고 작품의 주요 인물로 수용한 것도 그러한 역설의 시각에 바탕을 둔 것이었다.

한편 북학파가 시간적 공간적 상대성이론을 가지고 자기 시대의 문학을 강조하며 모방을 거부한 것은, 이지의 논리를 잇는 공안파 원굉도의 논리와 일치함을 우리는 확인하였다. 문학이 표현하여야 할 眞은 古의 모방에 있는 것이 아니고, 자기 시대의 현실 공간에 있다는 이런 시공의 상대주의 이론은, 古는 높고 今은 낮다는 '高古卑今'을 거부하며, 옛날을 살펴 오늘을 헤아리는 '酌古斟今'해야 한다는 주장으로 북학파에게 나타난 바 있다. 원굉도는 시변론 속에서 '古何必高 今何必卑' '古不可優 今不可劣'을 내세우며 자기 시대의 언어형식을 가질 것을 주장하였다. 북학파와 원굉도는 모두 글쓰는 일을 전법의 변통 합변에 비유하고, 당대의 진실을 담고 있지 못한 과거문체를 비판하고, 동요나 민요의 진솔한 언어가 학사대부의 언어보다 더 낫다고 높이 평가하는 등 여러 모습이 일치하고 있었다. 이들은 또 박학한 지식을 수용하되 글쓴이의 마음을 당대의 시공에서 읽어야 한다는 회심의 논리를 펼치는 것까지 일치하는 것이었다.

이지, 원굉도 등 공안파 혹은 성령파를 멸시하면서 明代에서 해방되어 다시 당대의 韓柳, 송대의 程朱로의 복고를 주장한 것으로 알려진[67] 桐城派의 비조 대명세의 논리를 북학파가 공유하고 있다는 사실을 우리는 어떻게 설명해야 할 것인가. '振興復古'의 복고주의적 태도로 자신의 산문을 당송8가의 文統과 닿고 있는 것으로 생각한 사람이 '盲者說'의 대명세였다. 그렇다면, 反擬古와 복고라는 양축의 논리를 연암 등 북학파는 맞잡고 있었다는 것인데, 상반되는 두 논지를 함께 수용하는 북학파의 기본적 인식은 무엇인가가 문제다.

동성파가 '진흥복고'한다고 했을 때의 '복고'는 前後七子의 '文必秦漢 詩必漢唐'에 나타난 '擬古'와는 달리 전통답습으로서의 '古'가 아니라, '義法'을 기본으로 하여 '明七子의 僞體'를 거부함으로써 '진흥 古文'할 수 있다는 현실적 입장에 서 있음을 우리는 유의할 필요가 있다. 明七子 등 의고파들은 억지로

---

67) 車相轅, 『中國古典文學批評史』, 502면.

진한을 배우려고 하면서 '古'를 목적론적인 붙박이로 표방했지만, 동성파는 실제로 진실 추구의 '義法'을 '古'의 원형으로 생각했으니, '진흥복고'란 이들에게 '진흥 義法' 내지는 '진흥 진실'과 꼭 같은 것이었다. '의법'의 눈으로 '의고적인 僞體'를 거부하는 것이 동성파의 기본 논리라고 생각한다면, 대명세의 「맹자설」은 이 '의고적인 위체'에 대한 거부와, 아울러 그 위체에 표현된 낡은 사상의 타파를 위한 것이었다고 할 수 있을 것이다.

대명세의 논리는 복고를 표방하고는 있지만 실제로는 '假'를 거부하는 논리라는 점에서 「동심설」의 이지와 상통점이 있는 것이다. 북학파는 이 '僞'와 '假'를 배척하고 '진심'의 '의법'을 추구하면서 공안파와 동성파의 논리를 받아들였던 것이다. 「동심설」을 축으로 반의고를 주장한 공안파와 이지의 논리를 북학파가 공유하면서, 동시에 복고를 주장한 동성파의 맹목설과도 일치를 보이는 것은, 북학파가 대립되는 논리를 주체의식 없이 수용한 것이 아닌 것이다. 僞와 假가 眞을 뒤엎은 전도된 가치체계 속에서 역설적 시각만이 진실을 회복하고 가치규범을 바로 잡을 수 있다는 생각을 이들은 공유하고 있었던 것이다. 처한 시공은 서로 달랐지만 이들은 다같이 문화사적, 지성사적 보편성 속에 처해 있었던 것이다. 이들의 언어가 취하고 있는 보편 원리는 결국 같다고 말할 수 있는 것이다.

북학파의 논리를 명청조의 소품가와 혁신적인 사상가들과 비교하는 이 작업은, 비교의 대상을 확대하면 동질적 성격 또한 더욱 확대될 것으로 생각된다. 북학파는 여러 곳에서 이들 명청 인물들을 비난하기도 하지만 그러한 예들은 오히려 그 영향이 그만큼 심대했다는 증거가 될 뿐이다. 그렇다면, 북학파가 이들 중국 인물들과 동질적인 모습을 띠고 있는 사실을 어떻게 해석해야 하는가 하는 문제가 제기된다. 북학파라는 이름이 뜻하는 것처럼, 이들은 과거의 성리학자들이 그러했듯이 학문의 대상을 중국에 두고 또 다른 전범을 마련하고 있지 않았는가 하는 의문을 가질 수 있기 때문이다. 일반적인 학자들이 학문의 대상과 행위의 규범을 공자·정자·주자에 두었다면, 이들 북학파는 그 자리에 이지·원굉도 등을 배치한 것은 아닌가 하는 의문을 가져볼 수 있는 것이다.

인식대상을 선택하고 받아들여서 자기 의미화한 것을 언어로 표현해야 한다는 사고 체계는 분명 북학파와 명청 소품가들이 공유하고 있었다. 그러면서도 북학파는 인식의 대상, 즉 글의 대상을 주체적으로 자기가 선택해야 한다는 사실을 충분히 이해하고 있었다고 생각된다. 언어 운용의 체계는 같았지만, 운용의 대상이 다를 수밖에 없다는 것을 충분히 인식하고 있었다. 그 때문에 원굉도 등에게서는 時變論, 즉 시간의 상대주의 논의가 특히 강조되지만, 북학파에게는 공간적 상대주의가 함께 강조되었다. 즉 그들은 언어가 진실을 담기 위해서는 '자기 시대, 조선'이라는 공간을 확보해야 한다는 인식을 하고 있었던 것이다. 홍대용이 상대주의 논의를 하면서 '域外春秋論'을 설파하여 조선의 개체적 자족성을 주장한 것도 이러한 사례라고 할 수 있다.

우리는 이제 북학파의 언어가 어떻게 현실 공간에서 실현되어 구체화되고 있는가 하는 논의를 전개할 필요가 있다. 이 과정 속에서 북학파로 명명되어 오해받기 쉬운 이들의 인식의 주체성이 확보될 것으로 생각된다.

2) 문학론의 변용과 북학론의 실현

(1) 북학론의 논리적 배경과 「尊周論」

이제까지 우리는 제 2장과 제 3장의 1절을 통해서 북학파의 사유체계를 명심 맹목론, 동심 양허론, 회심 체물론, 시공 상대주의 등으로 설정하고 이러한 논리가 중국의 명말청초 소품가들과 상동성이 있음을 살펴보았다. 이때 우리는 북학파의 사유체계가 어떻게 독자적인 모습을 형성하게 되는가 하는 의문을 갖게 된다. 여기에서는 이상에서 검토한 사유체계가 북학파의 고유한 논리로 실현되는 양상을 북학론을 중심으로 살펴보고자 한다. 요컨대 북학론이 갖는 논리적 배경과 의의를 추적하자는 것이다. 이 과정에서 우리는 사유체계와 문학 사상이 어떻게 새로운 논리와 언어체계를 획득하는가를 볼 수 있을 것이다. 바꿔 말하면, 북학파의 문학사상이 언어행위와 만나서 새로운 사상체계로 전환되는 사례를 확인할 수 있을 것이다.

우리는 먼저 정유 박제가의 명쾌한 북학론을 들으며 그 논리의 바탕을 검토할 필요가 있다.

기록된 서적이 지극히 광박하고 이치와 의리가 무궁하니, 중국의 책을 읽지 않은 사람은 스스로 한계를 설정하는 것이며, '천하가 모두 오랑캐다'라고 말하는 사람은 다른 사람을 속이는 것이다. 중국에는 정말 육상산과 왕양명의 학문이 있지만 주자가 적통으로 전승됨은 여전하다. 우리나라 사람들은 정자, 주자의 학문만 말하여 나라에 이단이 없다.[68]

박제가는 '胡라는 한 글자를 내세워 천하를 무시하는 사람'[69]들이 모두 다른 사람을 속이는 것이라고 하고 있다. 오랑캐의 땅 중국에는 서적이 광박하고 이치와 의리가 무궁하여 그 책을 읽지 않는 사람은 스스로 좁아드는 것이라고 했다. 그리고 중국의 다양한 이단적 학풍을 경계한 사대부들에게 이단인 육상산과 왕양명이 중국에 실재하는 것은 사실이지만 朱子 또한 건재한다는 논리로 설득하고 있다. 제목 그대로 우리는 박제가가 말하는 북학의 변론을 듣고 있는 것이다. 이들 일군을 북학파라고 지칭할 수 있는 근거도 이 몇마디 말로 그 근거를 확보하게 된다.

---

68) 夫載籍極博 理義無窮 故不讀中國之書者 自劃也 謂天下盡胡也者 誣人也 中國固有陸王之學 而朱子之嫡傳自在也 我國人說程朱國無異端. '北學辨', 『貞蕤集』(國史編纂委員會 刊), 437면.

69) 今人正以一胡字抹殺天下 '北學辨' 二

여기에서 우리는 북학파가 이러한 북학론을 주장하게 된 논리적 배경이 무엇인가 하는 의문을 갖게된다. 북학론은 일단은 실용적 가치나 효용성을 전제로 한 경세주의적 발상에서 비롯된 것인가. 북벌론의 현실적 가능성을 실현시키기 위한 방법론으로서 제기된 것인가. 아니면 程朱學 중심의 학문풍토에서 이단적 학풍, 자유로운 주의주장을 확보하기 위한 수단이었는가. 이러한 여러 의문은 '오랑캐는 더이상 오랑캐가 아니다'라는 혁명적 발상이 어떠한 논리에 뿌리박고 있는가를 검토함으로써 설명될 수 있을 것으로 생각된다. 이는 북학론의 사상사적, 문화사적 의미를 올바로 이해할 수 있는 방법이다. 이러한 관점에서 정유 박제가의 '尊周論'은 북학론을 사상사적으로 문화사적으로 이해하는 데 매우 중요한 글이다.

존귀한 周나라는 원래부터 尊周이고, 夷狄은 원래부터 이적인 것이니, 주나라와 이적은 틀림없는 분별이 있는 것이다. … 우리나라가 신하로서 명나라를 섬긴지 이백여 년에, 임진란에 사직이 파천할 때에 신종 황제가 천하의 군사를 움직여 倭奴를 국경 밖으로 몰아내니, 동쪽 백성들의 터럭 하나 머리털 하나 再造의 은혜가 아닌 것이 없었다. 그러나 불행히 천지가 무너지는 때를 당하여 천하의 사람들이 머리를 변발하고 모두 胡服을 입게 되었으니, '春秋의 尊攘論'을 주장하는 사대부들은 재상이 될 만한 명망을 주렁주렁 쌓게 되었고, 그 유풍과 열정이 지금도 아직 남아 무성하다 하겠다. 그러나 청이 이미 천하를 얻은 지 백여 년에 … 그 사람들을 모독하여 이적으로 여기고 또 그 법을 버리는 것은 크게 불가한 일이다. 진실로 백성에게 이롭다면 비록 그 법이 이적에게서 나왔더라도 성인은 장차 취하려 하셨을 것이어늘 하물며 중국의 고유한 것임에랴. … 세상에 전하기를 정축년 맹약시에 청나라 황제가, 우리 동국사람들에게 오랑캐 옷을 입히려 했는데, 九王이 간하기를 '조선은 요동 심양에 폐부와 같은 존재이니, 이제 만약 그 의복을 혼란시켜 출입하게 되면 천하가 평안하지 않고 앞일을 알 수 없으니 옛날대로 하는 것만 같지 못합니다. 이는 잡아두지 않고 잡는 방법입니다'

하니, 황제가 옳다 하여 그만두었다 한다. 우리 입장에서 논한다면 다행이라면 다행이겠으나, 저들의 계책에서 본다면, 우리나라가 중국과 서로 통하지 못하는 이로움을 취한 데 지나지 않는 것이다. … 필부도 원수를 갚으려 할 때는 그 원수가 찬 날카로운 칼날을 살펴보고 그것을 빼앗을 방법을 생각하는 것이다. 이제 당당한 천승의 나라로 천하에 대의를 펴려하면서 중국의 법 하나를 배우지 않고, 중국의 한 선비와 교유하지 않아서, 우리 국민들을 힘만 들인 채 功은 없게 하여 배를 주려 스스로 폐하게 한다. … 만약 옛 명나라에 대한 복수와 설치를 하려 한다면 중국을 힘써 배운 20년 뒤 의논해도 늦지 않을 것이다.[70]

'중국이 모두 오랑캐가 되었다'는 당대의 보편적 인식을 거부하고 중국을 배워야 한다는 『北學議』에서의 논의를 다시 보여주는 이 글의 제목은 「尊周論」이다. 우리는 정유 박제가가 春秋의 尊攘論 내지 華夷論을 문제의 출발점으로 삼고 있음을 알 수 있다. 주나라를 높이는 이 尊周의 논리가 당대의 역사적 상황에서 明과 淸을 華夷 관계로 설정하고 있는 것이다. 明을 華로 淸을 夷로 본 것은, 정유가 북벌론자들과 동일한 사고의 틀을 가지고 있었다는 근거가 될 수도 있기 때문에, 정유는 북벌론을 기본적으로 비판한 것은 아니라고 생각할 수도 있다. 일반적으로 명분론이나 화이론에 입각한 북벌론자들과 달리, 정유는 '백성에게 이로운 것이라면 夷狄의 것이라도 성인은 취했을 것'이

---

70) 尊周自尊周也 夷狄自夷狄也 夫周與夷 必有分焉 … 我國臣事明朝二百餘年 及夫壬辰之亂 社稷播遷 神宗皇帝動天下之兵 驅倭奴而出之境 東民之一毛一髮 罔非再造之恩. 不幸而値天地崩坼之時 薙天下之髮而盡胡服焉 則士大夫之爲春秋尊攘之論者 磊落相望 其遺風餘烈 至今猶有存者 可謂盛矣 然而淸旣有天下百餘年 … 冒其人而夷之 竝其法而棄之 則大不可也 苟利於民 雖其法之雖出於夷 聖人將取之 而況中國之故哉 … 世傳丁丑之盟 淸汗欲令東人胡服 九王諫曰 朝鮮之於遼藩肺腑也 今若混其衣服 通其出入 天下未平 事未可知也 不如仍舊 是不拘而囚之也 汗曰 善 遂止 自我論之 幸則幸矣 而由彼之計 不過利我之不通中國也 … 匹夫欲報其讐 見其讐之佩利刃也 則思所以奪之 今也以堂堂千乘之國 欲伸大義於天下而不學中國之一法 不交中國之一士 使吾民勞苦而無功 窮我而自廢 … 若夫爲前明復讐雪恥之事 力學中國二十年後 共議之未晚也「尊周論」.「貞蕤集」, 436~437면.

라는 효용의 논리로, '복수와 설치'를 이야기하고 있는 점이 다를 뿐이다. 정유
의 북학론은 이러한 효용론·실리론과 아울러 새로운 명분론으로 북벌론자들
을 설득시키고 있음도 주목된다. '지금의 청나라는 정말로 오랑캐이지만, 그
오랑캐는 중국의 이로운 것을 알아채서 그것을 탈취하여 자기 것으로 만들었
는데, 우리나라는 오랑캐가 탈취한 것이 원래 중국 것인 줄'[71] 모른다는 말은,
타도의 대상인 오랑캐 淸夷가 가진 유익한 법이 원래 明華 혹은 中華의 것이
라는 논리다. 즉 북학은 근본적으로 청을 배우는 學淸이 아니라 學中 내지는
명나라를 배우는 學明이라는 논리인 것이다. 이렇게 본다면 정유는 효용적 실
리론과 의리적 명분론을 교묘히 접합시키면서 북학론을 전개하고 있음을 알
수 있다. 그리고 북학, 즉 學中이 근본적으로 명나라의 원수를 갚기 위한 것으
로서 제목 그대로 「존주론」을 실현시키기 위한 것이라는 논리를 덧붙여서 華
夷論을 강화하기 위해 學淸의 북학론을 전개하고 있는 듯이 자신의 입장을 내
세우고 있다.

그렇다면 흔히 북벌론자들과 대립되는 존재로 인식했던 정유 등 이른바 북
학파들은, 북벌론의 인식론적 배경이라할 수 있는 화이론에 입각하여 북학을
주장한 것인가, 북학파는 북벌론자들의 비판적 계승자라고까지 할 수 있는가
하는 의문을 제기할 수 있다.[72] '오늘날 사람들이 이적을 물리치려 한다면, 먼
저 이적이 누구인가를 아는 것이 좋을 것이며, 중국을 높이고자 한다면 존귀한
그 법을 행하는 것보다 나은 것은 없다'[73]는 주장을 통하여 우리는 정유가 화
이론적 북학론자라는 생각을 할 수도 있을 것이다. 이러한 문제를 안고 있는

---

71) 今淸固胡矣 胡知中國之可利 故至於奪而有之 我國以其奪之胡也 而不知所奪之爲中國「尊
周論」.

72) 金明昊, 『熱河日記 硏究』(창작과비평사, 1990), 119~153면. 여기에서 김교수는 박제가의
「존주론」과 동일한 내용인 연암의 『일신수필』을 예로 들면서 '청은 비록 夷지만 그 문물
은 華라는 북벌론자들의 주장을 뒤집어 놓은 것으로, 사실은 동일한 문화중심적 화이관에
입각해 있는 것'이라고 해석하고 있다. 이러한 논지로 김교수는 이들의 시각을 '새로운 화
이관'으로 설명하고 북학론은 종래의 북벌론을 비판적으로 계승한 사상이라고 주장한다.

73) 故今之人欲攘夷也 莫如先知夷之爲誰 欲尊中國也 莫如盡行其法之逾尊也「尊周論」.

정유의 '존주론'의 논리를, 사상적으로 분명히 설명해 주는 글이 바로 「伯夷太公不相悖論」이다.

　　흥망은 천지의 큰 운수이며, 出處는 군자의 큰 절조다. 혹 나라가 흥하면 나가기도 하고, 혹 나라가 망하면 들어앉기도 한다. 흥망은 틀림없이 한 시대의 일이지만, 출처는 한 사람의 몸에 국한된 것이 아니기에, 伯夷가 언급되기도 하고 太公이 언급되기도 한다. 백이의 마음으로는 "나는 은나라 백성이다. 은나라 임금이 비록 포악하지만 신하의 도리를 다할 뿐이다"라고 말한다. 태공의 마음은 "獨夫가 날뛰니 만민이 도탄에 빠졌는데 우리 무왕 드날리기를, 탕임금처럼 빛나시리니, 나는 하늘의 토벌을 행할 뿐이다"라고 했다. … 바야흐로 商(은나라)의 교외에 반란병이 일어설 때에, 太公望은 매처럼 높이 휘날렸는데, 서산에서 고사리 캐던 백이·숙제는 말고삐를 잡고 간하였다. 그 후에 두 사람들의 행동이 하나는 나고 하나는 들어앉았으며, 한 나라는 흥했고 한 나라는 망하였으니, 천하 후세의 논객이 '매우 같지 않으며 서로 크게 다르다'고 생각하게끔 된 것이다. 백이와 태공망의 마음씀은 이로부터 명확치 않게 되었으니 … 내가 이에 두려움이 일어 특히 크게 써서 논한다. 백이의 근심은 만세의 근심이었고, 태공의 마음은 천하의 마음이었다. 가로놓으면 常道가 되고 세워 놓으면 權道가 된다. 두 어진 사람의 마음이 모두 같이 至誠과 惻怛에서 나와서 그 사이에 한 터럭만큼도 사사로운 뜻이 없으니, 그 쓰임새는 비록 달랐지만 그 의로움은 서로 같았다. 검은 색과 흰색처럼 분별할 수 있는 것도, 선악으로 서로 분별할 수 있는 것도 아니다. 저 사람이 군자라면 이 사람도 군자이며, 저가 현인이라면 이 또한 현인이다. 천하 사람들의 말대로 두 어른이시고, 천고 역사의 언론대로 양측이 모두 옳은 것이다. … 오호라. 의리는 무궁하지만 대처한 상황이 또한 다르니, 천하의 일을 진실로 하나의 절개로 논하기가 어려운 것이다. … 그런즉 그 행적을 논하되 마음은 논하지 말아야 할 것과, 마음을 논하되 행적은 논하지 말아야 할 것을 알아본다면, 그 의리는 말로 논설하지 않아도 저절로 분명해질 것이다.[74]

정유는 주나라 武王의 역성혁명 때 상반된 행동을 한 백이와 태공을 서로 어긋나는 것이 아니라고 不相悖論을 펴고 있다. 그들은 모두 은나라의 운명이 다하지 않았을 때는 '손을 잡고 천하의 이치는 하나일 뿐(携手相將 … 以爲天下之理 一而已也)'이라고 같은 마음을 가졌고, 古老에게 좋은 말을 들으려고 함께 양로당을 배회했지만, 혁명 때에 출처가 달라 세상 사람들이 크게 다르다고 생각하게끔 되었다고 말한다.[75] 백이와 태공망을 '매우 같지 않다(大不同而逈相殊也)'고 보는 시각 때문에, 백이와 태공의 마음씀뿐 아니라 무왕의 마음씀도 불분명하게 되었다는 것이다. 정유가 불분명해졌다고 한 양측인물들의 마음씀이 과연 무엇이었는가 하는 점이 이 논의의 핵심이 된다. 정유는 백이와 태공의 마음을 각각 '백이의 근심은 만세를 생각한 근심이었고 태공의 마음은 천하를 생각한 마음이다(伯夷之憂萬世之憂也 太公之心天下之心也)'라고 말한다. 만세와 천하라는 말로써, 두 인물의 상반된 행동에 대하여 모두 정당성과 당위성을 확보해 주고 있는 것이다. 그러기에 백이의 은둔[處]을 기본적인 經道(橫之爲經)로, 태공의 참여[出]를 방편으로서의 '權道'(竪之爲權)로 생각하며 모두 道의 일환으로 본 것이다. 가로로 놓으면 常道, 즉 경도가 되고, 세로로 놓으면 권도가 되는 백이와 태공의 마음, 세상사람들이 서로 크게 다르다고 생각했기 때문에 오히려 不明에 빠진 이 양자의 마음을 정유는 '仁人之心'이라

---

74) 興亡者 天地之大數 而出處者 君子大節也 或國興而出 或國亡而處 夫興亡 必一時之事 而出處 非一人之身 則於是 有曰伯夷焉 有曰太公焉 伯夷之心 曰予殷民也 殷君雖暴 臣不可以非君 予守臣之道而已 太公之心 曰獨夫行匈 萬民塗炭 我武維揚 于湯有光 吾行天之討而已 … 及夫商郊倒戈 尙父有鷹揚之擧 西山採薇 黑胎作扣馬之諫 然後二八者之行 一出而一處 一興而一亡 使天下後世之論者 遂以爲大不同而逈相須也 則二人者之心 從玆而不明 … 吾於是竊有懼焉 大書特書而論之曰 伯夷之憂 萬世之憂也 太公之心 天下之心也 橫之爲經 竪之爲權 仁人之心 同出於至誠惻怛 無一毫私意於其間 則爲用雖殊 其義則同 非若黑白之可辨 薰蕕之相別也 彼君子此亦君子 彼賢人此亦賢人 天下之所謂二老也 千古之所謂兩是也 … 嗚呼. 義理無窮 遭逢亦異 則天下之事 固難以一槪論矣 … 則觀其論迹而不論心 與論心而不論迹 其義理 不待言說而自辨矣 「伯夷太公不相悖論」, 『정유집』, 259~260면.

75) 彼二人者 亦將携手相將 談論於乞言之地 翶翔於養老之堂 … 二人者之心不明 則武王之心不明 武王之心不明 則彼伯夷者 亦不過爲一偏枯不曉事之人而已也 「伯夷太公不相悖論」.

며, 모두 私意가 끼어들지 않는 '지성과 측달'에서 나온 공통점이 있다고 했다. 한마디로 쓰임새는 달랐으나 바탕의 의리는 같다는 것이다(仁人之心 同出於 至誠惻怛 無一毫私意其間 則爲用雖殊 其義則同).

　흑백으로 나눌 수도, 선악으로 구분할 수도 없는(非若黑自之可辨 薰蕕之相 別也), '천고에 모두 옳은 행위'로서의 백이와 태공의 동질성, 그 '仁人之心'은 어떻게 형성되었는가. '이치는 하나인데 분수로 나뉜(理一而分殊者也)' 그 이 치를, 정유는 '백이의 마음(伯夷之心)' '태공의 마음(太公之心)'으로 나누어 설 명하고 있다. 군신간의 의리를 중시하는 백이의 명분론적 입장과 포악한 임금 으로부터 백성을 구해야 한다는 현실론적 관점을 모두 같은 '인자의 마음'과 측달의 마음으로 해석하는 것이다. 이것은 '행적을 논하며 그 마음씀은 논하지 않는 태도'가 아니라 '마음씀을 헤아리고 행적은 논하지 않는' 태도라고 할 수 있다(觀其論迹而不論心 與論心而不論迹).

　우리는 이 「백이태공불상패론」을 통하여, 『北學議』나 「尊周論」에서 보였던 '중국은 오랑캐가 되었지만 배우자'는 정유의 주장이 화이론적 사고에 입각한 것은 아니라는 사실을 확인할 수 있다. 기본적으로 화이론은 주나라 중심의 정 통론에 근거를 둔 '大一統'의 논리다. 또 그 大一統論은 명분론으로 확대되면 서 백이 숙제 중심의 의리론으로 귀결되는 것이다. 그런데 여기에서 정유는 그 백이 중심의 의리론을 수정하고 있는 것이다. 정반대의 행동을 보인 태공을 내 세우고, 兩是論을 전개하면서 '大一統'의 논리로 전환시키고 있는 것이다. 바 야흐로 북벌론의 토대가 되고 있는 화이론의 논리적 기반을 바탕에서부터 흔 들고 있는 것이다. 정유 등 북학파의 북학론이 어떤 위치에 있는가를 「백이태 공불상패론」은 「존주론」과 함께 확인해 주고 있는 것이다. 이러한 사고방식을 우리는 연암에게서도 거듭 확인할 수 있다.

(2) 相須論의 논리체계와 문체론

　백이와 태공에 대하여, 표면적인 행적의 차이를 중시하지 않고 내면의 마음
으로 읽는 논리, 즉 論心而不論迹의 논리는 연암 박지원에게도 찾아볼 수 있다.
연암은 상하 두 편의 「伯夷論」을 남기고 있고, 『열하일기』의 도처에서 이 논의
를 지속시키고 있다. 「백이론」 상편은 주로 백이와 무왕 두 사람의 마음씀(用心)
을 논하고, 하편에서 주로 백이와 태공의 마음씀(用心)을 箕子·微子·比干과
함께 논하고 있다. 그런 점에서 상하편은 일관된 문제의 제기이고, 정유의 「백
이태공불상패론」은 연암의 논의를 계승한 것으로 볼 수도 있다. 이 「백이론」의
문제가 그만큼 실학자들에게 중대한 현안의 논제였음이 분명한 것이다.

　「백이론」 上은 대부분 무왕의 세 가지 자기모순을 지적하고 있다. 첫째, 은
나라 사람들이 정당한 자기 자리를 얻지 못해 혁명을 한다고 천하에 대고 말
했지만, 주나라를 일으킬 때에 大老賢人이 그 자리를 유지하지 못했으니, 무왕
의 건국은 결국 현인들이 정당한 자기 자리를 얻지 못하게 함으로써 시작되었
다는 것이다. 둘째, 은나라가 대로현인의 말을 듣지 않는다고 했지만 간하는
말을 듣지 않은 것은 무왕도 마찬가지라는 것이고, 셋째, 은이 허물없는 사람
을 죽인다고 했지만 무왕도 그러했다는 것이다.[76] 그러나 이러한 자기모순과
그 결과로 파생된 백이와의 상치점에도 불구하고 은나라를 세운 湯이나, 백이,
무왕은 천하후세를 걱정했다는 점에도 '同道'라고 한다(吾故曰 湯伯夷武王 同
道 爲其爲天下後世慮也). 백이는 무왕의 거사 자체를 잘못되었다고 한 것이
아니고 거기에서 발생되는 의리의 문제를 밝혔을 뿐이고, 무왕이 백이를 봉하
지 않은 것은 그를 잊어서가 아니라 그 의리를 드러내주기 위한 것이었다는

---

76) 將號於天下曰 商民不獲所然 而周之將興也 大老賢人者 不獲其所 則武王之得天下 將自不
　　獲所始 又號於天下曰 商棄老成言 然而周之將興也 大老賢人者 諫其不義 則武王之得天下
　　將自不聽諫始 又號於天下曰 商殺不辜 然而周之將興也 大老賢人者不得其死 則周之有天下
　　將自殺不辜始 '伯夷論' 上, 『燕巖集』, 64면.

것이다.[77]

「백이론」 하편에서는 백이와의 대립주체를 무왕에서 태공으로 바꾸어 논의를 확대시키고 있다.

공자는, 기자·미자·비간은 옛 인자로서 세 사람이 행동은 각기 달랐지만 어질다는 이름에 잘못이 없었다고 말했다. 태공은 옛날의 이른바 大老賢人으로 그 행동이 백이와 같고 그 도가 伊尹과 같은데도 불구하고, 공자는 그 仁을 세 仁者와 동열에 세우지 않았다. … 내가 은나라를 보건대 다섯 인자라 할만하다. 왜 그런가 하면 백이와 태공이 있기 때문이다. 저 다섯 인자는 행동한 바는 각기 다르지만, 모두 측달의 마음이 있었던 것이다. 서로 기대하며 보충하여 인자가 되었으니, 相須하지 않았다면 仁을 이룰 수 없었을 것이다.

미자의 마음씀을 말한다. "은나라는 망한다. 나는 간할 수 없는데 억지로 간하기보다는 차라리 은나라의 제사나 보존하는 게 낫겠다" 하고 이를 행했다. 미자는 비간이 간하기를 기대했던 것이다.

비간의 마음씀을 말한다. "은나라는 망한다. 나는 간할 수 없다고 해서 간하지 않기보다는 차라리 간하겠다" 하며 마침내 간하고 죽었다. 비간은 기자가 도를 전수하기를 기대했던 것이다.

기자의 마음씀은 이렇다 "은나라는 망한다. 내가 도를 전수하지 않으면 누가 하겠느냐" 하고 드디어 거짓 미쳐서 노복이 되었다. 기자는 서로 기대하는 사람이 없었던 것처럼 보인다. 그러나 인자의 마음은 하루라도 천하를 잊은 적이 없으니, 기자는 태공이 백성을 구제해 줄 것을 기대한 것이다.

태공의 마음씀은 스스로 은의 遺民이라 생각하고 말한다. "은나라는 망한다. 小師는 떠났고, 왕자는 죽었고, 太師는 갇혔다. 내가 백성을 구하지 않으면 장차

---

77) 故伯夷之非武王 非非其擧也 明其義而已矣 武王之不封伯夷 非忘之也 顯其義而已矣 其慮後世天下同也 嗚呼 禮養之不足以明其義於後世也 表章之不足以明其義於後世也 不臣之不足以明其義於後世也 封之不足以厚伯夷也 '伯夷論' 上.

천하를 어찌할 것인가" 하고 紂를 토벌했다. 태공 또한 서로 기대한 사람이 없었던 것처럼 보인다. 그러나 인자의 마음은 하루라도 후세를 잊었던 것이 아니니, 태공은 백이가 의리를 밝혀주기를 기대했던 것이다.

백이의 마음씀은 스스로 은의 유민이라고 생각하고 말한다. "은나라는 망한다. 소사는 떠났고, 왕자는 죽었고, 태사는 갇혔다. 내가 그 의를 밝히지 않으면 장차 후세를 어찌할 것인가" 하고 주나라에 조회하지 않았다.

이 다섯 군자가 어찌 즐거운 마음으로 자기 행동을 했겠는가. 모두 부득이 했을 뿐이다. … 그 사람을 기대했던 것이 아니고 그 의를 기대했던 것이니 … 周를 도망간 것도 부득이 했던 것이고, 간하다 죽은 것도 부득이 했던 것이고, 紂를 토벌한 것도 부득이 했던 것이고, 周를 섬기지 않은 것도 부득이 했던 것이다. 나는 그래서 백이와 태공의 도를, 은나라의 세 인자에 더한다. 이런 생각이 역시 공자의 마음일 것이다.[78]

상편에서 탕·무왕·백이를 同道라고 평했던 연암은, 여기에서 기자·미자·비간을 '세 인자(三仁者)'라고 칭했던 공자의 견해를 수정한다. 백이와 태공도 역시 이들과 함께 각각 행동은 달랐지만 측달의 마음을 가지면서(所行亦

---

78) 孔子稱古之仁人 箕子微子比干是也 三人者之行各不同 猶不失乎仁之名 … 夫太公者 古所謂大老賢人 則爲其行同伯夷 而道似伊尹也 然而孔子不稱其仁 以列之三仁 … 而余觀乎殷 其有五人乎 何謂五仁 伯夷太公是也 夫五仁者 所行亦各不同 皆有丁寧惻怛之志 然而相須 則爲仁 不相須則爲不仁矣 微子之爲心也曰 殷其淪喪 我與其不可諫而諫之 孰若存殷之祀也 遂行 是微子須諫於比干耳 比干之爲心也曰 殷其淪喪 我與其不可諫而不諫 寧孰諫也 遂諫而死 是比干須傳道於箕子耳 箕子之爲心也曰 殷其淪喪 我不傳道而誰傳道也 遂陽狂爲奴 箕子若無所相須者也 雖然仁人之心 未嘗一日而忘天下 則是箕子須拯民於太公耳 太公之爲心也 自以殷之遺民也曰 殷其淪喪 小師行 王子死 太師囚 我不拯其民 將天下何哉 遂伐紂 太公亦若無所相須者也 雖然 仁人之心 未嘗一日而忘後世 則是太公須明義於伯夷耳 伯夷之爲心也 自以殷之遺民也曰 殷其淪喪 小師行 王子死 太師囚 我不明其義 將後世何哉 遂不宗周 夫是五君子者 豈樂爲者哉 皆不得已也 … 非謂須其人也 須其義而已矣 … 其奔周爲不得已也 諫而死爲不得已也 傳道爲不得已也 伐紂爲不得已也 不宗周爲不得已也 吾故合伯夷太公之道於殷之三仁焉 是亦孔子之志也 '伯夷論' 下.

各不同 皆有丁寧惻怛之志) 서로 기대하고 보충해 주어, 즉 相須하여 仁을 이룰 수 있었던 존재라고 평한다(然而相須則爲仁 不相須則爲不仁矣). 이러한 상수론은 태공과 백이에게만 적용되는 것이 아니다. 비간에게 충간하기를 기대하며 제사나 받들려고 은으로부터 도망간 미자와 비간의 관계가 相須 관계이고, 도를 전하기 위해 미친 척한 기자와 세상을 구하려고 혁명에 참여한 태공도 상수관계에 있는 것이다. 요컨대 정유가 말한 것처럼 국가의 흥망이라는 동일 상황에 임하여 출처가 달랐던 모든 인물에게 상대적이고 개체적인 존재 의의를 인정해 주는 것이 상수론의 요점인 것이다.

백이와 태공이 모두 인자로서 측달의 마음을 바탕으로 했기에 상반되는 존재가 아니라는 이러한 상수론은, 「伯夷太公不相悖論」을 주장한 정유의 사유 방식에서도 확인한 바 있다. '태공의 마음' '백이의 마음'이라고 개체의 내면의식을 확인하면서 '마음 씀은 비록 달랐지만 그들의 뜻은 같았다(爲用雖殊 其義則同)'고 설파한 정유의 논리는, '태공의 마음씀(太公之爲心)' '백이의 마음씀(伯夷之爲心)'이라는 내면논리를 전제로 상수론을 편 연암의 논리와 용어조차 일치하는 것이다. 이는 실학자 혹은 북학파가 「백이태공론」에 그만큼 관심을 가지면서 동질적인 인식을 하고 있었다는 사실을 말해주는 것이라 할 수 있다. 실학자들의 이러한 「백이태공불상패론」과 상수론은 이들의 명분론과 의리론 내지 세계관이 그만큼 단선론에 머무르지 않고 확대되어 갔다는 사실을 확인해 주고 있다.

앞에서 지적한 바와 같이 백이 중심의 명분론과 의리론은, 그 뿌리가 주나라 중심의 「존주론」을 형성하는 大一統論으로 연결되는 것이고, 곧 중국 중심의 화이론적 세계관으로 확대되는 것이다. 명나라 원수를 갚기 위한, 남한산성의 치욕을 갚기 위한 북벌론의 기본적인 사고체계는 明淸 관계를 화이 관계로 본 것이었다. 그렇다면 화이론에 근거한 북벌론의 바탕은 곧 백이 중심의 의리론, 주나라 중심의 대일통론에 있는 셈인데, 정유와 연암은 그 북벌론 성립의 기본적 논리를 수정하고 있는 것이다. 『열하일기』의 도처에 보이던 주장, 곧 이적 淸의 입장에서 보면 한족인 중국도 이적이라는 주장이 논리적으로 설명되고 있는 것이다.

「존주론」과 대일통론에 입각한 화이론적 세계관, 즉 중국중심의 세계관이 타파된 것은, 백이 중심의 단선적 의리론에 대한 비판으로부터 출발하였다. 그러나 새로운 차원의 「백이론」, 즉 「백이태공불상패론」은 단순히 논리 차원의 비판에서 태생된 것이 아니었다. 중국이 세계의 중심이라는 평면적 세계관에서 벗어나 새로운 우주관에서 비롯된 인식혁명에서 비롯된 것이었다.

이러한 구체적 양상을 우리는 홍대용의 『毉山問答』에서 확인할 수 있다.

하늘에 가득한 별로서 하나의 세계가 아닌 것이 없으니 별세계[星界]로부터 본다면 지구[地界]도 또한 하나의 별이다. 무한한 세계가 우주에 흩어져 있으니 지구가 그 중심에 자리하고 있을 수는 없는 것이다. 그러므로 하나의 세계가 아닌 것이 없고 돌지 않는 것이 없다. 여러 다른 별세계에서의 관점도 지구에서의 관점과 마찬가지일 것이니, 그들도 모두 자신들이 중심이고 다른 별들은 뭇별의 세계라고 일컫는다. … 이런 까닭에 지구가 해와 달의 중심은 될 수 있지만 다섯 별의 중심은 될 수 없고, 해가 다섯별의 중심은 되나 뭇별들의 중심은 될 수 없다. 해도 중심이 될 수 없는데 하물며 지구에 있어서랴.[79]

우리는 홍대용이 여기에서 지구중심설뿐 아니라 태양중심설도 타파하고 있음을 알 수 있다. 지구뿐 아니라, 태양도 무수한 별세계 속에서 상대적인 하나의 별일 뿐이라는 것이다. 그러니 다른 별세계의 관점에서는 그들 자신을 세계의 중심이라고 할 것이라는 논리다. 이러한 논리는 바로 '크고 넓은 우주는 천

---

79) 滿天星宿無非界也 自星界觀之 地界亦星也 無量之界散虛空界 由此地界巧居正中無有是理 是以無非界也無非轉也 衆界之觀同於地觀 各自謂中各星衆界(원문 85면 상…. 是以地爲兩曜之中 而不得爲五緯之中 日爲五緯之中而不得爲衆星之正中 日且不得爲正中 況於地乎. 『毉山問答』,『湛軒書』內集 卷四(『湛軒書』, 민족문화추진회 간, 원문 85면).

지와 사방의 구분도 없고 위아래의 구분도 없다'[80]는 사유로 이어진다. 지구가 둥근 구체이고 우리는 그 한쪽의 표면에 살고 있다는 사실[81]을 전제로 무중심성과 무방향성을 우주와 세계인식의 기본틀로 간직하게 되는 것이다. 이러한 우주에 대한 공간인식은 삶의 좌표, 즉 공간의 존재론적 성격이 평면에서 입체로 전환하고 있음을 보여주는 것이다.

지구중심적 존재론의 해체는 바로 중국중심적 존재론의 해체로 이어진다. '이 지구는 우주에 비하면 작은 티끌만큼도 안되고, 저 충국은 지구에 비기면 십수분의 1밖에 되지 않는다'는 말처럼 중국을 중심으로 한 삶의 체계가 해체될 논리적 체계가 갖추어진 것이다. 또 '지구의 한 부분에 지나지 않는 중국 땅에 모든 별자리를 배합시키는[82] 일원적 세계관과 운명관도 거부하게 된다.

중국은 서양과 경도의 차가 180도에 이르러서, 중국사람은 중국을 중심세계로 삼고 서양을 반대세계(倒界)로 삼으며, 서양인은 서양을 중심세계로 삼고 중국을 반대세계로 여긴다. 그러나 실제로 하늘을 이고 땅을 밟고 사는 것은 모든 세계에서 다 마찬가지이니, 거꾸로 이거나 반대의 세계가 있을 수는 없는 것이고 모

---

80) 夫渾渾太虛六合無分 豈有上下之勢哉 …. 今夫地日月星之無上下 亦猶爾身之無東西與南北也…. 太虛之無上下 其跡甚著 世人習於常見 不求其故 苟求其故 地之不墜不足疑也. 『毉山問答』, 『湛軒書』 內集 卷四(『湛軒書』, 민족문화추진회 간, 원문 84면).

81) 지구는 물과 흙으로 된 것으로서 둥근 모양으로 쉬지 않고 돌며 허공에 떠있다. 만물은 그 표면에 의지하여 산다. … 지구가 해를 가리울 때 월식이 되는데 가리워진 모양이 둥근 것은 지구의 모양이 둥글기 때문이다. 그러니 월식은 지구의 거울이다. 월식을 보고도 지구가 둥글다는 것을 모른다면 이것은 거울로 자기 얼굴을 보면서도 그것이 자기 얼굴인줄을 모르는 것이니 어리석은 일이 아니겠는가? 夫地者水土之質也 其體正圓旋轉不休 淳浮空界 萬物得以依附於其面也 … 地掩日而蝕於月蝕體亦圓地體之圓也 然則月蝕者地之鑑也 見月蝕而不識地圓 是猶引鑑自照而不辨其面目也 不亦愚乎. 『毉山問答』, 『湛軒書』 內集 卷四(『湛軒書』, 민족문화추진회 간, 원문 83면).

82) 夫地界之於太虛 不啻微塵爾 中國之於地界十數分之一爾 以周地之界 分屬宿度 猶或有說 以九州之偏硬配衆界 分合傳會窺覘灾瑞忘而又妄不足道也. 원문 87면.
『毉山問答』, 『湛軒書』 內集 卷四(『湛軒書』, 민족문화추진회 간, 원문 87면).

두가 중심세계인 것이다.[83]

　중국사람은 천하의 중심을 자기 땅이라고 하지만, 경도가 180도 차이가 있는 서양사람들도 그들 자신을 중심으로 생각하고 있다는 것, 그래서 결국 사람들은 모두 자기가 사는 곳을 세계의 중심으로 여긴다는 것이다. 이 논리는 두 가지 측면에서 새로운 가치관을 배태하고 있다. 하나는 더 이상 중국을 세계의 중심으로 인정할 수 없으므로 중국 중심의 세계관은 무너질 수밖에 없다는 것이다. 다른 하나는 자기가 사는 곳이 바로 세계의 중심으로서 개별성과 독자성을 전제로 한 인간관과 존재론이 성립할 수 있다는 것이다. 새로운 우주질서에 대한 '實翁'의 답을 들은 '虛子'는 "천지의 형체와 움직임을 이미 배워 들었거니와, 人物의 근본과 고금의 시대 변화와 華夷의 구별에 대하여 말씀해 주십시오"[84]라고 청하고 있다. 담헌에게 있어 새로운 우주론, 즉 지구와 태양중심설의 해체란 바로, 기존의 평면적 시간 공간 개념을 전제로 성립되었던 중국중심론의 해체로 이어지고, 나아가 화이론이라는 전통적 민족개념의 타파와 새로운 민족개념의 성립이라는 방향으로 나아가고 있음을 보여주는 것이다.

　먼저 평면적 시공개념을 전제로 한 중국중심론과 그 세계관이 해체되는 양상을 보자.

　禹임금이 천자 자리를 아들에게 물려주고서 백성들이 비로소 자기 집 이익을 꾀하게 되었고, 殷의 湯王과 周의 武王이 임금을 내쫓고 죽이고서 백성들이 윗사람을 범하게 되었다. 그러나 이것은 임금 몇 명의 잘못은 아니다. 선정의 뒤끝에 어지러운 세상이 다가오는 것은 시세의 흐름인 것이다.

---

83) 中國之於西洋經度之差 至於一百八十 中國之人 以中國爲正界 以西洋爲倒界 西洋之人 以西洋爲正界 以中國爲倒界 其實戴天履地隨界皆然 無橫無倒 均是正界.『毉山問答』,『湛軒書』內集 卷四(『湛軒書』, 민족문화추진회 간, 원문 84면).
84) 虛子曰 天地之體形情狀 旣聞命矣 請卒聞人物之本 古今之變 華夷之分.

夏나라가 忠을 숭상하고 商나라가 質을 숭상했으나 요순시대에 비하면 이미 꾸민 것이었다. 周나라는 화려하고 사치한 제도를 숭상하여 昭王과 穆王부터는 임금의 기상이 이미 떨어져 정사가 제후에게 있었고, 한갓 헛 이름만 안고 윗자리에 寄生하였으니, 幽王과 厲王이 천하를 망치기 오래 전에 이미 세상에 주나라는 없어졌던 것이다.[85]

앞에서 본 것처럼 중국중심적인 역사관을 대표하는 논리가 기존의「존주론」이었다.「존주론」속에는 주나라가 大一統의 정통성을 가진 존재라는 가치론과, 중국이 세계의 중심이라는 공간론이 함축되어 있었던 것이다. 이에 따라 尊周의 논리는 어느 시대에도 재현되어야할 초시간적인 당위질서 그 자체였다. 즉 후대인에게 주나라는 잃어버린 낙원세계로서 누구도 거부할 수 없는 초시간적 가치였던 것이다. 그런데 담헌은『의산문답』에서 성인의 전범인 우 임금과 탕 임금의 절대성을 부정할 뿐 아니라, 주나라와 무왕으로 상징되었던 초시간적 절대가치를 부정하면서 중국 중심의 역사관을 비판하고 있는 것이다. 주나라와 무왕에 대한 비판은, "주나라가 은나라를 이어받을 때 천하를 차지하려는 마음이 없었다고 할 수 있겠는가. … 주나라 이후로 王道가 날로 없어지고 霸道가 횡행하여 거짓 仁者가 황제가 되고 병력이 강한 자가 왕이 되었다"[86]고 하여 周 무왕을 霸道의 시발로 삼고 있을 정도고 바뀌었다. 그리고 담헌은 '천하에는 이미 주나라가 없었던' 것'이라는 말을 덧붙여 주나라 중심 역사관인 대일통론을 벗어나 중국중심론을 극복하고 있다.

중국중심론이 해체되면서 전통적 민족관념인 화이론이 극복되고 새로운 민족개념이 형성되는 예를 보자.

---

85) 夏后傳子而民始私其家 湯武放殺而民始犯其上 非數君之過也 至治之餘襲亂之漸時勢然矣 夏忠商質比唐虞 則已文矣 成周之制專尙夸華 降自昭穆君綱已替 政在列侯 徙擁虛器寄生於 上 不待幽厲之傷 而天下之無周久矣.『毉山問答』,『湛軒書』內集 卷四(『湛軒書』, 민족문화 추진회 간, 원문 91면).
86) 周之代殷 其能無利天下之心乎 … 自周以來王道日喪 霸術橫行 假仁者帝兵彊者王.

요와 금은 바꾸어 주인노릇 하다가 송막(松漠)땅에서 합쳐졌는데 명나라 주씨가 왕통을 잃으매 천하가 오랑캐의 치발(薙髮)을 하게 되었다. 중국 천자의 덕이 떨치지 못하고 오랑캐[胡]의 운수가 날로 자라난 것은, 人事의 감응이기도 하지만 天時의 필연이다. …

하늘이 내고 땅이 길러주어서 혈기가 있다면 모두 같은 사람이며, 여럿 중에 뛰어나 한 지역을 다스리는 자는 모두 같은 임금이며, 문을 이중으로 만들고 해자를 깊이 파서 영토를 지킨다면 모두 국가라 할 수 있다. 은나라의 장보 같은 관을 쓰건, 주나라에서 위모 같은 갓을 쓰건, 오랑캐에서 문신을 하건, 이마에 조제 그림을 그리건 간에 모두 자기 나름의 습속인 것이다. 하늘에서 본다면 어찌 안과 밖의 구별이 있겠느냐? 모두 자기 민족을 친하게 여기고 자기 임금을 존경하고 자기 나라를 지키면서 자기 풍속을 편히 여기는 것이니, 중화나 오랑캐나 마찬가지다. …

자기 것이 아닌데 취하는 것을 盜라하고, 죄가 아닌데 죽이는 것을 賊이라 한다. 그런데 四夷가 중국을 침노하는 것을 寇라 하고 중국이 사방 오랑캐를 업신여겨 치는 적을 賊이라 한다. 그러나 서로 寇라 하고 서로 賊이라 하는 그 뜻은 같다고 할 것이다. 공자는 주나라 사람이다. 왕실이 날로 낮아지고 제후들은 쇠약해지자 오나라와 초나라가 중국을 어지럽혀 도둑질하고 해치기를 싫어하지 않았다.『春秋』란 주나라 역사 기록이니 당연히 안과 밖을 엄격히 구별하지 않았겠는가?

그러나 가령 공자가 바다에 떠서 九夷로 들어와 살았다면 중국의 법을 써서 구이의 풍속을 변화시키고 주나라 道를 중국 밖(域外)에 일으켰을 것이다. 그러니 안과 밖이라는 구별, 높이고 물리치는 의리가 중국에 살았을 때와는 다른 별도의 ‘域外春秋’가 있었을 것이다. 이것이 공자가 성인스러운 이유라 할 것이다.[87]

---

87) 遼金迭主 合於松漠 朱氏失統天下薙髮 夫南風之不競胡運之日長 乃人事之感召天時之必然
　　也 …. 天之所生 地之所養 凡有血氣均是人也 出類拔華制治一方均是君王也 重門深濠謹守

담헌은 周나라의 대일통론을 계승한 명나라가 망하고 오랑캐 청나라가 천하를 지배하게 된 것을 '人事의 감응이고 天時의 필연'이라고 혁명적 역사관을 설파한다. 청나라의 중국지배는 거스를 수 없는 시대의 대세라는 것이다. 이 당위성을 담헌은 두 가지 차원에서 설명하고 있다. 첫째는, 은나라나 주나라의 갓을 쓰건 오랑캐의 문신을 하건 자기 나름의 습속으로서 하늘의 관점에서 보면 안팎이나 우열의 관념이 성립할 수 없다는, 공간적 상대성에 입각한 논리다.[88] 둘째는, 상대적 시간관에 입각한 논리다. 담헌은 시대가 바뀌고 풍속이 달라진 것은 성인도 막을 수 없다면서 변화를 따르는 것이 성인들이 세상을 다스리는 권도라고 말한다. 나아가 '오늘의 시대에 살면서 옛날의 도리를 회복시키려고 하면 그 재앙이 자신에게 미친다'고 하였다.[89] 이 말은 곧 청나라가 지배하는 세상에 살면서 현실에 순응하지 못하고 明나라에 의리를 지키기 위해 북벌을 논하는 것은 우리에게 재앙이 될 수 있다는 경고의 말이다. 청나라를 아직도 오랑캐로 인식하고 북벌론을 주장하고 있는 북벌론자들에 대한 설득의 논리인 것이다.

封疆均是邦國也 章甫委貌文身彫題均是習俗也 自天視之豈有內外之分哉 是以各親其人各尊其君 各守其國各安其俗 華夷一也 …. 夫非其有而取之謂之盜 非其罪而殺之謂之賊 四夷侵疆中國謂之寇 中國瀆武四夷謂之賊 相寇相賊 其義一也 孔子周人也王室日卑諸侯衰弱 吳楚滑夏寇賊無厭 春秋者周書也 內外之嚴 不亦宜乎 雖然 使孔子浮于海居九夷用夏變夷興周道於域外 則內外之分尊攘之義自當有域外春秋 此孔子之所以爲聖人也.『毉山問答』,『湛軒書』內集 卷四(『湛軒書』, 민족문화추진회 간, 원문 92면).

88) 이러한 논리는 도처에 보인다. 예를 들면 다음과 같은 주장이다. "어떤 사람이 말하기를 말했다. '… 선비의 도포인 봉액(縫掖)의 위용이 옷깃을 왼쪽으로 덮는 오랑캐 左衽의 편리함만 못하고, 읍양(揖讓)하는 허례가 땅에 무릎꿇는 모배[膜拜]의 진솔함만 못하며, 공허한 문장이 말타고 활쏘는 실용만 못하고, 따뜻하게 입고 더운밥 먹으면서 몸 약한 것이 저 추운 장막에서 우유 먹고 강건한 것만 못하다.'" 或曰 … 縫掖之偉容不如左衽之便易 揖讓之虛禮 不如膜拜之眞率 文章之空言不如騎射之實用 暖衣火食體骨脆軟不如毳幕湩酪筋脉勁悍.

89) 冀方千里 號稱中國 … 因時順俗 聖人之權 制治之術也 夫太和純厖聖人非不願也 時移俗成禁防不行逆而遏之 其亂滋甚 則聖人之力實有不逮也 故曰 居今之世 欲反故之道災及其身.『毉山問答』,『湛軒書』內集 卷四(『湛軒書』, 민족문화추진회 간, 원문 91면).

이러한 논리로 담헌은 주나라 중심의 역사관과 화이론적 민족관을 상징하는 『春秋』에 대하여 재해석을 하게 된다. 춘추는 주나라 역사기록인 만큼 주나라를 중심과 안으로 기록할 수밖에 없었던 것이고, 가령 공자가 중국을 벗어난 오랑캐 땅, 즉 域外에 살았다면 오랑캐 땅이 중심이 되는 '域外春秋'를 지었을 것이란 논리다. 이로써 담헌은 지구 중심의 우주관과 공간관을 탈피하고, 중국중심의 세계관을 벗어 던지면서 주나라 중심의 초시간적 화이론을 타파하고, 무방향성과 무중심성을 전제로한 개별 민족중심의 새로운 가치질서를 창조하는 결실을 보여준 것이다.

이렇게 『의산문답』에서 보여준 담헌의 새로운 「尊周論」과 域外春秋論, 그리고 연암과 박제가 등의 「백이론」 「백이태공불상패론」 「존주론」은 모두 세계관 변혁을 전제로 한 사상사적 맥락에서 해석할 수 있다.

그렇다면 우리는 이제 연암이나 정유가 보였던 '진실로 오랑캐를 물리치려면'과 같은 어법이, 화이론적 사고를 가진 사람들을 설득하는 논조라는 것을 이해할 것이다. 북학론의 사고체계와 세계관을 전제로 할 때 북학파는 결코 '북벌론을 비판적으로 계승한' 존재로 파악할 수 없다. 「백이태공불상패론」과 같이 개체적 자족성이 이루어지는 데에서 화이론이 수정되고, 담헌의 '역외춘추론' 같은 조선의 자족성 주장이 성립할 수 있었던 것이다. 북벌론과 북학론은 그 주장자들의 당파적 속성이나 친분관계로 분석될 성질의 것이 아니다.

우리는 이제 相須論을 전개하는 북학파의 다원적 논리 속에 2장에서 본 사유체계 내지 문학사상이 어떻게 접목되어 있는가를 생각할 단계에 이르렀다. 우선 우리는 '太公之心' '伯夷之心' 혹은 '太公之爲心' '伯夷之爲心'이라는 용어로 설정된 상수론의 성격을 중심으로 논의를 전개할 필요가 있다. 이러한 상수론에서, 측달의 마음 내지 '인자의 마음(仁人之心)'이라는 동질성이 확보되었기 때문이다. 무왕·태공·백이·비간·기자·미자 등이 역성혁명이라는 동일상황을 당하여 달리 대처한 제양상을 정유와 연암은, 어느 특정인의 단선적 시점에서 파악하지 않고 있었다. 각자에게 모두 '××의 마음'이라는 내면적 논리를 마련해 주고 있었다. 이러한 다원적 시점은, 이들 각자의 마음을 글쓰는 사람이 그 상황에 나아가서 읽어 주었음을 뜻한다. 즉 자아가 인식대상에 몰입하여 인식함으로써 會心의 논리에 따라 인식했음을 보여주는 것이다. 나의 선입견 주관으로 보지 않고, '개미는 개미의 눈으로, 코끼리는 코끼리의 눈으로' 보아주듯 대상의 관점으로 대상을 보아주는 '以物觀物'에서 나오는 會心의 논리가 다원적 시각을 확보해 준 것이다. 이때의 서술자의 시각은 가치판단이 '개재되지 않은' 초전지적 시점에 위치해 있다고 할 수 있다.

이 초전지적 시점 위에서, 인식 대상간의 거리를 조절해 주고 상대주의적 관점을 지향한 것이다. 국가의 흥망이라는 하나의 사건에 반응하는 인식대상, 인물 하나하나에 대하여 개체적 상대주의를 발현시킨 것이다. 인식주체가 이렇게 인식대상이 처한 존재적 상황을 설정하고 그 안에 들어가는 회심의 논리는 항우전기를 읽을 때 적벽대전만을 생각하는 단원론적 선입견으로는 성립할 수 없는 것이었다. 그러기에 백이 중심의 단원론적 시각에서 벗어날 수 있었고, 나아가 大一統論과 화이론을 탈피할 수 있었던 것이다.

물론 회심의 논리에 따라 백이 중심의 단원론을 거부할 수 있었던 것이지만, 역으로 생각하면 백이 중심의 단선적인 사고방식으로부터 탈피할 수 있었기에 이 회심의 논리가 성립할 수 있었던 것이다. 즉 작자가 선입견을 거부하는 盲目과 童心의 반역성을 가지고 있었기에 그 바탕 위에서 회심의 논리가 발현될 수 있었던 것이다. 이렇게 볼 때, 북학론의 사유체계에는 우리가 생각하고 있었던 것보다 훨씬 더 다양한 논리가 관류하고 있다고 보아야 할 것이다. 그것은 단순히 현실성을 잃고 모순에 빠진 북벌론에 대한 실리적 입장에서의 비판으로만 해석될 수 없는 것이다. 그것은 청을 단순히 선진으로 인정하며 배워야 한다는 또 다른 慕華의 논리도 아니었던 것이다. 백이와 태공에게 자족성을 부여하듯 다면의 논리로 확보되는 조선의 개별성과 주체성을 확인하고 확장하는 작업이 북학론이었고 學淸의 논리였던 것이다. 여기에서 북학이라는 주장이 또 다른 학문적 사대주의의 발로가 아니고 홀로서기를 위한 출발이었음을 확인할 수 있는 것이다.

　이들 북학파의 사유체계가 현실 위의 다양한 인식대상을 어떻게 수용하여 문학작품으로 실현시키고 있는가를 장을 달리하여 살펴보고자 한다. 문학사상과 작품이 어떻게 조응하여 현실문맥 속에서 그 의미를 형성하고 있는가 하는 것은 좀더 많은 분석 사례를 요하는 문제이기 때문이다.

4. 북학파 산문의 구조와 제양상

1) 북학파 산문의 성격

실학파 산문의 성격을 이해할 실마리는 이들의 작품이 稗史小品體로서 비난을 받았고 文體反正의 대상이 되었다는 사실로부터 유추되어야 할 것으로 생각된다. 다시 말해 패사소품체 혹은 소설체란 어떤 의미를 내포하고 있는가가 무엇보다 먼저 규명되어야 할 문제이다. 이와 관련하여 『열하일기』 등의 소설체는 『수호지』 등의 백화투 어휘를 수용하고 있는 것이라는 지적도 있어 왔다.[1] 그러나 이들 문체의 특색이 어휘 차원에서 규정될 수 있는가 하는 의문을 우리는 지속적으로 가질 수밖에 없다. 먼저 우리는 작자와 당대인들이 이들 산문을 어떻게 간주하고 있는가 하는 데에서 문제를 짚어갈 필요가 있다.

여기에서 南公轍의 다음과 같은 글이 주목된다.

내가 일찍이 연암을 따라 山如의 벽오동관에 모였을 때 … 산여가 연암에게 이르기를 "선생의 문장이 비록 교묘하지만, 稗官奇書를 좋아했으니, 이로부터 고

---

1) 김명호, 『열하일기 연구』, 창작과비평사, 1990.

문이 진흥되지 않을까 걱정됩니다” 하였다. 연암은 술에 취해 “네가 무엇을 안단 말이냐” 하며 『열하일기』를 계속 읽었다. … 연암이 술이 깨자 홀연 옷을 단정히 하고 무릎을 꿇어앉으며 말했다. “산여야, 이리 오너라. 내가 세상에서 곤궁하게 지낸 지 오래되었다. 문장을 빌려 꼭두각시놀음같이 불평을 토설하며 방자히 유희하는 것이 어찌 좋아서 하는 것이겠느냐. 산여와 元平은 젊고 자질이 아름다우니 부디 나를 배워 문장을 짓지 말고 正學을 세우는 것으로 소임을 삼아서 훗날 국가의 재신이 되길 바란다.[2]

우리는 여기에서 山如 朴南壽가 『열하일기』 등 연암의 문장을 ‘패관기서’의 범주에 넣으며, 古文과 상대적 위치에 있는 것으로 인식하고 있음을 확인할 수 있다. 그런데 고문에 방해되는 ‘패관기서’라는 자기 문장에 대한 평가에 이어, 연암은 그러한 문장이 세상에서 버려진 자신의 현실(吾窮於世久矣 欲借文章)에서 비롯된 것임을 밝히고 있다. 고문에 반대되는 ‘패관기서’라는 문학형식이 담고 있는 내용이 결국 꼭두각시놀음 같은 세상에 대한 불평의 토로라는 고백이다(一瀉出傀儡不平之氣). 그는 자기의 문장활동을 ‘방자한 유희’라고 토설하고 있다(恣其游戲爾). ‘傀儡不平之氣’ ‘游戲’라고 인정된 문장은 당연히 연암의 고백대로 ‘正學’에 대비되는 것이다. 산여는 연암 문장의 특색을 형식 위주로 표현하여 고문과 대치되는 ‘패관기서’라고 한 것이고, 연암은 그 원인을 내용위주로 설명하여 자기의 문장이 그러한 정학에 대비되는 ‘不平之氣’라고 한 것이다. “고문＝정학, 패관기서＝괴뢰불평지기 혹은 유희”라는 논리 속에서 연암의 문장은 평가되고 있는 셈이다. 여기에서 우리는 다음과 같은 구도를 설정할 수 있다.

---

2) 余賞從燕巖朴美仲 會山如碧梧桐亭館. … 山如謂燕巖曰 先生文章雖工 好稗官奇書 恐古文不興 燕巖醉曰 汝何知復讀如故 燕巖旣醒 忽整衣 坐曰 山如來前 吾窮於世久矣 欲借文章 一瀉出傀儡 不平之氣 恣其游戲爾 豈樂爲哉 山如元平俱少年美資質 爲文愼勿學吾 以與起正學己任 爲他日王朝之臣也. 「朴山如墓誌銘」, 『金陵居士集』 卷十七.

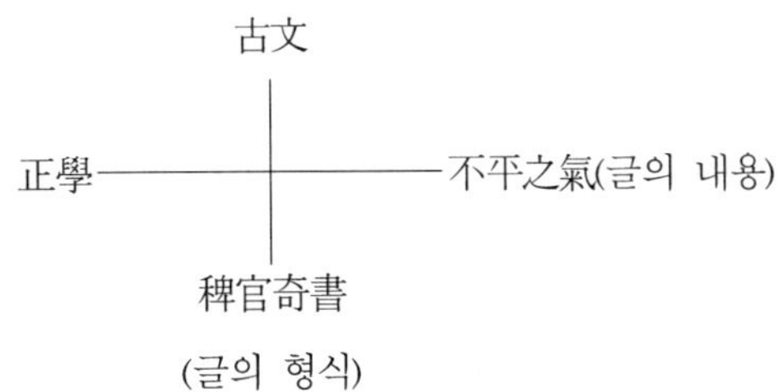

고문과 정학에 대치되는 패관기서·불평지기로서의 연암의 문장은 당연히 세상에 통하는 보편적 가치관과 상충되기에 康熙·乾隆이란 호를 사용하면서 '虜號之藁'라는 소리를 듣기도 한다.[3]

'패관기서'의 문체가 고문과 정학에 대치된다는 사실은 산여와 연암뿐 아니라 정조에게서도 강조되던 것이었다. 정조는 "명말청초의 문집과 패관잡기가 世道에 해롭다"[4], "明淸 文集 稗官雜記의 해는 … 인심을 무너뜨리고 文風을 병들게 하고 世道를 해친다"[5], "패관소품은 … 외로운 신하와 서자들의 비감하고 슬픈 목소리"[6]라고 한 바 있다. 패관기서 혹은 소품이 해치는 세상의 도리란 연암이 말한 정학에 기반을 둔 것이고, 고문이 간직하고 있는 도리일 것이다. 정조의 일련의 발언은 모두 산여나 연암의 논리와 일치하는 것으로 생각할 수 있는 것이다. 정조가 패관소품이 '외로운 신하와 서자들의 슬픈 목소리'를 담고 있다고 한 것은 연암의 '궁핍한 시대의 불평지기'를 표현했다는 고백과 상통하는 것이다. 연암은 정조가 지적한 '외로운 신하'의 범주에 들어갈 인물이다.

---

3) 「答李仲存書」, 『燕巖集』 卷二.

4) 至於明請文集 稗官雜記之害 尤難勝言 … 浮夸不經之說 適足以懷人心病文風 害世道耳. 「文學」 二, 『弘齋全書』 卷九十, 「日得錄」 二, 162.

5) 明季淸初文集 及稗官叢史雜說 有害於世道者 竝餘與雜術文字 而別立條科 以禁之 翼靖公奏 典禮類敍 使价引. 『弘齋全書』 冊六.

6) 稗官小品之書 最害人心術 況其噍殺尖薄 孤臣孽子 悲苦愁揖悒之聲 何苦而爲此 「文學」 三, 『弘齋全書』 冊九十 卷一六三, 「日得錄」 三.

　　연암의 문장만 이러한 불평지기를 담은 패관소품으로 인식되었던 것은 아니다. 이덕무와 박제가 등 이른바 북학파들은 모두 패관소품 작가들로서 인지되었으니,[7] 이들은 정조가 언급한 서얼로서 '외로운 신하'와 함께 '비감하고 슬픈 목소리'를 표현한 작가들인 셈이다. 이렇게 보면 패관소품은 모두 세상에 두루 통하는 보편적 가치, 즉 세도와 상충되는 내용을 가진 것으로 간주된 것을 확인할 수 있다. 그러기에 '서자와 외로운 신하의 슬픈 목소리'란 결국 이 세도에 대한 저항과 반항의식을 의미하는 것이었다. 이 세도와 정학에 대응되는 불평지기가 문풍을 병들게 했던 것으로 인지되고 있는 것이다. 패관소품이 정학과 正道에 대척적인 내용을 담고 있다는 사실은 副校理 李東稷이 李家煥을 지칭하여 '그의 학문은 異端邪說에서 나왔고, 그 문장은 패관소품을 숭상했다'[8]고 한 상소문에서도 거듭 확인되는 사실이다. 고신·얼자의 불평과 비탄의 목소리는 당연히 정학과 세도에 상반될 것이다. 그러기에 패관소품은 끊임없이 비난과 비판의 대상이 될 수밖에 없었다. 그것은 불평지기와 정학 내지는 세도와의 대결의식으로 볼 수도 있다. 그러나 이 대결은 현실적으로는 어차피 승부가 가려진 것으로, 정면대결이 될 수는 없다. 패관소품의 불평지기는 그 불평조차를 공식적으로 드러내놓고 할 수 없는 한계를 가지고 있기 때문이다.

　　패관소품의 불평지기가 정학과 공식적인 대결을 할 수 없었다는 사실은 곧 백가쟁명의 사상적 자유로움이 억제된 결과를 낳았다는 사상사의 아쉬움을 설명해 주고 있다. 그러나 이러한 아쉬움 속에서 문학은 새로운 양상으로 전개 발전해 나갔다고 할 수 있다. 연암은 고문을 내세우며 비판하는 朴山如에게 자신의 문장을 '괴뢰 불평지기'라고 했고, 거기에 '유희'라는 말을 덧붙이고 있다. 이것은 불평지기라는 공격적인 언사를 가지고서는 정학과 정면대결하는

---

7) 李德懋朴齊家輩文體 全出於稗官小品 以予置之此輩於內閣 意予好其文 而此輩處地異他 故欲以此自標 予實俳畜之.「文學」五,『弘齋全書』, 冊九一 卷一六五,「日得錄」五.

8) 若李家煥附麗濟恭 其學出異端邪說 其文則專尙稗官小品 至於經傳菽粟 每視以弁 亦不可以文華也.『정종실록』권36 장25 16년 壬子 下.

것이 불가능한 상황에서의 할 수 있는 자기 변명이라 할 수 있다. 자기의 문장 행위를 꼭두각시 유희에 비유할 수밖에 없는 이러한 상황은, 패관소품이라는 문체의 성격을 깊이 암시해 주고 있다고 할 수 있다.

저 같은 사람은 중년 이후로 낙척영락하여 스스로를 귀중히 여기지 못했습니다. 문장으로 유희를 하며 곤궁한 시름과 무료한 마음을 드러냈으니 잡박하고 실 없는 말 아닌 것이 없습니다. 자신을 배우처럼 생각하고 다른 사람의 웃음거리가 되었으니 진실로 천해지고 비루해졌습니다.[9]

이 글은 속히 순정할 글을 지어올리라는 정조의 명을 전달한 남공철에 대한 연암의 답장이다. 정조는 이동직 등이 이가환의 이단사설·패관소품을 공격하자, 그러한 문풍의 근본적인 원인이 연암의 『열하일기』에 있다며 순정한 문체를 요구한 것이다. 그러므로 연암의 남공철에 대한 편지는 왕이나 조야에 보내는 것과 같은 공식적인 무게가 실리는 글이라고 할 수 있다. 여기에서 연암은 박산여에게 했던 것과 거의 동일한 대답을 하고 있음을 우리는 확인할 수 있다. 낙척불우해서 문장으로 유희를 삼고(以文爲戱), 스스로를 배우처럼 여겨서 웃음거리가 되었다는(自同俳優 資人諧笑) 말은, '괴뢰 불평지기'를 '유희'했다는 논리와 일치하는 것이다. 연암은 끊임없이 정학과 대치되는 자기 생각을 '以文爲戱' '俳優' '游戱'의 논리로 변명하고 있는 것이다. 이러한 서술자의 태도를 중심으로 글의 내용과 형식에 관련된 문체의식을 다음과 같이 설정할 수 있다.

---

9) 況如僕者 中年以來 落拓療倒 不自貴重 以文爲戱 有時窮愁無聊之發 無非雜無實之語 自同俳優 資人諧笑 固已賤且陋矣. 「答南直閣公轍書」, 『燕巖集』 卷二.

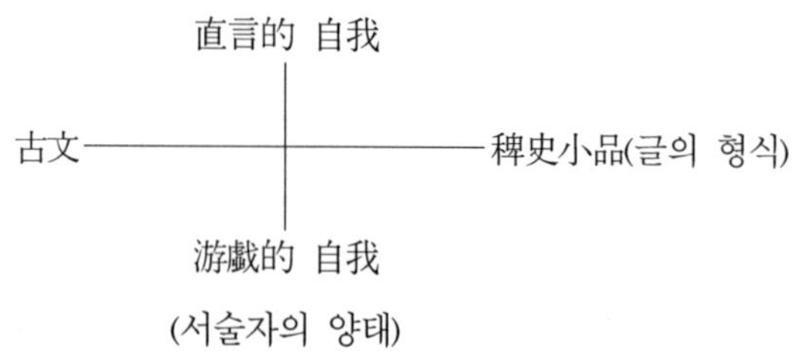

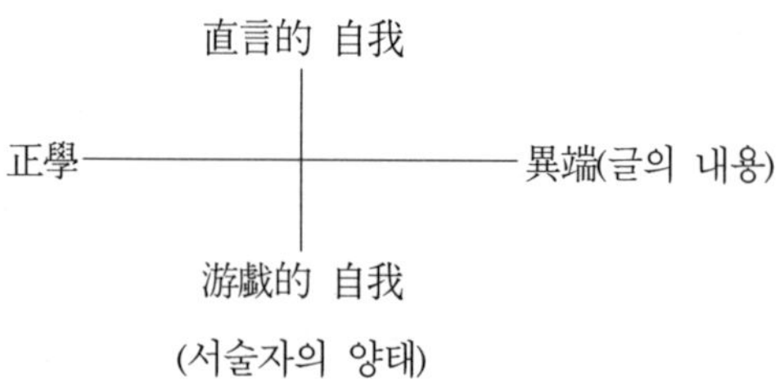

이단적인 사고방식을 이렇게 위장하고 변명하는 태도는 정조 자신에게서도 나타난다. 정조는 주지하다시피 패관소품체로 지목 받은 이덕무와 박제가 등을 內閣의 檢書職에 두고 총애하였다. 그러면서도 정조는 공개적으로는 그들을 배우처럼 생각했다고 말하고 있다.[10] 정조는 패관소품을 공식적으로는 배격하고 있는 상황이었으니, 이덕무·박제가를 기용하는 논리를 이러한 방식으로 마련하지 않을 수 없었던 것이다.

그렇다면 以文爲戱하고 自同俳優했다는 연암의 고백을 정학에 정면 대응할 수 없는 상황에서의 고식적인 자기변명으로만 해석할 수 있을까 하는 의문을 갖게 된다. 이때 우리는 형암 이덕무와 연암의 일상에서의 해학적 태도를 기억할 필요가 있다.

---

10) 李德懋朴齊家輩文體 全出於稗官小品 以予置此輩於內閣意 予好其文 而此輩處地異他 故以此自標 予實俳錄之「文學」五,『弘齋全書』冊九一 卷一六五, "日得錄" 五.

박연암이 나와 한 동네에 살며 아침저녁으로 문장에 대해 이야기했으니, 雅趣가 때로 서로 같았다. 글은 해학스럽게 쓰는 것으로 즐겨 마음을 붙였다. 「耳目口心書」를 보여 달라고 요청하는 편지가 세 번 왔다. … 연암이 유희 삼아 「山海經補」를 지으며 나 같은 사람이 囁懼벌레라고 풀이하였는데, 내가 다시 「郭景純注」를 희롱삼아 모방하여 나의 책이 섭구벌레라고 설명하였다.[11]

형암은 연암과 함께 해학적인 글쓰는 것으로 마음을 붙이고 아침저녁 글에 대해 논했다고 기록하고 있다. 형암과 연암은 자기들의 불평지기를 마음대로 토설할 수 있는 사이인데도 서로 戲文을 주고받았다면, 이때의 '以文爲戲' 혹은 '文爲戲'는 정학과 세도에 대한 자기 변명 차원의 것이 분명 아니다. 본질적으로 두 사람은 以文爲戲할 수밖에 없는 존재적 성격을 가지고 있다고 볼 수 있는 것이다. 이들의 희롱적인 대화에서 이러한 인식을 잘 볼 수 있다. 형암은 자신의 「이목구심서」에 대해 '귀와 눈이 바늘구멍 같고 … 마음이 겨자씨만하다고' 하며 「이목구심서」를 섭구벌레라고 칭하고 있다. 이때 섭구란 말은 머뭇거리며 두려워하듯 한다는 뜻이니, 연암과 형암은 「이목구심서」가 달변의 언사가 아니라 '더듬는 말'이라고 스스로 비하하고 있는 셈이다. 그러나 글의 말미에서 연암은 이 '섭구'를, '귀와 눈은 바늘구멍 같고 … 마음은 겨자씨처럼 작지만, 먹을 잘 먹어서 … 나타나면 천하의 글이 밝아지며, 그것을 먹으면 노둔하고 어리석은 병을 고치고, 마음의 눈을 밝게 해 주고 지혜를 더해 준다'[12]고 극찬하고 있다. 형암이 섭구 같은 말더듬이도 아니며, 「이목구심서」가 '더듬는 말'도 아니라는 것이다. 오히려 섭구 같은 형암의 말이 진실을 밝히는 지혜를 준다고 했으니, 이들은 유희적인 문장을, 본심을 드러내고 표현하

---

11) 朴美仲甫與不佞同閈   晨夕談文 雅或相似 文爲戲 聊自愚心 嘗要不佞見耳目口心書 書凡三至 … 於是美仲戱譔山海經補 釋不佞之人 爲囁懼蟲也 不佞又戱擬郭景純注 辨不佞之書 爲囁懼蟲也.「山海經補 東荒」,『靑莊館全書』卷62.

12) 名囁懼 耳目如針孔 其心芥子大 善食墨 … 見則天下文明 餌之可已頑鈍不惠之疾 明心目 益人慧識 美仲戱讚.『山海經補 東荒』.

는 도구로 간주했음을 여기에서 확인할 수 있는 것이다. 戱文을 본심을 표현하는 최대의 문장으로 인식하고 있었음을 형암은 그의 글 「書滑稽傳後」에서 잘 보여주고 있다.

> 나는 특히 순우곤·우맹·우전의 고심을 비탄해 하며, 늘 크게 웃을 일을 당하면 탄식을 하고, 배를 안고 웃을 일에는 도리어 크게 한탄을 한다. 저 제·초·진 세 나라는 제대로 다스려진 나라가 아니었다. … 이 세 사람은 어리석어 현명치 못한 것 같으나 진실로 현명한 거짓 바보로서, 골계에 의탁하여 그 몸을 보전하였음을 알겠다.[13]

「골계전」을 읽고 단순히 웃기만 하는 사람은 골계의 본 뜻을 모르는 것이라고 형암은 말한다. 淳于髡·優孟·優旃 같은 희극배우의 고심을 읽어야 하는 것이다. 이 고심을 읽으면, 형암처럼 배를 안고 웃을 일에 크게 한탄 할 수밖에 없다. 이때의 웃을 일이란 단순한 코미디가 아니기 때문이다. 웃을 수 없는 웃음, 탄식하며 눈물을 흘릴 웃음이다. 웃음이 기본적으로 아이러니의 상황에서 오는 것이라면 이때의 아이러니는 뼈아픈 아이러니이고 쓴웃음 짓는 아이러니이다. 이 웃음 속에 내재된 탄식은 나라가 제대로 다스려지지 않는 상황에서 나오는 것이다. 순우곤·우맹·우전 등 배우들의 등장 배경을 형암은 제·초·진의 잘못된 정치상황으로 설명하고 있다. 이때 우리는 연암과 형암이 간직했던 골계와 해학의 사회적 의미를 감지할 수 있다. 그것은 기본적으로 한탄하고 한숨 쉴 수밖에 없는 잘못된 세상, 부조리한 질서 속에서 나오는 것이며, 또 그 잘못된 질서에 정면 대응할 수 없을 때 선택되는 표현수단이었던 것이다. 희극의 사회적인 두 가지 성격을 형암이 지적한 것이다. 우맹 등 세 배우

---

13) 余獨悲淳于髡優孟優旃之苦心　每當胡盧爲咨嗟　反嘔醶爲噓唏　夫齊楚秦非治世也 … 是知三子者　似愚非賢　眞賢假愚　托此滑稽　以全其身.「書滑稽傳後」,『靑莊館全書』卷之四,「嬰處文稿」二.

가, '참말 현자로서 거짓 바보(眞賢假愚)'이듯이, 그들의 해학은 단순한 농담과 웃음이 아니라 세상에 대한 고심이었던 것이다. 연암과 형암이 '자신을 배우로 여기며' 문장으로 유희(文爲戱)한다고 했을 때, 이들의 '떠들며 크게 웃는 웃음은, 세상에 대한 슬픈 노랫소리'[14]로서 진실의 소리였던 것이다. 희극이 '不治'의 세상에 대한 비탄과 진실의 목소리를 담고 있다면, 형암의 말대로 그것은 諷喩이다. '정색'하고 말하는 직언이 아니라 '우언'인 것이다.

> 外傳이라고 생각되는 것도 眞과 假가 섞여 있고, 우언에도 은밀함[微]과 드러냄[顯]이 갈마들어서, 사람들이 始末의 갈피를 잡을 수 없으므로 기이하다고 한다. 그러면서도 그 문체를 끝내 폐하지 못하는 것은 이치에 대한 논의를 잘 할 수 있기 때문이니, 글을 쓰는 사람의 가장 뛰어난 형식이다. … 연암씨의 『열하일기』는 어떤 종류의 글인지 알지 못하겠다. … 나는 비로소 장자의 외전에는 진실도 있고 거짓도 있음을 알았다. 연암 씨의 외전에는 진실은 있으나 거짓은 없으니, 그것은 우언을 겸하면서도 이치를 논하는 곳으로 귀착된 것은 마찬가지이기 때문이다.[15]

연암은 이 글에서 외전과 우언으로 談說의 형식을 구분하고 있다. 외전은 구체적인 사실을 드러내면서 이야기하는 방법이고, 우언은 뜻이 없는 것처럼 은밀하게 숨기는 이야기 방식이다. 그런데 구체적 사실을 다루는 외전에도 진실뿐 아니라 거짓이 있다고 하였다. 그리고 은밀한 우언에도 드러나는 뜻이 있다고 논리를 전개한다. 이 '은밀함[微]' 속에 잠재된 '드러냄[顯]'이 담설로서의 우언의 큰 장점인 것이다. 그래서 연암은 보고들은 사실을 기록하는 외전으로

---

14) 三子者 豈樂爲此 安知其詡詡大笑 非鳴鳴悲歌歟.

15) 以爲外傳也 則眞假相混 以爲寓言也 則微顯迭變 人幕測其端倪 號爲弔詭 而其說終不可廢者 善談理故也 可謂著書家之雄也 今夫燕巖氏之熱河日記 吾未知其爲何書也 … 始知莊生之爲外傳 有眞有假 燕巖氏之爲外傳 有眞而無假 其所以兼乎寓言 而歸乎談理同.「熱河日記序」.

서의 『열하일기』가 우언을 겸했다고 자평하고 있는 것이다. 그 우언도 이치를 논하고 진실을 밝히는 데에는 같은 역할을 한다고 생각한 것이다(歸乎談理同). 이렇게 연암은, 형암이 「서골계전후」에서 말한 것과 마찬가지로, 우언이 진실 발현의 문체라는 것을 깊이 인지하고, 정학과 세도와 대치되는 진실을 토로하는 방편으로 이용했던 것이다. 연암과 형암이 유희 삼아 썼다고 주장하는 산문들, 즉 '以文爲戱' '文爲戱' '自同俳優'했다는 자기 폄하의 기록들에는 세상에 대한 자기 변명의 이면에 이렇게 모두 진실 발현의 자부심을 함축하고 있었던 것이다.

북학파들이 비난받았던 '패관소품체'란 바로 이 우언의 양식을 말하는 것으로 생각된다. 사실적인 소재를 직설적으로 내보이며 전개하는 이치와는 다른 진실을 구현하는 우언의 양식이 패관소품이고 '소설'이었다. 여기에서 우리는 패관소품체를 북학파가 또 다른 사대의식의 흐름 위에서 중국으로부터 받아들인 것이 아니고, 내재적으로 그 형식을 선택해야 할 필연성 위에서 선택한 것임을 확인할 수 있다. 이제 연암을 위시한 북학파들이 사실을 직설로 이야기하는 방법과 은밀하게 우언으로 이야기하는 두 가지 표현방법을 깊이 인식하고 있었다는 사실을 확인하였다. 그리고 이 두 표현방법은 각기 正學·世道 등의 규범적 가치체계와 불평지기·이단사설 등 반규범적 가치를 전달하고 있음을 알았다. 이를 도식화해 보면 다음과 같다.

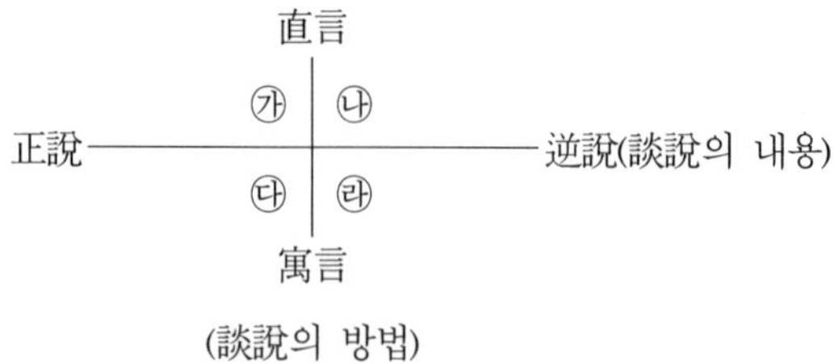

(談說의 방법)

위 그림에서 담설의 내용을 뜻하는 정설과 역설은 각기 앞에서 본 정학과 불평지기를 달리 표현한 것이다. 고신·얼자의 불평지기를 역설이란 용어로 표현한 것은 이 불평지기가 세상에서 기준이 되는 정학 내지 정설에 대한 반감과 도전의 의지를 표현하고 있기 때문이다. 우언은 연암이 앞에서 설정한 自同俳優로서의 유희의 문장형식을 이야기한다. 이 은유적, 비유적 표현으로 이루어지는 이른바 憑空捉影의 이야기 형식을 뜻하는 것이다. 반면 直言이란 직설적이고 사실적인 언어표현을 뜻한다. 사실을 전제로 한 이야기라고 생각할 수도 있다. 이렇게 구도를 설정해 보면 '패관소품'이라는 연암의 문장은 위 그림에서 ㉞의 범주 즉, 우언과 역설이라는 좌표에 설정될 수 있을 것이고, 그와 반대되는 고문은 ㉮의 범주 즉, 정설과 직언의 범주에 들어간다고 볼 수 있을 것이다. 형암의 「士小節」 등은 이 범주에 속한다고 할 수 있다. 또 예컨대 고려시대의 假傳 등은 교훈적인 논리를 허구적으로 설정했다고 보아 ㉓의 범주에 속한 글로 생각할 수도 있을 것이다. ㉯에는 상소문 등을 배치할 수 있을 것으로 생각되나 이 형식은 성격상 그렇게 많지 않을 것으로 생각된다.

위의 좌표는 이렇게 작가와 장르별로 그 범주를 설정해 볼 수 있는 것이기도 하지만, 동시에 한 작가의 산문행위를 총체적으로 보여주는 구도가 될 수도 있다고 생각된다. 예컨대 연암은 九傳을 한데 모아 '방경각외전'이라 명명하면서 「自序」를 붙여놓았다. 이 「자서」에서 연암은 삼강오륜에 기초한 正道에 입각하여 傳을 짓는다는 요지의 발언을 하고 있다. 즉 자기의 작품을 정설과 직언의 ㉮의 범주에 설정하고 있는 것이다. 사실적인 소재 채용 등을 전제로 할 때, 이 발언은 상당히 타당성을 획득한다. 그러나 우리가 주지하다시피 이 九傳은 우언과 역설의 ㉞범주에 설정될 수 있는 것이고, 그때 문학성이 획득될 수 있다. 어찌보면 세상에서 정설로 생각하는 것을 잘못되었다고 생각하고, 자신의 불평지기를 정설로 확신한 연암이나 북학파에겐 ㉮ 정설·직언의 범주가 원천적으로 설정 불가능하다고 볼 수도 있는 것이다. 그러나 바로 이러한 정설·직언 ㉮와, 우언·역설 ㉞와의 괴리와 상치 속에서 북학파 산문의 문학성이 취득된다고 볼 수 있다.

앞에서도 언급했지만 연암 등은, '패관소품' '이단사설'로 '古文'과 '世道'를 해친다고 비난을 받으면서도 자신의 글에 대한 자부심을 간직하고 있었다. 박제가는 연암을 '속인의 비난을 받고 있지만 그는 현재의 한유·소식'[16]이라고 평가하고 있다. 박제가는 연암의 문장이 한유와 소식 같은 고문이라고 평가하고 있는 것이다. 평가가 이렇게 소설체와 고문이라는 극단으로 엇갈리고 있는 연암 문장의 특색은 무엇인가. 연암의 글이 두 가지 속성, 즉 고문체와 소설체를 함께 하고 있기 때문에 이러한 대립적인 평가가 나온 것은 아니다. 연암의 사고방식이나 주장을 이단사설로 보는 입장에서는 당연히 연암의 문장은 '패관잡기'의 '소품체'에 지나지 않는 것이다. 규범의 틀에 보편적인 도리를 담고 있지 않기 때문이다. 그러나 세상에 통하는 도리가 거짓이고 자신들의 목소리가 진실하다는 것을 믿는 연암이나 그 주변 인물들의 논리로 보면 그 글은 당연히 '고문'인 것이다. 거짓 목소리를 담지 않고 自得의 목소리, 진실의 목소리를 담고 있는 것이 한유나 소식의 글과 상통하는 것이기 때문이다. 따라서 연암 등 북학파의 글은 평가자가 어느 시각에 서 있느냐에 따라 고문으로 평가받기도 하고 소설체로 평가받기도 하는 것이다. 연암에 대한 비평사는 이러한 사실을 잘 보여주고 있다고 할 수 있다.

연암 등의 글은 이렇게 상반된 평가를 하는 사람들, 즉 양극의 가치관을 가진 사람들이 대립하는 시대 상황 속에 존재하고 있었다. 한편의 '이단'이 다른 편의 '정학'이 되는 대립적 시대상황을 안고 쓰여진 것이었다. 여기에서 우리는 역설과 아이러니의 발생이 필연적이라는 사실을 감지할 것이다. 또 실학파들이 남긴 가전의 경우, 그 소재로 보아 정설·우언 ㉰의 범주로 보이지만, 곰곰이 해석해 보면 역설·우언 ㉱로 치환될 가능성이 농후한데, 이것도 같은 맥락에서 받아들일 수 있다. 이로 보건대 위 좌표는 결국 한 작가가 취할 수 있

---

16) 朴美仲先生 現在之韓蘇也 其文雖多被俗人訾謷. 「答李夢直」, 『貞蕤集』, 341면.

는 담설의 여러 방식을 보여주는 것이기도 하다. 연암이나 형암은 동일한 내용을 말하면서도 이 네 범주를 때에 따라 변용하고 있다. 예컨대 형암과 연암은 의복제도인 갓과 도포가 개조되어야 한다는 주장을 도처에서 직언의 형식, 설득의 논리로 펼치고 있지만, 이 주장은 「옥갑야화」라는 허구적 공간 속에서는 許生이 의복조차 전쟁 수행에 맞게 개조 못한다며 이완 대장의 가식적 북벌론을 호통치는 소재로 활용되기도 하였다.

　이상의 네 범주는 북학파 내지 실학파의 산문형식이 어떻게 다른 시대의 산문과 다른가를 설명해 줄 근거로 활용될 수도 있을 것으로 생각된다. 또 북학파 중 연암은 최고의 문장가로 평가를 받고 있는데, 그에 못지 않은 저술량을 갖고 있는 이덕무 등은 왜 산문가로 평가받지 못하는가 하는 문제 등 북학파 산문가들의 특징을 설명하는 단서를 제공해 줄 것으로 생각된다. 우리는 먼저 박지원의 傳과 『열하일기』 등을 살펴보고, 이덕무의 傳과 산문을 살펴볼 것이다. 이들은 가장 깊게 인간적인 교류를 하고, 사상적 유대감도 깊었던 인물로서 실학파 산문의 공통점을 찾는 데 좋은 대상으로 생각된다. 한편 이들은 한 사람은 산문가로서, 한 사람은 시인으로서 높이 평가받고 있어 산문의 대비적 성격을 논하기에도 합당하다고 생각된다.

2) 박지원의 산문양식

(1) '전'의 경우

① 「馬駔傳」

문제의 제기

「마장전」은 연암이 20대 초반에 쓴 것으로 알려졌다. 이에 대해서는 李家源

교수가 처음 연구를 시작하여, 장르상으로는 烈傳體를 본받았고, 사상적으로는 '헛된 충의 관념 타기, 五行定位論의 시인, 민족문학의 개척'이라는 가치가 있으며, '문인·학자의 交道를 풍자하고 있다'고 평하였다.[17] 이후 임형택 교수는 이 작품을 조선후기의 .윤리의식의 변천과 관련하여 해석하면서 세태적인 사귐을 거부하는 연암의 우정론의 실현으로 간주하였다.[18] 「마장전」의 주제의식을 우정과 관련하여 설명하려는 논리는 연암의 아들 박종채가 九傳의 저작 의도를 설명하면서도 이미 밝힌 바 있다.[19]

본고는 「마장전」을 우정론의 시현으로 본 기존의 논리를 수용하면서 연암의 논리 전개과정, 즉 논리의 실현양상에 관심을 둔다. 이것은 연암의 저작 의도를 살피는 방법과 긴밀히 연관되어 있는 것이다.

(1) 벗을 오륜의 마지막에 둔 것은 결코 낮추어 본 것이 아니다. 마치 오행 중에서 흙이 四時에 모두 기탁되어 있는 것과 같은 것이다. 부자유친, 군신유의, 부부유별, 장유유서가 붕우유신이 없다면 오륜이 될 수 있는가. 만약 오륜이 어그러지면 벗이 바로 잡아주니, 그래서 맨 뒷자리에 처해 있지만 그것들을 통괄하는 것이다.[20]

(2) 송욱·조탑타·장덕홍 세 미치광이가 서로 벗하고 세상에 숨어 떠돌면서 아첨과 참소에 대하여 논하였으니 이에 마장전을 기술한다.[21]

---

17) 李家源, 『燕巖小說硏究』(을유문화사, 1965), 740면.

18) 林熒澤, 「朴燕巖의 友情論과 論理意識의 方向」, 『韓國漢文學硏究』 1.

19) "선군은 젊었을 때부터 세상 사람들이 친구를 사귈 때에 오직 세력과 이익을 따라 만났다 헤어졌다 하는 그 사정과 세태를 미워하여 일찍이 9전을 지어 세상 사람들을 왕왕 놀려주고 비웃어주었다"(『過程錄』)고 했다. 이 기록은 9전 전체를 설명하고 있으나 친구를 사귈 때 오직 세력과 이익을 따라 만났다 헤어졌다 한다는 말은 「마장전」에서 직접 볼 수 있는 언급으로, 「마장전」을 주 대상으로 말하고 있다고 보는 것이 옳을 것이다.

20) 友居倫季 匪厥疎卑 如土於行 寄王四時 親義別敍 非信奚爲常 若不常友乃正之 所以居後 乃殿統.

21) 斯三狂相友 遯世流離 論厥讒詔 若見鬚眉·於是述馬駔. 『연암집』, 114면.

⑴은 벗이 오륜의 끝에 설정되어 있지만, 사실은 오륜의 근본이 된다는 논지이다. ⑵는 세 狂友가 세상의 참소와 아첨을 논박했다는 것이다. ⑵는 작품 내용에 대한 설명이고, ⑴은 작품에 대한 연암의 관념적인 논평이라고 할 수 있다. 그러나 작품을 해석하면서 ⑴과 ⑵를 어느 정도의 거리를 설정하여 읽을 것인가는 문제로 남는다. 왜냐하면 ⑴과 ⑵는 논리적으로 완전한 일치를 보여 주지 못하는 일면이 있기 때문이다. ⑴은 우정론 즉, 友道에 대한 정의라고 할 수 있다. 연암 나름의 직접적인 우정론의 개진이다. 작품은 이를 담고 있다는 암시이기도 하다. 그런데 실상 ⑵에서 작품 내용을 설명하면서 '論厥讒諂'이라 하여, 아첨과 참소 같은 부정적인 세태에 대한 조롱과 풍자를 담고 있음을 드러내고 있다. '友道'에 대한 적극적 논리 전개라기보다는 부조리한 사회현상에 대한 비판의식이 작품의 주지가 된다고 할 수 있는 것이다.

⑴의 논리가 작품에 그대로 시현된 것으로 본다면 「마장전」의 주제를 '우정론'으로 단정하는 데에 큰 어려움이 없다. 그러나 만일 아들 박종채의 기록대로 '세상의 친구 사귀는 세태를 미워하여 놀리고 비웃는 것'이 이 작품의 실상이라면 주제의식은 더 확장되어 해석해야 할 것이다. 단순한 우정론의 제창이 아니라, 이를 출발점으로 한 인간관계 내지는 인간행위 전체에 대한 재조명으로 해석할 수 있는 여지가 마련되기 때문이다. 나아가서 연암은 우정론을 표제에 내걸고 사실은 인간관계나 인간 행위의 총체적인 양태를 조망하고 있다고 해석할 가능성도 마련된다. 이 경우 平交間의 관계를 말하는 우정론은 이 작품의 큰 주제에 포함되는 한 부분으로 생각해야 한다. 왜냐하면 ⑴부분의 논리의 핵심은 '벗' 자체에 있는 것이 아니고, 五倫이 표상하는 인간관계 속에서의 '믿음'의 개념 정의에 있다고 볼 수 있기 때문이다. ⑴에서의 연암의 저작동기를, 표면적인 언어인 '벗'을 넘어 이면적인 개념인 '믿음'으로 읽을 경우 ⑵에서 작품을 설명하던 '아첨하고 참소하는 세태(論厥讒諂)'와 자연스럽게 연결된다. '信'이 결여된 모든 인간관계 속에서의 '眞'에 대한 토론으로 전이되기 때문이다. 여기에서 작품의 의미가 확장될 여유가 생긴다.

작자인 연암의 설명 (1)을 규범적으로 받아들여 작품을 한정적으로 해석하지 말고 오히려 작품 (2)의 실체적인 양태를 고려하면서 연암의 의도를 음미하여 볼 때, 작품의 의미가 우리에게 다가올 것이다.

작품의 구조
가. 단락 구분
「마장전」은 일반의 나머지 다른 전이 序・本・評으로 이루어진 것과 같이 세 단락으로 나눌 수 있다.

(1) 말거간꾼・첩 등이 蘇秦・張儀처럼 오히려 믿음[信]을 강조하지만 그럴수록 진실한 것은 아니다.

(2) 宋旭・조탑타・장덕홍이 交道에 대해 논의했다. 조탑타와 장덕홍이 군자들의 모습을 칭찬하자 송욱이 군자들의 행태가 勢・名・利를 위한 수단임을 일깨웠다. 이들은 군자의 사귐을 거부하고 의관을 찢고 노래했다.

(3) 송욱・조탑타 등이 위선적인 아첨을 거부하면서 거간꾼의 행태를 하지 않았는데 하물며 군자들은 어떠해야 하는가.[22]

(1)은 인간관계에서 '信'이 취하고 있는 실상에 대한 서술자의 직접적인 언급이고, (2)는 송욱・조탑타・장덕홍이 廣通橋에서 論交하는 장면이다. (3)은 골계선생으로 변한 서술자가 (2)의 삽화에 대해 의견을 개진하는 부분이다. 이렇게 세 단락으로 볼 경우 외형적인 형식은 '傳'의 일반적인 구성요건을 모두 갖추고 있다고 할 수 있다.[23] 그러나 일반적으로 '本'은 작품 제목에 설정된 주

---

22) (1) 馬駔舍僧擊掌擬指管仲蘇秦 鷄狗馬牛之血信矣 … 訟情淺深 非盛友也.
　　(2) 宋旭 趙闟拖 張德弘 相與論交於廣通橋上 … 於是相與毁冠裂衣 垢面蓬髮 帶索而歌於市.
　　(3) 滑稽先生 友情論曰 … 猶不爲馬駔之術 而況君子而讀書者乎.
23) 이가원 교수는 여섯 단락으로 본다(앞의 책) (1)馬駔舍 … 非盛友也, (2)宋旭趙闟拖 … 壁

인공에 대한 기록임에도 불구하고 「마장전」이라는 제목에 전혀 어울리지 않는 세 인물이 등장한다. 인물 또한 서술자에 의해 간접적으로 소개되지 않고 현장적 상황 속에서 직접 등장하여 담화를 엮어 나간다. 단일한 주인공의 행적을 서술자가 선택하여 사건을 묘사하지 않고 인물을 직접 등장시키고 있다. 인물이 자신의 논리를 통해 의미를 독자에게 전달한다. 서술자의 여과, 즉 흔히 볼 수 있는 작자의 관념의 눈이 띄지 않는다. '사람의 일생'을 다루는 '傳'이라기보다는 그 형식을 차용한 '論'의 성격이 강하다. 연암이 서술자로, 삽화 속의 인물로, 평가자로 변신하면서 벌이는 논리적 설득의 과정이 이 작품의 구조가 된다고 할 수 있는 것이다. 여기에서 이 설득의 과정, 즉 논리 전개의 과정을 세밀히 살펴볼 필요가 생겨난다.

　나. 단락의 의미구조 : 논의의 편의를 위하여 세 단락을 간략히 정리해 본다.

(1) ① 장쾌들이 管仲과 蘇秦 등의 血信을 모방한다.

　　② 信妾・信友는 그들의 믿음을 진실하게 드러낸다. 그러나 장쾌들은 겉과 속이 다른 기술을 부리고 覇者와 說士도 權道를 행한다.

　　③ 예전에 남자의 비위를 맞추려고 약물의 양을 인위적으로 조절하는 첩이 있었다. 이처럼 자신의 '믿음성'을 애써 드러내려는 친구도 진실한 사귐의 대상은 아니다.

(2) 송욱・조탑타・장덕홍 세 사람이 사귐에 대해 논의했다.

　　① 탑타가 포목을 흥정하다가 서로 값 부르기를 사양하고 시를 읊고 그림을 감상하는 사람들을 보고 칭찬하니, 송욱은 交態일 뿐이라고 했다.

上觀畵, (3)宋旭曰汝得面交 … 而處世之達道也, (4)闔拖問於德弘 … 而非所論於富貴耳, (5) 闔拖變乎色 … 帶索而歌於市, (6)滑稽先生 … 而況君子而讀書者乎. 이러한 구분은 송욱, 조탑타, 장덕홍이 벌이는 (2)(3)(4) 삽화를 각각 독립된 의미단락으로 나누어 (1)(6)과 대등하게 처리한 것이다. 이 글에서는 (2)(3)(4)를 하나의 삽화로 묶어 (1)(6)과 같은 지평 위에 놓고 큰 삽화로 설정한 다음, 다시 단락을 세분하려 한다.

② 덕홍이 "광대가 휘장을 칠 수 있는 것은 줄이 있기 때문"이라고 하자, 송욱은 그것은 交面일 뿐이라고 했다.

③ 송욱은 군자들이 사귀는 세 가지 원리와 다섯 가지 방법을 이야기했다. 勢·名·利를 취하기 위한 방법이었다. 탑타가 말이 어려워 잘 이해가 안간다고 하자 덕홍이 다시 설명하고 자기도 실행을 못하고, 그래서 친구가 없다고 했다.

④ 탑타가 그것을 할 수 없으면 '충의'로써 하라고 하자, 덕홍은 忠이란 없는 사람이 있는 사람에게 무엇을 바라기 위한 짓이라고 꾸짖었다.

⑤ 탑타는 드디어 깨닫고 그러한 君子之交는 않겠다고 했다. 셋이서 모두 의관을 찢고 노래했다.

(3) 아첨과 참소는 틈을 타서 이루어진다.

① 아첨하는 데에 세 가지 방법이 있으니 가장 훌륭한 것은 '명리를 싫어하고 교제를 싫어하는 체'하는 것이다.

② 관중과 소진은 天下之大交를 한 사람이었으나 송욱·탑타·덕홍은 장쾌의 술책을 쓰지 않았으니, 하물며 군자로서 책 읽은 사람이겠는가?

단락간의 관계를 유의하면서 각 부분의 의미를 분석해 보기로 한다.

가) 술책과 權道로서의 '信'

(1) ①에서 연암은 말이나 집을 소개해 주고 구문을 먹는 장쾌들이 관중과 소진 등이 피를 마시고 한 맹세와 血信을 모방한다고 했다. 그리고 이별이란 말이 희미하게 보이기도 전에 울부짖는 信妾과, 쓸개를 내보이며 진실을 토로하는 信友에 대해 언급한다. 장쾌·관중·소진·첩·友 등은 모두 믿음을 기반으로 한 인물들이다. 그러나 (1) ②에 와서 장쾌들이 들고 다니는 부채 안과 밖의 얼굴이 다르다고 하였다. 이들에게 '信'은 술책의 차원이기 때문이다. 관중과 소진으로 대변되는 覇者나 說士의 '피를 마시는 믿음'도 하나의 방법이

고, 권도인 것은 마찬가지이다.

  '믿음'의 개념이 이렇게 전도되자, ①②에서 이들과 기반을 같이했던 첩과 벗의 믿음도 달라진다. '믿음'은 모두에게 허위개념이었던 것이다. 약물의 양을 조절하여 창조된 첩의 '믿음'과 귓속말을 하여 만드는 벗의 '믿음'은 모두 허식이라는 것이다. 장쾌·관중·소진·첩·벗으로 대변되는 인간관계 속에서 이루어지는 '믿음'은 술책과 권도의 차원일 뿐이라는 문제를 제기한 것이다. 왜 이러한 술책과 권도로서의 '믿음'이 창출되는가, '믿음'의 이러한 의미 전이가 어떤 배경에서 이루어지는가 하는 점은 아직 설명이 없다. 다음 삽화를 전개하기 위한 문제 제기만이 이루어지고 있는 것이다.

  나) 交道와 '勢·名·利'의 관계

  송욱·조탑타·장덕홍은 다리 위에서 사귐에 대해 논의한다. 다리라는 것은 끊어진 이곳과 저곳을 연결하는 역할을 한다. 이런 사람과 저런 사람, 이런 생각과 저런 생각이 만나는 곳이 바로 다리이다. 세 사람의 논의가 잘만 이루어진다면 사통팔달의 廣通橋는 그야말로 廣通交가 될 것이다. 세 사람은 물론 '지금 세상에 두루 통하는 사귐'이란 뜻에서의 廣通交, 즉 술책과 권도에 떨어진 '믿음'에 대해서 뿐만 아니라, 마땅히 두루 세상에 통해야 하는 '믿음'의 본래 의미를 회복할 廣通交에 대한 논의를 하고 있는 것이다.

  (2) ①에서 탑타가 먼저 자기가 목격한 바람직한 '交'에 대해 이야기한다. 포목을 흥정하며 바야흐로 값을 따질 순간에 서로 사양하고(價則在口 讓其先呼), 시를 읊고 그림을 감상하는 상인과 손님의 태도야말로 사심 없는 사귐이 아니냐는 논리였다. 그러나 송욱은 이것은 交態로서 그럴 듯한 모습일 뿐 도에는 미치지 못한다고 하였다. 그러자 (2) ② 덕홍은 광대(꼭두각시·인형)가 휘장을 드리우는 것은 잡아당기는 줄이 있기 때문이라고 했다. '傀儡垂帷 爲引繩也'는 '턱 떨어진 광대'라는 속담이 轉意된 것으로 생각된다.[24] '줄'을 따라서 꼭두각시는 휘장으로 얼굴을 다양하게 변모시킬 수 있지 않느냐는 것이 덕홍의

논리였다. 끌리는 것, 즉 목적에 따라서는 얼굴을 바꿀 수도 있다는 논리인데, 덕홍은 사람을 꼭두각시에 비유하여 야유를 시작하는 것이다. 그러나 송욱은 이것도 交道에는 미치지 못하는 交面일 뿐이라고 했다. 그리고 송욱은 (2) ③에서 군자의 交道를 설파한다. 한마디로 交道란 "잔 잡는 팔은 밖으로 펴지지 않는다(臂不外伸 把酒盃也)"[25]는 것이었다. "잔 잡은 팔이 안으로 굽는다", "팔이 들이 굽지 내 굽나"와 같은 의미를 가진 이 속담은 술잔으로 표상되는 자기 이익은 결코 남에게 양보할 수 없고 내가 취할 수밖에 없다는 뜻이니, 교도란 곧 이익을 남김없이 취하는 것일 뿐이라는 설명이다.

이제 도는, '올바른 이치'로서의 도가 아니고, 단지 사람이 사람을 사귀게 되는 이유, 즉 '이익'이나 그 이익을 취하는 방법으로 의미가 밝혀진 셈이다. (2) ①②에서 交態·交面과 짝하여 논의된 交道는, 그 정도로는 이익을 취할 수 있는 사귐이 되지 못한다는 반어법으로 의미의 변화를 갖는다. 덕홍이 속담의 뜻을 알아듣고 다시 시로써 답하여 '관계를 맺어주는 것은 실로 이익(好爵)'이라고 수긍하니, 송욱은 구체적으로 交道에 대해 설명한다. 즉 인간관계는 사실은 술잔이나 벼슬길과 같은 名과 利를 도모하면서 勢를 좇아 이루어지는 것인데, 너도 나도 모두 그것을 추구하면 권세가 나뉘고 명리도 흩어지기 때문에 일부러 피하는 척할 때의 형태가 交道라는 설명이다. 남에게 양보하게 하고 내가 크게 취하는 방법이 交道라는 것이다. 도와 군자라는 이름이 여기에 붙으니, 군자는 바야흐로 겉으로 피하며 속으로 크게 권세와 명리를 취하는

---

24) '턱 떨어진 광대'는 '끈 떨어진 망석중이'와 같은 말로서 『松南雜識』에는 '絶纓優面'으로 漢譯되어 있고 '無所衒能也 卽廣大落頷也'의 의미라고 설명되어 있다. 꼭두각시가 끈에 의하여 조종되다가 줄이 끊어졌다는 것이니, 의지할 것 없이 꼼짝 못한다는 의미이다. 여기에서는 인형이 의지하는 '줄'의 의미가 인형을 이 모습, 저 모습으로 바꾸게 하는 요인 혹은 원인으로 전의된 것으로 생각된다. 이유(이익)가 있기 때문에 인형은 얼굴에 휘장을 드리우기도 하고 걷기도 하면서 얼굴을 달리한다는 것이다(이기문, 『속담사전』 참조).

25) 홍만종의 『旬五志』에서는 '把盃之臂 不外曲'으로 번역하면서 '私情取牽自有難抑'으로 풀이하고 있고, 이덕무의 『列上方言』에서는 '把盃腕不外卷'으로 번역하여 '人情厚 則不强斥也 把盃之腕自然向內以其飮也'라고 설명했다. 대개 비슷한 뜻이다.

사기꾼이 된 셈이다. 군자의 交道란 실상 사기술 이상의 의미가 아니라는 것이 송욱의 주장이었다. 여기에서 우리는 (2) ①에서 말한 삽화, '가격 부르기를 서로 양보하면서(價則在口 讓其先呼)' 시를 읊은 군자의 속셈을 송욱이 야유하는 것을 보게 된다.

사기술로서의 군자의 交道 다섯 가지를 송욱은 덕홍에게 은밀히 전수한다. 가령 남의 '믿음'을 얻으려면 의심 살 만한 일을 해놓고 그 의심이 헛된 것이라는 것을 밝혀줌으로써 믿음을 창조하라는 것이다(使人欲吾信也 設疑而待之). 열사나 미인으로 평가를 받는 사람은, 그 같은 논리로 남보다 많이 비분해 하고 많이 울어 다른 사람의 마음을 움직였고, 그 결과 그런 명예를 얻었다는 것이다. 그렇게 그물을 쳐놓고 상대방을 유인하는 방법을 송욱은 군자의 은밀한 권도라고 했다(此五術者 君子之微權 而處世之達道也). 그러나 '가격부르기를 서로 양보' 하는 군자의 속임수를 이해하지 못한 조탑타는 당연히 군자의 은밀한 방법, 微權을 이해하지 못한다. 덕홍은 거듭 '이미 친하더라도, 소원히 하여 더욱 친하게 하는 방법(夫已親而逾疎 親孰踪之)'과 '성격이 굳은 사람의 사나움을 풀어주고, 남을 해치려는 사람의 원한을 가라앉히는 울음'이 술책으로서 군자의 微權임을 거듭 설명했다. 송욱 자신은 이 미권의 힘을 잘 알지만 울음이 안 나와서 30년 동안 나라 안에서 친구를 사귀지 못했다고 했다. 여기서 우리는 연암이 도입부 (1)에서 장쾌·관중·소진·첩·友의 '믿음'을 술책과 권도로 설명한 이유를 알게 된다. '믿음'은 이익을 위한 수단으로 창출된 것이라는 지적이다. 송욱·조탑타·장덕홍은 이 미권을 실행 못하고, 군자 친구를 사귀지 못했다는 점에서 동질적 인간이다. '이 나라에 삼십일년을 살고(行乎國中三十有一年)' 한 사람 친구가 없다는 말은, 송욱의 결백함을 강조하는 것이지만, 다시 말하면, 나라 안 모든 사람이 거짓 군자라는 야유를 내포하고 있다.

거짓 君子之交인 '信'에 이어 충의 또한 부정된다. 충의에 기반을 둔 인간관계를 맺어보라는 조탑타의 권유에 덕홍은 빈자가 남이 베풀어 줄 것을 기대하는 마음이 義이고, 賤者가 자기에게는 아까워할 것이 없어 자신을 돌보지 않고 어려운 일을 행하는 것이 忠이니, 충의란 빈천한 사람이 부귀한 사람에게 기대는 방법이라고 말한다(忠義者 貧賤者之常事 而非所論於富貴耳). 즉 충의란 것도 따지고 보면, 勢·名·利를 추구하는 군자의 미권으로서 술책이기는 마찬가지라는 것이다. 군자의 행위규범으로 빛나던 믿음과 충의가 이렇게 사사로운 이익의 방편임이 드러나자 조탑타도 마침내 군자지교를 거부하게 된다. 그래서 3인은 드디어 광통교 위에서 군자의 속임수인 衣冠를 찢어 버리고, 상투를 풀어 봉발하고 인끈 대신 새끼를 매고 노래를 부른다. 명리에 기반을 둔 인간관계, 즉 거짓 '믿음'과 '충의'를 버리고 세 사람에게 통하는 廣通交, 세상에 통해야만 하는 廣通交의 회복을 선언한 것이다.

이렇게 보면 3인의 삽화는 信·忠·義 등 군자의 행동이라는 이름 아래 행해지는 믿음과 충의의 인간관계가 결국 勢·名·利를 추구하는 방법에 지나지 않는다는 송욱의 논리를 조탑타와 장덕홍이 깨달아가는 과정을 보여 준다고 할 수 있다. 따라서 이 세 인물이 얽는 (2)삽화는 (1)에서 '믿음'이 술책과 권도로 정의된 이유와 배경을 증거해 주는 구체적 사례인 것이다.

다) '믿음'을 가장한 아첨

(3)에 와서 연암은 골계선생으로 전신하여, 벗의 개념을 다시 정의한다. 인간관계란 서로 '거리'가 있음을 전제로 하는 것인데(至於交也 介然有間), 燕나라와 越나라처럼 떨어져 있다고(相去) 하여 '거리'가 있다고 할 수 없고, 무릎을 맞대고 있다 하여 거리가 없다고 할 것도 아니라고 했다. 오히려 '거리'가 있음을 증거하는, 상대에 대한 '노여움'이야말로 틈이 없는 사이임을 표시해 준다고 역설의 논리를 전개한다. 그리고 상호간에 '거리'가 없는 것에 애착을 갖게 되기는 하지만, 아첨과 참소가 파고 들어오는 길이기 때문에 무서운 것이라고 했다(可愛非間 可畏非間 詔由間合 讒由間離).

그런데 아첨은 "열 번 찍어 안 넘어 가는 나무 없다"는 각오로 우리 앞에 다가온다고 했다. 그 중 가장 으뜸가는 아첨의 방법은 '제 몸을 수양하고 명리에 담박한 체하는 것'이라 했다. 이는 바로 삽화 (2)에서 보던 군자의 행동이었다. 勢·名·利를 취하기 위하여 그것을 멀리하는 행동을 남에게 의식적으로 보이는 군자지교가 바로 아첨의 극치라는 선언이었다. 군자지교는 명리를 위한 아첨이라는 결론을 내리고 있는 것이다.

삽화 (1)에서 인간관계 속에서의 '믿음'은 다만 장쾌 등의 술책에 지나지 않는다고 문제를 제기하고, (2)에서는 군자지교라는 이름으로 명리를 취하려는 데에서 '믿음'의 의미가 전락되었다고 진단한 바 있다. 그리고 이제 (3)에서 그 군자지교야말로 이익을 위한 아첨에 지나지 않는다고 한 것이다. 이때 군자지교라는 비난의 대상은 붕우지간의 平交 차원을 넘어 군자라는 이름, 도라는 이름으로 이루어지고 있는 인간관계 총체를 가리킨다. 충의라는 명분 속에서 행해지는 행동도 포함됨은 물론이다. (3) 골계선생이 쓴 '우정론'은 단순히 표제에 불과할 뿐이었다. 우정론이라기보다는 오히려 '믿음'과 '충의'를 내세우며 군자라는 이름으로 다가오는 아첨이 '可愛'하지만 '可畏'한 것이라는 治者에 대한 경고의 성격을 갖는다고 할 수 있다. 그러기에 결미에서 군자와 독서자를 관중이나 소진처럼 '믿음'에 의탁하여 말거간꾼 노릇을 하는 사람이라고 야유하면서, 송욱·조탑타·장덕홍을 높이 평가하는 것이다.

관중은 제후를 아홉 번 규합했고, 소진은 6국을 합종으로 맺었으니 '천하의 大交'라 할 것이다. 그러나 송욱과 탑타 그리고 거리에서 빌어먹는 덕홍은 시장에서 노래를 할지언정 오히려 말거간꾼의 술책을 쓰지 않거니와, 하물며 군자로서 책 읽는 사람일까 보냐?

이는 관중과 소진처럼 '믿음'에 의탁하여 명리를 추구하면서 군자연하는 선비들에게 '믿음'의 의미, 즉 인간관계의 진실성을 회복하자는 권고이다. 관중과 소진처럼 피까지 마시며 믿음과 충성을 창조하는 血信이야말로 뛰어난 아첨의 기술일 수 있다는 治者에 대한 경고이다. 물론 이는 치자와 피치자의 관계에 대한 문제제기만은 아니다. (1)에서 예를 든 것처럼 장쾌·관중·소진·첩·友로 대표된 총체적 인간관계에 보이는 병리현상을 비판한 것일 수도 있다. 그러나 특히 군자라는 이름으로 책을 읽는 선비를 비판하고, 선비의 의관을 찢어버린 송욱 일행을 높이 평가한 것도 주목된다.

군자와 송욱의 인간형

「마장전」에서 송욱은 연암의 목소리를 대신해 주고 있지만, 실재 인물이었던 것 같다. 그의 인간형이 연암의 공감을 얻어, 그의 시각을 통해 세상을 파악하면서, 한편으로는 자신의 생각을 투사하기도 한 것으로 생각된다. 다음 「念齋記」에서도 송욱을 빌어 자신의 생각을 표현하고 있다.[26] 「염재기」의 내용을 간략히 정리해 본다.

㉮ 송욱이 취하여 자다가 아침 일찍 일어나니, 까치가 울고, 마차가 지나가고, 부엌에서는 그릇을 씻고, 아이·어른·비복들이 떠드는 창 밖의 일은 모두 분간할 수 있었다. 그런데 오직 자기 목소리는 없었다. 정신이 흐릿해져서 '왜 나만 없을까?' 하고 둘러보니, 의관·책 등 방안 물건이 모두 제자리에 있었다. 오직 자기 자신만을 볼 수 없었다. 드디어 발광해서는 나체로 뛰어나갔다. 사람들이 그의 의관을 싸들고 옷을 입히려 찾아다녔지만 송욱을 볼 수 없었다. 점을 치니 "서산대사도 갓끈을 끊고, 염주를 흩어버렸다"고 했다. 송욱이 크게 기뻐서 과거를 보며, 늘 장원을 한 듯 행동했지만 낙방했다. 사람들이 듣고 "미치기는 미쳤으나 선비로다. 과거장에 가지만 과거에 뜻이 없는 거야" 했다.

---

26) 이가원 교수에 의해 이미 지적된 바 있다. 임형택 교수는 구체적으로 「염제기」의 송욱이 「마장전」의 송욱과 '인간타입면에서 같다'고 지적한 바 있다. '자아의 각성이 스스로를 非日常的 奇異한 인간타입으로 만든' 것이 송욱이라고 설명했다.

㉯ 季雨는 성격이 소탈하고 술을 좋아하여 스스로 酒聖이라 했다. ‘겉으로는 엄정한 체하면서 속으로 나약한 사람(色莊而內荏者)’을 보면 더럽다고 구역질을 했다. 내가 놀리기를 “취해서 자신을 聖이라고 해대니 미쳤다[狂]고 하는 거야, 취하지 않고서도 세상 생각을 잊어버리면 大狂이라고 할 수 있지 않겠어?” 하니 계우는 추연히 수긍하며 그 堂을 念齋라고 했다. 내가 송욱의 일을 써서 그를 권면한다. 송욱은 광자지만 스스로 면려했기 때문이다. (단락 구분, 필자)

「염재기」는 두 부분으로 나눌 수 있으나 송욱에 대한 이야기가 큰 비중을 차지한다. 송욱은 현실세계에 적응치 못하였기 때문에 자기 분열의식을 보인다. 모든 것이 제대로 되어 있지만 자기만이 없었던 것이다. 세상의 기준으로 보아 그는 죽은 존재였다. 시체였던 것이다. 그의 발광은 이러한 세상과의 대립을 보여준다. 그 대립 속에서 그는 현실적으로 시체가 될 수밖에 없었다. 세상에서 버려진 존재이기 때문이다. 그러기에 세상의 것을 거부하는 발광의 모습이야말로 송욱에게는 진실한 자기 모습이었으나, 사람들은 그에게 의관을 강요했다. 그러나 갓끈을 풀고 염주를 흩은 서산대사가 참된 중이듯, 그는 참된 선비였다. 부질없이 외면적 형식을 존중하여 안과 겉을 달리 꾸미지 않았기 때문이다. 연암은 이런 송욱을 계우에게 대비하여 격려했다. 안팎이 다른 자 즉, 色莊而內荏者를 보고 구역질하는 계우는 의관을 벗어던지고 나체가 된 송욱의 분신이라 할 수 있다. 겉으로 군자지교를 주장하면서 속으로 名利를 좇아 아첨을 일삼는 거짓 군자를 꾸짖는 「마장전」에서의 송욱과 같은 모습이다. 「마장전」에서 송욱·장덕홍·조탑타가 찢어버린 의관은 바로 ‘겉으로 위엄있는 체(色莊而內荏)’하는 허위의식이었던 것이고 「염재기」에서 송욱이 발광해 벗어버린 가식의 그 의관이었다.

송욱을 겉과 속이 다른 세상 군자와 대비되는 인간형으로 볼 경우, 우리는 「마장전」의 송욱 삽화를 더욱 타락한 세태와 때묻은 선비정신에 대한 비판과 치유 방법의 제시로 해석할 수 있다. 세상에 만연된 철저한 표리부동의 행동양식, 거기에 몸을 숨기고 자신과 세상을 호도하는 거짓 선비, 그 선비에 의해 잘못 인도되는 세상의 혼란을 역설의 시각으로 폭로하는 것이다. 군자의 이중성에 대한 비판의식으로 이 작품을 읽을 때, 「마장전」이라고 제목 붙인 까닭이 자연스럽게 해명된다. 연암은 서두에서 부채의 안팎에 따라 얼굴이 달라지는 장쾌의 양면성을 설명한 바 있다. 그리고 군자를 그 장쾌에 비교했다. 결국 연암은 마장을 소재로 군자의 이중성에 대한 비판을 실현하고 있는 셈이다. 표면적으로는 「마장전」이라고 했지만, 사실은 '이중인격 君子傳'이었던 것이다.

물론 반대로 송욱이라는 인간형을 강조한 것으로 볼 경우 '宋旭傳'이라고 명명할 수도 있다. 의관을 벗어버린 송욱의 의식에 초점을 맞출 경우이다. 이렇게 제목이 가변적일 수 있고, 「마장전」이라는 제목 자체가 重意性을 띠고 있다는 것은 이 작품을 형성하는 언어를 독자는 다양한 눈으로 볼 수 있다는 사실을 말해 주는 것이다. 제목 자체가 고유명사성이 파괴되고 多意性을 가지면서 일반명사로서 意味記號化한 것이 이 작품의 형식적 특색인 것이다.

小結

이상에서 본 바와 같이 「마장전」은 인간관계 속에서의 '믿음'이 勢·名·利를 얻기 위한 술책 혹은 권도로서 쓰이고 있다는 것, 그러니까 세상에서의 '믿음'이야말로 아첨과 참소일 수 있다는 것, 마장·소진·장의·신첩·신우뿐 아니라 세상의 군자라는 인물들은 겉과 속이 다른, 色莊而內荏한 이중인격자라는 사실을 말하고 있다.

겉과 속이 다른 이중적 인간형은 「호질」에 보이는 東里子 등의 '훌륭한 과부였지만 다섯 아들이 성씨가 달랐다(善守寡 然有子五人各有其性)'는 행동양식과 일치한다. 명과 실이 일치하지 않는 사회병리를 고발한다는 공통의 주제의식을 볼 수 있다고 하겠다. 「마장전」에서 거짓 군자이기를 거부하는 송욱은, 「호질」에서 북곽·동리자의 가면을 벗기는 '순진의 눈을 가진 童子'와 일치한다. 의관을 벗어던지고 나체가 되어 미쳤다는 소리를 들은 송욱은 세상에 통하는 거짓 관념의 너울을 벗어버린 赤子인 것이다.

이렇게 볼 때, '믿음'을 가장하여 이익을 위해 두 얼굴을 가진 거간꾼이라는 제목을 가진 「마장전」을 직설적인 우정론의 개진이라고 읽을 수는 없을 것 같다. 오히려 '友'라는 소재는 사회 전반 모든 인간관계에 작용하는 '믿음'이라는 개념을 도출하기 위하여 수용되고 있다고 할 수 있다. 작품에서 계속 송욱의 비판 대상이 되는 군자지교는, '믿음'을 가장한 이중적 행동을 말하며, 신첩·신우·관중·소진 등은 그러한 표리부동한 이중적 행태를 가진 사람으로 제시된 예이다. 후반부에서 '충의'를, 가진 자와 못 가진 자 사이의 아첨관계로 파악하여 군신관계조차 '믿음'을 가장한 명리가 개입되어 있다고 비판하는 곳에서 더욱 이 작품에서의 '사귐'과 '믿음'이 '朋友有信'에서의 '友'나 '信'을 논하는 것이 아님을 확인할 수 있다.

"오륜이 바르지 않을 때 벗이 바로잡는다"는 연암의 「자서」에서 '벗'은, "믿음이 없다면 부자·군신·부부·장유의 도리가 어찌되겠는가(親義別敍 非信奚爲)"에서 보이는 것처럼 모든 인간관계에 바탕이 되는 것으로서의 인간의 신뢰성[信]을 뜻한다. 이때의 '믿음'이란 '겉과 속이 다른(色莊而內荏)' 인간 행동유형에서의 명과 실의 일치 그것을 말하는 것이라고 할 수 있다.

앞에서 지적했지만 『열하일기』의 「호질」 등에서 세상의 부조리를 지적하는 '깜찍한 동자'처럼, 이 글에서의 송욱은 연암의 또 다른 분신이다. 가령 송욱의 名利를 비판하는 논리와 자신은 그런 인간관계를 갖지 못했다는 고백은, 연암이 홍대용에게 보낸 편지에 직접적인 언어로 나타난다. 의관을 찢으며 광자라는 소리를 듣는 송욱과 골짜기로 들어가 농부가 되려 했고, 스스로 배우가 되어 보았다던 연암과의 상동성을 굳이 강조할 필요도 없을 것이다. 이 작품을 서술하면서 연암은 (1) 일반적인 서술자로, (2) 송욱 같은 삽화의 주인공으로, (3) 그 삽화에 대한 평가자인 골계선생으로, 적어도 세 번의 변신을 한 것이다. 이 작품을 평면적인 서사체로서의 '傳'이라는 장르로 한정할 수 없는 까닭이 여기에 있다.

② 「穢德先生傳」

문제의 제기

「예덕선생전」은 「마장전」과 함께 '友道'에 대한 작가의식을 볼 수 있다는 점이 강조된 바 있다. 이가원 교수는 작품의 주제를 '重農, 友道와 계급타파, 尙儉과 安分'[27]으로 파악했다. 한편 임형택 교수는 '생산활동에 참여하는 근로층의 생활 속에서 바람직한 인간형을 부각시키고', '참다운 친구가 평민 속에 숨어 있음을 묘사'[28]했다고 보아 이른바 '友道'와 '권농'을 주제로 하였다고 분석한 바 있다. 여기에서 우리는 둘 이상의 주제를 상정하는 것이 가능한가. 그렇다면 그것들이 서로 접맥되는 논리는 무엇인가 하는 의문을 제기해 볼 수 있다.

이제까지의 논자들은 이른바 '연암 9전'의 주제를 설정할 때 흔히 「자서」의 기록에 크게 의지해 왔는데, 「자서」에서는 '友道'를 언급하고 있지 않다.[29] 그렇다면 우리가 연암의 본래 의도를 벗어나 작품을 잘못 읽고 있는가, 아니면 연암이 의도적으로 '友道'에 대해 언급하지 않았는가, 혹은 바로 앞 「마장전」에 대한 「자서」에서 '友'에 대해 말했으므로 다시 거론할 필요가 없었는가 등의 의문을 가질 수 있다.

주제를 '권농'과 '友道'의 두 측면에서 파악하는 연구성과를 긍정적으로 받아들인다고 할 때, 위의 질문에 대답을 하기 위하여 그 둘 또는 그 이상의 여러 주제의식이 유기적으로 연결되는 논리를 추적해야 한다. 이를 위해 본고는

---

27) 李家源, 『燕巖小說硏究』(을유문화사, 1962), 174면.

28) 林熒澤, 「朴燕巖의 友情論과 倫理意識의 方向」, 『韓國漢文學硏究』 1집(韓國漢文學硏究會, 1976), 95면.

29) 작품과 작품에 대한 작가의 설명 사이의 거리를 어떻게 설정한 것인가 하는 문제는 연암 같은 작가의 경우 간단치 않다. 그런데 이가원·임형택 교수 등 논자들은 「자서」의 기록을 구체적 직설적인 작품 주제상의 언술로 받아들이고 있는 듯하다. 「마장전」 분석이 잘 말해 주는데, 필자는 연암의 언급은 작품의 형상적인 언어로 받아들이면서 활용해야 한다고 생각한다.

이 작품의 이야기 방법을 따져 보려 한다.

작품의 구조
가. 「자서」와 작품 구조
연암은 「자서」에서 「예덕선생전」의 창작의도를 다음과 같이 말하고 있다.

> 선비들이 먹고사는 일에 매달리기에 모든 행동이 어그러진다. 그들은 솥 단지
> 째로 먹어대고 삶아대면서도 아침거리, 저녁거리를 걱정하지 않는다. 嚴行首는
> 스스로 똥으로 먹고사니, 겉모습은 더럽지만 그 입만은 깨끗하다 하겠다. 그래서
> 예덕선생에 대하여 기록한다.[30]

연암은 선비를 생계에 매이는 '口腹의 累' 때문에 행동을 그르친 사람이라
고 생각한다. 「호질」에서는 이 '생계의 매임' 때문에 선비들이 두 얼굴을 가지
고 시세에 아부한다고, 이중의식을 꼬집은 바 있다. 주인공 엄행수는 그와 반
대되는 사람이다. '똥으로 먹고살아 겉모습은 더럽지만 먹고사는 것이 깨끗하
다'고 했다. 먹고사는 일 때문에 행동을 그르치지 않아 하는 일은 더럽지만 입
은 깨끗하다고 적예구결(迹穢口潔)이라고 묘사하고 있다. 엄행수는 외면은 부
정적이지만, 실상은 긍정적이라는 것이다. 엄행수가 '겉이 더럽고 안이 깨끗한
(外穢內潔)' 것이라면 사대부는 '겉이 깨끗하고 안이 더러운(外潔內穢)' 것이
다. 선비와 엄행수의 대비를 통하여 '外穢와 內穢', '外潔과 內潔' 중 어느 것
이 정말 더러운 것이고 깨끗한 것인지를 캐는 논리가 이 작품의 구조가 될 것
이라는 암시를 「자서」에서 받을 수 있는 것이다.

外穢內潔한 엄행수와 外潔內穢한 사대부는 이 작품의 대립항이자 작품구조
로서 주제형성의 근간논리라고 할 수 있다. 물론 이러한 골격 위에서도 실제

---

30) 「放璚閣外傳」 「自序」, 『燕巖集』, 114면. 士累口腹 百行餒缺 鼎食鼎烹 不試饕餮 嚴自食糞
　　跡穢口潔 於是述穢德先生.

작품은 다양하게 전개될 수 있다. 더럽다는 穢와 깨끗하다는 潔은 추상적 의미이니 여러 가지로 변주될 수 있는 것이다. 또 인물이나 행위묘사가 엄행수를 긍정형으로 부각시키는 방향으로 전개될 수도 있는 것이지만, 선비를 비판하는 한쪽으로 나갈 수도 있는 것이다. 그에 따라 언어유희를 통한 아이러니적 상황묘사에 치중하는가 또는 공격적인 풍자로 나아가는가 등 작품의 미적 범주도 달리 전개될 수 있다. 그러기에 그러한 작품의 추상적 틀 위에 실려 있는 구체적인 형태를 살필 필요가 있는 것이다.

　나. 외예내결·외결내예의 대립구조

「예덕선생전」은 비천한 엄행수를 선생으로 호칭하는 것에 항의하는 子牧을 스승인 蟬橘子가 설득하고 깨우치는 문답법으로 작품은 전개된다. 이 설명의 과정, 즉 새로운 의미를 탐구하는 과정이 작품의 구조인 것이다. 여기서 선귤자는 엄행수를 선생으로 모시는 이유를 자목에게만 설명하는 것이 아니다. 독자가 제목에 대하여 가졌던 의문까지도 설명해준다. 일반적인 독자라면 우선 '예덕선생'이라는 造語에서부터 생경함을 느끼게 된다. 결코 호의적일 수 없는 냄새를 풍기는 穢라는 어휘가 德과 함께 선생이란 말을 수식하고 있기 때문이다. '덕을 더럽힌다'는 뜻으로, 즉 '穢其德'으로 읽어야 하는가, 아니면 반대로 똥의 떡, 즉 '穢之德'으로 생각할 것인가 의아해 하는 독자의 분신이 바로 자목인 셈이다.

　穢其德이건 穢之德이건 예와 덕이 한자리에서 선생을 수식할 수 있느냐는 의문을 가진 사람을 대표하여 자목은 선귤자에게 이의를 제기한다. 穢는 賤과 통하는데 선생이라 부르고, '벗[友]'으로 여길 수 있는가를 자목이 따지자, 선귤자는 '벗'에 대하여 설명한다. 이제 '벗'의 개념과, 穢가 賤이 아니고 덕일 수 있다는 논리체계가 맞물리기 시작하는 것이다. 표면적으로는 '벗'에 대한 개념규정의 논의이지만, 그 내용은 穢와 德에 대한 의미풀이 혹은 의미탐색이라고 할 수 있는 것이다. 곧 이어 자목이 사대부를 긍정적으로, 엄행수를 부정적으로 이야기하자, 선귤자가 반대의견을 개진하는 것을 보아서도 알 수 있다.

먼저 선귤자는 자목이 긍정적으로 보는 사대부들의 부정적 행동방식을 설파한다. 일반적으로 사대부들은 자기에게 좋은 면목이 있는데도 다른 사람이 알아주지 않는다고 생각이 들면 교묘한 방법을 쓴다는 것이다. 자기의 허물에 대하여 충고를 구하는 체하는 것이다(人皆有己所自善而人不知 憨然若求聞過). 이때 잘못을 지적해 주는 사람에게도 방법이 있다. 오로지 칭찬만 하면 아첨이 되어 효과가 없고, 그렇다고 허물만 지적하면 들추어내는(訐揚) 것이 되니, 듣는 사람이 노하지 않을 정도로 단점을 지적하다가 우연히 하는 말로 장점을 드러내는 것이다.[31] 이렇게 되면 서로 知者가 된다는 것이다. 장점을 드러내기 위해 적당히 단점을 이용하는 이런 논리는 「마장전」에서도 본 바 있다. 믿음[信]을 창출하기 위해서 의심 살 만한 행동을 해 놓고 기다린다는(設疑而待) 것과 같은 맥락이다.

자목이 설명을 듣고 그것을 시정 하정배들의 행동(市井之事·傔僕之役)이라고 하자, 선귤자는 "시정의 교제는 利로써 이루어진다"고 대답한다. 勢·名·利 때문에 거간꾼들처럼 '믿음'을 이용하는 「마장전」의 선비와, 자목이 이제 새로운 눈으로 보게 된 사대부는, 모두 '利'를 기반으로 한 실상을 지닌 인물인 것이다. 선귤자는 외면에 집착하여 속 모습을 보지 못하는 자목에게, 선비란 겉은 긍정적이지만 안으로 부정적인 外信而內利·外潔內穢·外貴內賤한 존재임을 일깨운 것이다.

선귤자는 이제 자목이 배척했던 엄행수를 선비와 대비시켜 설명한다. 우선 엄행수는 사대부들과는 달리, 남이 자기를 알아주기를 고대하지도 않고, 따라서 '의심살만한 일을 만들어 놓고 기다리는(設疑而待)' 가식적 행동을 할 필요도 없었다(彼嚴行首者 未嘗求知於吾 … 其行也沁沁 … 其居也若愚). 또 그는

---

31) 徒譽則近諂而無味 專短則近訐而非情 於是泛濫乎其所未善 逍遙而不中 雖大責不怒 不當其所忌也 偶然及其所自善 比物而射其覆中心感之(이하 작품내용의 인용은 출처표기를 생략한다).

겉으로 깨끗한 체하며 더러운 이익을 취하지 않고, 똥을 주워 모아 이를 만들어 나갔다. '충의를 내세우고 명리를 구하는(外忠義 而內名利)' 행위형이 아니었으므로, 이익을 취해도 의리가 손상될 리가 없었다(獨專其利而不害於義 貪多而務得 人不謂其不讓). 선비들처럼 군자연하는 데 필요한 문장이나 음악 같은 꾸밈도 필요없다. 그러니 칭찬을 한다고 해서 새삼스레 원래의 영예가 북돋아질 것도 없고, 반대로 비난한다고 해서 욕될 것도 없다(譽之而不加榮 毀之而不加辱). 사대부들이 '設疑而待信' 논법으로 '고의로 허물을 저질러서 명예를 구하고(設過而待譽)' 가식적 이름을 창출한 것과 달리, 엄행수는 내외가 일치하는, 명실이 상합하는 실체였기 때문이다.

엄행수가 표리가 일치하는 실체적 행동, 나아가 실사구시적 행동을 보여주는 인물이라는 사실은, 서울 근교의 원예업자들이 그가 공급하는 '糞'으로 해마다 6천 냥을 번다는 것에서 잘 드러난다. '채소를 먹으나 고기를 먹으나 배부르기는 마찬가지', '옷이 소매가 넓으면 몸에 익숙하지 않고, 새것이면 등짐을 질 수 없다'는 嚴行首의 말에서도 직접 확인된다.[32] 선균자의 이러한 시각에 따라 엄행수는, 사대부와 대립적인 위상에 서게 되고, 긍정적 인물로 자리를 확보한다. 그러기에 정월 초하룻날도 일을 하는 엄행수는 이제 '그 덕을 더러운 듯 꾸며서 세상에 크게 숨은 사람(穢其德 而大隱於世者)'으로 평가되는 것이다. 糞이 돈으로 화했으니, 예덕선생은 穢를 덕으로 전환시킨 사람, 즉 穢之德을 밝힌 사람이다. 그러면서도 그 덕을 끝내 강조하지 않고 스스로 더러운 체했다. 즉 덕을 더럽게 꾸민(穢其德) 사람이다. 그런데도 세상사람들은 똥을 더럽게만 여기고 그를 추루하게만 여기니, 그들이야말로 덕이 무엇인지를 모르고 진솔한 뜻을 더럽혔다는 뜻에서의 穢其德한 존재들이다. 이제 여기에서 우리는 연암이 「자서」에서 밝힌 '하는 일은 더럽지만 입은 깨끗했다는(迹

---

32) 옷이 실용적이어야 한다는 주장은 '선비란 작자들이 입으로는 북벌을 외치면서 긴 한삼을 펄럭인다'고 李浣을 꾸짖던 許生의 목소리와도 일치한다. 이런 주장은 『열하일기』도처에 보인다.

穢口潔)' 의미를 짐작할 수 있다. 앞에서 본 부정적인 선비들은 선균자의 논리에 따르면 '더러움을 덕인 체'하는, 外潔口穢한 자들인 것이다.

이제 선균자는 사대부와 엄행수를 다시 대비 정리한다. 선비들이 직분과 분수를 잊고 있다는 훈계가 시작된다. 사대부들이 분수를 잊고 과욕하면, 민심이 흉해지고 나라가 망한다는 경고가 함께 따른다. 새우젓을 먹고 갈옷을 입을 사람들이 계란과 모시옷을 탐내어, 백성은 땅을 빼앗기고 논밭은 황폐해진다고 했다. 그런 다음에는 반란자가 일어난다고 했다. 허균의 '호민론'을 연상시키는 사대부 등 治者에 대한 엄숙한 경고인 것이다. 그 경고적인 설득 논리가 사대부들이 즐겨 쓰는 말 '天生萬民 各有定分'이다.[33] 의리와 명분을 가장하고 명리를 탐하며 治道를 잃고 있는 선비들에게, 자족하여 분수를 지킬 것을 권유하는 것이다. 그러기에 선균자는 이어서, 의와 노력으로 이룬 재산이 아닌 것은 만 종이라도 더러운 것이라 했다(故苟非其義 雖萬鍾之祿 有不潔者耳 不力而致財 雖垺富素封 有臭其名矣).

엄행수는 사대부와 다음과 같이 대비된다.

> 저 엄행수는 똥을 지고 거름을 메어 스스로 먹고 살았으니, '매우 깨끗치 못하다'고 할 수 있다. 그러나 그 음식을 마련하는 방법은 지극히 향기롭다 하겠으며, 그 처신하는 바는 매우 비루하나 그 의를 지킴은 지극히 곧고 높다 하겠다. 그 마음씀을 미루어 살피건대, 비록 만 종이라도 굽혀서 취하지 않을 것을 알 수 있을 것이다. 이로 보건대 깨끗한 사람에게도 깨끗하지 못한 것이 있고, 더러운 사람에게도 더럽지 않은 점이 있다.[34]

---

33) 이런 말로써 연암이 운명결정론자라고 규정하거나, 혹은 신분적 질서와 계층을 인정했다고 간주해서는 안될 것이다.

34) 夫嚴行首負糞擔溷以自食 可謂至不潔矣 然而其所以取食者至馨香矣 其處身也至鄙汚而其守義也至抗高 推其志也雖萬種可知也 繇是觀之 潔者有不潔而穢者不穢耳.

엄행수는 똥을 메고 다녔으나, 그 먹고 사는 방법이 의를 지켜 오히려 향기롭다고 했다. 「자서」에서 밝힌 迹穢口潔이 확정된 것이다. 세속의 일상적인 눈으로 볼 때의 더러운 穢가 실은 깨끗한[潔] 것이라는 가치 전도의 시각이 드러난다. 역설의 진실이 확인되는 것이다. '깨끗한 사람에게 깨끗하지 못한 것이 있고, 더러운 사람에게 더럽지 않은 것이 있다(潔者有不潔 而穢者有不穢耳)'라는 말은 인간행동의 내외 불일치를 지적하면서, 그에 따라 역설적 시각으로 내면을 보아야 한다는 점을 강조한 것이다. 外潔의 허상에 집착하여 사대부를 '벗'으로 하라는 자목에게 선비들이 가진 內穢의 실상을 보여주는 것이며, 동시에 자목에게 엄행수가 가진 내결의 참모습을 깨닫게 해주는 것이다. 한마디로 여기에서, 外潔內穢와 外穢內潔이 대비되면서 대인간 의식의 전환이 이루어진다고 하겠다.

일상적 시각을 벗어난 존재이기에 선귤자는 서두에서 엄행수의 外穢와 外賤함을 지적하는 자목에게 內潔·內貴를 주장하며, 그를 '스승으로 섬길 수 있을 뿐 감히 벗할 수 없다'고 했던 것이다. 그래서 겉으로는 더럽지만 안으로 덕을 갖춘 인물이라고 '穢德先生'이라는 칭호를 올린다. 제목을 대하며 '더러운 덕'인가, '덕을 더럽힌 선생'인가, 의아해 했던 독자는 자목과 함께 그 의문을 풀게 된다. 더러운 것을 덕으로 전환시킨 선생, 더러운 곳에서 자기의 덕을 실현했고, 그러면서도 그 德을 더러운 것으로 보이게 하여 자신을 드러내지 않았던 인물. 그러기에 '덕을 더럽히고' '더러운 것을 덕처럼 가장하는' 허위의식을 가진 선비와 꼿꼿이 마주 선 예덕선생을 우리는 만나게 된다.

다. 대립구조의 의미

이 작품은, 표면적으로는 사대부와 엄행수 중 누구를 벗으로 할 수 있는가 하는 '벗'에 대한 논의이지만, 그 이면에서는, 좋지 않은 덕이라는 뜻을 가진 穢德이 속으로는 덕을 가진 外穢內德으로 전환되는 의미탐색이 이루어지고 있었다. 이제까지의 분석을 통하여 작품의 구조적 단락을 정리해 보기로 한다.

첫째 단락은 '蟬橘子有友曰 … 子牧問 … 弟子甚羞之淸辭於門'이다. 자목이 선귤자에게 왜 사대부와 벗하지 않고 비천한 엄행수를 선생으로 모시는가 항의하는 부분으로서, 표면적으로는 벗의 의미가 과연 뭐냐 하는 문제제기가 여기에서 이루어진다.

둘째 단락은 크게 보면, 선귤자가 자목에게 '벗'에 대해 설명하는 나머지 부분 모두로 간주할 수 있다. 그러나 의미전개 단위를 고려하면 '蟬橘子笑曰 居吾語若友'에서부터 '故以利則難繼 以諂則不久 夫大交不面盛友不親'까지이다. 선귤자가 자목에게 이른바 사대부란 이익으로 友道·交道를 삼는 사람임을 설명하는 부분이다.

셋째 단락은 '但交之以心而友之以德 是爲道義之交'에서부터 '如嚴行首者 豈非所謂穢其德大隱於世者耶'까지이다. 사대부와 대비되는 엄행수의 내면적 덕성을 설파한 부분이다.

넷째 단락은 '傳曰 素富貴行乎富貴 素貧賤行乎貧賤'에서부터 '故吾於嚴行首 不敢名之而號曰穢德先生'의 끝까지이다. 사대부와 엄행수가 거듭 비교되면서 엄행수의 내결한 덕성으로 보아 '벗'의 차원을 넘어 '선생'이 되어야 한다는 논지이다.

이상과 같이 단락을 다시 정리해 보면, 작품의 표면구조는 엄행수와 사대부 중 누가 '벗'으로서 자격이 있는가에 대한 논의이지만, 그 바탕에 흐르는 논리는 왜 엄행수를 우리가 '예덕선생'이라고 불러야 하는가, 참다운 덕과 깨끗함이란 과연 무엇이냐에 대한 의미탐색이라고 보아야 할 것이다. 누구를 벗해야 하는가하는 의문을 재기하여 인간의 덕목과 이상적 인간형에 대한 논의가 이루어진다고 하겠다.

이 작품을 덕목에 대한 의미탐색으로 받아들인다면, 위에서 설정한 네 개의 단락을 그에 따른 의미로 해석해 볼 수가 있다.

　　단락 1 : 엄행수는 똥을 지는 천인인데 사대부는 벗하지 않으면서 그를 예덕선생이라고 높여 부르는 이유가 뭐냐는 자목의 의문.

단락 2 : 사대부란 사실 속으로 利를 취한다는 점에서 시정배와 같다는 선귤자
의 대답에 대한 자목의 수긍.

단락 3 : 엄행수가 사대부와는 달리 겉으로 더러운 일을 하지만, 진실한 인물
이라는 선귤자의 논리.

단락 4 : 엄행수와 사대부의 직접 비교. 내면적 덕성을 갖추고 있기에 예덕선
생이라 부른다는 설명.

이상과 같이, 이 작품은 표면적으로는 '利를 취하는 사귐(交之以利)'과 '덕
을 취하는 사귐(交之以德)'을 비교하여 우정론을 전개하고 있다고 볼 수도 있
으나, 실제 작품의 전개논리는 덕 그 자체의 개념 탐색과정이라는 것을 거듭
확인할 수 있다. 그 결과, 앞에서 본 것처럼 外潔보다 內潔이 중시되고 外穢보
다 內穢가 문제되는, 일상적 가치판단 기준의 전환이 이루어진다. 역설적 시각
이 발현되고 있는 것이다. 이렇게 생각하면 이익으로 사귀는 交之以利와 덕으
로 사귀는 交之以德의 표면적 대립항 아래 사대부와 엄행수가 표상하는 여러
의미항들이 자리잡을 수 있을 것이다.

	士大夫	嚴行首
1. 交友의 방법 :	利	德
2. 행위의 실상 :	外潔內穢	外穢內潔
	(迹潔口穢)	(迹穢口潔)
	(外貴內賤)	(外賤內貴)
3. 행위의 원리 :	德其穢	穢其德

인물들의 의미적 행위가 작품에서 서사적으로 전개되지는 않았으나, 자목과
선귤자의 논의를 통하여 드러나는 사대부와 엄행수의 의미상의 대립적 전개를

다음과 같이 그려볼 수 있다.

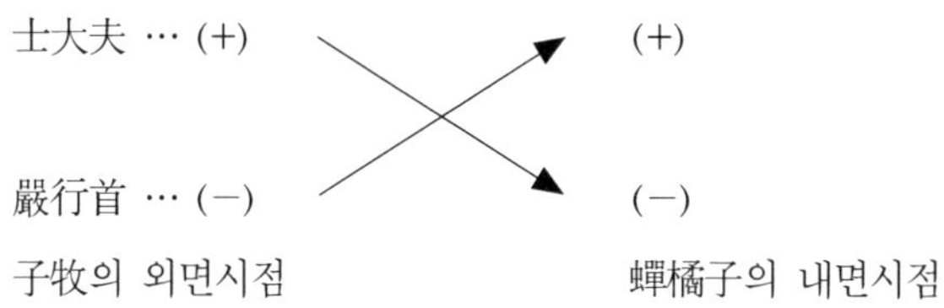

자목의 일상적인 눈에는 선비가 긍정형(+)이나, 선귤자에게는 부정형(−)으로 전락되고, 오히려 엄행수가 긍정형(+)이 된다. 사대부와 엄행수의 대립은 곧 자목과 선귤자의 시각의 대립이다. 이는 인간을 외면으로 볼 것인가 내면으로 볼 것인가의 대립 양상이라고 할 수 있거니와, 그만큼 당대의 행위규범이나 가치체계가 이중성을 갖고 있었고, 전도되어 있었음을 보여주고 있다고 하겠다.

小結

전도된 가치체계 속에서 德에 대한 새로운 개념을 확립하고, 그에 따라 바람직한 인간형을 제시한다는 점에서 「예덕선생전」은 「마장전」과 일치한다. '엄행수와 사대부'는 각기 '송욱과 그를 미쳤다고 본 세상사람들'의 또 다른 분신이다. '겉으로 엄정하지만 속으로 연약한(色莊而內荏)' 세상사람들과 대립되는 '겉으로 미쳤지만 속으로 진실한(外狂而內眞)' 송욱의 모습은 엄행수의 迹穢口潔과 바로 일치한다. 내외의 불일치 때문에 초래되는 이러한 가치관의 혼란과 전도된 윤리의식은 「호질」의 北郭先生·東里子 등 연암 작품의 거의 전편을 통해 제시된다. 內外가 일치하지 않는 두 유형의 인물들이 보여주는 대비와 대립의 양상이 작품의 구조를 형성하는 것이다.[35] 그렇게 볼 때 이 작

---

35) 그러기에 연암의 인물들은 극단의 두 대립을 통한 아이러니적 양태를 보여준다. 연암의 인물들이 보여주는 아이러니적 양상은 수사적 기법에 의지하기도 하고, 상황의 제시에 따르기도 한다. 그에 따라 단순한 아이러니적 모습이 되기도 하고, 웃음과 함께 눈물을

품은 처음부터 끝까지 역설의 논리로 점철되어 있다고 할 수 있다. 부조리한 사대부의 이면을 폭로하는 시각도 역설이며, 세상에서 무시되는 엄행수를 높이 평가하는 논리도 역설인 것이다.

이렇게 볼 경우, 「예덕선생전」은 연암이 「自序」에서 언급한 주제의식을 충실히 반영하면서, 그 밖의 다른 작품과 구조적 맥을 잇고 있다고 생각할 수 있다. ‘생계에 매여(口腹之累)’ 행동을 그르치는 사대부와 外穢內潔한 엄행수를 대비함으로써, 부정적인 인간에 대한 비판과 긍정적인 인물의 창출이 동시에 이루어지는 것이다. 이때 긍정형의 인물로 제시된 엄행수가 똥으로 농사를 돕고 있으므로 여기에서 연암의 ‘重農意識’을 볼 수도 있을 것이다. 아울러 비천하지만 실천미덕을 지닌 엄행수를 친구로 삼기보다 선생으로 삼는다는 선귤자의 언급을 ‘새로운 우정론의 주창’이라든가 ‘계급의식의 타파’로 해석할 수도 있을 것이다. 그러나 이러한 방향의 해석이 지나치게 확대되면, 작품의 기본구조에 실린 주제의식을 잃게 될 우려가 있다. 우정론과 권농의식 등은 모두 연암의 실제적이고 내면적 진실성을 가진 迹穢口潔한 인간형을 부각시키기 위한 표면적 장치이거나, 그에 따라 수반된 부차적 주제일 뿐이다. 그 자체가 독자적으로 작품의 주제로서 부각될 수는 없다고 생각된다.

한편 이 작품은 엄행수의 행위유형이 몇 국면으로 제시되어 쉽게 ‘사람의 일생’을 표현하는 ‘傳’으로 볼 수 없는 형태적 특색이 있다. 작품구조는 엄행수라는 고유명사 위주의 서술이라기보다는 제목 그대로 ‘穢德’이라는 낯선 개념을 추적하여 새로운 의미를 창출해 가는 과정이다. 이 추적의 과정은 물론 서술자가 직설적으로 독자에게 제시하지 않는다. 추적의 과정을 실현하는 자목과 선귤자 등 삽화 속의 인물들을 통해 독자는 간접경험을 하게 된다. 이는 연암의 ‘傳’이 갖는 일반적인 특성이다.

동반하는 아이러니가 되기도 하며, 때로는 더 공격적인 양태를 띠기도 한다. 연암 작품의 아이러니적 특질 등 미적 범주의 문제, 그의 생성배경 등은 작품구조를 먼저 파악한 다음 논의해 볼 생각이다.

③ 「閔翁傳」

문제의 제기

「민옹전」은 연암의 다른 傳과는 달리 立傳 인물의 일생을 그리고 있다. 서두의 어릴 적 閔翁에 대한 언급에서 시작하여 그가 죽고 난 후의 후손에 관한 기록으로 끝을 맺고 있는 이 글은 가장 보편적 傳의 형식에 접근하고 있다. 연암은 민옹에 대하여 "사람을 황충으로 여기고 도를 익혀 마치 용 같았다. 풍자와 골계로 세상을 무시하며 순응치 않았다. 벽에 글을 써 스스로 분발하여 게으름을 경계하였다"[36]고 하였다. 「민옹전」을 짓게 된 동기를 피력한 이 「자서」 부분은 크게 보아 세 개의 의미단락으로 나눌 수 있다. 도를 익혀 용과 같았다는 '學道猶龍'과 '풍자와 골계로 세상을 희롱했다는 것(託風滑稽 翫世不恭)', 그리고 '벽에 글을 써서 자신을 채찍질했다(書壁自憤 可警惰傭)'는 그것이다. 그런데 이 세 개의 의미 단위가 어떻게 논리적으로 연계되는가 하는 의문을 우리는 갖게 된다. 이를테면 '學道'와 골계적이었다는 '託風滑稽 翫世不恭'이 어떻게 연계되는가 하는 의문을 먼저 올릴 수 있다. 도를 배웠으나 세상에 매이지를 않아 세상을 무시했다는 논리인가. 아니면, 도를 배움으로써 세상의 모습을 무시하게 되었다는 말인가. 그로 하여금 다른 사람을 황충으로 여기며 '翫世'하게 한 도의 실체란 과연 무엇인가. 그가 '벽에 써서(書壁自憤)' '자신을 경계한(可警惰傭)' 것은 무엇인가. '학도'인가, '탁풍골계'인가. 이러한 의문을 풀어 나가기 위한 논리의 구조의 해명은 이 작품의 구조적 분석을 통해 성취될 수 있을 것이다.

단락의 구조 : 「민옹전」은 크게 세 부분으로 나눌 수 있다.

---

36) 閔翁蝗人 學道猶龍 托諷滑稽 翫世不恭 書壁自憤 可警惰傭 於是述閔翁.「放璃閣外傳」「自序」.

1. 민옹은 南陽사람인데 어려서부터 분발하는 글을 해마다 벽에 써 붙이기를 일흔 살 때까지 했다.(閔翁者 南陽人也 … 翁笑曰 昔呂尙八十鷹揚 今翁視 呂尙 猶少弱弟耳)

2. 내가 우울증이 있을 때 민옹을 초치하여 여러 이야기를 들었는데, 그의 말은 모두 의표를 찌르는 것으로 사람의 마음을 시원하게 해 주는 신기한 것이었다.(歲癸酉甲戌之間 余年十七八 病久困 劣留好聲歌書畫 … 有言閔翁 奇士 … 君非能辱我也 乃反善贊我也)

3. 민옹이 돌아가니 내가 우울증이 심해져도 만날 수가 없었다. 그 뜻 있는 선비를 기리며 이 글을 쓴다.(明年翁死 翁雖恢奇俶蕩 性介直樂善 … 翁盖有 志士 竟老死莫施 我爲 作傳嗚乎死未曾)

단락 1은 민옹에 대한 개괄적인 설명이다.

남양 사람으로 劍使 벼슬을 했고 말을 잘 했다는 것 등이 그 내용이다. 주목되는 것은 옛사람의 기이한 절개와 위대한 업적을 사모하여 강개 발분했다는 사실이다. 그래서 그는 일곱 살 때는 項橐을, 열두 살엔 甘羅, 열세 살엔 外黃兒, 열 여덟 살엔 郭去病, 스물네 살엔 項籍을, 마흔 살엔 맹자를 각각 삶의 규준으로 설정하는 모습을 보인다. 그러나 그는 현실에서 어떤 소망도 이루지 못했고, 그의 벽에다 쓰는 분발 '書壁自憤'은 아내로부터 까마귀를 그리는 행동(畫鳥)으로 조롱을 받기도 하지만, 그래도 그의 마음에는 范增과 呂尙을 생각하는 여유를 가지고 있다. '여든 살에 장수가 되어 새매처럼 드날린 태공망'을 아직 꿈꾸고 있었던 것이다.

단락 2는 '벽에 써서 분발'하던 민옹을 1인칭 서술자인 연암이 만나는 대목이다. 연암은 17, 8세에 병에 시달리면서 음악 미술에 취미를 붙이고, 여러 사람을 초치하여 古談을 즐기는 방법으로 마음을 안정시키고 있었다. 이야기를 듣는 사람이 상쾌하게 되지 않는 바가 없다는 소리를 듣고 민옹을 초청한 우울증 환자인 연암은, 그를 일종의 치유사로서 선택한 셈이다. 그가 어떻게 연암의 치유사가 될 수 있는가, 연암의 우울증이란 병은 어떤 것인가를 이 단락 2는 암시하고 있다. 민옹의 '學道', '翫世不恭'의 뜻도 물론 여기에서 해명된다. 이 「민옹전」을 규범적인 전으로 간주할 경우 이 2단락은 민옹의 구체적 삶이 제시된 곳이다. 우선 단락 3으로 넘어가 본다.

단락 3은 민옹이 사망한 것과 호탕했지만 곧았던 그의 성품과 두 자녀의 무과급제 사실을 전하며, 시로써 作傳의 의도를 설명하고 있는 부분이다. 연암은 벽 위에 그린 까마귀가 끝내 새매로 화하지 못했다며, 단락 1에서 80세에 장수가 되어 새매처럼 드날린 태공망(太公望)을 기대한 민옹이 끝내 때를 못 만나 지사로서의 뜻을 펴지 못했음을 안타까워하고 있다. '죽었어도 아직 죽지 않았다'는 안타까운 마음으로 애도하는 민옹의 은어와 골계·익살이 곧 단락 2의 本傳에 해당하는 부분이다. 이 은어·골계·익살이 어떤 모습이기에, 연암은 민옹을 이 史評 부분에서 '괴기하고 놀랍고 기쁘면서도 밉다(可怪可奇 可驚可愕 可喜可怒 而又可憎)'고 했을까? 이제 단락 2로 돌아가 민옹을 만나보자.

우울증과 역설의 논리

앞에서 간단히 언급한 대로 이 단락 2부분은 민옹의 本傳에 해당하지만 한편으로 우울증을 가진 연암이 1인칭 서술자로 등장하고 있어서, 우리는 이를 통해 연암의 우울증의 정체와, 그 치료사로서의 민옹을 확인할 수 있다. 연암의 우울증은 골동·서화·음악으로도 치료되지 않아 익살스럽고 우스운 고담 등 온갖 방법으로 마음을 다스렸으나 어찌할 수 없었다. 이때 소개받은 존재가 민옹인데, 이 민옹의 행적이 몇 개의 에피소드로 제시되고 있다. 따라서 이 단락 2(歲癸酉甲戌之間 余年十七八 病久困劣留好聲歌書畵 … 余聞甚喜 請與俱至)는 다시 몇 개의 삽화로 나눌 수 있다.

> 가) 민옹은 힘들여 음악을 연주하는 사람들을 때리면서 즐거운 일에 골을 낸다고 야단을 쳤다.(翁來而余方與人樂 翁不爲禮 熟視管者 批其頰 … 余遂

立撤去 延翁坐 翁殊短小 白眉覆眼 自言 名有信 年七十三)

나) 민옹은 잠 못 자고 밥맛 잃은 나의 병에 대해 그렇다면 인생을 두 배 살게 되고 부자가 되겠다고 치하했다.(因問余 君何病 病頭乎 曰不 曰病腹乎 曰不 曰然則君不病也 … 曰君家貧幸厭食 財可羨也 不寐則兼夜 幸倍年 財羨而年倍 壽且富也)

다) 그가 왕성히 먹는 모습을 보고 나도 밥맛이 살아났다.(須臾飯至 余呻囈不擧 揀物而嗅 翁忽大怒欲起去 … 余不覺口津心鼻開張 乃飯如舊)

라) 책을 빨리 외우는 시합을 했는데, 자신은 외우지 않으면서 나를 재촉하여 나를 더욱 못 외우게 했다.(夜翁闔眼端坐 余要與語 翁益閉口 余殊無聊 久之 … 天旣明 問翁能記宿誦乎 翁笑曰 吾未嘗誦)

마) 귀신을 보았느냐고 물으니, 등잔 뒤의 어두운 곳에 있는 사람을 가리켜 귀신이라 하여 함께 웃었다.(嘗與翁夜語 翁弄罵坐客 人莫能難 有欲窮翁者 問翁見鬼乎 曰見之… 翁曰 夫明則爲人 幽則爲鬼 今者處暗而視明 匿形而伺人 豈非鬼乎 一座皆笑)

바) 신선을 보았느냐고 묻자 가난하여 세상을 싫어하는 사람이 신선이라고 하였다.(又問 翁見仙乎 曰見之 仙何在 曰家貧者仙耳 富者常戀世 貧者常厭世 厭世者非仙耶)

사) 장수한 사람을 보았느냐고 물으니 두꺼비와 토끼 이야기를 하며 책을 많이 읽은 사람이 장수한 사람이라고 하였다.(翁能見長者乎 曰見之 吾朝日入林中 蟾與兎爭長 … 由是觀之 讀書多者 最壽耳)

아) 가장 맛있는 음식을 물으니 백가지 맛의 근본은 소금이라고 하였다.(翁能見味之至者乎 曰見之 … 百味齊和 孰爲不鹽 皆曰善)

자) 불사약은 못 보았을 거라고 하자 밥이 곧 불사약이라고 하였다.(然不死藥 翁必不見也 翁笑曰 此吾朝夕常餌者 … 不死藥莫如飯 吾朝一盂夕一盂 今已七十餘年矣 翁嘗支離其辭 遷就而爲之莫不曲中 內含譏諷 盖辯士也)

차) 객들이 말을 잇지 못하고 무서운 게 뭐냐고 하자 자기 자신이라고 대답했

　다.(客索問 無以復詰 乃怳然曰 翁亦見畏乎 翁默然良久 忽厲聲曰 可畏者
　莫吾若也 … 竟莫能窮 自贊自譽嘲傲旁人 人皆絕倒 而翁顏色不變)

카) 海西에 황충이 났다고 전하자 그는 종로에 황충이 가득 찼다고 하였다.(或
　言海西蝗 官督民捕之 翁問捕蝗何爲 … 翁曰左右皆大恐若眞有是蟲然)

타) 어느날 내가 破字로 늙은 개라고 놀리자 그는 거꾸로 풀어서 칭찬하는 말
　로 바꾸었다.(一日翁來 余望而爲隱曰 春帖子尨嗁 … 君非能辱我也 乃反
　善贊我也)

　이상 12개의 삽화는, 연암이 민옹에게 듣거나 몸소 겪은 이야기이다. 이 이
야기들을 접하며 연암은 마음이 점차 상쾌해져서 지난날과 다름을 느끼기도
하고(余意稍豁 甚異昔者也) 자기도 모르는 사이에 입에 침이 돌아 식욕이 생
겨나기도 하여(余不覺口津 心鼻開張 乃反如舊), 우울증의 증세가 가시고 있
다. 이 12개의 삽화는 연암의 우울증을 치료하는 치유제의 역할을 하고 있는
셈이다. 어떻게 우울증을 치유하는 기능을 하고 있는가. 각 삽화의 의미를 추
적해 보자.

　민옹은 초치되어오자마자 파격적 행동을 개시한다. 음악의 즐거움을 모르는
사람이라고 하면서 퉁소·피리·음악을 연주하는 사람의 따귀를 때린다. 즐거
운 음악을 연주하면서 왜 성난 얼굴로 찡그리느냐는 것이다. 이들의 찡그림이
란 사실 피리를 부는 행위이다. 그런데 연암은, 즐기자는 음악을 찡그린 얼굴
로 연주하여 듣는 사람으로 하여금 엄숙한 자세로 듣게 하고, 웃으며 떠들고
싶어하는 아이종의 순박한 심사마저 용인하지 않고 있으니, 이것이 어찌 즐기
자는 음악이냐고 말한다. 인위적이고 작위적인 음악을 거부하고 있는 것이다.
힘들여 피리 부는 연주자와 엄숙한 체하는 청자들의 작위적인 모습에 빗대어,
순수하고 질박하게 즐길 수 있는 음악의 개념을 역설적으로 설명하고 있다.

　이러한 역설적인 시각은 다른 삽화 (다)에서도 마찬가지로 제시된다. 민옹은,
머리나 배 아픈 것이 아니면 병이 아니라며, 창을 열어 시원한 바람으로 연암

을 상쾌하게 해주고 있다. 밤잠을 못 자고 밥도 못 먹는다는 연암에 대하여 그는 재산이 없는데 먹기 싫으면 부자가 될 것이고, 잠을 안 자면 인생을 두 배 사는 것이라고 반어적인 기지를 발휘한다. 이러한 민옹의 논법은 역설적 혹은 반어적 진실의 논리를 강조한 것이라고 할 수 있다. 표면과 현상의 논리에 집착하여 스스로의 한계를 설정하고 자신의 병통을 만들어가는 일상적인 삶의 고착적 논리를 비판하는 것이다. 현상적인 논리에 집착하여 한계에 갇혀 버리는 행위에 대한 풍자는, 삽화 (라) 연암과 민옹의 책 외우기 시합에서 다시 확인된다. 민옹은 자신은 외우지 않았으면서도 다 외웠다고 하여 연암을 당혹하게 하여 더더욱 곤경에 빠지게 하고 있는 것이다.

규범적인 현상 논리가 안고 있는 고착성을, 일상에 기초한 이면의 논리로 깨우치는 장면은 (마), (바), (사)로 이어진다. (마)단락의 귀신을 보았느냐는 질문에 등뒤에 앉은 사람을 가리키며, '어두운 곳에서 밝은 곳을 쳐다보며, 몸을 숨기고 다른 사람을 엿보는 사람(處暗而視明 匿形而伺人)'이 곧 귀신이 아니냐고 응대한다. 그리고 仙이란 곧 염세자이니 '가난한 사람'이 신선이며, 나이가 많은 長者란 곧 실제의 역사를 꿰뚫어 볼 수 있는 사람이니 '독서를 많이 한 사람이 가장 오래 산 사람(讀書多者 最壽耳)'이라고 대답한다. 소금이 百味를 조화롭게 하니 가장 좋은 맛이라는 대답이나, 아침·저녁 한 사발씩 먹고 70년을 살았으니 밥이 다름아닌 불사약이 아니냐는 논리도 그와 같은 것이다. 이러한 반어는, 무서움이란 밖에 있는 것이 아니라 내 자신 안에 있는 것이라는 (차)의 논리로 이어진다. 생각이 곧바르면 어린아이처럼 될 수 있지만 어긋나면 오랑캐가 될 수 있으니 '두렵지 않을 수(未嘗不 自畏)' 없다는 설명이다.

이러한 이면의 진실을 강조하는 민옹의 시각은, 연암과 민옹의 말싸움놀이에서 더욱더 분명해진다. 연암이 '민영감 늙은 개가 짖네'라는 말뜻으로 민옹에게 '春帖子尨啼'라고 하자 민옹은 이 말을 풀어서 '조화로운 큰 인물'이란 뜻으로 전환시킨다.

12개의 삽화들은 모두 일상의 논리와 현상적 한계 속에 갇혀 있기 때문에

나오는 부조리한 현실에서 그 이면의 논리가 지닌 진실성을 주장하고 있다고
할 수 있다. 그 이면의 논리나 그 가치 체계가 연암의 우울했던 마음을 지난날
과는 달리 시원하게 해주며, 저절로 식욕을 돋궈주는 치료제 역할을 한다.

역설과 우울증의 시대적 의미

여기에서 우리는 민옹의 역설적인 논리가 연암의 우울증을 치료하고 있음
을 확인하면서, 또한 그 우울증의 원인을 확인할 수 있다. 민옹이라는 치유사
가 역설적인 진리를 꿰뚫는 풍자가이고, 연암의 병이 그 역설적인 진실의 논리
로 치유되었다면, 연암의 우울증이란 병은 바로 역설과 반어적 진실을 배태한
표면 논리와 현상 논리의 고착성에서 비롯된 것이 틀림없다. 음악은 엄숙하게
좌정하고 들어야 한다는 규범적 생각, 불사약을 고대하며 밥을 굶고 죽어가는
그 고지식한 현실에서 느끼는 답답함이 병이 되었고 우울증이 되었던 것이다.
단락 2에서 연암이 만나본 민옹의 됨됨이와 성품은, 이제 우리가 보았듯 표
면의 논리를 넘어서 있는 것이었다. 민옹은 일상적인 현상에 고착되지 않고
그 이면에 관류하는 진실을 볼 수 있는 시각의 소유자였다. 연암은 이러한 역
설적 시각을 보여주는 민옹의 일화를 열거하면서 이런 역설적 시각을 일컬어
"말꼬리가 흩어지고 억지로 끌어 맞추기는 했지만, 핵심에 맞지 않는 것이 없
고 그 안에 풍자를 함축하고 있다"[37]고 했다. 이 '莫不曲中 內含譏諷'이란 말
에서 우리는 민옹을 대하는 연암의 태도와 진실에 대한 시각을 볼 수 있다.
'황충'은 들판에 있는 벌레가 아니라 바로 종로 바닥에 다니는 사람이라는 역
설의 논리, 신선이란 속세를 싫어하는 존재이니 가난한 사람이 신선 아니냐는
식의 역설적 시각을 연암은 풍자로 생각한 것이다(內含譏諷). 그리고 이 역설
의 풍자가 핵심을 꿰뚫고 있다고(莫不曲中) 본 것이다. 진실은 곧 이 풍자 속
에 있다는 선언인 것이다. 이 풍자의 내용은 무엇인가. 이 역설의 시각이 바로

---

37) 翁嘗支離其辭 遷就而爲之 莫不曲中 內含譏諷 盖辯士也.

연암이 「자서」에서 밝힌 '세상에 대한 희롱(翫世不恭)'이다. 종로 거리의 사람을 황충으로 비유하고 불사약을 구하려는 노력을 한 그릇 밥으로 비웃으며, 음악을 웃지도 못하고 엄숙하게 정좌하고 듣는 규범적 사고를 비판하는 것이 바로 골계적인 세상풍자 '託諷滑稽 翫世不恭'이다. 이 '완세불공'의 풍자를 연암은 '핵심을 뚫는(莫不曲中)' 진실이라고 불렀던 것이다.

이제 우리는 연암의 「자서」에 나타난 '도를 배웠다(蝗人 學道猶龍)' '풍자 골계적이었다(託諷滑稽)'는 문맥의 상호 연관성을 이해할 수 있게 된 것이다. 연암은 민옹이 '풍자 골계로 세상 희롱(託諷滑稽 翫世不恭)'한 것을 바로 진실을 꿰뚫는 '學道'로 본 것이다. 외면적 형식과 가식적 논리에 매몰된 일상적 삶을 역설로 일깨울 때, 그 역설은 단순한 야유나 풍자가 아니다. 진실의 발견이고 도의 발현이다. 그러기에 연암은 이 역설적 진실을 꿰뚫는 민옹을 단락 3에서 志士로 평가할 수 있었을 것이다. 나이가 들어감에 따라 '벽 위에 까마귀'를 그려가며 스스로 분발했던 지사, 진실에 바탕을 둔 의지를 매처럼 날려보지 못하고 불운하게 삶을 마감한 志士로 본 것이다.

연암이 그를 만나 얘기함으로써 마음이 상쾌해지고 옛날처럼 밥맛이 도로 나며 우울한 기운이 가신 것은, 민옹의 '託諷滑稽 翫世不恭'이 간직하고 있는 學道의 경지, 즉 '핵심을 꿰뚫는(莫不曲中)' 진실을 만나서 성취된 진실에 대한 갈증 해소이다. 앞에서 본 대로 연암의 우울증은 진실에 가려진 현실, 표면적인 일상의 논리가 지배하는 답답한 현실에서 나온 정신적인 무력감 바로 그것이었다. 그것은 현상적 논리와 이면적 진실이 부딪히면서 나타나는 가치파탄과 현실전도에 대한 깊은 절망감의 표현이다.

민옹은 이 상황에서 역설의 논리로 이면의 진실을 밝혀주는 진실의 치료사였다. 그러기에 연암은 말미에서 '병이 깊어갔지만, 민옹을 다시 만날 수 없었기에 그와 함께 나눈 은어와 풍자를 기록한다'고 했다. 민옹으로 대변되는 진실의 시각, 그가 성취한 도(學道)의 진실을 기록한다는 절규인 셈이다. 「민옹전」은 연암 자신이 지니고 있는 역설의 시각을 민옹이라는 역설의 시각을 가진 인물을 통하여 보여주고 있는 것이다.

④ 「兩班傳」

문제의 제기

「양반전」은 연암의 九傳 중에서 「마장전」과 마찬가지로 특정인을 대상으로 하지 않고 직업이나 계층의 보통명사를 취하여 작품화한 특성이 있다. 물론 그 밖의 다른 연암의 傳에 나타난 인명들도 한 개체로서의 개별적 의미, 즉 고유명사성을 갖기보다는 보편적인 의미탐색의 역할을 수행하는 것이 일반적이기는 하다. 그러나 이 「양반전」은 제목부터 양반이라는 계층 혹은 그 자질에 대한 의미탐색이 작품의 주지일 것이라는 점을 드러내고 있다. 그러기에 일찍이 이가원 교수는 '봉건계급의 타파'를 주제로 설정하고 1) 양반의 배격, 2) 士의 올바른 개념, 3) 農·工·商의 계급적 해방 등을 하위주제로 설명한 바 있다.[38] 그러나 이원주 교수는 '천부의 어리석음을 郡守의 기지를 써서 골계화한' 해학소설로 보았고,[39] 황패강 교수는 작가가 의식했던 주제, 즉 '당대 양반류의 병리적 현상'은 표면적인 주제이고 내면적인 주제는 '賤富로 상징된 가식 없는 인간주의적 정신'이라고 하였다.[40] 황 교수의 견해는 이 작품이 제목으로는 「양반전」이지만, 이면의 주제로 볼 때는 '賤富傳'이라는 논리를 가지고 있는 것으로 생각되어 주목된다. '양반들을 풍자적으로 고발하면서, 富로써 양반의 존귀를 얻겠다는 천부의 무지를 해학적으로 표현한 것'이라는 김균태 교수의 견해는[41] 양반과 천부가 대등하게 주제를 형성하고 있다고 본 것이다. 천부가

---

38) 이가원, 앞의 책, 307~357면. 여기에서 이가원 교수는 봉건계급의 타파, 봉건계급의 와해, 북학사상의 태동, 방언민속의 애용 등 크게 네 가지 주제를 설정하고 다시 하위주제를 열거하였다.

39) 이원주, 「연암소설고」(『시문학』 15호, 한국어문학회, 1966).

40) 황패강, 『조선왕조 소설연구』(단국대 출판부, 1978), 373면.

41) 김균태, 「양반전의 주제」, 『한국문학사의 쟁점』(집문당, 1986), 435~450면.

주제를 형성하는 주인물이라는 점을 인정한 점에서 황 교수와 김균태 교수는 견해가 같다고 할 수 있다. 그러나 김균태 교수는 양반뿐 아니라 천부를 풍자의 대상으로 파악했다는 점에서, 천부를 긍정적 인물로 설정한 황 교수의 견해와는 대치된다고 하겠다.

이 작품에는 분명히 가난한 양반과 대비되는 비천한 부자가 설정되어 있다. 이 두 인물이 모두 상대 인물의 성격과 의미를 강조하기 의하여 설정되어 있는가, 아니면 둘 다 부정 혹은 긍정적 대상으로 표현되어 있는가. 혹은 이러한 대비적 인물 설정 자체가 상보적으로 어떤 의미를 형성하고 있는가. 이러한 의문을 설정하는 것이 이 작품을 둘러싼 쟁점을 풀어가는 단서가 될 것이다. 우리는 먼저 연암 스스로 밝힌 저술동기부터 검토해 볼 필요가 있다.

> 선비란 하늘이 준 작위이다. 선비[士]의 마음[心]이 뜻[志]이 되는 것이니, 선비의 뜻은 어떠해야 하는가? 권세와 이익을 꾀하지 않으며 현달해도 선비의 도리를 벗어나지 않고, 궁핍해도 본분을 잃지 않는 것이다. 명예와 절개를 부지런히 닦지 않고 문벌을 재화로 삼아 조상의 덕을 팔아먹는다면 장사치와 무엇이 다르겠는가. 이에 양반전을 쓴다.[42]

권세와 이익을 쫓지 말고, 잘살거나 못살거나 선비의 본분을 잃지 말아야 한다는 선비의 지조를 旌善 양반이 크게 어겼다고 볼 수는 없을 것이다. 환곡을 못 갚게 되었을 때 양반을 판 것은 사실이나 이것이 연암이 말한 '궁핍해도 본분에 어긋나지 않는(窮不失士)' 행위라고 할 수는 없다. '窮不失士'는 바로 앞의 '현달해도 도를 버리지 않는(達不離士)' 것과 연결되는, '잘살 때나 못살 때나' 혹은 '잘되거나 못되거나' 같은 관용적인 표현이지, 두 개의 독립된 행동 준칙은 아니다. 후반부의 '명예와 절개를 부지런히 닦지 않고 문벌을 재화로

---

42) 士迺天爵 士心爲志 其志如何 弗謀勢利 達不離士 窮不失士 不飭名節 徒貨門地 酤鬻世德 商賈何異 於是述兩班.「放璚閣外傳」「自序」,『燕巖集』卷八, 別集.

삼아 조상의 덕을 파는 것이 장사치 같다'는 것도 곧바로 정선 양반을 지칭한다고 볼 수는 없을 것 같다. 정선 양반이 양반 직위를 팔았다는 점에서 문벌이나 조상덕을 장사했다고 할 수도 있으나, 이때의 '문벌과 조상덕을 팔았다(徒貨門地 酤鬻世德)'는 표현 역시, 자기 능력 없이 조상을 팔아서 출세하고 돈 번다는 관습적인 표현이라고 할 수 있다. 정선 양반은 '명예와 절개를 닦지 않고 조상을 팔았다'기보다는 오히려 '명예와 절개를 닦다가' 양반 자격을 팔 정도로 궁핍해진 사람이다.

가난한 정선 촌양반이 권세와 이익을 추구할 수도 없거니와 그럴 위인도 못 되었다. 조상을 내세워 부귀를 노릴 형편도 아니었다. 정선 양반은 오히려 가난해서도 선비의 도리를 잃지 않고(窮不失士) 책만 읽었으며, 名節을 지키다가 양반 지위를 팔게 된 사람이다. 가장 선비다우려다가 양반까지 팔게 되고 가장 선비답지 못하게 된 아이러니적 인물이 정선 양반이다. 연암은 이 「자서」를 통하여 당파를 나누고 문벌을 자랑하며 부귀를 누리는 보통세상 양반들을 비판하고 있지만, 작품과 일단 연결시켜 볼 때, 세상에서 흔히 내세우는 선비의 도리와 본분이란 것이 과연 무엇이냐는 의문을 제기하는 것이다. 이 「자서」는 선비의 도리와 양반의 본분이 뭐냐는 의문을 가지고 「양반전」을 쓰게 되었다는 고백으로 볼 수도 있는 것이다. 연암이 생각한 선비의 지조와 그 본분은 과연 무엇인가(其志如何)를 생각하며 이 「양반전」의 논리를 점검해 보기로 한다. 연암은 네 단계의 논리로 이 의문에 답을 내리고 있다.

단락의 구조

  1. 글 읽기를 좋아한 정선 양반이 환곡미를 빌려 먹고 갚지 못하여 곤경에 처하게 되었다.(兩班者 士族之尊稱也 旌善之郡 有一兩班 賢而好讀書 … 其妻罵曰 生平子好讀書 無益縣官糴 咄兩班 兩班不直一錢)

  2. 동네의 비천한 부자가 양반의 권위를 부러워하여 정선 양반과 양반을 사고 팔기로 하였다.(其里之富人 私相議曰 兩班雖貧 常尊榮 我雖富 常卑賤 …

我且買而有之 遂踵門而請償其糶　兩班大喜許諾)

3. 양반 매매사건을 안 군수는 양반을 위로하고 부자를 칭찬하며 매매문서 작
   성을 제의했다.(於是富人輸其糶於官 郡守大驚異之 … 我與汝約 郡人而證
   之 立券而信之 郡守當自署之)

4. 양반의 의무와 권리를 적은 매매문서를 작성하다가 부자는 양반을 거부하
   며 도망했다.(於是郡守歸府 悉召郡中之士族及農工商賈 … 富人中其券而
   吐舌曰 已之已之 孟浪哉 將使我爲盜耶 掉頭而去 終身不復言兩班之事)

이 내용을 좀더 간략히 정리하면 1. 정선 양반의 곤경, 2. 부자의 양반직 매
매 제의와 합의, 3. 군수의 매매문서 작성 제의, 4. 매매문서의 내용과 부자의
취소 등 4단계로 생각할 수 있다. 여기에서 보는 것처럼 이 「양반전」의 도입부
는 정선 양반이라는 개인으로부터 이야기가 시작되나, 부자가 개입되면서 양
반과 상인 두 계층의 자질 대비 논의로 전이되고 있음을 알 수 있다. 그래서
결미에서는 정선 양반이라는 입전 인물은 간데 없고, 양반의 의무와 권리를 논
하다가 도망하는 상인만 제시되는 것이다.

정선 양반은 종반부의 매매문권에 제시되는 양반의 일반적 속성을 대변하
면서 우리 앞에 제시된다. 이로 보건대 이 작품은 사건의 진전에 따라 의미가
형성되는 서사적 소설의 성격을 별로 갖지 않는 것으로 보인다. 1·2·3에서
의 여러 사건들은 4의 매매계약 장면이나 그 내용 제시로 귀착된다고 볼 수
있다. 작품의 분량도 4의 계약서 내용이 작품의 절반을 차지하고 있다.

이가원 교수는 7개의 사건과 8개의 단락으로 설정한 바 있는데,[43] 이는 사건

___

43) 이가원, 「양반전연구」, 앞의 책, 301~302면. 7개의 사건 : (1) 양반의 負逋에 의한 사건,
   (2) 관찰사의 사무감사에 따르는 사건, (3) 구속의 위기에 따르는 사건, (4) 妻罵夫의 사건,
   (5) 양반권의 방매로써 위기를 극복한 사건, (6) 정관작성에 따르는 사건, (7) 班權 타기의
   사건. 8개의 단락 : (1) 兩班者士族之尊稱也 … 積歲至千石, (2) 觀察使巡行郡邑 … 亦無可
   奈何, (3) 兩班日夜泣 … 兩班不直一錢, (4) 其里之富人 私相議 … 立輸其糶於官, (5) 郡守大
   驚異之 … 郡守當自署之, (6) 於是郡守歸府 … 座首別監證書, (7) 於是通引擡印錯落 … 毋

중심으로, 즉 서사적 진행이 중시되는 것으로 이 작품을 파악한 것이라 생각된다. 연암이 「자서」에서 밝힌 대로 '양반의 뜻은 어떠해야 하는가(其志如何)'라는 논의와 토론이 이 작품의 구성요소라고 생각하고, 네 단락을 구체적으로 살펴보기로 한다.

양반의 자기 모순과 아이러니

단락 1은 정선 양반이 환곡쌀을 갚지 못해 부인에게조차 욕을 당하는 장면까지이다. 연암의 傳이 대개 그러하듯 일반적인 傳에서처럼 주인공에 대한 주변적 지식은 제시되어 있지 않다. 정선 양반은 어질면서 독서를 좋아하는 시골 선비로서의 전형을 갖추고 있다. 그러기에 신임 군수마다 그를 찾아 경의를 표하곤 했던 것이다. 환자쌀을 꾸어먹고 갚지 않기를 '여러 해, 그것이 천 석에 이른다(積歲至千石)'는 것은 과장이긴 하지만, 이 또한 연암이 생각한 시골 양반들의 보통 모습일 것이다. 「자서」에서 제시된 양반들과는 달리 권세나 이익에 아부할 줄도 모르고, 특별히 내세워 팔아먹을 문벌조차 없는 촌양반 행색이 바로 정선 양반이다. 그저 지방관아의 곡식 창고나 야금야금 축내온 것이 정선 양반 같은 시골 양반의 유일한 호구책이었을 것이라는 사실을 짐작하기 어렵지 않다. 연암은 '어떤 놈의 양반이 군량을 이렇게 축내느냐(何物兩班 乃乏軍)'고 꾸짖는 관찰사의 입을 빌어 정선 같은 시골 양반에 이르기까지 양반이란 양반이 모두 보이는 이 행태를 비판하고 있다. 환자쌀은 北伐을 하고 외적을 대비해야 할 군량미인데 그것을 축내는 양반은 옥에나 가둬야 할 존재이다. 이런 곤액을 당하고서도 양반은 밤낮없이 울 뿐 어떤 계책도 내지 못한다. 그래서 끝내는 부인에게조차 '양반이란 한푼 값도 안된다(兩班不直一錢)'는 극도의 조롱을 당한다. 이 역시 양반으로서의 연암의 자조적인 탄식이라고 할 수 있다. '평생 책 읽기를 좋아한 것이, 관아의 환자쌀에는 어떤 보탬도 되지 않았다

敢怨咨, (8) 富人中其券 … 不復言兩班之事.

(生平好讀書 無益顯官羅)'는 야유는 양반의 학문이 실제적인 문제, 당대의 현실문제에 어떤 도움이나 해결책을 제시하기는커녕 오히려 장애나 방해가 되고 있다는 인식을 대변하는 것이다.

밤낮 울 뿐 어떤 계책도 내지 못하는 이 선비의 곤경은 사실 그의 개인적인 능력부족이나 결함에서 비롯되는 것이 아니었다. 개인적으로 그는 '현명하고 독서를 좋아해서(賢而好讀書)' 신임 군수가 올 때마다 인사를 받는 존경받는 선비로서의 모습을 간직했던 인물이다. 그런데도 그의 현실 앞에는 해결할 수 없는 고난이 쌓여가고 있었다. 양반의 심각성은 여기에 있는 것이다. '일생을 독서하여(賢而好讀書, 生平好讀書)' 선비로서의 노력을 누구보다 열심히 했으나 그만 가장 큰 곤경을 스스로 쌓아간 형세가 된 것이다. 양반 행위의 아이러니적 결과를 통하여, 양반의 존재적 모순이 제기되는 것이다. '공부를 했지만 아무 대책도 못세우는(讀書而計無出)' 양반 학문의 자기 모순과 양반이 처한 이 아이러니적인 상황을 통하여 연암은 양반의 학문이란 과연 무엇이냐, 양반이란 존재가 도대체 현실 속에서 어떤 의미가 있는 것이냐 하는 심각한 문제를 독자에게 던지고 있는 것이다. 단락 1은 이렇게 문제제기 차원의 성격을 지닌다.

양반이 처한 아이러니적 상황은 단락 2에 와서 더 극대화된다. 동네 부자가 가족회의 끝에 양반을 사겠다고 나선 것이다. 물론 양반은 이 제의를 '크게 기뻐하며 허락'한다. 환곡이라는 현실문제를 해결할 수 있기 때문이다. 여기에서 연암은 양반의 역설적인 상황을 희화화하고 있다. 정선 양반은 가장 양반다운 독서행위에 매진함으로써 군량미 환자를 축내고 '무슨 놈의 양반', '한푼어치도 안되는 양반'의 상황에 떨어진 인물이다. 그의 양반스런 행위, 그의 독서행위가 양반으로서의 현실문제를 전혀 해결해 주지 못했기 때문이다. 그런데 이제 끝내는 그 양반을 팔아먹게 되었다. 생업에 손을 놓고 '일생을 독서만 함으로써(生平好讀書)' 가장 전형적인 양반의 길을 달려왔지만, 그 노력은 간 데 없고 양반을 팔아먹어야 하는 비극적 상황에 이른 것이다. 극도의 노력이 역으로 극한 상황을 초래했으니, 이것이 양반이 처한 웃지 못할 비극적인 아이러니의 상황이다.

양반이라는 자격을 사사로이 사고 파는 것은 현실에서는 있을 수 없는 일이다. 연암은 양반의 이 비극적인 아이러니적 상황을 현실에서는 불가능한 양반 매매행위로 희극화(희화화)하고 있다. 그럼으로써 이 양반의 아이러니적인 상황이 가진 비극성과 심각성을 직설적으로 폭로하거나 그 양반의 부조리한 행위에 대해 야유와 공격을 해야 하는 논조를 의도적으로 피하고 있다고 할 수 있다.

그러나 이 양반 매매로 양반의 비극적 상황을 희극화함으로써 표면적으로는 양반의 자기 모순에 대한 폭로가 약화되고 야유의 강도가 약해지는 듯 보이지만, 실제로는 이로써 양반의 자기 모순적인 아이러니의 상황은 오히려 심화된다고 볼 수 있다. 양반의 곤경은 모든 일을 손에서 놓고 '일생 책만 읽은' 상황에서 배태된 것이었고, 그의 학문은 그 고난에 어떤 방책도 마련해 주지 못했다. 정선 양반의 현실적 고난은 가장 양반스런 행로를 걸었기에 다가온 숙명적인 것이었다. 그러기에 그 고난은 정선 양반에게 존재론적인 것이라고 할 수도 있다. 이 고난이 양반 매매로 해소되고 있다. 가장 양반답게 행동했기에 다가온 고난, 그 고난은 마침내 정선 양반이 그 양반직을 포기함으로써 해결되고 있다. 정선 양반 스스로 고난의 원인을 제거하는 것이다. 양반 매매는 '結者解之'의 단순한 명제이다. 그러나 이 단순한 명제는 정선 양반 자신의 입장에서 볼 때에는 분명한 자기 모순이고 자가당착이다. 일생을 살아온 자기 모습을 포기해야 하는 존재론적인 아이러니이고 비극이다. 양반매매라는 있을 수 없는 이 희극은 웃을 수 없는 희극, 쓰디쓴 아이러니의 희극인 것이다. 양반이 처한 존재론적인 아이러니의 상황을 구체적으로 설명해 주는 것은 동네 부자의 양반 매입 논리이다.

동네 부자가 양반을 부러워하는 이유는 분명하다. '양반은 가난하더라도 늘 존귀하고 영예로운데, 자신은 부유하지만 늘 비천(兩班雖貧 常尊榮 我雖富 常

卑賤)'하기 때문이다. '말도 타지 못하고 양반을 보면 굽신거리고 코를 땅에다 끌고 기어다녀야 하는'[44] 것은 모두 그 원리에서 나오는 현상이다. 양반과 부자는 모두 반어적이고 부조리한 상황에 처해 있다는 것이 연암의 기본인식이다. 富와 貴는 서로 짝이 되는 개념이다. 그런데 양반은 '가난하지만 늘 존경받고(雖貧 常尊榮)' 부자는 '부유하지만 비천(雖富 常卑賤)'하다. 정선 양반은 환자 빚이 천 석이어도 신임 군수의 예방을 받으며, 부자의 위에 군림할 수 있는 신분이었다. 양반과 부자는 '貧賤과 富貴'라는 상식논리를 거스리며 사는 인물들이다. 양반이나 부자나 모두 가치 전도의 상황에서 살고 있다. 비정상의 사회에서 살고 있는 부조리한 존재들이다. 이들의 반어적인 대립을 통해 양반이라도 가난하면 천해지고, 상민이라도 부유하면 귀해져야 하는 당위론을 연암은 내보인다. 그런 맥락에서 보면 양반 매매는 '빈천과 부귀'라는 상식논리의 회복이라고까지 말할 수 있다. 가난한 양반은 양반을 팔 수밖에 없는 빈천의 지경에 있었고, 부자는 양반을 구원하는 부귀한 여유를 간직하고 있었다. 각기 자기 자리를 회복하는 상식적 상황으로의 복귀라고 볼 수 있는 양반매매 사건인 자리바꿈이 희극적 상황이 된 것은, 비상식적인 가치질서인 '貧貴 富賤'이라는 양반과 상민의 계급논리가 오히려 상식으로 인정되고 당위론적인 질서로 인식되는 시대였기 때문이다. '빈천과 부귀'를 당위로 보는 연암의 상식과, '貧貴 富賤'을 당연시하는 신분질서에서 배태된 당대인의 상식이 부딪쳐 풍자적 웃음을 유도하고 있는 것이다. 단락 2는, 단락 1에서 제시한 '현명하고 독서를 좋아하면서(賢而好讀書)' 환곡문제를 해결 못하는 양반과 그 학문이 과연 무엇이냐는 문제를 설명하고 있다고 할 수 있다. '부유하면서 비천한(富而卑賤)' 상인을 내세워 '가난하면서 고귀한(貧而貴)' 양반의 모순을 드러내면서 '빈천과 부귀'의 상식회복 문제를 제시한 것이다. 그러나 '부귀와 빈천'이라는 당위적인 시각에서 볼 때 매매성립, 즉 양반과 부자의 자리바꿈은 제대로 된 가치

---

44) 不敢騎馬 見兩班 則跼蹐屏營 匍匐拜庭 曳鼻膝行 我常如此 其僇辱也. 「兩班傳」.

질서의 회복으로 문제의 해결이지만, '貧貴 富賤'이라는 계급적 시각에서 볼때 그것은 새로운 질서의 확립이 아니라 질서해체의 위기이다.

군수와 계약서 작성의 반어적 성격

단락 3에서 군수가 문권 작성을 제의하는 것은 매매사건이 그만큼 '위기적이고 중대한' 가치질서에 관한 문제이기 때문이다. 흥미로운 것은 군수의 태도다. 환자 갚은 게 신기하여 찾아간 군수 앞에서 정선 양반은 이미 옛 양반이 아니다. '털벙거지를 쓰고 짧은 옷을 입고' '소인'이라 자처한다. 양반매매 내력을 들은 군수는 양반을 위로하거나 욕하고 꾸짖기보다 부자를 높이 칭찬한다.

군자로다, 부자여. 양반답도다, 부자여. 부유하면서도 인색치 않았으니 의로운 것이고, 남의 어려움을 구해 주었으니 인자한 것이다. 비천한 것을 싫어하고 존귀한 것을 애모하였으니 지혜로운 것이다. 이야말로 참된 양반이로다.[45]

군수는 '富而卑賤'했던 부자가 '富而貴'하게 되고, '貧而貴'했던 양반이 '貧而賤'하게 된 매매사건을 보면서, 이를 긍정적으로 평가하고 있는 것이다. 이 새 질서를 탄행시킨 부자를 일컬어 군수는 '의롭고' '인자하고' '슬기롭다'며 '참양반'이라고 칭송한다. 환곡을 못 갚는 정선 양반을 "무슨 놈의 양반"이냐고 한 관찰사와, "한푼어치도 안되는 양반"이라고 했던 양반 부인이 연암의 시각을 반영했던 것처럼, 군수는 제대로 된 질서를 받아들이고, 또 그 질서 확립을 주도한 부자를 참양반으로 인정한다. '富而貴·貧而賤'이라는 상식적이고 당위적인 가치를 옹호하는 시각에 서 있다.

군수는 이렇게 새로운 가치질서를 옹호하는 인물이지만 동시에 이 새로운 상식적 질서가 신분체계에 입각한 당대적 가치체계와 정면으로 부딪치고 있다

---

45) 君子哉 富人也 兩班哉 富人也 富而不吝 義也 急人之難 仁也 惡卑而慕尊 智也 此眞兩班

는 것을 인식하고 있다. "그렇지만 사사로이 바꾸어 문서가 없으니 소송거리가 된다"[46]고 양반과 부자의 행위에 이의를 제기하고 있는 것이다. 이 이의 제기로 이루어진 단락 4의 계약서 작성과정에서 둘 사이의 자리바꿈 약속이 파기된다는 점에서, 군수는 이중적 성격을 지니고 있다고 볼 수 있다.

군수가 양반과 부자의 자리바꿈을 긍정적으로 인정했다는 사실과, 매매계약서 문제 제기로 자리바꿈을 결국 불가능하게 했다는 사실은, 서로 모순되는 행위라고 할 수 있다. 그럼에도 불구하고 단락 3에서의 군수의 이 양가적 행위는 모두 이야기 논리상 전환점을 마련해 주고 있다. 단락 1에서는 양반의 부조리한 모습이 지닌 문제를 제시하고, 단락 2에서는 이를 부자와 대비시키고 자리바꿈 함으로써 문제를 확대 발전시키고, 단락 3에서 군수가 그 자리바꿈을 인정했다는 점에서 새로운 질서재편의 전환점을 마련해 주고 있다고 볼 수 있다. 또 한편으로는 2에서 성립된 자리바꿈을 문서펑계로 해지시키는 역할을 했다는 점에서, 즉 부자가 단락 2에서와는 달리 새로운 자리바꿈을 거부하는 논리를 확보하게 된다는 점에서도 전환점이 된다고 볼 수 있다. 문서작성은 자리바꿈의 약속을 공고히 한다는 표면 논리와 달리 계약 자체를 무효화시키는 계기를 마련하고 있다는 점에서 이 단락 3은 반어적인 양의성를 띠고 있다.

단락 4는 구체적인 계약행위이지만 한마디로 부자의 계약 거부 내지 원인무효 주장이라고 할 수 있다. 그렇다면 부자는 단락 2에서 우리가 확인한 신분상의 모순 극복, 즉 양반을 사들여서 이루어지는 富而賤에서 富而貴로의 이행을 거부하거나 스스로 포기한 것인가. 그렇다면 '부귀와 빈천'이라는 당위적 상식의 회복은 역으로 부자에 의해서 파탄에 이르고 있는가 하는 의문을 우리는 갖게 된다. 이 문제는 부자가 왜 양반되기를 거부하는가 하는 이유를 살펴보면 이해될 것이다. 바야흐로 양반에 대한 본격적인 논의가 이루어지는 것이다. 사실 단락 1, 2, 3은 이 양반의 모습을 살피기 위한 문제제기 성격이 강한 것이다.

---

46) 雖然私自交易 而不立券 訟之端也.

계약서의 역설과 양반의 존재 모순

　군수가 작성한 계약서는 양반이 된 부자에게 엄청난 요구를 하고 있다. 이 가원 교수는 이 요구를 '當行節目 13則, 禁止節目 21則'이라고 표현하고 있다. "병이 났을 때 무당을 부르지 말라"는 식의 금지절목 또한 양반이 지켜야 할 도리라는 점에서 보면 도합 24개의 행동준칙이 모두 양반이 지켜야 할 의무조항이라고 할 수 있다. 이는 양반으로서의 기본적인 교양덕목이다. 일종의 도덕교육이라고 해도 좋을 것이다. 하나하나를 제시하기에 앞서서 '비루한 일을 절대 하지 말고 옛사람의 뜻을 받들라(絶棄鄙事 希古尙志)'고 행동준칙의 전체적 요강을 밝히고 있음도 주목된다. 이 24개의 항목 중에는 굳이 양반의 것이라고만 할 수 없는 일반적인 德目들도 포함되어 있다. '화가 나더라도 마누라를 때리지 말고, 노했다고 그릇을 차지 말고, 아이들을 주먹으로 때리지 말고, 소를 도살하지 말고, 노름을 하지 말라'[47] 등 후반부의 것이다.

　그러나 전반부에는 역시 보통사람이 지키기 어려운 까다로운 항목이 많다. 양반에게 특히 요구된다고 볼 수 있는 이 항목들은 크게 양반이 가질 학문적 태도, 경제적 자세, 생활의 태도 등 세 가지로 나눌 수 있다고 생각된다. 양반이 가져야 할 학문적 태도로 요구되는 것은, 『古文眞寶』『唐詩品彙』를 한 행에 백 자가 들어가도록 깨알처럼 베끼고, 『東來博議』를 얼음에 박 밀듯 매끄럽게 외우라는 것이다. 『고문진보』는 한문학에 나타나는 다양한 문체의 집성으로, 조선초기부터 교범처럼 여겨지던 책이다. 그러나 於于 柳夢寅이나 蛟山 許筠의 지적대로 학문의 종주국이라 할 수 있는 중국에서는 별로 중시되지 않았다. 따라서 우리 나라의 학문적 시각을 좁히려는 의도로 중국에서 보낸 것이라는 설명이 있을 정도로 다양한 시각의 계발을 방해한 것으로 뜻 있는 학자들이 지적하고 있었다. 『당시품휘』는 明代 館閣體의 典範으로, 李夢陽(1472〜1529)과 何景明(1483〜1521) 등의 복고·의고적 논리가 이 책에서 기인되었다

---

47) 忿毋搏妻 怒毋踢器 毋拳毆兒女 … 毋屠牛 毋賭錢.

고 알려진 바 있다. 그러나 『고문진보』와 『당시품휘』를 깨알처럼 한 줄에 백 자를 쓰라는 것은 결국 이 두 책의 내용을 맹목으로 복종하라는 것이고 그 밖의 시각을 일체 갖지 말라는 것이다. 결국 이 말은 학문적으로 기존체제나 답습하는 고루한 양반이 되라는 것으로서, 연암이 가졌던 당대 양반에 대한 조롱과 야유를 보여준다. 『동래박의』는 東來 呂祖謙(1137~81)의 『左氏博議』의 또 다른 이름으로 우리 나라 館閣派가 애독하게 된 것은 科擧文의 論과 策에 쓰였기 때문이다. 이 『동래박의』를 새벽부터 일어나 무릎 꿇고 얼음에 박 밀듯 매끄럽게 외우라는 것은, 논리와 이치를 스스로 궁구하기보다는 시험답안 외우듯 하라는 태도이니, 역시 창의성 없는 고루한 양반에 대한 조롱이다.

생활상의 태도는 더더욱 비현실적이다. 세수할 때도 주먹 때를 밀지 말아야 하고, 늘어지는 목소리로 종을 부르고, 갈지자 걸음으로 신발을 끌며 무게를 잡아야 한다. 이렇게 비현실적이니, 소맷자락으로 갓을 털어 쓸 때 먼지가 물결처럼 일어난다. 이런 것은 전형적인 딸깍발이의 부정적인 모습이다. 작위적이고 위선적인 태도이다. 양반의 경제적 태도는 더욱 위선적이어야 한다. 배고프고 추워 떨면서도 그것을 입 밖에 내서는 안되고, 더욱이 손에 돈을 집거나 쌀값을 물어서도 안된다. 완전한 경제적 무능력자가 되라는 것이다. 결국 양반계약서에 따른다면 양반은 경제적으로 완전한 무능력자가 되고, 학문적으로 시각이 편협하고 고루해야 하며, 일상생활에서는 위선적인 위엄을 유지해야 한다는 것이다. 계약서는 무능력하고 부조리한 양반을 폭로하는 역설의 언어였던 것이다.

양반매매 계약서에서 부자, 즉 새로운 양반에게 요구되는 양반준칙은 이미 정선 양반이 충실히 지켜왔던 덕목들이다. 이 덕목을 잘 실천했기에 정선 양반은 신임 군수들의 예방을 받을 수 있었고, 부자의 말대로 '비록 가난하지만, 존귀할 수 있었던 것이다'. 따라서 이러한 양반준칙은 단락 1에서 정선 양반의 모습으로 제시된 '현명하고 독서를 좋아하는(賢而好讀書)' 태도를 구체적으로 제시한 것이라고 할 수 있는데, 양반은 이 준칙들 때문에 '한푼어치도 안되는 양반'의 지경에 이른 것이다. 양반의 권위와 위엄을 상징했던 이 행위규칙들이 알고 보면 위선적인 무능력자를 만들어내는 방법이었다. 양반의 긍정적인 성격 이면에 부정적 요소를 안고 있었다는 사실을 군수는 매매계약서를 통해 폭로한 셈이다. 역설의 계약서로 양반의 권위를 세워주는 듯하면서 양반의 허상을 폭로하고 있으니 군수는 그런 점에서 진실의 발현자로서의 트릭스터(trickster)가 되는 것이다. 이처럼 군수는 연암의 역설적 시각을 대변하고 있는 것이다.

부자는 군수가 제시한 덕목들이 양반의 특권이나 권위로서 긍정적인 것이 아니고 부정적인 것이라는 점을 감지한다. 사실 그 덕목을 지키다 정선 양반은 환곡을 갚지 못하고 알거지가 되어 양반을 파는 지경에 이른 것이 아닌가. 부자가 양반을 사려고 한 것은 자기 모순을 극복하려한 것이었다. '부유하지만 비천한' 신세를 면해서 부와 짝이 되는 '貴'를 양반직을 통해 획득하려 한 것이었다. 그런데 막상 사들이려는 양반의 '貴'가 실은 '貴'가 아니고 위선과 거짓이며 '빈천'의 지름길이었다. 그것이 양반의 실상이었다. 그러기에 부자는 '양반은 신선 같다더니 겨우 이거냐. 이롭게 좀 고쳐달라'고 외친다.[48]

양반의 의무준칙은 이제 권리조항으로 바뀐다. '가난하지만 존귀한' 그 貴에 맞는 권리이다. 양반의 잇속은 막대해서, 농사를 짓거나 장사를 하지 않아도 문자를 조금만 알면 크게는 문과에 작게는 진사에 합격한다. 『고문진보』『당시품휘』『동래박의』나 외고 있다면 큰 식견이 없더라도 그 정도는 성취되는 것이다. 문과에만 붙으면 이건 돈덩어리이다. 그 합격증인 홍패는 '百物이 갖춰진 돈주머니'인 것이다. 문과가 안되어 30살에 진사가 되더라도 좋은 蔭職을 맡아서 호의호식하고 뜰에 곡식을 쌓아놓고 기생을 끼고 살 수 있다. 자기 능력이 없으면, 「자서」에서 밝힌 대로 조상의 문벌을 팔아먹을 수 있는 것이다. 이것저것이 안되어 촌양반이 되더라도, 그 권리는 막강하다. 이웃집 소를 끌어다 먼저 밭을 갈고 사람을 끌어다가 김을 매도 누구도 원망을 못한다. 양반의

---

48) 富人悵然久之曰 兩班只此而已耶 吾聞兩班如神仙 審如是太乾沒 願改爲可利.

막대한 이권이고 특권인 것이다. 그러나 이 표면의 권리는 사실 권리가 아니라 내면적으로 볼 때 강도짓이고 도둑질이다. 제1계약서의 양반의 행동준칙이 표면으로는 위엄과 위신을 지키는 것이었지만 내면으로는 무능력한 양반 몰락의 길이었듯이, 이 양반의 권리의무 조항에 대한 계약서는 양반의 양면적 속성, 그 부조리하고 모순적인 삶의 궤적을 폭로하는 것이라고 할 수 있다. '나보고 도둑이 되란 말이냐'고 외치는 부자의 말에서 확인하듯 양반이 도둑이라는 이면의 논리를 군수는 매매계약서로 확인해 주고 있는 것이다.

여기에서 다시 3에서 드러난 군수의 이중적 모습을 거듭 확인할 수 있다. 군수는 표면적으로는 중인 환시리에 계약서를 작성하면서 매매를 합법화해주는 모습을 보인다. 또 이 매매가 부자에게 아주 유리한 것이라고 말한다. 즉 양반 직책이 존경받을 만한 권위가 있는 것이고, 막대한 이익이 있는 것이라고 공언한다. 그러나 이면으로 볼 때 양반의 존귀한 권위는 권위가 아니라 몰락의 길이었다. 또 막대한 이익은 도둑질에 다름아닌 탈취로 얻어지는 것이었다. 양반은 도둑이라는 사실을 군수는 확인한 것이다. 그러한 양반직을 부자는 거부한다. 매매계약서 작성은 매매의 공고화가 아닌 매매파기의 원인이 된다. 물론 이 계약파기가 정선 양반을 위해 의도적으로 유도한 것은 아니다. 같은 양반으로서 정선 양반을 옹호하기 위한 파기가 아닌 것이다. 계약서는 오히려 정선 양반으로 대변되는 양반의 '實狀 暴露書'가 되기 때문이다. 부자에게 양반의 실상을 일깨워 주는 진실의 목소리가 되는 것이다.

계약내용이 갖는 이 표면·이면의 양가적 의미, 군수의 행동이 내포하는 이중적 성격이 결국 이 작품의 주제가 된다. 이 양가성과 이중성은 표면과 이면이 다른 두 가치를 아이러니적이고 역설적으로 교직시키고 있다. 이 이중성과 역설의 구조는 물론 당대 양반의 행태와 존재양식이 보이고 있는 표리부동의 모습을 그대로 반영하고 있는 것이다. 연암은 이 아이러니와 반어의 구조로, 양반의 행태를 폭로하며 정의를 새로 내리는 것이다. '현명하고 독서를 좋아하지만' 그것은 결국 경제적 무능력자의 고루한 식견과 위선적 행태에 다름아니라는 것이다. 그리고 그 고루한 학문으로 문과에 급제하는 짓이 결국 돈주머니를 챙기는 일이고, 그도 못하면 조상 문벌을 팔고 음직을 받아서 재물이나 축적하는 짓이라는 것이다. 우리는 「자서」에서 연암이 제기한 바 있는 "선비의 마음이 그 뜻이 되는데 그 뜻은 어떤 것인가" 하는 의문을 이제 풀게 된 것이다. 연암은 양반이란 이러한 표면과 이면이 다른 부조리한 행태를 하는 존재가 아니냐고 주장하고 있는 것이다.

"오늘날 이른바 좋은 태수라고 일컬어지는 사람은 옛날 盜臣이라 불리던 사람"[49]이라는 말에서 보여준 가치전도의 현실을 「양반전」은 역설의 논리로 간파하고 있는 것이다.

⑤ 「金神仙傳」

문제의 제기

「김신선전」은 설화를 바탕으로 성립된 것이라는 견해가 지배적이다.[50] 이덕무의 『靑莊館全書』의 「이목구심서」, 조희룡의 『壺山外史』 등에 구전설화가 기록되어 있기 때문이다.

「김신선전」이 실존인물을 대상으로 한 것을 수긍하는 대다수의 논자들은 또한 연암이 이 작품을 통하여 신선사상을 배격하고 있다는 것에도 공감하고 있다.[51] 그렇다면 왜 연암은 신선을 배격하고 있을까. 김시습과 허균 등 당대 사회에서 용납되지 못하는 사람들이 대개 현실초탈 의지의 표현으로 신선에 대한 깊은 관심을 가졌는데, 연암은 어떤 논리로 이들과 대비되는 생각을 갖게

---

49) 「答金季謹書」, 『燕巖集』 卷三.

50) 朴箕錫, 「朴趾源 한문단편과 설화」, 『古典小說 硏究의 方向』(한국고전문학연구회 편, 새문사, 1985) 등.

51) 연암이, '신선의 존재 가능성을 부정한 것은 아니고, 벽곡 등의 증거로 쉽게 신선이라고 단정하는 태도를 비판하는 것'이라는 설명도 있다. 최삼룡, 『한국문학과 도교사상』(새문사, 1990), 364면.

되었을까. 연암은 왜 우울증이 일었을 때 신선을 찾다가 거부하고 있는가. 이런 의문을 설정하여 「김신선전」을 읽을 필요가 있다.

단락의 구조

「김신선전」을 몇 개의 단락으로 정리하면서 구조된 의미를 생각해 보기로 한다.

1. 金神仙의 이름은 洪基인데 아들 하나를 낳고 부인을 멀리하고 겨울에도 솜옷을 입지 않는 등 기이하여 모두들 신선이라 했다.(金神仙 名弘基 年十六 娶妻 一歡而生子 遂不復近 … 冬不絮 夏不扇 遂以神仙名)

2. 내가 우울증이 있을 때 신선의 方技가 효과가 있다는 소리를 듣고 尹生과 申生을 시켜 온갖 집을 다 찾았으나 끝내 찾지 못했다.(余嘗有幽憂之疾 盖聞神仙方技 或有奇效 盆欲得之 使尹生申生 陰求之訪漢陽中 十日不得 … 余嘗疑尹生求不力 然申生亦訪數十家 皆不得 其言亦然)

3. 金弘基는 말하는 사람마다 나이가 달랐는데, '지리산에서 죽었다', '이름뿐인 신선이다'는 등 다른 소문도 많았다.(或曰 弘基年百餘 所與遊皆老人 或曰不然… 今弘基 惟善飮酒非有術 獨假其名而行云)

4. 童子 福을 시켜 찾았어도 끝내 찾지 못했다.(然余又使童子福 往求之 終不可得 歲癸未也)

5. 어느 해 내가 금강산에 갔을 때, 신선 같은 사람이 있다고 하여 김신선으로 생각하고 험준한 암자까지 찾아 올라갔으나 썰렁하니 아무도 없었다.(明年秋 余東遊海上 夕日登斷髮嶺 望見金剛山 … 余喜甚意者其仙人乎 即夜立欲往 … 余悵然徘徊 立而望之 遂題名巖壁下 歎息而去常 有雲氣 風瑟然)

6. 어떤 사람이 신선이란 세상에 뜻을 얻지 못한 우울한 사람이라고 하였다.(或曰仙者山人也 又曰入山爲仙也 又僊者 僊僊然 輕擧之意也 辟穀者未必仙也 其鬱鬱不得之者也)

단락 1은 신선으로 알려진 김홍기에 대한 서술로서, 그가 왜 신선이라는 이름을 얻게 되었나를 설명한다. 아들 하나를 둔 후 부인을 가까이 않았다는 것, 하루에 전국 명산을 돌아다닌다는 것, 겨울에 솜옷을 입지 않고 여름에도 부채질을 하지 않는다는 등 보통사람과는 다른 기이한 행적을 설명한다.

단락 2는 작가가 우울증이 있을 때, '신선의 방기가 기이한 효과가 있다' 는 말을 듣고 김홍기를 찾았지만 끝내 찾지 못했다는 기록이다. 이러한 김신선에 대한 추적은 3, 4, 5로 계속 이어진다. 6에서 작가 나름의 신선에 대한 정의를 내린다. 이렇게 본다면 일반적으로 傳이 취하는 입전 인물에 대한 기록양식은 1에서만 볼 수 있을 뿐이다. 「김신선전」은 말이 傳이지 인물의 일생을 기록하는 일대기라고 할 수 없는 것이다. 실제로 2, 3, 4, 5는 김홍기를 찾으려는 서술적 자아의 노력을 보여줄 뿐이고, 6은 그러한 노력의 결과 깨닫게 되는 신선의 의미이다. 결미도 입전인물에 대한 사평은 결코 아닌 것이다.

신선, 반어적 신비성의 추적

2, 3, 4, 5에서 이루어지는 신선 김홍기에 대한 추적이 어떻게 전개되고 어떤 의미를 갖는가 살펴보자. 2에서 연암은 자신이 우울증이 있었다는 것, 신선의 방기가 기이한 효험이 있다는 소리를 듣고 尹生과 申生을 시켜 김홍기를 찾았으나 못 찾았다는 사실을 기록하고 있다. 윤생은 서학동 김홍기, 친구, 계동 유판관, 장창교, 林同知 집 등을 두루 찾았으나 못 찾는다. 신생도 역시 마찬가지였다. 그러나 이 과정을 통하여 김홍기의 신이한 성격이 우리에게 다가온다. 1에서 제시되었던 아들 하나 낳고 부인과 관계하지 않은 행동, 험한 곳에서 걸음이 도리어 빨라지고(遇險則步益捷), 겨울에도 솜옷을 안 입고 여름에도 부채질 안하는(冬不絮 夏不扇) '신선'으로서의 신이감이 강조되는 것이다. 윤생이 홍기 아들에게 들은 김홍기는, 술 좋아하고 놀기 좋아하고 꽃 좋아하는 사람들과 어울리고 있다. 머무르면서 일정하게 주인을 정하지 않고, 노닐되 일정한 방향이 없으며 기약 없이 왔다가 약속 없이 사라지는(居無常主 遊無定方

來無預期 去不留約) 행동을 하는 존재이다. 또 술을 한잔 마셔서 취하지만 한 말을 마셔도 더 취하지 않고(飮一盂醉 然一斗醉不加), 남이 말하면 졸다가도 끝나면 웃음을 그칠 줄 모른다(衆人言 輒坐睡 談已輒笑不止). 이렇게 김홍기의 행동과 성격은 역설적이고 반어적이다. 이러한 반어적 역설적 성격과 행동이 신선으로서 김홍기의 신비적 성격을 강조해 주는 것이다.

신비적 성격은 각 인물이 제시하는 김홍기의 반어적·역설적 특성을 통해서만 제시되는 것은 아니다. 윤생이 추적한 김홍기의 그 '定處 無常한', 잡힐 듯 잡힐 듯 하다 사라지는 그 거처로 인해 더욱 보강된다. 연암은 申生이 거듭 찾았지만 끝내 찾지 못했다는 결과를 강조하고 있다. 이러한 신비감은 (3)의 여러 인물들의 말로 거듭 확인된다. 김홍기는 백 살로 혹은 오십여 세로 알려지기도 하고, 지리산 벼랑에서 떨어져 돌아오지 못한 존재로 설명되기도 한다. 그에 대한 탐색이 진행되면 될수록 신비감은 더해간다. 김홍기의 정체는 윤생과 신생에 이어 童子 福으로 하여금 찾게 해도 찾을 수 없는 존재였다. 윤생에 이어 다시 신생에게 추적을 부탁했던 연암의 '김홍기 탐색'은 두 사람을 못 믿어 동자의 도움까지 받고 있는 것이다. 찾을 수 없다는 것은 때문은 어른의 거짓말은 아닐까, 신선과 그 정신이 상통한다고 할 수 있는 童子는 혹 신선 김홍기를 찾아낼 수 있지 않을까 하는 연암의 의식을 보여주는 것이다. 그러나 김홍기라는 신선은 그래도 실체를 확인할 수 없었다. 부득불 연암 자신이 나서야 했다. (5)에서의 금강산 유람시의 탐색 시도가 그것이다.

신선의 발견, 우울증의 역설적 의미

연암은 금강산의 그 변화무쌍한 다양한 모습을 보며, 중들에게 異僧의 존재 여부를 묻는다. 곁에서 보면 희지만, 들어가 보면 단풍이 들어 붉은 금강산. 싸리, 누릅, 여장 따위가 서리에 누래졌으나 삼나무 잣나무는 더욱 푸른 산을 바라보며, 연암은 船菴에 신선처럼 辟穀하는 사람이 있다는 소리를 듣는다. 길이 험해 일찍이 도달한 사람이 없는 船菴에 있다는 이인을 연암은 찾아나선다.

깎아지른 듯한 천 길의 바위에 길이 끊겨서 쇠사슬을 타고 공중에 매달리듯 하여 도달한 곳, 그곳이 선암이었다. 아무나 도달할 수 없는 그 신선의 세계였다. 그러나 길이 험하여 아무나 이를 수 없는 그 세계에는 새소리조차 들리지 않는 빈 뜰의 적막만이 있었다. 단지 작은 佛像과 신발 두 켤레만 신선 대신 횅뎅그렁하게 놓여 있을 뿐이었다. 신선은 아무 데도 없었던 것이다. 윤생·신생·동자를 내세웠던 끝에 직접 찾아나섰던 신선 세계는 다만 '빈 뜰'에 지나지 않았다. 연암은 그 길고 긴 탐색의 종말에서 한탄과 비탄의 미련만을 간직하고 배회할 수밖에 없었다(余悟然徘徊 立而望之).

이렇게 보면 2, 3, 4, 5는 이 작품의 표제인 김홍기의 삶을 그린 本傳이 아니라 신선 탐색의 참담한 실패담이라고 할 수 있다. 연암 역시 '길이 험해 일찍이 도달한 사람이 없는' 대열에 있음을 스스로 확인한 그 이상의 아무것도 아니었다. 그러나 이 신선 탐색의 실패는 새로운 신선의 존재를 탄생시킨다. 신선 김홍기에 대한 모든 추적에 실패하고 6에서 연암은 3인칭 인물들을 통해 신선의 존재를 규정하게 된다.

> 어떤 이는 신선이란 산에 사는 사람이라고 한다. 어떤 사람은 '산에 들어가면 신선이 되는 게지'라고 했다. 또 선[僊]이란 게 사뿐사뿐 가볍게 뜬다는 뜻이라 했다. 벽곡하는 사람이 반드시 신선은 아닐 것이고 신선이란 뜻을 얻지 못하여 우울한 사람일 것이다.[52]

연암은 六書의 원리 중 會意의 원리로 仙을 山人이라고 풀이한다. 그리고 뜻을 얻지 못한 자가 신선이라는 결론에 도달한다. 산에 드는 것은 현실에서 뜻을 얻지 못해서 그런 것. 우울해 하며 산으로 간 사람이 곧 신선이라는 것이다. 현실에서 뜻을 얻지 못해 세상과 괴리된 사람, 그 우울한 마음이 곧 신선

---

52) 或曰仙者山人也 又曰入山爲仙也 又僊者 僊僊然輕擧之意也 辟穀者 未必仙也 其鬱鬱不得志者也.

의 상태이다. 이렇게 보면 「김신선전」은 연암 자신의 '우울증' 운운하는 기록 때문에 실제의 사건을 기록한 것으로 알려져 있지만, 그런 사실 차원 소재가 새로운 의미로 전환되고 있음을 알 수 있다. 김홍기라는 입전 대상 인물에 대한 추적이 윤생과 신생 등 실명인물과 연암 자신에 의해 수행되지만, 그 탐색은 결국 '신선이란 뜻을 얻지 못한 자(不得志者)'라는 의미 탐색의 논리로 환원되고 있는 것이다. 「김신선전」은 김홍기라는 입전인물이 주가 되는 의미전달 체계가 아니고 '신선이란 뜻을 얻지 못한자'라는 '깨달음의 과정'에 대한 연암 자신의 고백이라고 할 수 있을 것이다. 이제까지의 실제적 탐색의 과정은 모두 이 결론을 향하는 논증의 과정이 되는 것이다. 신선이란 산 속에서 벽곡하는 어떤 기이한 사람, 김홍기처럼 겨울에도 솜옷을 입지 않고 여름에 부채질을 안 하는 특이한 사람이 아니라는 것이다. 산에 사는 마음, 즉 세상에서 뜻을 얻지 못한 그 비관과 체념의 마음, '鬱鬱 不得志'가 신선의 마음이 아니겠느냐는 것이다.

우리는 여기에서 단락 2에서 제시된 연암의 우울증을 기억해야 한다. '우울증이 있을 때, 신선의 方技가 기이한 효험이 있다'는 말을 듣고 신선을 추적했다는 연암의 고백을 상기할 필요가 있는 것이다. 신선이란 결미의 말대로 '세상에서 뜻을 얻지 못한 사람'이니 연암의 '우울한 병(幽憂之疾)'이란 곧 결미의 '鬱鬱 不得志'의 또 다른 표현에 지나지 않는다. 산에 사는 마음, 즉 세상에서 뜻을 얻지 못한 비관의 마음, 거기에서 싹튼 우울증이야말로 신선의 마음이 아니겠느냐는 주장은 우울증을 앓는 연암 자신이야말로 신선의 상태가 아니겠느냐는 논리로 해석할 수 있다.

우리는 여기에서 연암이 자신의 우울증을 '鬱鬱 不得志', 즉 세상에서 뜻을 얻지 못해서 생긴 것으로 고백하고 있음을 주목해야 한다. 연암이 「민옹전」 등에서도 고백하고 있는 이 우울증은 단순히 개인 병리 차원의 궤적이 아니고, '뜻을 얻지 못한' 개인과 그렇게 만드는 세계와의 대립에서 발생한 것일 수 있기 때문이다. 그러므로 우울증은 개인의 정신사이되, 사회의 정신사일 수 있고 개인과 사회가 엮어내는 지성사의 한 장이 될 수 있는 것이다.

이제 우리는 「김신선전」이 김홍기라는 인물이 주가 되는 의미체계가 아니라는 사실을 확인하게 된다. 연암은 뜻을 얻지 못하게 만드는 세상과, 그 세상과 괴리되어 우울증을 가질 수밖에 없었던 자신을 반추하면서, 신선 같은 신비적이고 초월적인 힘에 의지해 현실에서 배태된 우울증을 풀려 기대했던 그 허망함을 꼬집고 있는 것이다. 현실에서 배태된 우울증은, 신비한 힘이 아니라 현실 속에 내포된 평범한 진실을 통해 해결할 수 있는 것이라는 자각의 과정을 이 작품은 보여주고 있는 것이다.

김홍기라는 구체적 인물 등 사건의 실재성은 그 자체로 의미를 갖는 것이 아니고, 이렇게 소재가 형상적인 언어로 전환되면서 의미가 형성되는 것이다. 「김신선전」의 소재를 사실 차원에서 검토하고, 또 신선과 관계된 민담과 연결시켜 연구할 때 우리는 자칫 연암의 언어를 왜곡시킬 수가 있다. 연암은 '김홍기가 大隱으로서 유랑하며 은둔하였고, 옳고 그름을 잃어버리지 않았으며 탐내어 구하는 것이 없었다'[53]라고 「김신선전」의 입전 의도를 설명하고 있지만, 그러나 실제 이 작품은 연암 자신의 신선 탐색과정으로서 우울증의 원인을 드러내는 고백이라고 할 수 있다. 표면에 내세운 입전의 의도와 내면의 논리가 다른 것은 이 작품이 기본적으로 이중의 역설로 성립되어 있는 서사구조이기 때문이다.

역설의 서사구조와 우울증의 의미

연암의 신선 탐색의 구조는 기본적으로 역설의 서사구조라고 할 수 있다. 탐색의 주재자는 연암 자신이지만, 윤생·신생·동자 복이 그 탐색을 대행하고 있다. 이들이 찾아낸 신선은 몇 개의 역설적 존재성을 드러내고 있다. 앞에서 본 대로 김홍기는 '길이 험하면 걸음이 더 빨라지고(遇險 則步益捷)', '겨울

---

53) 弘基大隱 遁隱於遊 淸濁無失 不忮不求 於是述金神仙.「自序」.

에 솜 옷 안입고 여름에 부채질을 안해서(冬不絮 夏不扇)’ 신선의 이름을 얻은 존재이다. 윤생이 들은 김홍기는 또 ‘이리저리 떠돌고(居無常主 遊無定方)’, ‘기약없이 나타났다 떠나며(來不預期 去不留約)’, ‘한 잔에 취하면서도 한 말 술에도 더 취하지 않고(飮一盂醉 然一斗醉不加)’에서 보는 것처럼 일반 사람과는 역설적 행동체계를 가진 인물이다. 이 모든 모습은 일상적 법칙을 초월한 존재로서의 성격을 강조하고 있다. 일상으로부터의 이탈, 혹은 초탈을 의미한다. 이러한 일상적 이탈, 곧 상궤를 벗어나는 행동은 신선 김홍기의 역설적인 행동양식, 즉 반규범성을 말해 주는 것이다.

우리가 갖는 신선의 이미지가 일상의 존재양식에 갇힌 평범한 인간의 그 한계성 저편에서 형성된 것을 인정한다면, 연암이 추적하는 김홍기의 성격은, 연암이 갖는 일상으로부터 탈출 욕망과 갈구를 더할 나위 없이 보여주고 있다고 할 수 있다. 신선 김홍기를 따라 연암은 끊임없이 일상적 현실을 벗어나려는 노력을 하고 있었다는 증거가 되는 것이며, 그만큼 연암은 역설적 시각과 반어적 가치체계를 가진 존재가 된다.

그러나 이러한 역설적 존재로서의 김신선의 모습과 그를 추적하는 역설적 가치지향을 연암은 곧 스스로 부정하고 있었다. 역설적 존재였던 신선을 끝내 찾지 못하고 신선이란 다만 ‘鬱鬱 不得志者’에 지나지 않는다고 깨닫는 것은 이제까지의 추적과정에서 믿어왔던 일상 이탈의 역설적 시각을 스스로 부정하는 것이다. 신선이 ‘뜻을 얻지 못한 우울한 사람’이라는 것은, 곧 신선의 현실적 존재이고, 일상적 존재임을 말한다. 연암은 부정적인 현실을 탈출하는 도피처를 현실 밖의 신선에서 구하려는 태도를 비판하고 있는 것이다. 그것은 연암의 현실 거부가, 현실 망각의 도피와 위안을 지향하는 것이 아니라는 사실을 말한다. 그렇다면 연암은 일상적 이탈로서 역설의 논리와 가치체계를 추구하다가 그것을 다시 부정하고 현실 지평의 논리로 내려온 것이다.

이름 붙이자면 연암은 부정의 부정, 역설의 역설을 구사하고 있는 셈이다. 연암이 이렇게 신선의 존재성을 현실지평에서 확인하고 있다는 사실은 무엇을 말하는가. 그것이 곧 연암이 신선 사상을 배격했다거나, 현실의 규범체계를 인정했다는 논리로 바로 환원되는 것이 아니다. 연암이 역설의 역설로 부정한 것은 최초의 역설이 배태하고 있는 극단의 논리이다. 연암이 부정한 것은 겨울에도 솜옷을 입지 않는 그 신기성, 한잔 술에 취하면서도 한 말 술에 더 취하지 않는 그 신기성 바로 그것이다. 그것은 일상적 이탈, 역설적 존재로서의 신선의 모습을 보여주는 것이지만, 일상 법칙을 초월적으로 뛰어넘는 현실 도피의 신기성이고 기괴성일 뿐이다. 이런 종류의 신비적 초월성은 일상적 삶이 가지고 있는 존재적 의미를 바탕에 안고 있는 것이 아니다. 일상적 삶 자체를 아예 부정의 대상으로 인식하는 것이다. 따라서 일상적 삶에 잠재된 또 다른 가치체계를 탐색해 보자는 논리가 될 수 없다. 그것은 일상으로부터의 무조건적인 탈출과 회피에 지나지 않는다. 일상적 가치, 그 바람직하지 못한 현실을 곱씹어서 꿰뚫을 수 있는 새로운 시각도 아니고, 권태로운 일상에 새로운 삶의 역동성을 불어넣을 수 있는 역설도 아니다. '우울'한 일상의 현실을 바로잡는 역설이 아니고, 단순히 잊어버리자는 역설에 지나지 않는다. 따라서 연암이 보여주는 신선에 대한 거부, 즉 역설에 대한 역설은, 현실 망각을 의미하는 신비성 취향의 역설에 대한 연암의 반발을 보여주는 것이다. 그리고 그러한 바탕 위에서 '우울'한 일상성에 대하여 다시 숙고하도록 우리에게 요구하고 있는 것이다. '不得志'에 나타난 자아와 세계와의 갈등과 간극이 어디에서 오는가를 숙고해 보자는 논리이다.

우리는 이때, 현실초탈의 역설적 논리로 우울병을 치료하고 위안 받고자 한 연암의 자전적 기술이 갖는 문맥을 이해해야 한다. 이 우울증은 개인적인 병리적 정신현상이지만, 그 개인적 질병은 사회적 성격을 깊이 간직하고 있음을 짐작하기 어렵지 않기 때문이다. 사회적 병리란 작품이 암시하는 대로, 개인을 '뜻을 얻지 못해 우울'하게 만드는 현실이며, 그 때문에 현실을 도피하고자 하는 상황 바로 그것이다. 연암이 보이는 신선 탐색의 현실 탈출이 보이는 역설, 그리고 다시 현실로 내려오는 역설은 모두 이 암울한 현실에 대한 통찰을 독자에게 요구하는 것이다.

⑥「廣文者傳」

문제의 제기

「광문자전」에 대한 작품론은 그렇게 많지 않다. 역시 이가원 선생이 본격적으로 논한 이후, 대개의 논자들은 이 작품의 주인공인 廣文의 비천한 신분을 지적하며 하류계급에 대한 연암의 관심을 잘 보여주는 작품으로 평가하고 있다. 이가원 선생은 이 작품을 7개의 단락으로 설정하고, '僞學好名의 배격', '고리채와 惡典當에 대한 경종', '男女情慾의 공통점에 대한 강조', '계급적 의식의 파기'라는 4개의 주제를 설정한 바 있다.[54]

이 글은 기존의 연구에 대한 두 가지 의문을 설정하면서 시작한다. 하나는 이가원 선생이 설정한 4개의 주제가 작품에서 과연 의미구조상으로 서로 연결될 수 있는 것인가 하는 의문이다. 또 하나는 비천한 인물이 진실한 인간성을 가지고 있다고 연암이 강조했다면 진실한 인간상은 어떤 논리로 설명될 수 있는가 하는 문제이다. 이가원 선생은 작품의 주제를 도출하는 과정에서 7개의 단락을 설정하고 7개의 사건으로 전개되고 있다[55]고 했다. 그런데 이 7개의 사건과 7개의 단락이 일치하지는 않는다. 단락 5의 '時殖錢者 … 皆解去'에는 사건 4와 5, 즉 무담보 전당행위와 싸움 말리는 일 등 두 개의 사건이 배치되어

---

54) 『燕巖小說研究』(을유문화사, 1965), 185~222면.
55) 7개의 단락은 다음과 같다. 1. 廣文者 丐者也 … 兒業已死, 2. 群兒返 … 作傭保, 3. 久之富人出門 … 吾將無以見若矣, 4. 於是遍譽所知諸君 … 而益多藥肆富人長者也, 5. 時殖錢者 … 皆解去, 6. 文年四十餘 … 不能盡吾之年壽矣, 7. 漢陽名妓 … 更結友而去. 7개의 사건은 다음과 같다. 1. 동무 아이의 病死에 의하여 牌頭破免과 暗葬의 사건, 2. 동넷집에 도피한 사건, 3. 生藥鋪의 취직과 그 주인에게 被疑한 사건, 4. 무담보의 典當에 따르는 사건, 5. 싸움 말리는 일에 따르는 사건, 6. 장가들기와 治産勸告의 거부에 따르는 사건, 7. 雲心과의 교제에 따르는 사건.

있다. 이것은 제4단락(於是遍譽所知諸君 … 而益多藥肆富人長者也)이 구체적
인 사건이 아닌데도 별도의 단락으로 독립시켰기 때문이다. 단락 4는 단락 1,
2, 3의 사건에 나타나는 광문과 주변 인물에 대한 세상 사람들의 평가이다. 나
머지 단락 6개는 모두 광문에 얽킨 구체적인 사건을 담고 있다. 그러므로 단락
4와 나머지 6개 단락은 단락 설정상의 층위가 다른 것이라고 할 수 있다. 이렇
게 보면 「광문자전」은 거의 대부분이 광문이 엮어내는 구체적 사건으로 이루
어져 있고, 이 4부분만 그 앞에 벌어진 사건에 대한 평가라고 할 수 있다. 따라
서 이 작품으로 작가가 표현하려 했던 의미는 단락 4가 전체적인 의미구조상
어떤 역할을 하는가를 고려하면서 파악할 수 있을 것이다.

단락 구조의 설정

　　公卿門下의 여러 사람들과 宗室의 손님들이 모두 잠자리의 이야깃거리로 삼
　았으니, 몇 달 사이에 사대부들은 광문을 모두 옛날 사람처럼 들어 알게 되었다.
　이렇게 되니 한양에서 모두 '광문이를 후대하던 집주인이 현명해서 사람을 알아
　보았지'라고 했고, 더욱 많은 사람들이 '약방 부자가 長子일세'라고 했다.[56]

여기에서 보듯 공경문하와 종실 손님들이 이야깃거리[話套]로 삼은 내용은
광문과, 그를 후대하던 두 사람 집주인과 약방 주인에 대한 이야기이다. 이 두
이야기는 등가적으로 광문의 인간성을 표현하고 있다고 할 수 있다. 두 개의
삽화이지만, 두 삽화에 대한 장안 사람들의 평가까지도 합하여 하나의 의미체
계로 생각할 수 있는 것이다. 광문에 대한 삽화적인 사건과 그에 대한 평가가
등가적인 의미체계일 수 있다고 전제하고 단락을 설정하여 광문을 광문답게
하는 의미를 설명해 볼 필요가 있다. 8개의 단락으로 나누어 본다.

---

56) 公卿門下左右 及宗室賓客 皆作話套以供寢 數月間士大夫盡聞廣文如古人 當是時漢陽中皆
　　稱廣文前所厚遇舍主之賢 能知人而益多藥肆富人長者也.

1. 거지인 광문은 동료를 죽였다는 의심을 받고 어느 집으로 도망했는데 집주인은 광문이 시신을 장사지내는 것을 보고 의롭게 여겨 약방 주인에게 소개했다.(廣文者 丐者也 常行乞鐘樓市 … 舍主心義文 與文歸家 予文衣厚遇文 竟薦文藥肆富人 作傭保)

2. 약방 주인은 한때 광문을 의심했었으나 신실한 사람임을 알고 종실과 공경 문하에 두루 칭찬했다.(久之 富人出門 數數顧 還復入室 … 而又過贊廣文 諸宗室賓客 及公卿門下左右)

3. 종실과 공경들이 광문을 늘 이야깃거리로 삼으며, 광문을 알아준 주인들을 칭찬하기도 했다.(公卿門下左右及宗室賓客 皆作話套 … 而益多藥肆富人長子也)

4. 전당포에서는 광문이 보증을 서면 저당물건이 없어도 천금을 선뜻 내주기도 하였다.(時殖錢者 大較典當首飾 … 然文爲人保債 不問當 一諾千金)

5. 광문은 그 외양이 극히 추했고 말주변도 없었다.(文爲人 貌極醜 … 達文又其名也)

6. 광문은 싸우는 사람을 보면 옷을 벗고 같이 싸우는 체하며 웃겨서 싸움을 말렸다.(文行遇鬪者 文亦解衣與鬪 … 鬪者亦笑皆解去)

7. 광문은 여자도 잘생긴 사람을 좋아하기는 마찬가지라며 결혼과 가정 갖기를 거부했다.(文年四十餘 尙編髮 人勸之妻 則曰 … 吾逐日而易其處 不能盡吾之年壽矣)

8. 광문이 기생집에 갔을 때, 지위 높은 인물들의 요구도 거절했던 雲心은 그의 장단에 맞춰 춤을 추었다.(漢陽名妓 窈窕都雅 然非廣文聲之 不能直一錢 … 一座盡歡 更結友而去)

'貌極醜' 역설적 신실성

단락 1은 광문을 도둑으로 의심하던 주인이 약방 부자에게 고용인으로 소개하려 했다는 것이고, 단락 2는 약방 부자도 광문이 돈을 훔친 것으로 의심했으나 의심이 풀려 종실 손님과 공경 문하까지 광문을 칭찬했다는 것이다. 따라서 단락 1, 2는 모두 의심을 받다가 오히려 이름을 떨친 광문 이야기라는 공통점을 가진다. 두 사건은 반복적이되 광문을 온 천하가 아는 사람으로 만들어 주는, 즉 단락 3의 '한양 사람이 모두 칭찬한(漢陽中 皆稱)' 인물로 유도하는 사건인 셈이다.

이 두 사건으로 드러나는 광문의 성격과 상황은 어떤 의미인가. 광문은 거지왕초로서 수하 소년을 죽였다는 의심을 받고 축출된다. 쫓겨나 남의 집으로 들어가서는 다시 도둑으로 의심받는다. 이 의심은 당연한 것이다. 광문은 죽은 아이와 단 둘이 있었고, 밤중에 남의 집에 기어 들어갔다. 더구나 거렁뱅이의 비천한 신분이다. 가장 의심받을 만한 상황이고 신분인 것이다. 그러나 이 가장 의심받을 만한 조건 속에서 오히려 가장 신실한 인간성을 보여준다. 자기를 살인자라는 의심에 빠뜨린 죽은 아이의 시신을 거두어 주는 행위가 그것이다. 광문을 후대하고 약방부자에 소개한 집주인[舍主]은 이 의심받을 만한 인간 광문의 신실한 모습을 인정해 준 사람이다.

약방 점원 노릇하면서도 광문은 다시 의심받을 상황에 처한다. 단락 2의 사건이다. 광문 홀로 있던 점포에서 돈이 없어진 것은 주인으로선 당연히 의심할 상황이다. 그러나 이 의심은 곧 주인의 처조카가 돈을 가져오며 해소된다. 앞의 상황에서처럼 의심을 피할 수 없는 상황, 가장 의심받을 만한 상황을 통해서 광문의 신실성은 확장되는 것이다. 약방주인은 자신을 소인으로 낮추고 광문을 長子로 칭하면서, '義人'(廣文義人)이라고 종실과 공경대부에게 선전한다. 결국 광문은 이 두 삽화를 통하여 단락 3에 나타난 대로 공경·宗室·사대부 등 한양 전체에 '의인'으로 알려진다. 모든 사람들이 광문을 이야깃거리로 삼은 이유는 가장 의심받을 상황과 신분을 가진 인물이 보여준 극도의 신실함과 진실성 때문이라고 할 수 있다. 광문으로서는 자신을 깊은 수렁에 빠뜨린 사건으로 오히려 이름을 떨치게 되는 역설적 상황 속에 처하게 된 것이다. 광문은 곧 역설적 진실, 역설적 존재성을 확보한 인물이다.

광문이 역설적 상황을 통해 역설적 존재성을 가진다는 것은 4, 5의 연이은 삽화를 통해서도 거듭 확인되고 있다. 전당포란 저당 물건의 가치를 의심하는 일로부터 시작된다. 그러나 광문이 보증을 서면 의심 없이 천금을 허락한다. 광문은 천하의 믿음직한 인물로 탄생한 것이다. 이런 신실한 광문의 외양은 단락 5에서 보듯 더할 나위 없이 비루한 '貌極醜'였고, 언변 또한 남을 감동시킬 수 없는 사람이었다. 그러나 앞에서 보았듯 외양은 '貌極醜'이되, 안으로 '행동은 지극히 의롭고(行極義)' '믿을 만한(行極信)' 양태를 보인다. 광문은 외양으로 평가되는 비루한 모습과 달리 내면으로 義와 믿음을 발하는 역설적 가치관을 가진 존재가 된 것이다. 광문은 상식적 인물평가 기준을 뒤엎고 있는 것이다.

이러한 광문의 역설적 행태와 인식은 나머지 삽화 6. 7. 8을 통해서도 거듭 확인할 수 있다. 광문은 싸움하는 사람을 만나면 같이 싸우듯 해서 말린다. 싸움이란 시비에서 나오는 것이니, 광문 같은 존재가 싸움에 끼어 들어 시비를 다퉈 준다는 것(啞啞 俯劃也 若辨曲直狀) 자체가 이미 그 시비를 시비로 남아 있도록 하지 않는다. 시비를 따지는 일과 가장 거리가 먼 존재인 광문이 시비를 종식시킨 것이다. 광문이 지닌 역설적 존재가치가 여지없이 여기에서도 발현된다.

광문의 반어적 시각이 내포하고 있는 의미의 진실성은 장가들고 가정 갖기를 권하는 사람들에 대한 응답에도 드러난다. 결혼할 때 美色을 구하는 것은 여자도 마찬가지인데, 자기가 추하니 여자를 만족시킬 수 없다는 것이다. 남자 위주의 결혼관을 가진 보통 남자들의 짝짓기를 광문은 거부하는 것이다. 남자 중심이 아닌 남녀 인간중심으로 볼 때, 결혼은 당연히 포기해야 할 것이다. 이러한 논리는, 반어적 시각으로 확인된 광문의 진실성을 말해주는 것으로서 앞에서 그를 의인으로 만들어냈던 그 바탕과 동일한 것이다. 부모·처자·형제가 구성원을 이루는 가정도 당연히 불가능하다.

광문이 간직하고 있는 역설적 존재성, 즉 살인혐의로 오해를 받았으면서도 그 시신을 끝까지 장례를 치뤄 주는 '의인'으로서의 성격, 돈을 훔친 도적으로 의심받지 않을 수 없는 상황을 통해 강조되는 '長子'로서의 속성, 시비의 싸움을 웃음거리로 만들어 종식시키는 행위, 남자중심의 결혼태도에서 여자 중심의 논리로 결혼까지 포기하는 담박성, 이런 여러 삽화를 통하여 광문은 역설적이고, 반어적 진실성을 확보하게 된다.

광문의 역설적 진실성은 기생 雲心과 얽힌 일화인 단락 8에서 정점을 이룬다고 할 수 있다. 기생 중에서도 명기로 이름난 운심에게 찾아온 손님은 궁궐 호위와 의장을 맡은 羽林兒·各殿 別監 혹은 駙馬都尉 등이다. 모두 광문과는 비교가 안되는 쟁쟁한 인물들이다. 그러나 운심은 이들 앞에서 춤추기를 선뜻 내켜하지 않을 뿐만 아니라 고의로 지체한다(心故遲 不肯舞也). 그런 쟁쟁한 인물들을 앞에 놓고 운심은 광문을 위해서는 옷을 바꿔 입고 검무를 춘다(心卽起更衣 爲文劍舞). 운심이야말로 상궤를 벗어나 일탈적 행동을 하는 것이다. 운심이 보이는 이 파격 행위야말로 광문을 광문답게 해 주는 역설의 논리로 설명될 수 있다. 광문의 파격적 행위를 보면 운심의 이 일탈을 우리가 납득할 수 있다. 기생집, 그것도 장안의 명기 운심에게 출입한다는 것은 애당초 광문에게는 어울리지 않는 일이다. 그러나 광문은 별감이나 부마도위를 아랑곳하지 않고 스스로 상좌에 앉으며, 남루하게 입고도 행동은 내키는 대로 자유스럽다. 집주인 운심마저도 굽신거려야 하는 별감과 부마도위를 철저히 무시하고 의식하지 않거나, 적어도 자신을 그들과 대등하게 올려 놓는 자부심이 없이는 불가능한 행동이다. 자기의 신분과 외모를 꺼려하지 않는 이런 뱃심으로부터 '쫓아내려 할수록 더욱 더 앞으로 다가가는(欲毆之 文益前坐)' 용기가 나오는 것이다. 그리고 무릎을 치며 곡조를 맞추고 콧소리로 고저를 조절하며 운심의 노래에 화답한다. 광문은 기생집 다른 인사들과는 달리 신분과 돈으로 춤을 강요한 게 아니다(堂上置酒鼓瑟 屬雲心舞). 오히려 그 신분과 돈을 누르고 앞으로 나서서 무릎장단과 콧노래로 운심의 노래를 즐긴다. 광문은 즐거운 노래를 즐길 줄 아는 존재인 것이다. 「민옹전」에서 보듯, 음악을 감상한다며 엄숙하게 앉아서 어린아이의 즐거운 마음조차 빼앗는 가식을 그는 꾸미지 않는다. 그러니 노래를 노래로 받아들여준 광문에게 운심은 일어나 춤을 춘 것이다. 부마도위와 별감의 재촉은 고의로 지체하면서도 비렁뱅이에게 화답하는 운심의 파격은 신분과 돈으로 노래를 강요하는 사람들을 아랑곳하지 않으며, 오직 노래를 노래로 이끌어 즐길 줄 아는 광문의 비범한 자질과 짝을 이룬다. 비천한 신분과 파리한 외모를 초탈한 광문의 분방한 자연스러움을 운심이 맞아들인 것이다.

그런 점에서 기생의 노래와 춤은 신분이나 돈으로 강요할 수 있다는 일상 법칙을 거부하는 운심 또한 광문 못지않게 역설적 가치관을 소유한 인물이 되는 것이다. 광문을 후대한 집주인, 長子로 칭도한 약방 부자와 함께 운심도 광문의 '貌極醜'가 가지고 있는 이면의 모습, 즉 '행동이 아름답고 의로운(行極美 行極義)' 역설적 진실을 인지한 사람인 것이다.

우리는 이제 「광문자전」의 광문이 '지극히 추한 외양'이지만 '지극히 아름다운 의리'의 내면적 신실성을 가진 존재라는 것, 가장 의심받을 만한 상황에서 가장 신뢰할 만한 행위규범을 보여주었다는 사실을 확인하였다. 광문은 결국 보통사람이 가진 일상적 가치판단 기준과는 다른 역설적 진실, 반어적 존재성을 가진 인물로 우리 앞에 나타난 것이다. 「광문자전」은 광문이 가진 이 반어적 진실성을 전달하는 일화로 점철되어 있다고 할 수 있다.

廣文, 우울증의 역설적 치유사

연암은 「방경각외전 자서」에서 "몰라주는 야비한 거지들이 그를 죽이려 했고, 도적 혐의를 받았으나 한번도 변명하지 않았다. 나는 느낀 바가 있어 이를 쓴다"[57]고 「광문자전」의 저작의도를 밝힌 바 있다. 결국 광문이 말로는 사람들을 감동시킬 수 없었지만 행동으로는 사람들을 감동시켰다는, 그의 신실성을 강조한 것이다. 그러니 '이름나기를 좋아하지는 않았지만 실상보다 지나치게'

---

57) 文窮丐 聲聞過情 非好名者 猶不免刑 矧復盜竊 要假以爭 於是述廣文.

세상에 그 이름이 회자되는 것은 당연한 일이다. 연암도 광문의 내면을 보면서 그의 반어적 진실성을 강조하고 있다. 광문이 가진 반어적 존재성을 작자 연암이 어떻게 받아들였는가 하는 점은 「書廣文傳後」에 나타난 연암의 기록을 통해 알 수 있다.

> 내가 18세에 심하게 병을 앓았다. 늘 집안의 늙은 하인을 불러 여염의 기이한 일을 묻곤 했는데, 그의 말은 대개 광문에 대한 일이었다. 또한 내가 어렸을 때, 그를 보았는데 외모가 대단히 추루했다. 내가 이제 글을 써서 이 전을 짓는다.[58]

단순히 외모가 대단히 추루하다는 것이 作傳의 동기는 아니다. 광문에 관한 일이 奇事로 인식되기 때문에 작전한 것이다. 기이한 일이 되는 이유의 하나는 여기에 제시되듯 '지극히 추하다'라는 광문의 외양이다. 물론 '지극히 추한 외모' 자체가 기이한 일이 될 수는 없다. 우리가 작품을 통해 보았듯 신실한 의가 기이한 것이다.

「김신선전」이나 「민옹전」에서 본 것처럼 연암이 여기에서 고백하는 자신의 '甚病'은 우울증이었다. 그리고 우울증의 치료제 역할을 기이하고 특이한 일화가 하고 있는 것을 우리는 보아왔다. 「서광문전후」는 '지극히 추한 외모'의 인물이 가진 범상치 않은 진실성 그것이 곧 기이한 일로서, 연암 자신의 우울증에 치료제 역할을 했다는 고백으로 생각할 수 있다. 우리는 이미 「김신선전」과 「민옹전」을 통하여 연암의 이 우울증이, 단순한 개인적 질병이 아니라 사회성을 가진 병임을 확인한 바 있다. 충분히 논의한 대로 연암의 우울증은 진실과 거짓, 그리고 선과 악이 뒤집혀진 가치전도의 현실에서 온 것이었다. 그리고 그 가치전도의 현상 속에서 싹튼 우울증은, 민옹과 김신선처럼 부조리한 현실적 가치를 부정하고 이면의 진실을 밝힐 수 있는 골계적인 인물에 의해 치유

---

58) 余年十八時 嘗甚病 常夜召門下舊傔 徵問閭閻奇事 其言大抵廣文事 余亦幼時 見其貌極醜 余方力爲文章 作爲此傳. 「書廣文傳後」.

될 수 있는 것이었다. 여기에서 우리는 광문이 보여주는 역설적 행위와 신실성은 민옹이 제시하는 역설의 논리에 나타난 상쾌하고 시원한, 단순 명쾌한 진실의 목소리와 상통하는 것임을 확인할 수 있는 것이다.

우리는 이제 연암이 왜 제목을 「광문전」처럼 광문을 고유명사화하지 않고 「광문자전」으로 보통 명사화시켰는지 그 이유를 더 명확히 감지할 수 있다. 7개의 삽화 속에서 보여주는 광문의 반어적 행동, 즉 외모와 다른 신실한 유의미의 세계는 그대로 진실·의리·믿음 이런 것의 자연스런 발로라 할 수 있다. 광문은 이름대로 文理에 넓고 文理를 확장시키는 사람이 되는 것이다. 또한 그의 별명 '達文'처럼 문리에, 진실에, 의리에, 믿음에 달통하다는 뜻으로 광문이 되는 것이다. 「광문자전」은 결국 廣文之者의 傳이 되는 것이고, 그 모든 일화들은 '廣文之'라는 동사적 행위가 되는 것이다. 가치전도의 현실에서 배태된 우울증은 이 신실한 '廣文之'로써만 치유될 수 있는 것임은 물론이다. 이리하여 「광문자전」은 세상의 병을 치유하는 역설의 치유논리를 우리에게 마련해 주는 것이다.

⑦ 「虞裳傳」

단락의 설정

「우상전」에 대하여도 「광문자전」과 마찬가지로 작품론이 많이 이루어지지는 않았다. 「우상전」은 松穆館 李彦瑱(1740~1766)에 대한 전기로 연암이 30세 이후에 쓴 것으로 알려졌다. 이가원 선생은 이 작품을 '關白의 請使', '虞裳의 文章 酬應', '연암의 해학' 등 3개의 사건으로 분류하고 다시 7개의 단락으로 설정한 바 있다.[59] 이가원 선생이 3개의 단락을 설정한 것은 시간적 순차성을

---

59) 1. 日本關白新立 … 若待命策之爲者 2. 朝廷極選文臣三品以下 … 不復衣冠慕之 3. 虞裳以漢語通官隨行 … 豈非所謂華國之譽耶 4. 神宗萬曆壬辰 … 雖謂之筆拔山河可也 5. 虞裳名湘藻 … 可不戒哉 6. 過勝本海作詩 … 皆已梓印云 7. 余與虞裳生不相識 … 虞裳

의식한 것으로 보인다. 일본에서 사신을 요청하여 우상도 역관으로 따라가서 문명을 떨쳤고 젊어서 죽었는데, 작자 연암과는 이러한 일화가 있었다는 줄거리로 파악한 것이다.

　이 글에서는 연암의 傳 양식이, 가계와 가문으로부터 시작하여 탄생과 죽음을 전하는 일반적인 전과 다르다는 것을 전제로 크게 세 단락으로 나누고, 이 세 단락을 다시 분절해 보면서 作傳의 의도를 살펴보고자 한다.

1. 日本關白新立 … 如虞裳者 豈非華國之譽耶
2. 神宗萬曆壬辰 倭秀吉潛師襲我 … 詩皆可以傳也 及旣還所次 皆已梓印云
3. 余與虞裳 生不相識 … 於是悉著之 以爲之傳虞裳.

　이렇게 세 단락으로 나눌 수 있는 근거는 다시 각 단락의 의미와 상관성을 파악하면서 설명될 수 있으리라 생각된다.

‘國士, 國使’가 된 譯官

먼저 단락 1의 내용을 간략히 보자.

가. 일본이 각 분야의 인물을 모아놓고 사신방문을 청해 우리 나라에서도 각 부분 대표적인 인물, 특히 글 잘 짓는 사람을 뽑아 보냈는데 화려하게 사는 일본 사람들이 사신 일행이 장사하는 것을 업신여겼다.(日本關白新立 … 倭外謬爲恭敬 不復衣冠慕之)

나. 우상은 시로써 문명을 크게 떨쳤다.(虞裳以漢語通官隨行 … 步押平安從容 席散無罷色 無軟詞)

다. (우상의 시) 우상이야말로 나라를 빛낸 사람이 아닌가?(其海覽篇曰 … 如

有弟亦能.

虞裳者 豈非所謂 華國之譽耶)

　이처럼 단락 1은 간단명료한 삼단의 논리전개이다. 가) 우리 나라에서 여러 재주를 가진 사람이 일본에 갔으나 제대로 공경받지 못했다. 나) 그러나 우상이 뛰어난 글재주로 이름을 떨치며 國士 대접을 받았다. 다)「海覽篇」이란 시가 있는데 우상이야말로 국가의 자랑이다.

　가)에서 일본은 奇才・劍客・詩畵・文學 등 각 부분의 인재를 모아놓고 사신을 청했다고 했다. 이에 우리 나라에서도 천문지리에서부터 장기 바둑과 말 타고 할쏘기에 이르기까지 한 가지 재주로 이름을 떨치는 사람을 모두 뽑되, 詞章과 書畵 잘하는 사람을 중시해서 보냈다. 사신행차가 이미 국가와 국가의 자존심의 대결이 된 셈이다. 일본은 밥그릇까지 금 은으로 장식하는 등 사치하고 화려하여 심지어 소백정이나 마부까지 평상에 앉아 발을 씻기고 있었다. 그런데 통역이나 거간꾼들이 인삼 등 금지된 물건으로 장사하려 하니 그들은 겉으로는 공경했지만, 다시는 예의를 갖춘 사람으로는 존경하지 않았다(倭外謬爲恭敬 不復衣冠慕之). 연암은 국가간의 자존심 대결이었던 사신행차의 체신이 전락되었다고 생각하는 것이다. 그런데 나)에서 우상이 이를 만회한다. 많은 승려들이, 장기를 두는 그에게 재촉하듯 시문을 요청했는데(責詩文如博), 어떤 어려운 운으로 궁지에 몰려도 마치 지어놓았던 것처럼 읊어대며 피로한 줄 몰랐다(類爲難題强韻以窮之 虞裳每倉卒 口占如誦宿構). 그래서 유명한 승려나 貴人으로부터 "둘도 없는 國士(國士無雙也)"라는 평가를 듣는다. 일반 사신행차는 더 이상 존경을 받지 못하고 있는데 한갓 통역으로 수행한 우상이 國士 대접을 받으니, 그야말로 朝鮮이 내세운 '國使'가 된 것이다. 그는 애당초 천문지리나 장기 바둑 등 어떤 재주로 使行에 뽑힌 것도 아니었고, 더더욱 조선이 중시한 서화문장으로 뽑힌 것도 아니었다. 그 모든 사행을 도와주는 역관으로, 그것도 日譯이 아닌 漢譯이었을 뿐이다. 이런 파천황의 國士, 國使가 읊은 「해람편」이 다)에서 제시되고, 연암은 우상을 일컬어 '나라의 명예를 빛낸 사람(虞裳者 豈非所謂 華國之譽耶)'으로 칭송한다.

우상은 이제 '자기 재주로써 나라에서 유명한 자(以一藝名國者)'들이 '다시 더 이상 예의로 대접받지 못하는(不復衣冠慕之)' 일본에서, "나라의 명예를 빛낸 사람", "번화한 나라의 자랑(華國之譽)"이 되는 것이다. 인재를 뽑아놓고 기다리는 일본과 대적하려는 의도에서 가려 뽑힌 사행 중 누구도 주시하지 않던 인물이 보이는 대역전의 드라마라고 할 수 있는 것이다. 조선의 사행들을 '더 이상 존경하지 않는' 그 일본의 오만에 대한 역전이기도 하다.

사행의 모든 일원을 뛰어 넘어 國士로 칭송받고 '나라를 빛낸 명예(華國之譽)'라 평판받는 그의 시 다)를 보자. 우상은 그 「해람편」에서 일본의 기후, 산천, 물산, 교활한 성격 등을 두루 설명하고 있다. 이러한 열거 끝에 우상은 '벌거벗고 갓쓴 그들이 밖으로 쏘는 것을 맞으면 전갈처럼 아리고', '일에 닥치면 비등하다가도 다른 사람을 도모할 때는 쥐처럼 교활하다(其民裸而冠 外螫中則蝎 遇事則麋沸 謀人則鼠黠)'고 경계하고 있다. 그리고 이런 경계 끝에 '이 천한 사람의 시가 말은 속되지만 그 뜻은 진실하다'며 '善隣에는 큰 꾀가 필요하니 일본을 꼭 붙들어 잡으라(鄙夫陳此詩 辭俚意甚實 善隣有大謨 羈麋和勿失)'고 말한다.

이 시로 보아 결국 가) 나) 다)의 논리는 표면적으로는 우상이 일본에 가서 누구보다도 시로 이름을 날려 나라의 자존심을 살렸다는 것이지만, 연암이 우상을 '華國之譽'로 칭찬하는 이면의 논리는 그가 일본을 대적할 정보를 전하고 있다는 것이었다. 일본인으로선 결국 자기네를 물리칠 정보를 전달하는 문장을 칭찬했으니, 우상은 반어적으로 의미있는 존재가 되는 것이다.

일본을 정벌한 역관

단락 1에서 본 연암의 논리를 따라 단락 2의 의미를 찾아보기로 한다. 단락 2는 '神宗 萬曆 壬辰年 倭 秀吉이 우리를 쳐들어왔다'에서부터 '시가 모두 전할 만한데, 지나갔던 곳을 되돌아 나올 때에는 이미 간행되어 있었다고 한다

(神宗萬曆壬辰 倭秀吉潛師襲我 … 詩皆可傳也 及旣還過所次 皆已梓印云)'
까지이다. 단락 1을 가) 나) 다)로 3분절하던 기준에 따르면 2)는 다시 4개의 단
위로 나눌 수 있다.

> 라. 임진왜란 때 明의 여러 勇將과 각지 병졸이 왜와 싸웠지만 겨우 물리쳤을
> 뿐이고, 우리 나라 여러 사신이 일본을 갔으나 정세정탐을 못하고 돌아왔다.
> (神宗萬曆壬辰 倭秀吉潛師襲我 … 其風謠人物險塞强弱之勢 率不得其一
> 毫徒手來去)
>
> 마. 우상은 힘도 약했지만, 정기를 담은 글로 그 산하를 쳐 빼앗았다.(虞裳力
> 不能勝柔毫 然吮精嚥華 使水國萬里之都 木枯川渴 雖謂之筆拔山河 可也)
>
> 바. 우상의 이름은 상조인데 국내에서는 재주를 알아주는 사람이 없었으니 보
> 배를 남에게 보인 격이다.(虞裳名湘藻 嘗自題其畵像曰 … 故曰慢藏誨盜
> 魚不可脫於淵 利器 不可以示人 可不戒哉)
>
> 사. (勝本海를 지나며 지은 시의 예) 그의 시는 돌아올 때 살펴보니 이미 간행
> 되어 있었다.(過勝本海作詩曰 … 詩皆可傳也 及旣還過所次 皆梓印云)

라)는 두 개의 소재로 되어 있지만 결국 같은 이야기이다. 임진왜란 때 明황
제가 李如松 등 모든 용장과 각지의 날랜 병사를 보내 왜와 싸우게 했지만 힘
이 비등하여 겨우 국경 밖으로 쫓아냈다는 것이 하나의 이야기이다(然卒與倭
平 僅僅能驅之 出境而已). 또 수백 년간 무수한 사신이 일본에 갔지만 근엄한
체면만 지켜서 그곳 풍습, 인물, 지세 등에 대하여는 아무 지식도 없이 빈 손
으로 왔다는 것이 두번째의 것이다. 중국이나 우리나 모두 일본에 대하여는 큰
소리 칠 형편이 못됐다는 이야기이다.

그러나 우상은 어떠했는가? 마)에서 우상은 힘은 부드러운 터럭 하나 이겨
낼 수 없었지만, 영혼의 진수를 담은 글로 일본 산천을 빼앗았다고 칭송한다
(雖謂之筆拔山河可也). 중국의 그 당당한 군사도 일본을 물리치질 못했고, 수

백 년간 우리 사신도 일본을 정탐하지 못했으나, 우상이 문장으로 일본을 공략했다는 이 라), 마)는 그대로 단락 1의 가) 나)에 상응되는 것이다. 우리 나라의 온갖 재주 있는 사람과 글 잘짓는 사람으로 사행을 구성했는데도 공경받지 못했으나 오직 우상이 國士로 칭송됐다는 단락 1의 논리와 완전히 일치하는 것이다. 단락 1, 2는 모두 '우리 나라와 중국의 누구보다도 일본에 우세함을 보인 우상'이라는 공통 主旨를 가진 것이다. 단락 1에서는 이런 주지 다음에 다)에서 「해람편」을 들고 華國之譽라고 칭찬하는데, 여기에서는 사)에서 勝本海를 지나며 읊은 시를 예로 들고, 돌아올 때 보니 모든 시가 벌써 간행되었다고 칭찬한다.

단락 2는 그 표면의 주지로 보아 단락 1의 반복인 것이다. 그러나 이 반복은 우상의 문장만을 거듭 칭송하는 예사로운 반복이 아니다. 우리는 단락 1에서 본 우상의 「해람편」이 일본에 대한 정보와 경계를 담고 있음을 기억해야 한다. 이 단락 1, 2의 반복을 거쳐 우상은 우리 나라 재주꾼 중에서 일본을 대적할 유일한 사람이 될 뿐 아니라, 또 중국천하가 상대하였던 일본, 수백 년간의 사행이 정탐 못한 일본 산천을 붓 한 자루로 정복한 인물로 탄생하는 것이다. 연암 말대로 일본의 산천은 우상이 온 정신을 쏟은 문장 속에서 '온 모습을 드러내며 고갈'된다. 붓 한 자루가 온 산천을 정복한 셈이다(然吮精嘬華 使水國萬里之都 木枯川渴 雖謂之筆拔山河 可也).

우리는 이 단락에서 이여송 등 임진왜란에 참여한 명장들과 중국 각지의 내노라 하는 날랜 군사들을 연암이 열거하는 것을 볼 수 있다. 이들이 당해내지 못한 일본을 우상이 감당한 것이다. 바야흐로 우상은 물리적 힘으로는 부드러운 털보다 더 약하지만 그의 온 정수를 기울인 문장으로 동양 제일의 힘을 가진 존재가 되는 것이다. 이 힘은 일본을 누를 힘이다. 그러기에 勝本海를 지나며 썼다고 사)에서 제시되는 시는 그야말로 '일본을 이긴다', '이겼다'는 의미에서의 '勝本詩'로 읽을 수 있는 것이다. 실제로 이 시는 일본 벼슬아치가 사신일행에게 절하며 소반에 보화를 바쳐 올리는 장면을 그리고 있다.

　　그러나 이러한 승리감과 우월감은 곧 일본에 대한 경계를 담은 시로 이어진다. 배에 누워 스승 李用休를 생각하며 쓴 또 한 편의 시는, 일본이 人律을 속여 그 독기가 우리 나라에까지 미쳤다고 했다(當受生日欺人律 毒焰亦及震旦東). 이렇게 된 것은 물론 '구멍가게 장사치 같은 유학자들이 제가 마치 신인 듯 필설을 까불다가 머리털 속에 뿔이 난 들개처럼(儒家有此俾販徒 簸簸弄筆舌神吾說 披毛戴角墜地犴)' 행동하기 때문이다.

　　또 일본은 어느 곳이나 부처에게 복을 빌지만 남의 아들을 죽여 놓고 그 집에 들어가 그 부모를 섬기는 것 같으니 반드시 기뻐하지 않을 것이라는 요설도 가한다.[60] 이러한 일본인의 행태는 짐작하고 예측할 수 없는 것이다. '육경이 중천에 해처럼 떠 있어 문명을 떨치지만 이 나라 사람들의 눈이 칠흑처럼 어둡기(六經中天揚文明 此邦之人眼如漆)' 때문이다. '잘 따르면 성인이 되고 거스르면 도올이 된다(順之則聖背檮杌)'는 말은, 일본사람에게는 佛說보다 儒家를 배우라는 충고의 뜻이 될 수 있으나, 우리에게는 무서운 대상이 될 수 있다는 경계의 말이 되는 것이다. 勝本海를 지나며 읊은 시와 이용휴를 생각하며 쓴 이 두 시는 우상이 일본에서 이렇게 대접받으며 콧대를 눌렀다는 그 자랑과 칭찬뿐 아니라, 우상이 이렇게 일본을 경계한 것은 정말로 위대한 행동이라는 평가를 동시에 내포하고 있는 것이다.

우상, 부조리한 존재성

　　이렇게 단락 2는 1을 반복하여 우상의 문장이 가진 진면목을 확대 강조하면서 주제의 차원을 변조하고 있다고 할 수 있다. 이 변조의 역할을 단락 2의 바)가 수행한다. 라), 마), 사)는 가), 나), 다)의 반복이자 강조라면, 바)는 의외의 함축적 의미를 갖는다. 바)는 그 밖의 부분에 비하여 내용이 상대적으로 긴 편인데, 한마디로 거대한 중국도 못 이겨낸 일본, 수백 년 동안 사신도 정탐 못한

---

60) 精藍大衍都圖列 睢盱島衆怵禍福 炷香施米無時缺 譬如人子戕人子 入養父母必不說.

일본을 대적한 위대한 우상을 우리가 알아주지 못했다는 아쉬움에 대한 것이다. 우상을 알아주지 못했다는 자책의 논리는 연암이 인용한 우상의 '자화상'을 읊은 시에서 찾을 수 있다.

> 供奉 李白과 鄴侯 泌에
> 鐵拐를 합해 滄起가 되었네.
>
> 옛 시인, 옛 仙人
> 옛 山人이 李氏로구나[61]

　창기(滄起)는 우상 자신의 또다른 이름이니 李滄起는 곧 자신을 말하는 것이다. 그런데 우상은 그 자신이 이백 같은 시인, 업후필 같은 仙人, 철괴 같은 山人이 합쳐진 존재라고 한다. 대단한 자부심이라고 할 수 있다. 이백이야말로 새삼 운위할 필요가 없을 것이고, 업후는 당나라의 李泌休를 말한다. 이만 권의 장서를 가져 바야흐로 "鄴侯書"라는 成語를 형성시킨 장본인이니, 우상이 그 지식과 학문적 열정을 자기 몫으로 생각한 것은 당연하다 하겠다. 그러나 鐵拐를 합하여 자신이 된다고 하면서 이 자긍심은 깊은 나락 속으로 빠져들어간다. 철괴는 華山으로 李老君을 찾으러 갔다가 돌아와 보니, 벗이 자기 몸을 화장해 버린 바람에 굶어 죽은 시신에 영혼을 의탁하여 살았다는 인물이다. 그래서 '절름발이에 얼굴이 몹시 추악했다'는 것이야 당연한 뒷이야기인데 우상은 이 철괴를 자기의 또다른 모습으로 인식한 것이다.

　李白과 李泌의 그 당당한 재주와 아름다운 영혼의 바깥에 자리잡은 철괴의 그 추한 모습, 그것을 우상은 자화상으로 인지했다고 연암은 설명하고 있다. 자신을 철괴의 모습으로 받아들였던 우상의 그 자괴심, 그것은 곧 역관에 머무

---

61) 供奉白 鄴侯泌 合鐵拐 爲滄起 古詩人 古仙人 古山人 皆姓李.

를 수밖에 없었던 우상의 중인 신분을 말하는 것이고, 사람 대접을 못받은 '절름발이 추한 모습'의 중인 역관을 뜻한다. 중국의 그 엄청난 군사가 당해내지 못했고, 조선의 모든 재주꾼이 이겨내지 못한 일본을 붓 한 자루로 물리친 우상은, 이백과 이필의 문장과 박식을 자부하면서도 중인이라는 그 추한 신분의 외양을 한탄하고 있다. '무릇 선비는 자기를 알아주는 사람에 의해 그 뜻이 펴질 수 있고, 알아주지 못하는 사람에 의해 욕을 당할 수 있는데(夫士 伸於知己 屈於不知己)', '우상은 참으로 불우한 사람이어서 말이 그처럼 슬펐던 것이다(虞裳其不遇者耶 何其言之多悲也)'. 서로의 자질을 알아주며 감격의 눈물을 흘렸던 형가와 고점리 같은 지기를 어디에서도 만날 수 없었던 것이 우상의 슬픔이었다고 연암은 설파하고 있다. 우상은 이런 슬픔을 가졌기에 낙타의 등 같은 오똑한 존재(大驚怪 橐駝背)로 자신을 비유하면서도 죽음에 이르러 '누가 또 알아주겠느냐'며 자신의 작품을 '불살랐'던 것이다(及其疾病且死 悉焚其藁曰 誰復知者 其志豈不悲耶).

알아주는 이 없는 '큰 인물[大器]'의 '슬픈 뜻'을 작가는 자연히 논어의 '才難 不其然乎 管仲之器 小哉'라는 어귀와 연결시켜 설명한다. 이 글귀는 재주 있는 사람을 구하기가 어렵다는 의미로 해석되곤 하지만, 우상의 큰 그릇을 알아주는 이 없는 시대, 그 큰 뜻이 펴지지 않는 상황을 한탄한 문맥과 연결해보면, '재주 있는 사람은 드러나기가 참 어렵다' 혹은 '재주 있는 사람은 버려져 고난을 받을 수밖에 없다'는 뜻이다. '관중처럼 재주 있는 사람도 기실은 드러나지 않는 우상과 같은 사람에 비하면 작은 사람'이라는 의미도 함축한다.

우상과 같은 능력이 발휘될 수 없는 상황을 연암은 '덕은 그릇이고 재주는 물건(德譬則器也 才藝則物也)'이라는 비유를 통해 설명한다. 덕이 넘치는 상황을 『시경』의 '옥잔에 담긴 황하의 누런 물'로, 재주가 넘치는 상황을 '솥단지 다리가 부러져 밥을 쏟는' 형국에 비유한다. 우상의 '슬픈 뜻'이야 당연히 재주가 넘치는, 즉 덕이라는 그릇이 재주를 포용하고 받아들이지 못하는 상황에서 비롯되는 것이다. 그러니 우상 같은 재주를 받아들이지 않는 덕이란 곧 빈 그릇에 지나지 않는 것이어서, 그 재주가 의탁할 곳이 없게 되는 것이다. 그 그릇이 그 재주를 받아들일 수 없을 만큼 얇은 것이다(有德而無才 則德爲虛器 有才而無德 則才無所貯 其器淺者 易溢). 연암은 우상 같은 재주를 용납하지 않는 그 얕은 포용력, 그 소견머리를 비탄하고 있다고 할 수 있다. 연암은 '지나치게 깨끗한 체 톡톡 터는 사람에게는 복이 붙지 않고 남의 사정을 잘 아는 사람에게는 사람이 붙지 않는 것(彼潔潔者 福無所寓 善得情狀者 人不附)'이라고 당대사회의 좁은 포용력을 한탄하고 있다. 중인이란 신분을 따져서 '國使'의 재주와, 백만 중국 군대보다 강한 힘을 가진 우상을 역관으로 무시한 행위, 그 얕은 소견머리의 소유자가 그 '톡톡 터는 사람(彼潔潔者)'이고, '남의 사정을 잘 아는 사람(善得情狀者)'인 것이다. 그러한 사회는 福人을 차버린 '淺器'였다.

연암은 인재가 버려지는 이 슬픈 현실을 나무가 재목이 되면 사람들이 벨 것을 생각한다는 비유로 설명하면서, 동시에 才라는 글자의 삐침이 안으로 향하고 밖으로 나가지 않는 것은 남이 빼앗을까 두려워하는 것이라고 말한다. 일본을 이길 수 있는 재주를 가진 우상을 우리들은 그릇이 작아 알아주지 않는데, 일본사람들이 알아보면 어쩌겠느냐는 경고인 것이다. 물론 이 경고는 우상 같은 인물을 밖에서 알아주는데, 그것은 참 두려운 현상이고 우리가 먼저 안에서 알아주고 써 줘야 한다는 회유와 설득의 논리가 발현되는 것이라고 할 수 있다.

자책과 설득의 논리

연암은 이러한 설득의 논리를 우상의 현실적 실체를 다시 설명하면서 전개한다. 우상은 역관으로 국내에서는 명성이 동네밖에 알려진 적이 없고 사대부들이 그 얼굴도 몰랐지만, 하루 아침에 이름이 해외에 떨쳤다고 말한다. 기개가 무지개 같았다 했다. 국내에서는 일개 역관인데, 국외에서는 '둘도 없는 國士, 國使'가 된 이 비극적 상황을, 신분을 따져 '톡톡 터는 사람들(潔潔者)'에게 설명하고 있다. '간수를 허술히 하는 것은 도적에게 훔쳐가라고 가르쳐 주는 것(慢藏誨盜)'이라는 논리로 일본을 이길 수 있는 國使 재주를 가진 역관 우상을 그릇에 맞게 써야 한다는 주장을 연암은 하고 있는 것이다. 그것이 물고기를 물에서 놀게 하는 것이며, 날카로운 무기를 남에게 보이지 않는 행위라고[62] 연암은 설득하고 있다.

우리는 앞에서 단락 가) 나) 다)의 논리가, '나라 안의 온갖 재주를 가진 사람들이 使行으로 갔는데도 불구하고 그 중 우상이 國士로 대접받은 까닭은 문장을 잘해서인데 그의 시로 이러한 것이 있다'라는 단계로 전개됨을 살핀 바 있다. 그리고 라) 마) 사)는 가) 나) 다)의 논리를 반복 변조하여, 우상의 능력이 단순히 문장에만 있지 않고, 일본의 정세를 살피고 경계하는 데 있음을 강조하고 있음을 본 바 있다. 그런데 단락 바)에서 우상을 역관이라 무시하고 그 능력을 포용치 못하는 사대부에 대한 설득이 이루어져서, 가) 나) 다)를 반복하는 라) 마) 사)는 새로운 의미를 갖게 된다고 할 수 있다. 라) 마) 사)는 앞에서 본 대로, 임란 때 중국 전체도 감당치 못하였고, 수백 년 우리 사신도 정탐 못한 일본 산천을 붓 하나로 공략한 우상에 대한 기록인데, 바)에서 이런 우상을 중인 역관이라고 용납하지 않는 당대 사회가 '淺器'임을 연암은 강조하고 있다. 연암은 바)의 변조를 통하여 우상이 처한 부조리한 상황을 고발하는 것이고, 그 부조리한 사회 구성원에 대한 설득을 병행하고 있는 것이다.

우상이 처한 부조리한 상황은 바)에서의 우상의 자화상 속에 여실히 드러나 있다. 李白 같은 재주를 가진 영혼이 철괴처럼 추한 외모를 가질 수밖에 없는 아이러니적인 비극성이다. 우상의 이 부조리한 자화상은 당대사회가 잉태한 것이었다. 그 재주를 받아들여 주지 않고(有才而無德 才無所貯), 한갓 역관에만 머물게 했던 사회구조가 배태한 비극이다. 이백의 재주에 철괴의 모습을 가진 아이러니적 존재성은 우상을 거대한 역설적 상황에 처하게 한다. 연암은 역

---

62) 魚不可脫於淵 利器不可以示人 可不戒哉.

설적 상황을, 국내에서는 동리 밖에도 이름이 알려지지 않은 역관 우상이 국외에서는 國士 대접받는 현실로 표현하고 있다. 가) 나) 다) 라) 마) 사)는 결국 이 역설적 상황의 반복이며 강조라고 할 수 있는 것이다. 연암은 이러한 부조리한 현실 속에서 역관을 '國士, 國使'로 올려놓으며, 사회가 능력에 따라 사람을 쓰는 포용력을 가져야 한다고 大器의 논리를 펴고 있다.

물건 간수 못하는 게 도적 기르는 법(慢藏誨盜)이고 利器는 남에게 보이는 것이 아니라고 설득하는 苦肉의 설득논리는, 이제 마)에서 자신을 예로 드는 自省의 논리로 이어진다. 연암은 우상이 "이 사람만은 나를 알아줄 것(獨此子庶能知吾)"이라며 자신에게 여러 번 시를 보내왔지만, 자신도 "자질구레해서 진기로운 게 없다"고 응대하여 그를 실망시켰다는 말을 하고 있다. 우상은 연암까지 자기를 무시하자 '세상에 더 이상 머무를 수 없음(吾其久於世哉)'을 탄식하고 곧 세상을 뜬다. 이 우상과의 일화를 고백함으로써, 연암은 그 자신이 세상사람들처럼 초라한 역관으로만 우상을 대접한 것을 반추하고 있는 것이다. 바)에서 본 것처럼 남의 신분과 가문이나 따지는 '톡톡 털고 남의 사정이나 잘 캐는 사람(潔潔者, 善得情狀者)'의 위치에 자신을 갖다 놓고, 우상을 제대로 보아주어야 한다는 설득의 형식을 취하는 것이다.

이런 설득의 논리는, 우상이 죽어서 신선이 되었다든가 하는 등의 말로 더 분명해진다. 외양은 철괴의 추한 모습이지만 안으로 李白이라는 바)에서의 논지를 실현하듯, 우상이 죽어서 신선이 된 것으로 묘사한다. 살아서는 한 사람도 알아주는 사람 없던 역관을 죽어서 신선이 된 것으로 묘사하는 것은, 자신이 무시했던 그 사람의 생전 혹은 사후의 그 본질적 우월성을 강조하는 회유의 논리이다. 죽어서 신선이 된 우상 같은 인물을 무시했다는 연암의 이 자기고백은 곧 가) 나) 다) 라) 마) 사)에 나타난 우상의 인물됨을 거듭 확인하는 것이다. 그런 위대한 인물을 외양만을 따져 타기하고 있는 당대 인물관이나 가치기준이 잘못임을 설득하는 바)의 회유의 논리는 아) 입전의 동기를 설명하는 부분에서 다시 확인할 수 있다.

　　우상을 五色 非常鳥로, '희대의 보물(稀世寶)'로 칭송하면서 이런 사람을 필부로 여겨서 죽은 뒤에나 그 빈자리를 느끼는 태도가 세상 인심(世道)임을 한탄한 이용휴의 輓詞를 이끌어 글을 마무리하는 것도 매우 의미 심장하다. 재주 있는 사람을 '톡톡 털어버리는(潔潔者)' 세상 인심은 단순히 신분적 질서만이 아니라 당파적 속성도 따지고 있었다. 그렇다면 반대당파라 할 수 있는 남인계열의 이용휴의 글로 마무리하는 대목에서, 연암이 신분을 따지고 당파를 따지는 이 세상 인심을 거부하고 있음을 우리는 확인할 수 있는 것이다. 이용휴의 만사 끝에 연암은 '나는 진작 우상을 만나보지 못한 것을 늘 한스럽게 여기고 있다'고 말하고 있거니와, 이는 곧 사람을 능력에 따라 정당히 대접해주지 못하고 '톡톡 털어버리고' 까탈을 부렸던 자신의 행적에 대한 반성이고, 동시에 자신 같은 그러한 사람에 대한 설득인 것이다. 깨끗한 체, 완벽한 체, 까탈부리며 정작 인재를 버리는 潔潔者가 세상을 차지하고 있는 현실, 그것을 연암은 때묻은 세상 인심이라며 부정하고 있다. 그리고 정작 중인신분 역관을 그 '깨끗한 체 털어버리는 사람(潔潔者)'들보다 더 월등한 國士의 위치에 두고 평가하고 있으니 연암은 여기에서 그 특유의 역설의 시각을 여실히 보여주고 있는 것이다.

　　⑧ 「易學大盜傳」・「鳳山學者傳」

　「易學大盜傳」

　「역학대도전」은 연암의 九傳 가운데 「봉산학자전」과 함께 산실되어 현재 작품을 대할 수 없다. 그러나 아들 종간(宗侃)이 기록한 「放璚閣外傳」 '後識'와 연암 「자서」의 기록을 유추하여 그 내용을 엿볼 수 있다. 이제 여기서 우리는 연암의 그 밖의 다른 전을 분석한 근거로 이 기록을 통해 작품구조를 추정해 볼 필요가 있을 것이다. 먼저 아들 종간의 「후지」 기록을 검토해 보자.

외숙부 芝溪 선생이 말씀하시는 것을 들었다. 「易學大盜傳」은 당시 선비라는 이름을 내걸고 속으로 권세와 잇속을 사고파는, 세력이 불꽃 같은 사람이 있어, 先考께서 이 글을 지어 풍자한 것인데, 蘇洵의 「辨姦論」과 그 의미가 같다고 한다.

그 후 그 사람이 몰락한 후에는 이 글을 불살라 버리셨는데, 선견지명을 내세우지 않으려고 그러셨다 한다.[63]

위 글은 「역학대도전」의 내용에 대한 여러 가지 정보를 우리에게 주고 있다. 첫째 작품 소재가 당대 인물이었고, 둘째 그 내용은 僞學者를 풍자한 것이고, 셋째 그러한 내용이 소순의 「변간론」과 같으며, 넷째 그 사람이 몰락한 후 불태운 것은 선견지명을 자처하지 않으려는 의도였다는 사실이다. 소재가 실재 인물이었다는 사실은 충분히 믿을 수 있는 것이다. 우리가 이제까지 분석한 「민옹전」, 「김신선전」, 「우상전」, 「광문자전」 등이 모두 실존인물을 대상으로 한 것이었다. 소순의 「변간론」과 그 뜻이 같다는 지적은 芝溪公의 견해라고 할 수 있는데, 이것이 내용상의 일치를 말한 것인지, 아니면 「양반전」을 王褒의 「僮約」과 같다고 한 지적처럼 외면 형식의 유사점을 지적한 것인지 쉽게 판단할 수 없다.

「변간론」의 내용을 간략히 살펴본다. 山巨源과 郭汾陽이 각기 王衍과 盧杞를 세상과 후손을 망칠 사람이라고 예견했는데 결국 그렇게 되었으니, 그들의 자질이 본래 나빴다고 하더라도 임금인 惠帝와 德宗이 받아주지 않았다면 그렇게 되었겠느냐는 논리다. 지금도 왕연·노기 같은 자가 있는데 그 사람을 쓰면 화가 미칠 것이라는 경고가 이어진다. 핵심적인 주지는 임금으로서 사람을 함부로 쓰지 말라는 治者에 대한 경고이다. 그런데 글의 제목이 「변간론」인 것은 왕연·노기로 비유된 인물이 표리부동한 인물이기 때문이다. 입으로는 공자의 말씀을 외우고 백이·숙제의 행동을 하며 인재를 구한다고 하지만, 저희들

---

63) 竊聞之內舅芝溪公云 易學大盜傳 當時有托儒名 而潛售權利 勢焰熏灼者 府君作是文以譏之 蓋與老蘇辨姦同意 後其人敗 府君遂焚棄此文 蓋亦不欲以先見自居也.

끼리 언어나 조작하는 도적 같은 사람인 것이다.[64]

여기에서 우리는 「역학대도전」이 「변간론」과 뜻이 같다는 지적이, 표리부동한 위선자를 다루고 있다는 차원의 것인지, 아니면 그런 인물을 쓰지 말라는 임금이나 지도층에 대한 경고까지를 포함해 말한 것인지 의문을 갖게 된다. 「양반전」이 「僮約」과 같다는 지적과 그 밖의 다른 傳의 내용을 고려하면 아마도 표리부동한 인물을 소재로 한 점을 지적한 것으로 추측된다. 그러나 단언을 삼가고 아들 宗侃의 다른 정보를 생각해 보자.

작품내용을 가장 확실히 추측케 하는 정보는 두 번째 네 번째 사항이다. 이를 통해 우리는 이 작품이 겉과 속이 다른 유학자의 행태를 그리고 있고, 이 위학자는 끝내 이중인격 때문에 몰락하는 과정을 밟았으리라는 사실을 추정할 수 있는 것이다. 그의 이중인격은 '유학자의 이름을 내걸고 속으로 권리를 흥정하는 사람(托儒名而潛售權利)'으로 표현되어 있다. 좋은 명분을 내세우면서도 안으로는 잇속을 내세우는 양반을 우리는 「마장전」과 「양반전」에서 익히 보아왔다. 그와 반대되는 인물인 「예덕선생전」의 엄행수, 「광문자전」의 광문, 「우상전」의 우상 등 실천적 능력을 가진 사람들도 확인하였다. '선비임을 내세워 이익을 파는(托儒名而潛售權利)' 이중인격은 연암의 「자서」에서 더욱 분명히 제시된다.

세상이 말세로 흐름에 따라 허위를 숭상한다. 입으로 시를 외면서 시신이 물고 있는 보석을 도둑질하며, 촌양반과 자주색이 도덕과 붉은색을 그르치고 어지럽히고 있다. 종남산에 숨는 것을 출세의 첩경으로 삼는 것은 옛부터 추하게 여겨왔던 것이다. 이에 「역학대도전」을 쓴다.[65]

---

64) 口誦孔老之言 身履夷齊之行 收召好名之士 不得志之人 相與造作言語 私立名字 以爲顔閔
    孟軻復出 而陰賊險狼 與人異趣 「辨姦論」.
65) 世降衰季 崇飾虛僞 詩發含珠 愿賊亂紫 俓捷終南 從古以醜 於是述易學大盜.

‘詩發含珠’는 莊周의 「南華經」에 나오는 말로[66] 표리부동한 도둑질을 말한다. ‘愿賊亂紫’는 모두 『논어』에 나오는 말로, 愿賊은 고루한 시골선비가 오히려 도덕을 해치는 적이라는 뜻이고, 亂紫는 어설프게 붉은 자주색이 오히려 붉은색의 질서를 해친다는 뜻이다. 모두 어설픈 얼치기가 오히려 제대로 된 질서를 무너뜨린다는 의미가 된다. ‘선무당이 사람 잡는다’와 같은 의미이다. 이로 미루어 보건대 이 작품에 등장하는 易學者는 얼치기 역학자로 묘사되었을 것으로 생각된다. 원래 변화무쌍한 『周易』의 논리와 언어를, ‘귀에 걸면 귀걸이, 코에 걸면 코걸이’식으로 해석하며 세상사를 논단하여 시세에 아부하고 권리를 훔쳤을 것이다. 서울 가까운 종남산에 은거함으로써 오히려 군자의 칭호를 얻어 출세길을 달린다는 ‘俓捷終南’의 논리를 실행하는 인물은 「마장전」에도 제시된 바 있다. 이익을 취하려면 오히려 이익을 멀리 하는 체하라는 역설의 논리를 실현하는 군자가 그 사람이다. 물건 값을 부를 때 오히려 먼산을 바라보는 교활한 논리를 실천하는 사람이다. 일반 사람들의 상식의 논리를 역으로 이용하는 행동방식이고 처세의 논리이다. 死則生의 논리이니, 적어도 ‘太極이 無極’이라는 『周易』의 논리 정도는 아는 사람이 실현할 수 있는 처세법이다. 역학자가 불꽃 같은 권세와 이익을 채울 수 있었던 것도 이같은 행동방식이었다.

이로 미루어 볼 때 「이학대도전」은, 권세와 이익을 탐하지 않고 오로지 『周易』을 연구하며 세상사를 내다보는 유학자의 삶을 그리고 있었을 것이다. 그 유학자는 세상사를 내다보는 능력에도 불구하고 자기 능력을 세상에 내보이거나 세상사에 참여하지 않아 더욱더 뛰어난 학자로 이름을 얻었을 것이다. 세상사를 이현령비현령식으로 해석하는, 알고 보면 얼뜨기인 그의 『주역』 지식은, 독단적이면 독단적일수록, 겸손한 체하면 또 그럴수록 권위를 높여갔을 것이다. 세상을 농락할 단계에 이르는 것이다. 그러나 바로 이 단계에서 그는 스스

---

66) 이하 「자서」의 故事 설명 등은 이가원 교수의 「易學大盜傳 小攷」, 『연암소설연구』에 의
　　거하며 원출처를 생략한다.

로의 모순, 표면과 이면이 괴리된, 부조리한 자기 현실 때문에 깊은 나락으로
빠져들고 만다. 이제까지 권위를 쌓아올렸던 그 표면의 모습 때문에 더더욱 드
러나는 허위의 가면이 드러날 것은 물론이다. 자기 꾀에 자기가 넘어가는 아이
러니한 요소가 여기서 개재될 것은 틀림없다. 다른 작품들의 예로 보건대, 이 가
면을 벗기는 인물, 즉 역학자와 대응되는 인물형이 설정될 가능성도 있다. 「역
학대도전」도 그 밖의 다른 작품과 결국 마찬가지로 역설과 아이러니의 기본구
조를 가진 작품임을 우리는 추측할 수 있는 것이다.

「鳳山學者傳」

「봉산학자전」은 작자 연암이 「역학대도전」을 불태울 때 함께 소실된 것으로
알려져 있다. 「역학대도전」 바로 뒤에 붙어 있었기 때문이다. 이가원 교수는
봉산에 사는 "躬耕篤行한 사람을 '참된 학자'로 추천하는 동시에 僞學僞德한
僞學者群에 대한 경종"으로 해석하면서, 위학자를 沙溪 金長生으로 추정하였
다. 이런 견해는 이 작품을 위학자 중심으로, 또는 위학자와 眞學者인 鳳山學
者와의 대립구조로 파악하고 있는 것으로 생각된다. 연암의 작품의 발상이 대
개 그러한 대립을 전제로 한 것은 사실이나, 이 작품 안에 대립적인 인물이 그
대로 존재한다고 보기는 어렵다고 생각된다. 이 작품은 眞學 내지는 眞行 자
체에 대한 탐색이 주지이고, 그러한 과정에 僞學 내지 假學이 보조적 소재 차
원에서 수용되었을 것이다. 이는 "농부가 들에서 밭을 갈면서 그 처와 손님처
럼 서로 예를 갖췄으니 눈으로 책을 읽을 줄은 모르지만 '참말 배웠다(眞學)'
고 할 만하다"는 「자서」의 기록에서 분명해진다.

집에서 부모에게 효성스럽고 밖에서 어른을 공경한다면, 학식이 없더라도 배
운 사람이라고 부른다는 것이, 비록 지나친 말이기는 하지만 거짓 도덕군자에게
경계가 될 만하다. 孔明宣은 책을 읽지 않고 3년 동안 스승 曾子의 행실을 잘 배
웠다. 농부가 들에서 밭을 갈면서 그 처와 손님처럼 예를 갖췄으니 눈으로 책을

읽을 줄은 모르지만, '참말 배웠다'고 할 만하다. 이에 「봉산학자전」을 기술한다.[67]

「역학대도전」처럼 이 작품도 실존인물을 대상으로 한 까닭에 우리는 이 봉산학자의 모습을 박람강기로 유명한 이덕무의 『青莊館全書』에서도 확인할 수 있다. 이 기록을 통해서 우리는 「봉산학자전」의 전개를 짐작해 보면서, 한편으로 연암과 이덕무가 비슷한 인식지평 위에 자리하고 있음을 주목하게 된다. 작품의 기본골격을 유추하기 위하여 이덕무의 기록을 살펴보기로 한다.

봉산 사람이 농사를 짓고 살았는데 글을 읽지 못했지만 한글은 겨우 통했다. 집에 있는 『소학언해』가 흔연히 마음에 합치되어 모든 행동거지와 언어를 거기에 기준 삼았다. 그 처와 출입할 때는 서로 절하기로 약속하고 공경스럽게 무릎 꿇고 마주앉아 날마다 『소학언해』를 읽으니, 이웃사람들이 조소하며 크게 놀라 미친 병이라고 했다. 어떤 사람은 굶어 죽을 법이라고 했지만, 흔들리지 않고 굳게 지켜나갔다.

봉산은 바닷가 외진 곳으로 옛부터 풍속이 사납고 성품이 거칠어 농업·상업으로 생계를 꾸렸는데, 특히 강건한 자들은 큰 활쏘는 법을 익혀 무과에 응시하여 독서한다고 하는 사람이 매우 드물었다. 이 사람은 본래는 보고 들은 바가 없었는데 홀연 마음에 느껴서 거친 사람들 가운데에서 스스로 행동을 바르게 했으니, 탁월한 사람이 아닌가.[68]

이덕무 스스로 내용을 두 단락으로 구분하고 있다. 무식한 봉산 농사꾼 부부가 『소학언해』를 열심히 읽고 그것을 실천하며 살았다는 것이 전반부의 요지이다. 후반부에서는 봉산이 풍속이 거칠고 광폭한데 그런 사람 가운데에서

---

67) 入孝出悌 未學謂學 斯言雖過 可警僞德 明宣不讀 三年善學 農夫耕野 賓妻相揖 目不知書 可謂眞學 於是述鳳山學者.
68) 『青莊館全書』 권50.

이런 우뚝한 사람이 나왔다고 하였다. 후반부는 봉산의 거친 환경을 제시하여 봉산 부부의 행동을 더욱 강조하는 것이지만, 역시 전반부처럼 이들 부부가 학문 능력이 없었다는 사실이 '본래부터 견식이 없었는데 문득 마음에 느끼는 바가 있어(素無見聞 忽感心)'라는 말로 강조된다. 이 말은 전반부의 '문자를 모르고 한글만 겨우 통했다(不知文而 粗通訓民正音)', '집에 『소학언해』가 있었는데 흔연 마음에 합치되었다(家有小學諺解 欣然合于心)'라는 설명과 그대로 합치되고 있다고 할 수 있다. 이 봉산 농민의 자질로 거듭 강조되는 것이 '문자를 모르고 견문도 없었다(不知文 無見聞)'는 無學 내지는 不學의 상태이다. '봉산이 바닷가 외진 곳'이라거나 '풍속과 인물이 사납고 거칠다'는 등의 배경은 봉산 농민의 '글 모르고'하고 '배운 것 없는' 자질을 한층 강화해 주는 징표들이다. 그럼에도 불구하고 이 봉산 농민은, '모든 행동을 겨우 읽은『소학언해』를 기준 삼아(凡行止言語 準此爲之) 남의 비웃음을 무릅쓰고 굳게 지켰다(猶堅定不搖)'. 이런 행동이 후반부에서는 '스스로 노력했다(自飭躬)'로 표현된다.

봉산 농민은 식견보다 행동이 월등한 사람, 다시 말하면 하나를 알고 열을 실천한 사람이다. 실천궁행한 사람의 전형이다. 식견은 겨우 『소학(小學)』, 그것도 '언해'를 통해 접한 것이 모두였다. 이 사람을 연암은 봉산학자로 이름한 것이다. 그가 「자서」에서 "책을 읽지 못하지만 정말 배웠다고 할 만하다(目不知書 可謂眞學)"고 경탄한 것과 이덕무가 전하는 봉산 농민은 그대로 일치한다. '배우지 못했지만 배웠다고 할 만한(未學謂學)' 사람인 것이다. 이덕무와 연암의 말을 종합해보면 봉산 농민은 '글은 모르지만 실천을 하고(不知文而行實)', '견문은 없지만 노력을 하는(無見聞而飭躬)' 사람으로 표현할 수 있다. 『소학언해』를 즐겨 읽고 실천했다는 자질을 중시하면 '작게 배웠지만 크게 실천한(小學而大行)' 사람이다.

봉산 농민은 학문과 행동이 등가적이지 못하다는 점에서는 모순된 존재요, 표리부동한 인물이다. 견식으로는 무시되어도 좋을 존재이지만 행동은 탁연한 인물이다. 그러니 그의 학식과 행동은 상반의 관계, 반어와 역설의 관계에 있다. 물론 그는 하나를 알면 열을 실천했다는 의미에서 긍정적인 인물임은 분명하다. 적어도 이덕무는 봉산 농민의 '배움은 모자라지만 행동이 뛰어난(學劣而行勝)' 사실을 누구보다 긍정적인 시각에서 인식해서 취재한 것이다.

연암은 긍정부정 두 인물을 모두 전제하고 있지만, '배움이 짧지만 실천 노력하는(小學而大行)' 봉산농민을 부각시킨 것이다. 「자서」에서는 분명히 '僞德한 사람들에게 경계가 될 만하다(可驚僞德)'고 봉산 농민을 강조하고 있다. 물론 이 상대적 인물, 위덕한 학자의 모습은 봉산 농민과는 반대로 '배운 것이 많지만 실천하지 않고(有見聞而無飭躬)' '글을 알지만 행동이 없다(知文而行虛)'라고 표현되거나 '大學而小行'으로 묘사될 것이다. 이렇게 부정적으로 표리부동한 사람이 나타나는 것을 연암의 전에서 우리는 익히 보아왔다. 「마장전」, 「예덕선생전」, 「양반전」의 논의에 나타나는 부정적 인물들의 전형적인 모습이었다.

앞에서 우리는 「역학대도전」의 학자를 전형적으로 표리부동한 위선적인 모습으로 추정한 바 있는데, 이 '역학대도'야말로, 學과 行이 상반되는 부조리한 존재라는 점에서 봉산학자와 대비되는 인물로 생각해 볼 수 있을 것이다. '문자는 모르지만 돈독한 행실(不知文而行實)'과 '문자를 알지만 거짓된 행실(知文而行虛)'이 각기 봉산학자와 역학대도의 얼굴이었던 것이다. 연암의 유실된 두 전 또한 반어와 역설의 구도를 내포하고 있었던 셈이다.

⑨ 「烈女咸陽朴氏傳 幷序」

문제의 제기

「열녀함양박씨전 병서」는 주지하다시피 두 개의 삽화가 연결되어 있다. 동전을 굴리며 성욕을 이겨낸 여인과 남편의 제삿날 자결한 함양박씨 삽화가 병치되어 있는 것이다. 앞의 삽화를 주목하는 논자는 인간성의 긍정과 여성 성욕의 인정 등을 글의 주제로 파악했다. 그러나 「열녀함양박씨전」이라는 제목에 유의한다면 두 번째 삽화가 이 작품의 핵심부분이 되고, 따라서 첫 번째 삽화를 중심으로 살피던 것과는 다른 결론이 도출될 수 있다. '傳'은 특이한 일생을 지낸 한 사람을 다루는 것이 일반적이다. 제목으로 보아서는 연암도 이 원칙을 지키고 있는 듯이 보인다. 그러나 작품은 이 원칙이 무시된 실상을 보인다. 여기에 독자가 혼란을 빚을 가능성이 있다. 독자는 당연히 일반적인 '傳'을 읽던 습관대로 제목이 시사하는 고유명사를 중시하여 읽게 된다. 그러나 앞의 삽화가 호기심을 끌기에 충분한 내용을 담고 있고, 뒤의 삽화는 '傳'에서는 흔히 보이는 열녀 이야기이기 때문에 앞의 삽화를 단순한 도입부분으로만 간주할 수 없어 문제가 복잡해진다.

결국 이 작품을 어떻게 읽어야 할 것인가 하는 것은, 연암의 '傳'이 일반적인 '傳'의 형태를 유지하고 있는가, 아니면 그야말로 변용인가 하는 문제와 관련이 있는 것이다. 시야를 확대하면 이 문제는 연암 문체의 성격을 어떻게 볼 것인가 하는 큰 문제와 관계된다. 뒷 삽화를 중심으로 보면 '傳'의 보편적인 형식과 내용을 유지하고 있는 '순정한 문체'로 생각할 수 있을 것이나, 반대의 경우 '문체반정'의 대상으로서의 燕巖體를 상정할 수 있겠기 때문이다.

이 작품을 어떻게 읽어야 할 것인가를 해결하기 위해서는 「열녀함양박씨전」이라는 단일 인물의 표제에 '幷序'라는 말을 덧붙이면서 왜 두 편의 삽화를 병렬시켰는가 그 이유를 살펴야 한다. 즉 두 삽화가 傳의 구조 속에서 어떠한 유기적인 의미관계를 형성하고 있는가 추적할 필요가 있는 것이다.

단락 구분

이 작품은 '史評'이 앞에 있으므로 '烈傳體의 變體'라는 것은 이가원 교수가 지적한 바 있다.[69] 이 사평 밑에 두 개의 삽화가 연결된 것으로 보고 작품을

---

69) 이가원, 앞의 책, 740면.

분석하는 논리는 성현경 교수가 시도한 바 있다.[70] 본고는 이러한 논리를 계승하면서 각 삽화간의 의미적 관계 및 사평과의 연관성을 연암의 논리 전개방식이 실현된 것으로 보고 분석하고자 한다.

앞에 위치한 사평 부분은 "齊人有言曰 … 豈非過歟"이다. 첫 번째 삽화는 동전을 굴리며 성욕을 참아낸 수절과부 이야기이고, 두 번째 삽화가 함양박씨 이야기이다. 그런데 두 삽화의 뒤에 붙어 있는 연암의 '評'을 이해하는 방법에 따라 구조를 달리 볼 수 있다. 요컨대 각 삽화의 평을 어디까지 끊어서 어떤 내용으로 받아들일 것인가에 따라 전체 작품의 골격을 달리 생각할 수도 있는 것이다.[71] 따라서 앞의 사평과 두 삽화에 대한 '평'의 관계를 주목하여 파악하려 한다. 먼저 작품을 평면적인 서술방법대로 단락지어 보기로 한다.

1. '개가한 사람의 자손은 정직에 임용하지 않는다(改嫁子孫 勿敍正職)'는 규범에 따라 평민 여인들까지 과부로 지내니 옛 열녀의 뜻은 오늘날에 와서는 과부가 된 셈이다(齊人有言曰 … 烈則烈矣 豈非過歟).

2.1 높은 벼슬을 한 아들이, 과부 자손의 벼슬을 막으려 하는 것을 알고 과부

---

70) 성현경, 「「烈女咸陽朴氏傳」과 「烈女咸陽朴氏傳竝序」의 構成」, 『韓國古典散文研究』, 同和文化社, 1981.

71) 이가원 교수는 (1)齊人有言 … 豈非過歟, (2)昔有昆弟名官 … 無以見殊節於寡婦之門, (3)余視事安義之越明年 … 其實竟守空衣云, (4)旣而咸陽郡守 … 豈非烈也로 보았다. (1)史評, (2)과부삽화+연암의 평, (3)함양박씨 삽화, (4)연암의 평으로 본 것이다. 같은 연암의 評인데 4만을 독립시킨 것은, 이 작품을 3을 중심으로 한 전으로 보려 하는 의도가 아닌가 생각된다. 성현경 교수는 (1)齊人有言曰 … 豈非過歟, (2)昔有昆弟名官 … 君子聞之曰是可謂烈女矣, (3)噫 其苦節淸修 若此也 … 故微一死 無以見殊節, (4)余視事安義之越明年 … 居昌愼敦恒立言士也 爲朴氏撰次其節義, (5)始終其心豈不日 … 竟遂其初志 豈非烈也로 나누었다. (1)序, (2)삽화, (3)評, (4)삽화, (5)評으로 나눈 것이다. 그런데 (1)(2)(3)을 序, (4)를 本, (5)를 評으로 재구하여 이 작품이 전형적인 '전'의 모습이라고 했다. 작품 제목의 '竝序'라는 기록에 주목한 것이다. 함양박씨 삽화를 중심으로 생각한 것은 이가원 교수와 논지가 같다고 생각된다. 평을 구분하는 기준이 문제가 되는 것을 알 수 있는데, 본고는 각 삽화에 대한 두 개의 평을 모두 대등한 것으로 보려 한다. 두 삽화 병렬구조로 보는 것이다.

인 그 모친이 동전을 굴리며 성욕을 감내하고 살아온 내력을 이야기했다
(昔有昆弟 …. 子母相持而泣).

2.2 군자들이 듣고 열녀라고 했다.

2.3 진실로 苦節·淸修이나 다만 자살하지 않은 이유로 이름이 드러나지 않았
을 뿐이다.

3.1 내가 안의현에 있을 때 林述曾 아내가 남편이 죽은 지 3년 만에 자살했다.

3.2 함양 군수 尹光碩이 '烈婦傳'을 짓고, 산청 현감 李勉齊도 전을 짓고, 거
창 愼敦恒도 절의를 서술했다.

3.3 친척들이 망령된 생각을 할 것을 피해 2년 喪에 죽으니 어찌 烈婦가 아니
겠는가?

1은 烈婦에 대한 연암의 일반적인 견해다. 2.1은 忍死符(동전)를 굴리며 성
욕을 감내하고 살아남은 여인에 대한 삽화이다. 2.2는 2.1삽화에 대한 평인데,
군자의 평과 연암의 평이 나란히 있다. 3.1은 자신이 직접 목격한 함양박씨 자
살 삽화이다. 3.2는 그에 대한 평인데 2.2에서와 마찬가지로 다시 두 부분으로
나뉜다. 연암은 평을 하면서 3인칭 인물의 칭찬을 먼저 내세우고 자신의 말을
이어갔다. 2.2와 3.2 두 평은 같은 형태인 셈이다. 따라서 두 개의 삽화도 병렬
적인 것으로 생각할 수 있다. 병렬로 생각할 때, 이 작품의 의미는 재구되어야
한다. 반대되는 행동을 烈婦라고 동일하게 평가한 2.2와 3.2는 어느 것도 그 삽
화의 내재적 의미나 연암이 말하려던 전체적 의도를 충분히 말해 주는 것으로
볼 수 없기 때문이다.

역설적 삽화배열

두 개의 삽화를 병렬구조로 읽어야 한다고 했다. 여기에서는 병렬구조가 갖
는 의미를 추적해 본다. 이 의미가 제대로 설명될 때, 병렬구조는 타당성을 부
여받을 것이고, 연암 문체의 특성을 살피는 계기가 될 수 있을 것이다. 논의의

편의를 위하여 앞의 단락을 좀더 간단히 요약해 본다.

> 1. 평민의 여인도 '절개'를 위해 남편을 따라 자살하니 지나치지 않는가.
>
> 2.1 예전에 … (동전을 굴려 성욕을 이겨내며 죽지 않고 아들을 길러낸 부인)
>
> 2.2 苦節·淸修이지만 자살하지 않아 이름이 드러나지 않았을 뿐이다.
>
> 3.1 내가 안의현에 있을 때 … (남편따라 자살한 함양박씨)
>
> 3.2 지아비가 죽은 것과 같은 날 그 처음 뜻을 이룩했으니 어찌 열부가 아니겠는가.

일반적으로 '傳'을 읽던 시각에서 보면 작품의 핵심적인 부분은 함양박씨에 대한 3이다. 제목에 내세워진 주인공을 '立傳'한 이유를 확실히 볼 수 있기 때문이다. 분량도 제일 많다. 이렇게 보면 1과 2부분은 「열녀함양박씨전 병서」 그대로의 序가 된다. 따라서 이 傳은 序·本·評의 일반적 '傳' 형식을 유지하고 있는 셈이고, 그 주제도 유학자들의 '傳'에서 흔히 볼 수 있는 열녀에 대한 칭송이다. 그러나 이 작품을 이렇게만 읽고 말 수는 없다. 「서」 부분에 왜 살아남은 과부 2삽화를 수용했는가 하는 의문을 해결할 수 없기 때문이다. 삽화 2가 어떤 기능을 하며 함양 열녀 3과 연결되는가를 설명해야 한다.

이 관계를 살피기 위하여는 일단 두 삽화를 대등하게 놓고 비교할 수밖에 없는데, 이때 주목되는 것은 두 삽화 주인공의 대비되는 행동이다. 2삽화의 주인공에 대하여는 군자와 연암이 모두 열녀라고 했고, 3삽화의 주인공에 대하여는 尹光碩·李勉齊·愼敦恒 등이 「烈婦傳」을 지었고, 연암도 열부인 까닭을 서술했다. 그런데 두 여인은 모두 열부라는 평을 받고 있으나 사실 이들의 행동은 정반대였다. 2의 여인은 정욕을 이기지 못해 동전을 굴리며 자살 충동을 이겨낸 사람이다. 동전은 그래서 忍死符가 되었다. 그러나 3의 함양박씨는 19살에 결혼하여 22살에 남편 따라 자살했으니 이 박씨야말로 조선조 유학자들의 기준에 맞는 열녀였다. 연암 자신도 남편을 따라 짐술을 먹고 자살한 여인의 행적을 기리는 「李烈婦事狀」 등의 글을 남기고 있다.

일반적인 눈으로 보아 상반되는 행동을 한 두 여인을 열부라고 열거한 연암의 본래 의도는 연암의 직접 기술인 1을 주목하면 해결된다. 1에서 연암은 "개가한 자손에게 정직을 제수하지 않는다(改嫁子孫 勿敍正職)"는 법전이 일반 백성들에게는 해당되지 않는 것임에도 모든 여자들이 과부로 남아 있으니, 과부가 되어야만 이른바 열녀의 대열에 낄 수 있다고 하였다(古之所稱烈女 今之所在寡婦). 그리고 그것도 부족히 여겨 자살을 하니 곧기는 곧지만 지나치다 하였다. 여기에서 연암은 살아남은 과부와 자살한 열녀 모두 본래의 國典에 없는 행위를 한 사람이라고 문제를 제기한 셈이다. 그렇다면 2, 3의 두 여인은 이러한 두 경우의 예로서, 즉 일반적 상황에 대한 구체적인 증거로 제시된 것으로 생각할 수 있다.

2삽화의 여인은 정욕을 극복하고 자살을 하지 않아 두 자식을 名宦으로 키울 수 있었다. 연암은 오로지 죽어야 열녀라는 이름이 나는 세상에서, 죽지 않은 이유 때문에 뛰어난 절개가 드러나지 않은 것이라고 했다. 이 말을 역으로 해석하면, 세상에 이름내려는 욕심으로 여인들이 자살을 하는데, 정욕에 못 이긴 자살충동을 극복하고 자식을 길러낸 이 여인이야말로 참된 수절과부이고 열녀라는 주장이다.

뒤의 함양박씨 삽화는 안의현감으로 있을 때의 경험을 서술하는 형식으로 제시되었다. 삼년상을 마치고 자살한 박씨를 연암은 칭찬했다(烈哉斯人). 통인에게 물으니 그 집안과 남편 집안은 모두 아전 집안이었다(女家世縣吏 嫁爲咸陽林述曾妻亦家世郡吏也). 박씨의 생전 행적을 전해주는 아전들의 말에 의하면 그녀는 남편이 병으로 곧 죽을 것을 알면서도 정혼의 약속을 지켜냈다. 당시의 관념으로 보면 일개 아전의 딸과 부인으로서 사대부 여인에 앞서는 열부였던 셈이다. 이 소식을 들은 아전과 연암은 모두 찬탄을 하고 있다. 그러나 "改嫁子孫 勿敍正職"이라는 개가금지 법전의 내용이 서민에게는 해당되지 않는 것임에도 신분의 고하를 막론하고 과부로 남고 자살까지 한다는 1에서의

연암의 말을 상기하면, 사실 연암의 內心은 찬탄이 아닌 哀歎이었음을 쉽게
알 수 있다.

　일반론 1과 삽화 2와의 관계를 고려하지 않고, 함양박씨라는 제목에 따라
박씨 삽화인 3을 傳의 본론으로 읽을 때, 독서자는 박씨를 열녀라고 감개치 않
을 수 없다. 박씨의 죽음을 보고 「열부전」을 쓴 尹光碩과 愼敦恒 등 立言士와
같이 되는 것이다. 그러나 박씨에 대한 연암의 평을 앞 부문 1과 연결하여 세
심히 읽으면, 연암은 겉으로는 세태의 논리를 따르고 있으나 속마음은 달랐음
을 알 수 있다. 연암은 죽은 박씨의 속마음을 “친척들이 나를 보고 애닯아 할
것이고, 주변 사람들이 망령된 생각을 할 것이니 빨리 죽어야겠다”고 헤아리고
있다. 그녀는 연암이 1에서 말한 “이름없는 촌부들과 평민 청상들까지도 부모
가 생각 없는 강요를 하는 것도 아니고 자손의 벼슬길이 막히는 것도 아닌데,
절개지키는 것만으로 부족하게 여긴다(至若田舍小婦 委街靑孀 非有父母不諒
之逼 非有子孫勿敍之恥 而受寡不足以爲節)”는 사실과 부합하는 여인이다. 결
국 부질없이 죽는 여인의 전형적인 예로 함양박씨를 연암은 드러낸 것이라 할
수 있다. 아전들이 박씨의 열부로서의 행위를 세세히 밝힐수록, 또 立言士들이
박씨를 열부라고 입전할수록 연암은 비장한 안타까움만을 거기에서 느꼈던 것
이다. 그러나 공식적으로 세상에 통하는 그 논리를 반박할 수 없는 일이어서
대비되는 삽화를 제시하여 속생각을 은밀히 표시했던 것이다.

　대비되는 2삽화가 의미하는 것은 무엇인가 들어보자. 소문이 있는 과부 자
식의 淸路를 막으려 했던 두 아들의 논리에 따르면 함양박씨는 죽는 것이 마
땅했고, 참으로 열부였다. 과부로 살아남는 일로서는 “改嫁子孫 勿敍正職”을
만족시키는 일도 절개를 지키는 행위도 아니었기 때문이다. 따라서 두 아들은
박씨의 전을 쓴 윤광석·이면제·신돈항 및 여러 아전들과 같은 가치관을 가
진 인물이다.

　그러나 아들의 논리는 어머니의 현실 앞에 무너진다. 어머니는 동전을 忍死
符라 하면서 그것을 굴리면서 음양의 원리에서 비롯되는 정욕을 견뎌냈던 과

거를 이야기한다. 정욕을 이겨내지 못했으면 죽을 수밖에 없었다는 것, 정욕을 이겨냈기에 오늘날까지 살 수 있었다는 말이다. 부인은 밤마다 정욕이 일어날 때, 즉 그것을 이기지 못해 자살충동을 느꼈을 때마다 위기의 순간을 넘겨준 忍死符의 공을 못 잊는다고 한 것이다. 이 논리라면, 자살이란 정욕을 이기지 못한 사람의 행동이다. "친척들이 애달파 할 것이고 주변 사람들이 잘못 생각할 것이니 죽는 것이 낫다"는 함양박씨의 자살논리는 표면적인 것이고 사실은 정욕을 이기지 못한 때문이라는 것이 연암의 생각이다. '시골 촌부(田舍小婦)'와 '평민 과부(委巷靑孀)'가 부모의 핍박이 없는데도 자살한다는 1의 속뜻과도 일치하는 것이다 .

　2의 삽화는 작품의 다른 부분과 연결하여 볼 때, 첫째로는 과부 후손의 출세를 막는 사람의 행동을 비판한 것이고, 둘째로는 3삽화 박씨를 열녀라고 칭송하는 인물들의 논리를 비판한 것이라고 생각된다. 과부들이 자살하고 자살하지 않은 실제의 이유가 무엇이며, 진실한 열부가 어떤 사람인지를 논파하고 있는 것이다. 정욕이 일 때마다 자살충동을 극복하고 두 아들을 키워 낸 부인이야말로 문자 그대로 곧고 바른 의지를 가진 열녀가 아니겠느냐는 항변인 셈이다. 과부 후손의 淸路 진출을 막고 있는 두 아들을 모친이 훈계하듯, 연암은 스스로 과부로 화하여 열녀에 대한 새로운 정의를 독자들에게 내려주고 있는 것이다. 살아남은 어미는 苦節·淸修이고 그 아들은 그래서 淸宦의 자격이 있다는 것이다.

　연암은 살아남은 열부와 죽어간 열부, 두 대립되는 삽화를 병치하여 논리를 구성한 것이다. 그렇다면, 일반적인 傳에서처럼 직설적인 언어를 피하고 삽화를 병치한 이유, 그 주제와 작품구조의 관계는 무엇인가.

병렬구조와 주제의 관계

　이제까지 우리는 이 작품이 1. 일반론, 2. 살아남은 열부, 3. 자살한 열부 형태의 병렬구조를 가지고 있음을 파악했다. 열부에 대한 정의를 새롭게 하면서 과부의 자살하는 속마음을 살펴, 사회적 규범과 제도를 잘못 받아들이는 행동을 비판하고 있음을 보았다. 2삽화의 살아남은 열부를 연암의 변신으로 생각하고, 1일반론과 3삽화의 관계 속에서 연암의 주장을 정리해 보면 다음과 같다.

> 1. 자살하는 과부는 참된 열녀라고 할 수 없다.
> 2. "改嫁子孫 勿敍正職" 등 제도적인 압력 때문에 과부가 개가를 못하며 정욕을 이기지 못하여 자살에 이르게 된다.
> 3. 자살하는 여인을 열부로 평가하는 것은 잘못이며, 오히려 정욕을 견디면서 수절한 여인이야말로 정욕에 굴복하지 않는 苦節·淸修이다.

이상의 의미는 이 작품을 함양박씨를 중심으로 한 평면적인 전으로 생각할 경우 파악할 수 없는 것이었다. 1. 2를 序, 3을 本과 '史評'으로 생각할 경우, 이 작품은 전형적인 傳의 형태로서 사대부들이 흔히 쓰던 형식과 내용을 가진 것이라고 할 수 있다. 연암도 제목을 「열녀함양박씨전 병서」라 하며 이 글의 주 의도가 함양박씨에 대한 묘사에 있는 것으로 표현했다.

그러나 이렇게 읽는 것이야말로 연암의 기교에 넘어가는 것이라고 할 수 있다. 연암의 본래 의도는 앞에서 본 바와 같이 박씨의 열부됨을 찬탄하려는 것이 아니었다. 앞 삽화의 忍死者에 비하여 얼마나 부질없는 행동을 했는가를 보이는 증거로서 박씨의 죽음을 빌어왔을 뿐이다. 오히려 연암이 모범으로 생각하여 기리고 싶었던 인물은 '竝序'라는 제목의 일부에서 암시하는 것처럼 2삽화였다고 할 수 있다. 2삽화를 중심으로 읽을 때 함양박씨는 1, 2에 보이는 연암의 주장을 증거하고 보강하는 부수적 역할밖에 하지 못한다. 부정적인 삶의 전형으로서, 긍정적인 인간상으로서의 2삽화 주인공을 장식해 줄 뿐이다. 그렇다면 실제적인 구조는, "序(1.일반론, 2.1 삽화, 2.2 평), 本(3.1 함양박씨), 評(3.2 박씨에 대한 평)"의 형태라기보다 "2.1이 本이고, 2.2가 사평의 역할"을 하는 형태라고 할 수 있다. 이런 분석은, 그 뒤의 함양박씨 삽화를 처리하기 곤

란할 뿐더러 『史記烈傳』 등이 보이는 序·本·評 3단계 형식으로 설명하려는 선입관을 만족시켜 주지 못하는 단점이 있다. 그러나 이러한 傳에 대한 선입견을 가지고 이 작품을 읽으면 연암의 의도와 작품의 개성을 잃어버리게 된다. 제목 자체는 傳이지만 이 작품을 연암은 正格의 傳으로 생각한 것 같지 않다. 제목을 그렇게 붙이고 두 개의 대조적 삽화를 병렬한 것에서 오히려 연암의 독특한 스타일을 볼 수 있다.

앞에서 살폈듯 연암의 원래 의도는 박씨의 행적을 기록하여 후세에 모범으로 드러내는 것이 아니었다. 그렇게 죽을 필요가 없다는 말을 위한 소재로 수용했을 뿐이다. 오히려 보이고 싶었던 것은 앞의 삽화 주인공이라 할 수 있으며, 그보다 말하고 싶었던 것은 여자도 개가해야 한다는 것이었다. 연암의 환경에서 이런 주장을 공개적으로 말할 수는 없었다. 자신에 대한 비난과 박해는 고사하고라도, 그가 상대해야 했던 사람들은 직설적인 언어로 설득될 대상도 아니었다. 그래서 연암은 일단 박씨는 박씨대로 열부라고 칭찬해 놓고, 그 앞에 그 반대되는 인물을 병치했던 것이다. 그럼으로써 누가 정말 열부냐, 과부가 자살하는 진정한 이유는 뭐냐 하는 문제를 심각하고 사실적으로 제시할 수 있었다. 오히려 정말 하고 싶은 말의 논리를 보강하는 효과도 얻은 셈이다. "이런 훌륭한 열부가 있다"는 말은 역설적으로 "이렇게 의미 없이 비참하게 죽어가는 여인이 있다"로 해석될 수 있기 때문이다.

이렇게 연암은 자기의 할 말을 다하고 있었지만 누구도 연암을 과부의 개가를 주장하고, 개가금지의 국법을 모독하며 綱常을 어겼다고 함부로 비난할 수 없었다. 제목을 큰 글씨로 '烈女咸陽朴氏傳'이라 하면서 박씨의 행위를 겉으로는 칭찬하는 체했으니, 웬만한 독자는 박씨를 열녀로 기린 傳으로 읽었을 것이다. 설사 독자가, 야유 내지는 비탄조로 박씨를 이야기하고자 하는 본래의 의도를 간파하여 공박하더라도 연암은 正格의 傳으로 읽어야지 무슨 소리냐고 변명할 장치를 마련하고 있었기 때문이다.

결국 이 작품은 모범적인 傳으로 읽는 사람에게는 正格의 傳이 되고, 變體

로 읽는 사람에게는 변체가 되고, 論에 가깝다고 생각하는 사람에게는 論이 될 수 있는 다면성을 지니고 있는 셈이다. 이 중 어느 하나의 형식으로 보는 관점에서 연암 문체의 특성을 논하는 것은 연암의 의도와 문체를 곡해하는 것이 틀림없다. 연암은 어느 하나를 典範으로 했던 문필가가 아니었고, 모두의 성격을 적극적으로 수용하면서 그것들이 한 작품 안에서 유기적인 작용을 하도록 이끌었다. 이것이 연암의 문체상의 창조적인 개성이라고 할 수 있는 것이다. 이러한 문체를 성립시킨 배경은, 첫째 새로운 생각은 새로운 글의 형식으로 담아야 한다는 연암의 인식론적 논리이고, 둘째 앞에서 언급했듯, 할 말은 다 해야 하지만 직접적인 공격은 피해야 하는 상황이라고 할 수 있다.

小結

이상에서 우리는 「열녀함양박씨전 병서」가 두 인물 삽화를 병치함으로써, 결과적으로 제목이 표명하거나 일반적인 傳이 가지고 있는 것과는 전혀 다른 주제의식을 형성하고 있음을 살펴보았다. 두 삽화가 병렬되어 유기적 관계를 이루면서 주제를 표출하기 때문에, 독자는 이 작품에서 작자가 일방적으로 전달하는 말을 수용하지 않는다. 앞에서 언급했던 것처럼 열녀란 과연 무엇이냐 하는 문제를 논의하는 성격을 가지고 있지만, 서술자가 관념적·추상적인 언어로 논리를 전개하지 않는다. 오히려 경험적 자아를 내세워 내가 이런 반대되는 두 사람의 열녀를 보았는데 여러분은 어떻게 생각하느냐고 묻는 형식을 취하고 있다고 할 수 있다. 독자는 스스로 생각하고 판단하고 결론을 내리는 과정을 밟게 된다. 삽화 자체가 작가의 완결된 관념이나 가치판단을 싣고 독자에게 전달되는 것이 아니고, 서술자 자신도 삽화 안에서 극화되어 장면을 형성하면서 독자 앞에 나타나기 때문이다.

박씨 삽화의 경우 경험적인 사실이기 때문에 경험적 서술자가 삽화 안에 들어가는 것은 당연하나, 박씨의 행장을 작자(서술자)가 직접 관념을 실어 서술하지 않고 아전들(유학자의 전에 나타나는 관념적 서술자 노릇을 이들이 하고 있다)을 통해 사건을 설명함으로써 독자로 하여금 사건과 거리를 둔 위치에서 열녀의 의미를 생각하게 한다. 독자는 서술자를 작품 속의 3인칭 인물로 생각하고 이야기를 전달받아서 의미를 재구할 뿐이다. 이것은 첫번째 삽화에서도 마찬가지다. 서술자 자신이 과부의 입장이 되어 주장을 극화한다.

연암은 미리 판단된 가치관을 일정한 문학적 틀에 담았던 것이 아니고, 자기가 판단하게 되는 과정 자체를 독자에게 제시했던 것이다. 人慾에서 비롯되는 자살충동을 이겨내기 위해 윤곽이 닳도록 동전을 굴렸고, 그래서 그것을 忍死符라고 불렀던 여인과, 겉으로는 부모의 걱정을 덜어주고 남편을 따른다는 변명을 했지만 정욕을 못 이겨 자살한 여인들을 만나면서 독자는 "改嫁子孫勿敍正職"의 금제를 다시 생각할 것이고 열부의 의미를 반추할 것이다. 앞장에서 자세히 논했지만, 두 삽화의 병렬배치에서 오는 이러한 효과는 연암의 문체적인 특징의 실현이다. 연암의 傳은 傳에 대한 어떤 선입관에 의한 분석도 거부하고 있음을 「열녀함양박씨전 병서」는 증거하고 있는 것이다. 연암의 문체가 變格인 것은 틀림없다. 그러나 그것은 단순히 正格을 벗어났다는 뜻에서가 아니다. 그는 주제에 따라 쓸 수 있는 모든 형식을 유기적으로 통합하고 있다고 할 수 있는데, 생각에 따라 형식은 달라질 수밖에 없다는 것을 확신한 연암에게는 그것이 오히려 정격이었을 것이기 때문이다.

⑩ 小結 : 박지원 전의 성격, 역설과 반어의 구조

이제까지 연암의 전이 가진 성격을 특히 역설과 아이러니의 구조로 살펴보았다. 이 역설과 아이러니가 어떠한 사상적 문학적 의의를 지니고 있는가를 살피기 위하여 이제까지의 논의를 정리해 볼 필요가 있다.

「마장전」에서 우리는 이 작품이 표면적으로는 '벗'라는 주제를 내세우고 있지만, 이면에서 '信'을 가장한 인간행태를 총체적으로 조망하고 있음을 확인하였다. 장쾌·管中·蘇秦·信妾·信友·君子들이, 信과 忠이라는 인간 사회의 도덕과 윤리를 술책차원에서 이용하는 모습을 폭로한다. 이 과정에서 연암은 信과 忠 속에 勢·名·利를 감추고 있는 인간의 허위의식을 폭로하는 것이다. 송욱은 信과 忠의 행동이 함축하고 있는 부정적인 의미를 역설의 논리로 부정하고 있는 것이다. 미쳤다는 소리를 듣는 송욱의 '發狂'은 부조리한 인간의 허위의식을 거부하는 그의 역설적 존재성을 말해 주는 것이고, 그가 간직한 역설적 진실성을 표현하는 것이다. 그는 겉으로는 위엄을 부리면서 속으로 자기 속 차리는 사람들, 즉 色莊而內荏한 사람들의 시각에서는 당연히 미친 존재가 될 수밖에 없었던 것이다. 이렇게 보면 「마장전」은 겉으로 信과 忠을 내세우며 속으로 勢·名·利를 취하는(色信而內利) 부조리한 인간에 대한 송욱의 역설을 구조화한 작품인 것이다.

　표면과 이면이 일치하지 않는 인간행위의 부조리를 역설적인 시각에서 폭로하는 구조는 「역학대도전」과 「양반전」도 가지고 있었다. 「역학대도전」은 물론 작품은 전하지 않고 있다. 그러나 연암의 「자서」와 아들 宗侃의 後識에 '겉으로 유학자임를 내세우고 속으로 이익을 흥정하는(托儒名而潛售權利)' 역학선생은 信을 가장하여 名利를 누리는 인물행태 그대로이고, 송욱과 대응되는 인물로 제시된 바 있는 거짓 군자의 '色莊而內荏'과 일치한다. '서울 가까운 종남산에 은거하며 명리에 담박한 체하여 출세의 첩경'으로 삼는다는 논리(倢捷終南)는, '의심살 만한 일을 해 놓고 기다려서 오히려 신뢰를 산다(使人欲吾信也 設疑而待之)는 「마장전」의 행위윤리 그대로이다. 표면적인 행동체계에 고착되어 외면만을 믿어버리는 세태를 역으로 이용하는 행동방식이다.

　「역학대도전」과 「마장전」은 이렇게 이중성을 지닌 부조리한 인간을 역설의 시각으로 폭로하고 있다는 점에서 동질적이지만, 근본적인 차이점도 있다. 「마장전」은 송욱이 忠과 信을 내세운 인간행태에 대한 역설적 시각을 조탑타와 장덕홍에게 논리적으로 설명하고 있을 뿐이다. 송욱의 시각에서 조탑타와 덕홍에게 인간행동의 모순을 깨우쳐 주고 있으니 언어적 역설이 작품에 관류하고 있다고 할 수 있다. 일상적 시각을 가진 조탑타와 장덕홍의 대화로 논의가

루어진다는 점에서 보면 역설의 시각이 전경화 내지 장면화하고 있다 할 수 있다. 그러나 부조리한 인간형이 인물로 설정되어 행동하는 서사적 요소는 나타나지 않는다. 반면 「역학대도전」은 우리가 작품을 볼 수 없기에 논의의 한계가 있지만, 서사적 요소가 도입되었을 것으로 확신할 수 있다. '겉으로 선비 이름을 걸고 잇속을 팔아 불꽃 같은 세력'을 이룬 인물이 결국 몰락했다고 「자서」는 기록하고 있다. 부조리한 존재성으로 인해 그것이 자기 함정이 되어 오히려 깊은 나락으로 빠져드는 역학선생은 부조리하고 반어적 존재이기에 역설적인 상황, 아이러니의 서사구조 속에 들어가고 있다. 「마장전」이 언어적 역설이라면 「역학대도전」은 그 언어적 역설이 행동화되는 서사적 역설이라고 할 수 있다. 아이러니의 서사구조를 갖는 것이다.

반어적 존재로서의 부조리한 인간이 아이러니한 상황과 서사구조를 실현하고 있다는 점에서, 「양반전」과 「역학대도전」은 동질적이라고 할 수 있다. 정선 양반도 「마장전」에서 비판의 대상이 되었던 군자처럼 반어적이고 역설적인 자기모순을 가지고 있었다. 현실적인 능력과 부는 소유하지 못하고 표면적인 貴만을 가지고 있었기 때문이다. 그의 '어질고 책 읽기 좋아하는(賢而好讀書)' 외면적 자질은 내면으로 '환곡 천 석의 빚'만 쌓아가는 반어적인 능력에 다름 아니었다. 그러기에 군수가 매매문서에 열거하는 양반의 품격과 권리는 철저히 역설의 논리로 점철되는 것이다. 고귀하고 품격 높은 양반이 되기 위해 요구되는 자질은 철저한 무능력자가 되라는 선언이었다. 이것은 곧 언어적 역설이라고 할 수 있다. 그런데 이렇게 '귀하면서 가난(貴而貧)'하여 부조리한 존재인 양반이 자기모순 속에 빠져 들어가며 아이러니한 상황을 연출한다. 철저한 양반이 되기를 고집했기에 양반은 결국 양반직을 팔게 되는 역설적 상황 속에 처하게 되고, 아이러니의 서사구조로 양반매매 장면이 설정되는 것이다. 양반의 권리 조항을 담은 문서도 결국 양반은 도둑이라는 반어적인 논리를 담고 있었다. 그러기에 매매는 성립하지 않는다. 매매를 합법화한다는 군수의 행동은 오히려 매매 성립을 방해하는 아이러니한 상황을 초래하고 있다. 「양반전」은 역설의 논리와 아이러니한 구조를 끝까지 유지하게 되는 것이다.

매매문서 등에 보이는 역설의 논리로 양반의 모순적인 모습을 폭로한다는 점에서 「양반전」은 「마장전」과 통한다. 주인공 인물이 아이러니한 자기모순의 서사적 상황에 빠진다는 점에서는 「역학대도전」과 통한다. 그러나 한편 「양반전」은 이 두 작품과 근본적으로 다른 점이 있다. 자기모순의 부정적인 면모를 가진 인물뿐 아니라, 그에 상반되는 긍정적 인물이 설정되어 있다는 점에서 「양반전」은 두 작품과 다르다고 할 수 있다. '책 읽기를 좋아하지만 가난하고 무능력한 양반', '존귀하지만 가난한 양반'에 대응되는, '무식하지만 능력있고' '천하지만 부유한' 상민이 등장하는 것이다. 「역학대도전」과 「마장전」의 부정적 인물이 배태하고 있는 긍정적 존재를 우리에게 보인 것이다. 이 긍정 부정의 대립항으로 인해 「양반전」은 두 작품보다 아이러니한 상황이 더 복잡해지고 그만큼 골계성과 풍자성을 더 띠게 되는 것이다.

「마장전」「역학대도전」「양반전」이 표리부동한 부정적 존재를 부각시키고 있다면, 「예덕선생전」「광문자전」「봉산학자전」「우상전」은 그와는 대립적 존재로서의 긍정형 인물을 부각시키고 있다. 앞의 작품들이 '겉은 그럴듯하지만 속이 빈(外實內虛)' 인물을 그리고 있다면 뒤의 작품들은 '겉은 비었지만 속인 실한(外虛而內實)' 인물을 다루고 있다는 점에서 두 작품군은 연암의 가치질서 속에서 상보적 짝이 되고 있다고 할 수 있다.

「마장전」의 구조를 역으로 뒤집어 놓은 것이 「예덕선생전」이라고 할 수 있다. 우선 두 작품은 모두 토론의 형식으로서 언어적 역설을 기본구조로 하고 있다는 점에서 공통점이 있다. 외면으로 긍정적이지만 이면으로 부정적인 인물형에 대하여, 송욱은 이면을 보고 조탑타와 장덕홍은 표면을 보는 역설적 토의 형식이 마장전이다. 반면 「예덕선생전」은, 외면이 부정적이고 이면이 긍정적인 인물형에 대해, 선귤자와 자목이 시각을 달리해서 논의하는 구조를 가지고 있다. 「예덕선생전」 전반부가 「마장전」에서처럼 사대부에 대한 논의로 시작하고 있다는 것에서 우리는 두 작품이 동질적 구조임을 더욱 확신할 수 있다. 「마장전」에서 표면적으로 송욱과 조탑타가 '벗'이 무엇이냐에 대한 논의로 인간형을 탐색하고 있는 것처럼, 「예덕선생전」도 선귤자와 자목이 왜 예덕선생을 '벗'으로 삼느냐에 대한 토론을 거치고 있다. 두 작품은 역설의 시각, 반어의 논리를 보여준다는 점에서 동질적이다. 부정형 인물과 긍정형 인물을 부각시킨다는 차이가 있을 뿐인 것이다.

「역학대도전」에서는 +(−)한 인물의 자기모순에 의한 아이러니한 상황이 전개되는 반면, 「봉산학자전」은 −(+)한 인물의 +구현의 모습을 보여준다. 두 작품이 「마장전」과 「예덕선생전」의 관계처럼 대응되는 짝을 이룬다고 할 수 있다. 봉산학자는 언문 소학밖에 읽지 못했지만 실천궁행하여 학자의 이름을 얻은 인물이다. '배움은 적지만 크게 실천(小學而大行)'하는 실천적 삶을 보여주고 있는 것이다.

「광문자전」과 「우상전」도 표면과 이면이 일치하지 않지만 제대로 된 삶을 살아가는 인물을 역설로 제시하고 있다. 이 작품들은 「예덕선생전」처럼 외면이 부정적인 인물을 언어적 역설로 긍정하는 데 그치지 않고, 그 역설적 삶을 행동과 상황으로 구체화하고 있다. 「광문자전」의 광문은 '외모가 극히 추한' 거지라는 조건과는 달리 신실성을 보이는 인물이다. 광문은 이러한 역설적 신실성을 가지고 있기 때문에 결혼과 가정 갖기도 거부하지만, 공경대부를 제치고 기생 운심과 노래를 즐길 수 있는 인물이 된다. 외모답지 않은 진실의 소유자가 되기 때문이다.

「우상전」의 우상도 역시 광문처럼 추한 외양을 지닌 인물이다. 그는 내면으로는 李白과 李泌 같은 재주와 지식을 가졌지만, 외모는 도교 설화의 鐵拐처럼 비루한 존재이다. 中人 譯官이라는 신분을 지녔기 때문이다. 내실에 맞는 외양을 갖추지 못했다는 점에서 그 역시 반어적 존재이고 부조리한 인물이다. 그러나 그는 일본에 가서 '國士·國使'의 대접을 받는다. 중국의 大兵도 물리치지 못하고 우리나라 삼백 년 사행도 어쩌지 못한 일본의 산하를 붓 한 자루로 물리쳤다고 했다. 부조리한 존재성을 떨치고 내면의 모습을 긍정적으로 승화시킨 인물이 되는 것이다. 국내에서는 동네 밖에 이름이 드러나지 않은 인물이었으나 국외에서는 國士 대접을 받고, 일본을 경계하고 정탐한 시로 일본인에게 칭찬받는 역설적 상황과 아이러니의 구조 속에 우상은 자리잡고 있는 것이다. 연암은 이 역설을 통하여 신분적 외양으로 인재를 버리고 있는 당대사회의 구조적 모순을 뒤집어 펼쳐 보이고 있는 것이다.

「마장전」, 「역학대도전」, 「양반전」, 「예덕선생전」, 「봉산학자전」, 「광문자전」, 「우상전」이 부정형·긍정형 인물들을 역설로 대비시켜 인간형을 탐색하고 사회의 가치기준을 바로잡아가고 있다면, 「민옹전」과 「김신선전」은 역설 그 자체가 갖는 가치탐색으로서의 의미를 가지고 있다고 할 수 있다.

「김신선전」에 보이는 신선 金弘基는 겨울에도 솜옷을 입지 않고 길이 험하면 걸음이 더 빨라지는 역설적 존재다. 이러한 신선 김홍기에 대한 연암의 탐색은 일상으로부터의 탈출욕구를 보여주는 것이다. 그러나 신선은 찾을 수 없는 것이었고 연암은 '신선은 뜻을 얻지 못한 우울한 존재'로서 현실문맥 속의 인물임을 발견한다. 일상이탈로서의 신선탐색, 즉 역설적 가치지향을 부정하고 다시 현실에 내려오는 것이다. 이러한 부정의 부정을 통하여 연암은 일상적 지평 속에 내려와 '뜻을 얻지 못한 우울증'의 의미를 탐색하는 것이다. 우울한 현실에 대한 심사숙고를 시작하는 것이다.

세상에 용납되지 않는 '역설적 시각을 가지고, 뜻을 얻지 못한 우울한 인물'의 전형이 「민옹전」의 주인공 민옹이다. 그는 철저히 일상적 가치를 타기하고 역설의 시각으로 진실한 의미를 쌓아가는 인물이다. 음악은 떠들며 즐거운 마음으로 즐기는 것이고 밥이 곧 불사약이라며, 표면의 현상적 논리에 집착하여 일상의 한계에 갇혀 있는 가치관을 비판한다. 그러기에 민옹은 연암의 우울증을 치료하는 치료사 역할을 한다. 「광문자전」, 「민옹전」, 「김신선전」에서 연암은 이들 인물이 자신의 우울증을 치유해 주고 있다고 고백하고 있거니와, 이들 작품이 가진 역설의 논리가 우울증의 치유제가 되고 있는 것이다.

여기에서 우리는 연암의 우울증이 현실의 고착성, 즉 일상적인 표면논리에 집착하여 파생된 부조리한 가치질서에서 비롯된 것임을 알 수 있다. 인물들의 행동에 역설과 아이러니의 구조를 갖게 하는 모순과 부조리의 현실 속에서 우울증은 배태되었던 것이다. 표면과 이면이 상극적이고, 당위적 가치와 현실적 가치가 괴리된 현실에서 배태된 것이 우울증이었던 것이다. 예덕선생과 우상 같은 인물이 더럽고 비천한 존재로 무시되고, 역학대도·거짓군자·허위적인 양반이 윗자리를 차지하는 「九傳」의 공간이 우울증의 현장이었다. 「민옹전」「김신선전」「광문자전」은 이러한 부조리한 현실과, 표면과 이면의 모순을 뒤집어 엎어 제대로 된 가치를 추구하려는 연암의 역설적 시각을 보여주고 있다. 즉 이 작품들은 역설의 논리로 창출되는 새로운 가치탐색의 현장인 것이다.

왜곡된 가치질서 속에서 표면과 이면이 모순되는 인물이 토해내는 역설적 언어와 아이러니한 행위구조가, 작품구조로 전환되어 나타난 것이 「열녀함양박씨전 병서」라고 할 수 있다. 살아남아 자식을 기른 열녀와 남편 따라 죽어간 여인이 각기 자기 행동이 열녀라고 주장하는 것이 이 작품의 기본구도라고 할 수 있다. 두 여인은 별개의 삽화로 처리되어 있지만 대비병치됨으로서 모순어법의 구조를 가지고 역설의 논리, 아이러니의 상황을 보여주고 있다고 할 수 있다.

「열녀함양박씨전 병서」에 나타나는 역설적인 두 열부는 진정한 열부란 과연 무엇이냐는 논의를 우리에게 제시한다. 잘못 죽어가는 열부와 그 옹호자들을 단순히 공격하는 데 그치지 않고 그 잘못된 가치체계를 바로잡는 치유의 논리를 보여주는 것이다. 「봉산학자전」「광문자전」「우상전」에서처럼 우리는 연암의 傳이 단순한 풍자와 공격적인 야유에 그치지 않고 있음을 다시 확인할 수 있는 것이다. 역설과 아이러니의 상황으로 부조리와 모순을 통렬히 야유하고 비꼬고 있지만 부정의 논리에 긍정 인물을 전제하거나 대립시킴으로써 치유의 논리를 항상 마련하고 있는 것이다.

이제까지 우리는 연암의 傳이, 위선적 인간과 이중적인 가치체계가 지배하는 현실 속에서 역설의 논리와 아이러니의 상황을 설정하여 치유의 논리를 문학적으로 형상화하고 있음을 보았다. 역설과 아이러니의 상황에서 보이는 표현법 등 문학적 양태를 좀 더 살펴볼 필요가 있다.

무엇보다 확실히 드러나는 표현법상의 특징은 묘사와 상황설정을 지배하는 압축과 과장의 원리라고 할 수 있다. 여기에서 말하는 압축이란 인물들의 성격과 행위가 단순명료한 원리로 표현되고 있다는 사실을 의미하는 것이다. 물론 인물들의 행태는 역설과 아이러니의 표현으로 형상화되어 있기 때문에 그 실체를 쉽게 드러내고 있지는 않다. 그러나 거기에서 추출된 연암 傳의 인물들은 부조리하고 모순적인 모습, 즉 역설적인 모습이 긍정형이거나 부정형이거나를 막론하고 단순명료한 형태로 지시된다. '겉은 더럽지만 속은 깨끗한' 예덕선생, 외모는 추하고 비천하지만 누구보다 신실하고 능력있는 광문과 우상, 그에 대립되는 모습을 가진 봉산학자와 거간꾼 같은 거짓군자, 이들은 모두 그 단순명료한 인간형들이다. 성격이 복잡하게 묘사되거나 변전하는 양상은 나타나지 않는다. 이 압축적 단순성으로 인해 이들은 당대 사회구조를 대변하는 전형성을 획득하게 되는 것이다.

인물의 전형성 내지 정형성을 표현하는 연암 傳의 삽화와 일화들은 하나하나가 그 자체로 의미를 지니는 완결성을 가지고 있다고 할 수 있다. 그만큼 삽화 하나하나가 역설의 모순율을 내포하고 있는 독립된 의미체일 수 있는 것이다. 그것들은 인과율에 따라 조합되어 의미를 설정하는 것이 아니라 철저히 개별적으로 존재한다. 역설과 아이러니가 지배하는 이 개별삽화들은 그만큼 그 의미의 애매성 때문에 독자를 당혹스럽게 한다. 삽화와 삽화가 상보적 관계 속에서 해석과 유추를 가능하게 하는 구조가 아니기에, 개별적인 듯한 삽화가 공유하는 역설과 아이러니의 논리를 상상과 직관으로 읽어내야 하기 때문이다. 이 압축의 원리에서 우리는 연암의 글이 단형서사체를 지향할 수밖에 없는 이유를 이해할 수 있을 것이다.

이렇게 역설과 아이러니가 응축되어 있는 개별적인 삽화와 거기에 표현된 전형적 인물을 좀더 문학적으로 완결시켜 주는 요소가 과장과 반복의 원리라고 할 수 있다. 「광문자전」을 구성하는 광문에 얽힌 일련의 삽화들은 모두 등가적 의미를 가지고 있으니 반복·과장의 원리를 가지고 있다고 할 수 있다. 「민옹전」에서 끊임없이 이어지는 민옹의 역설을 우리는 기억할 것이다. 「양반전」의 양반 매매사건이나, 열거되는 매매내용도 과장과 반복의 모습을 담고 있다고 할 수 있다. 이 과장과 반복은, 독자를 당혹시키는 역설의 원리가 가진 그 애매성을 분명히 해석할 수 있는 실마리를 만들어 주면서 동시에 압축적인 전형성에 외형적 변조가 가능하도록 유도하고 있다. 압축과 과장의 원리는 그만큼 작품의 내적구조를 동적인 긴장관계 속에 유도하면서 주제적 의미를 강조하고 있는 것이다.

한편, 연암의 傳은 인물을 압축적으로 표현하여 전형성을 획득하고 있지만, 결코 추상적인 관념론으로 환원되지 않는다. 인물의 전형성이 현실적이고 사실적인 인물에 의해 확보되기 때문이다. 작가 스스로 작품 속에 등장할 정도로 연암의 傳은 사실에 기반을 두고 있다. 「봉산학자전」「우상전」「민옹전」「김신선전」「열녀함양박씨전 병서」의 인물들을 우리는 『청장관전서』 등 실제의 기록 안에서 확인할 수 있다. 논의를 주로 하는 「마장전」의 선균자도, 「蟬橘堂濃笑」라는 글을 기억하면 실제인물을 소재로 한 것임을 알 수 있다. 그러나 사실적 소재나 삽화수용으로 연암의 글이 사실주의적 생동감을 갖는 것은 사실이지만, 이것 자체가 연암 글의 특색이 되는 것은 아니다. 사실적 일화들이 연암이라는 작자·서술자에 의해 도입되지만 이야기의 유의미성, 즉 우리가 파악한 역설의 논리는 그 사실성을 넘어서서 형상화된 언어로 읽어줄 때 생성되는 것이었다.

(2) 『열하일기』의 경우

앞에서 보아온 傳은 記·論·序 등과 함께 한문 양식 중에서 규범화된 형식 혹은 장르라고 할 수 있다. 따라서 「九傳」 등에 나타난 연암의 표현양식은, 규범과 정형의 틀 속에서 어떻게 자기 나름의 개성을 획득했는가를 보여주는 증거가 된다. 우리는 이제 규범적 양식과는 대조적으로 자유로운 양식중의 하나라고 할 수 있는 일기체의 산문에 나타난 연암 문체의 한 모습을 보려 한다. 『열하일기』에 대해서는 姜東燁 교수와 필자, 그리고 金明昊 교수의 연구가 있다. 강동엽 교수는 '생활언어의 수용', '패관기서의 俳諧的 표현', '寓言 奇文을 통한 현실비판', '사실주의적 묘사' 등 네 측면을 『열하일기』의 표현 기법적 특색으로 설명하였다. 김명호 교수는 '다양한 문체', '寓言과 諧笑', '소설적 형상화', '사실주의적 묘사' 등 4가지를 표현형식상의 제특징으로 설명하고 있다.

　우언으로서의 풍자적 성격과 사실주의적 묘사를 큰 특징으로 설명하고 있다는 점에서 김명호 교수와 강동엽 교수의 견해가 일치하고 있다고 할 수 있다. '다양한 문체'를 다시 '소설체 문체'와 '고문체'로 나누어 설명하는 것은 김교수의 독특한 시각이다. 김교수는 전자의 모습으로 '白話體의 구사'를 들고 후자의 특징으로 '敍事를 위주로 하여 간결체를 구사한 경우와 議論을 위주로 하여 만연체를 구사한 경우'로 대별하고 있다.[69] 김교수는 『열하일기』가 가지고 있는 이상 네 가지 표현상의 특징을 여러 장면의 예를 들면서 증명하고 있어 『열하일기』가 가진 다양한 측면을 드러내 주었다고 할 수 있다. 그러나 강동엽 교수와 김명호 교수가 설정한 네 가지 특징이 설득력을 갖기 위해서는 몇 가지 의문을 함께 설명해 주어야 할 것으로 생각된다. 고문체의 특징이 '서사를 위주로 한 간결체'와 '의론을 위주로 한 만연체'이고, '소설체 문체'의 특징이 '백화투의 구사'라고 하였는데 이러한 입론이 타당한가. 『열하일기』에 서로 대조적인 백화투의 소설체와 고문체가 혼효되어 있다면, 『열하일기』 문체의 정체는 과연 무엇인가. 이들 네 가지 특징은 서로 어떤 상관성이 있고 왜 이러한 문체양식이 배태될 수밖에 없었는가. 이를테면 '소설적 문체' '소설적

---

69) 김명호, 앞의 책, 154~224면.

형상화'의 주요 특징으로 예거한 백화투 표현은 '사실주의적 묘사'의 한 예로 설명될 수도 있는데, 이러한 특색이 '우언과 諧笑' '고문체'와는 어떻게 연결되는가.

강동엽·김명호 교수가 각기 4가지를 『열하일기』의 특징으로 제시한 것은, 『열하일기』를 소설체라고 비판하던 당대의 견해와, 고문이라고 평가하던 滄江 金澤榮의 평가와, 우언이라고 하던 연암과 이덕무의 평을 개별적인 것으로 수용하면서 그 특징을 찾으려는 발상이라고 생각된다. 그러나 '여러 문체들을 종합하여 독특한 일가를 이루었고' '필요에 따라 다양한 문체를 자유자재로 구사하였다'는 특색은 이러한 열거식 설명으로는 충분히 드러나지 않으리라고 생각된다.

필자는 일인칭·삼인칭의 신변적 소재들이 어떻게 사실과 허구의 범주를 넘나들면서 우언이나 의론으로 형상화되는가 하는 모습을 살펴본 바 있다.[70] 『열하일기』는 자기 주변의 삽화를 수용하여 허구적으로 변용시켰기에, 사실적이고 직언적인 서술로 볼 수도 있고, 우언의 소설적 형태로 볼 수도 있다. 그만큼 다층성을 띠고 있었다고 할 수 있는 것이다.

우리는 이제 고문이면서 소설체가 되고, 사실주의적 묘사이면서 우언이 되는 『열하일기』의 다면적 성격을 전제로 하여 이러한 특색이 북학파 산문론과 어떻게 연결되고 있는가를 살펴야 할 것으로 생각된다. 즉 2장에서 제시한 명심 맹목론, 동심 양허론, 회심 체물론, 시공 상대주의론 등이 어떻게 표현과 논리의 차원에서 실현되고 있는가를 살펴볼 필요가 있는 것이다. 물론 이러한 논리는 개별적으로 존재하는 것이 아니고 서로 결합되면서 새로운 의미 창출의 양상을 지니는 것이다. 이를테면 시공의 상대주의와 인식대상의 시각을 중시하는 회심 체물론이 어우러져 입체적 인식, 즉 관점의 상대주의를 낳는다고 생각해 볼 수 있다. 동심론과 맹목론 또한 기존의 시각, 즉 일방적인 단일시각을

---

70) 졸고, 앞의 글.

거부한다는 점에서 이들과 동질적으로 연결되는 양상을 지니고 있는 것이다. 그러나 여기에서는 이러한 몇 가지 기본인식이 현저하게 드러난 모습을 우선하여 살펴보며 논의를 전개해 갈 것이다.

① 盲目의 平等眼과 華夷論의 거부

盲目論과 童心論은 2장에서도 지적한 바와 같이 『열하일기』 도처에 직접 드러나 있다. 연암은 『열하일기』의 도입부인 「渡江錄」 6월 24일 일기에서부터 맹목론을 전개하고 있다.

> 가. 冊門 밖에 이르러 책문 안을 바라보니 … 그 제도를 보매 시골티라고는 조금도 없었다. 이 책문은 중국의 동쪽 변두리임에도 오히려 이러하거늘 앞으로 더욱 변화할 것을 생각하니 갑자기 한풀 꺾이었고, 여기서 그만 발길을 돌릴까 하는 생각이 들며 나도 모르게 속이 부글부글 끓어올랐다.
>
> 나. 나는 깊이 반성하되 "이는 시기하는 마음이다. 이는 곧 견문이 좁은 탓이다. 만일 如來의 밝은 눈으로 시방세계를 두루 살펴본다면 평등하지 않은 것이 없어 모든 것이 평등해 질 것이니 저절로 시기와 부러움이 사라지리라" 하였다.
>
> 다. 장복을 돌아보며 "네가 만일 중국에 다시 태어났다면 어떻겠니?" 하고 물으니 그는 "중국은 되놈의 나라이니 소인은 싫습니다" 하였다.
>
> 라. 때마침 한 소경이 어깨에 비단 주머니를 걸고 손으로 月琴을 뜯으며 지나간다. 나는 크게 깨달아 "저야말로 평등의 눈을 가진 이가 아니겠느냐" 하였다.

연암은 동쪽 변두리 책문의 번화함과 잘 짜여진 제도를 보고 그만 기가 꺾인다. 발길을 돌릴까 하는 생각을 갖기도 하고 저도 모르게 뱃속이 끓어오른다

(不覺腹背沸烘). 나)에서 그 이유를 연암은 시기하는 마음(此妬心也) 때문이라
고 설명한다. 이때의 시기하는 마음은 남이 잘 된 것에 대한 단순한 질투가 아
니다. 모든 세계(十方世界)를 평등하게 보는 여래의 눈으로 보면 만사가 평등
해질 것이고 질투심이 사라질 것이라고 했다. '속이 뒤집히는' 시기심은 만사
를 평등하게 보아주지 못한 그 차별심에서 나온 것이라는 고백이다. 이때의 차
별심은 중국, 즉 청나라를 되놈으로 보는 정신적 우월감을 말하는 것이다.

다)에서 중국에 다시 태어나면 어떠냐는 연암의 질문에, 장복은 '중국은 되
놈의 나라라 싫다(中國胡也 小人不願)'는 차별심을 명확히 보여주고 있다. 책
문의 화려한 제도를 본 뒤의 '속이 뒤집히는' 시기심이란 '되놈'이 보인 그 강
성함에 대한 당혹감과 낭패감의 표현이었다. 말고삐를 잡는 종인 장복까지도
가지고 있던 '되놈'에 대한 우월감이 참담히 무너지는 순간, 그 낭패감이 '속
뒤집히는 시기심'으로 나타난 것이다. 그것은 청나라를 '되놈'으로 보는 민족
적 자존심의 표현이다. 연암은 노복과 함께 청나라가 '되놈'이라는 차별심을
간직했던 자신의 모습을 우리 앞에 내보였던 것이다. 그리고 그 차별심을 버리
고 평등의 눈으로 '되놈'의 문물을 대접해 줄 것을 우리에게 설득하고 있는 것
이다. 만사를 평등하게 보는 여래의 혜안을 우리가 간직할 것을 요구하는 것이
다. 이 여래의 혜안과 동일한 平等眼을 가진 존재가 라)에서 제시되는 盲人의
눈이다. 연암은 잠시 후 지나가는 맹인을 보며 그야말로 평등안을 가진 존재라
고 큰 깨달음을 강조한다(余大悟曰 彼豈非平等眼耶). 연암은 淸을 '되놈'으로
인식하는 차별심과 질투심을 盲目의 평등안으로 제거해야 한다는 깨달음을 우
리에게 보여주고 있는 것이다. 맹목의 평등안은 청을 되놈으로 인식하는 차별
심, 즉 尊明 華夷論을 거부하는 상대주의적 인식을 갖게 되는 것이다. 맹목의
인식으로 거부해야 한다고 한 선입견의 실체는 불평등한 화이론과 그에 기반
을 둔 잘못된 우월 의식임을 이 7월 27일 삽화는 보여주고 있는 것이다.

② 童心의 통곡과 節義論의 현실

맹목론은 앞에서 본 것처럼 화이론적인 분별과 차별심에 대한 거부였다. 이때 盲目은 여래의 혜안과 같은 '평등안'이었다. 맹목론은 이 경우 차별을 떠나 평등의 눈으로 청을 보자는 논리였다. 우리는 이제 맹목과 짝하고 있는 동심론이 어떻게 문체와 사상적 논리로 구현되는가를 살펴볼 필요가 있다. 역시 「도강록」 7월 8일 일기를 보기로 한다.

가) 甲申 개다. (백탑에 당도하다.)

나) ㄱ. 말을 세워 사방을 돌아보며, 나도 모르게 손을 들어 이마를 어루만지며 "좋은 울음터로다. 가히 한번 울 만하도다" 하였다.

　　ㄴ. 정진사가 "… 울고 싶다니 무슨 말씀이오" 한다.

다) ㄱ. 나는 "… 사람들은 다만 七情 중에서 슬플 때만 울고 칠정이 모두 울 수 있다는 것을 모르네. 기쁨이 사무쳐도 울고 노여움이 사무쳐도 우는 것이니 … 지극한 정이 움직여 그것이 이치에 맞는다면 울음이 웃음과 어찌 다르겠오" 하였다.

　　ㄴ. 정진사는 "지금 울음터가 저리 넓으니 나도 당신을 따라 한번 울어야겠는데, 七情의 어느 감정을 따라 울어야 할지 모르겠오" 하였다.

라) ㄱ. 내가 답하되 "저 갓난아이에게 물어보오. … 아이가 태중에 있을 때 캄캄하고 막힌 곳에서 갑갑하게 지내다가 하루아침에 훤히 넓은 곳으로 나와 손발을 펴 움직이고 마음은 시원히 넓어지니 어찌 참된 목소리를 내어 감정을 토설치 않으리오. 의당 저 영아의 꾸밈없는 목소리를 본받아 한바탕 울 만하오" 하였다.

연암은 이 7월 8일 요동의 白塔에 이른다. 그리고 일망무제로 전개되는 넓은 평원을 바라보며 "좋은 울음터(好哭場)"라고 말하고 있다. 왜 자신이 요동벌을 울음터로 생각하게 되었는가 하는 의문을 연암은 정진사와의 문답을 통해서 우리에게 제시해 주고 있다. '울고 싶다니 무슨 말이냐'고 묻는 정진사가 독자의 의문을 대신한 질문자의 역할을 하고 있는 것이다. 연암은 인간의 七情 중에 슬플 때만 우는 것이 아니고 기쁠 때도 노했을 때도 그 감정이 지극해지면 우는 것이라고 말한다. 이에 정진사는 다시 자신도 한번 울어야겠는데 어느 감정으로 울어야 하느냐고 묻는다. 연암에게 울고 있는 이유를 재차 묻고 있는 것이다. 연암은 이제 요동벌을 '좋은 울음터'로 생각한 자신의 울음소리를 태중에서 갓 나온 赤子, 즉 어린아이의 울음소리에 비유하고 있다. 연암은 어린아이의 첫울음을 삶의 본질적인 문제와 연결시켜 해석하려는 일반적인 설명을 거부하고 있다. 잘났거나 못났거나 결국 죽어야 하고 살아가며 무수한 근심과 걱정을 겪어야 하는 삶에 대한 후회와 애도의 뜻으로 어린아이가 첫울음을 우는 것은 아니라고 단언한다(乃反無限嗁叫 念恨彌中 將謂人生神聖愚凡 一例崩殂中間尤咎患憂百端 兒悔其生 先自哭弔 此大非赤子本情). 오히려 연암은 아이가 우는 이유를 지극히 현실적인 맥락에서 파악하고 있다. 어머니의 어둡고 꽉 막힌 뱃속에 답답하게 끼어 있다가 넓은 곳에 나와 몸과 마음을 시원스레 움직이니 그때 나오는 '참된 목소리'가 첫울음이라는 것이다(兒胞居胎處 蒙冥沌塞 纏糾逼窄 一朝出廖廓 展手伸脚 心意空闊 如何不發出眞聲 盡情一洩哉). 그리고 연암은 손발을 자재로 움직이고 마음이 넓어진 상태에서 나온 眞聲, 그 거짓 없는 영아의 목소리를 본받아 울어야 한다고 주장한다(展手伸脚 心意空闊 如何不發出眞聲 盡情一洩哉 故當法嬰兒聲無假做).

　여기에서 연암이 넓은 만주벌판을 좋은 울음터라고 생각한 이유가 분명해진다. 연암의 울음은 조선사회라는 꽉 닫힌 울타리를 벗어나서 솟구치는 분방한 자유의 목소리였다. 뱃속처럼 깜깜하고 답답한 현실, 그 꽉짜인 틀에 구속되어 있던 울분과 분노의 목소리를 연암은 만주벌판에서 토설하고 있는 것이다. 그것은 다)에서 말하고 있는 것처럼 참고 억눌렸던 참된 목소리, 감히 세상에 펴지 못했던 그 답답한 우울증(至聲眞音按住忍抑 蘊鬱於天地之間而莫之

敢宣也)이었다. 연암은 이 울분에 찬 자신의 울음을, 세상 돌아가는 것이 통곡하고 장탄식할 만하다며 賈誼가 漢文帝에게 올린 治安策에 비유하고 있다(彼賈生者未得其場 忍住不耐 忽向宣室一聲長號 安得無改人驚怪哉).

연암은 자신의 세상에 대한 분노와 울분을 가식 없는 영아의 진실의 목소리로 인식하고 있었다. 여행의 도입부, 「도강록」에 나타난 울분의 동심론은 연암의 여행과 『열하일기』의 성격을 한마디로 규정하고 있는 셈이다. 燕行과 『열하일기』는 연암에게 답답한 현실에서 느끼는 울분의 토설장인 것이며, 동시에 영아의 울음소리 같은 '진실된 목소리'로서 세상을 바로잡을 진실 그 자체였다.

연암이 태중의 어린애처럼 답답해했던 현실, 그를 꽉 잡아 옭매었던 현실은 구체적으로 무엇이었는가. 연암은 『열하일기』, 「관내정사」 7월 27일 일기에서 다시 童子를 이끌어 그를 울게 만들고 답답하게 만들었던 현실의 모습을 우리에게 보여주고 있다.[71]

> 가. 이제묘(夷齊廟)에서 고사리를 먹고 배탈이 났다. 고사리를 준비하지 않아 매맞은 건량관이 '伯夷·叔齊가 고사리 먹고 죽었으니 그것은 참으로 사람 죽이는 독물'이라고 한탄했던 옛날 일을 사람들과 이야기했다.
>
> 나. ㄱ. 내가 백문에 살 때였다. 毅宗 烈皇帝가 殉死한 날 시골 선생이 아이들과 尤庵 宋時烈 사당에 참여하고 貂裘를 내어 눈물을 흘리며 서쪽을 향해 '되놈'이라고 주먹질했다.
>
> ㄴ. 旅酬를 벌이는데 고사리 나물을 차리고, 의리를 잊지 않기 위해 '大明 成化의 製'라 쓰인 술잔에 꿀물을 따라 마셨다.
>
> 다. ㄱ. 한 동자가 시를 읊었다.
>
> "武王이 패하여 죽었다면 영원히 紂王의 賊臣이 되었으리.
>
> 태공망은 伯夷를 구원해 보내고도 어떻게 역적을 옹호했다 비난받지

---

71) 7월 27일 일기는 필자가 「열하일기의 서술원리」에서 자세히 다루었다. 그러므로 여기에서는 특히 동자 부분에 초점을 두고 간략히 논의한다. 본서 보론 참조.

않았는가?

오늘날 春秋의 大義란 것은, 되놈의 눈으로 보면 되놈의 역적이 되는
것을"(武王若敗崩　千載爲紂賊　望乃扶夷去　何不爲護逆　今日春秋義
胡看爲胡賊).

ㄴ. 시골 선생은 무연해 하다가 아이들에게 일찍 『春秋』를 읽히지 않아 괴
상한 소리를 한다고 했다.

라. ㄱ. 한 동자가 또 읊었다.

"고사리를 캐 먹어도 배부른 건 아닐세.	採薇不眞飽
백이도 마침내는 굶어죽지 않았는가.	伯夷終餓死
꿀물이 달기가 술보다 더하니	蜜水甘過酒
이것을 못 마시면 원통해서 어이할까."	飮此亡則冤

ㄴ. 그때의 늙은이도 다 가버린 오늘날 백이의 고사리로 말썽이 생겨 옛기
억을 되새기며 새벽녘까지 잠을 이루지 못했다.

가)에서 연암은 夷齊廟에서는 반드시 고사리 음식을 먹는 관습을 지키지 못
하여 매를 맞은 건량관을 내세운다. 그리고 그의 입을 통하여 "백이숙제가 나
를 죽인다"고 외침으로써, 백이숙제 중심의 의리론과 명분론이 조선사회에 병
적인 요인이 되고 있음을 풍자하고 있다. 고사리를 먹고 배탈이 난 자신을 의
리론에 소화불량증 걸린 시대의 병증으로 환유하기도 한다. 의리론의 현실적
인 모습은 나)에서 구체적으로 제시된다. 毅宗烈皇帝가 순사한 날 시골 선생
과 아이들은 우암 송시열의 사당을 참여한다. 의종은 李自成의 반란을 맞아
목 매달아 죽은 明나라 최후의 왕이다. 淸朝에 들어서도 우리 나라 사대부들
이 사용을 고집했던 崇禎은 그의 연호이다. 그 의종과 崇禎으로 표상되는 明
나라에 대한 절의를 가장 강력히 내세우며 北伐論을 주장한 사람이 우암이다.
우암 사당에 참배하는 시골 선생은 곧 明에 대한 의리론자이기에 북벌의 상징
물인 우암의 초구(貂裘)를 만지며 비분강개한다. 그러나 우암의 현실, 곧 북벌

론의 현실은 어떤가. 우암 사당 참배 후의 여수, 즉 飮福에는 고사리 나물은 차려졌지만 酒禁으로 술이 없어 꿀물로 대체되었다. 의리론과 북벌론의 현실은 酒禁으로 표상되는 궁핍과 가난이었던 것이다. 그러기에 다)에 와서 동자는 그 특유의 순진의 목소리, 참된 소리로 춘추의리론을 비판한다. 신하의 처지로 포악한 紂王을 몰아내고 易姓革命을 이룩한 周의 武王은 실패했다면 역사 속에서 紂에게는 반역 신하가 되었을 것이라고 동자는 주장한다. 天命으로 평가되던 혁명이 무력의 무게에 따라 평가가 달라질 수도 있다는 논리이다. 당위론적 진실로 간주되었던 춘추의 史觀, 그 명분론과 의리론은 역사의 현실을 귀납적으로 풀이한 자의적 해석이라는 것이다. 당위론적 天命論은 있을 수 없다고 동자는 부정하고 있는 것이다.

천명론을 부정한 논리의 연장선상에서 동자는 혁명에 참여한 태공망이 반대자인 백이를 구해 주고도 '역적의 옹호자' 소리를 듣지 않은 이유가 무엇인가 묻고 있다. 출처가 상반되었던 두 사람의 상대주의적인 당위성을 지적하고 있는 것이다. 이에 따라 무왕 중심의 당위론적 시각도, 백이 중심의 명분론과 절의론도 거부하고 동자는 새로운 자기 시대의 춘추 의리론을 전개한다. '되놈 오랑캐의 눈으로 보면 중국은 되놈의 적(胡看爲胡賊)'이라는 것이다. 상대주의적 논리로 중국 중심의 화이론을 부정하고 있는 것이다. 明에 대한 의리론, 즉 백이로 표상되던 절의론도 함께 부정되고 있다. 尊明攘夷論을 동자가 부정하는 것이다. 이렇게 상대주의적 관점에서 비롯된 동자의 역설적 시각 앞에서 시골 선생은 춘추의리를 일찍 가르치지 않았기 때문이라고 한탄한다. 이러한 반론을 대하는 다른 동자의 주장은 더욱 직설적이다. 고사리를 캐 먹은 백이는 끝내 죽지 않았느냐고 비꼬면서 동자는 고사리를 캐 먹는 배고픔, 즉 춘추의리에 따른 對明 節義論의 부정적 현실을 고발한다. 그리고 동자는 酒禁이 내려서 술 대신 내온 꿀물이 술보다 달다는 현실론을 주장한다. 동자는 현실적 입장에서 실제적인 것을 선택하는 것이다.

연암은 이렇게 '고사리 먹고 체한 배앓이'를, 춘추의리론에 얽매여 淸에 대한 현실감각을 잃고 있는 조선 사대부의 병통으로 비유하면서, 동자를 내세워 춘추의리를 거부하고 있는 것이다. 여기에서 볼 수 있는 바와 같이 「도강록」 7월 8일 일기에서 답답한 태중에서 나온 어린아이 울음소리에 비유되었던 연암의 분노는, '의리론에 묶여 있는 답답한 조선의 현실'에 뿌리를 둔 것이었다. 강을 건너면서 연암의 시야에 들어온 '되놈'들의 그 화려하고 성대한 문물을 바라보며 연암은 편견에 휩싸이지 않은 동자의 그 순진무구한 눈으로 존명론(尊明論)이 초래한 조선의 현실 앞에 분노와 통곡을 하고 있었던 것이다.

③ 상대주의적 관점과 삽화·일화의 운용

앞에서 본 바와 같이 盲目과 童心은 기존 가치체계에 대한 역설적 거부와 새로운 질서 구축의 양상을 띠고 있다. 그런데 연암은 맹목과 동심의 시각에 따라 '참된 목소리'를 토로하면서, 서술자로서 직접적인 자기 목소리를 내지 않고 일상적 대화나 삽화를 제시하고 있다. 한밤중에 강을 건너야 했던 경험을 서술하며 眞心을 설파했고, 정진사와의 대화를 통하여 분통 터지는 현실에 대한 울분으로서 동심을 강조했으며, 동자가 등장하는 옛이야기를 이끌어 춘추의리론의 실상을 비판하기도 하였다.

사실적인 경험을 바탕으로 한 대화장면과 일화를 수용함으로써 그 인물들이 전달하려는 의미를 재구성하고 있기 때문에 논의가 핍진성을 얻게 되는데, 이는 등장인물들이 다양한 시각을 반영하고 있기 때문이다. 7월 27일 일기의 경우 시골 선생은 북벌론과 대명의리론 같은 보수적 가치체계를 대변하고 동자는 거기에 맞서고 있었다. 「도강록」 6월 27일 일기에서는 "중국은 되놈 나라이니 싫다"는 시종 장복을 등장시키면서 편견 없는 평등안으로서의 맹목론으로 화이론의 문제점을 제시하였다. 이렇게 주제에 어울리는 상황과 장면이 설정되는 것은 인식대상의 의식이나 논리를 그 입장에서 제시하고 검토하는 상대주의적 시각에 따른 것이라고 할 수 있다. 자기가 논의하려는 주제에 맞는 상황을 설정하면서 문제의 핵심을 풀어나간다는 점에서 이는 2장에서 설정한 會心과 體物의 사유방법이 구현된 것이라고 할 수 있다.

대화장면을 설정하고 일화를 도입하는 것과 같은 차원에서 역사적 사실을 제시하거나 그 역사의 현장으로 이입하기도 한다. 「太學留館錄」 8월 11일 기록에서 이런 사례를 볼 수 있다.

가.　　(活佛 班禪을 보러 간 사신 일행을 대궐로 뒤쫓아 들어가다)

나. ㄱ. 이제 이 殿을 덮은 기와가 순금인지 도금인지 알 수 없으나, 시인이 이른바 '옥섬돌 금지붕이여'라 한 것이 내가 오늘 보는 것과 같은 것인지? 史傳에 보이는 것으로 '漢의 成帝가 昭儀를 위해 집을 지을 때 섬돌을 구리로 하고 금을 입혔다'고 한 기록이 있다(顔師古·史傳·腹虔·普約 등이 金에 대해 언급한 여러 사례).

　　ㄴ. 만일 昭儀 자매에게 이 건물을 보였다면, 틀림없이 침상에 몸져 누워 울며불며 밥을 먹지 않았을 것이고, 그래서 황제가 이런 건물을 지어 주려 했더라도 宋昌과 武陽 같은 선비가 경전을 이끌어 대며 반대했을 것이니 황제가 하지 못했을 것이다.

　　ㄷ. 만일 그 건물을 지었다면 班古가 필력으로 그것을 어떻게 표현했을지 모르겠다. "金殿이 어리어리하도다" 하였다가 지워 버렸을 것이고, "金闕이 하늘에 솟구쳤네" 하였다가 또 지웠을 것이고 ….

　　ㄹ. 반고의 문장이 兩漢 때의 문장이지만, 작은 제목을 내세워서 크게 과장스레 표현했으니, 이는 천고에 뛰어난 작가의 한계일 것이다(千古의 화가도 표현을 다하지는 못한다). 그래서 공자는 '글이 말을 다 표현하지 못하고 그림이 뜻을 다 펴지 못한다'고 탄식했던 것이다.

다. 내가 요양땅에서 잠시 쉴 때 사람들이 다투어 '금을 가지고 오셨오?' 하고 물어 '금은 토산품이 아니오' 하고 대답했더니 모두들 웃었다(우리 나라 금 채취와 밀무역 소개). 청나라가 금을 폐백 물품에서 빼준 것은 토산품이 아니기 때문인데 만일 간교한 장사치가 밀무역을 하여 大國 조정이 이를 알게 된다면 문제가 생길까 두렵다.

연암은 使行과 떨어져 돌아다니다가 일행이 대궐 안에 들어간 것을 알고 뒤쫓아가 금빛 기와를 덮은 건물 앞에 서게 된다. 나)에서 연암은 이 금기와를 보여 金으로 건물을 꾸민 역사적 사실을 하나하나 상고하고 있다. 특히 班固의 기록에서 漢나라 成帝가 아끼던 소의에게 꾸며 준 금섬돌을 기억해 낸다. 그리고 나서 그 사치했던 昭儀가 이 궁궐을 보았다면 '울며 불며' 성제를 졸랐을 것이라고 추정한다. 그러나 황제가 지으려 했다 해도 儒子들이 반대해서 끝내 짓지 못했을 것이라는 추측도 뒤따른다. 연암은 금기와를 앞에 놓고 漢나라 시대의 역사현장으로 의식을 옮겨 간 것이다. 자신이 소의의 마음이 되어 본 것이고, 황제나 儒子의 마음이 되어 본 것이다. 연암은 나아가 '그 건물을 지었다면(設亦就之)'이라는 설의법으로 새로운 상황을 설정하고 당대의 문장가 반고라면 이 화려한 궁실을 어떻게 표현했을까 생각한다. 반고의 의식 속에 들어가 '金殿이 어리어리하다' '金闕이 하늘에 솟구쳤네'라는 글귀를 써 보며 궁궐을 묘사하고 있다. '以心會之' '以心照之'의 논리를 실현하고 있는 것이다. 이렇게 상황을 설정하고 인물을 설정함으로써 궁궐의 화려하고 장대한 환상적인 모습을 우리에게 드러내는 것이다.

會心論에 의한 이러한 상황과 장면 설정은 궁궐을 있는 그대로 표현하려 했을 때의 단선적인 묘사를 뛰어넘고 있다. 昭儀도 울며 졸라댔을 화려한 궁궐, 班古 같은 문장가도 제대로 표현 못할 대단한 궁궐이라는 인식을 우리에게 주는 것이다. 연암은 이렇게 자기가 표현하려 했던 의미를 상황설정으로 제시하면서 직설적인 표현이 갖는 단선적인 한계를 부연 설명하고 있다. ㄹ)에서 말하는 것처럼 그림과 글은 어차피 사물의 한 측면만을 표현할 수밖에 없는 한계를 가지고 있기 때문이다. 연암은 여기에서 반고 같은 천고의 문장가도 작은 제목을 내세워 길게 부연하면서 의미대상을 다 표현하지 못하는 유한을 갖게 되고, 뛰어난 화가도 궁실의 밖을 그리면 안을 잃고 한 면을 그리면 세 면을 그리지 못하는 유한을 가지게 된다고 설명하고 있다. 그러니 결국 그림을 그리거나 글을 쓸 때 전체적이고 핵심적인 의미를 파악하여 표현할 수밖에 없는데 그것은 곧 會心의 논리이고 상황 설정의 이유인 것이다.

나)에서 금색 기와를 보며 금으로 건물을 장식한 고대 역사의 상황으로 이입되었던 연암은 이제, 다)에서 조선과 청의 금 밀무역의 문제를 제기한다. 중국에 도착하자 모두들 금을 가져왔느냐고 묻는 현상을 지적하며 연암은, 이러한 금의 밀무역이 청의 조정에 알려져 폐백으로 요구될 것을 경고하고 있다. 이 과정에서 연암은 압록강을 건너기 전에 만난 사금 채취꾼들과의 담화를 문답법으로 기록하고 있다. 금 밀무역을 경고하는 논리는 가) 금궐 구경, 나) 금으로 궁을 장식한 역사적 사실 반추, 다) 우리 나라 사금채취 모습과 밀무역 경고 등 3단계로 진행되고 있었다. 여행에서의 경험에서 역사적 사실과 우리 나라의 현실로 이입하고, 자기 소견을 진술하고 있는 것이다. 이러한 논리 전개는 『열하일기』의 도처에 공통적으로 나타난다. 연암은 자기 의견을 직접 개진하는 경우가 드물고, 이렇게 자기 신변적 사실이나 중국의 경치 등 구체적 사실을 먼저 들어 놓고, 역사적 사실로 이입해 들어갔다가, 거기에 대해 자기 견해를 논술한다.

역사적 사실 대신에 자신의 과거 경험이나 조선의 현실을 제시하기도 한다. 앞에서 본 것처럼 춘추의리를 비판하는 동자의 이야기는, 배탈난 자신으로부터 이야기를 시작하여 백문에 살 때의 일화라고 설명하고 있다. 역사적 사실이나 과거의 일화를 수용하지 않을 경우 자기 주변 인물과의 일화를 배치하기도 한다. 되놈의 나라에는 살기 싫다고 응대하는 시종 장복을 등장시킨 맹목론의 전개에서 이런 양상은 나타난다.

역사적 사실, 삽화나 일화의 수용이 불가능할 경우 문답법, 즉 대화체를 이용하기도 한다. 「도강록」에서 연암은 성 쌓는 제도를 논하면서 벽돌 사용의 유리함을 반대 의견을 가진 정진사와 나눈 문답식 대화를 통해 강조하고 있다.

이러한 일련의 논리전개에서 연암은 직설적인 논술을 최소화하고 있다. 즉 상황을 설정하여 주제를 형상화시키고 있는 것이다. 자기가 의도하는 의미를 상황 속에 포치시키는 이러한 표현법에는 앞에서 우리가 강조한 바와 같이 여러 시각을 가진 인물이 등장하여 연극 같은 장면을 형성하고 있다. 그리고 연암은 이 상황 속에 자신을 이입시켜 독자를 유도하고 있다. 연암의 사실주의적 기법은, 섬세한 묘사의 핍진성에만 국한된 것이 아니고 이렇게 주변적 사실을 형상화하거나, 있을 법한 상황을 자신의 논리에 따라 현실문맥의 상황에 맞게 설정하는 데 있었던 것이다. 『열하일기』의 언어가 사실이되 우언이고, 직설이되 역설이 되는 이유가 여기에 있는 것이다.

3) 이덕무의 傳과 산문양식

이덕무는 박지원·박제가와 함께 정조의 文體反正의 대상으로 지목되었고 自訟文을 지어 바친 바 있다. 이 정조의 문체반정은 탕평책의 일환이라는 견해가 있다. 그러나 그 대상으로 지목된 핵심인물인 박지원·박제가·이덕무의 신분을 고려하면 이 견해는 충분히 납득하기 어려운 점이 있다. 이들 북학파의 핵심인물인 박지원조차 50이 넘어 겨우 지방 현감을 지낼 정도로 중앙 관료사회에서 큰 힘이 없던 존재였다. 또 이덕무·박제가 등은 정조의 총애를 받았다고 하나, 서얼 출신으로 겨우 檢書 직책을 지녔을 뿐이다. 이들의 관료사회에서의 비중을 고려할 때 문체반정은 탕평책과는 다른 차원에서도 설명이 되어야 할 것으로 생각된다.

이덕무가 왜 문체반정의 대상이 되어야 했는가의 문제는 무엇보다 그의 문체와 그 문체가 담고 있는 사상의 성격이 문학적 입장에서 먼저 설명되어야 할 것으로 생각된다. 여기에서는 이덕무의 傳과 「이목구심서」 등의 산문이 지니는 성격을 박지원 산문을 분석한 시각으로 살피려 한다. 왜 이덕무는 많은 산문을 남겼으면서도 오늘날에는 산문가로 평가받지 못하는가. 그렇다면 문체반정의 대상이 되었던 것은 어떤 배경에서였는가. 산문의 文體的 개성이 아닌 순수 정치적 배경에서였는가. 이런 의문을 설정하면서 먼저 傳의 특징을 살펴보고, 그의 문집과 산문을 검토하고자 한다.

(1) 전의 서술 양식 : 正說 속의 逆說

① 非實名 傳의 경우

이덕무는 12편의 전을 남기고 있다.『청장관전서』卷四「嬰處文稿」二에「管子虛傳」「看書痴傳」「兩烈女傳」「慧女傳」 4편이 실려 있고,『청장관전서』卷二十「雅亭遺稿」十二에「銀愛傳」「金申夫婦傳」 2편,「아정유고」卷三에「白胤耈傳」「紅衣將軍傳」「李氏三世忠孝傳」「大郎慧傳」「智證傳」「慧昭傳」 등 6편이 실려 있다.

12편 중「관자허전」「간서치전」「혜녀전」 등 3편만 입전인물의 실명이 전하지 않는다. 나머지 9편은 신라 고승으로부터 당대인물에 이르기까지의 실존인물을 대상으로 한 것이다.「관자허전」은 분명한 假傳이다.「간서치전」은 자신을 가탁한 것으로도 보이는데[72] 그렇다면 역시 허구적 성격을 지녔다고 할 수 있다.「혜녀전」 역시 '어떤 고을…'로 시작하여 계모와 딸을 이야기 소재로 하고 있어 민간설화를 수용하여 변용한 허구로도 볼 수 있을 것 같다. 이렇게 세 편을 모두 허구로 본다면 이것들은 실존인물을 다룬 9편과는 대별된다. 먼저 허구적인 3편의 성격을 살펴보기로 한다.

---

72) 최삼룡,「이덕무의 문학에 대한 연구」,『인문논총』17집(전북대; 인문과학연구소, 1987).

㉮ 「管子虛傳」

「관자허전」은 管, 곧 대나무를 의인화한 작품이다. 대나무를 의인화했다는 상식의 논리를 따라가면 이 작품은 역시 절개·지조 등 대나무가 가진 보편적 이미지를 주로 서술한 것으로 생각해 볼 수 있다. 황제가 입전인물인 子虛의 선조로 하여금 음률을 만들게 하는 대목이나, 그의 父를 孤竹君이라 명명하여 백이·숙제를 연상시키는 대목 등은 입전 의도를 잘 보여주는 예라고 할 수 있다. 生成翁이 "눈을 얕보는 '장부 소나무'와 서리를 무시하는 '處士 菊花'는 구했는데 그대만 만나기가 늦었다"며 "그대가 곧고 절개가 있는(貞而節) 자가 아니냐"고 한 말은 일반적으로 인식하는 대나무의 성격을 지적한 것이다. 一貫之道를 얻었다는 말 역시 대나무의 孤節한 이미지를 강조한 것이다. 娥皇과 女英, 孟宗 등에 비유되는 등 작품 중·후반에 제시되는 일련의 고사도 모두 孝와 節 등과 관계가 있다. 후반부에서 대나무의 여덟 아들로 소개되는 붓·.화살·퉁소·제기·낚싯대·지팡이·발 등을 묘사할 때 언급되는 대나무의 효용성과 그 자질도, 모두 초·중반 이후의 貞節 고사와 연결된다고 할 수 있다. 이렇게 보면 「관자허전」은 전형적인 가전이다. 우언으로서 대나무의 貞節·孤節한 보편적 성격을 묘사하고 강조한 것으로 볼 수 있는 것이다. 그러기에 고려시대 崔寔의 「竹尊子傳」, 조선시대 丁壽崗의 「抱節君傳」의 전통을 이어받았다는 설명[73]도 가능한 것이다.

「관자허전」은 우언이되 상식적 우언일 뿐이라고 할 수 있는 것이다. 그러나 이 작품의 서술에 보이는 작자 형암의 묘한 이중적이고 대칭적인 서술에 유의해야 한다. 형암은 대부분 貞과 節을 묘사하면서도 늘 虛 내지는 無心을 꼭 끼워 넣고 있다. 우선 孤竹君의 아들인 주인공 管의 이름이 子虛인 것이 특이하다. 자허는 성씨인 管과 묘한 대비를 이룬다. 아들 子자가 일반적으로 이름의 끝에 붙는 것을 상기한다면 "管子 虛"로 끊어서 읽을 개연성도 있기 때문

---

73) 소재영, 「관자허전의 가전적 성격」, 『어문논집』 23, 고대 국문과, 1982.

이다. 여하튼 虛, 즉 "비었다"는 의미가 강조되는 이 대나무 子虛는 그 성품도 "마음을 비우고 외모가 깨끗하여 일관된 도리를 가졌다(虛心潔外 得一貫之道)"고 묘사되니, 이름과 성품의 일치를 이룬 존재이다. 生成翁이란 인물이 자허에게 "그대가 진실로 덕을 세운 사람이 아닌가. 虛하면서 無心하고, 곧으며 [貞] 절개가 있는 자가 아닌가"[74]라고 평하는 '虛而無心'도 역시 그의 이름에 어울리는 지적이다.

이러한 자허는 황제가 "강하지도 않고 유하지도 않으며 가운데는 비고 밖은 강하여 고인의 위풍과 군자의 절개를 가진 인물"[75]이라는 꿈 해몽에 따라 찾고 있는 바로 그 인물이다. 생성옹은 "仁政은 풀 위에 바람불어 쏠리듯 하고 정치는 갈대처럼 빨리 성숙될 것"이라며 그를 천거한다.[76]

"虛心潔外" "虛而無心" "虛中堅外"라는 일련의 용어를 통하여 우리는 "옛사람의 기풍과 군자의 절개(古人之風 君子之節)"라는 대나무의 實德이 모두 그 안에 간직한 '虛'에 기반을 두고 있음을 알 수 있다. 그리고 작자는 이 虛에 기초한 덕성이 정치에까지 이를 수 있음을 설파하여 虛의 현실적 효용력까지도 강조하고 있다.

여기에서 우리는 작자 형암이 흔히 절개로 표상되는 대나무의 외면적 덕이 內虛에 뿌리박고 있다는 사실을 특히 강조하고 있음에 유의하게 된다. 형암은 대나무의 '가운데는 비고 밖은 단단하다(虛中堅外)'는 역설적인 면모가 實德의 바탕이며, 이 虛야말로 모든 현실적인 힘의 원천이라고 강조하고 있는 것이다. 대나무, 즉 관자가 속을 좀먹는 두심병으로 죽었다는 말은 결국 虛가 상실되어 죽었다는 말인바, 이로 보아도 형암은 虛를 대나무의 생명 원천으로 간주하고 있었음이 분명하다. 贊에서 "자허 곁에 봉황이 내려와 그 열매를 먹는다

---

74) 有生成翁者 聞子虛之風 忘肉味而語之曰 子豈非固而樹德者耶 虛而無心者耶 貞而節者耶 傲雪之丈夫 凌霜之處士 吾皆得而培植之 何見君獨晚也.
75) 使占夢卜之 占曰 不剛不柔 虛中堅外 古人之風 君子之節.
76) 偃草上之仁風 資蒲蘆之敏政.

하니 實德이 있기 때문"이라 했는데, 이 자허의 실덕은 모두 이 虛에서 기원된 것이었다.

「관자허전」은 虛가 갖는 역설적인 생성의 원리를 강조했다는 점에서 형암이 가진 실학자의 보편적인 인식논리를 확인해 주고 있는 작품이라고 할 수 있다. "虛而無心"을 강조한 「관자허전」은 우리가 2장에서 북학파들의 기본적 사유체계로 설정한 바 있는 養虛論과 童心論의 우의적 표현이었던 것으로 명말 李贄의 「虛實說」과 의미가 상통하는 것으로 볼 수 있다. 실학이라는 '實德'의 기반이 이 虛에 뿌리박고 있음을 우리는 확인할 수 있는 것이다.

㉮「看書痴傳」

「간서치전」은 입전인물의 이름이 드러나지 않는다. 그저 "목멱산 아래 어떤 어리석은 사람(木覓山下 有痴人)"으로 설명되어 있다. 주인공의 성격 내지는 별명을 설명해 주는 "책만 보는 바보(看書痴)"가 고유명사를 대신하고 있다. 표지의 제목답게 주인공은 "어눌하여 말을 잘 못하고 성품이 게으르고 졸렬하여 세상일을 모른다." "사람들이 모욕해도 자기 변호를 못하고 칭찬을 해도 우쭐한 자긍심을 가질 줄 모른다."[77] 오직 책만 보고 중얼거리니 사람들이 "책만 보는 바보"란 또 다른 고유명사를 붙여준 것이다. 책만 읽어 세상 물정을 모르는 '책만 아는 샌님'을 여기에서 만나는 것이다. '책상물림'의 그 답답한 행동거지를 우리는 대하게 된다. 이렇게 보면 「간서치전」이란 제목을 가진 이 글은 특정한 인물의 전기가 아니라 우리 주변에서 간혹 만나게 되는 주변머리 없는 '남산골 샌님'들의 행태를 설화적 차원에서 묘사한 글로 보아도 무방할 것이다.

설화적으로 이야기를 전하고 있으니 우언적 이야기의 방법이라고 할 수 있다. 우언의 방법으로 있을 법한 인물, 간혹 만날 수 있는 인물을 그리고 있다고 할 수 있는 것이다. 그러나 작가의 삶과 연결시켜 보면, '세상일을 알지 못

---

77) 口訥不善言 性懶拙 不識時務 奕棋尤不知也 人辱之不辨 譽之不矜 惟看書爲樂

한다'는 이 주변머리 없는 '책만 보는 바보'는, 꽁생원과는 다른 차원의 의미를 표출하고 있다. 앞에서 지적한 대로 이 작품은 자서전으로서의 성격이 강하다. '세상일을 알지 못하고 바둑·장기를 두지 못하고' '오직 책 보는 것으로 즐거움을 삼아 추위나 더위 배고픔을 전연 알지 못한다'는 생활이, 모두 형암의 자전적인 기록임을『청장관전서』와 아들 이광규의 「先考府君遺事」에서 확인할 수 있다. 이런 식의 삶은 당대 서얼이나, 벼슬길에 오르지 못한 사대부들의 보편적인 생활양태로서, "목멱산 아래 어떤 어리석은 사람이 있었는데" "그의 전기를 써주는 사람이 없어 붓을 들어 그 일을 써서 「간서치전」을 짓고 그 성명을 기록하지 않는다"와 같은 이 글의 도입부와 결미부를 통해 볼 때 자전적인 것이 확실한 것 같다.

　이 글의 제목에 보이는 역설의 논리 또한 그러한 심증을 갖게 한다고 할 수 있다. '책 본다(看書)'라는 말과 '어리석다[痴]'라는 말이 갖는 부조화는 결국 형암이 가지고 있었던 학문의식이나 사회의식을 보여주는 제목이다. 실제로 이 글에서는 '오직 책 보는 것을 즐거움으로 삼는' 주인공이 '추위와 배고픔'에 처해 있고, 오히려 '말은 어눌하고 세상일에 밝지 못하다'고 설명되고 있다. 연암과 戲文으로 주고받은 「山海經補」에서 말을 잘 못하고 더듬거리는 섭구벌레로 자칭한 사실을 기억할 수 있다. 이런 책만 읽는 비현실적 면모 때문에 '하루도 古書를 손에서 놓은 적이 없지만' "말은 꿈꾸는 듯해서, 사람들이 책 보는 바보"[78]라고 했다는 것이다. 책이 그에게 바보소리를 듣게 했으니, 결국 책을 통한 그의 지식이 현실에 어둡고 날렵한 처세를 불가능하게 하는 역할을 한 셈이다. 그가 가진 지식과 세상이 요구하는 지식이 상극적 관계에 있다는 사실을 말하는 것이다. 「간서치전」은 형암과 세상의 괴리를 보여 주는 자서전이었던 것이다. 이 글은 우언이되, 역설의 우언을 담고 있는 자서전인 것이다.

---

78) 或自語如夢寐 人目之爲看書痴.

㉰「慧女傳」

「간서치전」과 마찬가지로 「혜녀전」 역시 고유명사 없이 주인공의 성격과 傳의 내용을 전하는 '慧女'가 제목이 되고 있다. 후처와 전처 소생 딸과의 갈등, 딸의 현명한 행동과 죽음, 그리고 살아있는 듯한 주검 등을 그리고 있다는 점에서 『장화홍련전』을 연상시키고 있는 작품이다. 이는 실명인물이 드러나지 않는다는 점과 아울러 이 글의 소재와 줄거리가 그만큼 설화에 근접한다는 증거가 된다. 또 그만큼 있을 법한 보편적인 이야기라는 속성도 말해주는 것이다.

여주인공은 신혼초 姦夫로 변장하고 들어와 남편을 위협하는 침입자가 계모임을 눈치챈다. 계모를 설득하여 신랑을 구하고 의심을 풀어주었다는 점에서 여주인공은 혜녀였던 것이다. 그러나 작자는 이 글에서 여인을 지혜로운 여자로 평가하는 데 그치지 않고 있다. 신랑이 그녀를 집에 두고 떠난 후, 그녀가 끝내 계모의 손에 죽었고 나중에야 신랑이 죽은 원인을 밝혀서 제대로 장사지냈다는 긴 줄거리가 이어진다. 혜녀 부분과 대등하게 怨女가 되어가는 과정을 서술하고 있다는 것을 고려하면, "남편의 지혜롭지 못함이여. 그 어미가 흉적인 줄 알았으면 그 다음날 함께 돌아갈 일이지 어찌 혼자서 돌아갔단 말인가"에 보이는 한탄이 이 글의 또다른 의미다. 이렇게 보면 이 작품은 표면적으로는 혜녀전이지만, 기실은 愚夫傳이 되고 있는 것이다. 혜녀와 愚夫가 엮어내는 비극이라고 해도 될 것이다. 여하튼 형암은 『장화홍련전』을 연상시키는 이 설화에서 계모와 전실 소생 딸에 초점을 두는 평상의 논리를 벗어나, 제삼의 인물인 신랑에 초점을 두며 그 사태에 대응을 못했다고 꾸짖고 있다. 시각의 전환이 이루어지고 있는 것이다. 『장화홍련전』을 읽으며 계모와 전실 딸에 시각을 고정시키지 않고, 그 사태유발의 책임자로 배좌수를 지목하며 작품 주지를 전환적 시각에서 해석하는 태도이다. 그런 점에서 형암은 설화를 재구성하며 역설의 시각을 마련하고 있는 것이다.

이상에서 살펴본 「관자허전」 「간서치전」 「혜녀전」은 모두 우언의 성격을 공유하고 있다고 할 수 있다. 「혜녀전」과 「간서치전」은 「관자허전」과 달리 사실적인 소재를 수용한 것으로 볼 수도 있다. 특히 「혜녀전」의 경우 민간에 있을 법한 계모와 전실 딸의 관계를 다루고 있어 「관자허전」과 성격이 다르다고 할 수 있다. 그러나 두 작품은 모두 사실적 소재를 설화적으로 변용하고 있는 것이 특징이다. 사실적인 소재 자체로 의미를 갖는 것이 아니고 설화적으로 변용되면서 「관자허전」과 동질적 성격을 갖게 된다. 즉 「간서치전」은 특정인물의 성격을 강조하는 데 그치지 않고, 당대의 현실에서 책을 보는 행위나 진실을 담은 언어가 어떤 상황에 처해 있는가 하는 문제를 제시하고 있다. 또 「혜녀전」은 계모와 전실 자식 사이의 보편적인 갈등을 표현하는 이면에 그 갈등을 화합 조절하지 못하는 남자들의 행태를 비판하고 있다. 두 작품과는 달리 현실문맥상의 소재를 수용하지 않고 있는 「관자허전」은 대나무의 節義를 내세우며 虛實論을 펴고 있었다. 이면구조 속에서 새로운 가치질서에 대한 논의를 하고 있다는 점에서 세 작품은 공통점이 있는 것이다. 우언이되, 이중적 작품구조를 가지고 역설을 진행시키고 있는 것이다.

② 實名 傳의 경우

㉮ 「兩烈女傳」

실명의 傳은 앞서 지적한 대로 9편이 전한다. 이 중 「양열녀전」은 앞의 비실명 傳과 함께 「영처문고」에 전한다. 이 작품은 제목 그대로 두 열녀의 전기인데, 형암이 외당숙 박여수(朴汝秀)로부터 처형인 '작은 열녀' 이야기를 듣고 썼다고 했다. 이 작은 열녀 李氏는 17세에 결혼하여 남편 金麟老가 사고로 물에 빠져 죽자 남편의 의복·모발과 함께 묻어 달라는 유서를 남기고 밤에 몰래 우물에 빠져 죽는다. 영조가 정려문을 세우라고 명했던 것도 당연히 소년 열녀로서 본보기가 되기 때문이다. 작은 열부는 작품의 전반부에 기술되는 큰 열부 이씨의 조카이다. '큰 열부' 이씨는 李弘道의 아내로 22세에 남편이 죽자 자결하려 했으나 꿈에 나타난 남편의 말대로 꼭 50년을 더 살다가 남편이 죽은 寅時에 천명을 다한다. 이 기이한 일을 보고 태수가 가상히 여겨 정문을 세운다. 이것이 한 집안에서 큰 열부와 작은 열부가 나온 내력이고 형암이 「양열녀전」을 쓴 作傳의 동기이다. 이 글은 앞에서 본 바와 같은 우언의 형식도 아니고, 역설의 논리를 담고 있는 것으로 볼 여지도 별로 없는 것으로 생각된다. 贊의 言辭조차 평범한 열부전의 형식이다.

그러나 연암의 「열녀함양박씨전 병서」의 구조를 의식하면 이 작품이 평범한 正格의 '열녀전'인가를 의심해 볼 여지는 있다. 앞에서 본 대로 「열녀함양박씨전 병서」는 두 개의 삽화로 이루어져 있었다. 하나는 자살충동을 극복하고 살아남아 자식을 기르고 집안을 일으킨 열녀였고, 하나는 죽은 남편을 따라 자결한 청상의 함양박씨였다. 이 두 대비적인 열녀가 병렬구조를 이루었던 것을 기억하면 우리는 형암의 「양열녀전」이 「열녀함양박씨전 병서」와 동질적임을 확인할 수 있다. 형암의 「양열녀전」에 나타난 '큰 열부'는 22세에 과부가 되어 50년을 살다가 죽는데, 그 조카는 결혼 2달 만인 17세에 남편을 잃고 자결한다. 여기에서도 살아남은 열녀와 죽은 열녀의 대비가 이루어지고 있는 것이다. 50년을 살다간 열부는 단지 남편이 죽은 것과 같은 시각에 죽었다는 사실 하나만으로 정문을 받는다. 종신토록 소복을 입고, 술지게미만 먹고, 짚자리에서 잠을 잤다는 그 생활은 열녀로서의 자질을 보여주는 것이라기보다는 오히려 '自決 烈女'가 되지 못한 자격지심으로 인한 忍苦의 과정을 보여주는 것이라 할 수 있다. 그가 열녀가 될 수 있는 이유는 이런 행동보다는 오히려 꿈에 나타나 남은 50년 命數를 받아들이고 자결을 하지 말라고 충고하는 죽은 남편의 말을 순종한 것, 그래서 삶을 연장한 그 행위 자체에 있다는 것을 형암은 강조하고 있다고 볼 수 있다.

형암은 이 傳을 마무리하면서 "옛날 空同子가 「六烈女傳」을 지을 때 울며 간직했던 세상에 대한 유감을, 나는 이 양열녀전을 지으며 품게 되었다"[79]고

---

79) 昔空同子涕泣 作六烈女傳 蓋有憾於世也 余於兩烈女亦如之也.

말한 바 있다. 열녀전을 쓰며 굳이 품어야 했던 세상에 대한 유감의 눈물에 주
시하면 이 「양열녀전」의 대비적 행태가 「열녀함양박씨전 병서」의 대비적 형태
와 동일한 것으로 추정되는 것이다. 형암도 연암처럼 죽어가는 열녀를 앞에 놓
고 애탄과 비탄의 눈물을 흘렸던 것이다. 세상 사람들의 찬탄을 비탄으로 생각
하는 역설의 인식을 보인 것이다.

　㉯「銀愛傳」과「金申夫婦傳」
　「아정유고」 十二에 수록된 「은애전」과 「금신부부전」은 작자 자신이 밝힌
대로 임금의 명에 의하여 作傳하여 內閣 日曆에 실렸던 작품이다. 주관적 저
작의도가 개재될 여지가 별로 없었던 만큼, 사실적이고 직언적 소재에 보수적
가치체계를 담고 있는 작품이라고 할 수 있는 것이다. 「은애전」은 정숙한 여인
을 誣辱한 노파를 살해한 양가의 딸 은애를 임금이 풍교를 세운다는 명분으로
사면한 사실을 기록한 것이다. 이 작품의 거의 절반 분량으로 동생과 싸우는
부덕한 형을 때려 죽인 장흥 신여척 사건을 기록하고 있는 것은, "윤상(倫常)
을 두터이 하고 氣節을 중시하여 신여척을 방면한 것처럼" "은애를 용서한다"
고 한 '임금의 교화'를 설명하기 위한 것이었다. 두 개의 삽화는 정조의 '倫常
論理'를 발현시킨 것 이상의 의미가 없는 것이다. 이는 정조 15년 가난하여 혼
인 못한 사람을 관가 비용으로 결혼시키라는 왕의 명에 따라, 우여곡절 끝에
결혼하는 金禧集과 申씨의 혼사과정을 기술한 「김신부부전」도 결국 마찬가지
이다. 가난한 사서인의 혼사문제 해결을 王道의 일환으로 간주했던 역대 왕들
의 논리를, 정조와 金申夫婦를 주인공으로 구현시키고 있기 때문이다. 전통적
이고 보편적 가치질서를 사실적이고 직언적 언어 표현으로 재현하고 있다고
할 수 있는 것이다. 그런 점에서 「관자허전」 등 비실명의 작품에서 제시했던
평상적 가치에 대한 반어와 역설 논리와는 대조적이다. 그렇다면 「아정유고」
에 보이는 나머지 6편의 실명의 傳 또한 보수적 가치 질서를 대변하는 것일까
하는 의문을 가질 수 있다.

실명 인물을 대상으로 했으니 만큼 이들 작품들은 우언적이라기보다는 直言的이라고 할 수 있다. 그렇다면 이들 인물이 표출하고 있는 의미는 무엇일까. 우선 이들 6명의 동질적 성격을 찾아보기로 한다.

㉰ 그 밖의 傳

이들이 모두 보편적 가치 질서 속에서 자기 능력 이하로 대접받고 있는 주변적 위치에 있음을 주목할 필요가 있다.

「백윤구전」의 주인공 백윤구는 양반 출신으로『喪禮補編』편찬에 참여한 인물이다. 그러나 그는 집이 가난하여 아전을 했다. 자신을 비난하는 사람들에게 어버이를 봉양하기 위한 祿養이라고 대응한 인물이다. 양반으로서 九容과 四勿로 몸을 닦고 仁과 禮에 누구보다 밝았지만 스스로 현실지평에 내려와 아전직을 수행했던 인물이기에 그가 죽은 후 판서와 참의 등 당상의 관리들이 '實行'에 뛰어났다고 칭송한다.

「홍의장군전」은 잘 알려진 의병장 곽재우의 전기이다. 형암의 전 중 가장 긴 것으로 보인다. 전쟁 과정에서 곽재우가 한 처신과 대처방법을 여러 예로 들고 있다. 왕을 호가하다 패퇴한 순찰사 김수를 공격하다 반역죄로 몰리고 있는 곽재우의 전쟁 방법은, 관군이 보이는 권위나 아집을 벗어나 현실에 기반을 둔 智略의 소산이었음이 강조된다. 심지어 진주성이 왜적에게 함락되었을 때 참여하지 않은 것을 두고도 "두 번이나 진주를 구원한 재우가 이때에 가지 않았으니, 적을 잘 헤아림이 이와 같았다"[80]고 칭찬하고 있다. 곽재우의 행동이 끊임없는 체제와의 싸움이었음은 그가 '비판하는 상소를 올리고 벼슬을 버리고 돌아갔다', '조정 신하가 영창대군을 죽일 것을 청하자 사람들이 감히 말을 못했는데 재우가 상소를 올렸다'고 하는 대목이 잘 말해주고 있다. 그러기에 형암은 사평 부분에서, "성격이 매우 곧고 타협할 줄 몰라 남과 어울리지 못했

---

80) 再祐再救晉州 至是不往 其料敵如此

다”고 기술하고 있다.[81] 그리고 '공리에 담박하고 속되지 않아 공을 세울 수 있었는데도 功臣錄에 오르지 못한 것은 오히려 그 성격에 맞는 것'이라고 기리고 있다.

「이씨삼세충효전」도 이인좌의 난에 공을 세웠으나 “드러나게 해주는 사람이 없어서 功臣錄에 기록되지 못한” 李世翰·尙化 형제의 三代記를 다룬 것인데, 이 형제들 역시 공을 세웠음에도 공신록에 오르지 못하고 있는 점에서 곽재우와 같은 성격의 인물들이다. 이렇게 보면 「백윤구전」「홍의장군전」「이씨삼세충효전」은 앞에서 지적한 대로 능력대로 대접받지 못한 재야 인물, 그 소외된 자질에 대한 기록이라고 할 수 있다.

佛僧을 대상으로 한 「대랑혜전」「지증전」「혜소전」은 형암이 밝힌 대로 '고운 최치원이 찬한 비명을 산삭하여'[82] 지은 것이다. 불승을 제대로 대접하지 않던 시대에 형암은 신라 고승전을 쓰고 있다. '중이 되는 것을 금지하고 노비법을 개혁하면 군대에 편입될 장정이 충분해 질 것'이라는 「백윤구전」의 기록에서 보듯, 불승은 노비와 같은 층위에서 병역의무를 지닌 대상으로나 운위되던 형편이었다. 그러나 이 고승전의 주인공들은 모두 그 지혜와 덕으로 인해 신라 당대의 왕뿐 아니라 당나라의 황제에게서까지 지극한 대접을 받고 있었다. 왕들은 어려움이 있을 때마다 이들을 거듭거듭 찾아 부르는 것으로 기록되어 있다. 형암은 당시에는 군역에나 보충해야 할 대상으로 간주된 불승들의 화려한 과거사를 캐고 있는 것이다. 최치원의 비명을 산삭하여 짓는다는 말은 아마도 함부로 불교를 논의할 수 없는 유학자의 신분으로서의 방편이었을 것이다. 최치원은 이단의 인물과 사상에 공감하고 있는 형암의 방패막이가 되어 준 것이다. 이 세 고승전은 유학자에게 공식적으로는 금단의 영역이던 불교에 형암이 그만큼 공감하는 바가 있었다는 것을 말해 준다.

이상에서 논한 9편의 實名 傳들은 3편의 非實名 傳과는 달리 우언적 형식

---

81) 紅衣將軍 孤直 落落不偕於人.
82) 余取孤雲所撰碑刪節爲新羅三名僧傳.

이라고 할 수 없다. 실명 傳은 당연히 입전인물 개인의 삶이 중시되는 것이어서 보편적이거나 추상적인 가치질서에 대한 논의의 성격이 약하다고 할 수 있다. 그러나 비실명의 세 작품은 앞에서 본 것과 같이 현실 속에 있을 법한 소재까지도 설화적으로 처리하면서 작자의 독특한 사고체계를 실현하였다.

그러나 비실명 傳과 실명 傳의 성격을 전혀 다르다고만 할 수 없을 것 같다. 임금의 명으로 쓴 「은애전」과 「김신부부전」을 제외한 나머지 6편은 모두 소외된 인물을 다루고 있다. 곽재우나 백윤구는 현실에서 자기가 가진 능력보다 대우를 받지 못한 인물이었다. 불교의 승려도 화려한 역사속의 삶과는 달리 현실에서는 징집 대상으로나 취급되던 존재들이었다.

이렇게 본다면 현실에서 소외된 인물을 다루는 형암의 실명 전은, 「광문자전」「우상전」「예덕선생전」 등 현실에서 무시된 인물을 부각시킨 연암의 傳과 맥락을 같이 한다고 할 수 있다. 형암의 실명 전은 표면에서는 각 인물들의 위대성을 부각시키고 있지만, 이들이 뛰어난 자질에도 불구하고 버려지고 소외되었음을 우리에게 강조하고 있는 것이다. 바로 이런 이중구조의 역설이 형암의 傳이 갖고 있는 특징이라고 볼 수 있다.

(2) 「이목구심서」 등 산문의 서술양식 : 正說과 逆說의 이중성

① 正說과 直言의 소리

앞에서 이덕무의 傳이 忠·孝·義·烈 등 보편적인 윤리의식을 담고 있는 것 같으면서도 표제에서와는 다른 의식을 그 안에 간직하고 있음을 보았다. 그것은 일상적 가치 속에 잠재된 이면의 논리라고 할 수 있다. 입전 인물들이 보편적 가치 질서를 추종하지 않기 때문에 소외되었지만 실상은 능력 있는 인물임을 강조하는 형암의 시각은 주목할 만하다. 보편적 질서 속에서 이면의 시각과 논리를 추구하는 형암의 인식은 여러 문집의 산문에서는 어떤 양상으로 전개되고 있을까. 먼저 『청장관전서』 전체의 문집체제를 유의해 볼 필요가 있다.

『청장관전서』는 아들 이광규가 편찬했으니, 다른 사람의 문집보다 탈루된 것이 적으리라 생각된다. 이를 전제해 놓고 볼 때, 방대한 분량에서 銘·序·跋·書·記 등 전통적 양식의 비중이 현저히 적다는 점이 하나의 특징으로 생각된다. 그만큼 형암의 저술이 형식적인 관습에 구애되지 않았음을 말해주는 것이다. 그렇다고 문집 전체의 체제가 그만큼 파격적이라고 단정할 수는 없을 것 같다. 편집자인 아들이 의도적으로 체제부터 눈에 띠게 파격적으로 구성하지도 않았을 것이니, 관습적인 글의 양이 적다는 것은 오늘날 우리의 시각일 수 있다. 당대의 기준으로 볼 때, 글의 핵심은 어디까지나 시였으므로 방대한 시를 싣고 있는 형암의 저작이 균형을 잃었다고 볼 수는 없을 것이다. 더욱이 산문 중 많은 부분도 전통적인 저술체계 안에서 이루어진 것이다. 「編書雜稿」라는 편명하의 「宋史筌」「武藝圖譜通志」 등은 왕명으로 편찬된 것이다. 「士小節」 같은 것도 일종의 수신결로 볼 수 있으니 상궤를 벗어난 것으로 볼 수 없다. 이 밖에 일본에 관한 기록인 「청령국지」, 병자호란에 대한 일기식 기록인 「丙丁表」, 중국 여행기인 「入燕記」, 중국인들과의 편지 모음인 「天涯知己書」 등도 모두 이례적인 형식은 결코 아니다. 이런 글들은 모두 '究極 性理' '飭礪 名行' '博學 著述' 하는 유학자[83]로서의 형암의 모습을 잘 보여주고 있다고 할 수 있다.

士典·婦儀·童規 등 3편 924장으로 이루어진 「사소절」의 경우 크게는 학문의 방법에서부터 남에게 먹다 남은 참외 주는 법에 이르기까지의 행동준칙을 그야말로 소소하게 밝힌 것이다. '작은 예절에는 구속되지 않는다'는 세속 말을 경계하며 '선비가 지켜야 할 작은 예절'을 오히려 형암은 강조하고 있는 것이다.

작은 예절에 구속되지 않는다는 말이 멋대로 유행되자 朱子께서는 걱정하여 「小學」을 저술하였다. … 나도 일찍이 「소학」을 삼가 읽어 그를 준행했지만 …

---

83) 儒有究極性理之儒 有飭礪名行之儒 有博聞著述之儒 皆不出于修己經世之學 至若汨溺於詞章 馳騖於科擧 是名儒而賤儒者. 「讀宋史儒林傳」, 『청장관전서』 21, 「編書雜稿」 一.

실천하지 못한 것이 10에 7, 8이요 … 항상 작은 예절을 닦지 못하여 집안 사람들에게 준칙이 없을까 걱정했다. 그래서 모든 것을 책에 적되 반복을 피하지 않고 자잘한 것도 지워 버리지 않았다.[84]

여기에서 보듯 형암은 「사소절」을 철저한 수신책으로 기획한 것임을 알 수 있다. 이때 '자잘한 것도 지우지 않았다'는 것은 형암이 갖는 극도의 보수적 행동체계의 일단을 보인 것으로 해석해도 무방할 것이다. 도덕과 윤리를 통시대적인 보편성을 가지고 있다고 생각하면 보수적이라고 하기 어렵지만, 性行·言語·動止·謹愼 등의 제목을 가진 행동준칙은 이미 대상자를 일정한 틀에 가두어 놓는다는 의미에서 보수성이 전제된 것이다. 형암은 '성인은 글도 아닌 신빙성 없는 말을 정신이 손상 되도록 읽고, 기운이 소모되도록 말하는 자는 허탕한 사람'[85]이라고 말씀하셨다며, 독서의 대상을 성인에 국한시키는 태도를 보이기도 하였다. 또 글 속에서 충성과 정의를 실천하는 사람을 만나면 마음속으로 눈물 흘리며 자기 자신의 일로 삼고, 說話로 생각하지 말아야 한다[86]고 선험적인 가치를 자기화 하는 행위를 당연시하기도 하였다. 이러한 규범적 행동율로 인하여, '演義나 小說은 음란한 말을 기록한 것이니 보아서는 안된다'면서 『삼국지연의』는 진수의 『삼국지』와는 구별된다고 소설을 극도로 폄하하기까지 한다. 요컨대 正說·正史·正行 등 '正'의 논리를 규준으로 가치관이나 행동체계를 유지하고 있는 것이다. 실명의 傳에서 입전인물들이 보이던 忠孝 義理의 모습을 생각하며 형암의 가치체계와 윤리의식을 엿볼 수 있

---

84) 不拘小節之說肆行 而士無所顧忌 於是朱子憂之 述小學之書 … 德懋亦嘗謹讀而持循之 …
　　不能踐之者十之七八 … 常懼身不修小節 而家人之無則也 惕然而思 載之于冊 不擇其煩複
　　不刪其委細 以其貧賤之士也. '士小節序'.
85) 讀至於損神 言至於耗氣浪人也 矧伊非聖與無稽. 「士小節」 卷之二, '士典', '動止' 권 6,
　　33면.
86) 讀書遇古人爲國盡忠 慷慨就義 不惜身命者 當須悲壯激烈 或至涕洟 若身親 當之 不作一
　　番設話看. 「士典」 '動止' 권6, 33면.

을 것이다.

② 自得과 逆說의 소리

형암의 저작 중에서 보수적이고 선험적인 가치체계를 벗어나 자득의 논리를 펴고 있는 면모를 추적할 때 주목되는 것은 「嬰處文稿」「耳目口心書」「盎葉記」「蟬橘堂濃笑」「寒竹堂涉筆」 등이다. 이 가운데 특히 「이목구심서」「앙엽기」「선귤당농소」 등이 주목된다.

「禮記臆」「宋史筌」 등에서도 보이지만, 가장 많은 분량을 차지하는 「앙엽기」 등 형암 저술의 큰 특색은 '박람강기', 즉 박학적 지식의 집대성으로 생각된다. 앙엽이란 의미처럼 배부른 큰 독에 낙엽 주워 모으듯 형암은 백과사전적 사실을 열거하여 설명하고 있다. 고염무의 '性論'과 같은 형이상학적 문제에서부터 經典의 글자 수, 숫자로 이루어진 姓氏, 갓의 종류 등 역사·치란·풍속·인물 등 모든 분야를 망라하고 있다. 여기에서 우리는 형암의 탐구적이고 실증적인 성향을 볼 수 있거니와, 항목마다 간략히 기술하면서도 반드시 그에 대한 기존의 견해를 典故를 들어가며 설명하고 그 뒤에 자기의 견해를 보충 설명하는 진지성을 보이고 있다.[87] 박물적 지식이 다분히 호사취미 차원을 넘어 실증적인 지적 탐구의 자세에서 비롯된 것임을 보여주는 것이다. 「앙엽기」의 이러한 성격은 「한죽당섭필」에서도 그대로 드러난다.

「앙엽기」와 「한죽당섭필」이 특이사항에 대한 호기심과 지적 탐색 욕구의 발로에서 출발한 것이라면, 「이목구심서」「선귤당농소」 등은 온몸으로 감지되는 새로운 생각과 남다른 시각, 즉 자득의 논리를 전개한 것이라고 할 수 있다. 물론 「앙엽기」에도 이런 성격이 있지만 그것은 구체적 지식을 전제로 펼쳐지는 자기 의견 개진이었다. 「이목구심서」는 이름 그대로 귀로, 눈으로, 마음으

---

87) 「앙엽기」의 전편이 거의 이런 기술방식을 따르고 있다. 예를 들면 二氏侮聖, 東國婦人能書, 易服之令 등의 온갖 제목 아래 반드시 중국과 우리 나라 역사에서 그와 관계된 전고를 밝히고 자기 생각을 써 내려갔다.

로, 즉 온몸으로 감지되고 느껴지는 생각을 문장형식에 구애받지 않고 자유로이 서술한 것이다. 그러기에 여기에서 우리는 자유롭고 생기발랄한 형암을 만날 수 있는 것이다. 「사소절」에서 보듯 몸을 꼿꼿이 세우다 굳어진 형암이 아니라 너털웃음을 웃는 그를 보는 것이다. 형암은 여기에서 『物理小識』이란 책을 인용하여 '아이가 뱃속에서 나와 울지 않을 때, 표주박을 쳐서 고양이를 울리면 애가 울게 된다'고 유감주술의 치유법을 제시하기도 하고, 고구려를 하구려로 부른 역사를 반추하기도 하고, 비오는 날에 방에 누워 남에게 빌린 물건을 손꼽아 보기도 한다. 소설 읽는 사람을 안타까이 여기기도 하지만 이렇게 생활에서 느낀 일을 기술하고 역사기록의 오류와 허구적 윤리의식을 되씹기도 한다.

곽거가 어버이에게 효도하였는데, 그 자식이 어머니의 음식을 빼앗아 먹는다 하여 산 채로 매장하려 하다가 황금을 얻고 그만두었다. 내가 논박한다. 이것은 편벽된 효도이고 순수한 효도는 아니다. … 그를 불효했다고 할 수는 없지만 지순한 효자는 아니고 강한하고 잔인한 사람이다. 뒷사람들이 무엇을 배울 수 있겠는가. 금은 우연히 얻은 것이었다.[88]

형암은 이 설화를 매우 다양한 시각에서 조망하고 있다. 효자의 대명사로 꼽히던 곽거를 순수한 효자는 아니라고 비판하고 있다. 孝라는 개념 자체를 부인한 것은 아니지만, 孝의 개념을 새로이 규정하고 있는 것이다. 곽거의 어머니가 손자를 묻어 죽이라고 했다면 곽거가 어머니를 설득하여 어미가 잘못을 저지르지 않도록 했어야 했다는 것이 첫 번째의 비판이다. 두 번째는 곽거의 어머니가 보통사람의 인정을 가지고 있었다면 이런 일을 하는 것을 보고 말렸

---

88) 郭巨孝於親 以其子嘗奪母食 欲生埋其子 而得金乃止 余駁之曰 此偏枯之孝 而非純孝也 … 若謂巨不孝不可 然決非藹 然純孝 而剛狠忍人也 後人何學焉得金偶然. 「耳目口心書」, 『青莊館全書』 권48.

을 것인데 그렇지 않았다는 논리로 곽거 어머니의 책임을 묻는다. 그리고 나서 어머니가 몰랐을 수도 있었다는 반박을 의식하여, 곽거가 어머니의 마음을 상하지 않으려고 몰래 했더라도 결국 알고나서는 슬픔을 못 견딜 텐데 그게 효도냐고 다시 곽거를 비판한다. 그러니 곽거는 잔인하고 사나운 효자라는 것이다. 이렇게 형암은 부모를 위해서 자식을 희생시키려 했기에 효자의 전형이 된 곽거를 불효로 지목한다. 그리고 그 절대적 효에 대한 하늘의 응보로 인정되는 금의 취득을 우연이라고 비하한다. 형암은 아무런 비판없이 그저 선험적 입장에서 절대적 윤리규범으로 해석되던 이 설화를 평범한 인간이 느낄 수 있는 감각, 인간 중심의 논리로 비판하고 있는 것이다. 이로써 형암은 관념적인 孝의 개념을 부정하고 인간의 평상심에 기초한 孝, 인간중심의 孝 개념을 정립하고 있는 것이다. 어머니의 슬퍼할 마음을 안다면 아이를 묻을 수는 없는 일이고, 어린 아이에게는 별도의 음식을 주어야 마땅했다는 설득을 우리에게 하고 있는 것이다.

형암의 인간중심적 감각은 名臣 張乖厓와 忠臣 趙立도 비판한다. 장괴애는 아비의 볼을 때린 어린아이를 죽였다. 조립은 군사출동 기일을 어긴 숙부가 머리 조아리는 것을 내려다보며 죄목을 열거하고 죽였다. 모두 도리와 윤리를 바로 세우려고 私情을 억누른 전형으로 꼽히던 인물이다. 그런데 형암은 '어린애가 成人처럼 얌전하면 어린애냐, 철없이 울고 웃는 그것을 용서 못하느냐'며 장괴애를 꾸짖고, '군령이 엄한 것만 알고 인륜이 중한 것을 몰랐다'고 조립을 야단치고 있다. 여기에서도 형암은 상식으로 굳어진 일상의 가치관념에 대한 역설적 시각을 평상심으로 전개하고 있는 것이다. 이러한 평상심과 새로운 가치체계는, 끊임없는 자신에의 반추를 통하여 집착과 고착성에서 벗어나야 가능한 것이다. 비오는 날 누워서 일생 동안 남에게 말을 빌려 타고 다닌 것이 여섯 일곱 번 된다는 소년 같은 自省을 하지 않고는 불가능한 것이다. 그가 자신을 반추하는 우화를 하나보기로 한다.

甲은 소를, 乙은 말을 타고 가다가 여관에서 머물렀다. 새벽에 떠날 때 갑은 말을, 을은 소를 잘못 타고 가면서도 날이 침침해서, 갑과 을은 각기 소와 말을 탔다고 믿어 의심치 않았다. 날이 밝자 털의 색이 달랐는데 갑은 말을, 을은 소를 타고 있었다.[89]

갑과 을이 각기 소와 말을 타고 가다가 컴컴한 새벽에 바뀐 것을 모르고 날이 밝아서야 알았다는 단순한 이야기이다. 깜깜한 댓돌 위에서 고무신 바꿔 신었다는 이야기와 유사한 이 짧은 우화는, 압축적인 표현인 만큼 매우 폭넓은 해석이 가능하다. 형암 자신을 비롯한 당대 사회가 이 甲乙처럼 남의 말을 타고 있다는 우언으로도 해석할 수 있다. 모두가 자기 생각, 자기 신념을 가지고 길을 가지만 밤의 그 깜깜함 안에 갇혀서 자신이 어디로 어떻게 나아가고 있는지 모른다는 시대적 경고로 해석할 수도 있을 것이다. 또 이 우언은 지나치게 자기 신념을 강조하며 아집과 고착에 빠져 있는 사람들에 대한 풍자적 성격을 가지고 있다고 보아도 될 것이다. 어떤 해석을 선택하든 이 우화는 형암이 주장하는 개방적 인식을 우언으로 제시했다는 데 큰 의미가 있다. 자기를 고집하지 않는 이러한 인식의 개방성이 선입견이나 선험론적인 지식과 가치체계를 거부하는 방향으로 확대될 것은 분명하다. 처녀와 영아 같은 순박한 바탕의 인식 위에서 전개되는 그 무변의 자유성이 결국 새로운 논리와 가치체계를 탄생시키는 것을 앞에서 우리는 보아왔다. 이 탐색의 논리과정에서 고증과 실증이 강조되기도 하고 耳·目·口·心과 같은 지각경험이 강조되기도 하는 것이다.

耳目口心으로 감지되고 창출되는 논리와 가치체계가 상식적인 관념 윤리와 부딪칠 것은 필연적 사실이다. 이목구심의 지각경험이 강조하는 주관성은 어차피 보편적 속성을 띠고 있는 기존 가치체계와 대립한다. 형암이 보여주는 역

---

89) 甲跨牛 乙跨馬 宿旅館 曉將發 甲跨馬乙跨牛去 駸駸信無疑甲跨牛乙跨馬 日旣紅毛色異 甲跨馬乙跨牛.「耳目口心書」二,『靑莊館全書』권49.

설의 가치체계는 이런 배경을 안고 있었다. 형암은 자기의 이목구심이 엮어내는 사고체계가 기존가치와 부딪치고 있다는 사실을 잘 인식하고 있었다고 생각된다. 그러기에 「선귤당농소」라는 제목에서 보듯이 자기 글을 '진한 농담', '큰 웃음거리'로 표현했다. 앞에서 보았듯 「山海經補」에서는 연암과 이러한 '농조'와 '해학'을 쓴 글을 바꿔 읽곤 했다는 고백을 하고 있다. 물론 형암의 산문이 박지원과 같은 재기 발랄함과 야유적인 공격성을 담고 있는 것은 아니다. 오히려 역설의 논리를 정설의 논리 안에 파묻고 있다고까지 할 수 있다.

왜 형암은 역설의 논리를 연암처럼 마음껏 전개하지 못하고 정설의 논리 체계를 또 한 손에 잡고 있었을까. 그의 산문이 가진 자질이 먼저 설명되어야겠지만, 한편에서 그의 신분적 한계에서 온 결과로 해석해 볼 수도 있을 것이다. 서얼이라는 반쪽 양반으로서의 이중성이 그로 하여금 소설 거부와 같은 극도의 보수성을 갖도록 자신을 채찍질하기도 하고, 때로는 그 정반대의 역설지향 의식을 갖게도 했을 것이라고 추정해 볼 수 있는 것이다.

4) 소결 : 박지원과 이덕무의 대비적 성격

이제까지 박지원과 이덕무의 산문을 분석하였다. 논의의 편의를 위해 규범적 장르로는 두 사람의 傳을 택하고, 자유로운 산문으로 연암의 『열하일기』와 형암의 「이목구심서」 「선귤당농소」 등 雜記類라 할 수 있는 글을 대상으로 하였다.

앞에서 본 것처럼 연암과 형암은 기존의 보수적인 가치체계에 반발하고 역설의 인식을 산문양식으로 구현하고 있다는 점에서 동질적이었다. 연암과 형암이 역설적 시각을 공유하고 있는 면모는 제2장에서 이들이 盲目과 童心의 사유체계를 함께 하고 있을 때 이미 예견할 수 있었다. 이러한 일상적 가치에 대한 반역성 때문에 이들은 異端邪說의 대명사격인 패관소설의 문체를 가진 사람으로 평가되었다고 생각된다. 명말청초의 패관기서에 영향을 받은 文風이라는 평가도, 이들이 명말청초 李贄나 戴名世 등 소품가들이 가진 반전통적인 성격을 함께 하고 있음을 지적한 것이라고 할 수 있다.

이제 우리는 연암과 형암이 간직한 공통적인 기반을 전제로 산문양식의 차이점을 생각해 볼 필요가 있다. 이는 제2장에서 확인한 사유체계를 두 사람이 공유하고 있음을 확실히 하기 위한 것이기도 하지만, 동시에 한 사람은 산문가로 한 사람은 시문가로 평가받는 이유가 어디에 있는가 하는 의문도 설명해 줄 것으로 생각된다.

연암과 형암의 가장 확실하고 구체적인 공통점은 이들이 소재를 공유하고 있는 점이라고 할 수 있다. 연암의 傳 중에서 「민옹전」「김신선전」「봉산학자전」「우상전」 등의 인물은 형암의 「이목구심서」에도 그대로 나타난다. 이는 연암과 형암이 인식대상을 선택하는 시각을 같이하고 있다는 사실을 말해 주는 것이다. 작품을 통해서 본 바와 같이 규범적이고 일상적인 가치를 벗어나 왜곡된 질서를 바로 잡으려고 했던 정신이 이러한 동질적인 모습을 잉태했다. 그렇다면 이들은 동일한 소재를 어떻게 나름대로의 표현방법으로 전환시켰는가 하는 의문을 갖게 된다. 이는 곧 연암과 형암의 개성이 무엇인가 하는 의문을 설명해 줄 것이다.

먼저 이제까지의 작품분석 결과를 다시 정리해 볼 필요가 있다. 연암의 傳은 작품의 언어와 구조가 그대로 역설과 아이러니의 상황을 도출하고 있었다. 광문·우상·민옹처럼 소외되었으나 오히려 진솔한 면모를 지니고 있는 인물을 취재한 연암은 이들이 가진 역설적 진실성을 그대로 작품의 구조로 전환시켜 표현하고 있었다. 이러한 인물들이 왜 오히려 신뢰할 만하고 가치있는 인물인가를 작품의 논리에 따라 설득하고 있었다. 반대로 「역학대도전」「양반전」 등을 통해서는 이들이 왜 부정적인 인물인가, 당대의 보편적인 가치기준과 인물평가가 어떠한 문제를 안고 있는가를 연극장면을 설정하듯 형상화하고 있었다. 이러한 모습은 『열하일기』에서도 마찬가지였다. 연암은 동자와 맹인을 등장시켜 平等眼과 순진의 눈으로, 淸을 오랑캐로 보는 시각이 얼마나 편협된 것인가를 설명하고 있었다. 동심과 맹목의 시각으로 실현된 역설의 논리를 가지고 보수적 관념에 찌든 현장에 들어가서 연암은 그 부당함을 설명하고 있다. 會心論과 관점의 상대주의를 구체적으로 실현시키고 있었던 것이다. 그에 따라 연암의 글은 사실적이면서도 동시에 역설의 논리를 담고 있는 우언의 모습을 가지게 되었다.

반면 형암은 연암이 가진 역설의 논리를 그대로 공유하고 있지만 표현법에서는 현저히 다른 양태를 띠는데, 이는 연암의 「김신선전」과 형암의 기록을 대비해 보면 확실해진다.

> 가. 金洪基는 수련하는 것을 배운 사람이다. 나이가 50 남짓 되었는데 모습이 맑고 파리했다. 여자를 가까이 하지 않았는데 아들이 하나 있으니 아마도 한번 관계하여 낳았을 것이다. 산수에 노닐기를 좋아하는 성품이어서 며칠을 집에 있지 못했는데 하루에 수백 리를 가도 신이 새 신 같았다. 여름에도 땀을 흘리지 않고 추워도 떨지 않았다. … 尙彦이라는 道 높은 승려가 금강산에 머물러 있었다. 김홍기가 가서 교유하려 했으나 집이 가난하고 처자가 딸려서 그 뜻을 이루지 못함을 한탄했다 한다.[90]

> 나. 신선이 특별한 사람은 아니다. 담연하여 마음에 매인 것이 없게 되면 道는 이미 원숙해지고 禁丹術은 이루어진 것이다. 매미처럼 껍질을 벗어 하늘을 오른다는 것은 억지로 꾸민 이야기이다. … 만약 내가 어느 한순간 累를 벗어나면 바로 그 순간 나는 신선인 것이다. 티끌 같은 세상을 발 밑에

---

90) 金洪器 學修鍊者也 年可五十餘 而貌甚淸曜 平生未嘗近色 有一子 蓋一嫕而 生者也 性喜遊山水 不數日在家 日行數百里 而鞋若新 暑不汗寒不栗 … 有尙彦師者 亦龍象之雄也 方卓錫金剛 故洪器亦欲往與結交 然家貧妻子爲累 不成其志爲恨云.「耳目口心書」三,『靑莊館全書』9, 권50.

두고 높이 날으려 하는 사람은 일생 동안 한번도 신선이 될 수 없다.[91]

　　다. 선비라도 한푼 돈을 애닯아 하면 털구멍 하나까지 꽉 막히게 되고, 시정배
　　　라도 뱃속에 수천 문자를 잔직하고 있으면 눈동자가 영롱히 빛나게 된
　　　다.[92]

　　라. 글 읽는 사람으로서 시정배의 마음을 가지고 있다면, 시정배로서 글 읽을
　　　줄 아는 사람보다 못한 것이다.[93]

　가)는 「이목구심서」에 전하는 신선 金洪基에 대한 기록이다. 나)는 「선귤당
농소」에 기록된 형암의 신선에 대한 견해이다. 형암이 가)에서 전하는 신선 김
홍기의 모습은 연암의 「김신선전」의 것과 그대로 일치한다. 한번 관계하여 아
들 하나를 두고 하루에 수백 리를 행보하는 등 김홍기는 神異함을 보인다. 여
름에도 부채질 안 하고 겨울에도 솜옷을 입지 않는다는 연암의 묘사가 형암에
게서는 '땀 흘리지 않고 떨지 않는다'로 바뀌어 표현될 정도의 차이밖에 없다.
그러나 「이목구심서」의 김홍기는 신이한 인물 그 자체로만 부각되어 있다. 연
암의 전에서처럼 신선 김홍기에 대한 형암 나름의 견해가 드러나지 않는다. 처
자가 짐이 되어 교유하러 가지 못했다는 결미의 언급이 신선이라는 김홍기를
비꼬는 것 같기도 하지만, 전체적으로 신선 자체에 대한 견해는 전혀 드러나지
않는다고 할 수 있다. 반면 나)에서 형암은 신선에 대한 정의를 직설적으로 전
개한다. 신선은 특별한 사람이 아니고 담연하여 매임이 없는 의식 그 자체이
며, 현실을 무시하고 초월적인 것만 추구하는 사람은 한번도 그 신선의 의식을

---

91) 神仙非別人 澹然無累時 道果已圓 金丹垂成 彼飛昇蛻化 勉强語耳 如我一刻無累 是一刻
　　神仙 … 夫脚下軟紅塵勃勃起者 一生不得爲一番神仙. 「蟬橘堂濃笑」, 『靑莊館全書』 권63.
92) 士惜一文錢 毛孔盡窒 市井復中 略有數千字 眸子朗然有光 「蟬橘堂濃笑」.
93) 讀書而有市井之心 不如市井而能讀書也. 「蟬橘堂濃笑」.

가질 수 없다고 선언한다. 이러한 결론은 그대로 연암 「김신선전」의 주제와 일치하는 것이다.

연암의 「김신선전」에는 김홍기라는 신이한 소재와, 신선은 특별한 사람이 아니고 세상에서 뜻을 펴지 못하는 사람이라는 주제적 요소가 통합되어 있다. 그러나 형암에게는 두 요소가 분리되어 나타나며 직설의 형태로 신선에 대한 견해가 제기되고 있음을 알 수 있다. 연암이 자기 주변의 소재를 논리적이고 추상적인 관념과 결합시켜 주제를 형상화하고 있다면, 형암은 추상적 개념과 개별적인 소재를 연결시키지 않고 별개로 다루고 있다. 물론 그렇다고 형암이 기록하고 있는 소재들이 의미가 완전히 거세된 생소재라고 할 수는 없을 것이다. 김홍기라는 인물을 취재 기록할 수 있는 시각 자체는 이미 연암과 형암이 동질적이라고 할 수 있기 때문이다. 그 개별소재를 보편적 의미로 확대시키는 단계에서 연암과 형암의 차이가 드러나는 것이다.

예문 다), 라)를 보면 두 사람의 차이가 더욱 확실하게 나타난다. 형암은 두 기록에서 글 읽는 선비라도 名利에 집착하면 시정배보다 못하고 시정배라도 가슴 속에 문자를 가지고 있다면 선비보다 낫다고 말한다. 이러한 역설적인 논리는, 儒子인 체하면서 속으로 명리에 빠진 거짓 군자와, 겉은 더럽지만 내면에 덕을 가지고 있는 예덕 선생이나 봉산학자를 통하여 연암도 제시한 바 있다. 형암의 인간행위에 대한 윤리적 진술 다) 라)에 「이목구심서」의 봉산 농민 소재를 결합시켜 형상화하면 연암의 「봉산학자전」의 양태가 될 것이라는 추론이 가능한다.

이상과 같은 사례는 아주 많다. 갓 등 의복제도가 개선되어야 한다는 생각은 형암과 연암 모두가 하고 있었다. 형암은 「앙엽기」에서 '갓은 雨具이다', '갓은 개조해야 한다', '갓의 폐단', '여러 가지 갓에 대하여' 등의 작은 제목을 설정하여 직설적으로 논설하였다. 반면 연암은 『열하일기』의 "許生 이야기"에서 관념적인 北伐論에 빠진 李浣 대장을 꾸짖는 허생의 목소리로 이야기하고 있다. 「열녀함양박씨전 병서」에서와 같은 과부개가의 주장을, 형암은 「天崖知

己書」·‘筆談’에서 ‘죽는 것을 열부라 할 수 있으나 올바른 常道는 아니고, 부모의 喪을 지나치게 슬퍼하다가 죽어가는 효자와 같다’고 논하는 것도 그런 사례이다.

연암과 형암이 보수적 가치에 대해 역설의 논리를 가지면서도 그 역설의 논리 전개와 표현을 달리하는 이유는 어디에 있는가 생각해 볼 필요가 있다. 연암과 형암은 모두 동심과 盲目의 인식에 기반을 두고 당대에 맞는 새로운 가치질서를 추구하며 역설의 논리를 전개한 것은 일치하였다. 그러기에 모두 일반적인 사대부의 인식대상이 되지 않던 하층민이나 생활 주변의 소소한 일까지도 의미있는 것으로 받아들이고 있었다. 그러나 그 역설이 성립되는 과정, 즉 동심과 맹목의 인식이 구체적인 상황 속에서 실현되는 양상이 형암의 글에는 표현되지 않고 있었다. 제2장에서 본 바와 같이 역설적 인식은 會心 혹은 體物의 논리로 인식대상 속에 이입하면서 인식주체의 선입견을 타기할 때 성립되는 것이다. 상대주의적 시각이 이 과정에서 작용하면서 다층적인 논리가 성립될 수 있기 때문이다. 형암도 이 인식대상에 이입하는 회심과 체물의 인식방법은 매우 익숙하게 자기의 것으로 체득하고 있었다. 「선귤당농소」는 전체가 이 회심과 卽物 體物의 경험이 발현된 기록으로 볼 수 있다. 형암은 海潮를 그린 그림을 바라보며 ‘몸이 빈 배가 출몰하듯 위 아래로 솟구쳐서 급히 그림을 덮으니 멈춰졌다’고[94] 그림 속의 상황에 이입된 自我를 묘사하기도 하였다. 그러나 형암은 어떤 구체적인 가치체계를 세워가는 현장상황, 즉 구체적인 사상체계로 발현되는 논리적 과정을 있는 그대로 보여주면서 표현하지는 않고 있다. 역시 연암의 글에도 보이는 쇠똥구리 기록을 보면 이런 모습이 분명하다.

쇠똥구리는 쇠똥 굴리기를 스스로 즐거워하여 용이 여의주를 갖고 노는 것을 부러워하지 않는다. 용도 또한 여의주를 가졌다 하여 스스로 교만해져서 쇠똥을

---

94) 展盡海潮小幅 注目久之…身俯仰作虛舟出沒狀 急捲之乃止. 「蟬橘堂濃笑」.

비웃지 않는다.[95]

　형암은 용과 쇠똥구리의 개별적인 자족성을 논하고 있다. 여의주와 쇠똥은 우열을 논할 수 없는 것이니, 각기 용과 쇠똥구리에게 절대적 의미를 가지고 있다는 것이다. 개미는 개미의 눈으로 코끼리는 코끼리의 눈으로 보아야 한다고 주장한 연암처럼 즉물 체물의 상대주의적 인식을 실현시킨 결과 이러한 논리가 성립되었다고 할 수 있다. 그런데 여기에서도 역시 이 상대주의적 인식의 결과가 우리에게 직접 제시되어 있지 그 상대주의적 인식, 즉 즉물 체물의 상대주의적 관점이 상황으로 설정되어 구체화되고 있지는 않다. 그러한 상대주의적 논리가 용이나 말똥구리의 시각으로 구체화되면서 현재화되어 나타나지 않는 것이다. 쇠똥구리의 이야기는 연암의 「蜋丸集序」에도 그대로 나타난다. 그러나 연암은 형암처럼 상대주의적 시각에서의 평가를 직접 내리지 않고 삽화만 우리에게 제시하고 있다. 회심으로 상대주의적 관점이 교차하는 상황을 설정하고 해석은 독자가 하도록 유도하고 있다. 따라서 독자도 회심의 논리로 자신을 그 상황 속에 이입시켜야 하는 것이다. 연암의 글이 우언으로 개성을 가지고 독자에게 그 의미를 풀이하고 해석하도록 강요하는 형식이라면, 형암의 글은 직설적이어서 유추의 과정을 거칠 필요가 없다고 할 수 있다. 회심과 즉물 체물의 과정을 삽화나 상황으로 설정하는 것과, 그 인식의 결과를 그대로 전달하는 것과의 차이로 이렇게 문체적인 양상이 달라졌다고 할 수 있다. 그러나 그 결과 얻어진 가치체계가 역설의 체계인 점에서는 동질적이라고 할 수 있다.

---

95) 蜋蟷琅 自愛滾丸 不羨驪龍之如意珠 驪龍亦不以如意珠自矜驕而笑彼蜋丸,「蟬橘堂濃笑」.

5. 북학파 산문과 前時代 산문과의 대비 : 박지원과 송시열의 경우

1) 春秋論·尊周論의 대비적 성격

우리는 앞에서 북학파 문인들이 時空의 상대성이론을 통하여 개체적 자족성과 독립성을 전제로 하면서 청나라를 배워야 한다는 北學論·學淸論을 주장하는 것을 살펴보았다. 그리고 이 시공의 상대주의이론을 바탕으로 華夷論을 탈피하여 域外春秋論을 전개하는 모습을 보아왔다. 우리는 이제 전통적인 화이론을 배경에 둔 北伐論의 양상과 북학론자들의 문체양식을 대조·비교해 보면서 실학파 문학의 사상적 위상을 확인해 볼 필요가 있다. 조선후기 북벌론의 상징적 인물인 우암 송시열을 그 대비의 대상으로 삼는다.

程子가 말하기를 失節한 사람을 취하여 배필을 삼으면 자기도 실절한 것이라고 하였습니다. 정축변란이 있은 초기에 실절한 부인을 남편으로 하여금 버리지 못하게 하였으니, 이것은 실절을 가르친 것입니다. 대저 의리로 법을 만들더라도 오히려 태만해질까 근심하는데, 이렇게 법을 만들었으니 어떻게 백성을 방지하겠습니까.[1]

우암은 여기에서 실절한 부인을 버리지 못하게 한 조정의 명령은 백성에게 실절을 가르친 것이라고 공박하고 있다. 정축년 변란은 인조 15년(1637)의 이른바 병자호란 중의 큰 사건이다. 後金이 강화도를 함락시키고 인조가 三田渡에서 치욕을 당한 일을 말한다. 金尙容 등 수많은 사람이 순절하고 우암이 쓴 「三學士傳」의 주인공인 洪翼漢(1586~1637), 尹集(1606~1637), 吳達濟(1609~1637) 등이 청나라 審陽에서 의리와 충절을 내세워 殉死한 바로 그 해이다. 임진왜란 때 그러했듯 전쟁 중의 여인의 실절을 실절로 간주하지 않는 조정과 세론을, 우암은 정자의 말을 이끌어 통박하고 있다. 그리고 의리에 맞게 법을 정해도 부족한데 이렇게 법을 정하면 백성들의 실절을 어떻게 막을 수 있겠느냐고 논리를 확대한다. 백성에게 절개를 교육하고 의리를 가르치려면 전쟁 중에 실절한 부인도 버려야 한다는 강경한 원칙론을 우암은 왜 전개하고 있으며, 또 이 원칙론은 어떤 논리에서 연유하는 것인가.

우암의 이러한 태도는 '여인의 실절'을 오랑캐에게 무릎을 꿇은 '나라의 실절'로 인식하는 데에서 비롯한다. 이때의 '나라의 실절'은 中華가 갖고 있는 자존심의 실절이며 대의와 명분의 무너짐을 뜻한다. 소중화·대중화가 함께 오랑캐에게 무너진 '華夷論의 실절'이기도 하다. 그러기에 우암은 앞으로는 여인의 실절을 막을 수 없을 것이라고 울부짖고 있는 것이다. 전쟁 중에 실절한 여인을 매정히 내려치는 이 원칙론으로 우암은 백성의 실절을 막겠다고 나서면서 무너진 화이론을 일으켜 세우려 한다. 그것은 우암에게 삼강오륜을 바로 세우는 윤리적 당위이고, 인간이 금수에 떨어지지 않는 자연질서의 당위였다.

정사를 바르게 하여 夷狄을 물리친다고 말하는데, 공자께서 『春秋』를 지어 천하 후세에 大一統의 의리를 밝히셨으니, 혈기가 있는 사람들은 중국이 의당 존귀하며 이적은 추하다는 것을 모르는 사람이 없습니다. 주자가 또 인륜과 천리를

---

1) 臣又按 程子曰 取其失節者以配身 是己失節也 丁丑變初 失節婦人令其夫不得離棄 是敎以失節也 夫作法於義 猶患其偸 以此爲法 何以防民.「己丑對事」.

받들고 극진히 하여 雪恥의 의리를 밝혀 말했습니다. "하늘은 높고 땅은 낮고 사람은 그 가운데 자리했는데 … 仁과 義를 버리면 역시 사람의 도리가 설 수 없다. 仁은 父子보다 더한 것이 없고, 義는 君臣보다 더한 것이 없으니 이것이 삼강의 요점이고, 五常의 기본이다. …" 신은 이 글을 읽을 때마다 이 한 글자 한 귀절이 혹 흐려지게 된다면, 禮樂이 더러운 흙에 빠지고 人道가 禽獸에 들어가 구할 수 없을 것으로 생각했습니다.[2]

우암은 여기에서, 君父의 원수를 갚는 행위를 人倫·天理·三綱·五常이라는 용어로 설명한 주자의 말을 원용하고 있다. 그로써 오랑캐를 치는 攘狄의 논리, 즉 북벌론을 이야기하고 있다. 우리가 앞에서 본 실절에 대한 '雪恥'이다. 이를 성취 못하면 '禮樂이 더러운 흙에 빠지고 人道가 禽獸에 들어가도 구하지 못할 것'이라고 한 데에서, 우리는 우암이 나라의 굴욕과 실절을 윤리적 당위차원에서 뿐만 아니라 존재론적 위기로까지 파악하고 있음을 볼 수 있다. 실절한 여인을 모질게 내친 것은 우암이 존재론적 위기 앞에서 얼마나 절박한 심정으로 있는가를 보여주는 징표이다.

우리는 君父의 원수를 갚아야 한다는 윤리적이고 존재론적인 우암의 당위론이 주자·공자의 이른바 大一統論에 근거하고 있음을 확인할 수 있다. 대일통론은 문자 그대로 중국 중심, 周나라 중심의 역사관이다. 그 밖의 다른 민족은 금수요 오랑캐이니 중국을 중심으로 따라야 한다는 통일론이기도 하다. 우암의 북벌론이 이 대일통론에 입각한 화이론에 뿌리를 두고 있음은 丁酉封事를 통해서 거듭 확인된다.

---

2) 所謂修政事以攘夷狄者 孔子作春秋 以明大一統之義於天下後世 凡有血氣之類 莫不知中國之當尊 夷狄之可醜矣 朱子又推人倫極天理 以明雪恥之義曰 天高地下人位乎中… 是則捨仁與義 亦無以立人之道矣 然仁莫大於父子 義莫大於君臣 是謂三綱之要五常之本 … 君父之讐 不與共載天者 乃天之所覆地之所載 凡有君臣父子之性者 發於至痛不能自己之同情 而非出於一己之私也 臣每讀此書 以爲此一字一句 或有所晦 則禮樂淪於糞壤 人道入於禽獸 而莫之救也.「己丑封事」.

신이 상고하오니 『春秋』로부터 『綱目』에 이르기까지 하나같이 대일통을 주장하였습니다. 대개 大統이 밝혀지지 않으면 人道가 괴란이 되고, 인도가 괴란이 되면 나라가 따라서 망합니다. 우리 나라는 병자년·정축년 이후로 인심이 점점 어두워져서 거짓을 참이라 하옵고 참람한 것을 바른 것이라 하는 사람이 많습니다. 다시 십 수년이 지나면 正統이란 말은 틀림없이 고관 대작들에게서도 듣지 못할 것이오니….[3]

여기에서 우암은 거듭 僞와 眞, 僭과 正이 이그러진 것이 병자년, 정축년 이래의 淸의 침입에 기인한다고 인식하고 있다. 그래서 대일통, 즉 정통의 설이 이제 사라지게 되었다고 한탄한다. 끊임없이 孔子의 『春秋』가 보여주는 대일통론과 그에 입각한 화이론을 주장하고 있는 것이다. 그러한 논리로 우암은 "曹操는 漢나라 찬탈의 역적이므로 누구나 목벨 수 있을 것인데, 司馬光이 그만 『資治通鑑』에서 황제로 살려놓았다고 司馬光을 비판한다.

우암의 「己丑封事」와 「丁酉封事」는 모두 이 화이론과 정통론에 입각한 북벌론이 핵심을 이룬다고 할 수 있다. 13항목으로 이루어진 기축봉사는 앞의 12항목이 修己의 측면을 강조하고 있으나 이 개인수양은 결국 13번째 항목에서 오랑캐를 물리치기 위한 '尊周攘夷'로 귀착되고 있다. 修己治人조차도 '존주양이', 즉 북벌을 위한 방편으로 생각했던 것이다. 정유봉사의 결미도 역시 정통론·화이론에 입각하여 북벌론으로 귀착되고 있었다. 모든 논리전개의 근거를 공자·주자의 설에 두고 있는 것도 수사법상 한 특색이다.

대일통론에 입각한 화이론, 그에 입각한 對明義理論과 북벌론은 우리가 앞에서 보았던 북학파들의 상대주의적 정통론과는 크게 대비되는 것이었다. 太公과 伯夷를 서로 보완하는 相須 관계로 파악하며, 서로 다른 길을 간 태공·

---

3) 臣按 春秋以至綱目 一主於大一統 蓋大統不明 則人道乖亂 人道乖亂則國隨以亡 我國
  自丙丁以後 人心漸晦 以僞爲眞 以僭爲正者 多矣 若復十數年後 則正統之說當不聞於搢
  紳之間. 「丁酉封事」.

백이 등 5인을 同道로 인식했던 '간 길은 달랐지만 그 의리는 같았다(爲用雖殊 其義則同)'는 논리나 '백이와 태공은 서로 달랐던 것이 아니다(伯夷太公 不相 悖論)'는 논리와 크게 상이한 것이었다. 화이론·존주론은 어차피 백이 중심의 정통론으로 전개되는 것이기 때문이다. 시공의 상대주의 속에 박제가의 「伯夷 太公不相悖論」, 박지원의 「伯夷論」, 홍대용의 「域外春秋論」이 위치하고 있었 던 반면, 우암의 대일통론에 입각한 화이론과 의리론은, 시간적 공간적 거리를 초월한 불변의 자연법칙으로서 존재하는 것이었다. 이것이 북학론과 북벌론의 인식론적·존재론적인 거리라고 할 수 있다.

2) '傳' 양식의 대비적 성격

여기에서는 우암 송시열의 '傳'을 북학파 산문과의 대비를 전제로 살펴보고 자 한다. 이 과정에서 傳이라는 전통적인 문학양식이 취할 수 있는 다양한 면 모를 볼 수도 있을 것이고, 그에 따라 세계관이나 사유체계에 따라 어떻게 언 어형식이 달라질 수 있는가를 확인해 볼 수도 있을 것이다. 그러나 앞에서 지 적한 것처럼 이러한 비교는 언어의 다양한 면모를 확인하기 위한 것이지 우열 의 평가를 내리기 위한 것은 아니다. 우암과 연암 혹은 북학파들은 그나름의 세계관에 입각한 작품을 쓴 것이고, 그것들은 각기 시대적 산물로서 필연적 존 재성을 가지고 있다고 생각되기 때문이다.

우암과 북학파의 문집은 그 체제부터 다르다. 우암의 문집에는 아예 북학파 에서 보이는 희필·만필 등의 잡문이 따로 존재하지 않는다. 우암의 많은 산문 중에서 특히 '전'을 대상으로 삼은 것도 그러한 이유에서이다.

(1) '전' 서술의 대비적 성격

劉勰은 傳을 1. 사실의 기록으로서, 2. 사건이 시간 순차적으로 기록되는 특징이 있다[4]고 한 바 있다. 유협 이래의 중국이나 우리 나라의 전통적 문인들은 이러한 전의 양태를 자연스럽게 수용하여 왔다고 할 수 있다. 오늘날에도 유협의 견해를 크게 수정할 수 있는 정의는 별로 드러나지 않는다. 그러나 여기에서 지적할 수 있는 것은 전에 대한 개념 정의가 일관되게 유지되어 왔다고 해서, 작품의 양상도 변모 없이 지속된 것은 아니다라는 사실이다. 전이 문학양식으로 확산되면서, '사실을 기록한다'고 했을 때의 '사실'의 개념이 변모했기 때문이다. 서술자에 따라 '사실'을 보고 선택하는 기준이 달라지는 것은 당연한 현상이다. 객관적 사실이 강조된 사건의 선택인가, 혹은 은유적 의미 전달을 의식한 기술인가에 따라, 기본형태는 유지되더라도 내면적 모습은 변이되게 마련이다. 극단에 이르면 사실을 빙자한 허구적 성격조차 띠게 될 것은 불문가지이다. 서술자의 주관적 의론이 강화되는 경우 이런 현상은 심화된다. 시대와 작가의 의식에 따라, '사실'과 '시간 순차적'이라는 의미가 다양한 변모를 하면서 전은 그 문학적 성격을 확장시킨 것으로 생각할 수 있다.

조선후기의 전형적인 유학자의 면모를 가진 것으로 간주되는 송시열에게 전이 어떻게 수용되고 있는가 살펴보기로 한다.

장윤은 목천인으로 자는 명보이다. 고려 목천군 빈의 9대 손이다. 부친 응익은 선전관이었고 모친 김씨는 순상의 딸이었다. 가정 임자년에 태어났다.

장윤은 성품이 강직하고 재주가 빼어났다. 신장이 8척으로 힘이 뛰어났다. 어려서 유학에 뜻을 두어 경사자집에 통달하지 않은 것이 없었다. 여러 번 과거시험을 보았으나 이롭게 여기지 않고 결국 붓을 던지고 손자와 오기처럼 무인의

---

4) 崔信浩 譯, 『文心雕龍』, 현암사, 1975, 64~71면.

길에 종사하였다. 나이 31세에 만력 임오년 무과에 합격하여 북도 변방 장수가 되었다. 서울에 돌아왔을 때 부친의 상을 입은 이후 벼슬길에 나가지 않았다. 혹 권하는 사람이 있으면 벼슬에 매이는 것보다 뜻대로 살다 죽는 것이 낫다고 사냥을 하며 놀러 다녔다.

무자년, 부친의 직책에 제수되어 이후 훈련원 원정직에 임명되었다. 이때는 왜적이 일어나 중외가 흉흉하였는데 조정에서 장윤의 충성과 용맹을 믿고 사천현감에 임명하였다. 다음해 임진년 왜구가 바다를 건너 호남과 영남에 들어왔다. 이에 장윤은 좌의병 부장으로 장수현에 진을 치고 금산과 무주의 적이 산을 넘어오는 것을 막았다. 현의 군사들은 성산과 개령지역의 적과 싸우다가 물러나게 되었다. 전후 수십 번을 싸워 적병을 많이 베었는데 전투에는 늘 앞장섰고 병졸들과 동고동락하며 신상 필벌하니, 병졸들이 모두 복종하였다.

이때에 진주성을 지키던 장수들이 적세가 강함을 보고 모두 피하려 하였는데 장윤이 듣고 강개 분발하여 죽기를 다짐하고 창의사 김천일 장군과 병사 김경회를 찾아 말하였다. "진양은 영호남의 목으로 핵심 요충지이니 어찌 포기할 수 있겠습니까" 이들은 피로써 계책을 정하고 함께 성으로 들어가 지키매 충청병사 황진도 합류하자 사람들이 그를 대장으로, 장윤을 부장으로 삼았다. 부사 서예원은 겁이 많은 사람이었는데 울면서 어찌할 줄을 몰라 하였다. 황진과 김천일이 베려 하였지만 그러지는 못하고 공을 순성장군을 삼아 성의 일을 주관하게 하고 조정에 알렸다. 조정에서 바로 진주 목사를 배수하니 온 성이 모두 뛰듯이 기뻐하고 용기백배하여 성을 나누어 지켰다. 모두들 성 남쪽 촉석루는 험하여 적이 침범치 못할 것이고, 동서북 삼면은 평지라 적이 들이칠 것으로 생각하였다. 황진과 김해부사 이종인이 각기 정예군사를 거느리고 적이 가까이 온 곳을 서로 오가며 구하고 특별히 주식을 내리며 군사를 먹이니 병사들이 모두 감읍하여 죽음에 앞장을 섰다. 적이 성을 세 겹 포위하여 수시로 충돌하여 철환이 비오듯 하였는데, 장윤은 늘 병졸의 앞에 서서 막아내니 성사람들이 모두 높여서 장장군이라 칭하였다. 황진이 홀연 총에 맞아 죽으니 장윤이 대장이 되었다. 8일 밤낮을 싸우다가 적은 지탱하지 못하고 포위를 풀고 떠나려 하였는데 장윤이 홀연 다시 나는 탄환을 맞고 죽고 성이 함락되니 이때가 바로 6월 29일이다.

조정에서 크게 포상을 내리고 장윤을 병조참판을 제소하고 관리를 보내어 제사하게 하였다. 인조 때에 다시 정려문을 세우게 하였고 지금 임금께서 호남관찰사 이사명으로 하여금 순천부 서쪽에 사당을 짓게 하여 예기의 숭보 전례처럼 하여 유감이 없도록 하였다. 장윤의 자손이 매우 번성하여 무과에 합격한 사람이 많고, 조정에 벼슬을 한 사람이 많으니 사람들이 충절의 보응이 있다고 하였다.

은진 송시열은 말한다. 주자께서 일찍이 정위민을 포상하여 말씀하신 바 "오랑캐가 군사를 나누어 쳐들어와 마음 먹은 대로 항복시키지 못한 곳이 없었다. 정위민 같은 사람들이 홀로 외로운 성과 지친 군사를 이끌고 승세를 탄 맹열한 적의 예봉을 막아내었다. 적병이 크게 몰려와 이웃의 도움도 모두 끊어져서 지켜낼 수 없다는 것을 알고도 용기를 더욱 내었다. 성이 함락되는 날 죽으면서도 후회하지 않았으니 이야말로 견위치명이고 살신성인이다. 신하로서의 의리에 부끄러움이 없는 일이다" 하였다. 이제 장윤은 바로 이렇다고 할 수 있다. 이 때문에 성상께서 애도와 포상을 거듭하시고 방백들과 지방 선비들이 사당을 세워 받드니 이는 지하의 충혼을 위로하려는 것뿐 아니라 신하된 사람들에게 만세 충의의 교훈을 보이려 한 것이다. 주자께서 또 말씀하시되 "모두들 무너져 내릴 때 황하의 지줏돌처럼 우뚝 자리를 지켰으니 천만세에 살아 있도다"하였다. 당시 김천일, 황진, 최경회, 이종인 같은 온 성 사람들이 모두 이에 해당한다고 하겠다. 고종후 같은 사람은 충의에 죽은 것뿐 아니라 더욱 효에 죽었다. 아, 안타깝도다.[5]

---

5) 贈兵曹參判張潤傳

張潤 木川人字明甫 高麗木川郡彬之九代孫也 父應翼官宣傳官官母金氏舜祥女 嘉靖壬子生 潤性氣剛直 才略過人 身長八尺 勇力絶倫 少有志於儒學 經史子集無不通達 屢入科場輒不利 遂投筆從事孫吳術 年三十一捷萬曆壬午武科 卽授北道邊將 遞歸遭父憂 自後無意於仕進 人或勸之則曰 爲仕者 何異於繫縶 不如肆志以終吾年 遂射獵遊放 戊子除父職 轉至訓鍊院正 時倭釁已啓中外匈匈 朝廷以潤忠勇 特降拜泗川縣監 明年壬辰倭寇渡海 充斥湖嶺二南 於是以潤爲左義兵副將 進屯長水縣 沮遏錦山茂朱之賊移兵踰嶺 縣

위 장윤전은 다음과 같이 6개의 단락으로 나누어 볼 수 있다.

1. 장윤은 목천인으로 고려 목천군 빈의 9세손이다.(張潤木川人 … 嘉靖 壬子生)

2. 강직하고 재주가 뛰어났으며 힘이 세고 유학에도 통달하였다.(潤性氣剛直
才略過人 …. 經史子集 無不通達)

3. 문과를 포기하고 무과에 합격하였다. 북변장수, 사천 현감을 지내고 진주성
싸움에서 크게 활약하다가 전사하였다.(屢入科場不利 …. 飛丸所中而死 城
遂陷實 六月二十九日也)

4. 조정에서 병조참판을 내렸다.(朝廷大施褒典 …. 崇報之典 無復遺感矣)

5. 후손이 번창하고 무과에 벼슬하는 사람이 많았다.(潤子孫甚盛 …. 人謂忠節

軍轉鬪星山開寧之賊 次第退遁 前後合戰凡數十 斬馘甚多 每戰必先登賈勇 與士卒同甘
苦信賞心罰 士卒皆爲其腹心 時晉州守城諸將見賊勢甚盛 皆欲引避 潤聞之慷慨奮發 以
死自誓 往見倡義使金千鎰本道兵使崔慶會 謂曰 晉陽兩南之咽喉 江淮保障 實在雎陽巡
遠之守 其可已乎 遂灑血決策 同入城守之 忠淸兵使黃進亦來會 衆推以爲大將 潤爲其副
牧使徐禮元恇怯人也 涕泣罔措 進千鎰等將斬之而不果 以公爲巡城將代攝州事而狀聞于
朝 朝廷仍拜本州牧使 城中歡聳 勇氣自倍 於是分城而守 皆以爲城南矗石絶險 賊不可犯
而東西北三面地平受賊 遂與進及金海府使李宗仁各率精銳 隨賊所薄 往來相救 親持酒
食 巡城餉士 守卒莫不感泣爭死 賊圍城三匝 時時衝突 鐵丸如雨 潤每身先士卒拒擊益力
城中倚以爲重稱以張將軍 進忽中丸而死 潤代爲大將 蓋前後戰八晝夜 賊不能支將解圍
去 潤忽復爲飛丸所中而死 城遂陷 實六月二十九日也 朝廷大施褒典 贈潤兵曹參判 遣官
賜祭 仁廟朝又命旌閭 今上朝李公師命觀察湖南爲建祠宇于順天府西 妥侑如禮崇報之典
無復遺憾矣 潤子孫甚盛 多中武科 亦有祿仕於朝者 人謂忠節之報 在是云.
　恩津宋時烈曰 晦翁嘗褒尙鄭威愍驤曰 虜人分兵西窺所向降下無不如意 如威愍者 獨以
孤城德卒 嬰其乘勝焱銳之鋒 蔽遮三秦以備巡幸 虜兵大至隣援四絶 知不能守而勇氣彌
厲 城陷之曰遂隕其生而不悔 是其見危致命殺身成仁 皆足以無愧於人臣之義矣 今張潤
可謂有是矣 是以 聖朝悼惜褒卹屢加 方伯與鄕士又立廟崇奉 蓋非獨慰忠魂於地下 實以
昭示臣子萬世忠義之大訓也 晦翁又言 方時大變衆潰如川砥柱屹然一心如水實全 其天萬
世不死 當時一城中如金天鎰黃進崔慶會李宗仁諸人優足以當此矣　如高從厚不獨死於忠
而 亦死於孝也 嗚呼休哉
　『宋子大全』권 214. 이후에 인용되는 작품은 대개 권 214, 215의 것이다. 그러므로 앞으
로는 출전표기를 생략한다.

之報在是云)

6. 주자께서 정위민의 행적을 '견위치명 살신성인하여, 신하로서의 의리에 부
   끄럼이 없다'고 하셨는데, 장윤의 행적이 바로 그러하였다.(恩津宋時烈曰
   晦翁嘗褒尙鄭威愍 曰 …. 嗚呼休哉)

1. 가계와 출생, 2. 그의 성품과 재질, 3. 행적과 의로움, 4. 조정의 포상, 5.
후손의 번성, 6. 그에 대한 우암의 평가, 이렇게 6단계로 서술되어있다.

이상에서 보듯, 「장윤전」은 張潤이란 사람이 태어나서 진주성싸움에서 전사
하기까지의 기록이다. 핵심적인 단락은 행적의 기록인 3과, 그에 대한 의론 부
분인 6이라고 할 수 있다. 1, 2와 4, 5는 크게 보아 3에 귀속된다고 할 수 있다.
결국 전반부 행적과 사평 부분인 6과의 상호관계 및 서술양태가 이 「장윤전」
의 문학적 의의를 설명해 준다고 할 수 있다.

3의 행적 부분은 일반적인 시간 순서에 따른 기록 방식을 따르고 있다. 문
제는 기사 선택의 기준과 기술 태도라고 하겠다. 그런데 일련의 사건은 시간
순서로 일관되어 있을 뿐, 서술자의 특별한 태도가 개입되었다거나 의미의 인
과관계가 개재되어 있지 않은 듯 보인다. 작자 나름의 일관된 가치관에 따라
소재가 수용되었다고 볼 수 없는 것이다. 그렇다면 3의 많은 소재는 어떤 기준
에 의해 선정되었는가 하는 의문을 가질 수 있다.

객관묘사로 일관된 듯한 3의 일련의 사건은 2. '장윤의 성품'을 증명하기 위
해 존재한다고 할 수 있다. 즉 서술자에게 장윤이라는 의미는 이미 확정되어
있고, 그 기준에 의하여 행적이 선택되고 배열되어 있는 것이다. 따라서 3. 행
적의 기록은, 장윤이라는 인물이 겪어온 수많은 사건 중에서 필연적으로 선택
재현된 것이라 할 수 있다. 3의 행적을 필연적 사건으로 의미화 시켜주는 가치
기준은 무엇인가. 이는 6. '宋時烈曰 …'로 시작되는 사평을 3. '행적'과 연결시
켜 보면 명확해진다. 의론을 전개하는 곳에서 작자 송시열은 불쑥 주자의 정위
민에 대한 평을 제시하고 있다. 그리고 장윤을 정위민과 동일시하면서 끝을 맺

는다. 이렇게 보면 장윤의 행적에 대한 송시열의 의론은, 주자의 입을 빌린 것
이 된다. 송시열의 평소의 논리가 주자의 입론에 근거했다는 사상사적 추적은
여기에서 크게 중요한 것이 아니다. 그것이 3. '행장'과 6. '사평'의 상관관계를
설명해 주는 직접적인 정보는 아니기 때문이다. 더 중요한 사실은 주자가 묘사
한 정위민의 행적과 그것을 인용한 우암의 태도이다. 주자에 의하면 정위민은
오랑캐가 침입하자, 외로운 성에서 연약한 군사와 함께 적의 예봉을 맞았다.
그리고 끝내 사방이 포위되고 성이 함락되자 목숨을 바쳤다. '오랑캐'와 '외로
운 성'과 '죽음'. 이러한 내용은 장윤의 행적 묘사 중 핵심 부분으로 간주되는,
진주성전투 및 전사 장면과 완전히 일치한다. 결국 우암은 '충의로운 큰 본보
기'에 대한 주자의 기준을 전제로 하여 장윤의 행적 3을 서술했다고 볼 수 있
는 것이다.

3. '행적'만을 독립시켜 볼 때, 그것은 서술자의 선험적인 목소리, 이념적인
틀을 발견할 수 없는 객관적 사실이었다. 그러나 傳이라는 전체 체제를 고려할
때, 객관적 사실처럼 제시된 사건과 행위는 이미 서술자의 눈에 의해 확정된
것이었다. 주인공의 삶이 그렇게 예정된 삶이고, 또 필연적으로 그렇게 되어야
한다는 서술자의 태도와 인식이 사건의 선택과 기술에 개재되어 있는 것이다.
이렇게 본다면, 1. '가계와 출생', 2. '성품', 3. '행적', 4. '조정의 포상', 5. '후손
의 번성' 등은 모두 당위적인 행로이다. 그것은 시간적으로 뿐 아니라, 의미적
으로도 인과적이고 필연적인 진행이다. 이 선조적인 진행, 곧 인과적 진행에
내포된 의미는, 장윤의 '정위민과 같은 충의로움'이다. 이미 주제는 서술자에
게나, 소재가 되는 주인공에게 모두 확정되어 있다. 주인공의 삶의 행적이란,
서술자가 확정한 그 주제의 방향, 의미의 길을 따라 순행할 뿐이다. 한 치의
궤도이탈이 용납될 수 없다. 설사 이탈이 간혹 있다고 해도 그것 또한 주인공
의 '충의로운' 심지를 보강해 줄 뿐이다. 주인공이 죽음 앞에 보일 수 있는 인
간적인 고뇌 같은 것은 주제적 이탈로서 개입될 수 없다.

우암의 傳이 이런 양태를 지니게 된 배경을 서술 시점이란 측면에서 생각해

보자. 모든 독서체험에는, 작가·화자·다른 작중인물, 이 셋과 독자 사이에 내포되는 대화가 존재한다. 즉 작품에는 인물·서술자·독자라는 세 가지 시점이 존재하고, 거기에 더하여 실제작가와 서술자를 분리시킴으로써 나타나는 제4의 시점이 존재한다. 그리고 이 네 시점간의 불균형 혹은 부조화로 인해 파생되는 서술적 아이러니가 존재하게 된다.[6]

이러한 전제를 가지고, (가) 실제의 송시열과 (나) 5까지를 서술하는 화자와, (다) 그것을 평하기 위해 창조된 인물로서의 6. 사평의 '恩津 宋時烈', 세 시점의 거리를 비교해 볼 필요가 있다. 이 작품에서 이 셋은 논리상 분명히 구별된다. 그러나 실제로 이들 셋의 시각에는 어떠한 거리도 존재하지 않는다. 셋 다 사건의 직접적인 경험자도 목격자도 아니다. 이들은 모두 동일한 가치규범을 가지고 멀찍이 서서 바라보는 관찰자가 되어 있다. 셋은 모두 동일한 가치규범을 가지고 장윤에 대한 이야기를 독자에게 전달해 줄 뿐이다. 셋 사이에 개재되는 시각의 간극을 따라 독자가 추론하고 재구할 여지가 없다고 할 수 있다. 따라서 「장윤전」에 제시된 사건은 선택되고 배열되었다는 점에서는 허구적이라 할 수도 있지만, 실제의 존재방식은 의미가 고착화된 객관적 사실일 뿐이다. 추론이 필요없는, 의심할 수 없는 객관적 의미를 지닌 사실인 것이다. 뚜렷한 가치기준을 지닌 신뢰할 만한 사실적 화자가 전달해 주는 것이기 때문이다. 그만큼 우암의 글은 분명하고 확고한 의미를 전달하고 있다고 할 수 있다. 우암은 이미 의미가 확정된 사건을 채용하여, 단선적인 시작과 끝을 가지는 작품형태를 보여주었다. 전지적이되, 일원적인 서술시점에 입각한 양식을 보여준 것이다.

우암의 「장윤전」에 보이는 소재들은 하나하나가 모두 작가가 제시하려는 주제적 완결성을 내포하고 있었다. 소재들은 동일한 주제의식을 함축하고 병렬적으로 집적되어 있는 것이었다. 선택된 삽화들은 성장과정이나 삶의 행로에

---

6) Robert Scholes, Robert Kellogg, *The Nature of Narrative*, Oxford Univ, 1966, pp.240~282.

따라 필연적으로 현현되어야 할 당위적인 사건들이다. 그러한 내력을 가진 삶을 살아야 할 당위적 전제를 가지고 작가는 주인공의 일화를 선택하고 수용한다. 따라서 당위적·필연적 의미를 가진 사건이 점철되는 것이다. 독자는 거기에서 의미의 추론을 시도할 필요가 없다. 그저 받아들이면 그뿐이다. 그리고 그런 의미를 실천하는 행동이 더 요구된다.

그러나 연암 전의 에피소드들은 독자의 추론으로 다시 구성해서 읽어야 했다. 연암의 언어는 송시열의 전에서 본 것과 같이 작자의 의도가 모든 문맥 속에 그대로 드러나는 직접적인 관념표출의 언어가 아니기 때문이다. 완결되거나 확정적인 의미를 담고 있는 사건도, 또 그러한 의미 자체도 연암의 작품에서는 볼 수 없다. 작품 속에 등장하는 화자로서의 '나'인 연암은, 실제작가로서의 연암과 일치하는 것이 아니다. 자신이 3인칭 인물이 되어 작중인물로 행동하기도 하며 그러한 자신을 바라보며 반추하는 또 다른 화자로 변신하기도 한다. 우울증을 치료하려고 신선을 찾는 3인칭 인물로서의 연암은 또 그러한 자신의 행위를 반추하며 '신선이란 뜻을 얻지 못한 사람'임을 깨닫는 또 다른 화자로 변신하기도 한다. 이렇게 화자와 실제 작가와 인물들이 무수히 다양한 시각과 거리를 형성하며 독자의 의미적 추론을 기다리고 있다. 우암의 글에서처럼 이들 여러 화자들이 확정적인 가치규범의 화신으로 설정되어 있는 것이 아니다. 삽화들은 당위적 삶을 드러내는 선조적인 시간성이나 확정적인 주제를 가지고 있지 않기 때문이다. 작품의 소재들이 시간적 순차에 따라 서술되기도 하지만 소재는 늘 독자의 상상력을 요구한다. 그러므로 모든 삽화와 삽화의 고리는 독자의 추론을 기다리는 열려진 언어체계라고 할 수 있다.

앞에서 언급했듯 연암도 단일한 주제(의미)를 지향한다는 점에서는 전지적 시점을 갖지만, 그것은 단선적인 것이 아니고 복선적인 것이다. 이 복선적인 시점이 상황에 따라 變相함으로써 傳이 갖는 일반적인 특성인 '기록의 역사적 사실성' 차원에서 벗어나 '허구적 창조'의 자유를 누리게 되는 것이다. 그것은 경험적 서술과 허구적 서술을 교묘히 조합하는 의미 창출의 방법이기도 하다.

작가는 역사가이되 신뢰성 없는 역사가, 곧 허구의 창출자가 되는 것이다.

(2) '史評'의 수사법

　傳은 있었던 사실을 보고한다는 점에서 경험적 서사체를 지향한다. 송시열과 박지원에게서도 모두 마찬가지이다. 그러나 송시열의 경우 제시된 사건은 자신의 경험에서 온 것이 아니다. 그것은 귀로 들은 것이다. 자기 주변 인물을 취택하여 입전한 경우는 드물다.[7] 박지원의 경우는 자신의 경험과 주변적 사실에서 소재를 선택했다. 그래서 「김신선전」과 「민옹전」처럼 일인칭 목격자의 권위를 가지고 사실을 재현한다. 때로 일인칭 시점이 아니라 하더라도, 자기의 생활주변 인물을 수용함으로써 독자에게 주는 효과는 사실적 권위를 갖게 된다.

　우암 작품의 경우, 직접 경험이나 생활주변에서 오는 사실성이 전제되지 않는다. 따라서 사실을 재현하여 의미를 추적하는 방법보다는, 자기 시각을 事實 혹은 史實에 투사하여 독자가 일방적으로 작자의 시각을 수용하기를 강요하는 단일 시점에 의존하고 있다. 그는 자기의 시각을 사실차원의 논리로 설득하는 것이 아니다. 자기 시각의 권위를 전통적인 가치관으로 확보한다. 이 점에서 입전 인물의 행적을 서술자의 주관으로 평가하는 '사평' 부분의 서술법을 연암의 그것과 대비하면 매우 두드러진 특징을 볼 수 있다. 작자의 시각이 가장 첨예하게 드러나는 사평 부분을 대비함으로써 우리는 연암과 우암의 언어형식, 작품형태가 달리 나타날 수밖에 없었던 인식론적 배경을 살필 수 있을 것이다.

　「방경각외전」이라 명명된 「김신선전」 등 7작품과, 「열녀함양박씨전 병서」 등 연암의 傳에는 사평이라 할 만한 부분이 생략되어 있다. 「열녀함양박씨전

---

7) 우암은 역사적 인물을 소재로 한 경우가 많다. 「三學士傳」 등이 그러한 경우이다. 특히 임진왜란·병자호란에 연관된 의로운 인물을 많이 입전하고 있다. 이러한 경우가 아닐 때는 남에게 듣고 부탁을 받고 입전하는 경우가 종종 있었다. 「金朔州兄弟復讐傳」이 그러한 예인데, '爲且朔州始末 來有請余'와 같은 기록을 하고 있다.

병서」와 「민옹전」 등에만 말미에 서술자가 몇 마디 개입하고 있을 뿐, 나머지 글들에서는 아예 서술자가 개입조차 하지 않고 인물들간의 대화로 끝을 맺고 있다.

　　아, 성복을 하고 죽음을 참은 것은 장사를 앞두고 있었기 때문이었다. 장사를 지내고도 차마 죽지 못한 것은 소상이 있었기 때문이고, 소상 이후에 죽지 않은 것은 대상이 있었기 때문이었다. 대상 이후 상기를 다 마치고는 남편과 같은 날 같은 시에 죽어 마침내 시초의 의지를 실천하였으니 어찌 열녀가 아니겠는가?[8]

　　아, 민옹이여. 참으로 괴이하고 기이하고 놀랍고 기쁘고 노엽고 더욱 미웁도다. 벽에 그린 까마귀는 새 매로 변하지 못하였으니 옹은 뜻 있는 선비였으나 끝내 늙어 죽을 때까지 펴지 못하였다. 내 이제 전을 지으니, 아 그는 아직 죽지 않았네.[9]

「열녀함양박씨전 병서」와 「민옹전」의 결미는 이처럼 간략하다. 다른 작품들의 경우는 서술자의 언급이 이 정도도 없이 인물들의 대화로 끝을 맺는다. 이 두 기록의 경우도 사평이라고 할 수 없을 정도이다. 함양박씨가 남편의 成服 때 바로 죽지 않은 것은, 小祥·大祥의 喪期를 마치고 죽으려는 것이었다는 설명이다. 작가의 주관은 '아[噫]'라는 감탄사나 '어찌 열녀가 아니겠는가(豈非烈也)'에 개입되어 있을 뿐이다. 「민옹전」에서도 뜻을 펴지 못한 민옹을 위해 입전한 사유가 설명되고 있을 뿐 작가의 주관적 평가가 크게 개입된 것은 아니다.

---

8) 噫 成服而忍死者 爲有窀穸也 既葬而忍死者 爲有小祥也 小祥而忍死者 爲有大祥也 既大祥則喪期盡 而同日同時之殉 竟遂其初志 豈非烈也. 「烈女咸陽朴氏傳竝序」.
9) 嗚呼 閔翁 可怪可奇 可驚可愕 可喜可怒 而又可憎 壁上烏 未化鷹 翁蓋有志士 竟老死莫施 我爲作傳 嗚呼 死未曾. 「閔翁傳」.

한편 우암의 전에는 사평의 형식을 제대로 유지하고 있는 것이 대부분이다.
이 사평은 대개 ‘恩津 宋時烈 曰’ 혹은 ‘巴溪翁 曰’로 시작한다.[10]

은진 송시열은 말한다. 세상에서는 귀로 들은 것을 소중히 여기고 직접 목격
하는 눈을 천하게 여겨서, 오늘날 사람들이 옛날 사람보다 못하다고 한다. 이제
李公의 의로운 행동을 보건대 그렇다고 할 수 있는가. 공은 부모를 섬기기를 …
옛사람이 충신은 효자가운데에서 찾아야 한다고 한 말이 헛된 말이 아니다.[11]

효가 충으로까지 이어진 삶을 산, 李榮仁이란 사람에 대한 사평이다. 우암
은 그 평가의 기준을, ‘이 사람이 옛사람 못지 않다’는 데에 두고 있다. 그리하
여 그는 ‘옛사람이 효자에게서 충신을 구한다고 한 말이 빈말이 아니다(古人
所謂 求忠必於孝子 無虛言也)’에 부합하는 인물이 된다. 현실지평의 인물을
평가하는 가치기준을 古人과 얼마나 같은가, 聖人의 말씀에 어떻게 합치되는
가에 두었다는 사실은 다음에서 더욱더 분명해진다.

파계옹은 말한다. 성인께서 시경의 ‘烝民’ 장을 읽으시고 말씀하셨다. “이 시
를 지은 사람은 도를 아는 사람이로구나.” 천지간의 사물로 그 법칙이 없는 경우
는 없으니 사물의 법칙 중에 효가 가장 우선이다. 그러나 옛부터 오늘에 이르기
까지 효자가 왜 줄어들고 있는가. 기질과 물욕이 그것을 가렸기 때문이다. 김군
같은 사람은 가린 바가 없다고 할 수 있을 것이다. 부친의 상에 복입기를 더하였
으니 비록 예에 지나치다고 할 수 있으나 부모가 아침에 죽었는데 저녁에 잊어
버리는 사람들에게 경계가 될 만하다. 성상께서 그 집 마을을 표창하였으니 효의

---

10) 「李旌善榮仁傳」 「孝友柳氏三世傳」 「朴參判三吉傳」 등은 ‘恩津宋時烈曰’로 시작하고, 「孝
　　子金忠烈傳」 등은 ‘巴溪翁曰’로 시작한다.

11) 恩津宋時烈曰 世蓋貴耳而賤目 皆曰 今人不如古人 今觀李公 行義其不然乎 公當事母 …
　　古人所謂求忠必於孝子無虛言也. 「李旌善榮仁傳」.

이치를 볼 수 있다. 여러 공자들이 앞다투어 이를 드러내었으니 권선하여 풍속을 다스리는데 일조가 되었다고 할 수 있겠다.[12]

효자 金忠烈을 기리는 이 사평에서 우암은, 사물의 법칙 중 효가 최우선의 법칙이라는 聖賢의 말씀과, 그러한 의미를 담고 있는 『詩經』을 자기 논리의 출발로 삼고 있다. 그에 따라 김충렬은, 『시경』 '烝民' 詩와 성현의 말씀을 실현한 인물이 되는 것이다. 시대가 바뀌어 氣質과 物欲이 효라는 최우선의 원칙을 가려버렸지만, 김충렬은 옛 원칙을 그대로 간직한 '古人'의 상태에 있는 것이다. 모든 사물에는 원칙이 있고, 세계는 당연히 그 원칙에 따라 운행되어야 한다는 의미로 『시경』의 烝民之詩를 해석했던 우암은 현실을 평가하는 가치척도로 이를 자주 인용했다.

시경에 살펴보면 "하늘이 사람을 내시고 사물에는 법칙을 내렸도다. 백성이 의를 잡고 아름다운 덕을 즐거워하네" 하였다. 사룡은 일개 천한 병졸로서 성현의 말씀을 들었다거나 『시경』 『서경』의 가르침을 읽었다고 할 수는 없다. 백성의 도리와 사물의 법칙을 지켜 낸 것은 천심에 바탕을 두었기 때문이다. … 내가 이 때문에 그 실상을 드러낸다. 주자께서 당나라 위사의 유지를 표창하셨다. 엄홍도의 일은 야사에 실려 있고 강효원의 일은 노봉이 쓴 묘지석에 실려 있다.[13]

우암은, 청의 침입으로 풍전등화가 된 明나라를 위해 구원병으로 출정하여

---

12) 巴溪翁曰 聖人讀烝民之詩而曰 爲此詩者 其知道乎 夫天地之間 未有有物而無其則者 物則之中 惟孝爲先 然而自古及今 子之孝者何尠也 是氣質物欲 有以蔽之也 若金君可謂無所蔽者也 其追服父喪 雖過於禮 亦可以警 夫朝死而夕忘者矣 聖上之表厥宅里 可見孝理之一端矣 諸公之先後發揮 蓋亦勸善礪俗之一助云.「孝子金忠烈傳」.

13) 謹按詩曰 天生烝民 有物有則 民之秉彝 好是懿德 夫士龍一賤卒也 未必聞聖賢之言 讀詩書之訓者 只是民彝物則 得於天而根於心 … 吾 是以表以出之實 朱子表章 唐衛士之遺意也 嚴興道其事載野言 姜孝元略見老峰所書墓石云.「砲手李士龍傳」.

충의를 다한 포수 李士龍을 기린다. 효자를 기리는 기준이 되었던 '증민지시'
는 여기에서도 거듭 원용된다. 효와 충은 동궤의 것으로 보는 시각의 발현 때
문이라고 할 수도 있으나, '세상이 원칙대로 운행되어야 한다'는 '有物有則'의
가치준거를 절대적이고 당위적 진리로 인식하고 있던 우암의 세계인식 태도를
여기에서 확인할 수 있다. 그에게서는 효도 충도 의리도 모두 '사물의 법칙'에
입각한 원칙이었다. 그러기에 오랑캐인 청의 침략 앞에 놓인 명나라를 구원하
려다 죽어간 이사룡을 그 원칙의 기준으로 평가하는 것이다.[14]

이상의 사평에서 확인한 가치기준에서 우암 스스로의 논리로 계발된 것은
없었다. 모두 고인과 성현의 가치표준에 따른 것이었다. 고인과 성인의 말씀은
당위적으로 실현되어야 할 준거였고, 그의 입전 인물들은 그 당위적 준거에 따
라 우암에게 선택된 것이었다. 그에 따라 입전 인물들은 더더욱 관념적인 삶을
산 전형으로 되어가는 것이다. 입전 인물들의 삶을,『시경』같은 경전이나 성인
들의 말씀으로 기준삼아 평가하는 이러한 우암의 사고가 자신의 언어형식을
단언적이고 정형화된 것으로 만들어 가고 있음을 우리는 알 수 있다. 언어형식
이 정형화된 사례를 하나 더 확인해보자.

삼가 살피건대 예기와 춘추에서 복수의 의리를 상세히 밝혔다. 그리고 주자선
생에 이르러 더욱 발휘하여 규명하였다. 그러나 세상 도리가 쇠퇴하며 이 도의를
아는 사람이 드물어졌다. 지금 성일 형제가 꼭 예기와 춘추의 뜻을 연구한 것은
아니지만 특별한 천성을 가지고 자기 몸을 돌보지 않고 분발하여 이 큰 일을 분
별하였으니 참으로 위대하도다. 인조대왕께서 특별히 그의 살인죄를 사면하시었
다. …

주자께서 일찍이 말씀하시기를 춘추의 법에 임금을 시해한 적을 토벌하지 않

---

14)「三學士傳」「林慶業傳」 등 청에 대항하고, 명에 대한 의리에 충실한 인물을 우암은 많
   이 기리고 있다. 그가 입전한 많은 열부들은 청의 침입 때 정절을 지킨 여인인 경우가 많
   은 것도 주목된다.

으면 장례라는 말을 사용하지 않는다고 하였다. 이는 복수의 대의를 중시한 것이고 장례의 예법은 가볍게 여긴 것이니, 그로써 천하 만세의 신하들로 하여금 적을 토벌하여 복수한 다음 장례의 예를 갖출 수 있다는 것을 알려준 것이다. … 지금 성일 형제의 행동이 이에 합치되니 의리의 마음을 천성에서 얻은 것이 이와 같은 것이다. 아, 기특하도다.[15]

어린 김삭주 형제가 아버지를 살해한 노비를 잡아 원수를 갚고 나서야 장례를 모셨다는 「金朔州兄弟復讐傳」의 사평이다. 우암은 『예경』 등에 복수의 의미가 자세히 있고 주자도 그 뜻을 밝혔다는 것, 김삭주 형제가 『예경』 『춘추』의 뜻을 잘 몰랐을 것이나 하늘이 내린 품성으로 그러한 일을 했다는 것, 형제의 복수는 주자가 밝힌 '復讐後 葬禮'의 의미와 '暗合'한다는 것을 말하고 있다. 그런데 이러한 논지는 바로 앞에서 본 「포수 이사룡전」의 사평 논리와 일치한다. 이사룡전의 사평은 크게 보아 (1) 按詩曰(『시경』 인용) (2) 夫士龍一賤卒也 未必聞聖賢之言 (3) 得於天而根於心 (4) 朱子表章 등 4단계 논리로 구성되어 있다.

「金朔州兄弟復讐傳」의 (1) 謹按禮經春秋 (2) 今成一兄弟 非必推究禮經春秋之旨 (3) 特以天界之性 忘身奮發 (4) 朱子蓋嘗曰에 나타난 4단 구성과 수사법마저 일치하는 것이다. 이러한 사례는 우암의 세계관과 인식논리가 철저히 경전과 주자 등 성인의 논리에 입각하고 있음을 확인해 주는 것이다. 그만큼 논리와 시각이 단선적일지라도, 우암 스스로는 자신 있고 확신에 찬 어조로 사물을 판단할 수 있었을 것이다. 경전과 성현에 의해 확인된 절대적이고 당위적

---

15) 謹按 禮經春秋 復讐之義 詳矣 而至朱夫子 益發揮而闡明之 然世衰俗偸 知此義者 鮮矣 今成一兄弟 非必推究禮經春秋之旨 特以天界之性 忘身奮發 辨此大事 豈不偉哉 仁祖大王 特赦擅殺之罪 … 朱子蓋嘗曰 春秋之法 君弑賊不討 則不書葬者 正以復讐之大義爲重 而掩葬之常禮爲輕 以示萬世臣子 必能討賊復讐 然後爲有以葬其君親者 … 今成一兄弟所行 與之暗合 蓋義理之心 得於天者如此 嗚呼 奇矣.「金朔州兄弟復讐傳」.

인 가치질서를 논하는 자신감이 개재되었기 때문이다. 그러한 확신이 커갈수록, 글이 형식적 정형성을 띨 것은 불문가지이다.

　현실을 보는 우암의 논리와 사고는 철저하리만큼 과거지향적이다. 위에서 본 것처럼 모든 현실의 잣대는 경전과 성현의 말씀 등 과거적인 것이다. 현실 속의 효자와 충신을 바라보면서도, 그들이 주자와 같은 성현의 말씀에 '暗合' 하거나, '그 행위가 옛날과 같음(其事 古今一轍也)'을 확인하는 것으로 마무리할 만큼 과거지향적이다. 그 점에서도 연암과 대비된다. 연암은 현실의 자신도 '백세 후의 성인'이 될 각오로 글을 써야 한다는 주장과 함께, 과거·현재·미래의 개념이 상대적인 것임을 설파한 바 있다. 또 '서경 시경의 글도 삼대 그 당시의 문장이요, 李斯와 王羲之의 글씨도 秦과 晉 시대의 당대 글씨였다'[16]고 했다. 이렇게 본다면 우암과 연암의 논리 및 수사법의 차이는 존재의 기본 법칙인 시간관과 공간관의 차이에서 비롯된다는 사실을 알 수 있다. 그런 점에서 두 사람의 시간, 공간관과 그에 따른 언어관의 차이는 주목되어야 한다.[17]

(3) 小結

　이상의 논의를 간략히 정리해보면 다음과 같다.

　송시열의 작품에서는 작가와 서술자와 작중인물들 간의 거리, 즉 시각의 차이가 없는 반면, 박지원의 작품에서는 작가와 서술자와 인물들 간에 거리가 다양하게 존재하고 있음을 우리는 확인하였다. 이러한 시점 혹은 시각의 차이는 작품의 양식적 차이뿐 아니라, 수사법상의 차이를 크게 유발하고 있었다. 연암의 글에서는 서술자와 인물들이 다양한 시각을 가지고 독자 앞에 나타나 다양한 논리를 전개하고 있고, 독자는 그것들을 재구해야 작품의 주지에 접근할 수

---

16) 「楚亭集序」, 「綠天館集序」, 「嬰處稿序」 등에 보이는 이러한 논리를 실학파들이 공유하고 있다는 사실은 2장에서 지적한 바 있다.

17) 이에 대한 논의는 상대주의적 시간공간관을 다룬 3, 4장에서 시도하였다.

가 있다. 그러나 우암의 글에서는 다양한 시각의 전개가 없다. 다양한 시각의 전개가 불가능했다고 하는 것이 좀더 타당할 것이다. 우암은 자기 논리 기반을 옛 성현이나 경전에서 가져오면서, 입전 인물들의 행동이 그 경전과 성현의 말씀에 부합되는 것으로 묘사하였다. 따라서 입전 인물들은 자기 시대의 논리나 개성을 보유하기보다는, 우암이 설정한 당위적인 행로, 즉 성현의 말씀을 따르는 삶과 경전적인 삶의 행로를 밟는 인물로 표현되었다.

그러나 연암의 작품에서 서술자와 화자는, 「김신선전」과 「열녀함양박씨전 병서」에서 본 것처럼 객관적 사실을 전달해 주는 역할을 담당하고 있었다. 그는 작자의 목소리를 직접 대변하고 있지 않았다. 때로 가치 평가적인 말을 하더라도 그 목소리는 신뢰성이 없는 것이었다. 한 작품 안에서도 다른 목소리의 가치평가를 할 수 있는 자유를 서술자는 누리고 있었기 때문이다. 그러기 때문에 연암의 글은 소재 자체는 사실성을 갖고 있다고 할지라도 서술자의 가치평가는 당위적인 신뢰가치를 전제로 한 것이 아니었고, 따라서 작품전체가 독자의 재해석을 기다리는 허구적 성격을 갖게 되었다.

한편 우암의 글은, 「포수 이사룡전」에서 보는 것처럼 실존인물을 다룬다는 점에서 객관적 사실을 전달해 주는 것은 틀림없다. 그러나 작품의 서술자는 그대로 우암 자신의 가치관을 대변하고 있다. 그 가치관은 성현과 경전의 말씀이라는 의미에서 당위적 진실이었고 객관적 진실이었다. 그 당위적·객관적 진실은 만고불변의 것이었기 때문에 우암은 그 논리를 자신있게, 당당하게 자신의 목소리로 설파할 수 있었다. 그러기에 우암의 글에 나타난 서술자는 믿을 만한 가치체계를 가진 신뢰성 있는 화자였다. 그러나 그 신뢰성은, 독자가 자기의 가치체계를 과거지향적인 궤도 위에 같이 올려놓을 때 확보될 것이었다. 그런 점에서 철저히 현실지향적인 연암의 논리와 대비되는 것이다. 이러한 양자의 차이는 시간 공간관을 전제로 한 존재론의 차이에서 기인하는 것이다.

일반적으로 신뢰성 있는 목격자적 진술이 단순한 리얼리즘의 특징이고, 신뢰성 없는 목격자의 진술이 복잡한 리얼리즘의 특성이라는 사실을 받아들인다

면, 송시열과 박지원은 이 양 측면을 각기 대변하고 있다고 할 수 있다. 우암
과 연암이 보여주는 이러한 문체양식상의 특성과 그 인식론적 사상적 배경은
공시적 지평에서도 얼마든지 존재 가능한 것이지만, 대체적으로 통시적인 자
질로 이해할 수 있다. 당위적 진실이 강조되던 시대와, 권위적 단일 시점을 배
격함으로써 얻어지는 경험적 진실이 무게를 더해가는 시대는 통시적 진행선상
에 있다고 할 수 있는 것이다. 소설이 발흥하던 시대에 연암이 자리하고 있다
는 사실은 이런 측면에서 기억되어야 한다. 연암의 傳은 이런 점에서 소설지향
적이라고 할 수 있는 것이다. 소설을 태동시킨 르네상스 이후의 유럽 역사가
형이상학·윤리학·인식론을 배경으로 한 독단·확실성·고착성 그리고 모든
절대적 진리로부터 벗어나려는 움직임이었다는 사실을 우리는 기억할 필요가
있다. 소설의 발흥과 연관된 새로운 철학적 리얼리즘이 상대주의라 부르는 문
학적 분위기를 유도하는 현상을, 우리는 연암의 사고논리와 문학적 양식에서
볼 수 있었다.

모든 분야에서 진선미를 절대적인 가치로 보지 않고 상대적인 것으로 보는
눈을 강조하는 면모를 박지원의 傳은 드러내고 있다. 이러한 지적은 연암의 작
품이 우암의 것보다 우월하다는 사실을 말하려는 것은 아니다. 그만큼 전의 문
학적 넓이가 폭넓고 깊다는 것을 강조하기 위한 것이다. 전의 시대적 변모와
그 사상적 배경, 전과 소설과의 관계는 우선 전이 갖는 다양한 문학적 특질이
논의된 뒤에 제대로 규명될 수 있을 것이다.

6. 결론

　본고는 이른바 북학파라고 불리는 홍대용·박지원·박제가·이덕무·유득공 등이 공유하고 있는 논리체계를 추적하고, 그것이 명말청초의 소품가들과 어떤 상동관계에 있나를 검토하였다. 그리고 북학파들이 이러한 사유체계를 어떻게 변용하여 새로운 사상체계로 전환시키고 있는가를 살펴보았다. 이 과정에서 본고는 이들의 문체가 文體反正의 대상이 되었다는 사실과, 明淸 小品文 영향을 받았다는 지적을 염두에 두고, 박지원과 이덕무의 산문을 분석하여 이에 대한 의문을 설명하려 하였다. 이상의 결과를 간략히 정리해 본다.

　제2장에서 본 바와 같이 연암 등 북학파들은 명심 맹목론, 동심 양허론, 회심 체물론, 시공 상대주의론(時變論) 등을 공유하고 있었다. 명심 맹목론과 동심 양허론은 모두 기존의 사고체계와 문자행위를 거부하는 것이었다. 이는 기존의 문자체계가 시공 상대주의에 입각한 당대의 존재적 상황을 올바로 표현하지 못한다는 인식에서 나온 것이다. 북학파들은 모두 時文, 즉 科擧文을 당대의 문제의식을 담고 있지 않다고 비판하고, '六書策'을 쓰면서 언어문자의 생성원리를 검토하고 있었다. 童心論과 盲目論에 기초하여 새로운 언어와 가치질서를 확립하기 위한 노력이었다. 이들은 선입견을 거부하고 사실에 기초한 인식을 하기 위하여 이덕무처럼 博物的인 지식으로 辨證을 시도하기도 하

고 경전을 재해석하기도 하였다. 그리고 '삼라만상의 자연' 질서 자체를 문장
에 담아야 한다고 생각하였다.

맹목론과 동심론은 기존가치와 질서를 부정하는 것이기 때문에 이들의 인
식은 역설과 반어의 양상을 가질 수밖에 없는 것이었다. 거부되어야 할 묵은
문자의 질서와, 성취되어야 할 당위적인 새로운 가치는 대립 상충하는 것이기
때문이다.

童心을 바탕으로 한 가치 탐색은 회심 체물론의 단계를 거치고 있었다. 卽
物 혹은 體物論은 인식주체의 선입견을 배제하고 인식대상 속에 들어가 인식
대상의 존재적 상황을 철저히 인정하는 것이고, 會心論은 주관적 상상력으로
상황을 설정하는 인식의 방법이다. 회심론과 즉물 체물론은 인식대상의 존재
적 상황을 상대주의적 입장에서 인식한다는 점에서 시공의 상대주의 논리와
연계되는 것이다. 모두 상대주의적 입장에서 객관적 가치를 확보하기 위한 것
이다.

명심 맹목론과 동심 양허론으로 표면과 이면이 일치하지 않는 병든 질서를
바로 잡을 수 있다는 인식은, 북학파들이 영향을 받았다고 익히 지적되어 온,
명말청초의 학자들에게서도 확인할 수 있었다. 李贄의 '동심설'은 虛·空·淡
과 짝을 이루고 있었고, 대명세의 '盲者說'은 '자연'·'담박'·'할애'·'무소유'
와 함께 설명되고 있었다. 이러한 논리는, 동심을 '天眞'·'眞機'·'眞率'이라
고 이름하며 '冥心'·'嬰處'·'素玩'·'虛'를 내세운, 연암과 형암 등 북학파의
인식과 같다고 할 수 있다. 이지와 대명세 및 북학파는 처한 시공이 각기 달랐
지만, 그들이 동심과 맹목을 진심이라고 주장할 수밖에 없었던 역설의 시대적
배경은 같은 것이었다. 이지는,『논어』『맹자』도 '그 시대 상황에 따른 일시적
처방(因病發藥 隨時處方)'이라며 경전의 규범적 가치를 부정하고, 그 '道理聞
見'이 동심과 진심을 방해하여 세상이 '거짓[假]'으로 덮였다고 하였다.『수호
전』와「西廂記」를 오히려 높이 평가하는 이지의 역설적 시각은, 자신의 '志意
言動이 客氣의 모임터가 되었다'며 세상에서 말하는 정학과 正氣를 배척하려

했던 연암의 시각과 일치하는 것이었다. "大賢이 小賢에게 거꾸로 부림을 당하는 승복할 수 없는" 이지의 상황이나, '재주가 높을수록 좌절당하는' 대명세가 처한 현실은, 모두 연암의 시대와 같은 부조리한 구조였던 것이다. 연암의 시대는 '세상에서 쓸 만하다는 사람은 쓸모 없는 사람이고, 쓸데없다는 사람이야말로 틀림없이 쓸 만한 사람'이라는 말에서 보듯 가치 전도의 세계였다.

한편, 북학파들이 주장하는 時空의 상대주의는, 이지의 논리를 계승한 공안파 원굉도의 논리와 일치함을 확인하였다. 문학이 표현하여야 할 眞은 古의 모방에 있는 것이 아니고, 자기시대의 현실공간에 있다는 이런 시공의 상대주의 이론은, '古를 따르고 현실을 낮춰보는(高古卑今)' 태도를 거부하며 '옛것에서 현실을 추론해야 한다는(酌古斟今)' 주장으로 북학파에게 나타난다. 원굉도는 時變論에 입각하여 '古何必高 今何必卑' '古不可優 今不可劣'을 내세우며 자기 시대의 언어형식을 가질 것을 주장하였다. 북학파와 袁中郎은 모두 글쓰는 일을 戰法의 變通 合變에 비유하고, 당대의 진실을 담고 있지 못한 科擧文體를 비판하고, 동요나 민요의 진솔한 언어가 학사대부의 언어보다 더 낫다고 높이 평가하는 등 여러 모습이 일치하고 있었다. 이들은 또 박학한 지식을 수용하되 글쓴이의 마음을 당대의 시공에서 읽어야 한다는 會心의 논리를 펼치는 것까지 일치하는 것이었다.

북학파들은 청나라를 배워야 한다는 '학청론' 내지 '북학론'을 통하여 인식체계를 주체적으로 변용하고 있었다. 박지원과 박제가의 「尊周論」「伯夷太公不相悖論」「伯夷論」 등이 이런 사실을 확인해 준다. 易姓革命이라는 상황을 당하여 출처가 달랐던 武王·太公·伯夷·比干·箕子·微子 등에 대하여 정유와 연암은 어느 특정인의 단선적 시점에서 가치평가를 하지 않았다. 정유는 '太公之心' '伯夷之心'으로, 연암은 '太公之爲心' '伯夷之爲心'으로 각 인물의 내면의식을 확인하고 있었다. 그 결과 '행동은 달랐지만 그 뜻은 서로 같았다(爲用雖殊 其義則同)'며 각 개인의 개별성을 인정하고, 서로 상대편의 논리를 보완해 주는 相須의 관계에 있다고 相須論을 전개하게 되었다. '개미는 개미의 눈으로, 코끼리는 코끼리의 눈으로' 보아주듯 '대상의 눈으로 대상을 보아주는(以物觀物)'할 때 나올 수 있는 會心의 논리가 다원적 시각을 확보해 준 것이다.

담헌·연암·정유는 북벌론의 이론적 바탕인 백이 중심의 명분론과 의리론, 周나라 중심의 존주론과 대일통론 등 화이론적 사고의 근거를 수정하고 있었다. 이러한 바탕 위에서 '夷狄인 청의 입장에서 보면 漢族 중국도 이적'이라는 『열하일기』의 주장이 가능했던 것이다. 홍대용의 「域外春秋論」 같은 조선의 자주성 이론도 개체적 자족성을 인정하는 상대주의적 관점에서 나온 것이다. 북벌론과 북학론은 그 주장자들의 당파적 속성이나 친분관계로 분석될 성질이 아니라는 사실을 우리는 여기에서 확인할 수 있는 것이다.

기존의 가치체계를 거부하고 상대주의적 관점에서 자기의 목소리를 표현해야 한다는 논리를 북학자들은 明·淸 소품가들과 함께 하고 있었다. 그러나 북학파들은 또한 인식의 대상, 즉 글의 대상을 주체적으로 자기가 선택해야 한다는 사실을 충분히 이해하고 있었다고 할 수 있다. 언어 운용의 체계는 같지만, 운용의 대상이 다를 수밖에 없다는 것을 충분히 인식하고 있었다. 그 때문에 원굉도 등은 時變論, 즉 시간적 상대주의를 특히 강조하지만, 북학파들은 공간적 상대주의를 함께 강조하였던 것이다. 즉 그들은 언어가 진실을 담기 위해서는 '자기시대, 조선'이라는 공간을 확보해야 한다는 인식을 하고 있었던 것이다.

제4장에서는, 2장에서 확인한 동심과 맹목의 역설, 그리고 회심과 체물의 이론으로 확보된 다면적 시각이 북학파의 산문에 구현되는 양상을 살펴보았다. 박지원의 傳과 『열하일기』, 이덕무의 傳과 「이목구심서」 등 산문을 대상으로 하였다. 연암의 傳은 역설과 반어의 논리를 구조화하고 있다. 「역학대도전」, 「양반전」, 「마장전」은 표면과 이면이 일치하지 않는 인간행위의 부조리를 역설의 시각으로 폭로하는 구조를 가지고 있었다. 겉으로 선비인 체하며 안으로 명리를 추구하는 거짓 군자를 그리고 있는 「마장전」, 隱者인 체 숨었지만 그것을 출

세의 방법으로 이용하다가 몰락하는 위선적인 학자를 폭로한 「역학대도전」, 어질고 책 읽기를 좋아하지만 그럴수록 군량미를 축내며 양반직을 팔게 되는 양반을 그린 「양반전」 등은 모두 역설과 아이러니의 구조를 가지고 있다. 모순되고 부조리한 인물이 반어와 역설의 서사구조 속에 모습을 드러낸다. 모순적 존재인 이들은 자기 모순에 의해 아이러니한 상황에 깊이 빠져들고 있었다.

「마장전」「역학대도전」「양반전」이 표리부동한 부정적 존재를 부각시키고 있다면, 「예덕선생전」「광문자전」「봉산학자전」「우상전」은 그와는 대립적인 긍정형 인물을 부각시키고 있다. 앞의 작품들이 外實內虛한 인물을 그리고 있다면 뒤의 작품들은 반대로 外虛而內實한 인물을 다루고 있다는 점에서 두 작품군은 상보적 짝이 된다고 할 수 있다.

겉은 더럽지만 내면이 깨끗한(外穢內潔) 인물을 그리고 있는 「예덕선생전」은 겉은 위엄을 부리면서 속으로 이익을 취하는(色莊而內荏) 거짓 군자를 그린 「마장전」의 구조를 뒤집어 놓은 것이라 할 수 있다. 「소학」밖에 읽은 것이 없지만 '大行'을 실천하는 인물을 그린 「봉산학자전」은 外眞內假한 위선자를 그린 「역학대도전」과 대비되는 작품이다.

「광문자전」과 「우상전」도 표면과 이면이 일치하지는 않지만 제대로 된 삶을 살아가는 인물을 역설로 제시하고 있다. 이 작품들은 「예덕선생전」과 달리 언어적 역설에 그치지 않고, 반어의 구조 속에 긍정적인 모습을 구체적으로 배치시키고 있었다. 「광문자전」의 광문은 '외모가 극히 추한' 거지로서 가장 의심을 살 만한 상황에서 오히려 내면의 신실성을 보이는 인물이다. 외모답지 않은 진실의 소유자가 되는 것이다. 「우상전」의 우상도 역시 中人이라는 비천한 외양을 지닌 인물이지만 일본에 가서 '國土·國使'의 대접을 받는다. 국내에서는 동네 밖에 이름이 드러나지 않은 인물이 국외에서는 國士 대접을 받는 역설적 상황이 제시된다. 우상은 또한 일본을 경계하고 정탐한 詩로 일본인에게 칭찬받는 역설적 상황과 아이러니의 구조 속에 자리잡고 있다.

이상의 작품들이 부정형·긍정형 인물들을 역설로 대비시켜 인간형을 탐색하고 사회의 가치기준을 바로잡고 있다면, 「민옹전」과 「김신선전」은 역설 그 자체의 의미를 보여준다고 할 수 있다. 「김신선전」에 보이는 신선 김홍기는 겨울에도 솜옷을 입지 않고 길이 험하면 걸음이 더 빨라지는 역설적 존재다. 이러한 신선 김홍기에 대한 연암의 탐색은 일상으로부터의 탈출 욕구를 보여주는 것이다. 그러나 신선은 찾을 수 없었고, 연암은 '신선은 뜻을 얻지 못한 우울한 존재'로서 현실 속에 불우하게 살아가는 자신의 모습과 같다는 사실을 깨닫는다.

'뜻을 얻지 못한 우울한 인물'의 전형이 바로 「민옹전」의 주인공 민옹이다. 그는 철저히 일상적 가치를 타기하고 역설의 시각으로 진실한 의미를 쌓아가는 인물이다. 밥이 곧 불사약이라며, 표면의 현상적 논리에 집착하여 일상의 한계에 갇힌 삶의 가치관을 비판한다. 그러기에 민옹은 연암의 우울증을 치료하는 치료사 역할을 한다. 역설의 논리가 우울증의 치유제가 되고 있는 것이다. 여기에서 우리는 연암의 우울증이 현실의 고착성, 즉 일상적인 표면논리에 집착하여 파생된 부조리한 가치질서에서 비롯된 것임을 알 수 있다. 표면과 이면이 상극적이고, 당위적 가치와 현실적 가치가 괴리된 현실에서 나오는 것이 우울증이었던 것이다. 예덕선생과 우상 같은 인물이 더럽고 비천한 인물로 무시되고, 易學大盜·거짓 군자·허위적인 양반이 윗자리를 차지하는 傳의 공간이 우울증의 현장이었던 것이다.

「열녀함양박씨전 병서」는 살아 남아 자식을 기른 열녀와 남편 따라 죽어간 여인이 모두 열녀로 평가받는 대립 구조를 가지고 있다고 할 수 있다. 두 여인은 별개의 삽화로 처리되어 있지만 대비 병치됨으로써 모순어법의 구조를 가지고 역설의 논리와 아이러니의 상황을 보여주고 있는 것이다.

연암의 전은 위선적 인간과 이중적인 가치체계가 지배하는 현실을 역설과 아이러니의 시각으로 투시하여 치유의 논리를 문학적으로 형상화하고 있다고 할 수 있다. 그것은 『열하일기』도 마찬가지이다. 『열하일기』에서 연암은 平等眼을 가진 맹목의 인식을 강조하며, 청나라의 장대한 문물을 '오랑캐'의 것이라고 무시하는 태도가 수정되어야 함을 강조하고 있다. 연암은 화이론에 빠져 퇴행을 자초하는 조선의 현실에서 느낀 울분과 비애를, 답답한 태중에서 나오는 아이의 울음소리에 비유하기도 하였다. 『열하일기』에 보이는 동자와 소경은 화이론적 세계관과 춘추 의리론을 철저히 비판하고 있었다. 對明 의리론에 빠져서 청나라의 실체를 부정하고 불가능한 북벌론으로 현실을 오도하는 세태를 순진과 평등의 눈으로 비판하고 있었던 것이다. 제2장에서 확인했던 것처럼 동심과 맹목은 전도된 가치질서에 대응하여 역설의 진실성을 제시하고 있었던 것이다.

연암의 전과 『열하일기』에서 확인한 역설의 논리는 이덕무에게서도 그대로 볼 수 있었다. 이덕무의 「관자허전」은 표면적으로는 대나무로 표상되는 節義에 관한 논의이지만, 대나무의 강한 힘이 내면의 虛에 기반을 둔 것이란 사실을 강조하고 있다. 虛가 갖는 역설적인 힘을 설파한 것이다. 책을 많이 읽어 가치가 전도된 세상에서 오히려 '책만 보는 바보'가 된 자신을 표현하는 「간서치전」, 학대하는 계모에게 지혜롭게 대처한 여인과 끝내 계모의 손에 죽게 한 어리석은 남편을 대비시킨 「혜녀전」도 모두 역설의 시각을 우리에게 보여주고 있다. 실명 작품인 「양열녀전」에서는 살아남은 열부와 죽은 열부를 함께 기술하면서 '세상에 대한 유감으로 울며' 썼다고 형암은 말하고 있었다. 「홍의장군전」과 「백윤구전」 두 편은 전쟁에 공을 세웠지만 세상에 영합하지 못해 功臣의 대열에 오르지 못한 두 인물의 행적을 그리고 있다. 신라의 高僧을 그리고 있는 「대랑혜전」 「지증전」 「혜소전」 등은 兵役의 대상으로나 인식되고 있는 불교 승려의 화려했던 과거사를 현재화시키고 있는 것이다. 이렇게 형암의 전도 연암의 작품과 마찬가지로 역설의 논리를 전개하며 소외된 인물을 그리고 있다.

『열하일기』처럼 자유로운 산문인 형암의 「이목구심서」 「선귤당농소」 「영처문고」 「앙엽기」 등도 기존의 가치질서를 부정하고, '귀로 눈으로 마음으로 감지되는' 새로운 생각을 자유로이 표현하고 있다고 할 수 있다. 형암은 부모를 봉양한다고 자식을 파묻어 죽이다가 효자의 전형이 된 곽거를 천하의 잔인한 사람이라고 그 특유의 역설적 시각을 드러낸다.「이목구심서」와「선귤당농소」 또한 동심과 회심에 입각한 역설의 논리로 점철되어 있었다.

우리는 이제 연암과 형암 등 북학파들이 중국의 패사소품체를 본받았다며 문체반정의 대상이 되는 이유를 이해할 근거를 마련하였다고 생각된다. 이들의 문체가 패사소품체라는 소리를 들은 것은 단순히 어휘적 차원이나 삽화운용의 차원에서 설명될 것은 아니었다. 그것은 근본적으로 正學과 正道, 즉 세상에 두루 통하는 가치관을 담고 있지 않고 오히려 세상의 가치를 흔들어 놓을 역설의 가치를 담고 있는 현상을 지적한 것으로 보아야 할 것이다. 세상의 눈으로 보면 이들의 글은 이단 사설을 표현한 패관잡기로서 古文이 담고 있는 정학과 정도를 훼손시키고 있었던 것이다.

그러나 반대로 이들은 자기들의 글이야말로 진실을 담고 있다고 생각했다. 연암의 문장이야말로 한유와 소식의 글과 같다는 박제가의 말은, 자신들의 글이야말로 진실과 정도를 담고 있는 '고문'이라는 자부심의 표현이다. 고문을 훼손하고 있다고 북학파를 비난한 사람들과 이들은 대조적인 古文觀을 가지고 있었던 것이다. '世道'를 절대적 가치로 생각하던 체제내의 사람들에게 '고문'은 규범적인 윤리와 주장을 담고 있는 정형의 형식이었다. 규범적 시각에서 볼 때 연암 등 북학파의 문장은 소설체였다. 보편적 가치로서의 '世道'를 거부한 '이단사설'이었기 때문이다. 그러나 自得의 목소리를 자기의 언어로 표현한 것이 고문이라고 보는 견해를 가진 사람들에게 이들의 문장은 당연히 고문이었다. 연암에 대한 비평사는 이러한 현상을 극명히 반영하고 있다고 할 수 있다.

연암의 글은 形象性을 획득하여 우언으로서 속성을 지니고 있지만, 형암의 글은 직언적 형태를 취하고 있어 소설적이란 말이 전혀 어울리지 않는다. 그럼에도 불구하고 이들의 글이 서로 같다고 평가를 받았던 것은 이들이 표현하고 있는 진실의 목소리가 규범적 가치를 벗어난 이단사설로서의 동질성을 가지고 있기 때문이었던 것이다. 문체반정은 역설적 가치관을 가진 동심의 소유자로서는 필연적으로 감내해야 할 상황이었다. 우리는 여기에서 '세상에 대한 울분'을 표현하여 정학에서 멀어졌다는 연암의 고백과, '패관기서를 좋아하여' '고문에 방해된다'고 『열하일기』를 비난했던 박남수의 말을 기억할 수 있다.

이 연구는 북학파들이 왜 함께 문체반정의 대상이 되었고, 패사소품체라고 비난을 받고 있는가를 규명하고, 나아가 중국의 영향을 받았다면 그 배경이 무엇인가를 밝히는 데 주안점을 둔 것이다. 그 결과 북학파의 북학논리가 또 다른 慕華的 사고에 빠지지 않고 域外春秋論에서 보는 것과 같이 개체성과 자주성을 확보하는 방향으로 나아갔다는 결론을 도출하였다. 그러나 본고는 명청 소품문과 북학파의 문체를 직접 비교하지는 못하였다. 또 북학파의 산문을 분석대상으로 하면서 이덕무와 박지원을 중심으로 설정하고, 그 밖의 다른 인물들을 집중적으로 다루지 못한 한계도 가지고 있다. 이러한 문제점은 개별 작가론이 더 구체적으로 진척될 때 극복될 수 있을 것이다.

명청 소품문의 세계인식과 서사양식

1. 서론

　이 글은 17~18세기 영정조 시대 북학파 문학과 사상의 문화사적 성격을 비교문학적 관점에서 규명하고자 한다. 이제까지의 연구는 이 시기를 근대의식의 성장기로 이해하려는 입장에서 박지원·정약용 등의 반성리학적·반봉건적 성격을 부각시키는 데 주력하여 왔고, 그 과정에서 이들의 이러한 문학과 사상적 경향이 명말청초 사상가들의 깊은 영향하에서 이루어졌음이 지적된 바 있다.

　북학파 문학가들은 실사구시·이용후생 등 새로운 사상을 독자적인 문체로 주장했으며, 이것이 근대적인 사상의 주요 측면이며, 이들에게는 명청시대의 사상가들이 깊은 영향을 준 것으로 지적된 바 있다. 그러나 영향의 수수관계가 어떤 사상적 문화사적 배경 속에서 어떤 양태로 진행되었는가에 대한 검토는 소홀하였다. 따라서 본 연구는 다음과 같은 명제를 안고 출발하였다.

　첫째, 박지원 등 북학파의 문집에 무수히 명청 학자의 이름이 거명되고 실록 등의 기록이 영향의 수수를 확인해 주고 있으나 직접적인 비교 연구는 미흡하였다.

　둘째, 영정조 시대에는 중국의 '패사소품'이 유입되는 폐해가 거듭 지적되고 박지원 등은 이른바 '文體反正'의 대상으로 탄압을 받고 있는데, 그 동인과 배경에 대한 실증적 연구가 없었다. 패사소품과 실학자들이 함께 정치적·사상적 탄압의 대상이 되었다면 조선후기 지성사나 사상사를 제대로 파악하기 위해서는 마땅히 비교 연구가 전제되어야 하고, 그 바탕 위에서 북학파 문학의 지성사적 의미를 구체화할 수 있을 것이다.

근대의 출발점에 서 있다고 평가된 박지원 등 실학파의 문학과 사상이 중국의 영향을 어떻게 왜 받아들였으며 그것을 국내에서 어떻게 변용시켰는가 하는 사실을 이해하고자 필자는 양자간에 어떻게 인식론적 상동성이 발현되고 있으며 그것의 사회문화적 배경이 무엇인가 하는 문제에 관심을 가져본 적이 있다.[1]

이 글에서는 연속선상에서 이들간의 인식론적 상동성이 이른바 소품문 등 산문에 어떠한 형식으로 나타나고 있는가에 관심을 가진다. 예를 들면 박지원 문학의 큰 특징이라고 할 수 있는 아이러니·반어를 담고 있는 사실적 묘사가 양국의 사상적 사회적 체제 속에서 어떤 의미를 갖는 것인가를 살피려 한다. 북학파에게 영향을 준 명청대 소품가들의 특징 가운데 하나는 바로 역설적이고 공격적인 논리와 수사법이기 때문이다.

---

1) 「北學派 散文研究－연암 박지원을 중심으로」, 1990, 서강대학교 박사학위청구논문. 본서 수록 제1부.

2. 비교대상의 선정과 그 문제점

　박학다식을 자랑했던 북학파의 저서에는 명청대 문인 사상가들에 관한 기록이 무수히 존재한다. 이들 기록을 검토하여 인명록을 작성해 보았으나, 이들을 모두 비교의 대상으로 삼을 수는 없다. 북학파와 명청대 소품가들의 관계 해명이 요구되는 연구사를 고려할 때 우리가 중시해야 할 인물들은 특히, 박지원의 『열하일기』, 박제가의 『정유집』, 홍대용의 『담헌서』 등에 거듭 등장하는 明代의 徐渭·李贄·袁中郎, 淸代의 吳西林·李漁·顧炎武·王漁洋[士嗔] 등으로 생각된다. 이들을 보건대 북학파는 명말의 桐城派 중에서 비판적인 학자들과 함께, 명말청초의 公安派, 청대의 神韻派 계통에 지대한 관심을 두고 있음을 알 수 있다.

　이러한 상황을 고려하여 필자는 북학파와 명말청초 학자들의 인식론·문학론의 상동성과 그 차이를 논하는 작업을 하면서 동성파의 비조로 공안파의 형성에 영향을 미쳤던 대명세, 공안파의 대표적 인물 원굉도, 그리고 童心論을 내세우며 명말 문학론과 사상계에 혁명적 존재로 평가되는 이지를 다룬 바 있다. 이 글에서는 비교의 대상으로 대명세와 원굉도·張岱를 선택한다. 연구의 일관성을 유지하기 위하여 대명세와 원굉도는 계속 비교의 대상으로 삼았으나 이지 대신 장대를 선택하였다. 이지는 혁신적인 사상가이자 문학이론가로 문풍을 새롭게 하는 데 이바지한 인물이었으나 문학적인 산문을 많이 남기지는 못하였고, 상대적으로 장대는 문학론은 적으나 실제로 명말 최고의 소품가로 평가받을 만큼 작품을 많이 남기고 있기 때문이다.

필자 나름의 선택 논리에도 불구하고 비교 대상 선정에는 계속 문제가 남아 있을 수밖에 없다. 이 문제는 연구의 논리나 영역이 확대되면서 보완되기를 기대한다. 그리고 필자가 게으른 탓인지 비교 대상으로 선택된 세 사람의 글이 한문학계에 소개된 것을 발견치 못하여 이들의 산문을 우선 소개 분석하는 데 치우쳤다. 상대적으로 비교의 기준이 되는 북학파 특히 박지원 산문에 대한 논의가 적게 될 수밖에 없는 연구의 한계를 고백치 않을 수 없다.

논의의 편의를 위하여 원굉도·대명세·장대를 간략히 소개한다.

원굉도(1568~1610), 字 中郎, 號 石公. 오늘날의 湖北省 公安人. 萬歷 20년 진사를 거쳐 禮部主事·吏部郎中을 지냄. 형 宗道, 아우 中道와 함께 三袁으로 불리는 공안파의 領袖인물. 世道에 관심을 가지고 민간의 고통을 표현하고 사회부조리를 폭로하였다. 신변·주변적인 작은 소재를 다루기도 하여 格局이 크지 못하다는 비판도 듣는다. 사상적으로 이지의 영향을 받아 통속문학을 중시하고 불가의 도피적 사상도 보인다. '마음 속 성령을 표현하여 격식에 매이지 않는 것(獨抒性靈 不拘格套)'과, '자기 가슴속에서 솟아나오는 것(—— 從自己胸中流出)'을 강조하고 '趣'와 '新奇'를 강조하면서 그 시대 문학의 주류였던 前後七子의 慕似와 복고주의를 반대하였고, 그 결과 생동하고 진솔한 자연을 소품에 표현한 것으로 유명하다.

장대(1597~1679?), 자 宗子 혹 石公, 호 陶庵. 山陰人(지금 浙江省 紹興). 증조 이래 관리를 지냈으나 明이 망하고 은거, 일생을 벼슬하지 않았다. 명말 소품가의 대표작가로, 『琅嬛文集』『西湖夢尋』『石匱書』『陶庵夢憶』등이 있다. 『석궤서』는 명말의 역사를 기록한 것으로, 국가가 망한 현실을 통한해 하고 사회비판하는 글을 많이 남겼다. 落拓不羈하며 유람을 즐긴 그의 소품은 풍경·세정·풍속·기예 등 일상적 소재를 취하여 사회현실을 반영하고 간결하고 생동한 문체로 유명하다.

대명세(1653~1713), 자 田有 혹 褐夫, 호 南山 혹 憂庵. 安徽 桐城人. 그는 方苞(1668~1749)와 함께 때로는 동성파의 개조로 평가받기도 하지만 대개는 유파로 논의되지 못하고 소외를 당하기도 한다.[2] 『南山集』으로 강희제 때 문자옥을 겪으며 죽었고, 양계초는 그를 '청대 두 역사가 중의 한 사람'으로 평가하였다. 현전하는 『戴名世集』[3]에는 52편의 傳이 수록되어 있는데 명말청초 桐城 지역의 의병기록인 『孑遺錄』과 함께 역사의 이면에 버려진 인물을 발굴하고 있다.

---

2) 주지하다시피 동성파는 변화로움을 거부하면서 간결하고 세련된 문장으로 내용과 형식의 통일을 주장하였다. 사상적으로는 程·朱 理學과 봉건 正統觀念을 종지로 하고 있다고 알려져 있다. 동성파의 이러한 성격은 明代의 前後七子의 의고적 고전주의에 대한 반발이면서 한편으로는, 반의고와 '독서성령'을 주장하다가 자기 아집에 빠진 공안파에 대한 반성이기도 하다. 그러기에 동성파는 반의고와 개성을 강조할 때는 공안파와 주장을 같이하면서, 古文을 얘기할 때는 한유·구양수를 전범으로 삼은 당송파와 보조를 같이하기도 하는 것이다.
　대명세가 문학사와 비평사에서 동성파로 쉽게 분류 기술하지 못하는 이유는 무엇인가? 필자의 판단으로는 첫째, 그가 자연·淡泊·무소유·盲目·割愛의 문학론을 전개하면서 '獨知'를 강조한 면모가, 정신적으로 논리적으로 반의고를 내세운 공안파와 일치하는 면모를 가지고 있기 때문이다. 둘째, 일반적으로 동성파 문인들이 淸代 末까지 程·朱理學을 종지로 체제내적 인물들로서 봉건적 정통관념을 가졌다고 평가되는 데 비하여, 대명세는 건중제 때 文字獄으로 처형된 체제 밖의 인물로 알려졌기 때문일 것이다. 셋째, 철학적으로 그는 특별한 견해가 없었다는 점이다.
3) 『戴名世集』, 王樹民 編校, 中華書局, 1986, 北京.

3. 명말청초 소품가 傳의 서사양식

1) 원굉도의 傳

① 「徐文長傳」

　　나는 어느 저녁 陶太史의 樓에 않아 임의로 서가의 책을 뽑아 「闕編」詩 한 질을 보니 … 徐渭의 字는 文長이고 山陰 지역의 여러 선비들에게 이름이 알려졌다. 楔蕙公이 越 땅에서 교위벼슬을 할 때 그의 재주를 기이하게 여겼거니와 國士의 안목이 있었으나 운수가 사나워서 여러 번 과거를 보았어도 합격하지 못했다. 文長은 재략이 있음을 자부하였고 기이한 계책을 좋아하여 兵略을 이야기하매 거듭 맞추어 세상 선비 중 당할 자가 없다고 생각했으나 끝내 알아주는 사람을 만나지 못했다. 文長은 관직에 뜻을 두지 않고 마침내 방랑하며 술을 즐기고 산수에 정을 주었다. 齊·魯·燕·趙 땅 삭막한 곳을 두루 보아, 산이 달리고, 바다가 서고, 모래가 일고, 구름이 가고, 바람이 울고, 나무가 누운 것, 깊은 계곡과 큰 도시, 사람과 동물 등 놀랍고 경악스런 일들을 모두 하나하나 시에 담았다.

　　그의 가슴속에는 또 솟구쳐 사그러지지 않는 기운이 있었으니 영웅이 길을 잃고 의탁할 곳 없는 슬픔이었다. 때문에 그의 시는, 노한 듯, 웃는 듯, 물이 계곡에서 우는 듯, 씨앗이 땅속에서 솟아오르는 듯했다. 과부의 한밤중 울음소리 같았으며, 타국살이 나그네가 추위 일어난 듯하였다. 비록 때로 그 격식은 낮았으나 독특한 마음의 발로가 왕자다운 기품이 있어서 저 머리장식을 하고 다른 사람을 섬기는 사람들이 감히 바라볼 수 있는 바가 아니었다. 문장에 뛰어난 식견이 있어 기질에 빠져도 법식이 엄격했고, 모방으로 재주를 손상시키지 않았고, 義論으로써 격식을 해치지 않아 韓愈와 曾鞏 같았다.

그의 雅趣는 그 시대와는 합치되지 않았는데 당시의 소위 문단 주도자들을 꾸짖어 노비처럼 대했다. 그래서 그 이름이 월 땅에서 벗어나지 못했으니, 슬플진저. 글씨쓰기를 즐겼으니 筆意가 그 시처럼 분방했고, 굳센 가운데 부드러운 기세가 솟아나니 구양수의 이른바 '어여쁜 여인, 늙어도 그 자태 남았네'라는 말과 일치한다. 틈틈이 花鳥畵를 그리니 초일함이 있었다. 마침내 둘째 부인을 살해한 의심을 받아 하옥되어, 죽임을 논할 때 太史 張元汴이 힘을 다해 구해주었다.

만년에 울분이 더욱 깊어져 거짓 미친 짓을 심히 하니 현달한 사람이 오면 거절하여 들이지 않았다. 때로 돈을 들고 술집을 찾아 아랫사람을 불러 함께 마셨다. 어느 때는 스스로 도끼를 들어 머리를 깨어, 피가 흘러 얼굴을 덮고 머리가 부서져서 주무르면 소리가 났다. 어느 때는 날카로운 송곳으로 귀를 뚫어 한 마디 넘게 깊이 들어가기도 했으나 죽지는 않았다. … 그러나 문장은 끝내 그 시대에 뜻을 얻지 못하고 울분을 품고 죽었다. … 石公이 말하길 '선생에겐 사나운 운수가 끊이질 않아 마침내 미친 병이 되었고, 미친 병이 그치지 않자 마침내 영어의 몸이 되었다. 고금의 문인으로 고통스럽기가 선생 같은 사람이 없었다. 그러나 선생의 시문이 우뚝 일어나 근대의 비루한 습속을 일소했다는 것이 백세의 정론이니 어찌 불우했다고 하겠는가. 梅客生은 일찍이 내게 편지로 '문장은 내 오랜 벗이었으니, 병이 사람보다 기이했고, 사람이 시보다 기이했다'고 했다. 나는 말한다. 문장은 기이하지 않은 것이 없었던 사람이다. 기이치 않음이 없었다는 것은 곧 기구치 않음이 없었다는 말이니 슬프도다.[1]

이 글의 주인공 서위[2]는 李卓吾와 함께 晩明시대의 진보적 사상을 이끈 선구적 인물로 꼽힌다. 작자 원굉도는 그의 영향을 많이 받은 것으로 알려져 있다.[3] 세상의 부조리에 울분을 가지고 자연에 정을 두면서 불우한 삶을 마쳤다는 점에서 두 사람의 사상과 행동은 비슷하기도 했다. 이러한 서위의 일생과 문학예술적 자취, 그의 재주와 세상에 쓰이지 못한 불우한 운명을 담고 있는 「서문장전」은 몇 개의 단락으로 정리할 수 있다.

---

1) 『袁宏道集箋校』(錢伯城箋校, 上海古籍出版社, 1981) 卷19, 『瓶花齋集之七』「傳」, 715〜717면.

余一夕坐陶太史樓 隨意抽架上書 得闕編詩一帙 … 徐渭字文長 爲山陰諸生 聲名藉甚 薛公蕙校越時 奇其才 有國士之目 然數奇 屢試輒蹶 … 文長自負才略 好奇計 談兵多中 視一世士無可當意者 然竟不偶 文長旣已不得志於有司 遂乃放浪麴蘗恣情山水 走齊魯燕趙之地 窮覽朔漠 其所見山奔海立 沙起雲行 風鳴樹偃 幽谷大都 人物魚鳥 一切可驚可愕之狀 一一皆達之于詩.

其胸中又有勃然不可磨滅之氣 英雄失路托足無門之悲 故其爲詩 如嗔如笑 如水鳴峽 如種出土 如寡婦之夜哭 羈人之寒起 雖其體格時有卑者 然匠心獨出 有王者氣 非彼巾幗而事人者所敢望也 文有卓識 氣沉而法嚴 不以模擬損才 不以議論傷格 韓曾之亞流也 文長旣雅不與時調合 當時所謂騷壇主盟者 文長皆叱而奴之 故其名不出於越 悲夫 喜作書 筆意奔放如其詩 蒼勁中姿媚躍出 歐陽公所謂妖韶女老 自有餘態者也 間以其餘 旁溢爲花鳥 皆超逸有致 卒以疑殺其繼室 下獄論死 張太史元汴力解乃得出.

晚年憤益深 佯狂益甚 顯者至門 或拒不納 時攜錢至酒肆 呼下隷與飮 或自持斧擊破其頭 血流被面 頭骨皆折 捼之有聲 或以利錐錐其兩耳 深入寸餘 竟不得死 … 然文長竟以不得志于時 抱憤而卒 石公曰 先生數奇不已 遂爲狂疾 狂疾不已 遂爲圄圉 古今文人牢騷困苦 未有若先生者也 … 先生詩文崛起 一掃近代蕪穢之習 百世而下 自有定論 胡爲不遇哉 梅客生嘗寄余書曰 文長吾老友 病奇于人 人奇于詩 余謂文長無之而不奇者也 無之而不奇 斯無之而不奇也 悲夫.

2) 徐渭(1521〜1593), 자 文長, 호 天池山人. 山陰 즉 오늘날 절강성 紹興縣 생. 총독 胡宗憲의 막료로 왜구와의 싸움에 참여했다. 총독이 탄핵을 받자 그도 연좌되어 울분했다. 그뒤 미쳐서 자살미수. 繼室 살해의 죄목으로 감옥생활을 하기도 했다. 문학가로 화가로 이름이 높아 시가와 산문소품뿐 아니라, 희곡과 회화 방면에 두루 통했다. 四聲猿 등의 희곡은 후대의 희곡에 많은 영향을 끼쳤다. 원굉도와 陶望齡이 간행한 『徐文長文集』이 있다.

3) 두 사람의 문학적 교류는 다음 글이 좋은 참고가 된다. 孟祥榮, 「袁宏道與徐渭」, 『宜昌師專學報』(哲學社會科學版), 1992. 제4기.

1. 내가 도태사의 서가에서 우연히 『궐편』을 보니 특이한 내용이었다. 서문장의 것이었다.

2. 서문장은 재주가 기이했으나 운수가 기구하여 과거에도 거듭 낙방하고 알아주는 사람을 만나지 못했다.

3.1 방랑하며 본 자연과 놀랍고 경악스런 일을 시에 담았다.

3.2 그래서 그의 시는 노한 듯 웃는 듯하여 … 격은 낮았으나 현달한 사람들이 미칠 바가 아니었다.

3.3 그의 문장은 격식을 지키면서도 모방을 거부하여 한유와 같았다.

3.4 당시의 문단 주도자들을 노비처럼 대했는데 그의 글씨 또한 초일함이 있었다.

4. 둘째 부인을 살해한 혐의를 받다가 구원받았다.

5. 만년에는 거짓 미친 짓을 심히 하다가 시대에 뜻을 얻지 못한 분을 안고 죽었다.

6. 석공은 "선생의 시문이 비루한 근세의 습속을 없앴으니 불우하다고 할 수 없다"고 했다. 그는 기이치 않음이 없는 기구한 사람이었다.

전체적으로 원굉도는 立傳된 서위가 '운명적으로 기구'한 삶을 산 '數奇'의 인물이었음을 강조한다. 그리고 그가 기구한 운명의 소유자가 된 것을 '기이한 재주'의 필연적 결과임을 설파한다. 기이한 재주가 초래한 기구한 삶의 비극과 함께, 그 재주를 포용하지 못했던 시대의 모순을 동시에 이야기한다. 주인공 서문장이 시대에 버려진 '기구한 운명을 가진 재주꾼'이라는 사실은 작가 원굉도가 서문장의 文集을 만나는 도입부에서부터 절실히 암시되고 있다. "도태사의 樓에서 임의로 뽑은 『궐편』 시 한 질"은 '버려진 재주' '불운한 운명'을 가진 서문장의 삶을 그대로 드러낸다.

원굉도는 이 '버려진 재주와 운명'을 발견하면서 서문장 傳을 시작한다. 그가 얼마나 기이한 재주를 가진 존재인가, 얼마나 기구한 운명을 가진 준재인가

를 구체적으로 설명하는 것이다. '세상에 자신을 당해낼 사람이 없었다고 생각
했지만 끝내 불우하여(自負才略 … 視一世士無可當意者 然竟不偶)', '뜻을 얻
지 못한 나머지 제·초·연·노 땅의 자연산수와 놀랍고 경악스런 일을 하나
하나 시에 담았다'고 하여 그의 문학이 不得志의 산물이며, 부득지의 울분을
자연과의 만남으로 표현하였음을 설명한다.

 '길을 잃고 의지할 곳 없는 영웅의 슬픔(英雄失路托足無門之悲)', '가슴 속
에 솟구쳐 끌 수 없는 기세(胸中又有勃然不可磨滅之氣)'로 표현된 '不得志'와
'홀로만의 생각(匠心獨出)'을 담은 서위의 삶과 문학은, 곧 작자 원굉도 자신
의 문학론과 일치하는 것이었다. 원굉도는 '發憤著書' '不平則鳴'이 발현된 전
형으로 「서문장전」을 마련한 것이다. 작자는 '奇人이 奇文·奇詩·奇字·奇
畵을 남기고 數奇 불우한 운명을 살았다'는 서문장의 삶과, '부득지의 고민속
에서 개성적인 문학이 나온다'는 자신의 문학관을 결합시키고 있는 것이다.

 이 과정에서 우리는 '奇人' 徐文長의 奇文·奇詩·奇字·奇畵뿐 아니라 기
구한 운명, 즉 數奇를 목도하며 작자의 논리대로 '기박한 운명이기에 특이한
인물'인 서위의 삶에 동정과 긍정의 마음을 갖게 되는 것이다.

 기인의 놀라운 특이성과 그에 대한 앙모의 동정, 奇人不用하는 사회의 태도
와 그에 대한 작자의 분노를 표현하기 위하여 작자는, 언어와 표현대상이 일체
화되는 생생한 묘사법을 활용하고 있다. 몇 개의 특이한 행적으로 주인공의 기
행을 부각시키면서, 두 귀씩 짝이 되어 순환하는 수사법을 활용하여 인물의 奇
氣를 살려내고 문자의 정취를 이끌어낸다. '數奇不已 遂爲狂疾 狂疾不已 遂
爲囹圄' '病奇于人 人奇于詩 余謂文長無之而不奇者也 無之而不奇 斯無之而
不奇也'와 같은 의미 고리의 점층적 문장구조 속에서 주인공은 자연스레 奇를
획득하는 있는 것이다.

 또 서술자가 직접 주인공을 서술하지 않고 문답과 대화 속에 노출시킨다.
책을 발견하고, "저자가 누구인가? 서문장이다. 그는 이러이러한 사람이다"라
는 상황을 설정한다. 불우한 인물을 우연히 만나는 장면을 설정하여 그 인물의

기이한 운명을 부각시키는 방법이다. 상황설정이 곧 글의 주제가 되면서 구조가 되는 것이다. '서문장전'에서 보이는 이러한 소외된 인물 형상의 방식은 다른 전에서도 확인된다.

②「醉叟傳」

취수는 어디 사람인지 이름이 무엇인지 모른다. 늘 취해 있어 취수라 부른다. 해마다 荊澧 간을 유람하는데 칠량관을 쓰고 수옷을 입었다. … 바라보면 사나운 장군 같았다.

나이 50이 넘어서도 짝이나 제자도 없이 누런 대광주리를 들고 온종일 술에 빠져서 백주에도 잠자는 듯했고 백보 밖에서도 술냄새가 코를 찔렀다. 온 거리를 돌아다니며 술을 찾아 순식간에 10여 집에서 마시고도 취한 모습은 처음과 같았다. 곡식을 먹지 않고 지네·거미·두꺼비 등을 씹어 먹으니 아이들이 놀라며 다투어 독충을 잡아 주었다. … 후에 나와 왕래가 잦게 되어 올 때마다 섬돌에 꿇어앉아 술을 통음하였는데 손님으로 대접하려 하면 달가워하지 않았다.

말을 쏟아내며 하였는데 일이 괴탄한 것이 많았고, 수십 마디 말에는 꼭 한두 가지 은미한 말이 있었다. 그러나 물어보면 대답지 않고, 거듭 물으면 딴소리로 대꾸했다. 노인은 종적이 괴이하여 일정한 거처가 없었고 저녁에는 문묘나 거리의 처마 밑에서 잤다. "萬法이 歸一하면 하나는 어디로 가는가"라는 말을 입에 담고 다녔다. 행동하고 쉬고 대화하는 중에 이 두 마디를 읊어 대어 그 이유를 물으면 끝내 답하지 않았다.[4]

---

4)『袁宏道集箋校』卷19,『瓶花齋集之七』,「傳」, 719~720면.
　　醉叟者 不知何地人 亦不言其姓字 以其常醉 呼曰醉叟 歲一遊荊澧間 冠七梁冠 衣繡衣 高權闊輔 修脊便腹 望之如悍將軍 年可五十餘 無伴侶弟子 手提一黃竹籃 盡日酣沉 白晝如寐 百步之外 糟風逆鼻 徧巷陌索酒 頃刻飮十餘家 醉態如初 不穀食 唯啖蜈蚣蜘蛛 癩蝦蟆及一切蟲蟻之類 市兒驚駭 爭握諸毒以供 … 後與余往來漸熟 每來 踞坐砌間 呼酒痛飮 或以客禮禮之 即不樂 信口浪譚 事多怪誕 每數十語必有一二語入微者 詰之不答

이 「취수전」에서도 원굉도의 버려진 인물에 대한 관심을 읽을 수 있다. 그러기에 구체적 인명이 아닌 '취한 노인'이라는 인물형을 표제로 하여 立傳을 한 것이다. 이 취한 노인은 앞의 「서문장전」에 묘사된 서위 못지 않은 '기이함'을 가지고 있다. 오십에 짝도 없고 벌레를 음식으로 먹는다. 그러나 이러한 '기이함'은 서위에게서와 마찬가지로 세상의 시각이 아닌 그 내면의 논리로 보면 정상적일 수 있음을 암시한다. 아무리 술을 먹어도 처음과 같고, 손님으로 정식 대접을 받기를 거부하는 이 노인은, '취한 노인네'라는 제목이 암시하는 것처럼 세상을 버린 존재인 것이다. '취한 노인'이라는 제목은 세상이 그를 버렸다는 의미와 함께, 그가 세속적인 삶에서 자신을 건져내어 '세상과 세속의 논리를 잊고 산다'는 뜻이 함축되어 있다. '쏟아내는 말 중에 은미한 말이 있는데 물으면 딴소리를 한다'는 작자의 말은, '취한 노인'이 세상에서 버려진 언어, 잊혀진 진실을 캐는 역설적 존재임을 말하는 것이다.

이 글에서 주목되는 사실은 작자가 「서문장전」에서처럼 소외된 인물, 현실에서 버려진 진솔한 인물을 그려내되 구체적 인명을 내세우지 않고 '술취한 노인네'라는 행위 양식을 작품제목으로 삼았다는 것이다. 이는 올바른 인물들이 소외되어 이름 없는 존재가 되어버린 세태를 반영하는 것이기도 하고, 한편으로 傳의 초점을 그러한 사람에게 맞추면서 작자가 인간형의 탐색을 시도하고 있다고 볼 수 있을 것이다.

소외된 인물을 다루면서 새로운 인간형과 가치를 탐색하는 양식으로 전이 운용되는 또다른 예를 보자.

再詰之 卽佯以他辭對 … 叟蹤跡怪異 居止無所 晚宿古廟或闤闠簷下 口中常提萬法歸一
一歸何處 凡行住坐眠及對談之中 皆呼此二語 有詢其故者 叟終不對 往余赴部時 猶見之
沙市 今不知在何所矣.

③「拙效傳」

石公이 말했다. 세상에서 달아나는 데 민첩한 것이 토끼이지만 사냥꾼은 그것을 잡는다. 오징어는 먹물을 뿜어 은폐하지만 그것이 殺身의 계제가 되니 그 기교가 무슨 소용이 있겠는가. 숨는 계책은 참새가 제비만 못하고, 생활의 꾀는 황새가 비둘기만 못하다고 옛부터 일러왔다. 그래서「拙效傳」을 짓는다.

집에 둔한 종이 넷이 있었는데 冬·東·戚·奎라 했다. 東은 외모도 고졸했는데 … 젊을 때 伯修의 심부름을 했다. 백수가 계실을 얻을 때 시내에 가서 떡을 사오라고 했다. 東이 말하길 '시내에 가보니 꿀이 싸서 그걸 사고, 떡은 비싸서 사질 않았습니다' 했다. 그 다음날 납례를 하기로 했는데 끝내 할 수 없었다. … 그러나 우리 집안 민첩 교활한 종들은 왕왕 지나침이 있었지만 유독 우둔한 네 종들은 법도를 지킬 줄 알았다. 교활한 종들은 잇달아 쫓겨나서 몸을 의지할 방책없이 1, 2년을 넘기지 못하고 얼어 죽었다. 그러나 우둔한 네 종은 지나침이 없어 편안히 먹고 살았고, 주인도 그들이 별 재주 없음을 헤아려서 먹을 입에 따라 곡식을 내려주었고 그들이 거처를 잃을까 걱정했다. 아, 여기에서 또 졸박함의 功效를 볼 수 있을 것이다.[5]

생활에서의 이면 논리와 역설적 진실을 원굉도는「졸효전」을 통해 거듭 강조한다. 납례 때 쓸 떡을 사러 가서 비싸다며 싼 꿀을 사온 어리석은 종은 쫓

---

5)『袁宏道集箋校』卷19,『瓶花齋集之七』,「傳」, 723~725면.
　　石公曰 天下之狡于趨避者 冤也 而獵者得之 烏賊魚吐墨以自蔽 乃爲殺身之梯 巧何用哉 夫藏身之計 雀不如燕 謀生之術 鸛不如鳩 古記之矣 作拙效傳 …
　　家有四鈍僕 一名冬 一名東 一名戚 一名奎 … 東貌亦古 然稍有詼氣 少役于伯修 伯修聘繼室時 令至城市餠 … 東曰 昨至城 偶見蜜價賤 遂市之 餠價貴 未可市也 時約以明納禮 竟不得行 … 然余家狡獪之僕 往往得過 獨四拙頗能守法 其狡獪者 相繼逐去 資身無策 多不過一二年 不免凍餒 而四拙以無過 坐而衣食 主者諒其無他 計口而受之粟 唯恐其失所也 噫 亦足以見拙者之效矣

겨나지 않고 사는데, 이른바 똑똑하고 교활한 종(狡獪之僕)은 그 똑똑한 재주로 인해 1, 2년 안에 쫓겨나 얼어죽는 반어적인 진실을 작자는 희화적으로 그리고 있다. 생활의 법도에 끝내 충실한 '졸박한 인물'이, 자기 함정에 빠지는 '지나친 재주꾼'을 이겨내는 역전 드라마를 작자는 자기집 종들에게서 파악하여 입전한 것이다. 이 글 또한 앞의 「취수전」처럼 고유명사보다는 인물이 주는 의미를 형상화하여 제목을 삼고 있다. 남들의 시야가 미치지 않는 주변적 인물에 시각을 두고 있다는 점에서도 일치한다.

'집안의 네 바보종(家有四鈍僕)'을 입전한 동기가 역설적 진실 때문이었음을 작자는 서두에서 분명히 하고 있다. '오징어의 먹물이 은폐의 수단이지만 자신을 드러내어 잡히는 노릇'인 상황에서는 '참새나 비둘기의 약음보다 오히려 제비·황새의 우둔함'이 보신책이 된다는 논리를 강조한다. '모자란 듯한 졸박함이 효용이 있어서 「졸효전」을 쓴다'는 말은, 세태를 벗어난 역설적 인간의 발굴과 탐색이 입전의 의도임을 드러내는 것이다.

원굉도가 성취한 이상의 특징이 명말 최고의 소품가로 알려진 장대에게 나타난 양상을 검토해 보자.

2) 장대의 전

장대의 「五異人傳」도 기이한 하층인물의 성격을 立傳했다는 점에서 원굉도의 「졸효전」과 일치한다. 서두부터 상통한다.

장대는 말한다. 내 일찍이 말했거니와 한 가지 편벽된 버릇이 없는 사람은 사귈 만하지 않으니 깊은 정이 없기 때문이고, 허물이 없는 사람은 사귈 만하지 않으니 진실한 기운이 없기 때문이다. 우리 집안 瑞陽은 돈에, 髯張은 술에 편벽되었고, 紫淵은 자기 고집에 빠져 있었다. 燕客은 土木에, 伯凝은 책에 편벽되었는데, 한번 깊은 정에 빠지면 작게는 허물이 되었고 크게는 성벽이 되었다. 다섯 사람이 세상에 유전될 뜻을 두지는 않았지만, 그 사람들이 이처럼 편벽된 버릇을 가지고 있으니 전하지 않을 수 없는 것이다. 그래서 「五異人傳」을 쓴다.[6]

赤貧을 벗어나지 못해 상경하여 관청일을 하던 중 쥐가 물고가다 떨어뜨린 문서로 부자가 된 瑞陽,[7] '관직이 없으니 천자도 두렵지 않고, 명대로 살면 그뿐이니 염라대왕도 두려워할 필요가 없다'는 운명관을 '술에서 얻은 소득'이라며 술을 즐기는 髥張,[8] 고아로 자라 성질이 강폭했고 재주가 있어 관리로 임용되었으나 그 성격으로 그만두고 병사할 때 '의관을 정제하고 옹기관에 송진을 가득 넣어 천년 뒤 파리·개미처럼 호박이 되게 하라'고 유언한 紫淵,[9] 장대의 동생으로 재주가 있고 골동에 취미가 있었으나 수백 금으로 첩을 사고도 하루 뒤에 내쫓는 성격을 지닌 蕚初.[10] 이런 사람들이 「오이인전」의 인물이다. 그 중

---

6) 『琅嬛文集』(岳麓書社, 長沙, 1985.7), 175~176면.

　　張岱曰 岱嘗有言 人無癖不可與交 以其無深情也 人無疵不可與交 以其無眞氣也 余家 瑞陽之癖于錢 髥張之癖于酒 紫淵之癖于氣 燕客之癖于土木 伯凝之癖于書 其一往深情 小則成疵 大則成癖 五人者皆無意于傳 而五人之負癖若此 蓋亦不得不傳之者矣 作五異人傳.

7) …諸孫岱曰 瑞陽伯祖 貧如黔婁 嗟來之食 尙不能着口 乃以赤手入都 堅忍三十餘年 于故紙堆中取二萬金 易如反掌 昔日牛衣對泣 今乃富比陶朱 入之名利場中 謂非魁梧人杰也哉 乃其厚資入手 遂賦歸來 鷗租橘奉 永享素封 霸越之后不復相齊 其曠懷達見 較之范少伯又高出一等矣.「五異人傳」,『琅嬛文集』, 175~188면.

　　이하 「오이인전」은 출처 표기를 생략함.

8) 族祖汝森 字衆之 貌偉多髥 稱之曰髥張 … 諸孫岱曰 不善飮酒者得其氣 善飮酒者得其趣 若眞能得趣者 則自月夕花朝 靑山綠水 同是一酒中之趣 但恨世人不能領略耳 昔人云 痛飮讀離騷 可稱名士 凡人果能痛飮 何必更讀離騷 髥張雖不解文義 吾謂其滿腹盡是離騷也.

9) 十叔煜芳 号紫淵 母弟 少孤 母陳太君鍾愛 性剛愎難與語 及長乖戾益甚 … 侄岱曰 紫淵叔剛戾振拗 至不可與接談 則叔一妄人也 乃好讀書 手不釋券 其所爲文 又細潤縝密 則叔又非妄人也 是猶荊軻身爲刺客 而太史公獨表而出之曰 深沈好書 則荊軻之使氣剛狼 實與叔無異 而后能受魯勾踐之叱 而不與之校 則其陶鑄于詩書頗爲得力 而遂使世人不得徒以刺客目之也矣.

의 한 인물을 보자.

　　아우 培의 字는 伯凝인데 어릴 때는 獅라 했다. 어릴 때 휴령현령을 지낸 부친 芝亭公을 따라갔다. 伯凝은 단것을 좋아했는데 휴령 지방에 단 음식이 많아 밤낮없이 먹어대더니, 감질에 걸려 두 눈을 상했다. 조모인 王夫人이 총애하여 천하 명의를 찾아 치료하며 수천 금을 허비했지만 낫지 않았다. 識者들이 獅라는 이름에 師란 의미가 있으니 혹 조짐이 되지 않았을까 하였다. …

　　백응은 소경이었지만 독서를 좋아하여 사람을 사서 읽게 하였는데 귀에 들리는 것은 모두 기억했다. … 經史子集에서 九流百家와 패관소설까지 통하지 않은 바가 없었는데, 특히 醫書를 좋아했다. … 병을 진찰할 때는 정신을 집중하였는데 영민하여 손으로 만져보곤 알아냈다. …

　　형 岱는 말한다. 다섯 살에 실명하여 귀로 詩書를 읽은 것이 적어도 만 권은 되었고 唐詩解와 人物考 등을 지으면서 찾아 인용하지 않은 책이 없었다. … 어떤 사람은 헛되이 만 권 책을 가지고 있지만 실제는 낫 놓고 기역자도 모르니 輪廻가 있다면 다음 세상에는 한 글자도 모를 것이다. … 백응은 학문이 左邱明 같고, 재식은 晉나라 師曠 같고, 강개한 의협심은 고점리 같았다. 놀랍다. 백응은 한몸에 이것들을 갖추었다.[11]

---

10) 弟蕚初 字介子 又字燕客 海內知爲張葆生先生者 其父也 母王夫人 止生一子 溺愛之 養成
　　一躁暴鼇拗之性 性之所之 師莫能諭 父莫能解 虎狼莫能阻 刀斧莫能劫 鬼神莫能惊 雷霆莫
　　能撼 … 兄岱曰 陶石梁先生曰 秦檜千古奸人 亦有一言可取 謂做官如讀書 速則易終而少味
　　吾弟自讀書做官以至山水園亭骨董技藝無不以欲速一念 乃受鹵莽滅裂之報 其間趣味削然 實
　　實不堪咀嚼也 譬猶米石宣爐 入手卽壞不期速成 只速朽耳 孰意吾弟之意 乃出秦檜下哉
11) 弟培 字伯凝 乳名曰獅 五歲從大父芝亭公爲南直休寧縣令 伯凝性嗜飴 休寧多糖食 晝夜啖
　　之 以疳疾壞双目 大母王夫人鍾愛 求天下名醫醫之 費數千金不得療 識者以獅字師也 或爲
　　先兆云 … 所讀書 自經史子集 以至九流百家 稗官小說 無不淹博 尤喜談醫書 … 凡診切諸
　　病 沈靜靈敏 觸手卽知 ….
　　兄岱曰余之云間 有唐士雅者 五歲失明 耳受詩書 不下萬卷 其所著有唐詩解 人物考諸書
　　援引箋注 雖至隱僻之書 無不搜到 其所作詩文 則出口如注 而繕寫者手不及追 嘗謂余曰
　　某空有萬卷 實不識丁 使果有輪廻 則某之下世仍爲不識一字之人 不其枉此一世哉 余觀其

백응은 책을 읽을 수 없는 소경이면서도 귀로 들은 지혜와 지식이 만 권 책을 가진 사람보다 뛰어난 존재였다. 그리고 그의 감각으로 의술을 공부하여 신통한 경지에 이르렀다. 쓸데없이 만 권 책을 쌓아 놓은 사람과 대비되기에, 그의 학문은 좌구명에, 식견은 사광에, 기개는 고점리에 비유된다. 이처럼 「오이인전」의 다섯 주인공들은 표면의 부정적인 모습과 달리 내면의 정당한 가치를 가진 존재이고 장대는 이 이면의 논리를 보면서 입전하고 있다.

萼初는 성격이 포악하여 부모는커녕 호랑이나 귀신 앞에서도 굴복하지 않을 정도로 괴팍하였지만 청나라 왕조 건국 후 자살을 감행한 의로운 인물이었고, 紫淵은 성격적으로 결함이 많은 망령된 사람으로 보이지만 그의 독서와 재주로 보건대 荊軻같이 자기 속 모습을 숨긴 사람이라고 묘사했다. 장대는 표면적으로 부정적 인물이 간직한 내면의 진실을 잡고 있는 것이다.

이 글의 형식은, 서문에서 다섯 인물을 간단히 언급한 다음 개별 작품 안에서 인물의 성격을 압축적으로 제시하고 성격을 드러내는 일화를 대화체로 제시한다. 원굉도의 글과 같이, 일화와 장면 제시로 인물의 성격을 현재화하는 방법을 쓰고 있는 것이다.

세속적으로 평가받는 인물보다는 소외된 인물 중에서 진솔한 인간을 찾을 수 있다는 작자의 논리를 잘 보여주는 작품으로 「余若水先生傳」과 「魯云谷傳」이 있다. 여약수 선생은 崇禎말에 진사를 지내다가 중원에 청나라가 서자 자살한 형을 애도하고, 일체의 교유를 피하며 농사를 짓는 인물이다. 농부로서의 분수를 지키고 안분하며 세상 돌아가는 일을 얘기하는 사람이 있으면 못 들은 체하고 36년을 도시에 들어오지 않고 있는 충절지사이다. 농부의 몸에 충절을 감춘 인물인 것이다.[12]

人 貌甚朴陋 閉戶枯坐 無異木偶 其欲如吾伯凝之多才多藝 機巧揮霍 博洽精敏 盖萬不及一者矣 故吾謂伯凝學問似左邱明 才識似晉師曠 慷慨俠烈似高漸離 咄咄伯凝 盖以一身而兼有之矣.

12) 余若水先生 諱增遠 有明崇禎癸未進士 … 丙戌我大清兵渡江 武貞先生渡東橋自沈死 若水悼邦國之云亡 痛哲兄之先萎 望水長号 誓不再渡 自是遂絶迹城市 … 歲庚戌 無疾而終 身

魯云谷은 작은 약방을 열어 차를 마시고 악기를 다루며 산다. 눈에 띄는 사람이 아니다. 그러나 '문장에 밝지 않으면서도 詩意를 간직하고, 색감을 이해하지 못하지만 畵意를 가지고, 市場을 벗어나지 않으면서도 山林의 마음을 간직한' 존재이다.[13] 장대의 시각을 받고서야 내면의 빛을 발할 수 있는 인간형이었던 것이다.

내면에 감춰진 진솔성을 포착하는 작자의 눈은, 소외되었지만 진실한 인물을 탐색할 뿐 아니라, 겉으로는 그럴듯하지만 부정적인 인물의 부조리를 드러내는 시각도 발휘한다. 부조리를 폭로 조롱하는 일화를 작품에 직접 도입하기도 하지만, 그러한 역할을 하는 트릭스터형 인물을 등장시켜 시대를 풍자한다. 그러한 예가 「王謔庵先生傳」이다.

「王謔庵先生傳」

山陰의 王謔庵 선생은 이름은 思任이고 자는 季重이다. … 선생은 총명이 세상에 뛰어나고 말이 교묘하며 사람들과 농담하되 바른 말을 잘하고 거리낌이 없었다. 천금 총독 채경부는 선생의 동년 벗이었는데 자기 軍幕의 권위로 선생을 굴복시킬 생각으로 선생을 초청하였다.

無長物 友人醵錢以殮 有遺命葬于原隱之丁斗壟 外史曰 人臣稱委質古主 回面而改向 非忠也 激憤而殉 以明節也 義衛志 智衛身 托農圃之棄迹 下可見故主 無辱先人 若余若水者足矣 然其節槪爲人所難及者 兄死止水 弟不渡河 一死于十五年之前 一死于十五年之後 俱不失爲趙氏忠臣 而安心農圃 扼腕終身 嗚呼 若水可以爲難矣. 「余若水先生傳」, 『琅嬛文集』, 190면.

13) 會稽宝祐橋南 有小小葯肆 則吾友云谷縣壺地也 … 皆以聰明用事 医不經師 方不襲古 每以刦劑臆見起死回生 … 然云谷亦診視靈敏 可救則救 不可救則望之却走 未嘗依回盼睞 受人一錢 性極好潔 負米顚之癖 恨烟恨酒恨人撷花 尤恨人唾洟穢地 … 張子曰 云谷居心高曠 凡炎凉勢利 擧不足以入其胸次 故生平不曉文墨而有詩意 不解丹靑而有畵意 不出市塵而有山林意 至其結交良友 直是性生 非有矯强 數月前有客在座 命蒼頭取其所藏雪水煮茶 而大爲室人所謫 云谷大怒 經旬不無交語 謂余弟道之曰 某以朋友爲性命 乃欲絶我朋友 不若去此蠹婦 只此一語 具見俠腸 是豈不讀書不曉文墨之人 而能道此也哉 「魯云谷傳」, 『琅嬛文集』, 191~192면.

도착하는 날 등왕각에서 연회하는데 이날 물가에 저녁노을이 생겼다. 선생이 공에게 말하기를 '왕발의 「등왕각서」가 뜻밖에도 오늘 다시 나타나네' 하였다. 공이 물으니 선생이 대답하되 "'저녁놀과 외로운 따오기 함께 난다'고 했으되 오늘 마침 저녁놀이 있고, 또 형이 한 눈이 멀었으니 '외로운 따오기 함께 난다'는 것은 아마도 형을 말하는 것인가 하오" 하였다. 공의 얼굴이 목까지 붉어졌다.[14]

주인공 왕학암은 권위로 군림하는 친구를 촌철살인의 언어 비수로 굴복시키기도 하고, 採鑛하여 郡民을 괴롭히려는 중앙관리를 교묘한 말장난으로 물러가게 한다.[15] '총명하여 말이 교묘하고, 사람들과 농담을 기탄없이 하는(蓋先生聰明絶世 出言靈巧 與人諧謔 矢口放言 若無忌憚)' 주인공은 작자의 또다른 분신으로서 이면의 진실을 캐는 눈을 가진 트릭스터였던 것이다.

3) 대명세의 전

「一壺先生傳」

一壺 선생은 성명도, 어디 사람인지도 모른다. 찢어진 옷에 각건을 쓰고 미친 듯 거리낌이 없었다. 종적을 알 수 없었고 술을 좋아하여 늘 술병을 차고 다녔다. … 두 사람은 그가 마음에 불평이 있어 술을 먹고 일부러 함부로 행동함을 헤아렸다. … 강희 21년 즉묵을 떠나 오래 있다가 홀연 다시 나타나 절간에 묵었다.

---

14) 「王謔庵先生傳」, 『琅嬛文集』, 193~196면.
　　山陰王謔庵先生 名思任 字季重 … 盖先生聰明絶世 出言靈巧 與人諧謔 矢口放言 略無忌憚 川黔總督蔡公敬夫 先生同年友也 以先生閑住左家 思以帷幄屈先生邀先生至 至之月 宴先生于騰王閣 時日落霞生 先生謂公曰 王勃騰王閣序 落霞與孤鶩齊飛 今日正當落霞 而年兄眇一目 孤鶩齊飛殆爲年兄道也 公面赭及頸 … 無不以謔用事 … 皆先生一謔之力也.
15) 尹恭弘, 「장대」, 『中國歷代著名文學家評傳』(續編二, 山東敎育出版社, 1989), 836면.

평시 그와 왕래하던 사람이 보니 용모가 초췌하고 정신이 창황했다. 어디서 왔느냐고 물어도 대답하지 않았다. 밤마다 방성대곡하였다.[16]

늘 취해 살며, 종적이 괴이하고 일정한 거처가 없고, 취해서 하는 말속에 은미한 뜻을 담고 있다는 점에서 이 「일호선생전」의 취한 노인은, 앞에서 본 원굉도 「취수전」의 주인공과 성격이 일치한다. 마음속의 불평이 술을 마시게 하고, 술로 불평을 가리워야 했던 상황을 대변한다는 점에서 두 인물은 동일한 것이다. 이 노인들에게 술을 권하는 사회상황이란 역사적으로는 청이라는 異民族의 지배와 그로부터 발생한 가치질서의 붕괴이다. 그리고 그러한 상황을 잉태한 명말의 부조리한 사회질서와 행위양식이었을 것이다.

체제 내적인 인물, 즉 현달한 자들이 보이는 부패와 무능이 明을 망쳤다고 생각하는 대명세는 끊임없이 그들을 비하하고 있다. 그들과 대비시켜 이름 없는 인물들이 보이는 지조와 의리, 말없는 충절을 칭찬하는 평도 계속 쓰고 있다.[17] 따라서 대명세 전의 인물들이 대개 이름 없는 사람들이었던 것과 함께, 그 인물에 대한 贊의 논리는 대비법으로 가득하다.

---

16) 「一壺先生傳」, 『戴名世集』(王樹民 編校, 中華書局, 1986), 165~166면.
　　一壺先生者 不知其姓名 亦不知何許人 衣破衣 戴角巾 佯狂自放 … 其踪跡皆不可得而知也 好飮酒每行以酒一壺自隨 … 兩生度其胸中有不平之思而外自放於酒 … 康熙二十一年 去卽墨久矣 忽又來 居一僧舍 其素所與往來者之視之 見其容貌憔悴 神氣惝怳 問其所自來 不答 每夜半 卽放聲哭.

17) 「畵網巾先生傳」 같은 것이 그 예이다. 이름 없는 선비로서 죽음으로 명나라에 대한 의리를 지키는 인물이다.
　　順治二年 旣定江東南 而明唐王卽皇帝位於福州 其泉國公鄭芝龍陰受大淸督師洪承疇旨 棄關撤守備 七閩皆沒 而新令薙髮更衣冠 不從者死 於時 士民以違令死者不可勝數 而畵網巾先生事尤奇 先生者 其姓名爵里皆不可得而知也 携僕二人 皆仍明時衣冠 匿跡於邵武 光澤山寺中 事頗聞於外 而光澤守將吳鎭使人掩捕之 逮送邵武守將池鳳陽 鳳陽皆去其網巾 留於軍中 戒部卒謹守之 先生旣失網巾 盥櫛畢 謂二僕曰 衣冠者 歷代各有定制 至網巾則我太祖高皇帝創爲之也 吾遭國破卽死 詎可忘祖制乎 汝曹取筆墨來 爲我畵網巾額上 於時二僕爲先生畵網巾 畵已 乃加冠 二僕亦互相畵也 日以爲常 軍中皆譁笑之 而先生無姓名 人皆呼之曰 畵網巾云. 「畵網巾先生傳」, 『戴名世集』, 168~170면.

① 당시 문무 대신들이 이 두 사람만 같았다면 도적의 재앙이 이 지경에 이르렀겠는가? (使當時文武大吏 皆能如此兩人 賊之禍豈至是耶)[18]

② 前後 대신들이 모두 도적에게 천하를 어렵지 않게 넘겨 주었으니, 신정 현령처럼 한 성을 죽어도 버리지 않았다면 도적의 화가 이 지경에 이르렀겠는가?(前後建牙大吏皆不難捐天下以予賊 使能如新鄭令以一城效死弗去 賊之禍豈 至是耶)[19]

③ 조선생은 布衣로서 나라가 망하자 가정을 버리고 종신토록 품을 팔다가 죽었다. 저 임금의 총애로 부귀를 누리다가 얼굴을 바꾸어 원수를 섬긴 사람들이 선생을 보면 어떠할까? 이 고장 사대부들이 혁명 때 벼슬하지 않은 사람이 많지만 조선생만이 고절을 지켰다. (曹先生一布衣 遭國破 遂棄其家 終身爲人傭工以死 彼受人主知遇得富貴 而反顔事仇者 視先生何如也 吾縣士大夫 當革命之際 不仕者雖多 而苦節獨有一曹氏)[20]

위에서 보듯 대명세는 조정 대신들과 이름없는 선비를 대비시키면서 明을 망친 존재가 도적과 이적이 아니라 대신들이었음을 강조한다. 조정 위정자에 대한 불신은 결국 '천하는 書生이 망친다'고 한 「王學箕傳」[21]의 주인공이나, 학문이란 體와 用의 결합이라며 시문을 불사른 「岳薦傳」[22] 등의 인물에서 명확해진다. 이러한 대비법은 그의 많은 열녀전[23]에서도 거듭 확인되는 논리이다. 부패한 봉건시대의 명분론, 즉 표면과 이면이 달랐던 사대부 윤리의식에 대한 비판을 담고 있음이 분명하다. 언뜻 보면 그의 傳은 봉건적 잔재를 담고 있는 것이 틀림없다. 봉건왕조에 대한 절의와 봉건윤리에 불과한 烈婦정신을 강조

---

18) 「李逢亨傳」, 『戴名世集』, 159~160면.
19) 「劉孔暉傳」, 『戴名世集』, 164면.
20) 「曹先生傳」, 『戴名世集』, 184면.
21) 『戴名世集』, 210~211면.
22) 『戴名世集』, 207~208면.
23) 『戴名世集』 권8에는 19편의 열녀전이 있는데, 대개 이와 같은 내용이다.

하고 있으므로, 의리론적 명분에 집착하고 있다고 볼 수 있기 때문이다. 그러나 부패한 지도층, 이중적 가치체계를 가진 윤리주의자들을 비판하면서 한 국가의 흥망을 관찰하고 있다는 점에서 보면, 그는 역사가의 입장에 서서 부정적인 인물형과 바람직한 인물형을 분석하여 새로운 인물을 창출하는 것이다.

장대가 부조리한 질서 속에서 자기 중심을 지닌 인물로 余若水 선생이라는 새로운 농부를 제시한 것처럼 대명세도 「紀老農夫說」을 통해 '남과 교유 없이 도시를 출입하지 않고' 자족하는 농부를 바람직한 인간형으로 상정하고 있다.[24]

대명세가 역사에 매몰된 이면의 진실을 발굴한다는 시각으로 立傳 인물을 선택 창조하고 있음을 그의 '史論'이 잘 증명하고 있다.

맹자는 책을 다 믿는다면 책이 없는 게 오히려 낫다고 했거니와 나는 여러 사람들의 역사책을 그렇게 여긴다. 그렇다면 역사란 그 방법이 없단 말인가? 역사의 기록은 두 가지가 있으니 國史와 野史이다. 國史는 裁筆의 신하의 손에서 나와서 때로는 포장이 지나치고 때로는 숨기며 상세하지 않아서, 군신들의 功罪와 賢否, 그 本末이 곡진하지 않은 것이 많다. 그래서 부득이 野史에서 넘겨 징험할 수밖에 없는 것이다.

그러나 야사는 때로 好惡에 빠지고 私見을 내어서 왕왕 말이 달통하지 못하고, 들은 바가 분명치 못하고, 전하는 바가 자세치 못하고, 하나의 사실을 서로 달리 기록하고, 한 사람에 대한 포폄이 서로 다르다.[25]

---

24) 頃余讀書山間 西鄰有農夫 年老矣 猶治田事甚勤 暇則休乎樹下而臥焉 余嘗視之 樸且鄙
　　然其意有以自得者 一日 余謂之曰 汝勞苦田間 手足胼胝 顧不識亦有所樂於此乎 曰不也 然
　　吾平生亦不知所爲憂戚 吾儕小人 生僻壤 未嘗見世事 忽忽以老 筋骨之勞與夫風雨暴露之苦
　　無歲無之 吾豈有樂哉 然而聊且治生 無飢寒之患 平居鮮與往來 終其身未入城市 雖貧且賤
　　無求於世 縱橫荊棘之中 出入麋鹿之侶 以此往往習而自安 余聞之而嘆曰 至哉樂乎 何謂不
　　得也 老農又曰 吾幼未學書 曾不識字 其何敢望君 而君若有慕於余者 何也 余聞其語 愈益
　　慕之 因書其說. 「紀老農夫說」, 『戴名世集』, 420~421면.
25) 孟子曰盡信書則不如無書 吾於諸家之史亦云 然則史豈遂無其道乎哉 夫史之所藉以作者有

그는 표면적인 역사인 國史를 '숨기며 상세하지 않다'고 거부하고 야사를 지향한다. 그렇다고 그가 야사의 단점을 의식하지 않는 것은 아니다. 야사는 私見을 내기도 하고 자세하지 못하며 하나의 사건을 서로 달리 기록하는 단점도 있다. 그래서 상황에 따른 처신을 살피고 정황과 변화를 헤아려서, 거기에 世論을 더해야 하는 것이다. 이런 역사관으로 그는 遺民·隱士를 찾아다니며 묻혀버린 역사를 발굴하고 있다. 그의 野史『혈유록』은 숭정 때 동성 지역에서의 반란군과 의병들의 격전을 기록하면서 明왕조 멸망의 역사적 추세를 보여주고 있다. 이미 앞에서 본 충신·열녀의 전과『혈유록』은 모두 '야사의 진실찾기'에서 얻은 글이라는 동질성을 갖는다. 그의 야사와 인물전은 '옛 신하와 유민들이 사그러져가고 문헌은 없어져가서' 충신과 亂賊의 형세가 '후세에 전해지지 않음을 한탄'하여 찾아낸 역사의 보석이었던 것이다.

결과적으로 대명세의 글은 '悖亂'·'狂悖'한 언어로 비난을 받았고, 그는 狂士로 불렸다. 國史를 거부하고 야사를 추적하며, 時文을 거부하고 고문의 진흥을 자기의 임무로 삼는 것은, 인위적인 조작과 가식의 문자에 담긴 허위의식을 거부한 것이다. 질박한 문자로만 표현할 수 있는, 묻혀진 인물의 진실을 밝히겠다는 의식을 그는 가졌던 것이다. 야사를 표현하는 언어가 그에게는 '진실의 언어수단'으로서 고문이었던 것이며, 바로 그러한 언어가 사마천·구양수의 역사언어라고 확신했던 것이다.

二 曰國史也 曰野史也 國史者 出於載筆之臣 或鋪張之太過 或隱諱而不詳 其於群臣之功罪賢否 始終本末 頗多有所不盡 勢不得不博徵之於野史 野史者 或多徇其好惡 逞其私見 卽或其中無他 而往往有傷於辭之不達 聽之不聰 傳之不審 一事而記載不同 一人而褒貶各別. 「史論」,『戴名世集』, 403~405면.

4) 박지원 등 북학파 전과의 비교

이상에서 본 바와 같이 원굉도의 「서문장전」 「취수전」 「졸효전」, 장대의 「오이인전」 「여약수선생전」 「노운곡전」 「황학암선생전」, 그리고 대명세의 「일호선생전」 등의 주인공들은 모두 부조리한 시대 속에 버려져 묻혀버린 진솔한 존재였다.

원굉도의 「서문장전」에 나타난 서위는 '길을 잃고 의지할 곳 없는 영웅의 슬픔'을 가슴속에 간직한 '不得志' 인물로서, 그 '부득지의 울분을 산수자연과의 교감'을 통하여 문학언어로 승화시키고 있었다. 이러한 부득지의 인물형은 우리가 박지원의 「우상전」 「민옹전」 등에서 익히 확인하였던 바로서 '鬱鬱不得志'한 자신을 토로한 「김신선전」 「민옹전」 등에 드러난 박지원 자신의 자화상이기도 하였다. 공을 세우고도 소외되는 인물을 그린 이덕무의 「백윤구전」 「홍의장군전」과 자신을 희화화한 「간서치전」도 마찬가지였다.[26]

영웅으로 하여금 길을 잃고 산수간을 헤매게 하는 사회는 이미 가치질서가 무너져 지탱될 수 없는 것이다. 이 부조리의 사회에서 정상적인 가치의 소유자는 산수간을 헤매거나 아니면 세상 속에 있더라도 세상을 잊고 사는 방법 밖에 없다. 세상을 잊는 방법으로 세속에서 불현듯 종적을 감추기도 하고 울분을 술로써 숨기고 있는 인물이, 원굉도의 「취수전」, 대명세의 「일호선생전」의 주인공이다. '10여 집에서 마시고도 취한 모습이 처음과 같고', '종적이 괴이하여 일정한 거처가 없는' 醉叟와, '마음속에 불평이 있어 술을 먹고 일부러 어지러운 행동을 하는' 일호선생은, 모두 '한 잔을 먹으나 한 말을 먹으나 똑같고' '거처가 일정치 않고 때로 종적조차 찾을 수 없으며' 마침내 '부득지'한 모습을 드러내는 민옹과 김신선의 다른 모습이다. 그들은 모두 '술 권하는 사회',

---

26) 박지원·이덕무 등 북학파의 작품에 대한 주제·구조·언어특징에 대한 분석은 졸고 『북학파산문연구』(1990, 서강대 학위논문)에서 다루었으므로 여기에서 다시 작품을 분석 대조하는 작업은 생략한다. 본서 수록 1부.

즉 부조리한 시대를 살아가는 소외된 지식인의 자화상으로서 작자의 분신으로 간주할 수 있다는 점에서도 동질적이다.

네 명의 우둔한 종을 立傳하고 있는 「졸효전」은 본격적인 역설이다. 부조리한 세상에서는 현실적으로 똑똑한 사람보다 우둔한 사람이 진실을 소유하고 있으며, 우둔한 사람은 현실에서 곡예를 하지는 못하지만 일관된 모습을 가지고 있기에 더 이상의 추락 없이 최후의 승자가 될 수 있다는 논리이다. 졸박한 인물이 엮어내는 인생역전의 논리를 「졸효전」은 가지고 있다고 하겠는데, 우리는 여기에서 「광문자전」에서 본 광문의 진솔성이 「졸효전」의 인물들과 일치함을 알 수 있다.

소외 인물이 가지고 있는 외면상의 부정적 모습 대신 긍정적 내면을 포착하고 있다는 점에서 장대의 「오이인전」은 원굉도의 「졸효전」과 같은 의미이다. '편벽된 버릇을 가지고' 있는 다섯 사람은 성격도 난폭하고 괴팍하지만 모두 내면에 자기 심지와 논리를 갖추고 있다는 점에서 연암의 「방경각외전」에 보이는 긍적적 인물형과 일치한다.

4명의 종을 다룬 「졸효전」과 다섯 異人을 입전한 「오이인전」은 서두에서 입전 동기와 인물을 간략히 소개하고 뒤에서 일화를 중심으로 각 인물전을 구성하였다. 연암이 「방경각외전」에서 보인 입전 인물의 행위 구성 양식과 일치한다.

전도된 가치질서와 행위규범 속에서 가장 바람직한 인물로 농부의 삶을 강조했다는 점에서 장대의 「여약수선생전」과 연암의 「예덕선생전」은 같은 존재양식을 가진다. 대명세가 紀老農夫說에서 설파한 논리나, 田字說과 褐夫子說[27]에서 높이 평가하는 농부의 가치 있는 삶도 같은 의미를 갖는다.

뜻을 얻지 못한 영웅이 가슴에 울분을 안은 채 소외되고 거짓군자들이 판치는 세상에는 진실의 눈을 가지고 술에 취해 몸부림치는 노인도 있지만, 거짓과

---

27) 『戴名世集』, 389~391면.

위선을 폭로하고 세상을 웃음거리로 조롱하는 인물이 나타난다. 이들은 진실의 발현자로서 역설과 반어로 세상의 위선을 폭로 추락시킨다. 장대의 「왕학암선생전」에 나타나는 왕학암은, 바로 연암의 우울증을 치료하도록 세상을 조롱했던 민옹, 「마장전」에서 사대부의 위선을 폭로하는 宋旭, 「예덕선생전」에서 추악한 선비를 비꼬는 선귤자와 마찬가지로 트릭스터의 역할을 수행한다. 이면을 직관하는 언어유희를 통해 현실인식을 역전시키며 희극적인 장면을 연출하는 점에서 일치하는 것이다.

현실 속에서 제대로 된 인간형을 찾을 수 없을 때는 세상에서 버려진 인물 속에서 제대로 된 인간을 발견한다는 의식에서도, 원굉도·장대·대명세와 박지원·이덕무 등은 같았다고 할 수 있다. 표면의 역사에서는 진실을 알 수 없고 이면의 역사 혹은 버려진 이야기로서의 야사에서 진실을 찾을 수 있다고 주장하며 그러한 인물을 입전한 대명세의 역사의식과 입전 의도는, '外傳과 우언이 진리의 논평을 잘 전개하여 저술가의 으뜸'이라고 주장한 박지원의 논리와 일치한다. '燕巖氏의 外傳에는 참됨은 있으나 거짓은 없다'고 서문에서 강조하며 써낸 『열하일기』와 「방경각외전」의 기술의식은, 명말청초 소품가들의 傳과 지향점이 동일함을 확인할 수 있는 것이다. 표면의 역사가 잃고 있는 진실을 외전으로 확립하겠다는 의지가 동일했던 것이다.

언어의 운용과 기술 방식에서도 중국 소품가들과 연암은 같은 모습을 보여주고 있다. 소품가들의 전은 기존의 가치관에 따른 전형적 성격을 배척하고 새로운 인간형을 발굴 탐색하고 있으므로, 당연히 인물묘사에서 '누구와 같다'거나 '어느 성현의 말씀과 같다'라는 식의 직유·은유법을 거의 사용하지 않고 있다. 설사 직유 은유법으로 인물 성격이 제시되더라도 비유의 대상으로 작가나 주인공의 생활주변 일화를 이끌고 있다. 그러기에 인용되는 일화나 삽화는 대유적 성격이 강하면서 주인공의 성격을 대변하는 의미적 완결성을 가지고 있다. 서사적 발전이 필요없는 삽화가 제시된다는 점에서 연암 전의 일화들과 그 성격이 같다고 할 수 있다. 問答法을 활용하여 상황을 설정하고, 그 설정된 상황에 최대한의 대유적 의미를 함축하는 장면 극대화의 방법 내지는 초점 극대화의 방법도 공유하고 있다.

그렇다면 중국 소품가들의 전과 연암 전과의 차이는 무엇일까. 한마디로 말한다면, 연암 전에서의 인물 성격이 더 구체적이고 선명하다는 사실을 들 수 있다. 바꿔 말하면 인물들이 반어·역설의 아이러니한 구조를 더 극명히 실체화하고 있다고 생각할 수 있다. 중국 전의 인물들이 역설과 반어적 상황을 잠재적으로 암시하고 있다면, 연암의 인물들과 그들이 벌이는 삽화는 아이러니한 구조 그 자체를 보여주고 있는 것이다.

이렇게 연암의 현실인식이 작품 속에서 더 구체화·분명화하고 있다는 사실은, 인물의 성격을 실체적으로 파악하여 제시한 연암의 인식능력과 표현능력을 말해 준다 하겠다. 한편으로는 연암이 처한 조선후기의 사회적 모순이 더 심각했던 것으로 생각해 볼 수도 있을 것이다.

여하튼 이러한 현실인식과 작품구조의 차이에 따라 중국의 傳은 인간형을 제시하는 성격이 상대적으로 강한 반면, 연암의 傳은 인간형의 탐색이라는 성격이 강하다. 「마장전」이나 「예덕선생전」에서처럼 구체적 인간을 놓고 토론하는 서사상황의 재현이나 「민옹전」과 「김신선전」 등에서처럼 역설적 의미의 삽화를 독자로 하여금 해석하게 하는 방법 등은 중국 작품에서는 흔한 예가 아니다.

연암의 작품에서 역설 반어적 인간형태가 구체화되고 있다는 이 사실을 명말청초의 소품을 낳았던 시대보다 연암의 생존 공간이 더욱 역설적인 사회구조였다는 논리로 확대해석할 필요는 없다고 생각된다. 연암이 중국의 작가들보다 표현의 자유를 더 누려서 직설적 표현이 가능했다고 해석할 수도 없다. 연암의 삽화들이 독자의 해석을 기다리는 열린 구조를 가지고 있다면, 그것은 곧 그만큼 언어가 우의성 혹은 상징적 의미를 함축하고 있다는 것이고, 그 상징적 구조 안에 아이러니적 구조를 구체화하고 있다는 것이다. 연암 전에 나오는 인물의 성격이 더 구체화되었다는 사실은, 그 표현언어가 단순 명료성과 직설성을 가지고 있다기보다는, 연암이 보다 구체적인 현실인식을 형상화된 언어로 표현하고 있다고 보아야 할 것이다. 연암은 그가 파악한 역설적 사회구조의 구체적 인간을 개방성과 형상성을 가진 열린 언어로 표현하고 있기 때문에 인물의 성격이 더 명확하면서도 문학성을 획득하고 있다고 할 수 있을 것이다.

박지원을 위시한 북학파와 명말청초의 소품가들을 비교하는 작업은 그들의 遊記 및 기타 소품을 보면서 더욱 확실해질 것으로 생각된다. 이들은 현실에 울분을 가지고 야사적 인물을 입전하고 있다는 공통점 외에도, 모두 자연에 친화하고 생활 속의 일화를 논리의 기본으로 삼고 있다는 점에서도 공통점이 있다.

4. 명말청초 소품가의 遊記와 小品 양식

1) 원굉도의 遊記와 소품

「初至西湖記」

무림문을 나서 서쪽으로 층애중에 우뚝솟은 보숙탑을 바라보다 보면 벌써 마음은 호수를 날고 있다.

午時에 昭慶寺에 들러 차를 마시고 바로 작은 배를 저어 호수에 들어갔다.

산색은 미인 같고, 꽃 빛은 뺨 같고, 따듯한 바람은 술 같고, 물결은 비단 옷 같다.

비로소 머리를 드니 어느덧 눈빛에 주홍이 들고, 마음이 취한다. 한마디 하고 싶어도 그려낼 수 없다. 東阿王 曹植이 꿈속에서 洛水女神을 만났을 때 이랬을 것이다.

내가 이때부터 西湖에 노닐었으니, 이때는 萬歷 정유년 이월 십사일이다.[1]

---

1)『袁宏道集箋校』卷10,『解脫集』之三, 422면.
　　從武林門而西　望保俶塔突兀層崖中　則已心飛湖上也　午刻入昭慶　茶畢　卽棹小舟入湖
　山色如娥　花光如頰　溫風如酒　波紋如綾　纔一擧頭　已不覺目酣神醉　此時欲下一語描寫不
　得　大約如東阿王夢中初遇洛神時也　余遊西湖始此　時萬歷丁酉二月十四日也.

이 글은 불과 백여 자에 지나지 않는 소품이다. 그러나 작자가 서호 주변 자연과 일체감을 이루어가는 심리적 과정을 우리에게 전달해 주고 있다. 무림문을 지나 보숙탑을 바라보고 가는 행로, 昭慶寺에 들러 차를 마시는 행위를 통하여 자연스레 西湖를 둘러싸고 있는 古跡을 눈앞에 보여준다. 敍事를 바야흐로 敍景으로 전환시키고 있는 것이다. 이 순간 작자의 마음이 호수 위를 날고(已心飛湖上也), 그 날아 들어간 호수가 한 여인으로 의인화되면서 작자는 그에 취해버린다. 이 글의 백미는 여기에 있다.

> 산색은 미인 같고, 꽃 빛은 뺨 같고, 따듯한 바람은 술 같고, 물결은 비단옷 같다.
> 山色如娥 花光如頰 溫風如酒 波紋如綾

작자의 시적 직관은 산색(山色), 꽃빛(花光), 따듯한 바람(溫風), 물결(波紋), 이 네 가지를 西湖 풍광의 代喩로 삼고 거기에 더하여 이 넷을 여성의 모습으로 의인화하면서 대상에 빨려 들어가고 있다. 미인 같은 산색, 그 미인의 발그레한 뺨 같은 꽃빛, 그리고 그 미인이 권하는 술처럼 향기로운 바람, 미인의 옷처럼 부드러운 물결. 작가의 서정적 직관은 여성화된 서호의 경치에 흠뻑 빨려들어가 취하고 있는 것이다.

> 비로소 머리를 드니 어느덧 눈빛에 주흥이 들고, 마음이 취한다.
> 才一擧頭 已不覺目酣神醉

여기에서 작가의 서정은 완전히 서호 자연과 일체가 되고 있다. 문자 그대로의 物我一體의 시적 체험이다. 이 체험은 대상과 자신이 하나가 되는 신비이고 환상이다. 이 환상을 작자는 다시 꿈이라 비유한다. 꿈도 예사로운 꿈이 아니라 조식이 洛水의 女神을 만났던 그 꿈에 비유하여, 여성화된 西湖와 자신이 일체화된 신비체험의 환상을 설명하고 있다. '洛神賦'를 낳았던 曹植의

꿈을, 조식과 洛水라는 자연경치와의 일체감, 그 환상적 정감의 소산으로 해석하고 있다. 작가는 故事의 의미를 재창출하며 여성화된 西湖의 경치에 취한 자신의 신비한 감정을 드러내고 있는 것이다. 아름답다는 어휘 하나 없이도 서호가 그 절대적 完全美를 우리 앞에 드러내게 된 것은, 이렇게 작자가 불과 100여 자의 간결한 문장 속에 대유·직유·활유·의인의 수사법을 조화시키며 자기 감정, 자기 시각을 이루었기 때문인 것이다. 압축적이지만 사실적 효과를 얻고 있다고 할 수 있을 것이다.

이러한 원굉도 산문의 특징을 「滿井遊記」를 통해 다시 확인해 보자.

「滿井遊記」

북경 추위는 花鳥節이 지난 후에도 늦추위가 사나워 찬바람이 일어난다. 그러면 모래자갈이 날아 굴러서 외출을 할 수 없으므로 방에 갇혀 지낸다. 바람을 무릅쓰고 길에 나가지만 백 보도 못가서 돌아왔다.

22일, 날이 조금 온화해져 몇몇 벗과 東直門을 나서 滿井에 이르렀다. 큰 버드나무가 옆 언덕에 줄 서 있고 흙은 비옥하여 윤기가 났다. 한번 광활한 허공을 바라보니 새장 밖에 나온 고니 같다. 바야흐로 얼음이 녹기 시작하여 물결은 언뜻 밝게 빛나고 비늘 같은 파문이 춤을 춘다. 바닥까지 보이는 깨끗한 물은 수정 같이 맑아서 거울을 처음 열 때 찬 빛이 막 文匣에서 쏟아져 나오는 것 같다. 산봉우리는 맑은 구름이 세수를 시켜 닦은 듯, 아름답고 고운 모습이 처녀가 세수하고 막 쪽머리를 찐 듯하다.

버들가지는 늘어질 듯 말듯 부드러운 나무 끝으로 바람결을 펼친다. 한 마디쯤 자란 보리싹은 그대로 말갈기. 노니는 사람은 많지 않으나 차를 마시려 샘물 긷는 사람, 술을 마셔 노래하는 사람, 붉은 옷을 입고 말을 타는 청년 남녀들이 보인다.

바람이 아직 세지만 걸으면 땀이 등에 쭉 배었다. 모래밭에서 햇볕 쬐는 새와 물결속에 노니는 물고기들이 유연히 홀로 노닌다. 魚鳥와 禽獸들에게 모두 기쁜 기운이 가득하다. 마침내 알았다. 밖에 봄이 없음이 아니로되 도시 사람들이 아직 모르고 있음을.

遊覽으로 公務를 게을리하지 않으면서도 山石 草木의 자연에 노닐 수 있는 사람은 오직 이 사람뿐. 이곳이 마침 내 사는 곳에 가까워 나의 遊覽이 장차 이곳에서 시작될 것이매 어찌 기록하지 않으리. 기해년 이월에 적는다.[2]

1598년 북경에서 禮部儀制司主事를 지내며 쓴 이 글은 세 단락으로 나눌 수 있다.

1. 北京의 찬바람 추위에 갇혀 지냈다.
2. 滿井에 산보하니, 자연과 생물 그리고 인간이 모두 생명의 활기를 띠고 있다.
3. 세속과 자연을 함께 하는 나의 유람이 이곳에서 시작될 것이다.

찬바람 겨울과 세속적인 삶에 갇혀 있던 자아가 대자연의 생명 속에서 어떻게 생기발랄한 생명을 체득하고 있는가를 이 글은 보여주고 있다. 생명의 봄, 그 활기 속에서 자아는 새장 속에서 나와 광활한 공중을 바라보는 고니가 된다. 그러니 더욱 새봄의 자연은 신선한 생명의 자태를 띠고 자아에게 다가온다.

---

2)『袁宏道集箋校』卷19,『瓶花齋集』之五, 681면.
　　燕地寒 花朝節後 餘寒猶厲 凍風始作 作則飛沙走礫 局促一室之內 欲出不得每冒風馳行 未百步 輒返
　　廿二日 天稍和 偕數友出東直 至滿井 高柳夾堤 土膏微潤 一望空闊 若脫籠之鵠 於時冰皮始解 波色乍明 鱗浪層層 淸澈見底 晶晶然如鏡之新開 而冷光之乍出於匣也 山巒爲晴雲所洗 娟然如拭 鮮姸明媚 如倩女之靧面 而髻鬟之始掠也 柳條將舒未舒 柔梢披風 麥田淺鬣寸許 遊人雖未盛 泉而茗者 罍而歌者 紅裝而蹇者 亦時時有 風力雖尙勁 然徒步則汗流浹背 凡曝沙之鳥 呷浪之鱗 悠然自得 毛羽鱗鬣之間 皆有喜氣 始知郊田之外 未始無春 而城居者未之知也
　　夫能不以遊墮事 而瀟然於山石草木之間者 惟此官也 而此地適與余近 余之遊將自此始 惡能無紀 己亥之二月也

산봉우리는 맑은 구름이 세수를 시켜 닦은 듯, 아름답고 고운 모습이 처녀가 막 세수하고 쪽머리를 찐 듯하다(山巒爲晴雲所洗 娟然如拭 鮮姸明媚 如倩女之靧面而髻鬟之始掠也)

이처럼 산봉우리는 자아의 은유적 직관을 통해 세수한 사람이 되고, 다시 직유적 직관으로 세수하고 막 쪽을 찐 고운 처녀가 된다. 이러한 자아의 직관은 버드나무와 물고기에게도 생명을 불어넣고 물에게도 정감을 갖게 한다. '보리싹은 말갈기'로, 활유적으로 인식된다. 새봄에 자라난 보리싹이, 바람을 가르는 말갈기의 그 동적인 힘을 획득하게 되는 것이다. 작자의 직관적 인식을 거쳐 자연 대상물들은 새로운 생명을 체득하게 되는 것이다. 자연이 원굉도화하는 것이다.

활유·직유·의인법을 통한 자아의 직관으로 산과 자연은 봄의 활기를 획득하고, 자아는 직관이 도달한 그 대상, 즉 산과 자연으로부터 다시 생명을 체득한다. 자아의 이 직관은 두 측면의 미학적 효과를 얻는다. 자아가 산과 자연의 생명을 파악 체득하는 통로가 되기도 하고, 자연에 생명을 불어넣고 부여하는 힘이 되기도 하는 것이다. 情景交融이란 이 상태를 말하는 것일 것이다.

이 글은 산문이되, 한 편의 시가 되고, 자아는 서사적 자아이되 서정적 자아가 된다. 그러기에 새장 속의 자아에서 고니 같은 자아로, 물결 속에 유연히 노니는 물고기 같은 자아로 계속 변신하면서 독자에게 새봄의 신비를 실현하고 현재화해 주는 것이다. 단 하나의 묵은 用事도 없이 오직 시적 자아의 직관에 의해 모든 소재는 생명을 얻으며 글 속에서 자기자리를 차지한다. 이 글의 형식과 내용이 모두 생명의 활기를 취득하고 있는 것이다.

이상의 분석을 통하여 원굉도 소품의 특색을 정리해 보자.

첫째, 묘사기법상 묘사대상의 특징을 직관적으로 파악하여 그 소재를 초점으로 객관화시키되 간결명료한 문자로 寫景과 寫意를 결합시키고 있다. 自然景物 가운데 다양한 가지를 버리고 자기 감정과 결합된 특징만을 부각시키면서 거기에 자신의 개성적 시각을 결합시켰다. 이렇게 묘사된 경치는 선명하게 모습을 드러내고 독자에게 주는 인상과 미감이 강렬해진다. 작자는 문자를 낭비하지 않고, 즉 보통사람들이 보는 세세한 경치 묘사에 낭비하지 않고 일반인들이 보지 못하는 자연미를 발현시키고 의인화한다. 꽃은 사람의 용모를, 버들은 사람의 감정을, 산은 사람의 모습을, 물은 사람의 情意를 갖게 된다. 산수는 미화되고 원굉도화되는 것이다.

둘째, 대유법과 활유·비유법을 통하여 山水景物을 생동적으로 묘사하고, 그 결과 언어문자가 이미지를 창출하여 자연스레 상징적, 비유적 의미를 내포하게 된다. 따라서 언어는 객관성을 획득하고 주관적 감정을 객관화시킨다. 작자는 교외로 나간 자신을 '새장을 탈출한 고니(若脫籠之鵠)'로, 맑은 물결을 '거울을 처음 열 때 문갑에서 막 쏟아져 나오는 수정 같은 맑은 빛(晶晶然如鏡之新開而冷光之乍出於匣也)'으로, 개인 눈에 씻긴 산봉우리를 '세수하고 막 쪽머리를 찐 아름다운 처녀(如倩女之靧面而髻鬟之始掠也)'로 묘사한다. '햇볕을 쬐는 새와 물결 속의 물고기(曝沙之鳥 呷浪之鱗)'도 '유연히 홀로 노니며 기쁜 기운을 가졌다(悠然自得 皆有喜氣)'고 하였다. 대자연에 생기가 충만한 모습과 그것을 보고 고양된 자아의 감정이 객관화된 자연 묘사 속에 드러난다.

셋째, 의인 활유법과 직유 은유법을 결합시키면서 자연경물을 자아화하고, 자아가 자연경물과 일체가 되면서 물아일체의 경지를 획득한다. 그럼으로써 작자의 자아는 親和自然의 극치를 맛볼 뿐 아니라, 자연의 생명력을 자신에 이입시키는 求道自然의 경지에까지 이르고 있다. 서호의 경관을 자아화하여 자신의 정서를 변화시키고 있는 西湖遊覽記와, 자신을 새장 밖에 나온 고니에 비유하며 새봄의 생명력을 온몸으로 받아들이는 「滿井遊記」의 묘사가 이를 확인해 주고 있다. 이로써 우리는 원굉도에게 친화자연이 도피현실뿐 아니라 구도자연의 의미를 가지고 있음을 알 수 있다.[3]

---

3) 원굉도의 유기에 대한 논의는 다음의 글을 참고로 하였다. 그러나 작품 분석의 입론은 대부분 필자가 세운 것이다.

2) 장대의 遊記와 소품

월 땅의 산수 曹山과 吼山은 사람이 만든 것이니 하늘이 주재할 수 없었다.
怪山은 땅이 옮긴 것이니 하늘이 막을 수 없었다. 黃琢山과 蛾眉山은 사람이 숨
겼으니 하늘이 드러낼 수 없었다. 나의 뜻은 하늘을 보조하는 것이어서 월 땅의
잃어버린 다섯 산에 대해 기록한다. 만든 것도 하늘이 만든 것이고, 옮긴 것도 하
늘이 옮긴 것이고, 숨긴 것도 하늘이 한 것이다. 그러므로 장대의 功은 여와씨보
다 못할 것이 없다.[4]

장대의 「越山五佚記」는 위와 같이 서문을 앞세운 다음 본론을 이끌고 있다
는 점에서 그의 「오이인전」과 같은 형식이라 할 수 있다. 뿐만 아니라 내용상
다섯의 소외된 대상, 즉 잃어버린 존재를 세상에 드러낸다는 점에서도 일치한
다. 「오이인전」에서 다섯 異人을 발굴했듯, 여기에서 장대는 사람들이 잊고 있
는 중국 서남 지방의 다섯 명산을 독자에게 환기시키고 있다. 다섯 산을 묘사
하여 그 존재 의미를 드러내면서, 이 산을 만든 것은 하늘이지만 자신이 정신
과 필력으로 그 하늘의 창조를 재창조한다는 주장을 하고 있다. 다섯 산의 의
미, 존재적 성격을 확인하는 자신이야말로 산에 새로운 생명을 부여하는 것이
니, 창조주로서의 여와를 능가한다고 하였다. 장대는 독자들이 잊고 있는 명산
의 존재성을 확인해 주면서 자신은 존재의 확인자, 의미의 창조자가 되는 것이

吳柏森, 「山容水意. 別是一種趣味」－袁宏道山水記審美趣味撫談 ; 王錫臣, 「談袁宏道山
水遊記的審美特點」, 『天津師大學報』, 1989, 제4기 ; 洪克夷, 「袁宏道和他的遊記」, 『語文
戰線』, 1980.1 ; 鄔國平, 「袁宏道與江, 浙文化」, 『學術月刊』, 上海, 1988.6 ; 李建章, 「試析
袁宏道的審美觀及其遊記藝術美」, 『武漢大學學報』(社會科學版), 1990, 2기 ; 丘振聲, 「袁
宏道的山水美學觀」, 『廣西社會科學』, 1988.4.
4) 「越山五佚記」, 「有小序」, 『琅嬛文集』, 86면.
越中山水 曹山吼山爲人所造 天不得而主也 怪山爲地所徙 天不得而圍也 黃琢蛾眉 爲
人所匿 天不得而發也 張子志在補天 爲作越山五佚 則造仍天造 徙仍天徙匿仍天匿也 故
張子之功 不在女蝸氏下

다. 그러기에 이 글의 소재인 다섯 명산은, 독자에게 잃어버린 존재의미를 환기시켜 주면서, 작자 장대를 창조자로 만드는 역할을 한다.

장대의 자연이 의미화하는 양상을 계속 살펴보자.

「湖心亭看雪」

숭정 오년 12월 서호에 갔다.

큰 눈이 삼일을 내려 호수에 사람과 새소리가 모두 끊겼다. 이날 눈이 그쳐 작은 배를 내어 털옷을 입고 화롯불을 끼고 홀로 湖心亭에 가서 눈구경을 했다. 안개 낀 宋江은 넘실대고 하늘과 구름과 산 그리고 강, 上下가 온통 일색으로 희다. 호숫가에 드리운 모습은 오직 한 줄기 흔적으로 남은 긴 제방, 점 박힌 것 같은 호심정, 겨자씨 같은 나의 배, 그 배에 탄 낱알 같은 두세 사람뿐이다.

정자에 이르니 두 사람이 담요를 깔고 대좌해 앉았고, 한 동자는 술주전자를 데우는데 마침 끓고 있었다. 나를 보더니 기뻐하여 "호수에 다른 분이 계실 줄이야" 하며 이끌어 같이 마셨다. 나는 무리하게 크게 세 잔을 마시고 떠나며 그 성씨를 물으니 金陵人으로 나그네라 한다. 배를 내릴 때 사공이 수다를 떤다. "상공을 미쳤다고 할 수 없겠네요. 상공처럼 미친 사람이 또 있으니."[5]

앞에서 본 원굉도의 글처럼 西湖遊覽을 소재로 한 장대의 이 글은 서호의 설경과 그에 취한 자신을 한 폭의 그림으로 압축해 내고 있다. 전반부에서 작자는 서호 한가운데 위치한 湖心亭을 찾아가는 과정을 이야기하면서 동시에

---

5) 「湖心亭看雪」, 『中國歷代著名文學家評傳』(續編二, 山東教育出版社, 1989), 838~839면에서 재인용.
    崇禎五年十二月 余往西湖 大雪三日 湖中人鳥俱絶 是日更定矣 余拏一小舟 擁毳衣爐火 獨往湖心亭看雪 霧淞沆碭 天與雲與山與水 上下一白 湖上影子 惟長堤一痕 湖心亭一点 與余舟一芥 舟中人兩三粒而已 到亭上 有兩人鋪氈對坐 一童子燒酒 爐正沸 見余大喜曰 湖中焉得更有此人 拉余同飮 余强飮三大杯而別 問其姓氏 是金陵人 客此 及下船 舟子喃喃曰 莫說相公痴 更有痴似相公者.

호심정을 안고 있는 서호의 설경을 묘사한다. 사람과 새소리가 끊긴 호수 안에 작은 배를 타고 들어갔다는 기술은 서사이되 서정이고, 설명이되 묘사이다. 그러기에 '호수에 드리운 모습은, 긴 제방의 흔적과 점박힌 것 같은 호심정, 겨자씨 같은 나의 배, 그 배에 탄 낱알 같은 두세 사람'이라는 한 폭의 그림 같은 장면과 호응한다. 천지 사방 눈 덮인 서호의 모습과 그 안에 함께 한 자아를 우리는 조응할 수 있다.

'온 세상 백색인 호수(上下一白 湖上影子)'는, '하나의 흔적(一痕), 한 점(一点)'으로 모습을 드러내는 긴 제방과 호심정으로 대유된다. 그리고 이 속에서 자아는 겨자씨 같은 배를 탄 낱알로서 함께 한다(惟長堤一痕 湖心亭一点 與余舟一芥 舟中人兩三粒而已). '上下 一白'의 一(온통)과, 一痕, 一点, 一芥의 一이 호응하면서 눈 덮힌 광대무변의 서호는 극대화되고, 그 안에서 자아는 극소화된다. 서호의 흰 눈은 더욱 넓어지고 자아는 더욱 작아져 마침내 겨자씨 같은 배를 탄 세 낱알 중의 하나가 되는 것이다.

이러한 대비는 나아가서 자아가 철저히 서호에, 흰 눈에 빠져 동화되었다는 의미를 내포한다. 자신의 존재를 흰 눈에 맡겨버렸다는 情景交融의 또다른 표현이 되는 것이다. 이렇게 서호 흰 눈에 도취된 자아의 상태를 후반부에서는 다시 하나의 일화를 통하여 제시한다. 자아는 호심정에서 다른 사람을 만나 무리하게 술 세 잔을 마신다. 그리고 사공의 입을 통해 이런 자아는 마침내 미친 사람이 된다. 서호의 흰 눈에 취해서 미친 사람이 된 것이다. 내가 본 서호의 눈 경치는 이렇게 장대했고 나는 그 속에 씨알처럼 묻혀 있었으며 그 경치에 미치도록 취했다는 고백을, 자아는 사공의 입을 빌려 마무리하는 것이다.

이 글 역시 원굉도의 「서호」처럼 몇 개의 대유적 소재를 잡아 그 이미지를 서로 연결하여 전체적 主旨를 직관적으로 전달하는 형식을 취한다. 간결미·압축미와 함께, 비유 은유적 원리로써 언어가 의미 영역을 넓혀가서 독자의 해석과 상상력을 요구한다는 점에서 동일한 것이다. 그리고 자기 자신을 자연 속의 한 사물로 전환시키는 감정 이입과 情景交融의 효과도 일치한다. 원굉도와 장대의 遊記 소품은 사실적 압축 묘사와, 자연과 자아가 의미를 상호 창출하는 감정교환 방식이 일치한다고 할 수 있다.

이제 우리는 장대가 사회풍속으로 인식의 눈을 넓혀가는 사실 묘사의 양태를 보자. 다음은 돈으로 첩을 사는 장면을 포착한 부분이다.

> 瘦馬의 집에 이르러 좌정하면 차를 내온다. 중매장이가 瘦馬를 부축하고 나와 이른다.
>
> "소저 손님께 인사를 올리거라." 절을 한다.
>
> "앞으로 걸어 가봐라." 걸어간다.
>
> "소저, 몸을 돌리거라." 몸을 돌려 밝은 데를 보고 서니 얼굴이 드러난다.
>
> "소저, 손을 들어 잘 보이도록 하거라." 소매를 다 벗기매 손이 나오고, 팔뚝이 보이고 피부가 드러난다.
>
> "소저 상공을 바라보거라." 눈을 돌려 언뜻 바라보면 눈모습이 드러난다.
>
> "소저 몇 살인가?"
>
> "몇 살입니다." 목소리가 드러난다.
>
> "소저 다시 걸어 보거라." 손으로 치마를 잡으면 발이 보인다.
>
> 그런데 발 보는 법이 있으니, 문을 나갈 때 치마폭에서 먼저 소리가 나면 틀림없이 큰 것이고, 치마에 높은 곳이 걸려서 사람이 나오지 않았는데 발이 먼저 나오면 틀림없이 작은 것이다.
>
> "소저는 돌아가거라." 한 사람이 들어오고 한 사람이 또 나간다.[6]

瘦馬란 축첩시장에서 사고팔리는 여자이다. 장대는 여기에서 수마를 선보이

---

6) 「揚州瘦馬」, 『中國歷代著名文學家評傳』, 838~839면에서 재인용.
　　至瘦馬家 坐定 進茶 牙婆扶瘦馬 曰 姑娘拜客 下拜 曰 姑娘往上走 走 曰 姑娘轉身 轉身向明立 面出 曰 姑娘借手晈晈 盡襯其袂 手出 臂出 膚亦出 曰 姑娘晈相公 轉眼偸狙 眼出 曰 姑娘幾歲了 曰 幾歲 聲出 曰 姑娘再走 走 以手拉其裙 趾出 然看趾有法 凡出門裙幅先響者 必大 高系其裙 人未出而趾先出者 必小 曰 姑娘請回 一人進 一人又出.

瘦馬란 축첩시장에서 사고팔리는 여자이다. 장대는 여기에서 수마를 선보이는 話者의 목소리를 등장시켜 여자 고르는 현장을 그려낸다. 걸려 보고 손 피부를 보고 목소리를 들어보는데, 화자의 직접적 목소리에 이어 그 지시에 따르는 수마의 행동을 묘사한다. "'소저, 몸을 돌리거라.' 몸을 돌려 밝은 데를 보고 서니 얼굴이 드러난다. '소저, 손을 들어 잘 보이도록 하거라.' 소매를 다 벗기매 손이 나오고, 팔뚝이 보이고 피부가 드러난다(曰 姑娘轉身 轉身向明立 面出 曰 姑娘借手睄睄 盡褫其袂 手出臂亦出)"에서처럼, 독자는 스스로 현장에 앉아 瘦馬를 고르는 주인공의 시각을 확보하게 되고, 현장의 시각을 확보하면서 이 장면은 생명을 얻게 되는 것이다. 현장에 카메라를 숨겨 촬영한 효과를 낳게 되는 것이다. 대화법을 통한 장면 설정과 초점화의 방법으로 가능했다고 할 수 있다. 그야말로 馬市場에서 말 고르는 장면을 연상시키는 이 현장 고발을 통해 독자는 賣物로 나와 인격을 상실한 여인을 만나게 되고, 축첩제도의 비인간성에 접하게 되는 것이다. 현장 묘사, 즉 대화법을 통한 현장 제시가 사실성을 획득하며 인간을 짐승 매매하듯 하는 부조리를 고발하는 것이다.

문답법을 통한 현장 제시의 삽화를 통해 풍자가 이루어지는 다른 예를 보자.

천하의 학문은 … 옛날 한 중과 선비가 밤배에 같이 탔다. 선비의 高談峻論에 중은 두려움을 느껴 다리를 오므리고 잤다. 그런데 중이 선비의 말에 착종이 있음을 듣고 말했다.
"여쭙건대 澹台滅明은 한 사람인가요, 두 사람인가요?"
"두 사람이지."
"그렇다면 堯舜은 한 사람인가요, 두 사람인가요?"
"당연히 한 사람이지."
중이 말했다. "그렇다면 소승 다리 좀 쭉 뻗겠습니다."
나의 이 기록이 모두 보기에 극히 천박한 일이지만, 힘써 기록하였으니 중이

다리를 뻗지 못하게 하면 다행이겠다. 그래서 「야항선」이라 이름한다.[7]

여기에서 장대는 선비와 중이 밤배를 같이 타고 문답하는 장면을 제시한다. 고담준론하는 선비 앞에서 발조차 제대로 펴지 못하던 중이, 선비가 기초상식도 없는 허풍꾼이라는 사실을 알자 다리를 뻗겠다고 나섰다는 삽화이다. 고담준론을 하다가 堯舜을 한 사람이라고 주장하는 선비와, 그 앞에서 발을 쭉 뻗어대는 중의 모습. 이는 마치 탈춤에서의 양반과 말뚝이가 벌이는 언어유희처럼 골계적이다. 선비가 전개하는 고담준론의 허구적 면모를 해학적 장면으로 폭로하고 있다는 점에서 공통점이 있는 것이다.

이처럼 장대 산문의 삽화 설정과 그를 통한 풍자는 단막극과 같은 양태를 보이는데, 이는 문답법을 통한 장면화로 성취된 결과이다. 일상적인 비속한 소재를 확대경으로 확대하듯 초점화 장면화하고 거기에 자신의 평을 덧붙이는 삽화와 의론의 결합 양상을 볼 수 있다.

장대는 遊記 등을 묘사할 때, 사실적 소재를 대유적·비유적 직관 인식으로 취사선택하여 사실성을 유지하면서도 상징 의미화한다는 점에서, 원굉도와 같은 서사적 특징을 보여주고 있다. 그런데 장대는, 사실 묘사와 직관적 의미 포착 능력을 자연묘사에만 국한시키지 않고 생활주변으로 넓히고 있다. 일상 생활 속에 드리워진 문제를 포착하되, 그 문제를 사실적 소재로 초점화하면서 제시하고 있다는 점에서 장대의 시각은 우리에게 사회 인식의 확대경 역할을 하고 있다.

상대적으로 대명세는 장대보다 일상적 소재를 다룬 소품문은 적지만 자연

---

7) 「夜航船序」, 『琅嬛文集』, 48면.
　　天下學問 惟夜航船中最難對付 … 昔有一僧人 與一士子同宿夜航船 士子高談闊論 僧畏慑 卷足而寢 僧聽其語有破綻 乃曰 請問相公 澹台滅明是一個人 是兩個人 士子曰 是兩個人 僧曰 這等 堯舜是一個人兩個人 士子曰 自然是一個人 僧人乃笑曰 這等說起來 且待小僧伸伸脚 余所記載 皆眼前極膚極淺之事 吾輩聊且記取 但勿使僧人伸脚則亦已矣 故卽命其名曰夜航船.

묘사를 통해 의론을 전개하고 있는 점에서 공통점이 있다.

3) 대명세의 記와 소품

「響雪亭記」

나의 증조께서 용면 땅에 은거하셨는데, 산길은 깊이 돌아 들어가고 봉우리들은 돌며 합쳐져 서로 안고 있었다. 뜰에는 사계절 꽃이 핀다. 집과 백여 보 떨어져 계곡이 있다. 두 산이 끼고 있는데 온통 돌이어서 바닥도, 낭떠러지 언덕과 층계도, 움푹 패인 곳도, 구덩이도, 물가도 온통 하나의 돌로 되어 굴곡져 내린다. 그 깊은 곳에서 은은히 물 부딪치는 소리가 들려 나무다리를 타고 계곡을 따라 들어가니 특이한 경치가 나온다.

사방이 푸른 절벽으로, 백 길 높은 곳이 갑자기 끊겨서 오른쪽이 비었는데, 그곳에서 계곡물이 솟아난다. 머리를 들어 물이 날리는 것을 보니 뿜어 덮는 격노한 모습이 하늘로부터 내려오는 것 같다. 물이 돌며 못을 이루었는데 버들잎 같은 큰 돌이 있다. 그곳에 나무를 가로질러 다리를 만들었는데 물은 다리 아래로 보이지 않게 흘러 溪谷으로 들어간다. 옆 삼면의 돌 벼랑 위에는 큰 나무가 모두 거꾸로 자란다. 가지와 줄기가 무성히 아래로 늘어져 사계절 시들지 않는데 뿌리는 석벽에 덩굴져 뻗어 있어 마치 용의 비늘 같다.

石工을 시켜 왼쪽을 깎아 산으로 들게 하고, 남쪽으로 흙을 골라 정자를 지었는데 폭포와 마주보고 있어 나무 사이에 날리는 물이 허공에 걸린 듯 보인다. … 증조께서 '흐리지 않고도 늘 비가 오고 무더운 여름에도 눈이 내린다'고 銘을 쓰시며 그 정자 이름을 짓고 내게 기록하라 하셨다.[8]

---

8) 「響雪亭記」, 『戴名世集』, 263면.
　　余曾大父隱於龍眠之中　山深徑迂　峰巒廻合相抱　四時之花開謝於庭　而去舍百餘步有溪
　　焉　兩山夾之　皆石爲底　爲岸　爲坳　爲坎　爲坻　磅礴屈曲而下　每聞其深處有隱隱澎湃之聲

대명세는 이 글에서 隱者의 정자와 주변 경치를 묘사한다. 두 산 사이의 온통 돌로 이루어진 계곡으로 이동하는 敍事 視點을 독자가 따라가게 되고, 물보라를 날리는 폭포를 눈앞에서 만나게 된다. 그리고 '흐리지 않았는데 비가 오고, 더운 여름에도 눈이 내리는' 듯한 정자 안의 은자를 생각한다.

이 글에서의 산수 자연도 매우 곡진하고 사실적으로 객관 묘사되어 있다고 할 수 있다. 그러나 이 신선한 자연은, 더운 계절에도 오히려 눈을 내리듯 청량감을 내뿜는 폭포의 이미지가 은자의 존재와 결합되면서, 새로운 의미를 갖게 된다. 은자는 폭포처럼 계절을 초탈하며 청량감을 주는 존재인 것이고, 그래서 그가 머물고 있는 이 용면 계곡의 '특이한 경치'는 사람의 마음을 신선하고 경이롭게 하는 신비한 힘을 갖게 되는 것이다. 우리는 대명세도 사실적인 자연묘사를 지향하면서 그 자연을 자신의 정서로 의미화하고 있음을 알게 된다. 자연묘사와 그 자연을 해석하는 마지막 정자의 이름풀이가 결합되면서 사실묘사는 비유적, 은유적 의미를 갖게 되는 것이다.

이러한 예를 다시 보자.

「錄蔭齋古桂記」

虎丘에서 삼 리 근접한 곳에 朱씨의 정원이 있다. … 그 사이의 竹木과 水石 정자와 누각이 중첩하며 그림자를 서로 비춰 한때 지극히 번성하였다. … 그 셋째 아들 某씨가 동편 綠蔭齋를 얻어 독서를 했다. … 녹음재 동쪽에 오랜 계수나무 한 그루가 있었는데 백여 살 된 것으로 가지가 사방으로 뻗어내려 수십 명이 앉을 수 있었다. 꽃이 피면 그 아래 손님을 불러 떠들며 놀았다. 술잔 돌리던 사람이 몸을 굽혀 들어가서 나무뿌리를 둘러싸면 객들은 기쁨에 넘쳐 칭찬치 않고

乃攀木沿溪而入 得異境焉 四面皆靑壁 斗絶百仞 缺其右 爲溪水所出也 仰首望見飛泉噴薄激怒 自天上來 匯而爲池 有大石 狀若柳葉 橫亘其中爲梁 水從梁下暗渡入於溪 旁三面石壁上 大樹皆倒生 枝葉扶疏下垂 四時不凋 根蔓延石壁若龍鱗 乃命石工鑿其左爲梯 以屬於山 折而南 平其土爲亭 與瀑布相對 見飛泉掛樹間 … 曾大父爲之銘 有曰 不陰常雨 盛暑猶雪 遂以名其亭 而命小子記之.

가는 사람이 없었다.…

　天標가 나를 이끌어 정원을 돌아보니 정자는 대다수 무너졌고 샘물은 마르고 돌은 퇴락했다. 남은 竹木은 열에 한둘도 안된다. 이끼가 창에 끼었고 풀이 정자를 둘러싸서 옛 모습을 다시 볼 수 없었다. 정원에는 옛부터 七松草廬가 있었다. 七松이란 것은 소나무 일곱 그루가 있었기 때문인데 宋·元때의 것이었다. 몇 리 밖에서 보아도 구름 위에 우뚝 솟아 있었다. 선생이 돌아가신 후 소나무 땅은 모씨 소유가 되었는데 그가 도끼로 베어 땔나무로 썼다. 겨우 한 그루가 남았으니, 朱씨네 담과 떨어져 있었기에 남을 수 있었을 것이다.

　아, 物理의 盛衰는 늘 있는 것이다. 좋은 재질로 필부의 손에 욕을 본 사람도 많다. 나는 七松을 안타까이 여기며, 그 때문에 계수나무의 경우를 다행으로 생각한다.[9]

호구 부근에 있던 주씨네 정원의 성쇠를 그리고 있다. 성할 때 자제의 친구 수십 명이 모여 계수나무 주변에서 놀던 모습과, 이제는 영락하여 그 집 정원을 상징하던 일곱 소나무가 한 그루만 남은 쓸쓸한 모습이 대비된다. 그리고 그 物理의 성쇠를 담담히 받아들이는 작자의 達觀이 있다. 자연 묘사와 작자의 의론이 함께 하는 형식을 취한 것이다.

그러나 이 글이 함축한 내용은, '좋은 재질로 필부의 손에 욕을 본 사람이 많

---

9)「錄蔭齋古桂記」,『戴名世集』, 284면.
　　距虎丘三里而近 有朱氏園林 … 其間竹木水石 亭榭樓閣 重疊映帶 極一時之盛 … 其季子某得其東偏之綠蔭齋 以讀書其間 … 齋之東有古桂一株 蓋百餘年物 其枝四面紛披而下 其中可坐數十人 每花開 召客讌集其下 … 行酒者偏而入 繞樹根而周 客無不歡極稱嘆而去.
　　天標 嘗導余遊遍園中 臺榭多傾圮矣 水或涸而石或頹矣 竹木存者 十不及一二矣 苔生於牖 草環於亭 非復曩日之盛 而園中故有七松草廬 七松者有松七株 蓋宋元時物 數里外望之 挺然離立雲表 自先生沒而七松地屬某氏 某氏斧以爲薪 存者僅一株 差小 以隔於朱氏之垣得免焉 嗚呼 物理之盛衰 何常之有 良材異質 辱於匹夫之手者多矣 吾悼七松 所以幸古桂之遇也.

다(良材異質 辱於匹夫之手者 多矣)'라는 결미와, 이 집 정원의 주인이 '朱氏'였다는 사실을 환기하면서 새롭게 해석된다. '정자는 무너지고 샘물은 마르고 돌은 퇴락한' 정원을(臺榭多傾圮矣 水或涸而石或頹矣) 돌아보며, 작자는 자신의 고국, 즉 朱元璋이 세운 明나라가 망한 亡國의 아쉬움을 곱씹고 있는 것이다. 전성기 宋·元 때부터 喬木처럼 우뚝 서 있던 일곱 소나무가 모씨에게 소유권이 넘어간 이후 땔나무가 되어야 했던 사실, 즉 良材가 匹夫에게 욕을 보는 치욕이란, 바로 오랑캐 청에게 漢族 明나라가 망한 치욕적 현실의 은유인 것이다.

대명세는 퇴락한 정원과 베어진 소나무를 대유, 은유적으로 이용하여 현실 역사를 그려내고 있었던 것이니, 이는 단순한 자연 묘사와 의론의 결합 양식이 아니다. 묘사된 자연 대상 자체가 비유적 은유적 의미를 갖게 된다. '땔나무 감으로 베어지고 이제는 한 그루만 남은' 소나무가 대유적으로 의미를 드러내기도 한다. 퇴락한 정원 모습을 사실 묘사한 듯 보이는 이 단순한 記가 시대와 역사에 대한 역설의 시각을 함축하고 있었던 것이다. 자연과 일상의 소재를 의미화하는 소품가의 특징을 잘 보여주고 있다고 하겠다.

생활 속의 자연을 소재로 왜곡된 세상질서를 풍자하는 시각은 「慧慶寺玉蘭記」와 「隣女說」에 명확히 드러난다.

「慧慶寺玉蘭記」

慧慶寺는 閶門에서 사오 리 떨어진 한쪽에 있어 사는 사람이 적다. 서남과 북쪽은 모두 평야이다. 계미년 갑신년 사이에 朱竹垞 선생이 절방 몇 칸을 빌려 책을 쓰고 계시매… 술을 들고 찾는 사람이 끊이지 않아서 慧慶寺의 玉蘭이 일시에 크게 유명해졌다. 玉蘭은 佛殿 아래 두 그루가 있었는데 높이가 몇 길이 되고 이백 년 나이로 꽃이 필 때 바라보면 무성하기가 눈이 오는 것 같았다.

虎丘에도 옥란이 한 주 있어 사람들이 칭도했는데 虎丘는 번화한 곳이라 사람들이 모여들어 쉽게 꽃이 유명해졌지만 실은 慧慶寺의 것보다 훨씬 못했다.

그러나 朱先生이 太史로서 귀한 손님이 아니었다면 慧慶寺의 옥란은 끝내 아는 사람이 없었을 것이다. 오랜 후 선생이 떠나고 절이 한가해지자 꽃을 보러 오는 사람이 없었다.

우리 집이 慧慶寺에서 1리쯤 떨어져 있었는데 정해년 春二月에 하릴없이 야외를 거닐다가 문을 두드리고 들어가니 옥란이 마침 예전처럼 무성히 피어 있었다. 꽃은 때맞춰 피고지며 자연에 적응하여 근본적으로 사람과 상관하지 않는다. 사람이 알아 준다고 무성하지도 몰라 준다고 쇠락하지도 않았다. 지금 虎丘의 옥란은 모습이 점차 쇠락하는데 혜경사의 것은 옛날과 같다. 虛名은 믿을 게 못되고 그윽히 숨은 것이 영구할 수 있음을 보여준다. 꽃은 미미한 것이지만, 사물의 이치에 느껴지는 것이 있어 기록한다.[10]

궁벽져서 인적이 드문 혜경사 경내에 핀 옥란은 明나라의 역사를 수찬하던 朱彝尊 때문에 사람들에게 비로소 알려진다. 혜경사의 옥란은 明나라 역사와 더불어 주이존 때문에 그 원래의 자리를 획득하는 것이다. 그러나 실상이 혜경사의 옥란에 비할 바 못되는 虎丘의 옥란은 사람이 모여드는 곳에 피기에 쉽게 명성을 얻게 된다. 청 康熙 16년(1707)에 쓰여졌다고 알려진 이 글은 소재 차원에서는 景物描寫라고 할 수 있지만, 혜경사와 호구의 옥란을 대비시킴으로써 평형을 잃어버린 세상사, 즉 용렬한 자는 지위와 권세가 높아지고, 반대

---

10) 『戴名世集』, 288면.

　　慧慶寺距閭門四五里而遙　地僻而鮮居人　其西南及北皆爲平野　歲癸未甲申間　秀水朱竹垞先生賃僧房數間　著書於此 … 載酒來訪者不絶　而慧慶玉蘭之名一時大著　玉蘭在佛殿下凡二株　高數丈　蓋二百年物　花開時茂密繁多　望之如雪.

　　虎丘亦有玉蘭一株　爲人所稱　虎丘繁華之地　遊人雜遝花易得名　其實不及慧慶遠甚　然非朱先生以太史而爲重客　則慧慶之玉蘭竟未有知者　久之　先生去　寺門晝閑　無復有人爲看花來者

　　余寓舍距慧慶一里許　歲丁亥春二月　余閑晝無事　獨行野外　因叩門而入　時玉蘭方開　茂密如曩時　余嘆花之開謝自有其時　其氣機適其所自然　原與人無涉　不以人之知不知而爲盛衰也　今虎丘之玉蘭意象漸衰　而在慧慶者如故　亦以見虛名之不足恃　而幽潛者之可久也　花雖微而物理有可感者　故記之

로 능력 있는 실력자는 자기 자리를 잃고 매몰되는 세태를 비판한 것이다.

나아가 이 왜곡된 세상에서 자신이 지니고 있는 처세의 태도를 표명하고 있다. 문장의 말미에서 작자는, 호구의 옥란은 '기상이 점차 쇠락하지만(意象漸衰)' 혜경사의 옥란은 朱太史가 떠나고 사람들의 뇌리에서 사라진 후에도 그 뛰어난 자태를 변함없이 지니고 있다고 말한다. 이어 작자는 '虛名은 믿을 게 못되고 그윽한 이름이 오래간다'고, 자연 소재에서 포착한 처세의 논리를 가다듬고 있다.

허실이 전도된 세태 속에서 자신을 꿋꿋이 지키는 모습은 「隣女說」의 처녀에게서 거듭 확인된다.

「隣女說」

서쪽 이웃 여자가 비루했지만 시집을 잘 갔다. 동쪽 이웃 처녀는 정숙하고 예뻤지만 중매가 없어 서쪽 이웃에 가서 물었다. "너는 어떻게 시집을 갔니?" 서쪽 이웃 여자가 말했다. "다섯 가지 방법을 썼지" "무슨 말이야?" "머리가 누러니 기름을 바르고, 얼굴이 검으니 분을 바르고, 발이 크니 싸매고, 때가 많이 끼었으니 옷으로 가리고, 사람이 오면 차를 내놓았지." … 처녀가 말했다. "그래도 너와 다른 사람이 있을걸?" "나와 다른 사람이 있다면 네가 벌써 시집갔겠지."

처녀가 고개를 숙이며 탄식했다. 서쪽 이웃 여자가 말했다. "탄식하지 마라. 내가 네 잘못을 헤아려보지. 처녀가 장성했는데도 화장품 장수가 처녀의 집문을 지나면서도 물건을 팔지 못했지. 여자들이 서로 모여 웃고 즐기는데 너만 혼자 깊이 생각하며 함께 이야기를 나누지 않고, 또 꾸미는 화장도 하지 않으니, 내가 네 태도를 보건대 자신이 다른 사람과 다르다고 생각하는 것 같은데, 네가 정말 예쁘다고 생각하니? 세상 사람들이 부러워하는 사람이 정말 예쁜 거야. 그런데 너는 봐주는 사람을 못 만났으니 언제 짝을 찾을래? 네 성격과 외모가 그러면서도 스스로 중매쟁이 노릇을 하지 않고, 오만하게 중매를 기다리니 네 잘못이지. 네가 옛 모습을 바꾸고 새 단장을 하고서 문가에 기대어 웃으면 네게 좋은 결과

가 있을걸. 오히려 우리집 문 앞에 나던 발자국이 너의 집 앞에 가득할까 걱정이
야.”

　처녀가 얼굴빛이 변하여 옷을 떨고 일어나 서둘러 돌아가서는 죽을 때까지 왕
래하지 않겠다고 맹세했다.[11]

추하지만 화장으로 꾸며서 결혼을 한 서쪽집 여자와 아름답지만 거짓 꾸밈
을 못하여 시집을 가지 못한 처녀의 문답은, 거짓과 위선이 지배하는 세태를
폭로하고 있다. 이 전도된 세상에서 ‘꾸미는 화장을 하지 않고’ 처녀다운 절조
와 기품을 지닌 동쪽집 처녀는, ‘스스로 중매쟁이가 되어 문에 기대어 웃음을
흘리라’는 서쪽집 여자의 권유를 물리치고 자신의 길을 가고 있다. 시세에 따
르는 변신을 거부하고 지조를 지켜 가는 작자의 心想을 대변하는 것이다.

이러한 주제를 이 글은 문답법을 통한 장면화를 통하여 독자에게 설득력 있
게 제시하고 있다. 한 편의 단막극을 전개한 듯한 이 글은 사실성을 획득하고
있다. 대화 위주의 문장은 자연히 일상의 白話體를 수용하게 되고, 장면묘사는
사실적인 삽화로 성립되기 때문이다. 가상적 상황의 설정이지만 전체적인 분
위기는 사실묘사의 효과를 얻게 된다.

현실적인 주제를 생활주변의 자연스런 상황 소재를 통해 전달하는 다른 예
를 보자.

---

11) 『戴名世集』, 426～427면.
　西隣之女陋而善嫁 東隣有處女 貞淑而美 無聘之者 乃過西隣而問焉 曰 若何以得嫁 西隣
之女曰 吾有五費 曰 可得聞乎 曰 髮黃費吾膏 面點費吾粉 履濶費吾布 垢多費吾藏 人來費
吾茶 … 處女曰 亦有不類若者乎 曰 有不類我者 則處女已嫁矣 處女俯而嘆 西隣之女曰 處
女無嘆 吾試數處女之過失 自處女之長也 而鬻賣粉黛者過處女之門而不售 兒女相聚笑樂 處
女獨深思不與語 又不能隨時爲巧靡之塗粧 吾觀處女態度類有以自異者 處女將自以爲美乎
世之所艶羨者眞爲美矣 而處女無相逢顧盼者 處女將以何時得偶乎 且處女性情姿態如此 又
不自媒 而傲然待聘 則處女過矣 處女誠換其故貌 易舊粧爲新粧 倚門而笑 則吾有可以效於
處女者 然又恐余門之履且滿處女戶外也 處女變色 拂衣而起 趨而歸 誓終身不與通.

「芝石記」

초동이 산에서 내려와 芝草 한 그루를 주며 말했다. "나무를 하며 산록을 따라 물가에 이르러 모래 속에 芝草가 난 것을 보았지요. 가는 풀에 섞여 있어 소나 양이 밟을까 걱정되어 가져다 드립니다." 내가 받아서 돌화분에 심었다. …

芝草를 吉兆로 여기는 것은 오랜 일로서, 芝草가 나오면 반드시 상서롭고 좋은 일이 있고 芝草는 틀림없이 이 때문에 생겨난다고 한다. 혹 그럴 수 있을 것이다. 그러나 내 보건대, 옛날 교만한 군주와 아첨배 신하들은 일이 한가롭지 않음에도 오직 芝草 찾기에는 열중하여, 헌상하는 자가 발꿈치를 부딪치며 연달아 이르러 천하의 태평을 드러내었다. 그러나 그때 천하에 과연 道가 있었으며 사방이 청명하였던가? 그렇지 않았다. 그렇다면 芝草가 어찌 상서롭고 좋은 일 때문에 생겼다 하겠는가? … 지금 이 芝草는 다행히 조정에서 구하지 않았는데도 시골 나무꾼에게 발견되어 다시 내게까지 왔다. 나는 비루한 사람으로 세상일에 실의하여 세상을 버리고 초막을 어리고 있으니 깊은 바위 골짜기에서 지내기는 芝草와 마찬가지이다. 나는, 芝草가 나와 같은 종류이지만 한편으로는 내 거처에 욕이 되어서 그 본성을 상실치 않게 됨을 다행히 여겨 芝石記를 쓴다.[12]

이 글도 장면화와 작자의 의론이 결합된 예이다. 樵童에게 芝草를 얻은 상황을 제시하고 지초에 대한 의미풀이를 시작한다. 芝草가 祥瑞의 표지라 하지만, '통치자나 아첨배들이 억지로 구한 芝草가 과연 상서롭고 좋은 일, 즉 태

---

12)『戴名世集』, 264면.
　　有樵童自山間來 貽我芝一莖而言曰 吾析薪 率山麓而行 至水之湄焉 見芝生沙中 雜於細草之間 懼牛羊之踐之也 因掇取而歸 敢以爲獻 余受之 置石盆內 ….
　　夫芝之爲瑞久矣 世傳芝之生也 必有吉祥善事之至 芝固爲吉祥善事而生也 徜或然耶 然吾觀自古之驕主佞臣 他務未遑 而獨於芝也窮搜遠采 獻者踵至 以文天下之平 然是時天下果有道 四方皆淸明乎 未見其然也 則芝亦安在其爲吉祥善事而生也 … 今此芝也 幸無徵召之求 而爲樵夫野人所得 又以歸余 余拙人也 撫時感事 自甘廢棄 蕭然蓬戶 猶之乎窮巖斷壑也 余方幸芝之類余 而又辱與余處 以不自失其天也 作芝石記

평성대의 표지일 수 있느냐'는 반어적 논리를 전개한다. 지금이 과연 芝草가 나올 만큼 '천하가 태평하고 사방이 청명하냐'며 작자는 시대에 대한 불평과 울분을 토설한다. 그리고 작자는 '억지로 구하지 않았는데도 나무꾼의 손을 거쳐 궁벽한 草野에 묻힌 자신의 손에 들어온 芝草'를 대하며 芝草의 원래적 의미와 자신의 삶을 하나로 파악하고 있다.

　문답법을 통해 상황을 묘사하고 그 상황에 대한 자신의 시각을 드러내는 소품가들의 문체는, 생활주변의 소재를 현실감 있는 시공간에 배치하여 현실적인 설득력을 획득하고 있다. 이는 원굉도·장대·대명세의 글이 가진 공통점이라고 할 수 있다.

4) 박지원 산문과의 비교

　대상의 특징을 직관적으로 파악하여 초점화·객관화하고, 간결 묘사로 寫景과 寫意를 결합시켰다는 점, 대유·활유·비유법으로 산수경물의 생동감을 불러 일으키면서도 객관적 묘사를 유지했다는 점, 자연경물과 자아가 의인 활유법과 은유적 직관을 통해 일체화되면서 親和自然과 求道自然이 실현된다는 점에서 원굉도와 장대 그리고 대명세의 소품들은 동질성을 가지고 있었다.

　장대는 이러한 특징과 함께 傳에서 본 바와 같이 고발자로서의 확대된 시각을 가지고 사회적 부조리를 부감수법으로 우리에게 제시하고 있다. 일상적 소재를 초점화하면서 모순된 가치질서를 비춰주고 있는 것이다.

　박지원도 이들 소품가들의 특징을 모두 공유하고 있었다. 의론을 전개함에 있어 자연경물을 제시하거나 일화를 예시한 후 거기에 자신의 의론을 덧붙이는 기술 방법은 『열하일기』 전체를 관통하는 원리였다. 자기가 보고들은 이야기를 장면화하여 독자에게 제시한 후, 자신의 견해를 덧붙이는 이러한 이야기 전개의 원리는, 『열하일기』를 단순한 여행일기의 범주에 머물게 하지 않고 자신의 견해를 여행기 형식을 빌어 표현하는 의론의 영역으로 확대시키고 있었던 것이다. 심지어는 여행중의 삽화뿐 아니라 과거의 경험적 일화를 도입하기도 했다. 「馴迅隨筆序」에서는 자신이 '일찍이 묘향산 上元庵에 묵을 때 절 앞에 허연 안개가 비치고 코고는 듯 소리가 들렸는데, 다음날 산에서 내려와보니 홍수가 져 있었던' 일화를 들고, 세상 이치가 보고 듣는 위치에 따라 그렇게 다름을 설명하고 있다.

연암은 記도 자연을 소재로 한 명말의 소품가들처럼 자연경물과 자신의 정서를 결합시키며 새로운 관념을 창조한다. 우리가 잘 아는 「일야구도하기」[13]는 홍수로 불어난 물을 자신의 체감으로 받아들이는 상황을 제시하면서 대상을 수용하는 인식론적 문제를 제시하고 있었다. 「孔雀館記」 같은 곳에서는 孔雀館이라는 마루방의 위치와 모양을 상세히 묘사하고, 자신이 열여덟 살 때 꿈에서 본 樓閣을 설명하고, 다시 중국에서 본 공작새의 모습을 곡진히 묘사하고 나서 이와 관련시켜 '글을 지을 때는 빛을 이야기하며 선입견을 없애야 한다'고 자기 견해를 제시한다.

이러한 묘사와 문답법을 통한 장면화와 의론의 결합은 「荷風竹露堂記」「百尺梧桐閣記」 등 記에 공통적으로 나타나는 특색이다. 대표적인 예가 「낭환집서」로서, 비단옷을 입은 소경 이야기에 이어, 이는 살에서 생긴다 할 수도 있고 옷에서 생긴다 할 수도 있다고 답하는 황희 정승 이야기, 짝짝이 신을 신고 말을 타고서 오른편에서 보면 짚신을 신었다 할 것이고 왼편에서 보면 갓신을 신었다 할 것이라고 답한 임백호 이야기를 차례로 제시한 후, '말똥구리는 용의 구슬을 부러워하지 않고 용은 말똥구리를 업신여기지 않을 것'이라는 비유로 논의를 이끌고 있다. 『燕巖集』의 가장 대표적 장르인 記와 序는 이렇게 문답법을 통하여 장면을 제시하거나 삽화를 도출한 후에, 거기에 자신의 견해를 덧붙이거나 이끌어낸 소재 자체를 비유, 은유화하여 자기 생각을 드러내고 있

---

13) 『燕巖集』 소재의 이하 인용되는 '記' 등은 자세한 분석을 하지 않으므로 출처 표기를 생략한다.

다. 傳을 기술할 때에도 연암은 대유적 소재를 제시한 후 초점화의 부감법으로 사실성을 확보하면서 이런 바탕에서 인간형을 부각시킨 바 있다.

소품가들과 연암의 이상과 같은 공통점은, 이들이 모두 인식대상에 대하여 관념적이고 선험적인 典型論理에서 벗어나 자연과 대상을 자기 눈으로 보아냈기 때문에 획득된 필연의 결과였다. 연암이 「순패서」에서 말한 대로 '무식한 사내와 여자들의 천박한 웃음과 일상생활이 어느 것 하나 현실적인 일 아닌 것이 없다'는 인식으로 조감한 현실상황과 그에 대한 문학적 표현은, 사실적 삽화로 나타나는 일상언어일 수밖에 없었던 것이다.

5. 결론

현달한 인물보다 버려진 인물에서 바람직한 인간형을 발견하고, 사관이 기록한 역사보다 野史에서 진실을 찾을 수밖에 없었던[1] 소품가들은, 현실을 떠

1) 버려진 세상에서 제대로 된 인간을 발견한다는 논리에서, 원굉도·장대·대명세와 연암은 같았기에 표면의 역사보다는 野史에 관심을 갖고, 초야에 묻힌 인물을 입전하고 있었다. 표면의 역사가 잃고 있는 진실을 外傳으로 확립하겠다는 의지가 동일했던 것이다. 원굉도·장대·대명세의 전은 모두 부조리한 시대 속에 버려져 묻혀버린 '부득지' 인물을 주인공으로 다루고 있다는 점에서 공통점이 있었다. 시절의 변화에 쉽게 자기 논리를 버려 동화하지 못하고 주변인으로 살아가지만 그래도 진실을 잡고 있다고 생각되는 인물을 입전 대상으로 하였다. 이러한 인물 중 부조리한 시대를 살아가는 술 취한 지식인의 모습은 작자 자신의 자화상일 수 있다는 점에서도 동질적이다.
　소외된 인물의 표면적인 부정적 모습보다 긍정적 이면을 포착하고 있다는 점에서 장대의 「오이인전」, 원굉도의 「졸효전」은, 연암의 「방경각외전」의 광문같이 부조리한 세상에서는 현실적으로 똑똑한 사람보다는 우둔한 사람이, 진실을 소유하고 있고 현실에서 곡예를 하지는 못하지만 일관된 모습을 가지고 최후의 승자가 될 수 있다는 논리를 전개하고 있었다. 전도된 가치질서와 행위규범 속에서 가장 바람직한 인물로 농부의 삶을 강조했다는 점에서서도 같았다. 장대의 「여약수선생전」, 연암의 「예덕선생전」, 대명세가 紀老農夫說, 田字說, 褐夫子說에서의 논리는 완전히 일치한다.
　거짓과 진실, 영웅과 소인이 제자리를 잡지 못한 전도된 사회에서는 세상을 웃음거리로 조롱하며 역설과 반어로 세상의 위선을 반전시켜 진실의 발현자 역할을 하는 인물이 등장한다. 장대의 「왕학암선생전」에 나타나는 왕학암, 「夜航船序」에서의 중, 연암의 우울증을 치료하게 세상을 조롱했던 트릭스터 민옹, 「마장전」에서의 사대부위 위선을 폭로하

나 산수 자연을 찾은 많은 遊記 작품을 남겼다. 원굉도·장대·대명세에게 자연은 소극적인 면에서는 부조리한 현실의 도피처·위안처였지만 한편으로는 진실의 가치를 재창출하고 새로운 힘을 보급받는 생명의 원천이었다.

연암과 소품가들의 遊記와 記의 서술상 공통점은, 자연경물의 특징을 직관적으로 포착하여 그것에 자기 감정, 즉 자신의 개성적 시각을 투영하여 자연미를 발현시키면서 새로운 가치를 창조해 내는 것이다. 자연경물을 자아화하고 자아가 자연경물과 일체화를 이루면서 물아일체의 경지를 획득하면서 작자의 자아는 친화자연의 극치를 맛볼 뿐 아니라 자연의 생명력을 자신에 이입시키는 求道自然의 경지에까지 이르고 있다.

언어의 운용과 기술 방식에서도 중국 소품가들과 연암은 같은 모습을 보여주고 있다. 소품가들의 傳에 인용되는 일화나 삽화는 대유적 언어의 특성을 가지고, 인물과 사건의 성격을 대변하는 의미적 완결성을 가지고 있다. 서사적 진전이 불필요한 삽화가 제시된다는 점에서도 연암 傳의 일화들과 그 성격이 같다고 할 수 있다. 그러기에 문답법을 활용하여 상황을 설정하고, 그 설정된 상황에 최대한의 대유적 의미를 함축하는 장면 극대화의 방법 혹은 초점 극대화의 방법도 공유하게 된다.

이러한 언어운용은 傳뿐 아니라 遊記 등 자연묘사나 세태묘사에서 그대로 활용되고 있었다. 자연 대상의 특징을 직관적으로 선택 파악하여 그 소재를 초점으로 객관화시키되 간결명료한 문자로 寫景과 寫意를 결합시키고 있다. 이렇게 묘사된 경치는 카메라의 초점이 먼 곳에서 점점 하나의 피사체로 가까이 다가가듯 선명한 모습을 드러내고, 독자에게 주는 인상과 미감이 강렬해진다.

이렇게 자연과 작자의 직관적 정서가 결합되는 과정에서 대유·활유·비유법이 동원되어 산수 경치는 생동감 있는 사실성을 획득할 뿐 아니라, 자연은 은유적 상징적 의미까지도 함축하게 된다. 언어가 객관묘사를 지향하면서도

는 송욱, 「예덕선생전」에서 추악한 선비를 비꼬는 선귤자는 모두 부조리한 사회에서의 트릭스터였다.

소재에서 새로운 의미를 창출하는 주관적 가치를 확보하게 되는 것이다. 객관묘사와 주관적 인식이 절묘하게 결합되는 것이다. 일화, 삽화, 記 등 장르를 초월하여 논의가 진행되는 글에서는 모두 이런 특징을 보인다.

그렇다면 중국 소품가들과 연암의 유기 내지 세태풍자 산문의 차이는 무엇일까. 연암이 소재를 선택하여 부감하는 대상화·초점화의 방법이 더 선명하다는 점과, 그에 따라 구사되는 활유법·비유법이 훨씬 다양하다는 점이라고 필자는 생각한다. 앞에서 본 것처럼 중국 소품가들과 연암의 유기와 전 등 산문의 공통점은 크게 보아 첫째, 대상에 대한 객관묘사, 둘째, 문답법을 통한 일화·삽화와 의론의 결합이라 할 수 있다. 그러나 연암 산문에서 제시된 자연경물과 삽화가 한층더 구체적이며 생동감이 있고, 의미의 함축성 또한 깊다. 그것은 연암이 묘사나 삽화제시 자체로만 그치고 애써 자신의 의론을 덧붙이지 않거나, 의론을 더하더라도 그 자신이 하나의 객관 인물화하는 열린 형식의 언어를 지향한 때문이다.

이 글은 서론에서 언급한 바와 같이 중국 소품가에 대한 관심이 미흡했던 연구사의 아쉬움과 필자의 연구 방법상의 한계로 개괄적인 비교 연구가 되었다고 생각된다. 앞으로 특히 장대와 원굉도의 소품에 지속적인 관심을 두면서 이런 한계를 보완하려 한다.

특히 이 글은 중국 소품가들의 글을 살피는 데 주력하여 비교 대상인 북학파의 작품과 직접 대비를 못한 아쉬움이 있다. 이렇게 실체적 비교 작업이 빈약하게 진행될 수밖에 없었던 것은 두 가지 이유 때문이다. 첫째, 그 동안 중국 소품가들의 작품을 직접 살펴본 연구가 적어 소개하는 데 급급했기 때문이고, 둘째 박지원 등 북학파의 대표적 작가의 문체적 성격을 1부에서 거칠게나마 다뤘으므로 여기에서는 구체적 분석을 피했기 때문이다. 명말청초 소품문과 북학파 소품문과의 비교 작업은 이 한편 논문으로 완결된 논리를 드러낼 수 없는 문제이다. 이 글은 이들간의 인식론적 상동성을 추적하고 북학파의 문체와 의식을 살펴본 필자의 이제까지의 작업을 보완하는 한 장으로 생각한다.

제 3 부

시대인식과 자화상의 세계

1. 작품의 존재양식과 자아인식의 과정

　문학작품은 작자가 자신을 둘러싼 세계뿐 아니라, 자신과 치러내는 존재론적 대결양상을 보여준다는 점에서 작가의 거울이다. 한편으로는 독자를 비춰주는 거울의 의미도 갖는다. 작품 속에 비친 세계를 통해서 자신을 보겠다는 의지가 독서행위에는 개재하게 되는 것이고, 이 과정을 거치는 동안 독자의 모습은 형성되어 가기 때문이다.

　독자가 작품을 자신을 투영하는 거울로 간주할 때, 작가와 독자는 작품세계 내의 경험영역을 나누어 갖는 행위를 하게 된다. 작중인물과 그들이 엮어 가는 세계는, 작가와 독자의 중간에 서서 그들이 반사하는 의식의 그림자를 수용하는 것이다. 독서과정 중에 이 삼자간의 대화유형은 무수히 추출할 수 있으나 가장 중요한 사실은, 행위자의 모습 혹은 작품 내적 환경을 인식 주체자로서 독자도 공유한다는 점이다. 공유할 뿐 아니라, 작품 외적 경험세계를 가지고 작품 내의 행위자뿐 아니라, 나아가 작가의 모습까지 관찰할 수 있다. 따라서 작품 속의 행위자는 일인칭으로 서술되건 삼인칭으로 서술되건 독서자의 또 다른 분신이자 타인이기도 한 복합성을 갖는다. 이때의 관계를 더 구체적으로 설정해보자.

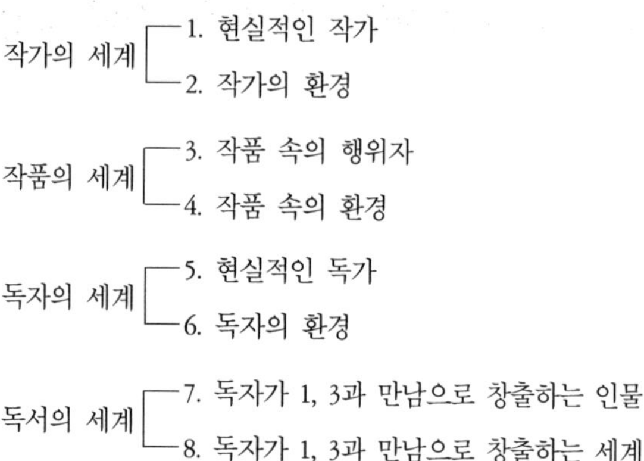

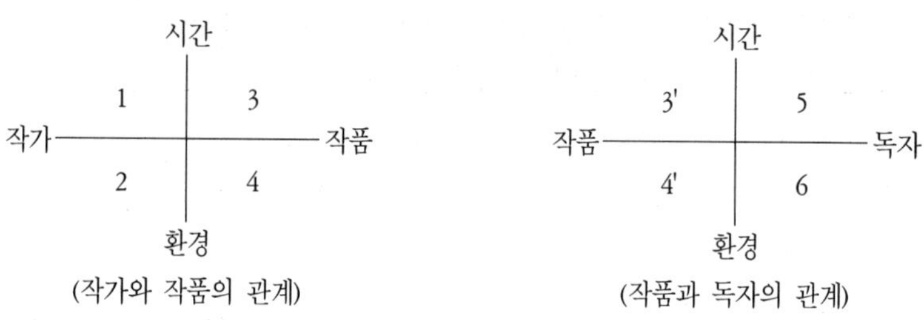

(작가와 작품의 관계)   (작품과 독자의 관계)

독서의 과정에서 작가가 창작할 때의 작품이라는 실체와, 독자와 만날 때의
실체는 엄밀한 의미에서 동일할 수 없다. 작품은 화석화된 경험으로 존재할 수
없는 것이다. 가령 작품의 속 환경 4를 산출하게 되는 작가의 환경 2는 독자의
환경 6과 다르고, 당연히 작품 속의 환경 4는 독자와 만날 때 4'로 변모된다.
물론 독자가 독서 중에 작품 속 행동의 주체자에게 완전히 이입될 경우 작품
의 환경과 독자의 환경은 논리적으로 일치할 수 있다. 그러나 독자가 작중인물
을 관찰하기 시작하면서 양상이 달라진다. 어떤 형태로든 독자는, 작가가 창조
했을 때의 작품의 주인공이 사유하고 행동하는 환경과는 다른 자기 경험세계
를 상정하기 때문이다. 물론 작품 속의 환경보다 확장된, 독자가 간직한 세계

는 그것을 조망하는 위치에 있는 것만은 아니다. 오히려 작품의 인물과 환경을 중심으로 볼 경우, 그 응축된 세계로써 독자가 가진 무질서하게 확장되어 있던 세계를 조명하면서 질서를 갖게 한다. 이때의 독자는 오히려 작품세계를 통하여 자신을 내려다보며 반추하게 된다. 그것은 작가가 자신에 대한 해석으로서 작품을 산출했던 상태와 일치한다고 할 수 있다.

결국 작품이란 작가와 독자 모두에게, 인식의 대상이자, 동시에 자신을 바라보는 거울로서 인식의 주체라고도 할 수 있는 것이다. 관찰대상으로서의 작품세계도 독자에게는 자신을 비추는 거울 역할을 하기는 마찬가지이다.

이제까지의 논의는 작품의 창조자와 수용자를 일단 별개의 인물로 분리하여 살핀 것이다. 그러나 하나의 작품 자체가 이 삼자간에 일어나는 관계의 전 과정을 포함하고 있는 경우가 있다. 인식론적인 자기 반추의 과정을 보여주는 경우이다. 인간은 삶이라는 자신의 작품을 만들어 가는 작가로서 주체자이면서, 만들어져 존재하는 것으로서 객관적인 작품이고, 그 작품을 감상하는 독자로서의 모습도 함께 한다. 일기를 써 놓고 그것을 읽는 행위, 혹은 화가가 자신을 모델로 하여 그림을 그리고 감상할 때 이런 모습을 본다. 동일시간의 지평 위에서 일어나는 인식행위조차 앞에서 본 독서의 과정과 일치하는 모형을 갖는다.

이와 같이 인식행위의 전 과정을 다시 작품으로 설정하여 표현할 때, 이것은 스스로 쓰는 작가론의 의미를 갖는다. 박지원·김정희 그리고 현대에 내려와 이상·윤동주·유치환·서정주 등에서 이런 자신이 쓴 작가론을 볼 수 있다. 창조자와 수용자가 동일인물이므로 이들이 엮어내는 세계의 영역은 일치한다고 볼 수도 있으나, 창조자가 수용자로 전신하면서부터 시간의 축을 달리하게 된다. 즉 동태적 수용자가 되면서부터 이들 각각이 엮어내는 세계의 넓이가 달라진다. 그리고 작품 속의 수용자는, 관찰대상자로서의 자신과 여러 형태의 거리를 유지하게 된다. 이 거리란 곧 어느 일정 시간의 축 위에서 변모하는 작자이자, 동시에 변화하는 시간과 환경의 모습 그 자체이기도 하다. 그것은 바꿔 말하면 개인과 그가 처한 시대가 상호작용하며 엮어내는 변신사라고도 할 수 있다.

이 글은 먼저 추사 김정희·이상·윤동주 등에서의 이 거리 조절 방식을 추적해 보려 한다. 그것은 이들의 인식방법을 추출하는 작업이자, 존재양식에 대한 규명이다. 그리고 이 개인의 인식론과 존재양식이, 시간과 환경이라고 할 수 있는 역사와 작용하는 면모를 살피고자 한다. 작품대상은 추사의 「自題小照」, 이상의 「거울」, 윤동주의 「自畵像」이다. 추사와 이상·윤동주는 한 세기를 격해 살았던 인물이다. 그러나 모두 자기가 처한 역사와 그 역사를 유지하는 기존의 가치질서에 대해 철저히 회의하고 있다는 공통점이 있다. 성리학이라는 각질만 남은 고목 밑에서 실학이라는 새 움을 키우며 안간힘을 쓰던 추사, 이국의 감옥에서 최후를 마친 윤동주, 요절한 이상은 추사가 길게 탄식했던 조선말기 검은 구름의 비를 맞고 고뇌했던 사람들이다. 이들의 자화상이 보여주는 모습은 개인의 존재형식이자, 역사의 진행방식이라 할 수 있을 것이다.

2. 자아인식의 세 모습

1) '있는 나'와 '있어야 할 나'의 通變 : 秋史의 「自題小照」

「自題小照」[1]

이 나도 나이고, 나 아닌 너도 나로구나.	是我亦我 非我亦我
이 나도 나답고, 너 역시 나 답지만	是我亦可 非我亦可
너와 나 사이에 나라고 할 것이 없구나.	是非之間 無以爲我
조화로운 구슬 쌓여 있으니, 뉘 마니 속에서	帝珠重重 誰能執相
실상을 잡을 수 있으리오? 허 허.	於大摩尼中 呵呵

이 나도 나이고, 나 아닌 너도 역시 나로구나.　是我亦我 非我亦我

是我는 사유의 주체자로서의 '나'이다. 여기에서는 화자의 역할을 겸한다. 현재적 자아, 혹은 '있는 나'로 부를 수 있다. 그런데 사유의 주체자를 겸하고 있는 이 '있는 나'에 상대하여 객관적 대상으로서의 非我가 설정되어 있다. 초

---

1) 『阮堂先生集』 卷六.

상화 속에서 화필로써 유지되고 있는 존재이다. 그것은 그림으로 그려지는 순간의 '있는 나', 혹은 자신에의 기대를 담은 '있어야 할 나'의 존재이다. 그러나 현재의 '있는 나'의 위치에서 그것은 무생명체이고, 我에 대응되는 '非我'일 수밖에 없다. 그러나 이 '있는 나(是我)'와 '있었던 나(非我)'가 모두 我로서 인정되고 있음을 알 수 있다. 이때의 我는 사유의 주체자로서 '있는 나'가 개념적으로 설정한 새로운 '있어야 할 나', '기대되는 나'로서 당위적인 자아이다. 이 '있어야 할 내[我]'는 '있는 나'와 '있었던 나'를 수용한다. 亦이라는 표현 속에서 '있어야 할 나'가 갖는 포용력을 우리는 짐작할 수 있다.

이러한 포용력과 수용자세는 2행에 와서 '있는 나'도 나답고, '있었던 나'도 나답다는 표현으로 이어진다. 그러나 3행에 와서 이러한 포용성은 거부된다. '是와 非의 사이', 즉 '있는 나'와 '있었던 나' 사이에 어느 것도 '있어야 할 나'로 삼을 것이 없다(無以爲我)라는 역전이 이루어지는 것이다. 이때의 '是와 非의 사이'라는 표현은, '있는 나'와 '있었던 나'의 사이라는 일차적인 의미를 떠나, '논란과 시비'라는 부정적인 뜻도 함축한다. 是是非非 사이에서 무슨 眞을 찾을 것이냐는 자조로 전환한 것이다. 즉 '있어야 할 나'가, 현실의 '있는 나'와 초상화 속의 '있었던 나'를 거부하고 있는 상황인 것이다. 이 포용에서 거부까지의 과정이 점층법으로 유지된다. 亦我에서 亦可로, 다시 無以爲我라는 완전 부정에 이른다. 亦과 可라는 포용성은 오히려 불완전성을 잠재하고 있었던 것이다. 이 과정을 그림으로 살펴보자.

1. 있었던 나
2. 있는 나
3. 있어야 할 나

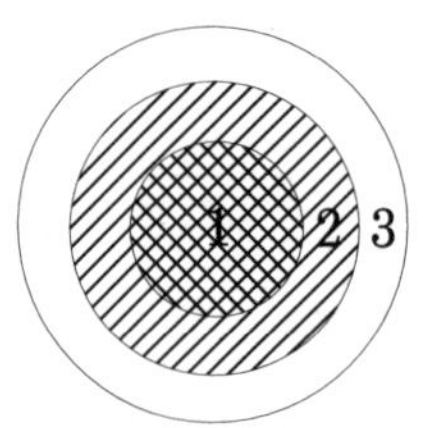

처음 1, 2행에서는 '있었던 나'와 '있는 나'는, '있어야 할 나'의 원 안에 수용되어 있다. 그런데 無以爲我에 와서는 이들이 드리운 그림자의 동질적 가능

성보다는 빈 공간이 의식적으로 강조되고 있다. 이런 역전은 현상계의 변화를 통한 것이 아니다. 오직 관찰자의 의식 사이의 변이일 뿐이다. 인간이 가진 의식, 즉 '눈'의 가변성이 엄청나다는 것을 웅변하고 있는 의미의 전환이다. 어느 순간에 자기의 실체라고 생각하여, 한 획 한 획 다듬어 모아서 영원히 안치하리라고 했던 자화상 속의 '나', 적어도 그 순간만큼은 '있는 나', '있었던 나', '있어야 할 나'의 통합이 이루어졌을 법한 존재이다. 眞我라고나 할까. 그러나 이제 시간의 흐름에 따라 사유의 주체자가 새로이 탄생했을 때, 그것은 다만 화석화한 '있었던 나'일 뿐이다. 어디까지나 非我로 남아 있을 존재이다. 허물을 벗고 나온 매미가 허물을 자기 존재로 여기지 않듯이 그 순간의 '있는 나'는 '있어야 할 나'라는 또 다른 존재를 상정해야 하는 것이다. 인간은 순간마다 자기 눈의 실존을 믿으며 진실을 확인해 가고, 그 순간의 실존은 영원하리라고 믿을 수밖에 없다. 그때의 '나'는 그야말로 眞我이다. 그래서 4행에서처럼 帝珠라고 부를 만큼 자랑스럽고 보배로운 것이다. 그러나 그 순간이 지나 허물을 벗으면 철석같이 믿었던 그 眞我는 한때에 '있었던 나'로서 다시 부정해야 할 非我가 된다. 그래서 또 새로운 '있어야 할 나'를 탄생시킨다. 그러나 그것 또한 그 순간의 帝珠일 뿐이다. 4행의 '帝珠가 켭켭이 쌓였다(帝珠重重)'라는 말은 앞의 1, 2, 3행에서 보여준 이러한 인간의 의식이 갖는 부조리, 원초적 숙명을 그려내고 있다. 아무도 고정된 실상을 잡아낼 수 없는 것이다.

> 조화로운 구슬 쌓여 있으니
> 뉘 마니 속에서 실상을 잡을 수 있으리오, 허 허.
> 帝珠重重 誰能執相於大摩尼中 呵呵

마니는 인도 설화에 나오는 寶珠이다. 투명하여 빛깔이 없다. 빛깔이 없으니 정체불명이라고 해도 좋을 것이다. 그러나 색이 없는 대신 주위의 빛을 잘 받아들인다. 검정 색 앞에서는 검정 색이 되고, 붉은 색 앞에서는 붉은 구슬이 된다. 마니 구슬은 투명하기에 가질 수 있는 포용력, 儒學의 개념을 빌어 말한다면 中庸의 道, 時中의 원리를 가졌다고 할 수 있다. 마니 구슬의 정체는 우리가 으레 상정하는 가시적인 고정체가 아니라 이 時의 원리에 있었던 것이다. 추사는 투명한 구슬이 갖는 時中의 원리를 변화에 달통하는 것, 즉 通變이라고 말한다.[2]

통변의 원리란 마니 구슬이 갖는 모순된 두 개의 논리를 변증법적으로 통합하는 것이다. 두 개의 모순된 논리란 첫째, 구슬의 본래 모습, 즉 불변의 원리(所以然)로서 투명한 상태라는 사실과, 둘째 항상 어떤 빛을 수용하여 구체적인 相을 지녀야 한다는 측면이다. 理學의 개념을 빌어 말한다면 추사는 理와 氣의 관계를 불교적 직관으로 통합하면서 존재론적 인식론을 전개했다고 할 수 있다.

시간의 축, 생각의 축을 따라 부단히 모습을 바꾸어 가는 '있었던 나', '있는 나', 그리고 '있어야 할 나'. 이런 것들은 마니 구슬이 색깔을 바꾸듯 그 相을 전환하면서 생성 소멸해 가는 것이다. 물론 이러한 愚智·善惡·憂喜·憎愛가 일어났다 스러지는 내면의 바닥에는 空寂하고 밝은 靈知가 있다. 추사는 인간을 이렇게 양쪽 언덕에 두 다리를 기대고 있는 존재로 파악한 것이다. 이제 통변의 원리를 존재론으로서 파악한 추사는 '있었던 나', '있는 나', '있어야 할 나'의 대립 자체를 뛰어넘는다. 투명한 바탕, 그 위에서 바꾸어 가는 색깔 하나하나. 이 둘이 서로 변증법적으로 통일되고 수용되면서 구슬의 진면목이 드러나듯, 변화하는 '있었던 나', '있는 나', '있어야 할 나'는 어느 하나 버릴 것 없는 내 정체인 것이다. '조화로운 구슬 쌓여 있으니, 뉘 그 속에서 실상을 잡을 수 있으리오. 허허' 웃는 추사의 웃음 속에 이들 삼자간의 갈등과 그를 둘러싼 자아의 번민은 더 이상 존재하지 않는다.[3]

---

2) 書道之陰陽畫 是不難知 固有一定之陰陽 而陰中有陽 陽中有陰 如帝珠交攝互映 萬億變相 不可數窮 今此陽畫 可以作陰畫 用陰畫亦然 左右旋亦然矣 何以執定一位 無以通變耶 是刻舟求劍耳.「與人」,『阮堂先生全集』卷五.

이렇게 '있었던 나'를 한 조각 한 조각 모두 수용할 수 있었기에 추사는 '있는 나'를 더더욱 현실적, 현세적으로 이끌어갈 수 있게 된다. 삶이란 마니 구슬이 투명하듯 결국 백지일 터이지만, 한편으로 지금 존재하는 현세적인 자아에 대한 애정과 끊임없는 증식만이 '나'의 본 면목을 확장시켜 줄 것을 믿었기 때문이다. 투명한 구슬이 모든 색깔을 받아들여 스스로의 의미를 확대해 가듯, 통변의 원리를 체득하면서 불교적인 허무관이 배태하고 있는 역동성을 자기화했던 것이다.

2) '있는 나'와 '있어야 할 나'의 遮斷 : 이상의 「거울」

'19세기와 20세기의 틈바구니에 끼워 졸도하려 드는 무뢰한', '완전히 20세기의 사람이 되기에는 너무도 많은 19세기의 엄숙한 도덕성의 피가 흐르고 있으며, 20세기를 근근히 포즈를 써 유지해 보일 수 있을 따름'이었던 인물. 그리

---

3) 한편 추사의 이 글은 「금강반야경」의 논리로 설명해 볼 수도 있다. 추사가 禪家였다는 사실을 고려할 때 이런 설명은 더욱 필요할 것이다. 가령 觀念·妄見·執着 및 이에 대한 否定과 결합되는 我相·我見·我執·無我로 자아를 상정하는 논리를 응용할 수 있다. 이때 我相이란 개념적 존재로서 '있어야 할 나'이고, 我見은 추사의 글에서 非我로 설정되었던 '있었던 나'이고, 我執은 추사에게서의 是我로서 '있는 나'로 설명할 수 있다. 추사가 이 셋을 無我의 개념으로 부정하고 있음은 앞에서 보았다. 물론 이 무아의 경지는 존재 자체에 대한 부정이 아니라, 我相이 그릇된 我見을 낳고, 그 결과 我執을 낳는 대립에서 벗어나는 것을 말한다. 이른바 四相은, 어디에도 不住하는 無所入·無所住·無所得의 상태인 것이다. 「금강경」에서 설해지는 有無와 斷常을 떠난 이 中道의 세계가, 實踐論과 밀접히 관련되어 있다는 사실을 주목할 필요가 있다. 추사가 가진 실학자로서의 행동력을 설명해 줄 수 있기 때문이다(이상의 논의는 「金剛般若經의 四相에 관한 硏究」(鄭滈泳, 동국대학교 대학원, 1980)에 크게 힘입었다).
  자기 마음속에 있는 明智로써 중생을 널리 비추면 衆生相이 곧 여래상이고, 중생의 말과 마음이 곧 여래의 말과 마음이며, 또 治生産業과 工巧技藝가 전부 이 明智의 運爲의 相用이라는 禪家의 현실적응 능력을 추사가 체득하고 있다고 볼 수 있는 것이다(선가의 이러한 논리는 최민홍 교수의 『한국철학사』(성문사, 1975)에서 설명하고 있다).

기에 20세기에 살면서도 그의 주소를 잃었던 사람이 이상이다. 시인은 기존의
관념체계를 무너뜨리는 사람이 될 때 이미 일상적인 주소를 잃게 된다. 그런
의미에서 모든 시인은 방랑자·반역자의 숙명을 타고난 사람이다. 그러나 일
상적인 눈을 거역하는 데에 그치지 않고, 그러한 일상의 눈을 가지고 살아가는
자신, 나아가서는 글을 쓰는 자기의 행위 자체에조차 의미를 주지 않을 때, 그
는 존재의 의미를 부정하는 영원한 방랑객이 되지 않을 수 없다. 이상의 경우
는 주소를 잃었다기보다는 주소를 갖기를 거부했다고 하는 편이 옳을 것이다.
앞의 인용구에서 보듯 그에게 있어 시간이란 흐름과 集積의 의미가 아니라,
편편이 끊어지는 단층과 같은 것이다. 19세기와 20세기는 진흙(呢土)과 모래
(沙土)처럼 화합될 수 없는 단절과 대립을 안고 있다. 그의 「거울」을 보자.

거울속에는소리가없소.
저렇게까지조용한세상은참없을것이요.

거울속에도내게귀가있소.
내말을못알아듣는딱한귀가두개나있소.

거울속의나는왼손잡이요.
내악수도받을줄모르는 — 악수를모르는왼손잡이오.

거울때문에나는거울속의나를만져보지못하는구료마는
거울이아니었던들내가어찌거울속의나를만나보기라도했겠오.

나는지금거울을안가졌소마는거울속에는늘거울속의내가있소.
잘은모르지만외로운사업에골몰할께요.

거울속의난참나와는반대요마는

또쩨나닮았소.

나는거울속의나를조심하고진찰할수없으니퍽섭섭하오.[4]

거울은 물체를 받아들여 그 안에 물체의 상을 만드는 작용을 한다. 물론 물체가 반사하는 빛을 전제로 한다. 그것을 받아들여야 비록 허상이나마 만들 수 있는 것이다. 물리적으로 거울은 실상이 아니라 허상을 만들어 낼 수 있는 불완전한 모사체에 불과하다.

1연에서 거울은 물체가 놓여지면 그 상을 만들 준비를 하고 있다. 소리가 없는 조용한 세계이다. 아직 자기의 모습을 담지 않은 백지 상태의 자화상이다. 추사가 말한 마니 구슬의 투명성이 강조되는 순간이다. 막 화필을 들기 전의 긴장감, 자신에 대한 기대와 초조가 '조용한 세계' 속에 잠재해 있다. 자신에 대한 추적이 치열할수록 이 긴장의 심도는 깊을 것이다.

2연에서 드디어 거울은 '나'를 그 안에 담았다. 사유의 주체자, 행동의 주체자로서의 '있는 나'를 간직한 것이다. 그러나 그 거울 속의 '나'는 알아듣지 못하는 귀를 가진 왼손잡이였다. 의식의 주체자로서 '있는 나'가 거울 앞에 서기 전에 기대했던 '있어야할 나'의 모습이 아니고, 불구로서의 '非我'였다. 거울은 여기에서 '있는 나'를 비춰 주는 매개물의 역할을 떠나 '있는 나'를 굴절시키는 차가움, 냉혹성을 갖는다. '있는 나'와 '있어야 할 나'를 절단하는 단애인 것이다. '있는 나'를 불구로 만드는 존재. 그것은 바로 '19세기의 도덕률을 가진' '있었던 나'와 20세기에 사는 '있는 나'를 격절시킨 장본인이기도 하다. 거울은 여기에서 시간, 즉 역사가 가지고 있는 부정적 원리라고 할 수 있다.

'거울 속의 나'란 원래 '있는 나'를 지탱해 주고, 나아가서는 새로이 '있어야 할 나'를 가다듬어 주어야 할 존재이다. 과거 시간으로부터 집적된 '있었던 나'

<hr>

4) 『李箱全集』(林種國 편, 文成社, 1966). 以下 이상 작품의 인용은 출처표기를 생략함.

의 실존적 모습이어야 하면서도, '있는 나'를 미래시간으로서의 '있어야 할 나'
에 항진시켜야 할 그 '거울 속의 나'가 불구로 나타난 것이다. 그것은 '없어야
할 나'로서의 비극적 존재이다. 결국 '있었던 나'와 '있어야 할 나' 사이의 존
재론적 연결이 깨어지기에 '있는 나'의 현존에 대해서조차 회의할 수밖에 없는
것이다. '있었던 나', '있는 나', '있어야 할 나'는 모두 '없어야 할 나'의 부정적
지평 위에 서게 되는 것이다. 그러기에 거울 속의 그 '없어야 할 나'와 거울 밖
의 '있는 나'는, 추사에게서처럼 '있었던 나'와 '있는 나'가 나누어졌던 한계적
운명, 즉 모두는 어차피 '그 순간의 실존'일 뿐이라는 공통의 아픔조차 같이
하지 못한다. 사유의 주체자로서의 '있는 나'는, 자신의 절대성을 확신하는 눈
을 가지고 '거울 속의 나'를 화합할 수 없는 이단자로 여기고 있다.

　4연에 이르러 거울이, '있었던 나'와 '있는 나' 사이에서 '없어야 할 나'를
탄생시킨 배경으로 다시 규명된다. 그리고 '거울 속의 나를 만져보지도 못한
다'는 독백을 통해 '없어야 할 나'에 대한 연민이 시작됨을 알 수 있다. 그래서
거울은 과거·현재·미래의 '나'를 굴절시킨 장본인으로 원망의 대상이지만,
'거울 속의 나', '없어야 할 나'를 만나보게라도 해 준 존재로 체념상태의 화해
가 이루어진다. 이는 거울이 표상하는 자기인식 능력과 시적 자아가 처하고 있
는 상황의 양면성을 의미한다. 그래서 거울은 이제 내팽개쳐야 할 것만은 아니
다. '있어야 할 나'로 인지된 '있는 나'에게 그것이 허위의식임을 밝히고, '있어
야 할 나'의 부정적인 그림자로서 '없어야 할 나'를 보여주는 방법이기 때문이
다. 하여튼 이제 '있는 나'는, 기대했던 '있어야 할 나'와 현실적으로 대면하고
있는 '없어야할 나' 사이의 갈림길에서 존재론적인 위기의식을 가지게 된다.

　5연에 오면 거울이 없어도 거울 속의 나, 즉 '없어야 할 나'는 절대적인 존
재가 된다. '나는 지금 거울을 안 가졌소마는 거울 속에는 늘 거울 속의 내가
있소.' 이제까지는 거울을 통해서만 객관적인 '나'의 실체를 보아왔지만, 부정
적인 나의 실체는 의식적인 노력 없이도 볼 수 있게끔 자기 자리를 차지하고
있다. '있는 나'를 망령처럼 붙어 다니는 '없어야 할 나'의 존재를 확정하는 것

이다.

　이 5연에 이르기까지 적어도 세 개의 시간적 단위가 있음을 알 수 있다. 1연에서의 거울의 존재 제시를 거쳐 2연에서는 거울과 ‘나’의 만남, 즉 ‘나’의 자기인식의 순간이 제시된다. 추사가 백지에 자기 얼굴을 그려 넣고 자화상을 완성시킨 바로 그 순간이다. 眞我, 즉 ‘있어야 할 나’로 인지되던 ‘있는 나’와 ‘있었던 나’가 ‘없어야 할 나(非我)’로 변이 정착되는 순간이기도 하다. 5연은 이 ‘없어야 할 나’의 존재를 인정하는 현재의 시간이다. 외로운 사업에 열중하고 있는 그를 체념상태에서 수동적으로 받아들이고 있는 것이다. 2, 3연에서처럼 ‘있는 나’가 ‘있어야 할 나’를 고집하던 과거의 시간이 아니다. 추사가 是我, 非我, 즉 ‘있는 나’, ‘있었던 나’를 모두 ‘있어야 할 나’의 한 분신으로 인정하면서 초상화를 들여다보던 것과 대비되는 장면이다. ‘거울 속의 나는 참 나와는 반대요마는 꽤나 닮았다’는 진술은, 추사의 ‘이 나도 나답고, 나 아닌 나도 나답다(是我亦可, 非我亦可)’라는 말과 유사하지만, 이들은 근본적으로 다르다. 추사의 자기인식은 앞에서 본 바와 같이 ‘있는 나’, ‘있었던 나’와 ‘있어야 할 나’ 사이의 ‘인정→부정→대립의 극복’을 거친다. 正反合의 논리를 갖기 때문에, 대립은 근본적으로 화해와 상호인정을 전제로 한 것이다. 반면, 이상의 거울을 통한 인식은, ‘대립→갈등→포기’의 과정을 거쳐 결미에서 수동적인 용인이 이루어진다. 따라서 자아는 언제까지나 부정적인 존재로서 남아있게 되는 것이다.

　추사에게는 둘 사이의 관계가 태극의 원리와 같은 융합적 조화라면 이상에게는 대립의 체념적 방관이 있을 뿐이다. ‘나는 거울 속의 나를 조심하고 진찰할 수 없으니 퍽 섭섭하오’라는 결미에서 이 체념적 방관은 둘 사이가 영원한 평행선임을 명확히 한다. 그것은 「明鏡」에서 보는 것과 같은 ‘있는 나’와 ‘있어야 할 나’의 遮斷이다.

　　설마 그러랴? 어디 觸診…

하고 손이 갈 때 指紋이 指紋을
가로 막으며
선뜻한 遮斷뿐이다.[5]

3) '있는 나'와 '있어야 할 나'의 握手 : 윤동주의 「자화상」

산모퉁이를 돌아 논가 외딴 우물을 홀로 찾아가선
가만히 들여다봅니다.

우물 속에는 달이 밝고 구름이 흐르고 하늘이 펼치고
파아란 바람이 불고 가을이 있습니다.

그리고 한 사나이가 있습니다.
어쩐지 그 사나이가 미워져 돌아갑니다.

돌아가다 생각하니 그 사나이가 가엾어집니다.
도로 가 들여다보니 사나이는 그대로 있습니다.

다시 사나이가 미워져 돌아갑니다.
돌아가다 생각하니 그 사나이가 그리워집니다.

우물 속에는 달이 밝고 구름이 흐르고 하늘이
펼치고 파란 바람이 불고 가을이 있고

---

5) 「明鏡」 中에서.

추억처럼 사나이가 있습니다.[6]

　나를 비춰주는 우물은 추사의 초상화나 이상의 거울처럼 바로 내 앞에 있는 것이 아니다. 1연에서 보듯 '산모퉁이를 돌아 논가 외딴 우물로 홀로 찾아' 가야 비로소 나의 그림자를 비춰준다. '산모퉁이', '외딴 우물', '홀로'라는 단어가 주는 고적하고 쓸쓸한 이미지는 '있는 나'의 준열한 자기 탐구의 의지를 말해준다. 그러나 관념적인 유희에 빠지기 쉽고, 끝내는 자기 기만적인 언어의 유희를 초래할 가능성이 있는 자신에의 관조가 극화되면서 이 시는 앞의 두 작가에서와는 달리 일상언어가 생명을 획득하고 있다. 함축적 형상성을 얻고 있는 것이다. 내용상으로 지극히 관념적일 것이라는 암시를 받은 독자는 이 첫 연에서 짙은 서정성마저 느낀다. 외딴 우물 속에서나 찾아질 '고독한 나'는 2연에서처럼 '달이 밝고 구름이 흐르는' 전원 속에서 사유의 주체자인 '있는 나'를 유인하고 끌어당기는 유혹자이기도 한 것이다.

　3연에 이르러 찾아낸 그 '나'는, '있는 나'가 상정한 '있어야 할 나'의 모습이 아니기에 '한 사나이'로 호칭되고, 다시 보기 싫은 미운 존재가 된다. 그리고 그런 미운 사나이를 담고 있는 '우물 속에는, 달이 밝고 구름이 흐르고… 바람이 불고, 가을이 있다.' '있어야 할 나'의 어두운 잔영, '있는 나'의 부정적인 그림자, 굳이 말하자면 '없어야 할 나'인 사나이가 살아가는 거부하고 싶은 또 하나의 세계가 있는 것이다.

　그 세계는 사나이를 미운 존재로 길러낸 배경이라고 할 수도 있다. 그리고 그곳의 달·구름·하늘·바람·가을이 펼치는 세계의 폭이 확장될수록 그에 비례하여 사나이는 더욱더 미운 존재로 부각될 것이다. 여기에서 우리는 이 서정적인 언어가 함축한 또 다른 의미 깊이를 감지할 수 있다. 단순한 서정이 아니다. 연민이 깊어질수록 사랑도 깊어질 것이라는 역설의 논리를 준비하고 있

---

6) 『하늘과 바람과 별과 시』(정음사, 1968). 以下 윤동주 글의 인용은 출처 표시를 생략함.

는 것이다. 그래서 미움이 아니라 연민의 눈으로 사나이를 바라보는 전환이 4, 5연에서 자연스럽게 이루어진다. 밉지만 '도로 가 들여다보니 사나이는 그대로 있다'는 표현에서 '있는 나'가, 부정적 그림자인 '사나이'를 마음으로 쓰다듬고 있는 것을 볼 수 있다.

5연에서 '다시 미워져 돌아가는' 거부의 태도를 보여주기는 하나, '다시 그 사나이가 그리워진다'는 고백을 통해 '없어야 할 나'도 그 나름 확정된 자리를 갖게 된다. 거부에서 인정에 이르기까지의 갈등을 4, 5연에서 극적으로 반복해서 보여줌으로써 '있는 나'의 품안에 잠겨드는 '없어야 할 나'의 존재성을 더욱 다부지게 만들어 주고, 이들의 슬픈 악수를 강조한다. 반복적으로 이루어지는 대립의 치열성은 결국 화해의 견고성을 다져 준 것이다. 그러기에 6연에서는 사나이와 그가 사는 세계가 자연스럽게 다시 등장한다.

> 우물 속에는 달이 밝고 구름이 흐르고 하늘이
> 펼치고 파아란 바람이 불고 가을이 있고
> 추억처럼 사나이가 있습니다.

앞의 2, 3연에서는 미운 놈을 잉태했기에 잊어버려야 했던 달·구름·가을이 엮어내는 세계가 기정의 것으로 인정되고, 사나이마저 추억의 대상이 된다. 바야흐로 '있는 나'와 '있어야 할 나'가 서로를 응시하면서 손을 내밀고 있는 장면이다. 추억의 대상으로서의 '사나이'는 추사와 이상에서 보아왔던 '있었던 나'이다. 따라서 이 결미는 '있었던 나', '있어야 할 나', 모두와 화해하는 '있는 나'가 모습을 드러낸다.

이와 같이 사나이를 '있었던 나'의 분신으로 해석하면, 1연에서 외딴 우물을 찾아가는 행위, 즉 공간적 이동으로 형상화되었던 자기 탐구의 모습은 시간적인 지평도 갖게 된다. 4, 5연은 시간적 원류로서의 사나이와 그 세계, 즉 과거 '있었던 나'와 현재 '있는 나' 사이의 갈등으로, 그리고 6연은 '있었던 나'와

'있는 나'의 악수로 이루어지는 '있어야 할 나'의 확보로 해석할 수 있다. 과거와 현재가 미래에 수용되면서, 미래적 과거와 미래적 현재 시간에 살게 되는 것이다. 바꾸어 말하면 '없어야 할 나'로 표현되던 우물 속 사나이가, '있었던 나'와 '있는 나'의 불구적 상처를 씻고 '있어야 할 나'로 긍정적 전환을 한 것이다.

이때 사나이는 시간적으로, 공간적으로 어느 지평에서건 '있어야 할 나'의 원초적인 相을 가진 존재가 된다. 사나이와 우물 속의 공간은, '있는 나'의 연민의 대상이 아니라, '있는 나'의 초라한 모습을 지켜보고 있는 '있어야 할 나'의 의연한 모습인 것이다. 6연에서 '추억처럼 있는 사나이'는, 부정적인 상을 가진 '있는 나'가 추구해야 할 원초적 존재로서 '있어야 할 모습'이 된 것이다.

이러한 사나이의 변신을 통하여 이 작품은 새로운 해석을 기다린다. '없어야 할 나'에 대한 연민의 시학이 아니라 '있어야 할 나'에의 회귀를 위한 치열한 도전으로 해석할 수 있는 것이다. 가령 홀로 찾아가서 외딴 우물에서나 만날 수 있는 사나이, 그리고 바람·구름·가을이 있는 그 사나이의 서정적 공간은, 모두 현실적인 자아가 상실하고 있는 것들이다. '사나이가 미워진다'는 고백은, 오히려 그렇게 초연히 존재하는 사나이를 갈구하는 현실적 자아의 자기연민이 역설적으로 표현된 것으로 생각할 수 있다. 한편 '미우면서도 그립다'라는 말은 결국 '있어야 할 나'와 현실적 자아와의 간극이 거대하지만 화해될 수 있다는 것을 말해준다고 하겠다.[7]

이러한 화해의 가능성은 '쉽게 쓰여진 시'[8]에서 거듭 확인된다.

　　등불을 밝혀 어둠을 조금 내밀고

---

7) 사나이를 '있어야 할 나'로 보든, '있었던 나', '있어야 할 나'의 부정적인 모습으로 보건 이 시가 앞에서 본 것처럼 삼자간의 화해를 보여주는 것은 마찬가지이다. 다만 어느 하나로 단정할 경우 시어가 갖는 의미의 폭을 한정하게 될 뿐이다.
8) 「쉽게 쓰여진 시」 中에서.

시대처럼 올 아침을 기다리는 최후의 나.

나는 나에게 작은 손을 내밀어
눈물과 慰安으로 잡는 最初의 握手.

윤동주의 이러한 미움과 연민이 교차하는 끊임없는 화해의 추구는, '있는 나'에 대비되는 '있어야 할 나'의 부정적인 그림자를 마지못해 피동적으로 받아들였던 이상의 경우와 비교된다. 거울 속의 불구를 총으로 쏘면서 '불사신'처럼 죽지 않자 마지못해 인정하는 소극적 자세가 아니라, '사나이'는 추억처럼 감미로운 대상까지도 될 수 있는 것이다. 그래서 '달이 흐르는 우물 속'의 세계는 완전히 버려야 할 대상이 아니다. '녹이 낀 어느 왕조의 유물'처럼 애처로우면서도, 그러기에 쓰다듬어 주어야 할 나의 분신인 것이다.

4) 摩尼·거울·우물의 삼각도

위에서 추사 김정희·이상·윤동주의 자기인식을 '있었던 나', '있어야 할 나' 사이의 通變·遮斷·握手의 원리로 분석했다. 그리고 이들 원리를 낳는 매개물이 마니·거울·우물이라는 것을 보았다. 따라서 이 매개물들은 단순히 시적 소재가 아니라, 이들 세 작가의 의식의 통로이자 삶의 원리라는 것을 알 수 있다. 이 세 개의 매개물이 갖는 성격을 비교하는 것은 당연히 세 편의 자화상과 그 주인공들이 나누는 공통점과 차이점을 밝히는 것이 된다. 이들은 모두 물체의 相, 즉 '있는 나'의 모습을 비춰주면서 '있어야 할 나'와의 거리를 확인해 준다는 점에서 같은 성격을 가진다. '자기 인식'이라는 공통행위를 세 작가는 나누는 것이다. 이 행위가 갖는 사회적·역사적 배경은 다음 장에서 살피기로 하고 이들의 차이점을 간략히 정리해 보자.

추사의 마니 구슬은, 모든 대상들이 갈마들며 비추어서 萬億으로 變相하여 헤아릴 수 없다.[9] 이 변상, 즉 통변의 원리는 공시적 지평에서 뿐 아니라 통시적인 지평에서도 역시 그 역할을 한다. 공간적·시간적으로 존재하는 어느 相도 개별적인 존재로서의 의의를 가지면서 통합될 수 있는 것이다. 과거와 현재의 시간은 모두 각각 하나의 相을 갖는다는 점에서 자족적이면서, 또 그 전체가 서로 보충하여 전체로서의 하나로 통일되는 것이다. 이 안에서 추사의 과거·현재·미래는 별개이되, 모두 '있어야 할 나'에 수용되는 것이다. 현대의 용어로 하면 추사의 시간, 곧 존재양식은 실존적이면서 현상학적이다. 어제는 어제이되, 오늘에 통합되는 어제이고, 오늘은 또 오늘이되 어제와 내일에 통합되는 오늘이다. 따라서 어느 시간이건 상호 보족적이면서 등가적 의미를 갖고 있다.[10] 그러기에 추사는 '있는 나'의 상대적 우위나 절대성을 인정하지 않는다. 마니 구슬의 변상처럼 '있는 나'의 눈, 즉 인식을 무수히 개방할 것을 요구한다.[11]

이상에 있어서는 이러한 과거·현재·미래의 대화가 열려 있지 않다. 그에게 있어 삼자의 관계는 앞에서 이야기한 대로 차단된 것으로서, 각각은 모두 제자리에서 부동자세를 취하고 있다. 추사에 따르면 그것은 執定一位요, 膠柱鼓瑟, 刻舟求劍이다. 각각을 절리된 단편으로 존재하게 할 뿐이다.

거울이 책장 같으면 한 장 넘겨서
맞섰든 季節을 만나련만

---

9) 주 2) 참조.

10) 今日猶作日 如何今年異於作年 年無異而人自異歟. 「與李藕船尙迪」, 『阮堂先生全集』 卷四.

11) 山河大地 萬像森列 爲是眼故 七藤八葛 爾有眼時 鐵壁千重 爾失眼時 落落玄空 一眼二眼 三眼五眼 乃至千眼 眼藏无盡 而淸淨海 復靑蓮花 如是爾眼不勝其多 彼失眼者 所失者那 遠離塵根 脫落臼窠 海印發光 摩尼攝影 鏡鏡昭徹 霽空月瀅. 「眼偈贈霽月師」, 『阮堂先生全集』 卷七.

여기 있는 한— 페지

거울은 페—지의 그냥 表紙[12]

거울이 표상하는 시간과 존재방식은 단절된 현재, 하나의 절편일 뿐이다. 이 단절된 현재의식은 '있는 나'의 절대성을 보장하는 듯하지만 오히려 그 반대다. '있었던 나'를 지금 '있는 나'가 차단하고 있는 것처럼, 그는 또 차단될 운명을 지니고 있기 때문이다. 그러므로 이상에게는 과거뿐 아니라 현재조차 생존의 시간이 아니다. 나아가 미래조차 기댈 수 없는 죽음의 시간이다. 오직 정지된 시간으로서의 영원한 과거만이 계속된다.[13] 추사에게 과거·현재·미래가 모두 실존적 시간으로서 공통분모를 갖고 있었던 것과는 대조적이다. 이상은 차단된 단 하나의 '거울'을 잡고 있었고, 추사는 셀 수 없는 거울로 변상하는 통변의 마니를 간직하고 있었던 것이다.

'거울'과 마니의 중간에 윤동주의 우물이 있다. 우물은 거울처럼 평면이 아니다. 부동태가 아닌 것이다. '구름이 흐르고, 하늘이 펼쳐지는' 흐름을 간직하고 있다. 그 안에서 만나는 '사나이'는 차단시켜 버리고 싶은 미운 존재이지만 품에 안고 쓰다듬어 주어야 할 모습이다. 우물은 거부의 장이기도 하지만 화해의 장이기도 하다. 과거의 시간을 간직하면서도 현재의 축 위에 수용될 수 있는 것이 우물이 만드는 상이다. 마니 구슬처럼 변상을 하는 것은 아니나 거기에는 샘물처럼 지속적인 흐름의 시간이 있다. 그러기에 미래조차 기다려 볼 수 있는 공간이다.

우리는 여기에서 마니·거울·우물을 가지고 추사·이상·윤동주가 그려내는 통변, 차단, 흐름의 삼각도를 상정해 볼 수 있는 것이다.

---

12) 「明鏡」 中에서.

13) 速度를調節하는날사람은나를모른다. 無數한나는말(譚)하지/ 아니한다, 無數한過去를傾聽하는現在를過去로하는것은不遠間/ 이다. 자꾸만반복되는過去, 無數한過去를傾聽하는無數한過去/ 現在는오직過去만을印刷하고過去는現在와一致하는것은그것들/의複數의境遇에있어서도區別될수없는것이다. 「線에關한覺書 5」 中에서.

3. 자아인식의 시대적 맥락

서론에서 우리는 작품의 존재방식을 1. 작가 및 그의 환경, 2. 작중인물 및 그 세계, 3. 독자 및 환경, 4. 독자가 1, 2를 통해 창출하는 인물과 세계의 모형 넷으로 설정했다. 그리고 이러한 작품의 존재방식이 자기인식의 논리와 연결되는 것을 보았다. 그 구체적인 사례로 살펴보고자 한 것이 추사·이상·윤동주의 경우였다. 그러나 2장에서의 논의는 주로 각 인물들 간의 양상을 살피는 데 치중하였다. 이 장에서는 환경과 인물을 연결하여 봄으로써 자기인식이 전개될 수 있었던 배경을 살피면서 그 안에서 개별 작가의 특성을 확인해 보고자 한다. 물론 이 과정에서 개별 작가의 자기 시대와의 관계만이 우리의 관심일 수는 없다. 통시적으로 자아인식의 전개되는 양상에도 지속적인 관심을 둘 필요가 있을 것이다.

먼저 추사의 「자제소조」가 이루어진 배경을 생각해 보자. 물론 잘 알려진 대로 추사는 禪家이고, 그의 인식논리의 중핵을 이루는 마니는 「금강경」의 기본원리이다. 역사적으로 마니의 비유는 고려 조계종의 조종인 보조국사 지눌이 상용했던 것이다.[1] 따라서 추사를 선가의 흐름 위에서 살피는 것도 의의 있

---

1) 이 점은 최민홍 교수가 『한국철학사』에서 이미 지적한 바 있다. 知訥의 『眞心直說』 등 저서에 일관되게 흐르는 논리이다.

는 일이다. 그러나 더 우리의 관심을 끄는 것은 이 선가의 원리가 꼿꼿한 선비로 알려졌던 추사에게 계승되었던 배경, 그리고 이러한 계승이 후기 실학자로 알려진 그에게 어떤 역할을 했느냐 하는 점이다. 이 의문에 실마리를 마련해 주면서 자아인식의 역사적 맥을 이어주는 사람이 박지원이다. 박지원은 「元祖對鏡」이란 시에서 거울을 자기인식의 방법으로 사용하고 있다.

> 홀연 몇 줄기 흰 수염 돋았네,
> 6尺에 지나지 않는 이 몸.
> 거울 속 비치는 얼굴 세월따라 다른데,
> 童心만은 오히려 작년의 나와 같네.

> 忽然添得數莖鬚
> 全不加長六尺軀
> 鏡裏容顔隨歲異
> 穉心猶自去年吾.[2]

거울은 과거 시간과 미래 시간을 잇는 새해 아침의 자기인식을 표상하면서 시간적인 의미도 함축하고 있다. 연암은 과거와 미래의 교차점에 서 있는 자기의 두 모습을 대비시킨다. 해마다 거울 속에서, 즉 시간의 축 위에서 변모해 가는 얼굴과, 해를 바꿔가도 변하지 않은 穉心, 즉 어린애같이 티없는 마음이 제시된다. 자기 존재에 대한 이러한 대비적 인식은 「자제소조」를 통해 추사가 설파한 마니 구슬의 양면성과 일치하는 것이다. 연암의 경우 穉心, 즉 童心은 주관적 편견 및 현상계와 동떨어진 낡은 지식으로부터 벗어나 자신의 참모습과 새로운 세계관을 찾을 수 있는 방법이다. 나아가 연암은 자기를 제대로 파악하기 위해서는 저 아닌 남이 되어 저를 되돌아봐야 한다는 자기인식, 자기반조의

---

2) 『燕巖集』 卷之四.

논리를 주장한 바 있고, 이러한 자세로 부단히 변화하는 시간 축 위에서 자신도 당대의 성인이 될 수 있다고 한 바 있다.[3] 추사가 투명한 마니의 원리를 기반으로 변상하는 세계, 또 그 안에 존재하는 자신을 인정한 것과 일치한다.

이와 같은 자기인식의 논리는 이들이 같은 실학자군으로 영향의 수수관계에 있었다는 사실로써만 해명될 것은 아니다. 자기인식이란 결국 자신이 처한 세계의 존재방식에 대한 해명임을 전제할 때, 당연히 우리는 이들의 자기 반조를 태동시킨 역사적 상황의 공통점을 생각해 볼 수 있는 것이다. 이들은 자기 안의 싸움, 또 그것의 이면이라 할 수 있는 자아와 부정적인 세상과의 대결을 두 개의 논리를 변증법적으로 통일하면서 해결하고 있다. 두 개의 논리란 첫째, 두 사람이 각각 시간·공간을 관류하는 불변의 원리라고 생각했던 투명한 의식이다. 즉 마니와 동심이다. 부정하고 싶은 혼란한 세계에 대한 거부이자 고정된 사고방식과 편견에 대한 반작용이다. 주자주의적 세계질서는 더 이상 의미를 갖지 못한다고 거부하며 당대를 위기의 시대라고 진단하게 만든 의식의 기반이다. 「歲寒圖」를 그리도록 했던, 찬바람이 부는 세도정치 시대의 난폭한 횡포를 거부하는 기점이다. 이른바 중세적인 성리학적 질서를 탈피하고 있는 사람들로 실학자들을 평할 때 그 거부의 논리적 기반이 여기에서 마련된 것으로 생각할 수 있는 것이다.

한편 그것은 거부의 논리이자 새로운 질서 재편의 논리이기도 하다. 동심이란 질서를 잃어버리고 어지러워진 어른 세계에 대한 거부이면서, 동시에 순진의 눈으로 그대로의 세계를 보겠다는 의지를 나타낸다. 투명한 의식 위에는 새로운 빛깔을 칠할 수 있는 것이다. 이때 두 번째 논리로서 通變의 원리가 필요

---

3) 연암은 청정한 마음이 없기 때문에 당대가 병을 앓고 있다고 생각했다. 그래서 '室牖非虛 則不能受明 晶珠非虛 則不能聚精'(素玩亭記,『燕巖集』卷三)라고 하여, 이 투명한 의식 위에 새로운 세계질서를 수립할 것을 주장했다. 이런 논리가 禪家의 이른바 不立文字, 直指人心과 상통하는 점이 있다는 것은 拙稿『열하일기의 認識論理와 敍述方式』(『근대문학의 형성과정』, 한국고전문학연구회 편저, 문학과지성사, 1983)에서 지적한 바 있다. 본서에 보론으로 수록되어 있다.

하다. 즉 시간과 공간의 변상을 인정하고 자기가 처한 시공에 알맞은 相을 그려 넣는 작업이 필요한 것이다. 이 새로운 相에의 추구가 실학자로서의 연암과 추사가 획득한 각각의 모습으로 이어진다. 이 두 개의 논리는 한마디로 부정과 생성이라고 이름할 만하다. 자아인식·세계인식 모두에 적용되는 이 부정과 생성의 변증법은 물론 시간 축에서도 전개되는 것이다. 개인 차원의 자아인식만을 논한다면 '있었던 나'에 대한 부정은 이 경우 '있어야 할 나'의 갱신을 위한 부정이고, '있는 나'의 새로운 도전을 위한 부정이다. 그러기에 추사는 예술가로서 뿐 아니라, 행동력을 갖춘 실학자로서 역사의 장 위에서 자기 몫을 감당할 수 있었다.

理學至上의 중세적인 성리학이 막을 내리고 메아리 있는 목소리를 실학자들이 추구하고 있을 때, 거기에 참여하여 조선왕조 실학의 원숙미를 보여준 사람이 김정희다. 굳이 실학을 근대적 사상이라고 한다면 중세적인 질서관에서 근대적인 것으로의 이행을 발버둥치던 시대의 증언자이다. 동시에 우리 나라에는 더불어 사귈 만한 선비가 없다고 한 그는 암흑의 시대 속에서 새로운 선비상을 찾던 사람이다. 그러나 그 선비는 세상에 있지 않고 자신 속에 있다고 믿고 자기를 다져나갔던 면모를 자연스럽게 이해할 수 있다. 새로움이란 언제나 낡은 것을 버리는 일에서 시작한다. 그러나 그 낡은 것은 단순히 타기되어야 할 것이 아니고 곱씹어보고 되새겨야 할 무엇이다. 그때에야 비로소 새로움은 그 안에서 잉태될 수 있는 것이다. 또 다른 「자제소조」에는 앞의 시에서 얻었던 부정과 생성의 깨달음이 시현되고 있음을 본다.

담계 옹방강은 이르기를 '옛 경전을 좋아한다' 하고 운대 완원은 이르기를 '남이 말하는 것을 그대로 말하는 것을 좋아하지 않는다'고 하였는데, 두 분의 말씀이 내 평생을 다 나타내었다. ……[4]

---

4) 覃溪云嗜古經 芸臺云不肯人云亦云 兩公之言盡吾平生. 『阮堂先生全集』 卷六.

훈고학에 몰두하고 금석문을 찾아다닌 이유도 여기에서처럼 '있었던 나'와 '있는 나'가 비록 한 순간이나, 또 그것이 眞我 실현의 길이라는 것과 궤를 같이 한다. 그러기에 '어느 것도 내가 아닌(無以爲我)' 세계에서도 이용후생·실사구시를 주장할 수 있었던 것이다. 頓悟 뒤에는 반드시 漸修를 함께 해야 한다던 지눌의 사상체계가 추사에게 이르러 꽃피어 실현된 것이다. 그래서 추사는 인간의 운명을 초극한 모습으로 우리에게 나타난다. 오늘날 우리가 말하는 실학은 일체가 허무인 이 세계에서 그것을 넘어 돌아가는 金剛法輪의 바퀴 굴림이라 할 것이다.[5]

자기가 처하고 있는 시대에 대한 부정이 자기인식으로 이어지고 있는 것은 이상에게서도 마찬가지다. 그러나 이상의 자아에 대한, 그리고 세계에 대한 부정은 추사에게서처럼 생성의 원리를 전제한 것이 아니었다. 거울은 마니 구슬처럼 부정과 생성을 연결하지 못하고 차단하고 있었다. 그리고 앞에서 본 것과 같이 이상에게 시간은 계속 부정되는 과거만을 산출하는 부정의 시간이었다. 당연히 그는 여기에서 '권태'를 느껴야 했고, 내일도 그것이 되풀이되어야 한다는 것을 의식하면서 '질식'할 따름이었다. 이상에게 보이는 전도된 시간, 숫자의 혼란, 공간 질서의 혼돈, 부재와 방향상실 의식은, 이와 같이 과거·현재·미래가 각기의 자족성과 유기적 연관을 성취하지 못하고 다만 부정의 시간 축을 달리고 있을 뿐이라는 당혹감에서 유래한다고 할 수 있다. 그는 행동하고 처신해야 할 현재의 시간조차 확보할 수 없는 것이다. 그러기에 그는 계속 불구자로서 남아있을 수밖에 없었다. 그것은 '자살을 권유해도 죽일 수 없고', '총으로 쏴도 죽지 않는' 불사조였던 것이다. 치유할 수 없는 불구자, 그걸 알면서도 그는 '조심하고 진찰할' 수 없었던 것이다. 여기에 이상이 보여준 是와 非, 과거와 현재, 자신과 세계와의 대결이 가지고 있는 한계가 있었다. 추사는 대립을 통일하여 초극하였는데, 비해 그는 대립 안에 갇힌 '박제된 불구자'

---

5) 「題川頌金剛經後」, 『阮堂先生全集』 卷六.

였던 것이다. 非我의 인정으로부터 전개되는 추사의 논리와, 대립 자체를 강조하기 위해 거울을 내세웠던 이상의 논리가 가져올 간극은 이미 출발부터 예견된 것이기도 했다.

물론 이러한 차이는 두 사람의 삶의 양식과 그를 둘러싸고 있는 시대적인 환경의 차이로 설명할 수도 있을 것이다. 이상의 경우 불구의식은 개인적으로는 생활을 여인에게 의탁하여 살아가던 자신의 투사일 수도 있을 것이다. 또 크게 보아 그의 삶의 터전이 식민지라는 단절된 부정의 역사공간에 자리하고 있었음도 간과해서는 안될 것이다. 차단된 역사 현실이 내면에서의 '차단'을 마련했다고 볼 수 있는 것이다. 과거와 단절된 불구적인 역사의 현장, 그리고 미래에 연결될 희망이 없는 역사의 장에서 그는 자신을 死面[6]이라고 부르짖을 수밖에 없었으리라.

여기 어디 불을 찾으려는 정열이 있으며, 뛰어들 불이 있느냐. 없다. 나에게는 아무것도 없고 아무것도 없는 내 눈에는 아무것도 보이지 않는다. 암흑은 암흑인 이상 이 좁은 방 것이나 우주에 꽉 찬 것이나 분량상 차이가 없으리라. 나는 이 大小 없는 암흑 가운데 누워서 쉴 것도 어루만질 것도 또 욕심나는 것도 아무것도 없다. 다만 어디까지 가야 끝이 날지 모르는 내일, 그것이 또 창 밖에 등대(登待)하고 있는 것을 느끼면서 오들오들 떨고 있을 뿐이다.[7]

이상은, '무거운 짐일 뿐인 역사'를 짊어지고, '이젠 세상에 맞지 않는 옷'임을 스스로 인식했다. 그리고 끝내 '봉분보다도 나의 임무는 적다'며 요절했다. 부정적인 자기인식과 세계인식을 스스로의 몸으로 실증한 것이다. 최초이자 마지막으로 보여준 실천적인 모습이었다. 단절된 역사, 죽어버린 시간을 그는 모방한 것이다.

---

6) 「自畵像」中에서.
7) 「倦怠」中에서.

그러나 윤동주를 만날 때 우리는 역사에서 개인이 맡아야 할 짐을 거듭 확인한다. 그에게도 역시 부정해야 할 세계가 있었다. 계속 과거를 잉태하는 부정적 시간이 이상을 질식시켰듯, 밤은 어느 곳에서도 윤동주를 휩싸고 있었다.

세상으로부터 돌아오듯이 내 좁은 방에 돌아와 불을 끄옵니다. 불을 켜 두는 것은 너무나 피롭은 일입니다. 그것은 낮의 연장이옵기에―

이제 창을 열어 空氣를 바꾸어 들여야 할텐데 밖을 가만히 내다보아야 房안과 같이 어두워 꼭 세상 같은데 비를 맞고 오든 길이 그대로 비속에 젖어 있읍니다.[8]

그래서 밤을 거부하는 장소로 그가 회귀하는 곳이 소년시절·고향·우물가·방 등이다.[9] 그리고 자신이 처한 세계를 부정하기 위해 그는 '눈감고 간다.' 이러한 순수한 세계로의 회귀와 盲目을 통한 혼란한 세계질서 거부는 앞에서 본 바와 같이 연암이나 추사와 같은 태도이다. 모두 자기의 시대를 존재의 의미를 상실한 암흑이라고 인식한 데에서 이러한 공통점은 나타난다. 그러나 그는 이상과는 달리 그 밤을 '好敵'[10]으로 여기고 도전을 감행했다. 밤마다 녹슨 풍화작용을 한 거울을 손바닥 발바닥으로 닦고 있는 윤동주를 이미 우리는 만나 보았다. 부끄러움과 죄의식을 가지고 '손들어 표할 하늘도 없는 나'를 自嘲하면서도, 한편으로 「十字架」에서 볼 수 있는 것과 같은 치열한 의식으로

---

8) 「돌아와 보는 밤」中에서.
9) 죄의식과 부끄러움은 모두 부정적 세계에 대한 자기인식의 결과이다. 그리고 그가 추구하는 원초적인 상태의 의식은 소년·고향·밤·하늘·우물가 등이다. 물론 이때 '돌아와 보는 밤'의 경우처럼 어둠의 상징으로 '밤'이 사용된 것은 구별되어야 한다.
10) 이 밤이 나에게 있어 어린 적처럼 한낱 공포의 장막인 것은 벌써 흘러간 전설이오. 따라서 이 밤이 향락의 도가니라는 이야기도 나의 염원에서 아직 소화시키지 못할 돌덩이다. 오로지 밤은 나의 挑戰의 好敵이면 그만이다. 「별똥 떨어진 데」中에서.

그는 자아와 역사에 도전을 한 것이다. 그의 자기연민이 이상의 경우와는 달리 방향감각을 가진 역사인식으로 이어지고 있음을 '길'은 잘 보여준다.

풀 한 포기 없는 이 길을 걷는 것은
담 저쪽에 내가 남아 있는 까닭이고
내가 사는 것은 다만
잃은 것을 찾는 까닭이다.[11]

---

11) 「길」中에서.

4. 결론

    거울과 물을 표상으로 대변되는 자아인식을 보여주는 작품은 동서를 막론하고 무수히 존재한다. 우리의 고전에도 많다. 따라서 이 자아인식을 보여주는 작품을 서론에서 제시된 것과 같이 인간 심성과 관련시켜 일반 문학적인 차원에서 논의할 수 있다. 또 「금강반야경」을 종지로 하여 ‘眞心’의 ‘反照論理’를 보여주는 禪宗 등 사상적인 측면에서의 접근도 가능하다.

    그러나 이러한 일반 문학적·사상적 차원에서의 연구는 더 나아가 ‘자기인식의 문학사’ 위에 자리하고 있는 작품들의 개별성과 구체성을 설명하는 데에까지 나아가야 한다. 각 작품의 존재방식에 대한 개별적인 연구의 집적으로 사상적인, 일반 문학적인 논의가 진전될 수 있었기 때문이다. 여기에서 말하는 각 작품의 존재방식이란 물론 언어예술로서의 작품구성뿐 아니라 그 작품에 구현된 작가의 세계관, 그것의 시대적인 성격을 아울러 의미한다. 가령 추사의 「자제소조」, 이상의 「거울」에 대한 논의는 결국 그들의 세계관과 시대적 의미에 대한 관심의 표시인 것이다. 설사 이 둘이 동일한 문학적·사상적 범주 안에 있다고 할지라도 보편성과 함께 개별성이 논의됨으로써 문학사와 사상사에서의 지평을 확보하게 된다. 이 사상사 내지는 문학사 위에서 작품이 취하고 있는 개별적인 필연성이 역으로 같은 범주의 작품이 취할 수 있는 문학적·사상적 보편성을 규정해 준다고 말할 수 있는 것이다. 보편성이 구체적으로 그리고 필연적으로 시현된 것이 개별적인 것이기 때문이다. 이 글이 自畵像類의 작품이 취하고 있는 존재방식을 찾고자 하면서 연암 박지원, 추사 김정희, 이상, 윤동주 등을 서로 비교한 까닭이 여기에 있다.

자화상류의 작품은 자아의식의 소산이라는 전제는 누구도 인정한다. 그리고 이러한 전제하에 윤동주, 특히 이상의 경우 심리학적 연구방법론의 한 결전장처럼 여겨져 왔다. 그러나 과도한 심리학 용어를 사용한 연구는 이들을 '異狀'과 '神秘'로 감쌌을 뿐 정작 異狀한 이유나 근거를 설명하는 데에는 아쉬움이 있었다.

본고는 서론에서 본 바와 같이 이들 작품의 존재방식이 작가·작품·독자의 사이에서 전개되는 일반적인 독서과정과 일치하며, 이것은 한 개인의 내부에서 일어나는 과거·현재·미래 사이에서의 상호인식의 방식과 연결되는 것을 전제로 하였다. 그럼으로써 난해한 심리학 용어의 직접적인 차용 없이 이들 작품군을 자아인식의 차원에서 논할 수 있는 근거를 마련하였다. 그리고 일반 문학적으로나 국문학사 위에서 이상·윤동주 등의 자아의식이 이상한 존재로만 부각될 수 없음을 박지원·김정희의 작품과 비교하여 논하였다. 자기가 살고 있는 시대의 부정적 가치질서에 대한 회의와 거부가 自己反照의 논리화 과정을 거쳐 작품으로 형상화되었다는 점이 이들의 공통점이었다. 세계와 그 속에 살고 있는 자신에 대한 거부는 원초적인 곳으로의 회귀를 동반하고 있음도 이들에게서 확인되었다. 그곳은 거부의 장소이자 동시에 새로운 질서 재편을 위한 창조의 장소이기도 하다. 연암은 티없는 어린애의 마음을, 추사는 투명한 마니 구슬을, 윤동주는 소년시절·고향·하늘 등을, 이상은 거울을 각각 택하고 있었다. 이들은 이러한 자기반조를 통하여 시대와 세계에 대한 반항자로 존재하였다는 점에서도 일치한다.

물론 반항자로서의 구체적인 모습은 달리했다. 연암과 추사는 부정해야 할 세계와 자아, 있어야 할 세계와 자아를 변증법적으로 통일하면서 현실적인 삶에 역동성을 부여하는 능동적인 반항자였고, 이상은 부정해야 할 세계의 울타리 안에 갇힌 무력한 반항자였다. 더구나 이상은 그 반항마저 포기했다. 윤동주는 부정해야 할 세계와 자아를 갖고 있었다는 점에서는 반항자의 기질을 함께 했으나, 존재 자체에 대한 완전한 부정에 이르지 않았다는 점에서 이상과는 다르다. 물론 是非의 갈등에서 완전히 벗어나지 못했다는 점에서 추사와도 다르다. 그러나 끊임없이 부정적인 현실에 대하여 도전하고 있다는 점에서 추사를 닮고 있다.

이상·윤동주 등을 박지원·김정희와 연결시켜 자아인식의 연속성과 불연속성을 추적하고자 하는 이러한 논의는 위로는 祖師들의 禪詩 및 실학자군을 위시한 여러 儒家들과, 아래로 서정주와 유치환 등에까지 논의를 확대해야 할 것이다. 이후에야 비로소 자아인식을 시대적 상황과 접맥시키면서, 문학사 위에서 보편성과 개별성을 추적하려는 접근 방법이 자리를 잡을 수 있을 것으로 생각된다.

『열하일기』의 서술원리

1. 머리말

본고는 연암 박지원의 『열하일기』에 나타나는 서술원리를 밝힘으로써 문체를 해명하고, 이를 기반으로 박지원의 작가적·사상가적 특성을 재조명하고자 한다.

『열하일기』를 통하여 박지원의 문체를 실증적으로 탐색하는 이 작업은 첫째, 한문단편 위주의 연암 문학에 대한 논의를 확대하는 한편 이를 바탕으로 개별작품론을 심화하고, 둘째, 이른바 '文體反正'이라는 정치·사상사에서 문제된 『열하일기』와 박지원의 조선후기 문학에서의 성격과 위치를 점검하고, 셋째 소설이 아닌 산문의 구조 분석적 연구를 통하여 산문 일반에 대한 논의의 지평을 열고자 하는 것이다.

연암 연구사는 크게 보아 영·정조 시대를 문학사에서 뿐 아니라 사상사에서 '근대의식의 성장기'로 이해하려는 노력과 긴밀히 연결되어 있다. 따라서 초기 연구는 주로 기존관념의 묵수를 벗어난 작가적·사상가적 면모를 강조했다. 당대의 성리학적 질서에 대한 비판을 통하여 이른바 실학사상가로서의 '근대적' 성격을 지니게 된 연암의 위치는 「호질」「양반전」「허생전」「열녀함양박씨전병서」 등 한문단편과 『열하일기』가 지닌 강한 사상성이 지적되면서 확연해진 것이다.[1] 이러한 연구에 뒤이어 『열하일기』 및 위에서 제시한 작품이 가진 풍자적 성격에 착안하여 작품구조와 시대적 성격이 논의되면서 사상가로서 뿐 아니라, 작가로서의 성격이 분명해졌다.[2]

한편 『열하일기』가 직접대상이었던 문체반정도 탕평책의 수단,[3] 북학파가 가졌던 사회개혁 의식과 지배계층에 대한 도전을 정치적으로 해결하려던 방법[4] 등으로 설명되어, 거듭 박지원의 선명한 사상적 성격이 부각되었고, 새로운 사상을 담은 작가로서의 면모도 강화되었다.

본고는 이러한 연구사에서의 업적을 기반으로 연구방향을 세우기 위한 몇 가지 의문을 가정하면서 출발한다.

첫째, 정치사·사상사적 성격 위주로 설명된 문체반정의 대상 『열하일기』를 연암의 그 밖의 다른 산문과 함께, 문학 형식적 차원에서 접근함으로써 '稗史小品의 영향을 받은 것으로서 한문단편에 영향을 주었다'는 燕巖體의 구체적인 모습을 찾을 방법은 무엇인가. 한문단편을 주로 하여 평가된 연암의 작가적 성격을 적극적으로 파악하면서, 연암문학 일반에까지 논의를 확대하고, 문체반정과 연암의 문체에 대하여 사상적 논의와 아울러 문학적 논의를 진전시킬 방법은 무엇인가.

---

1) 金一根,「燕岩小說의 近代的 性格」,『慶北大學校論文集』 1집, 1956 ; 申基亨,「燕巖의 實學思想—그의 한문소설을 중심으로」,『文耕』 4집, 중앙대학교 국문학연구회, 1957 ; 金佑成,「實學派의 文學」,『國語國文學』 16집, 국어국문학회, 1957 ; 李家源,「燕巖 朴趾源의 生涯와 思想」,『思想界』 6권 10호, 1958 ; 金智勇,「實事求是思想과 朴趾源의 思想」,『淸州大學校文集』 제3집, 1960 ; 李東歡,「燕巖의 思想과 小說」,『古典文學을 찾아서』, 문학과지성사, 1976 등.

2) 李庭卓,「燕巖小說에 나타난 諷刺研究」,『安東教大論文集』 2집, 1969 ; 金學成,「燕巖小說의 諷刺性」, 文理大學報 서울대, 1971 ; 李源周,「虎叱의 諷刺對象」,『常山李在秀傳士 還曆紀念論文集』, 1973 ; 李石來,「朴燕巖의 諷刺作品—兩班傳과 虎叱」,『聖心語文論集』 4, 1977 등.

3) 鄭玉子,「朝鮮後期 漢文學思潮史研究」, 1981년도 한국정신문화연구원 역사연구실 연구과제, 159면. 鄭교수의 「朝鮮後記 文風과 委巷文學」(『韓國史論』 4집, 1978) ;「正祖의 學藝思想」(『韓國學報』 11집, 일지사, 1978)은 모두 같은 논지를 담고 있다.

4) 정조 또는 훈구세력들과 북학파의 관계를 대립적으로 보는 역사적 관점은 이런 견해를 표명한다.

둘째, 박지원을 중심으로 한 조선후기 문학의 근대적 성격은 사상적 변혁으로서 설명되고 있는데, 사상적 변혁은 어느 정도 확실하며, 이러한 입론이 타당한가. 타당하다면 연암에게서의 사상적 변혁은 구체적으로 무엇이고, 문학사에서 '근대적'으로 평가되는 이유는 무엇인가. 타당하지 않다면 연암문학, 나아가서는 영·정조시대 문학의 성격을 파악하기 위한 방법은 무엇인가. 사상적 연구를 적극적으로 계승하면서도 이를 보강, 발전시킬 수 있는 연암 문학 연구방법은 무엇인가.

셋째, 이러한 의문을 『열하일기』를 중심으로 진전시킴으로써, 장형서사체로서의 소설을 중심으로 한 조선후기 산문문학의 논의에 그 밖의 다른 산문을 수용할 수 있는 방법을 모색할 수 있지 않을까. 즉 일반 산문문학에 대한 연구방법을 검토함으로써 문학사의 기술을 풍부하게 하고, 소설까지도 포함한 산문 일반에 대한 이론을 확장시킬 수 있지 않을까 하는 점이다.

이러한 의문에 답하기 위하여 연암이 복고적인 문학관인 載道之器를 거부하고 새로운 사상을 창조하기 위한 언어관·문학관을 가졌다는 연구결과에 주목한다. 언어는 사물을 분별하고 그것을 형상화하는 것임을 강조한 연암의 견해[5]를 원용하여 『열하일기』의 언어형식에 주의하여 형상화되는 과정과 방법을 추적하려는 것이다. 창조적 문학관이 어떻게 문체에 시현되었는지, 그 문체가 기존의 질서와는 어떤 거리가 있는 사상을 함유하고 있는가를 밝힘으로써 언어의 형상성을 강조한 작가로서의 연암, 그리고 형상의 작품 속에 담겨진 사상가로서의 연암의 위치를 재조명할 수 있을 것이다.[6]

서술원리란 이 형상화되는 과정과 방법, 다른 말로 하면 연암이 글쓰는 일을 兵事에 비유하면서 주장했던 글을 짜는 방법, 즉 제목과 주제를 효과적으

---

5) 이에 대하여는 李東歡(「朴趾源의 文學思想」, 『震壇學報』 44호, 1977)과 趙東一(『韓國文學思想史試論』, 서울, 1978) 교수의 논의가 있다.

6) 閔斗基 교수의 「熱河日記의 一研究」(『歷史學報』 제20집, 1963)가 필자가 아는 한 『열하일기』 자체에 대한 최초의 본격적 논문이다. 이 논문은 연암의 사상사적 성격을 살폈다. 그러므로 여기에서 자세한 검토를 하지 않는다.

로 공격하기 위해서 사용한 방법을 말한다. 그러므로 단순한 수사적 기법을 뜻
하는 것이 아니라 사물에 대한 인식행위를 전제로 하는, 표현방법과 거기에 담
겨진 사상을 모두 함축하는 의미를 갖고 있다.

이를 위해 특히 연암의 글을 설명하는 데 난제로 생각되었던 逸話 또는 揷
話의 구조적 성격에 주목하려 한다.[7] 여행기가 갖는 일반적인 수많은 일화와
연암이 의도적으로 도입하고 있는 역사적 일화, 가공적으로 꾸며내는 일화[8] 등
이 글에서 하는 구실과 이들간의 관계를 살필 것이다. 요컨대 연암이 소재를
이용하여 자기의 생각을 진전시키는 현장을 살피려는 것이다.

2장에서는 이상의 가능성을 타진하기 위해서『열하일기』체제의 성격을 살
필 것이다.『열하일기』가 단순히 여행일기의 형식을 갖고 있지 않다는 것을 염
두에 두고 체제를 통하여『열하일기』의 성격과 연암의 의도, 시대적 의미를 찾
으려는 것이다. 3장에서는 지구 중심설의 해체 등 자연과학적 지식의 발전과
연암의 새로운 논리구조가 배태한 기존질서의 거부, 그것을 표현하는 문체, 이
둘의 함수관계를 설정하여 연암에 의해 창출될 수 있는 삽화의 운용방식, 즉
서술의 범주를 이론적으로 추출해보려 한다.

4장에서는 3장에서 이론적으로 도출된 언어 행위의 틀이 구체적으로 시현되
는 모습을 살핀다. 허구적 삽화와 사실적 삽화의 조합 양상, 입체적 인식에서
나온 표현 시점의 다양한 전이 등 글의 형식적 측면과 글의 주제가 맞물리는
모습을 4일간의 일기를 통해 살필 것이다.

---

7) 민병수 교수는 연암에 대한 본격적인 연구가 부진한 이유는 1. 연암의 소설작품들에 공
　존하고 있는 일화적 성격이 그 예술적 형상화의 한계를 스스로 드러내고 있고, 2. 이러한
　내적인 제약점을 극복할 수 있는 문학이론이 없기 때문이라고 밝힌 바 있다(「朴趾源 文
　學의 硏究史的檢討」,『韓國學報』15집, 1978, 서울, 一志社). 본고는 일화·삽화의 성격
　과 의미를 탐색하는 데 일단의 의의가 있다.
8)『열하일기』의 허구적 성격에 대해서는 이재선 교수(『韓國短篇小說硏究』, 一潮閣, 1975)
　와, 김현·김윤식 교수(『韓國文學史』, 民音社, 1973)의 지적이 있었다. 본고는 이 견해를
　받아들이지만, 일반 문학이론적 접근방법을 택하지 않고, 연암의 사고논리의 검증을 통
　해『열하일기』의 사실차원과 허구차원의 관계를 논하려 한다.

그리고 여기에서 얻은 글의 구조적 틀을 「호질」의 구조와 비교함으로써 연암소설의 구조적 해명을 위한 시론을 전개한다. 주지하다시피 「호질」은 연암의 창작설과 차용설이 아직 명확히 해결을 보지 못하고 있다. 작품의 해석도 분석자에 따라 임의적인 결론을 보일 뿐이다. 李佑成 교수는 「호질」의 작품구조가 중국의 역사적 상황과 비슷한 일면이 있다는 이유로 연암의 작이라는 설을 부정하고 있고,[9] 뒤이어 여러 연구는 「호질」을 전후한 여러 문맥들을 중심으로 반론을 전개했다. 앞뒤의 문맥이 모호함에 기인하는 이러한 혼란은 李在銑 교수에 의해 領字형태로 해명되었으나,[10] 아직 '소재차용' 시비가 계속되고 있다. 4일간의 일기분석을 통해 얻은 결론으로 이 「호질」을 「관내정사」 7월 28일의 구조하에서 해명할 것이다. 「호질」을 독립된 작품으로 따로 떼어 글자 한 자 한 자에 집착하여 미시적으로 분석하던 이제까지의 연구방법에서 벗어나고자 하는 것이다.

5장에서는 앞에서 파악된 연암의 언어양식이 그의 언어관·문학관 및 사상과 갖는 상관성을 살핀다. 연암은 이론과 작품을 모두 남긴 작가였기에 이 거리를 살핌으로써 연암이 문학사에서 차지하는 위치를 논의하기 위한 기틀을 마련할 수 있을 것이다.

자료는 『연암집』[11]에 의했고 李家源 교수 번역의 『열하일기』[12]에 크게 힘입었다. 문헌비평이 본격적으로 이루어지지 않았으나 『열하일기』는 특히 이본이 많다. 이본에 따라 가감·삭제가 많은 것은 자체가 『열하일기』의 성격의 일단을 말해주는 것이다. 이가원 교수가 번역의 근거로 삼은 手寫本·手澤本을 따르되 특히 많은 부분을 첨가해 준 주설루본의 기록들은 모두 취했다. 뒤에 기록되었거나 첨가된 것이 작가의 의도를 파악하는 데 이용 여하에 따라서는 더욱 효과적일 수 있기 때문이다.

---

9) 李佑成, 「虎叱의 作者와 主題」, 『창작과비평』 11호, 창작과비평사, 1968.

10) 李在銑, 『韓國短篇小說研究』, 一潮閣, 1975.

11) 『燕巖集』, 景仁文化社, 영인본, 이하 예문은 『연암집』으로 통일한다.

12) 『熱河日記』, 大洋書籍 발행의 上·中·下를 택했다. 민족문화추진회의 것과 동일한 것이다. 이하 예문은 『열하일기』上과 같은 형식으로 표기한다.

2. 『열하일기』의 편차와 성격

이 장에서는 『열하일기』가 보이는 여타 『燕行錄』과 다른 편차 형성과정을 추적해 보고, 그럼으로써 편집체계와 『열하일기』의 성격과의 상관성을 파악하려 한다. 편집체계를 통한 『열하일기』의 성격 파악은 일기 안의 구체적 작품분석을 위한 선행작업이다.

먼저 간략히 『열하일기』의 편차를 순서대로 소개한다.

(1) 「渡江錄」은 6월 24일부터 7월 9일까지 보름간의 일기이고, 「舊遼東記」 「關帝廟記」 「遼東白塔記」 「廣祐寺記」가 첨가되어 있다.

(2) 「盛宗雜識」에는 5일간의 일기와 「商樓筆談」 등이 함께 있다.

(3) 「馹迅隨筆」에는 7월 16일부터 23일까지 일기와 「北鎭廟記」 등 4개의 記가 있다.

(4) 「關內程史」에는 7월 24일부터 8월 4일까지 11일간의 일기와 「夷齊廟記」 등 4개의 記, 그리고 「虎叱」이 있다.

(5) 「漠北行程錄」 (6) 「太學留舘錄」 (7) 「還燕道中錄」은 각각 8월 5일부터 시작하여 각각 5일, 6일, 7일씩의 일기이다.

(8) 「傾蓋錄」부터 (9) 「審勢編」 (10) 「亡羊錄」 (11) 「鵠汀筆潭」 (12) 「札什倫布」

(13)「班禪始末」(14)「黃敎問答」(15)「避暑錄」(16)「避暑錄補」(17)「楊梅詩話」(18)「銅蘭涉筆」(19)「玉匣夜話」(20)「行在雜錄」(21)「金蓼小鈔」(22)「幻戲記」(23)「山莊雜記」(24)「口外異聞」(25)「黃圖紀略」(26)「謁聖退述」(27)「盎葉記」까지는 제목 그대로 한 편의 글이고 다만「山莊雜記」에는 記만 10개가 함께 있다.「口外異聞」「黃圖紀略」「謁聖退述」「盎葉記」등에는 여행 중에 보고 들은 사항을 작은 제목으로 기록했다.

　이로 보건대 『열하일기』는 크게 보아 둘로 나눌 수 있을 것이다. 전반부는 날짜 순서대로 사건을 기록해 가는 편년체 기사 기록 방식이고, 후반부는 사건 혹은 주제중심의 기록이다. 후반부는 記事本末式 기록이라 해도 좋을 것이다. 전반부는 「도강록」에서 「還燕道中錄」에 이르기까지 57일간의 일기이고, 후반부는 「傾蓋錄」부터 「盎葉記」로 『열하일기』가 끝나는 곳까지이다. 그런데 기사 중심의 기록이라고 해서 모두 후반부에 자리한 것은 아니다. 전반부에도 「도강록」의 경우 7월 9일 일기 뒤에 「舊遼東記」「關帝廟記」「遼東白塔記」「廣祐寺記」 등 4개의 記가 포함되어 있는 것과 같이 13개의 記가 기사 중심의 기록과 함께 첨부되어 있다. 그렇다면 우리는 전반부의 여행 중에서 특별히 기록할 만한 사건의 독립으로 후반부가 이루어질 수 있었으리라는 판단을 할 수 있으나, 전반부에 남아있는 記와 후반부에 넘어간 記의 차이, 나아가서는 후반부를 전반부에서 독립시킬 때의 작가의 의도와 그 방법에 대해서 궁구할 필요가 있다. 이 과정을 통해서만 雜錄類 내지 雜記類라고 할 수 있는 『열하일기』의 성격이 명확해질 것이다.

　『열하일기』는 원래 文의 개념으로 보아 잡기류에 속하는 것이다. 문자 그대로 잡기란 雜事를 기록하는 것으로, 宮室을 개수하거나 새로 지을 때, 산수를 유람할 때 기록하거나, 器物에 관한 것 등 소소한 사건을 기록해 나가는 것이다.[1] 위에서 본 『열하일기』의 편제는 이러한 잡기류의 개념에서 크게 벗어나지 않는 것이 사실이고, ‘醇正한 文體’에서 벗어났다는 것을 이해하기에는 부족한

점이 있다

이 전반부와 후반부의 관계를 살핌으로써『열하일기』의 성격을 찾는 작업은 후반부의 모든 기록을 전반부의 일기 원위치에 편입시키고, 일기의 주제와 기사의 주제를 비교하는 것이 첩경이다. 그러나 여기에서는 논의의 편의를 위해서 전반부의 「막북행정록」 8월 7일 일기와 이 날 여행에서 비롯하는 「일야구도하기」를 대비해 보고자 한다.

후반부에서 「黃教問答」「鵠汀筆潭」 등 더욱 큰 규모의 기사를 택하지 않은 이유는 이것들이 규모는 크지만 결국 하나의 사건과 주제로 완결되는 이상, 전반부에서 독립한 단일한 기사라는 의미에서는 단편인 記와 동일하다고 보았기 때문이다. 또 전반부에 위치한 기사 중 주류를 차지하는 13개의 記와 「一夜九渡河記」는 記라는 형식이 같기 때문에, 이들과의 대비를 통하여 더 심도있게 전후반의 성격과 전체 체제의 의미를 파악할 수 있다고 생각하였다.

1) 「막북행정록」 8월 7일의 내용분석

이 8월 7일 일기에는 白河의 상류와 하류를 건너는 여행 일정에서 두 개의 記가 나타난다. 「夜出古北口記」[2]와 「일야구도하기」[3]가 그것이다. 「야출고북구기」는 古北口의 지리적 배경과 전쟁터로서의 역사적 유래를 전하고 있다. 그리고 주설루본에는 연암 자신이 이곳에 조선 사람으로는 처음 왔으며 지세의 험함에도 불구하고 두려움과 무서움이 없었다는 後識가 첨가되어 있다. 이 두 記는 모두 『열하일기』 후반부의 「山莊雜記」에 자리잡고 있다.

---

1) 所以記雜事者, 如後世古文家之記修造官室, 遊覽山水以及記器物 記瑣事等是(史通, 雜述).『中文大辭典』에서 재인용.
2)『열하일기』上, 326~331면.
3)『열하일기』下, 152~153면.

일기의 초반부는 馬夫 창대의 사고와 대추가 많은 마을의 정경이 서술되다가 古北口를 지나면서 「야출고북구기」를 쓰고 있다. 그리고 이어서 「일야구도하기」를 낳는 河水를 건넌다. 연암의 논리전개를 추적하기 위해 몇 개의 의미단락을 설정한다.

1. 마침내 물을 건넜다.
2. 물이 말배에 넘실거려 … 끌어주는 이도 없건마는 … 그래도 떨어지지 않는다.
3. 이제야 말 다루는 道를 알았도다. (우리 나라에서 말을 잘못 다루는 여덟 가지 사례. 좌우로 말 끄는 견마잡이 잡히는 것을 비판한 후) … 이는 文官도 불가한데 하물며 武將이리오 … 이제 여덟 가지의 위태로움이 모두 넓은 소매와 긴 汗衫 때문이거늘 오히려 위태로움에 편히 지내려 하니, 아아 슬프도다.
4. (임란 때 李鎰의 견마 잡혀 실패한 사례와 그에 대한 柳成龍의 지적에도 뒷사람이 고치지 않았다는 것)
5. (소경의 눈에는 어떠한 위태로움도 보이지 않는다는 소경 삽화)

이상에서 보듯 이 일기에서 연암은 강을 혼자 말에 의지하여 건너면서, 말의 시야를 가리는 견마잡이 제도와 의복제도를 비판한다. '나는 말만을 믿고, 말은 제 발만을 믿고, 발은 땅을 믿어서 견마 잡히지 않는 보람이 이와 같구나.' 견마잡이는 길을 인도해 주고, 위험을 막아주는 존재의의를 가진다. 견마잡이는 말의 앞에서 눈과 귀가 되는 것이다. 그러나 연암은 직접 물을 건너봄으로써 이의 불합리를 깨닫고 이 馬制와 衣制를 비판하는 자료로써 李鎰의 삽화를 제시한다. 이 삽화는 비판의 구체적 실증이다. 그리고 나서 연암은 이 馬制·衣制의 비판과는 상관이 없는 듯이 보이는 '소경삽화'를 이끈다. 위태로운 강을 무사히 건너고 나서 한숨을 돌리고 난 후의 인사말 또는 여담이다. 수석 역관이 밤에 물을 건너는 일을 '소경이 애꾸말을 타고 밤중에 깊은 물가에 섰는 것'에 비유하자 연암은 '소경을 볼 수 있는 자는 눈이 있는 사람이기에 소경을 보고서는 스스로 자기 마음에 위태로이 여기는 것이지 소경이 위태로움을 아는 것은 아니오'라고 응대한다. 1, 2, 3, 4에 이르기까지의 주제가 마제·의제에 대한 연암의 비판과 대안의 제시라면, 위태로움을 표현할 때 쓰는 이 소경 이야기는 그 위태로움을 벗어난 대견한 마음의 표시인 셈이다. 이어서 따로 「일야구도하기」가 있다는 기록으로 이 날 일기는 끝을 맺는다. 이 일기의 주제는 우리 나라 무장들의 긴 소매옷, 그 옷을 입고 견마 잡혀 말을 타는 제도에 대한 비판이다.

그러나 이 소경 삽화를 포함하는 8월 7일 일기는 후반부 「산장잡기」에 편제된 「일야구도하기」를 읽고 나면, 우리에게 새로운 의미를 던져준다.

2) 「일야구도하기」의 분석

「일야구도하기」를 논리전개상의 의미 단위로 나누면 다음과 같다.

1. (강물의 무서운 모습 묘사)
2. 소리는 듣기에 따라 다른 것이다.
   (가) 산중에 내 집에서 장마 때 들어보니 … (듣는 자의 태도에 따라 달리 들리는 여덟 가지 예) … 모두 바르게 듣지 못하고 胸中에 품은 뜻을 가지고 귀에 들리는 대로 소리를 만든 것이다. (耳, 과거의 구체적 사례)
   (나) 지금 나는 밤중에 한 강을 아홉 번 건넜다. (耳, 현재의 구체적 사례)
   (다) (요동에서 강을 건널 때 물을 피해 머리를 들던 경험과 그 이유) 낮에는 눈으로 물을 볼 수 없으므로 … 다시 들리는 소리가 있는 것인가. (耳目, 과거의 구체적 사례)

> (라) 지금 나는 밤중에 물을 아홉 번 건너는지라 눈으로는 위험한 것을 볼
> 수 없으니 위험은 오로지 듣는 데에만 있어 바야흐로 귀가 무서워하여
> 걱정을 이기지 못하는 것이다. (耳 目, 현재의 구체적 사례)

3. 나는 이제야 道를 알았도다. 마음이 어두운 자는 耳目이 누가 되지 않고 이
목만을 믿는 자는 보고 듣는 것이 더욱 밝아져서 병이 되는 것이다.

> (마) 지금 강물에서 말등에 앉은 나는 걱정이 없이…(道, 현재의 구체적 사례)
> (바) 옛날 '禹'는 강을 건너는 데 … 死生의 판단이 먼저 마음 속에 밝고 나
> 서… (道, 과거의 구체적 사례)

4. 나는 또 산중으로 돌아가 … 이것을 증험해 보고 스스로 총명한 것을 자신
하는 자에게 경고하는 바이다.

1은 연암이 건너는 강물의 거대한 모습을 묘사한 것이다. 연암뿐 아니라 강물이 우는 것은 다른 사람에게도 마찬가지였다. 그래서 다른 사람의 말을 인용하여 전쟁터이므로 운다고 논리적 진전을 위한 준비를 한다. 물이 운다고 표현되는 것은 일반적인 심상[4]이므로 이 부분은 평면적 기술이라 할 수 있다. 그러나 이런 강물소리에 대한 심상은 2에 와서 '흉중에 품은 뜻을 가지고 귀에 들리는 대로 소리를 만든 것'이라는 연암협에서 깨달은 사실 앞에서 무너진다. 귀란 이렇게 소리를 진실되게 전달해 주는 것이 아니라 胸中所意에 따라 움직이는 도구에 불과하다는 사실을 '하룻밤에 강물을 아홉 번 건넌(今吾夜中一河九渡)' 경험의 사실로 다시 증명한다. 즉 '강물이 우는 소리'를 위시하여 아홉 가지의 소리로 아홉 번의 흉중소의를 드러내 준다. 一夜九渡라는 언어는 강물을 아홉 번 건넜다는 행위적 사실을 지시해주면서 동시에 연암이 설파한 흉중소의의 변화무쌍함을 드러낸다. 언어는 단순한 지시언어를 넘어 개념언어화[5]

---

4) 徐花潭도 물은 운다고 표현하였다(聒聒巖流日夜鳴 如悲如怨又如爭 世間多少銜寃事 訴向蒼天憤未平.「溪聲」,『花潭先生文集』, 고려대학교 민족문화연구소, 1971).
5) Roman Jacobson이 말한 언어의 6가지 기능 중에서 메타 언어적 기능을 말하는 것이다.

한 것이다. 2(다)에 와서는 같은 방법으로 눈도 역시 흉중소의에 의해 좌우되는 것을 밝힌다. 그리고 3에 와서 이제까지 과거의 경험으로 논증한 진실과 현재의 경험으로 확인한 사실은 다시 정리된다. 마음이 어두운 자(冥心者)는 '耳目이 累가 되지 않고, 이목만을 믿는 자는 보고 듣는 것이 더욱 밝아져서 병이 된다'는 것이 연암이 설파한 도의 실체였다. 이목이 흉중소의에 따라 놀아나고 대상의 진실을 바로 전달해 주지 못한다면 차라리 눈을 감자는 것이다.

이 깨달음의 도는 3(바)에서 禹 임금이라는 역사적 인물로 객관화된다.[6] 흉중소의, 선입견이 개재하는 耳目을 거부하자는 것이 이 글의 핵심이다. 冥心者란 한밤중에 물을 아홉 번이나 건너면서도 귀나 눈으로 위험을 받아들이지 않는 사람이다. 冥이란 귀나 눈을 세상 사람처럼 쓸 줄 모르는 사람, 그러기에 어리석게 보이는 사람이 오히려 간직할 수 있는 깜깜한 밤의 그 담연한 허적의 세계이다. 무엇이나 있는 그대로 받아들일 수 있고, 무엇에도 동요할 수 없는 평정함이 싹트는 세계이다. 흉중소의가 갖는 잡박함이 없는 허정한 실체이다.

盲目, 곧 눈이 먼 소경은 이런 '耳目의 累'를 갖지 않은 명심자이다. 이때 우리는 「일야구도하기」를 낳았던 「막북행정록」의 소경잡화가 갖는 의미를 재구하게 된다. 단순히 위험한 강 건너기를 무사히 해냈다는 인사치레가 아니고 반어적으로 맹목의 우위로서의 명심을 주장한 것이다. 소경이란 '말이 물을 건널 때 스스로의 발을 믿는 것'처럼 기존의 선입견의 창구를 떨쳐버리고, 자신의 지각만을 믿는 사람, 제 갈 길을 위험 없이 갈 사람인 것이다. 冥心의 논리로 기존 견마잡이를 제거하고, 말로 하여금 제 갈 길을 가게 해야 한다는 것은 기존관념이나 제도, 즉 사대부 정치체제의 지도 기능에 대한 반발이다. '온 나라

본고에서는 개념언어 혹은 형상언어라는 용어를 사용한다(『언어과학이란 무엇인가』, 문학과지성사, 1977).

6) 현재·과거 시제를 갖는 경험을 교차로 도입하고 있는바, 이 시간요소가 갖는 의미는 다음 3장에서 논의될 것이다.

말이 벌써 불구가 되었다'는 지적은 연암이 내린 조선사회의 병리적 현상에 대한 진단서라고 생각할 수 있는 것이다. 이 병의 치유방법으로서 연암은 「일야구도하기」에서 '세상의 스스로 총명함을 자랑하는 자에게 주는 경고'로서 흉중소의라는 선입견을 없애라고 주장한 것이다.

「막북행정록」의 일기가 생활 속에서 견마잡이를 없애자는 구체적인 행동방향 제시라면 명심·선입견에서의 해방을 주장한 「일야구도하기」는 그 행동방향을 성립시켜 주는 인식론적 체계를 갖춘 일반이론이다. 우연히 나온 인사말, 소경 이야기에서 싹튼 일반적이고 보편적인 이론인 명심의 씨앗이 마침내 하나의 주제로 독립하여 「일야구도하기」를 낳았다고 할 수도 있고, 반대로 연암에게 이미 체계화되어 있던 명심의 논리가 말을 타고 강을 건너는 여행을 하면서 소재를 얻어 표현되었다고 할 수도 있을 것이다. 하여튼 이 두 관계 속에서 의미적인 조합을 이루고 있다는 사실, 그리고『열하일기』는 유기적 관계를 지닌 작품이라는 사실을 극명하게 보여주고 있다 할 것이다. 이로 미루어 보건대 주제별로 항목이 묶여 있는『열하일기』의 후반부는 객관적이고 구체적인 사실보다는 일반적인 이론 또는 여행 중에 구체적으로 만나는 사건 하나하나에 반응하는 연암의 인식을 볼 수 있다고 생각된다. 따라서 전반부의 글은 기존관념과는 다른 새로운 논리가 잠재해 있기 때문에 비록 여행이라는 일상적 사건에 대한 구체적인 언급이라 할지라도 그 언어는 일상적인 차원을 떠나 형상화돼 있을 가능성이 있다고 생각된다. 후반부의 「鵠汀筆譚」「審勢編」「황교문답」 등이 모두 春秋義理論 등 일반적인 이론의 전개인 것은 이러한 추측을 가능하게 해주는 증거이다.

3) 그 밖의 記,『연행록』과의 비교

記는 한문학에서 하나의 고전적인 장르라고 할 수 있다. 문자 그대로 일을 서술하는 것[7]이 위주가 된다. 그런 면에서 『열하일기』와 같은 연행록도 마찬가지다. 앞에서 잠시 언급했지만 이것 또한 記와 함께 雜記類에 속하는 것이다. 모두 단순히 일의 본말을 기술하는 것을 특색으로 하는 것이다. 산천을 기행한 일, 새로 지은 궁전, 기타 건물을 지은 내력 등의 기사를 서술하는 것이다. 서거정의 『東文選』을 보아도 이런 특색을 알 수 있다. 樓·堂·亭·軒 등과 관계한 신변의 삽화를 기록하고 있는데,[8] 신변 삽화라고 하지만 이런 지명의 고유명사가 주축이 된다. 그러니까 삽화 자체는 대개 고유명사의 의미풀이에 일익을 할 뿐이다. 『연암집』에서도 「永思菴記」 「以存堂記」 「咸陽郡學士樓記」 등 거의 모든 기는 지명과 관계된 기록자의 단일한 삽화가 주된 소재가 되는 형식을 이끌고 있다.[9] 그러나 위에서 보듯 「일야구도하기」는 이와는 달리 지명이 아닌, 사건 자체의 기록으로 삽화적인 성격이 강하다. 『열하일기』 후반부에 보이는 기는 대부분 일상적인 삽화의 의미를 재구하는 논증·의견진술이 강하다. 더구나 일반적으로 기가 과거의 단일한 삽화를 처리하고 있는데, 이곳에서는 과거와 현재의 경험적인 사실을 함께 들어서 자기 논증을 해나가고 있다. 그럼으로써 단순한 잡록이어야 할 전반부의 일기마저 일상기록의 차원이 아니고, 언어의 형상화를 이루었다. 전반부 또한 變體를 이룬 것이다.

기와 雜錄은 원래 論述·議論을 금하는 장르이다.[10] 연암은 이러한 글의 형식을 빌어 장님의 인식을 중시하고 흉중소의라는 기존관념을 거부할 것을 선언하고 있다. 여기에서 흉중소의라는 것은 일기를 통해 살펴본 바와 같이 지배체제의 관념화된 사상으로, 그것을 연암은 變格의 기와 잡록을 통해 깨고 있다. 말이 제 발을 믿듯이, 연암 스스로 경험에 의해 파악한 것이다. 그런데 기

---

7) 按金石例云 記者紀事之文也 禹貢顧命 乃記之祖而記之名 … 漢書以前作者尚小 其盛自唐始也 其文敍事爲主 後人不知其體 顧以議論雜之([文體明辨], 記), 『中文大辭典』 재인용.

8) 『東文選』에서는 亭, 樓, 重修, 堂, 軒, 齋, 寺, 庵 등의 순서로 나타난다.

9) 『연암집』에는 35개의 記가 있다.

10) 「文體明辨」 앞의 인용문.

존관념은 개인의 경험과 그에 의거한 인식을 허용하지 않는다. 정조가 문체혼란의 심각성을 논하면서 돌아가야 할 곳이라고 주장한 六經의 文은 일상생활 속에서의 道를 담고 있는 것이 아니다. 栗谷에 의하면 血氣之覺이 없는 하늘의 道요, 성인의 道이다. 그것을 유지하기 위해서는 연암이 경험으로 파악한 것과는 반대로 지각기관을 다스려야 겨우 도달할 수 있는 것이다. 연암은 변격의 문학형식을 통해 자기 스스로의 지각기관의 경험으로부터 창출한 道를 가지고 육경의 文을 잡고서 '스스로 총명한 것을 자랑하는 자'에게 경고를 한 것이다. 자신의 생각이 '正學'에 위반되는 것이라는 연암 자신의 고백을 차치하고라도 崇儒重道·衛正闢邪[11]를 내세운 정조가 『열하일기』를 문제삼았던 이유를 살필 수 있을 것이다.

　육경의 문을 주장하는 사람들에게는 언어란 이미 定型의 의미를 가지고 있는 것이다. 그것은 기존해 있는 天理, 자연의 이치를 담고 있는 것이기 때문이다. 그 도가 바뀌지 않고서는 언어는 의미를 바꿀 수 없는 것이다. 그러나 연암의 언어는 창조적인 의미를 산출해 내고 있다. 一夜九渡라는 행위를 지시하는 의미가 흉중소의 다양함을 뜻하는 형상언어로 전이할 때, 그럼으로써 전반부의 견마잡이가 지도체제를 의미할 때 연암의 언어는 이미 정형화한 언어는 아니다. 일상언어에 자신의 경험을 더하여 새로운 의미를 부여해 주었던 것이다. 경험은 그의 언어를 새롭게 하고, 변형된 언어 형식을 취하게 하는 것이었다. 『열하일기』는 이렇게 언어가 그 의미를 새로이 하면서 나타난 변종의 형식인 셈이다.

　『열하일기』의 전반부가 老稼齋 金昌業의 『연행록』[12]과 같은 형식을 취하면서 여행기로서의 정형을 유지하고 있지만 여기에 쓰인 언어는 전혀 다른 차원

---

11) 崇儒重道 尤今日之所急也 … 以副予衛正闢邪之意. 『弘齋全書』 卷32. 張2. 金血祚의 앞 논문에서 재인용. 『實錄』과 『弘齋全書』 등의 기록은 아울러 李家源·鄭玉子 교수의 연구에 의지하여 다시 확인하는 방법을 취했음.

12) 연암은 老稼齋의 『燕行錄』과 홍대용의 「燕行記」를 주의 깊게 읽었다. 『열하일기』에서는 이에 대한 언급을 자주 볼 수 있다(예 上, 70면 등).

에 속한다고 할 수 있다. 연암이 자신의 경험으로 산출해 낸 살아있는 언어이기 때문이다. 기존의 연행록처럼 이미 정형화된 언어, 그 흉중소의로 대상을 화석화하여 실체를 전도하는 언어가 아니다. 전반부가 날짜별로 되어있고, 記가 그 뒤에 포함되어 있어 연행록으로서의 정형성을 어느 정도 갖추고 있다고 할 수는 있다. 그러나 이것은 연암의 연행 행로가 다른 연행자들과 같았다는 사실 이상의 의미는 아니다. 전반부는 담헌 홍대용 『燕記』[13]에 보이는 것과 같은 주제별 항목을 설정한 후반부와의 의미적 조합에 의해 재구되도록 설계된 것이다. 『열하일기』는 그가 즐겨 읽었던 노가재 『연행록』과 담헌의 『연기』를 절충하고 있으나, 이 절충은 형식적인 데에 그치지 않았다. 그것은 오히려 두 사람 것의 절충이라기보다 연암 자신이 창출한 언어 운용방식이라고 해야 할 것이다.

4) 일기, 여행기, 사상서의 복합적 성격

『열하일기』에서 일기의 바로 뒤에 있지 않고 특별한 항목으로 있는 「곡정필담」「황교문답」「幻戱記」「行在雜錄」「산장잡기」 등은 문체의 분류상으로는 잡기류에 포함될 수 있는 것이다. 이런 것들은 「일야구도하기」와 8월 7일 기사에서 본 것처럼 일기 자체의 편제에서 보면 빠져도 될 부분이다. 일기형식을 그대로 유지하면서도 일기 속의 삽화를 따로 독립하여 설정한 것은 어느 연행록에도 볼 수 없는 의도적인 편제이다. 이렇게 독립된 항목으로 설정된 이유는 「일야구도하기」가 포함된 「산장잡기」가 '記'의 묶음으로 되어 있다는 사실, 그리고 앞에서 분석한 일기와의 관계를 통해 유추해 볼 수 있을 것이다. ①내

---

13) 『湛軒書』(국역), 민족문화추진회, 1974. 湛軒은 한편 「乙丙燕行錄」(장서각 소장)이라는 한 글본을 남기고 있다. 이것은 주제별, 기사별로 되어있는 한문본과 달리 날짜별로 서술된 일기체이다. 이에 대하여는 『洪大容과 그의 時代』(金泰俊, 일지사, 1982)에서 논의되었다.

용·주제상의 새로운 전개를 위해서, ②삽화의 성격상 일기와 어울리지 않아 기술적인 처리를 위하여, ③여행기적 성격에서 오는 신선한 화제·소재를 한곳에 모아 여행기의 성격을 살리면서 독자의 흥미를 집중 유발하기 위해, ④본 일기의 복잡하고 번잡한 서술을 피하기 위해 독립된 기록이 필요했을 것이다. 그러나 무엇보다 중요하고 또 이런 추론을 관통하고 있는 사실은 작가의 의도적인 개입에 의해서 이국풍물 위주의 단순묘사가 아니라, 그러한 대상에 반응하는 연암 자신의 논리를 두드러지게 드러내는 의미의 재구가 되었다는 점이다.

『열하일기』가 다른 연행록과 체제상 다른 이유는 연암이 다른 작가들과는 보고 듣는 경험을 달리 했기 때문이라고 쉽게 설명할 수도 있다.[14] 그러나 「일야구도하기」에서 불 수 있었던 바와 같이 단순히 눈에 들어오는 새로운 경험세계의 영역에 반응한 것이 아니라 자신이 지녔던 흉중소의로 재구했다는 데에 큰 이유가 있다. 이는 그날 하루의 경험과 소감의 피력에 한정될 소지가 있는 일기와 여행기의 기록적 측면을 뛰어넘는 원리로서 작용했다.

그러기에 우리는 『열하일기』 전편을 사상서로 간주하고 읽을 수 있는 것이다. 이 일기·여행기·사상서로서의 세 가지 성격이 『열하일기』의 체제와 문체에 결정적인 영향을 미쳤다고 할 수 있다. 8월 7일 일기에서 '一夜九渡'라는 한 부분적인 기록 소재가 사회적 상상력과 철학적 인식능력을 담은 작품으로 해석될 때 그 사례를 명확히 볼 수 있다. 여행기·견문기에서 나타나는 특이한 소재는 이러한 방식으로 운용된다. 그러나 이런 소재뿐 아니라 「일야구도하기」에서 보듯, 과거의 경험적·역사적 삽화가 이용되는 것도 같은 맥락에서 이해할 수 있을 것이다. 연행은 연암 앞에 평면적으로 다가온 사건이 아니었고, 『열하일

---

14) 燕行의 路程도 어느 燕行使의 경우와 마찬가지로 淸朝에서 지정한 것이었다. 다른 연행록과 같은 내용의 서술이 계속될 가능성이 있는 것이다. 사건이나 인물에 관한 기록이 아닐 경우 『연행록』의 기록은 같은 경우가 아주 많다. 고적·경치 등 동일한 행로에 나타나는 불변적인 사실의 기술은 천편일률적이라 할 만하다. 더구나 기록자가 모두 비슷한 사고방식을 지니고 있었기 때문에 이런 현상은 심화되었을 것이다.

기』는 그 다가온 사건 앞에서 자신의 생각을 드러내는 단순반응이 아니었다. 이제까지 연암이 가졌던 가치관과 논리를 연행 이전까지의 '연암의 세계'라고 한다면 그가 새로이 경험하는 중국에서의 새로운 사건은 기존의 흉중소의를 드러내주는 거울 역할을 하면서, 한편으로는 그 새로운 경험영역을 통해 흉중소의를 재구하고 발전시키고 있는 것이다.

그래서 『열하일기』는 연암이 가졌던 기존 관념세계를 향한 여행이며, 동시에 그 관념세계가 현실의 경험세계와 만남으로써 이루어지는 새로운 지적 탐색이었던 것이다. 『열하일기』 안에 산재하는 사건·삽화는 연암의 이런 얼굴과 움직임을 반영하는 것이다. 연암의 면모를 보기 위하여 『열하일기』의 언어사용을 살피는 작업이 요청되는 까닭이 여기에 있다. 언어행위를 통하여 여행의 의미를 찾기 위하여는 그가 『열하일기』에서 보여주는 흉중소의, 그리고 새로이 재구한 흉중소의는 어디에서 비롯하는 무엇인가, '이목에 낀 누'는 무엇이었고 冥心의 세계에서 찾은 것은 무엇이었던가를 추적해야 할 것이다. 그러나 이런 구체적인 작업에 앞서 우리는 연암이 가졌던 언어행위의 성격과 범주를 고찰해 볼 필요가 있다. 『열하일기』가 앞에서 본 것처럼 의도적인 언어구사라면 그 의도의 목적을 제대로 파악하기 위해서라도 의도적인 작업이 가능했던 배경은 중요한 것이기 때문이다.

3. 인식논리의 변혁과 서술방식의 전환

앞장에서 『열하일기』가 일기·여행기의 성격과 아울러 사상서로 발전되고 있는 측면을 고찰하였다. 이 장에서는 연암의 사유방식, 즉 인식체계를 검증하여 관찰대상을 언어로 형상화하는 방법을 살펴보려 한다. 이를 통하여 연암이 여행일기를 서술하면서 보여줄 수 있는 언어구사의 다양한 모습을 논리적으로 유추하여 보려 한다. 이러한 언어구사의 다양성에 대한 점검은 직접적으로는 그의 서술방식을 상정함으로써 사상적 흐름을 면밀히 검토하기 위해 기여할 수 있을 것이고, 실제 작품을 통하여 귀납적으로 증명될 경우 연암문학의 특성을 밝히면서 일반문학의 이론에 보탬이 될 것이다.

1) 선입견의 거부와 冥心·無私

「일야구도하기」에서 연암은 흉중소의에 사로잡히지 않는 冥心의 세계를 주장했다. 淸淨無碍의 세계, 착 가라앉은 허적의 심상으로 세계를 바로 보아야 한다는 말이다. 耳目에 사로잡히지 않은 純粹無垢의 세계, 그 신선한 눈이 바로 명심의 세계이다.

　… 창문이 열려 있지 않으면 햇살의 밝음을 받아들일 수 없고, 구슬이 허명하지 않으면 정기를 모아들일 수 없는 것이니, 대저 뜻을 밝게 하는 방법은 마음을 허정하게 하여 대상을 받아들이고, 담박하여 사사로움이 없게 하는 데 있는 것이다. 이것이 素玩이다.[1]

마음을 허정하게 간직하기 위하여는 집착을 끊어야 한다. 집착을 끊는 방법은 다른 것이 아니다. 그 스스로 가지고 있던 사사로움을 버리고, 있는 그대로의 대상을 수용하는 것이야말로 집착을 끊는 첩경이다. 자기가 이제까지 덮어 쓰고 있던 허물을 벗어야 한다.

　뿐만 아니다. 이 청정무사의 세계를 가지기 위해서 먹빛이 바래고 종이가 다 낡은 책에다 눈을 고정시켜서도 안된다.[2] 서적 속에 갇힌 문자라는 것은 변화하는 세계, 실재하는 세계의 정미로운 모습을 제대로 전달하지 못한다. 내 마음을 혼란에 빠뜨리고 세계를 뒤죽박죽으로 만들 뿐이다. 그러기에 빛이 바랜 문자는 신선한 눈으로 마음을 비어 놓고 있는 젊은이에게 제 갈 길을 잃게 할 뿐이다.[3] 차라리 제대로의 길을 가려면 눈을 감고 낡은 세계에서 스스로를 단절시키는 것이 현명하다. 그래서 연암은 장님의 세계인식 태도를 중시한다. 이것은 冥心에서 출발하여 나의 혼란과 세계의 어둠을 수습하기 위한 기본적 전제이다. 아직까지는 소극적인 준비태세이다. 이를 기반으로 자기가 빠져 있는 세계를 적극적으로 탈출하여, 새로운 질서를 세워야 한다. 기존의 문자, 나의 주관에 이입시켜 해석했던 세계를 과감하게 객관화해야 하는 것이다.[4] 때문

---

1) 室牖非虛 則不能受明 晶珠非虛 則不能聚精 夫明志之道 固在於虛而受物 澹而無私 此其所以素玩.「素完亭記」, 『燕岩集』, 62면.
2) 後世號勤讀書者 以矗心淺識 蒿目於枯墨爛楮之間 討掇其蟫溺鼠渤 是所謂哺槽醨而醉欲死 豈不哀哉.「答京之 之二」, 『燕岩集』, 92면.
3) 花潭出遇失家而泣於塗者 日爾奚泣 對曰 我五歲而瞽 今二十年矣.「答蒼厓之二」, 『연암집』, 93면. 연암은 이곳에서 사실 전달 능력을 상실한 언어가 소년에게 길을 잘못 들게 한다고 지적하고 있다. 이러한 사례는 『열하일기』에도 보인다. 5장에서 다시 논한다.
4) 이러한 논리는 '不立文字 直指人心'을 宗旨로 하여 일절의 언어와 문자, 사변과 논리를

은 문자를 타기한 것은 문자 자체의 능력을 부정한 것이 아니었다. 제대로 된 길을 열어주는 문자를 만들어내기 위해서였다. 이때에 어린아기가 가진 순진의 눈이 그 절대의 빛을 발하게 된다. 그런 다음에야 집착을 떠난 객관적인 시점에서의 인식이 가능하기 때문이다.

　… 고기가 물에서 놀지만 물을 못 보는 것은 무엇 때문인가? 보이는 것이 다 물이니 물이 없다고 느끼는 것이다. … 물건을 찾는 자를 못 보았는가? 앞을 보면 뒤를 놓치고, 왼쪽을 보면 오른쪽을 놓치니 … 방 밖에서 창을 통해 보면 한 눈에 방안의 물건이 모두 들어온다.[5]

사람에게 기존의 세계라는 것은 이렇게 평면적인 세계일 뿐이다. 자기가 가지고 있는 논리란 것은 이 평면에서의 차원에 불과하다. 冥心과 無私를 떠나 일방적인 집착을 강요하기 때문이다.[6] 평면은 사물이 가진 진면목이 아니다. 사물은 언제건 입체를 특성으로 하고 있고, 입체를 입체로 보기 위해서는 거리를 유지해야 한다. 마음을 비워두고 눈에 보이는 대상과 거리를 유지할 수 있다면 '왼쪽 평면에 집착함으로써 오른쪽 평면을 보지 못하는' 폐단을 떨치고, 방안에서도 천지간의 정미로운 이치를 파악할 수 있다.

　원초적으로 제거하고 네 마음을 닦으라고 한 禪宗의 이론과 흡사한 면모를 갖고 있다. 『禪學과 黃金時代』(吳經態著, 李楠永·徐燉珏역, 三一堂, 1978, 128~133면), 또, 『맹자』에 보이는 亦子之心과 일치하고, 양명학에서의 논리와도 일치한다. 『韓國陽明學硏究』(金吉煥, 일조각, 1980, 107면).

5) 夫魚游水中 目不見水者 何也 … 所見者皆水則猶無水也 … 子未見夫索物者乎 瞻前則失後 顧左則遺右 … 苦身處室外 穴牖而窺之 一目之專盡擧室中之物. 「素完亭記」, 『燕岩集』, 63면.

6) 이 때문에 세계가 본래의 질서를 갖추지 못하고 위기에 처했다고 연암은 보았다. 그가 현실의 개혁과 사상계의 재편을 주장한 것은 이 때문이다. 위기 의식을 가지고 그는 그 시대가 가진 병을 제거하고 세계의 원형을 회복하려 했다. 맹자의 말을 자주 인용하면서 경전의 뜻을 새롭게 해석하는 것도 이런 몸부림의 하나이다. 무엇보다 그는 유아의 진솔한 상태를 사고의 원형으로 생각하고 거듭 강조하고 있다.

　　천지간에 흩어져 있는 것이 이 책 속의 정미로운 뜻인즉 눈앞을 핍박하여 보
지 않는다면 방안에서도 그것을 구할 것이다.[7]

　　현상적 집착을 벗어나 천지의 도를 받아들일 수 있는 명심의 세계는 바로
장님과 동자의 눈이다. 앞에서 언급한 것처럼 기존세계와의 단절이 장님의 시
야라면 질서 재편을 위한 적극적인 태세가 동자의 눈이다. 어떤 차이가 있건
이 둘은 명심과 무사의 심상을 간직하고 집착에서 벗어나 대상을 실제 그대로
의 입체로 보겠다는 의식을 가지고 있다.

2) 입체적 인식논리와 자아의 객관화

　　이제 연암은 명심의 심상을 바탕으로 대상과의 거리를 유지하지 못하는 주
관적 인식논리를 깨고 인식의 객관성·상대성을 갈파하게 되었다. 소의 꼬리
에 붙은 파리를 보고 작다고 하지만 굳이 작은 것을 구한다면 파리란 오히려
크다고 할 수 있을 것이니, 개미가 있기 때문이듯 대소를 보는 관점이란 상대
적일 수밖에 없다고 했다. 그래서 연암은 개미를 작다고 하는 사람에게 산에
올라가 사람이 사는 도시를 내려다볼 것을 권했다. 인간이란 언덕에 사는 개미
와 다름없는 존재이고, 자신 또한 머리에 기생하는 이와 같을 수도 있는 것을
일깨워 주기 위해서였다.[8]

　　… 만약 다시 形의 大小를 비교하고, 대상의 멀고 가까움을 구별한다면 그대
와 나는 모두 망령이다. 사슴이 실로 파리보다 크지만 또한 코끼리가 있지 않은

---

7) 夫散在天地之間者 皆此書之精 則固非逼礙之觀 而所可求之於一室之中也. 「素玩亭記」,
　『燕巖集』, 63면.
8) 「答某」, 『燕巖集』, 95면.

가. 파리가 사슴보다 작기는 하지만 개미에게 비겨 본다면, 사슴에 대한 코끼리에 비견할 수 있을 것이다. …(개미가) 두 눈을 부릅떠도 코끼리를 보지 못하는 것은 무엇 때문인가. 대상이 멀기 때문이다. 코끼리가 한 눈을 찌푸려도 개미를 보지 못하니 이는 다름이 아니라, 대상이 가깝기 때문이다.[9]

개미의 視界는 코끼리를 보기에는 너무 짧다. 코끼리가 먼 것은 그 때문이다. 반대로 코끼리의 視界는 가까이 있는 개미를 담기에는 너무 길다. 그러기에 대상을 제대로 보기 위해서는 스스로의 눈을 조절하여 시계를 상대적으로 맞출 필요가 있다. 자신의 눈을 대상에 따라 크게도 하고 작게도 해야 할 당위성이 요청되는 것이다. 개미가 코끼리를 보려면 눈을 크게 떠서 상대적으로 거리를 줄여야 하고, 코끼리가 개미를 볼 때에는 눈을 작게 하여 거리를 멀리 조절해야 한다. 요컨대 서로 상대방의 눈을 소지하여야 하는 것이다. 이러한 법칙은 대상들 사이에만 적용되는 것이 아니다. '物에 나아가 나를 보면 나 역시 物의 하나이다. 그러므로 物에 바탕해서 자기 몸을 돌보아 구하면 만물이 나에게 갖추어진다[10]라는 말은 우리에게 코끼리를 볼 때에는 코끼리의 눈을 갖고 개미를 볼 때에는 개미의 눈을 갖추라고 하는 것이다. 개미를 개미로서 보아주고, 코끼리를 코끼리로서 제대로 파악하기 위한 최선의 길인 것이다. 또 그러한 관계 속에서 자신의 위치를 찾기 위한 것이다. 코끼리를 보던 눈으로 개미를 보면 개미의 실상은 눈에 들어오지 않는다.

위에서 간단히 살폈지만 逼礙之觀를 벗어나 이렇게 거리를 조절하여 관점을 개방하기 위해 연암은 자신조차도 관찰 대상으로 치환해 볼 것을 주장했다.

---

9) 若復較其形之大小 辨所見之遠近 足下與僕皆妄也 麋果大於蠅矣 不有象乎 蠅果小於麋 矣 若視諸蟻則象之於麋矣 … (蟻) 瞋雙眼而不見象 何也 所見者遠故耳 象瞚一目而不見 蟻 此無他 所見者近故耳. 「答某」, 『燕巖集』, 96면.

10) 卽物而視我 則我亦物之一也 故體物而反求諸己 則萬物皆備於我. 「答任享五論原道書」, 『燕 巖集』, 36면.

아아, 인정은 대체 제 몸을 알고자 하되(自視) 이를 알지 못하니, 때로 커다란 바보나 미치광이가 되어서, 저 아닌 남이 되어 저를 보아야만(以非我觀我) 저도 비로소 다른 물건과 다른 바 없음을 알 수 있을 것이다. 그 경지에 이르러서야 비로소 몸이 움직이는 곳마다 아무런 거리낌이 없을 것이다.[11]

自視하기 위하여 연암은 我와 원근을 유지할 수 있는, 그리하여 我의 실체를 제대로 볼 수 있는 관찰자로서의 非我를 상정했다. 非我로 觀我한다는 이 인식논리는 대상과의 거리를 그대로 유지하고 자리만 바꾸는 推己及人의 평면적 논리가 아니다. 거리를 조절하고 시점을 개방하는 신축성을 가진 입체적 인식체계인 것이다. 자신을 객관적인 관찰대상으로 놓을 수 있었기에 연암은 이국 땅 유리창에 홀로 서 있는 자신을 조응하기를 '그 옷과 갓은 천하에 모르는 바이요, 그 수염과 눈썹은 처음 보는 바이며, 潘南 朴씨는 천하에 듣지 못했던 姓'[12]이라고 자신을 객관적인 실체로서 인정했던 것이다. 이러한 객관적인 통찰을 거쳐서 '그러나 내 여기 聖도 되고, 賢도 되고, 豪도 된다'고 자신의 지향점을 밝힐 수 있었던 것이다.

그런데 이 非我는 我를 관찰하는 수단일 뿐만 아니라, 또한 我로 하여금 그가 '物과 다름이 없음'을 깨닫게 해주는 역할을 한다. 我 중심, 인간 중심의 사고방식으로 形의 大小를 비교하던 태도를 벗어나 관점의 상대성을 유도한 것은 我에서의 집착을 벗어난 이 非我의 존재이다. 我의 입장을 버리고 대상물 자체로 화하여 我와 대상과의 거리를 조절해 주는 역할을 非我는 수행한다. 이렇게 非我는 我와 物 모두를 대상으로 하여 동일지평 위에서 이들 사이의 거리를 조절해 주고, 그럼으로써 시점을 복선화하는 것이다. 我 중심의 단일시

---

11)『열하일기』上, 302면. 關內程事 8월 4일. 噫 人情常欲自視而不可得 則有時乎爲大癡猖狂 乃以非我觀我 而我遂與萬物無異 其於遊身恢恢乎有餘地矣.
12)『열하일기』上, 302면. 今吾獨立於琉璃中 而其衣笠天下之所不識也 其鬚眉天下之所初觀 也 潘南之朴 天下之所未聞也 吾於是爲聖爲佛爲賢豪.

점이 아니라 대상과 만날 때 非我는 곧 대상 자체가 되어 그의 눈을 가지기
때문이다.

3) 세계관의 확대와 '自成一家'의 반규범적 사상

非我가 상정하는 卽物·體物의 시점에서의 인식체계는 이제 세계관의 확대
로 이어진다.

> 달 속에 만일 하나의 세계가 있다면 달에서 땅을 바라보는 이가 있어서, 그 난
> 간 밑에 비겨서서 땅의 빛이 달에 가득함을 구경할 터이죠..[13]

> … 내가 말한 달 속의 세계란 참으로 한 개의 세계가 있다는 것이 아니라 애
> 당초 지구의 빛을 설명하려 하였으나 어떤 곳에다가 나타낼 수 없으므로 이러한
> 달 속 세계를 가설하였던 것입니다. 다시 말하자면 땅을 바꿔서 처해 보자는 것
> 이니…[14]

我를 객관화하기 위하여 非我를 상정한 논리체계는 아직 我를 중심으로 하
고 있다는 오해를 살 우려가 있다. 이런 오해를 벗어나기 위하여, 또 나아가서
는 我로부터 시작되는 세계관을 벗어나 확장된 세계인식을 갖기 위하여 我 중
심의 세계와는 다른 차원의 세계를 설정할 필요가 있다. 非我로 하여금 卽物
하고, 體物하여서 대상의 실상을 보는 방법을 개발하여야 한다. 月中世界의

---

13) 『열하일기』 中, 50면. 「太學留舘錄」. 余曰月中若有一世界 自月而望地者 倚立欄于下同賞
　　地光滿月耶.
14) 『열하일기』 中, 195면. 「鵠汀筆潭」. 鄙說月中世界者 非謂眞有世界 本欲辨說地光而無可
　　見 則設爲月中世界 如云易地而處.

설정은 그러한 사례의 하나이다. 자기를 향한 인식논리가 세계관의 변혁으로 이어지고, 새로운 세계관의 전개가 자연과학에서 흔히 언급되는 천동설·지구중심설의 해체에까지 이르게 됨을 볼 수 있다.[15] 물론 이 과정의 선후는 역으로 유추할 수도 있을 것이다. 그러나 여기에서 중요한 것은 이 자연과학적인 사유체계가 인식의 상대성, 입체적 논리와 맞물려 연암에게 체계화되고 있다는 사실이다. 자연과학에서의 지구중심설의 해체, 지동설의 발견과 짝하여 인식논리의 개발이 이루어지고 있는 현상에서 17~18세기의 이른바 반규범적 사상이 유기적인 내적 반전체계를 가지고 있음을 확인할 수 있다.

땅덩이가 네모졌다고 우기는 자는 무엇이나 방정해야 된다는 大義에 입각해서 물체를 이해시키려 하는 것이고, 땅덩이가 둥글다고 주장하는 자는 실제로 보이는 형태를 믿고 다른 뜻은 두지 않는 것이다. 이런 의미로 보아서, 땅덩이란 실제 물체는 둥글고, 대의로 말한다면 모나다는 것이 아닐까.[16]

지구중심설의 해체에 이어지는 非我와 月中世界의 설정은 여기에 이르면 大義를 앞세운 평면적 인식(諭義認體)을 버리고, 실형을 믿는(信形遺義) 실제적 입체주의에 도달하는 것이다. 연암을 춘추의리론을 반박한 반규범주의자, 明과의 얽힌 명분을 청산하고 청과의 거래를 적극적으로 주장한 북학론자라고 할 수 있다면, 이러한 태도는 이 입체적 사고의 한 시현임을 알 수 있다.

이러한 입체적 사고가 기존의 평면적 규범에서 벗어나 화합할 수 없는 알력을 초래할 것은 필연적인 일이었을 것이다. 거기에는 존재의 법칙(所以然)이

---

15) 金錫文(1658~?)의 三大丸 空浮說과 홍대용의 地轉說은 모두 박지원의 『열하일기』에 전해지고 있다. 이 설은 코페르니쿠스 이론의 핵심이라고 할 수 있는 大地는 球狀이고, 球가 하기 쉬운 운동은 회전이라는 논리와 거의 같은데, 서구학자들의 영향을 받지 않은 것으로 추정된다(全相運, 『韓國科學技術史』, 科學世界社, 1966, 39~45면).

16) 『열하일기』中, 68면, 太學留琯錄 8월 13일. 謂地方者 論義認體 說地毬者 信形遺義 意者 大地其體則圖 義則方乎.

天理라는 개념으로 표현되어 현상계와 상하 수직관계를 이루는 일도 없었고, 인간만이 우뚝 솟아나 만물을 내려다보는 사례도 없었다. 외부에서 밀려오는 세계관을 수용하지 않고 명심 위에 쌓은 自得의 세계, 寫出自家[17]의 세계와 기존윤리와의 갈등과 대립을 우리는 『열하일기』를 통하여 볼 수 있다. '세계에는 의리가 말뚝을 박아놓은 듯한 법은 없으니 때를 따라 달라지는 것'[18]이라는 춘추의리론의 경직성에 대한 비판에서부터 시작하여, 自成一家하고, 匠心獨詣한[19] 개방된 인식은 도처에 산재해 있다. 그가 이룩한 자득의 세계가 세상에 통용되는 도와 얼마나 괴리가 있었는가를 다음 글은 잘 보여주고 있다.

이렇게 하면 법이 되고, 이렇게 하면 법이 되지 못함을 오직 저 관리만이 안다면, 눈앞의 위엄 앞에서는 두려워할지언정 어찌 또한 皮裡의 陽秋가 없겠는가?[20]

皮裡란 곧 心中이고 陽秋란 공자의 저서 『春秋』의 또 다른 이름이니 입 밖으로 내지는 못하지만 마음속으로 옳다고 간직한 확신이 어찌 없을 수 있겠느냐는 것이다. 『열하일기』는 이처럼 세상의 도와는 대립되는 홀로 고심한 자득의 세계, 皮裡의 陽秋를 토로한 글이다.

---

17) 相公 今日喚出自家聲 謂其鵝翁 與措聲相類此人 今日寫出自家 心可怕可怕. 「與雪集」, 『燕巖集』, 94면. 남의 생각 즉, 남의 목소리가 아니고 스스로 파악한 자기의 세계, 그러한 것에 기반을 둔 독자적인 생각이란 뜻으로 쓰였다. 이 논문이 발표된 후 김명호 교수는 이 부분을 필자가 잘못 독해하였다고 지적한 바 있다(『열하일기 연구』). 연암이 개성있는 개인의 목소리를 주장한 것을 강조하기 위하여 원용한 것인데, 전체적인 논지를 해치는 것은 아니라고 생각되어 삭제하지는 않고 이 글의 장절제목을 수정한다.
18) 『열하일기』 中, 「鵠汀筆譚」.
19) 其爲文博采百氏 自成一家 匠心獨詣 不師陳腐. 「炯菴行狀」, 『燕巖集』, 65면.
20) 如此是守法 如此是非法 惟彼官吏知之 彼雖畏目下之桁行威 亦豈無皮裡之陽秋耶. 「答湖南伯」, 『燕巖集』, 78면. 陽秋는 공자의 春秋이다. 春秋는 공평무사하여 확신할 수 있는 소신 혹은 道의 의미로 쓰였다.

4) 서술의 입체성과 허구적 세계의 창출

입체적인 눈으로 설정한 가상적인 세계, 그 세계의 바탕 위에서 연역된 自成一家, '마음 속의 춘추' 그것의 표현이 곧 우리가 보는 연암의 문체이고 이른바 문체반정의 파동을 겪게 되는 연암체[21]라는 그 나름의 서술방식이다. 그러므로 그의 글은 기존의 평면적 인식행위로서는 창출할 수 없는 새로운 가치질서를 담은 언어형식인 것이다. 이 새로운 글의 형식은 당연히 중세적 당위론과의 갈등을 내용으로 담고 있으므로 그의 문체를 정치사·사상사의 맥락에서 이해할 수는 있다. 그러나 연암 나름의 입체적 인식논리에서 배태한 '새로운 내용을 담는 새로운 용기'의 출현은 사상사나 정치사의 배경 안에서 설명될 수 있는 것은 아니다. 오히려 사상사와 정치사에서 문제가 될 수 있는 새로운 내용을 제공해 준 배경이나 원인으로서 이해되어야 할 것이다. 그러한 내용과 형식을 낳는 인식논리가 자연과학의 발달과 짝하고 있다는 사실로 보아도 문화사 위에서 논의되어야 할 것이고, 작게는 언어형식의 전환을 밝히는 문학사에서의 시대적 의미가 강조되어야 할 것이다.

이렇게 평면적 세계이해에서 벗어나, 非我가 상정됨으로써 ①대상과 또 다른 대상간의 관점 및 거리를 조절해 주고, ②我와 대상과의 거리를 조절해 주는 인식논리가 전개되는 서술체를 예로 살펴보자. 먼저 대상간의 개방적 논리가 전개되는 경우를 본다.

저 다섯 仁者(箕子·微子·比干·伯夷·太公)는 … 서로 기다려서(相須) 仁을 이룬 것이니 서로 기대하지 않았다면 仁을 이루지 못했을 것이다. … 태공은 생각하기를 스스로 殷의 유민이라고 여기고 "殷나라는 망한다. 미자는 떠나고, 비

---

21) 「過庭錄」 卷2, 張20. 上進覽歲藝圖譜通志 指李德懋所著蒹倭諸論 教曰諸篇皆圓好 又教曰 此燕巖體(金血祚, 앞의 글에서 재인용, 필자는 이 기록이 들어 있는 「過庭錄」을 번역문을 통해 보았음).

간은 죽고, 기자는 갇혔으니 내가 그 백성을 구원하지 않으면 장차 천하가 어찌 되리오?” 하고 마침내 紂를 토벌하니… 이는 태공이 백이에게서 의가 밝혀질 것을 기다린 것일 뿐이다. 백이의 마음은 스스로 은의 유민이라고 생각하고 “은나라는 망한다. 미자는 떠나고, 비간은 죽고, 기자는 갇혔으니 내가 의를 밝히지 않으면 장차 뒷세상이 어찌 되리오!” 하고 마침내 紂를 섬기지 않았다. 대저 이 다섯 군자가 어찌 자기의 행동을 즐겨서 했으리오. 모두 부득이 그러했을 뿐이다.[22]

연암은 여기에서 은나라가 망할 때 제사를 가지고 나라를 떠난 미자, 충간하다 죽은 비간, 도를 전달한 기자, 도탄에 빠진 백성을 구한 태공망, 그와 대척점에 서서 의리를 주장한 백이 등 다섯 사람을 서로가 서로를 보충해 주면서, 즉 相須하여 하나의 仁을 완성한 사람들이라는 논지를 펴고 있다. 이들 각자는 자기의 행동에 완결성을 부여하여 즐거이 영위한 것이 아니고, 서로가 하나의 仁을 위하여 보충해 주는 관계 속에서의 개별적 자족성을 가질 뿐이라고 했다. 종래 ‘의리론’처럼 백이에게 절대성을 부여하지 않는다.

연암은 각자에게 相須 관계 속에서의 당위성을 인정해 주기 위해 각자의 관점을 모두 인정한다. 그래서 백이뿐 아니라 각자 모두 ‘나는…’이라는 형식의 자기의 시점을 가진 서술체를 상정하는 것이다.

앞에서 본 것처럼 非我가 설정되어 대상의 개체성을 인정하고 또 대상간의 거리를 조절하여 주는 것이다. 이러한 입체적 관점의 서술체는, 연암이 은나라가 망한 사건을 엮어낸다면 그 사건에 관계하는 다섯 인물들이 각각의 시점을 가지고 행동하는 다면시점의 서사체로 곧바로 전환될 수 있을 것이다. 각자에

---

22) 夫五仁者(箕子, 微子, 比干, 伯夷, 太公. 筆者註) 相須則爲仁 不相須則爲不仁矣 … 太公之爲心也 自以殷之遺民也 曰殷其淪喪 小師行 玉子死 太師囚 我不拯其民 將天下何哉 遂伐紂 … 是太公須明義於伯夷耳 伯夷之爲心也 自以殷之遺民 曰殷其淪喪 小師行 王子死 太師囚 我不明其義 將後世何哉 遂不宗周 夫是五君子者 豈樂爲者哉 皆不得已也.「伯夷論」下,『燕巖集』, 65면.

게 개별적인 자족성을 부여해 주는 가상적인 세계를 인정해주기 때문이다. 이제 다시 我의 인식대상 자체에 자족성을 부여하여, 현실적 自我와 대상과의 거리를 조절하는 서술체를 예로 보자.

이 고을 아전으로서 집이 훌륭하기가 행궁이나 다름없다. 그 주인은 이미 죽고 다만 열여덟 살 된 아들이 있는데, 눈매가 청수하여 속세의 풍상을 겪지 않은 사람 같다. 정사가 불러서 청심환 하나를 주니 그는 무수히 사례하나, 몹시 놀라서 떨리는 빛이 있다.

‘이에 마침 잠이 들었을 때에 문을 두드리는 자가 있어 나가보니, 사람 지껄이는 소리가 요란한데 모두 생전 처음 듣는 소리요, 급기야 문을 열자 벌떼처럼 뜰에 가득한 사람들이 어디서 온 사람들인가?…’[23]

나를 바라보는 가상적인 세계가 달 속에 존재하고, 我와 대응한 非我가 존재하기에 연암은 그가 본 소년의 모습뿐 아니라, 자기를 바라보는 소년의 놀라는 심적 동요를 전개하여 보여주고 있다. 소년의 심리적 세계는 서술자의 간섭이 전혀 배제된 극화방식을 취한다. 我의 인식행위가 대상을 결정하는 것이 아니라 대상의 자율성이 인식행위의 개방을 요구하는, 그래서 그 요구에 응하는 사실주의적 태도를 보여주고 있다. 그러기에 소년의 입장을 허구화한 것이다. 허구화한 그 가공의 세계에 현실적 자아는 전혀 개입하지 않고 있다. 3인칭 인물이 벌이는 허구적 세계로의 자족성·자율성이 철저하게 보장되어 있다.

한밤중에 들이닥친 사신 일행을 보고, 소년은 계속 ‘異哉! 異哉!’를 외치고 있다. 그렇다고 이 허구적 삽화가 서술자로서의 연암과 완전한 거리를 유지하고 있는 것은 아니다. 일단 소년의 심상을 허구화하여 제시한 다음, 소년의 심

---

23) 『열하일기』上, 321면. 「漠北行程錄」, 8월 6일. 本縣吏目而家侈麗 無異行官 縣吏已歿 獨有十八歲男子 眉目清秀 類不風露者 正使招給一丸清心 則無數叩拜 有驚怖戰掉之狀 盖方其睡際 有叩門者 人喧馬鳴 想應初聞之異聲 及其開門 則蜂擁盈庭者 是何等人也

적 상태에 대해 객관적인 평석을 가하고 있다. '남만·북적·동이·서융들이 함께 제집에 들어온 줄 알았을 것이니, 어찌 놀라고 떨리지 않으리오.'[24]에서 보듯 허구적 세계 그 자체의 자족성에는 간섭하지 않되, 삽화를 제삼자의 위치에서 바라보면서 자신의 견해를 피력하는 것이다.

이렇게 현실적 자아가 非我를 매개로 가탁한 3인칭 인물들이 보여주는 가상적 세계, 곧 허구적 삽화의 도입이 『열하일기』 문체상의 현저한 특징이라고 할 수 있다.[25] 세계관의 변혁, 自成一家한 '마음 속의 춘추'를 담고 있음은 물론이다. 물론 3인칭 인물이 행동하는 허구적 세계만이 도입되는 것은 아니다. 我와 짝하여 설정된 非我는 대상들 상호간의 인식을 개방하고, 현실적 자아와 대상과를 개방시킬 뿐 아니라 때로는 스스로 자족적인 세계를 펼치기도 한다. 일기라는 형식이 현실적 자아의 직접 고백일 수밖에 없음에도 불구하고, 연암이 설정한 非我의 행동은 현저하다.[26] 그러기에 『열하일기』 속에는 我와 非我, 허구적 3인칭과 사실적 3인칭이 그려내는 삽화가 공존한다.

5) 허구적 삽화와 사실적 삽화의 조합원리

『열하일기』라는 제목에서 언뜻 시사해주는 바와 같이 가상적 세계, 허구적

---

24) 『열하일기』 上, 321면. 異哉異哉 彼必不識同國同來 想應分視南蠻北狄東夷西戎 都入渠家 安得不驚怖戰掉.

25) 『열하일기』 속의 많은 역사적 사실을 담은 삽화의 도입도 단순한 인용이 아니다. 자기 인식행위의 객관성을 보충하기 위한 수단으로 도입한 것이다. 허구적 세계의 설정으로 인식의 객관성을 확보하는 것과 마찬가지로 수단으로 응용되고 있다. 물론 이런 수단으로서가 아닌, 당대 일반적인 역사 운용방법도 많이 보인다. 이런 방법을 응용하여 연암은 자기가 창출한 허구적 삽화에 과거시간을 수용한다. 독자에게 사실로 받아들이게 하는 방법이다.

26) 2절에서 본 것과 같은 것이다. "짐짓 생각하기를" "깜빡 잠이 오는데"하는 방법을 많이 사용한다.

세계는 있을 수 없다는 선입견이 그 동안 『열하일기』를 잘못 읽게 한 직접적인 원인이다. 소설적 혹은 패관잡기 투의 문체라는 『열하일기』에 대한 비평을 이제까지의 연구는 여행기적 소재의 이야기식 전개라는 것으로 해석하였다. 이 말은 이제 [여행기+허구적 세계] 혹은 여행기의 허구적 변용이라는 적극적 의미로 받아들일 필요가 있다. 연암은 중국이라는 여행세계에서의 경험영역을 통해 그것을 생소재로 받아들인 것이 아니라 자신의 논리와 세계관을 통해 그것을 재구했다는 사실은 이미 앞장에서 지적한 바 있다. 결국 연암은 현실의 축에 짝하여 그의 새로운 인식논리에서 나온 허구의 차원을 설정한 것이다. 非我의 설정과 앞의 예문에서 본 소년의 심상묘사는 이러한 허구의 차원이다. 『열하일기』라는 서술체에서 이 허구와 경험영역이라는 사실 차원은 다음의 도표와 같이 생각해 볼 수 있다.

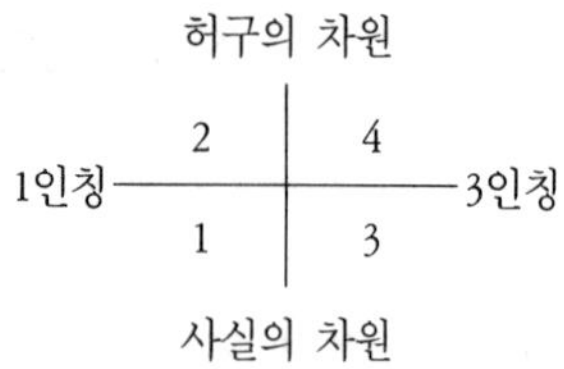

따라서 1. 1인칭 사실
　　　 2. 1인칭 허구
　　　 3. 3인칭 사실
　　　 4. 3인칭 허구

4가지 서술유형이 연암에게 가능하다는 것을 알 수 있다.[27]

---

27) 이 도표 위에 시간 축을 세울 수 있다. 이 경우 4가지 서술유형은 각각 현재·과거라는 시간범주를 갖게 되어 8가지 유형이 나타난다. 그러나 여기에서는 이 시간 축을 설정하지 않는다. 『열하일기』가 일기와 여행기라는 현재시간의 차원을 전제로 하여 내용을 객관화하는 데 이바지하고 있고, 앞에서 「일야구도하기」를 분석할 때 본 바와 같이, 과거 시간적 요소도 사실과 허구 두 차원에 모두 객관성을 부여하는 역할을 하기 때문에 이

　1인칭 사실의 범주는 일반적인 여행기·일기에서 나타나는 경험자가 그대로 서술자가 되어서 객관적인 사실을 기술하는 것이다. 1인칭 허구란 자신을 제대로 파악하기 위하여 非我가 설정한 영역이다. 3인칭 사실이란 여행 중에 만나는 인물들, 같이 여행하는 사람들이 이끌어가는 세계의 영역이다. 서술체에서는 삼인칭으로 나타날 수밖에 없다. 3인칭 허구의 차원은 앞의 예문에서 본 바와 같이 연암이 타인을 의탁하여 설정한 세계를 말한다.

　물론 이 4가지 범주는 연암에게만 고유한 것은 아니다. 누구의 글에도 이 네 범주는 나타날 수 있다. 가령「홍길동전」을 쓴 허균,「구운몽」을 쓴 김만중 같은 사람의 글을 생각해도 된다. 그러나 이들은 연암과의 큰 차이가 있다. 이들이 설정한 허구의 세계는 현실적인 세계에 존재하는 我를 기반으로 하고 있지 않다. 그래서 이들의 글에서 행동하는 인물들은 非我를 매개로 하여 곧바로 我가 갖는 현실 위에 내려올 수 없는 것이다. 여하튼 실제로 중세의 평면적인 인식체계에서 가능한 글은 1인칭 사실과 3인칭 사실의 1과 3 범주에서 이루어진 것이 대부분이고, 또 그런 글이라야 순정한 문체로 대접을 받을 수 있었다. 순정한 문체란 곧 시대의 성격에 맞는 순진한 생각을 의미하기 때문이다. 연암은 이 1, 3의 범주에 머물러 있지 않고 2, 4의 허구 범주를 도입했다는 데에 연암다운 개성이 있다. 뿐만 아니라, 이 1, 2, 3, 4의 범주를 그때그때의 소재화하고 싶은 이야기의 성격에 따라 적절히 선택, 조합하여 운용했다. 1과 3, 1과 4 혹은 1, 2, 4 등을 마음대로 자유롭게 선택하여 수시로 서술방식을 전환하면서『열하일기』를 써 내려간 것이다.

　달이 '보는 장소에 따라 살찌고, 여위고, 깊고 옅음이 있기에'[28] 실체를 파악하기 위하여 보는 장소를 임의대로 설정하는 것과 같은 원리이다. 따라서『열

　　둘을 분리하여 생각할 필요가 없는 것이다. 현재와 과거의 시간은 모두 허구의 보충수단으로 쓰이고 있다는 점에서도 일치한다.

28)『열하일기』中, 68면.「太學留舘錄」, 8月 13日. 余指月而問曰 月體常圓環受日光 由此地觀有盈虧乎 四海今宵一齊看月隨地測影 月膚肥瘦 有淺深乎.

하일기』를 분석하기 위하여는 마땅히 이들 네 범주의 조합원리를 점검해야 한다. 이론적으로 이 조합은 무수히 전개될 수 있으나, 『열하일기』가 경험적 서사체로서 1, 즉 1인칭 사실의 범주를 설정하고 있기 때문에 실제 숫자는 줄어든다. 1을 기준범주로 볼 때 이들 조합은 다음과 같이 계열화할 수 있다.

　가. (1인칭 사실+1인칭 허구)
　　 (1인칭 사실+3인칭 사실)
　　 (1인칭 사실+3인칭 허구)
　나. (1인칭 사실+1인칭 허구+3인칭 사실)
　　 (1인칭 사실+1인칭 허구+3인칭 허구)
　　 (1인칭 사실+3인칭 사실+1인칭 허구)
　　 (1인칭 사실+3인칭 사실+3인칭 허구)

　그러나 이들 모두가 그대로 글에 나타난다고 할 수 없다. 기본 단위로서의 (가)항은 그대로 나타날 수 있으나, (가)항을 기본단위로 전제한 (나)항은 논리적인 조합이지 실제적인 현상으로 모두 나타날 수 없다. 누누이 강조했지만 여행일기로서의 1, 즉 1인칭 사실은 1인칭 허구, 3인칭 사실, 3인칭 허구 사이에서 이들간의 거리를 조절하면서 상수로 끼어 들기 때문에 (나)항은 정형대로 나타날 수 없는 것이다. 오히려 (가)항, 즉(1인칭 사실+1인칭 허구), (1인칭 사실+3인칭 사실), (1인칭 사실+3인칭 허구)의 세 종류가 각각 서로 겹치거나 다시 어울리는 조합이 생길 수 있다. 이들이 기본단위가 되어서 전개되는 양상이 나타나는 것이다.

　따라서 이 글에서는 이들 기본단위들이 이루는 관계를 살피는 것을 일차적인 목표로 삼을 것이다. 그럼으로써 논리적으로 설정해 본 (나)항이 전개되는 실제적인 모습으로 대신하고자 한다. 그러나 (가)항에서도 (1인칭 사실+1인칭 허구)는 분석대상에서 일단 제외하려 한다. 이런 형식은 이미 앞에서 예로 들었다. 그리고 2, 즉 1인칭 허구의 범주는 사실상 겉으로는 확연히 드러나지 않는다. 1인칭 허구의 범주는 1인칭 사실의 범주와 결합하여 기본단위를 이루는 데에 그 의의가 있다기보다는『열하일기』에서는 3인칭 사실·3인칭 허구·1인칭 사실의 범주를 연결하는 데에서 독특한 기능을 수행한다.

　다음에 예로 드는 사례 1의 7월 15일 일기는 (1인칭 사실+3인칭 허구)를 보여주는 방증으로 채택한 것이다. 연암은 자신의 논지를 전개시키기 위하여 가상적인 인물이 보일 수 있는 견해를 도입하고 있다.

　사례 2의 7월 18일 일기는 (1인칭 사실+3인칭 사실)의 예로 선택하였다. 일기·여행기로서의 객관적 사실을 기록한 예이다. 이제까지『열하일기』에 대한 이해는 이 범주에서 이루어졌다고 할 수 있다.

　사례 3의 7월 27일 일기는 1인칭 사실, 1인칭 허구, 3인칭 사실, 3인칭 허구가 혼용되어 나타나는 예로서 1인칭 허구, 3인칭 사실, 3인칭 허구 사이에서의 1인칭 사실의 역할을 보는 데에 중요하다고 생각된다. 이 분석의 결과는『열하일기』안에서의 각 인물들이 엮어내는 의견을 연암과 관련시켜 이해하는 방법을 암시해 줄 것으로 생각된다.

　그리고, 사례 4의 7월 28일 일기는 1인칭 사실, 3인칭 사실 차원의 형태가 1인칭 허구, 3인칭 허구로 전환되는 예로서, 앞의 세 사례에서 살핀 논리를 점검하면서 작자문제에서부터 시비의 대상이 되는「호질」에 대한 논의를 전개하기 위해 선택했다. 이 논의는 허구와 사실의 관계를 살핌으로써 연암의 다른 단편 해석에도 실마리를 줄 수 있을 것으로 기대된다.

4. 서술원리의 실현 양상

　이 장은 3장에서 살핀 연암의 논리에 따라 유추된 글의 형식에 의거하여 글의 실제적 운용모습을 점검하는 데 목적을 둔다. 앞장에서 논리적으로 설정한 언어행위의 틀은 실제의 현상에 의해 수정을 받을 수도 있고, 그 타당성을 인정받을 수도 있을 것이다. 그러나 이 장에서 중요한 것은 연암의 논리와 글의 형식과의 긴밀성이 아니라, 사실적 언어행위가 허구의 차원으로 전이되는 과정을 살피는 데에 있다. 『열하일기』를 바로 알기 위해서 뿐만 아니라, 연암소설 일반의 해명에도 이 문제는 직접 도움을 줄 것으로 생각하기 때문이다. 물론 이를 위해서 허구와 사실과의 관계뿐 아니라, 이를 바탕으로 하여 연암이 논리를 전개시키기 위하여 보여주는 글의 짜임새, 즉 서술방식을 중시하지 않을 수 없다.

　3장에서 말한 대로 7월 15일, 18일, 27일, 28일 모두 4일간의 일기를 번거롭게 분석대상으로 삼은 이유는 이런 일반적인 서술방식을 고려하기 위함이다.

1) 사례 1—「馹汛隨筆」7월 15일[1]

이 7월 15일 기록은 앞장에서 유추한 언어행위의 틀 중에서 1인칭 사실과 3인칭 허구가 드러나는 사례로 선택한 것이다. 이 날의 기록은 다음과 같이 요약할 수 있다.

1. 신묘, 개다. … (행정소개)

2. 우리 나라 선비들이 북경에서 돌아온 이를 처음 만나면 반드시 "자네 이번 걸음에 제일 장관이 무엇이던고?" 하면, 그들은 제각기 "○○이요" "○○이요"…하며 대답이 분분하여 이루 헤아릴 수 없다.

3.1 그러나 上士는 섭섭한 표정으로 "고염무와 주돈이의 박식이 있다 한들 한 번 머리를 깎으면 곧 되놈이요, 되놈이면 곧 짐승이니, 우리가 그 짐승에게서 무엇이 볼 게 있단 말이요" 한다.

3.2 그리고 中士는 말하기를 "…언어조차 야만의 것을 따르게 되었으니 무엇을 볼 수 있으리오" 한다. 이는 『春秋』를 잘 읽은 이의 말이다.

3.3 『춘추』는 중화를 높이고, 이족을 낮추어 보는 사상을 중심으로 만들어진 글이다. 우리 나라가 明을 섬긴 지 이백 년 동안에…(壬亂과 胡亂 때의 중국의 구원)… 그 중국을 위하여 원수를 갚고, 치욕을 씻으려는 마음이야 어찌 하루사인들 잊을 수 있으랴? 그리고 우리 나라 사대부들이 『春秋』의 尊攘 이론을 일삼는 이가 군데군데 우뚝 서서 백 년을 하루같이 줄기차게 잇달렸으니 가히 장한 일이라 이르겠다.

4.1 그러나 존주의 사상은 周를 높이는 데에만 국한할 것이다 … 저들은 이적 일망정 중국이 자기에게 이로워서 길이 누리기를 족함을 알고, 이를 빼앗아 웅거하니 마치 본시부터 지녔던 것같이 한다.

---

1) 『열하일기』 上, 179면.

4.2 …이적이 중화를 어지럽힘을 분히 여겨서 중화의 가히 숭배할 진실, 그것
마저 물리친다는 말은 듣지 못하였다.

4.3 진실로 이적을 물리치려면 중화의 끼친 법을 모조리 배워서 …인민을 이
롭게 한 다음에 …저들의 굳은 갑옷과 날카로운 무기를 매질할 수 있게 된
연후에야 중국에는 아무런 장관이 없다고 말할 수 있겠다.

4.4 나와 같은 사람은 下士이지마는 이제 한 말을 한다면, "그들의 장관은 기
와조각에도 있고 또 똥부스러기에도 있다"고 하련다.…

5. 구광령산은 의무려산 밑에 있는데…(여행일기의 계속)

7월 15일 논의내용은 '중국의 장관은 무엇이냐'로 압축된다. 이 글은 앞에서
본 바와 같이 다섯 단락으로 나눠 볼 수 있다. 1은 그 날의 날씨로 시작하여
하루 동안의 행장을 기록했고, 날씨가 더웠다는 것으로 끝을 맺고 있다. 여행
일지라고 할 수 있다.

2에서 하나의 삽화가 제시된다. 여행자로서 평범하게 가질 수 있는 의문(중
국 어느 곳이 가장 장관일까?)를 제시하면서 일반적으로 나올 수 있는 연행자
들의 대답을 대화의 형태로 드러낸다. 여행이라는 성격상 이것은 일상적인 사
실의 기술이라고 할 수 있다.

3의 삽화가 도입되면서 2에서 논의되던 일반적인 사실이 아닌 특수한 사실
이 도입된다. 3.1에서 上士, 3.2에서 中士와의 대화가 그것이다. 3.1에서 上士는
2에서의 그 수많은 장관의 열거에도 불구하고, "한번 머리를 깎으면 곧 되놈이
요, 되놈이면 곧 짐승이니 그들에겐 도무지 볼 것이 없다"라고 선언한다. 그리
고 이어서 3.2에서 中士는 上士의 논리를 발전시켜 '더럽혀진 중국을 토벌해
야 한다'고 주장한다. 이 中士의 입장을 연암은 말미에서 "춘추를 잘 읽은 사
람만이 가능한 행동"으로 평가한다. 3.2 역시 3.1처럼 [삽화+그에 대한 연암의
객관적 진술]이라는 형식을 취하고 있다. 이러한 형식은, 3.3에서 상사와 중사
가 언급한 춘추의리 정신이 조선과 명나라 사이에서 임란을 통해 구현되었다

는 것을 설명하면서 다시 나타난다. 한편 3.1, 3.2, 3.3관계를 보면 3.1, 3.2가 모두 춘추정신을 보여주는 두 선비에 대한 큰 삽화라면 3.3은 춘추정신이 무엇인가를 설명해 주는 연암의 해설이라고 할 수 있다. 3은 전체적으로 보아도 [삽화+삽화에 대한 설명]이라고 할 수 있다.

　전체적으로 볼 때 2가 문제 제기를 전제로 한 일반적 상황의 기술이라면, 3에서는 구체적인 문제의 제기가 이루어진다고 할 수 있다. 표층구조상(즉, 삽화의 측면에서) 2는 "중국의 장관은 무엇이냐? ○○이다", 3은 "되놈에게 장관이 있을 수 없다"로 생각할 수 있다. 이때 3은 '중국의 장관은 춘추정신이다'로 치환할 수 있다. 2가 평범한 사실의 기술이라면 3은 그 평범한 사실과 연결되는 구체적이고 심화된 상황, 즉 춘추정신의 팽배라는 문제점을 제시하고 있는 것이다. 삽화상으로는 '중국에 장관이란 있을 수 없다'는 문제제기이다. 그러나 2, 3에는 아직 문제의 제기로서의 연암의 논리가 없고, 일상인으로서의 긍정만이 있다. 4에 와서야 진술자로서의 연암 자신의 눈이 개재된다. 의리정신이 배태한 '중국=되놈'식의 사고방식을 비판하는 것이 요지이다. 3.1, 3.2의 선비에게 대답을 하는 형식으로 진행된다. 진실로 이적을 물리치려면 중화의 이법을 먼저 배우라는 말은 3.2의 중사에게 하는 답인 것이다. 4.4에 와서는 4의 1, 2, 3을 통해 정리된 논리를 실천하는 양상을 보인다. 연암은 이제 자신을 下士로 내세워 '그들의 장관은 기와조각에도 있고, 또 똥부스러기에도 있다'고 하는 것이다. 이 결미는 4안에서의 결미이자 동시에 2에서 일반적인 사실로 제기한 '중국의 장관은 무엇이냐?'에 대한 연암의 대답으로서 삽화 전체를 마감해 준다.

　이 2, 3, 4를 다음과 같이 도출할 수 있다.

2. 중국의 장관은 무엇이냐? ○○, ○○ 등이다.
3. 중국에는 볼 것이 없다. 그러니, 중원을 소탕한 다음에나 장관을 이야기할 수 있다.

    4. 장관이란 그런 것이 아니다. 내가 보기에는 기왓장에도 있다.

    이미 앞에서 본 바와 같이 3을 '춘추의리가 장관이다'로 치환할 경우 당연히 4는 '춘추의리란 그런 것이 아니다. 내가 생각하기에는 이로운 것을 취하여 백성을 위하는 데에 있다'로 재해석할 수 있다.

    이렇게 15일 일기를 두 개의 구조, 즉 삽화와 그 삽화를 설명해 주는 부분으로 나누어 보았다. 그럴 경우 모두 3인칭 인물이 그려내는 [자족적 삽화+그에 대한 설명의 형식]이 주류를 이루고 있었다. 그런데 4.4에 와서 '장관은 기왓조각에도 있다'라는 연암의 언급은 [이전까지의 삽화+그에 대한 설명]을 모두 함축하는 표층구조와 심층구조가 일치하는 면모를 보여준다. 이 한마디를 위해서 이제까지 '우리 나라 선비'라는 삼인칭 인물을 상정하여 중국의 볼거리에 대한 논의삽화를 운용하였던 것이다.

    이전까지의 삽화를 설명하는 진술에, 모두 연암 자신의 의견이 개입되어 있지 않음을 보건대 이 삽화들은 연암이 삽화 속의 인물의 입장이 되어서, 즉 3장에서 검토한 卽物·體物하여 설정한 허구적 삽화이다. 연암 자신이 삽화의 자족적 세계 안에 침투하지 않고 있다가 마지막 결미에 와서 자신의 모습을 드러내는 것은, 이들 삽화가 허구적이되, 곧바로 현실적 문맥 안에서 이루어지는 것이기 때문에 가능한 것이다. 허구와 사실은 이렇게 연암이 여행자로서의 我에 집착하지 않고 상상력을 지닌 非我를 상정하여 3인칭인물의 입장이 되었을 때 서로 교차하는 것이다.

    이런 허구적 삽화의 운용으로 연암은 자기의 실제적인 주장조차 직접적인 언어로 설득하는 것이 아니라 독자에게 자연스럽게 보여줄 수 있었다.

    이 15일 일기의 형식은 다음과 같이 다섯 부분으로 다시 요약해 볼 수 있다.

    1. 간략한 일지
    2. 여행 중에 가질 수 있는 일반적인 의문

3. 2에서 보인 의문에 대한 삽화를 통한 구체적 접근

4. 3에 대한 연암 자신의 견해 표명

5. 다시 여행의 계속

2) 사례2-「馹迅隨筆」7월 18일

앞의 15일 일기는 허구적 자아, 즉 비아의 개입으로 1인칭 사실과 3인칭 허구가 그려내는 서술형식이다. 이 18일 일기는 사실적 1인칭과 역사적 사실인 3인칭 인물의 접합을 보여준다.

이 날의 기록 역시 크게 다섯 단락으로 나눌 수 있다.

1. 갑오, 개다.(행장)

2.1 사동비 근처에 이르니…

2.2 배로 소능하를 건너다. … 송산에서부터 행산, 고교를 거쳐 탑산까지 백여리 사이에는 동리나 점포가 있기는 하나 가난하고 쓸쓸하고, 그들은 조금도 붙박이 생활을 할 의사가 없다

3. 아아! 이곳이 곧 옛날 崇禎·庚辰·辛巳 연간에 피흘리던 곳이다. … 지금황제가 지은 全韻詩 註에 …(명말청초의 전쟁상황을 묘사한 시의 내용 소개)

4. 아아! 슬프다. 이것이 이른바 송산행산의 싸움이다. …(그 전쟁에 대한 자신의 소감)

5. 밤에 고교보에서 묵다.

이 일기를 앞의 7월 15일 일기처럼 정리해 본다면 다음과 같다.

1. 그날의 행장을 기록한 일지

   2. 사동비, 소능하의 여행기

   3. 2에서 유추한 역사적 사실의 기록

   4, 그 역사적 사실에 대한 자신의 소감

   5. 다시 고교보 여행의 시작

그런데 5는 여행 일정이 되풀이된 것으로서 그 날 지낸 상황에 따라 얼마든지 되풀이될 수 있는 형식이다. 이를 7월 15일 형식과 비교해 보자.

1의 형식은 같다. 그리고 3에서 4로 발전하는 형식, 삽화를 제시하고 그것에 대한 자기의 의견을 진술하는 점도 같다. 그리고 나서 다시 여행을 계속하는 것도 일치한다. 그런데 이 18일 기록에서 3의 역사적 사실은, 소릉하라는 곳을 여행하면서 유추한 것이다. 그곳의 풍물·정황을 소개하면서 그 지방에 얽힌 역사를 제시한 것이다. 그 역사는 "황제가 지은 全韻詩 註"에서 보듯이 3인칭 인물이 그려내는 객관적 사실이다. 연암 자신이 재구한 역사가 아니다. 15일에서의 "중국의 장관은 무엇이냐?"는 의문에 대한 上士와 中士 두 선비의 대답은 여행지에서 취재한 구체적 사실이 아니었다. 의문과 대답을 담은 삽화는 모두 연암이 상상력에서 재구한 허구적인 것이었다. 그러나 이 허구성은 문제가 되지 않는 것이었다. 연암이라는 현실적 자아가 언제이건 만나서 조응할 수 있는 현실 위에 기반을 둔 허구였기 때문이다. 그래서 7월 15일, 18일 일기는 모두 여행기가 가질 수 있는 평면적인 사실성에 기초하여 문제 제기를 시작하고 있다는 점에서 일치한다고 할 수 있다. 15일의 전개양식은 약간의 변이를 갖고 있을 뿐이다.

그러나 이 변이는 그렇게 간단히 넘길 성질의 것이 아닐 수도 있다. 15일 기록에서 허구적 삽화로 제시한 의문에 대하여 연암은 자신의 견해를 삽화 속의 인물에 대답하는 형식으로 보여주었으나, 여기에서는 직접적으로 자기 목소리를 구사하고 있기 때문이다. 삽화에 대답하는 연암은 우리가 관찰하고, 볼 수 있는 객관적 실체이지만, 역사적 사건을 놓고 그것에 대해 자신의 견해를 제시

하는 연암은, 우리가 객관적 실체로서 관찰하여 살펴볼 수 있는 인물이 아니
다. 그만큼 자신을 강하게 드러내기 때문이다. 자기 주장에 대한 설명적이고
설득적인 모습이 보인다. 그 이유는, 앞의 15일의 일기에서는 허구적 삼인칭
인물이 그려내는 삽화가 운용되었지만, 이곳에서는 사실적인 삽화가 제시되었
기 때문인 것이다.

이러한 변이가 어떻게 나타나는지 좀더 살펴보자.

3) 사례 3─「관내정사」 7월 27일

앞의 15일, 18일 일기는 각각 1인칭 사실+3인칭 허구, 1인칭 사실+3인칭 사
실의 범주를 설명하기 위한 것이었다. 이 7월 27일의 기록은 15, 18일의 형식
이 혼재되어 나타나는 것이다. 여행일기 기록자로서, 즉 사실적 일인칭으로의
연암, 그리고 非我가 설정하는 허구적 인물이 개입되면서 3인칭 사실과 3인칭
허구가 교환되는 사례이다.

이 날의 기록 역시 크게 다섯 부분으로 나눌 수 있다.

1. (그 날의 행장기록)
2. 어제 夷齋廟에서 고사리를 넣은 음식을 먹었다. 오후에 비를 만나 겉은 춥
   고 속은 막히어 먹은 것이 내려가지 않고, 가슴에 체하여 한번 트림을 하
   면 고사리 냄새가 목을 찌르는 듯했다.
3.1 제 철이 아닌 고사리를 어디서 구했는가 묻자 옆에 사람이 ' … 사신들은
   四時를 막론하고 夷齊廟에 이르러는 고사리 음식을 먹는데 10여 년 전에
   는 이를 준비하지 못한 乾糧官이 書狀官에게 매를 맞고 '백이·숙제야, 나
   하고 무슨 원수냐' 하고 운 적이 있습니다. 小人의 소견으로는 고사리가
   고기만 못하며, 듣자온대 백이·숙제는 고사리를 먹고 죽었다 하니, 고사

리는 참 사람 죽이는 독물인가 합니다’ 하였다.

3.2 풋열매를 따먹고 배탈이 난 태휘란 자도 고사리 독이 사람 죽인다는 말을 듣고 ‘아이고 백이 숙채(熟菜)가 사람 죽이네’ 하니, 숙제와 숙채가 음이 비슷한지라 듣고 모두 웃었다.

4.1 일찍이 白門(서울 부근 지명)에 살 때였다. 崇禎紀元 137년 3월 19일 의종 열황제(毅宗烈皇帝)가 殉死한 날이다. 시골 선생님이 아이들과 城西의 宋氏 셋방살이 집에 가서 우암 송시열 선생의 영정에 참배하고 貂裘를 내어 눈물을 흘렸다. 돌아오는 길에는 서쪽에 주먹질하며 ‘되놈’ 하고 불렀다.

4.2 그리고 旅酬를 벌이는 데 고사리나물을 차렸다. 마침 酒禁이 내려 蜜水로 술을 대신했는데 술잔에는 ‘大明成化의 製’ 하고 쓰여 있었다. 旅酬하는 자가 꿀물을 따를 때는 반드시 술잔 안의 글씨를 들여다보는데 이는 春秋의 의리를 잊지 않기 위함이라 한다.

4.3 (가) 한 동자가 시를 읊었다. ‘아무리 武王인들 패해서 죽었다면, 천 년 뒤 역사에선 紂王의 역적이 되었으리. 태공은 어이하여 伯夷를 구하고도, 역적을 옹호했다 하여 벌을 받지 않았던고? 춘추의 의리를 이제껏 떠들건만, 되놈이 보기에는 그들에겐 夷賊일세.’

4.3 (나) 선생은 이를 듣고 ‘아이들은 불가불 일찍부터 『춘추』를 읽혀 이따위 괴상한 말을 못하게 해야 한다’ 했다.

4.3 (다) 또 한 동자가 짓기를 ‘고사리 캐고 캔들 배부르단 거짓말이, 백이도 나중에는 주려서 죽었다오. 꿀물이 몹시 달아 술보다 나을지니, 이것 마시다 죽는다면 그 아니 원통하리’라고 했다.

5. 그러한 지도 어언간 17년의 세월이 흘렀다. 그때의 늙은이도 다 가버린 오늘날에 다시 백이의 고사리로 이런 말썽이 생겨서 타향의 풍등 아래에서 옛이야기를 하다보니 필경 잠을 잃고 말았다.

2에서 여행을 하면서 고사리를 먹고 배탈이 난 자기 신변 사실의 기록을 볼 수 있다. 그리고 3에서 고사리에 얽힌 과거의 일화를 소개함으로써 고사리와 연관을 맺고 있는 백이·숙제로의 이입이 이루어지고 있다. 여기에 고사리는 백이·숙제와 등식관계를 유지하게 된다. 이것은 과거에 乾糧官이 夷齊廟에서는 꼭 고사리를 먹어야 한다는 구례를 지키지 못하여 매를 맞고 나서 '백이·숙제야, 백이·숙제야, 나하고 무슨 원수냐' 하고 부르짖었다는 사실에서 확인된다. 고사리를 준비 못한 건량관이 서장관에게 매를 맞았다는 것은 그래서 곧 백이·숙제에게 매를 맞았다는 의미가 된다. 고사리를 꼭 먹어야 한다는 구습은 백이·숙제를 뚜렷한 이유 없이 받드는 태도이다. 이유도 없이 백이·숙제는 건량관을 때린 것이다. 그래서 건량관의 '나하고 무슨 원수냐'는 울부짖음은 설득력을 가진다. 이러한 백이·숙제의 毒性은 현재에 다시 太輝를 통해 입증된다. '아이고, 백이·숙제가 사람 죽이네, 백이·숙채가 사람을 죽인다'는 태휘의 말은 '叔齊와 熟菜가 음이 비슷하다'는 연암의 지적에 따라서[2] 백이·숙제가 현재까지 사람을 죽이고 있다는 의미가 된다. 연암은 이 3에서 백이·숙제가 당대에 가지고 있던 의미를 제시하고, 書狀官으로 대표되는 사대부들의 맹목적인 '과거에 대한 묵수적인' 태도를 지적하고 있다. 그가 내린 결론은 백이·숙제가 사람을 죽이고 있다는 것이었다. 백이·숙제가 어떻게, 왜, 사람을 죽이고 있는가에 대한 대답은 4에서 이루어진다.

4의 삽화는 크게 세 단락으로 나눠 볼 수 있다. 4.1은 우암 송시열의 영정을 참배하는 시골 선생님과 동리 아이들의 모습을 제시해주고 있다. 그러나 왜 그들이 비분해 하는지는 아직 설명되고 있지 않다. 4.2에서는 旅酬의 상황을 도입함으로써 제사의 구체적인 행동을 보여준다. 이 旅酬의 과정은 춘추의 의미

---

2) 연암은 同音異意語에 깊은 관심을 가지고 있다.『열하일기』의 여러 곳에서 "중국에서는 음이 같으면 뜻을 같이 쓴다"는 언급을 하면서 이를 이용한다. 동음이의어뿐 아니라 「鵠汀筆潭」에서는 明을 日月로 나누어보며 明나라를 '해와 달이 다 떠서 밝은 나라'라고 조롱하는 등, 언어구사를 정형대로 하지 않고 풍자적인 의미를 부여한 경우가 많다. 동음이의어를 사용하게 된 배경은 5장에서 다시 설명한다.

를 잊지 않기 위함이라고 연암은 설명하고 있다. 4.1에서의 행동은, 행동의 제시 그 자체로서 완결되어 의미를 갖지 못했으나, 4.2에서의 춘추의리라는 언급으로 비로소 의미를 갖게 된다. 따라서 4.2의 춘추의리라는 의미 전환에 따라 연암은 [삽화+삽화에 대한 설명]의 형식으로 문제제기를 하고 있음을 알 수 있다.

4.3에서는 춘추의리에 대한 연암의 새로운 견해가 제시된다. 4.3의 (가)와 (다) 두 시를 통해 보건대, 백이·숙제와 武王을 모두 긍정적으로 평가하는 춘추의리론은 잘못된 것이며, 이들을 섬기는 것은 아무 실리도 없다는 것이 연암의 결론이다. 4.1에서 사실의 제시, 4.2에서 그에 관계된 문제의 제기, 4.3에서 그에 대한 평가가 모두 삽화로써 이루어지는 것이다. 이 7월 27일의 기록이, 2. 고사리를 먹고 배탈이 난 상황, 3.고사리와 연결되는 백이·숙제의 제시로 춘추의리 문제로의 확대. 4.그에 대한 연암의 견해라는 구조를 갖고 있음을 앞에서 보았거니와, 이 4의 내부구조가 다시 전체와 똑같은 구조를 가지고 있음을 알 수 있다. 이야기(7월 27일 기록 전체) 속의 이야기(2, 3, 4, 5), 또 그 이야기 속의 이야기(4의 1, 2, 3)라는 순환구조를 갖고 있는 것이다. 어쩌면 이 춘추의리론을 점검하는 최소단위의 이 이야기는 『열하일기』라는 큰 이야기를 대표한다고 볼 수도 있을 것이다. 이 이야기들 속의 내용은 서로 물고 물리는 연계성을 가지고 있음이 확실하다. 4.1, 4.2, 4.3을 분석하면서 그것들이 어떻게 상층의 이야기들과 연결을 맺고 있는지 살펴보자.

4.1은 결론부터 말하자면, 삽화 상으로 볼 때 우암 영정을 참배하는 선생과 학동 이야기이지만, 춘추의리를 지키던 우암의 참담한 뒤끝을 말해주는 것이다. 춘추의리론의 당대적 표상이었던 우암 후손의 셋방살이하는 모습, 그리고 李自成의 반란을 맞아 자살한 毅宗과 우암의 제삿날의 일치는 모두 의리론의 허상을 제시해 준다.

4.2는 이러한 우암의 처지와 明나라의 망함이 춘추의리론 때문임을 설명한다. 흉년으로 酒禁이 내렸다. 服喪문제로 천지를 진동시킨 당쟁을 일으키며 명분에

서 한 치도 어긋나서는 안되다고 호령하던 우암의 귀신은, 꿀물로 대신한 旅酬를 받는다. 이 해학적인 장면은, 흉년을 해결 못하는 의리론을 비꼰 것이다.

이렇게 의리와 명분에 맹목인 태도, 그 현실에 대한 연암 나름의 새로운 비판 논리는 4.3에서 두 동자에 의해 드러난다. 동자가 가진 순진의 눈이 혼란한 세계에 새로운 질서를 재편하는 역할을 한다는 사실은 이미 앞장에서 언급한 바 있다. 4.3(가) 시에서는, 춘추사관에서 말하는 天命이란 힘에 의해 좌우된 것이라는 논리, 그리고 서로 반대 의견을 가진 武王·伯夷叔齊·太公望이 모두 긍정적인 평가를 받는 史觀은 모두 거짓일 수밖에 없다는 사실을 지적한다. 아울러 '胡看爲胡賊'이라는 말로 명의 입장에서 보면 청은 夷賊이지만, 청의 입장에서 보면 역시 명나라도 정통은 되지 못한다는 확대된 사고유형을 보여 준다. 그런데 4.3(나)에 와서 시골 유생은 이 시로 들고, '춘추의리'라는 색안경을 어린아이에게 강요한다. 연암이 앞장에서 본 바와 같이 장님의 인식태도로 '빛 바랜 낡은 문자'를 버려야 한다고 했을 때 이런 시골 유생을 두고 한 말이다. 이런 태도는 3에서 고사리를 준비하지 않았다고 건량관의 볼기를 치던 서장관, 그리고 이용후생·북학을 주장하던 작자 연암과 도그마에 사로잡혔던 사대부와의 대립으로 확산 연결되는 작품구조상 및 인식체계상의 의미를 갖는다.

이런 대립양상은 4.3(다) 동자의 시에 와서 더 첨예화되고 구조적인 연계성 또한 확연해진다. 동자는 고사리란 백이·숙제를 죽인 극약이었으니, 차라리 실제적인 꿀물을 먹는 것이 낫다는 논리를 전개한다. 이때 우리는 3에서 건량관 일화를 소개하던 小人의 말 '小人의 所見으로는 고사리란 고기만 못하며, 사람 죽이는 독물'이란 말을 기억해 낼 수 있다. 백이·숙제는 고사리를 '캐고 캐다'가 죽었고 건량관은 '四時를 막론하고' 고사리를 먹는 관습에 희생되었다. '의리란 때에 따라 변하는 것이지 말뚝을 박아 놓은 것이 아니라는「곡정필담」의 말을 상기케 한다. 이런 희생은 4.1의 자살할 수밖에 없었던 毅宗烈皇帝, 셋방살이하는 우암의 후손, 죽어서 술 대용품인 꿀물로 旅酬를 받는 송시열에게서도 볼 수 있다.

동자는 여기에서 새로운 행동의 준거를 제시한다. '꿀물은 몹시 달아 술보다 낫다'는 것이다. 꿀물은 비록 그것이 여수에는 못 쓰이는 것이지만 동자에게는 차라리 술보다 나으니, 달콤하기 때문이다. 있는 그대로의 사실을 받아들이는 동자가 실질적인 것을 취하는 당연한 일, 그 실질적인 것을 취하는 데 문제가 될 수 없다는 연암의 주장이다.

이러한 연암의 사고체계가 최소단위인 4.3(다)에서 그 상부인 4로, 다시 건량관과 태휘의 3 삽화로 세 층의 이야기 속에 동심원처럼 환산되어 있음을 알수 있다. 세 층위의 연계성은 단선적인 것으로 끝나지 않는다. 2, 3과 4의 전반부는 4.3 이하에서의 연암의 의견 개진을 위한 도입이나 문제 제기로서의 역할에 그치지 않고, 결미에서 이루어지는 새로운 논지로 인해 재해석, 조명된다는 것을 알 수 있다. 이들 세 층위의 이야기들은 서로 잡아다니고 밀어주는 순환구조를 갖는 것이다.

삽화 운용의 측면에서 이 7월 27일 일기를 앞의 7월 18일과 비교해 보면, 1의 행장기록, 2.문제 제기로의 이입, 3.문제제기, 4.의견 진술이라는 동일한 형식이다. 18일의 문제의 제기 단계에서는 그곳 지명에서 얻은 황제의 全韻詩를 문제의 제기로 삼았다. 이것은 3인칭 인물에 관계된 사건을 제시한다는 점에서 27일 일기에서 '옆엣사람'이 고사리를 준비 안 해서 매맞은 건량관 일화를 제시하는 것과 일치한다. 모두 연암이 직접 관계하지 않는 객관적 사실일 뿐이다. 그러나 삽화를 제시하는 방법과 그에 대한 의견 개진은 전혀 다른 방법을 취한다. 27일 일기의 3에서 연암이 문제점으로서 제시한 '백이·숙제가 사람을 죽인다(고사리는 사람을 죽이는 독물)'는 말은 앞의 7월 15일에서처럼 [삽화+삽화에 대한 연암의 직접적인 설명]의 형식이 아니다. 건량관 삽화는 '옆엣사람'이라는 3인칭 인물이 제시한 것이고, '고사리는 사람 죽이는 것'이라는 그 삽화에 대한 평가 또한 바로 그 '옆엣사람'이 한 것이다. 그래서 그 전체가 연암이 서술한 하나의 삽화이다. 이 삽화가 갖는 의미를 또 태휘의 배탈에 얽힌 삽화가 보강하여 준다. 작가로서의 연암은 이 삽화에 전혀 개입하는 모습을 보이지 않는다. 이런 재미있는 일도 있었다는 서술자로서의 의연한 태도이다. 이런 객관적인 입장은 제시된 문제에 대한 가치판단에 이르러서도 계속된다. 백이·숙제로 대표되는 춘추의리론에 대해, 그리고 그를 맹종하는 현실에 대해 실리적인 것을 취하라고 주장하면서, 직접적인 논술을 피하고, 또 하나의 독립된 삽화를 제시함으로써 그 자신은 판단에 직접 개입하고 있지 않은 듯한 효과를 낳고 있다. 의리론을 비판하는 동자 삽화는 白門에서의 객관적인 사실이었을 뿐이었다. 그리고 연암은 이 4를, 5에서 다음과 같이 결미를 지음으로써 2, 3, 4의 삽화를 다시 서로 연결하면서 이들 이야기들과 자신의 거리를 거듭 설정하고 있다.

> 그런지도 어언간 17년이 세월이 흘렀다. 그때의 늙은이들도 다 가버린 오늘날에 와서 다시 백이·숙제의 고사리로 이런 말썽이 생겨서, 타향의 풍등 아래에서 옛이야기를 하다보니 필경 잠을 잃고야 말았다.[3]

연암은 여기에서 3, 4에서 제시한 삽화들을 고사리와 백이·숙제로 인한 말썽으로 여기고 있다. 자신의 일상적인 생활과 가치기준으로 볼 때 자신과는 상관이 없는, 이미 죽어간 늙은이에 관한 옛날 이야기라는 거리를 마련하고 있는 것이다.

그러나 이제 우리는 2에서 연암이 고사리를 먹고 배달이 났다는 사실을 기억해야 한다. 이 5에 의하면 그 고사리는 바로 '백이·숙제의 고사리'이다. 연암은 고사리 때문에 배탈이 난 것이 아니라, 백이·숙제 때문에 앓고 있는 것이다. 그들은 3, 4에서 나타난 '사람 죽이는 독'을 가진 고사리, 즉 춘추의리론을 뜻한다. 잠을 이루지 못하는 연암은 단순히 고사리에 체한 배탈 때문이 아

---

3) 『열하일기』上, 257면. 至今十七年 遺老盡矣 復以伯夷之薇 致此紛紜 異鄕風燈 爲記故事 因失睡曉發.

니라, 백이·숙제의 의리정신이 가져다 준 고민 때문인 것이다. 연암에게 자신의 배탈은 곧 시대가 안고 있는 병이었다. '겉은 춥고 속은 막혔다'는 표현에서 자기의 시대를 '홍수에 물이 불은 위험한 강을 한밤중에 건너는' 일에 비유했던 7월 15일 일기의 위기의식을 다시 볼 수 있다. 그가 진단한 시대의 병은 '먹은 것'이 내려가지 않고, '가슴에 그득히 체하여 한 번 트림이 나면 고사리 냄새가 목을 찌르는' 것이었다. 춘추의리론의 소화불량증에 걸려 위기에 처한 시대의 문제를 해결하지 못하고, 시시콜콜 문제가 일어날 때마다 의리론이나 禮論을 일삼는 일, 이것이 곧 '한 번 트림'에 나오는 '목을 찌르는 고사리 냄새'였던 것이다.

이때 우리는 3, 4의 삽화들을 연암이 남의 이야기로 객관적인 위치에서 조망하는 진술형식을 취하면서도, 한편으로는 그것이 자신의 말이라는 고백을 하고 있음을 알 수 있다. 그렇다면 3, 4 안에 등장하는 인물만 객관적 대상으로서 3인칭으로 처리했던 것이 아니고, 자기도 그 안에 같이 존재하는 3인칭 인물이 되었던 것이다. '배탈 난 자신'을 '위기에 처한 나라'로 환유하면서 그 자신을 바라보는 또 다른 자아의 개입이 있었던 것이다.

여행일기로서 연암은 자기의 경험적 자아를 내세워 일화를 도입함으로써 자신과의 거리를 유지하고 있지만, 그 거리는 또 다른 자아의 개입에 의해 신축성을 갖는 것이었다. 그러기에 2장에서 언급한 것과 같이 『열하일기』는 사건 하나하나에 반응하는 연암을 비춰 주는 거울 역할을 하는 것이다. 독자가 보기에 연암은 3, 4삽화를 바라보는 구경꾼이자, 그 삽화에 참여하여 이끌어가는 참여자이다. 연암을 단순히 기록자로서 구경꾼이라고 생각할 때, 이 27일 일기는 전체가 하나의 객관적 사실임에 틀림없으나, 참여자가 될 때 연암까지 포함한 이 삽화는 사실로써 재구된 허구의 차원이다. 그 스스로를 허구적 인물로 변모시켰던 것이다. 배탈 난 연암은 매맞은 건량관, 태휘, 우암 송시열, 시골 유생, 동자 등 어느 누구와도 곧 대치할 수 있다.

과연 이 27일 기록이 허구라고 할 수 있는가 하는 의문, 따라서 허구와 사실의 관계가 제기된다. 이 기록에는 확실히 증명될 수 있는 사실 차원의 소재가 많다. 우선 夷齊廟에서 연행 사신들이 항상 고사리 음식을 먹는다는 것은 홍대용과 김창업의 연행록[4] 등 여러 곳에서 확인된다. 뿐만 아니라 연암은 '崇禎 기원 137년', 즉 1764년에 里中의 父兄들과 '城 西쪽'의 송씨네 집을 우암의 제사 때 방문한 것 또한 사실이다.[5] 『열하일기』가 1780년의 작이니 27일 일기에서 그 삽화를 기록하며 '그러한 지 17년'이라는 말은 다 들어맞는다. 또한 역사적으로 1762년에 禁酒令이 내렸던 사실이 있으니 '酒禁이 내려 旅酬를 蜜水로 대신 한' 것도 사실일 것이다.[6] 이런 여러 정황으로 보건대, 연암이 고사리를 먹고 체했다는 말 등 모든 기록을 객관적인 사실로 단언할 수도 있을 것이다. 그러나 이 문제는 이들 삽화가 사실 차원의 것이라는 데 있지 않다. 이제까지의 3, 4의 내용분석, 그리고 연암 스스로를 객관화하는 작업을 통해 보건대, 이런 사실 차원의 생소재들은 이미 완전히 사실을 지시하는 일상언어의 차원을 떠나 개념언어로 전환하면서 허구화되었기 때문이다. 우암 삽화는 「貂裘記」와 일치하나, 적어도 연암의 분신이라고 할 수 있는 동자가 개입하면서 그것은 사실의 영역을 떠나 허구의 차원에 있게 된다. 다만 소재를 현실의 사실적인 것으로 사용한 연암은 개성이 돋보일 뿐이다.[7] 이 허구적 동자의 개입

---

4) 홍대용·김창업의 앞의 책(『담헌연기』, 『노가재연행록』).

5) 崇禎紀元後 三甲申 上率群臣 親祀大報檀 於是里中父兄 至宋氏城西之寓舍 拜先生之像 陳之於中堂相與難息流涕. 「貂裘記」, 『燕巖集』, 60면.

6) 酒禁으로 대표되는 당대의 사회상황에 대한 박지원·홍대용의 태도에 대해서는 『洪大容과 그의 時代』(金泰俊, 一志社, 1982)에서 언급되었다.

7) 혹 「貂裘記」의 주제를 의리정신이라고 보아, 연암이 『열하일기』를 쓸 때와 전혀 다른 태도를 갖고 있었다고 생각할 수도 있다. 그렇다면 "허구화 운운"하는 논지는 다른 방법으로 설명되어야 한다. 그러나 필자의 소견으로는 「貂裘記」와 『열하일기』 삽화를 시간 순서로 보아 작가의 사상적 변모를 논하는 것은 무리이다. 「貂裘記」의 내용 또한 우암의 의리정신을 주로 언급했으나, 결미에서 연암은 "초구가 따뜻하지 않음이 아니로되 이를 입지 않으셨네, 先王의 命은 이를 해지도록 입으라고 하셨네(匪裘不溫 未服是矣 先王之命 命弊是矣)"라고 하여 우암이 효종의 신임을 발판으로 영화를 누렸으나 말과는 달리 실제 행동이 없었음을 은근히 야유했다.

으로 인해 4뿐만 아니라 3, 2등 전체 사실이 새로운 의미로 재구되는 것이다.

앞의 15, 18일 일기는 각각 1인칭 사실+3인칭 허구, 1인칭 사실+3인칭 사실의 범주를 설명하기 위한 것이었다. 이 7월 27일 일기는 외형상 1인칭 사실, 3인칭 사실이 나타나는 형식이다. 그러나 동자로 화한 연암의 非我가 배앓이하는 사실적 일인칭마저도 허구화하는 사례를 보였다. 그러므로 1인칭 사실, 1인칭 허구, 3인칭 사실, 3인칭 허구가 함께 교차하고 있다고 할 수 있다.

이제 연암의 글을 대하면서 그것이 사실이냐, 연암의 창작이냐의 문제를 제기할 필요는 없다. '건량관'이 의리론의 희생자로서 은유이듯, 배앓이 하는 연암 또한 시대의 병을 앓고 있는 사람이고, 『열하일기』 전체는 그 또한 경험적인 사실의 기록이지만 당대의 문제를 보여주는 거대한 은유이기 때문이다. 다만 중요한 것은 그 삽화의 운용방식, 그에 관계하는 연암의 역할이라고 할 수 있다. 그로써 삽화의 의미를 정확히 거를 수 있고, 연암의 얼굴을 제대로 볼 수 있을 것이다. 이제 허구냐, 사실이냐의 문제를 안고 있는 「호질」의 문제를 이와 대비하여 살펴보자.

4) 사례 4-「호질」과 「관내정사」 7월 28일의 구조

(1) 「호질」 연구의 방향과 「관내정사」 7월 28일의 구조

이 절은, 이제까지의 『열하일기』의 서술방식을 검토하면서 얻은 결론을 기반으로 「호질」[8]의 작품구조 및 주제를 밝히는 데 일차적인 목표가 있다.[9] 아울

---

8) 『열하 일기』 上, 270면. 이하 「호질」 및 「호질후지」의 인용문은 출처를 표기하지 않는다.
9) 「호질」에 대한 논문으로는 다음과 같은 것들이 있다.
　　黃浿江, 「虎叱研究」, 『韓國小說文學의 探究』, 一潮閣, 1978 ; 李源周, 「虎叱의 諷刺對象」, 『常山李在秀博士 還歷紀念論文集』, 螢雪出版社, 1972 ; 李石來, 「朴燕巖의 諷刺作品-兩班傳과 虎叱」, 『聖心語文論集』 4, 聖心女子大學 國語國文學科, 1977 ; 李在秀,

러 이제까지의 결론을 확인하면서 공고히 하고, 연암의 작품을 이해하기 위한 탐색을 겸할 수 있을 것이다. 사실을 허구화하고, 허구를 통하여 현실을 조망하는 원리의 확인을 여기에서 기대하기 때문이다.

「호질」의 작자 문제가 아직 해결을 보지 못하고 있는 현상에 대해서는 이미 서론에서 제기했다. 「호질」을 전후한 여러 기록이 갖는 의미의 다의성에서 비롯하는 이러한 상반된 논의들은 결국 그 문맥의 해석에 완전한 답이 있을 수 없다는 결론에 도달하게 된다. '점포에서 格子의 것을 필사했다'는 언급이나 '제목이 없어서 虎叱이라고 명명한다'고 하는 「虎叱後識」의 상반된 듯한 기록을 연구자가 연암의 직접 진술로 받아들일 때 논의는 더 이상 진전될 수 없다.

본고는 이제까지 앞에서 살핀 바와 같이 『열하일기』가 갖는 다층적인 성격, 즉 일기라는 형식으로서의 자기고백 형식과 以文爲戲한다는 허구적 기반으로서의 허구형식과 사상서로서의 형식을 함께 고려하면서 「호질」을 대하려 한다. 이러한 의도 아래서 앞에서 여러 일기를 살필 때와 마찬가지로 「호질」이 삽입되어 있는 '「관내정사」 28일의 서술구조 안에서' 「호질」이 차지하는 위치를 설정하고, 다음에 「호질」의 구조와 이 상층부와는 어떤 관계가 있는가를 살필 것이다. 이제까지의 연구는 「호질후지」를 「호질」의 작자 문제를 해명하는 데에만 이용해 왔지 「호질」의 구조와 주제를 해명하는 데에는 참고하지 않았던 취약점이 있었다.

「호질후지」는 물론 주설루본에만 첨가되어 있으나 『열하일기』 자체가 여행 중의 완결품이 아니고, 여행 후에 체제가 갖추어졌다는 사실, 그리고 2장에서 본 대로 1. 여행기, 2. 사상서, 3. 일기의 측면이 있다는 것을 인정한다면 「호질후지」를 기정의 체제로 하여 28일 기록을 크게 4부분으로 나누어 볼 수 있다.

「燕巖小說考」, 『韓國小說研究』, 螢雪出版社, 1973 ; 蘇在英, 「虎叱再論」, 『崇田語文學』 2, 崇田大學校 國語國文學會, 1973 ; 李家源, 「虎叱研究」, 『燕巖小說研究』, 乙酉文化社, 1965.

  1. 그 날의 날씨와 풍윤성에서 옥전성까지의 행장 기록
  2. 여행기적 기록
     가) 옥전
     나) 고려보
     다) 노상에서
     라) 용음암
     마) 옥전현에서 「호질」 필사
  3. 虎叱
  4. 虎叱後識

　1은 일기의 기록에서 공통적으로 보이는 형식이고, 2의 가) 나) 다) 라)는 모두 독립된 항목일 수 있으나 이들 전체가 일기형식의 1과 대등하다고 생각되어 2의 여행기적 기록이라는 큰 항목 밑에 통일했다. 3은 「호질」이다. 이 부분은 엄격히 따지자면 라)에서의 『서유기』 소개와 같은 자리에 둘 수 있으나, 지명·신변 사실에서 유추한 문제의 제기단계에 있다고 보아 독립시켰다. 4 「호질후지」와 연결하여 볼 때 [삽화+그에 대한 의견 개진]이라는 연암의 전형적인 삽화 운용방식을 보여준다. 3의 「호질」이 4에서의 직접 논술을 위한 의도적인 장치냐 아니냐의 논의를 차치하고라도 4의 「호질후지」가 결과적으로 「호질」에 대한 연암의 소견을 볼 수 있는 이 글의 결미이고, 그것은 3의 「호질」을 통해서만 가능하다는 사실은 분명하게 받아들여야겠다.

　28일의 이러한 구조는, 일기·사상서·여행기의 측면이 복합화되었을 경우 보여준 일반적인 서술형식, 즉 1. 일기형식의 행장기록, 2. 지명, 풍물, 자기 신변 사실의 기록 등 여행기로서의 평면적 기록, 3. 그에서 유추된 일화 혹은 역사적 사실로의 이입, 4. 그에 대한 자기 의견 진술 형식과 같다. 27일 일기에서 본 바와 같이 3, 4단계에서는 허구와 사실의 차원이 교차하는데, 「호질후지」는 연암의 직접 진술이 있을 뿐이다. 이렇게 본다면 2, 3, 4의 각 부분이 문장 자체

의 의미를 넘어 전체 구조 속에서 어떤 유기적 역할을 하는가 살펴야 할 근거가 생긴다. 「호질」을 단순히 여행지에서 '우연히 베낀 것'으로 생각한다면 『열하일기』 안의 무수한 삽화, 또 그로부터 유도된 연암의 주장도 무가치한 것을 만드는 결과를 가져올 것이고, 연암의 사상과 그것을 독특하게 만드는 문체는 그 자리를 잃고 말 것이다. 좀더 비약한다면 춘추사관을 비판한 27일 기록의 동자가 이끄는 삽화가 연암의 작일 것이라는 단정은 이 「호질」에까지 확대될 수 있다고 생각된다. 설사 「호질」이 전혀 연암의 작품이 아니라도 또한 크게 문제될 것은 아니다. 첫째, 연암은 사실적인 삽화를 허구적인 것으로 치환하여 작품화하는 능력을 보여왔고, 둘째 「호질후지」는 「호질」을 재구하는 면모를 가지고 있으며 또 반대로 「호질」은 「호질후지」의 간략한 직접 진술을 확인, 강화, 보완해 주는 역할을 하고 있으며, 셋째 연암의 견해 표명으로서의 「호질후지」를 중시할 경우 「호질」은 위에서 본 바와 같이 하루의 일기 속에서만 그 역할을 제대로 해낼 수 있기 때문이다.

(2) 「호질」의 작품구조와 주제의 양면성

① 「호질」의 구조와 표면적 주제

28일의 3, 즉 4 「호질후지」에서의 직접 주장을 준비하는 문제제시로서의 「호질」은, 범을 중심으로 볼 때 다음과 같이 세 개의 단락으로 조정될 수 있다.[10]

1.1 범은 매우 무서운 짐승이다.
1.2 사람을 잡아먹을수록 신이한 능력은 강해진다.

---

10) 黃浿江 교수(앞의 논문) 역시 「호질」을 제1장 산과 범과 창귀의 세계, 2장 어두운 밤 과 부가 사는 방안, 제3장 들의 희곡적 구성으로 보았다. 본고는 '범'을 중심으로 하여 北郭, 東里子 이야기를 완전히 하나의 단락으로 인정하지 않음으로써 황교수의 견해와 다르다.

2.1 어느 날 범은 사람을 잡아먹으려 했는데,

2.2 사람은 짐작했던 대로 추한 모습이었다.

3. 그래서 범은 인간의 위선적인 태도를 꾸짖고 떠나갔다.

1.1에서는 범의 일반적인 속성을 설명하고 있다. '착하고 성스럽고, 문채롭고도 싸움 잘하고… 세차고도 사납기가 천하에 대적할 자 없는' 범의 긍정적 자질이 설명된다. 그러나 범은 '천하무적'이면서도 '맹용을 만나면 눈을 감고 쳐다보지 못하는(遇猛㺚 則閉目而不敢視)'라 논리적으로는 불가능한 부정적 자질도 갖고 있다. 이 모순어법은 '사람은 범이 무서워하는 맹용을 두려워하지 않되, 범은 무서워한다'는 대목에 이르면 인간의 모순된 논리구조를 설명하기 위한 복선이 된다. 범에 의탁한 인간 해부라는「호질」작품상의 이중구조는 이렇게 그 모습을 드러내는 것이다. 1.2에 와서는 사람을 잡아먹으면 갖게 되는 범의 속성을 설명해 주면서 인간과 범을 접촉시킨다. 1은 전체적으로 범의 속성에 대한 설명이되, 인간의 부정적 자질이 범에 대한 모순어법, 즉 긍정적 자질과 부정적 자질의 양극에 의해 이루어지고 있음을 주시할 필요가 있다.

2.1에서는 범이 사람 잡아먹을 의논을 하면서 1에서 제시된 인간의 모습에 대한 실증적 토의가 이루어진다. 굴각은 인간을 '…뒤통수에 꼬리가 붙어서 꽁무니를 못 감추는…' 모양으로 표현하여 추천한다. 그러자 인간의 긍정적 자질과 부정적 자질에 대해 이올과 범이 각기 '醫와 疑', '巫와 誣'라는 양극단의 논리를 전개한다. 이는 인간행위의 이중적 성격에 대한 인식을 보여준다. 인간을 긍정형으로 보는 이올, 부정형으로 보는 범의 태도는 굴각이 처음 인간을 저녁 음식을 긍정적으로 추천하면서도 실제로 그 추천사는 부정적이었던 행동과 언어의 부조리 속에 잠재해 있었다. 이러한 이중성 인식이 醫와 疑처럼 동음이의어에 의해 이루어지고 있음을 아울러 주목해야겠다. 이들은 한자어의 多義性과는 전혀 상관이 없는 순수한 우리말 발음에 의탁한 표현이다.

2.1 끝 부분에서 육혼이 儒子를 추천하고 창귀들이 다투어 '儒가 陰陽의 도

를 꿰뚫고 五行과 六氣를 조화시켜 고기 맛이 있을 것'이라고 하자, 범은 그 일반론을 다시 반박한다. 창귀의 인간에 대한 긍정과 범의 부정적 자실 폭로는 儒라는 인간성에 대한 인식의 양극단을 보여줄 뿐 아니라, 그 儒가 세운 논리 자체에 대한 양극단의 입장에 서 있다. 2에서의 문제 제기는 인간의 이중성뿐 아니라, 그에 의탁하여 인간이 세운 사고체계와 논리체계의 허구성을 함께 다루는 것이다. 1.1에서 보아온 인간의 논리적 모순을 이곳에서 구체적인 사례로 증거하는 것이다.

여하튼 이제 범은 2.2 東里子, 北郭 선생 삽화로 醫와 疑, 巫와 誣에서 암시된 儒의 이중성을 폭로한다. 이 삽화에서도 역시 1.1, 1.2, 2.1에서 전개되어 온 긍정과 부정이 혼재하는 모순어법이 그대로 전개되면서 두 인물의 부정형으로의 전락이 이루어진다. 동리자는 天子가 그의 절조를 갸륵히 여기고, 제후가 그의 어진 것을 연모하는 수절과부이지만, 그의 구체적인 풍모는 '훌륭한 과부이지만 다섯 아들이 성씨가 달랐다(善守寡 然有子五人各有其姓)'로서 결국 긍정적 자질과 부정적 자질이 함께 하는 모순어법으로 묘사된다. 긍정형을 가장한 동리자의 정체는 북곽 선생을 만나면서 그의 詩로써 부정형으로 확인된다. 북곽 선생 역시 '손수 교정한 글이 一萬五千卷'이나 되지만 그의 이러한 풍모는 부정적 자질을 극대화하는 역할밖에 하지 않는다.[11] 북곽 선생과 동리자는 서로를 긍정형으로 이끄는 행동을 하려 하지만 실은 상대의 부정적 모습만을 강화해주고, 자신의 부정적 자질을 드러낸다. 북곽 선생의 시는 동리자의 아름다움을 칭찬하는 것이 뒤에 와서 '다섯 아들이 서로 다르니 어느 놈의 자식이

---

11) 두 개의 형태소를 갖는 하나의 晉素를 차용하여 인식대상의 이중성을 폭로하고, 1에서처럼 범의 양면성을 표현하고, 굴각의 말에 따라 인간의 모순을 제시하는 모순어법은, 탈춤의 어법과 기본적으로 같다. 양반과 말뚝이가 동음이의어의 양극단을 서로 잡아다니며 공방전을 벌일 때 익히 보아오던 것이다. 양반이 받아들이는 '皆皆히'를, 말뚝이가 '개아들놈'으로 주장하는 것과 같은 양상이다. 표현기법의 면에서 탈춤과 「호질」은 서로 일치한다. 이것은 이들의 주제와 당대 양반의 이중적인 모습이 일치한다는 사실을 보여주는 사례이다.

냐'는 부정적 의미를 그에게 강조해 주었을 뿐이다. 또 이 시를 읊는 장면이 동리자의 다섯 아들에게 폭로되었으니, 동리자는 북곽의 '德을 연모하여 음성을 들어보고자' 한 노릇이 북곽의 부정적 자질만을 노출시킨 결과가 되었다. 이 교환은 1에서 범의 긍정적·부정적 이중구조가 인간의 이중구조와 교차하면서 암시된 양상의 구체화라고 할 수 있다. 이러한 과정을 거쳐서 범은 마침내 2.1에서 문제로 제시한 儒子의 속성을 확인한다. 그것은 역시 부조리한 대구법, 동음이의어가 갖는 한쪽 극단의 부정형이었다. 巫가 誣, 醫가 疑였듯 儒는 諛였던 것이다. '내 들으니 儒란 諛라 하더니 그렇고녀', 북곽·동리자의 삽화는 이 결론을 위한 것이었다. 여기에서 우리는 연암 특유의 삽화 운용방식, 즉 [삽화+그에 대한 설명]의 형식과 또 그 자체가 더 큰 하나의 삽화를 이루는 사례를 볼 수 있다.

이러한 확인이 이루어지기까지의 구조를 다시 정리해보자. 1.1에서는 범의 부조리(천하무적인데, 맹용은 무서워한다)로써, 그를 잘못 대하는 인간의 모순된 논리구조를 암시하며, 1.2에서 사람 잡아먹는 식성을 설명했다. 2.1에서 巫와 誣의 원리를 통해 선비의 부조리 가능성이 논의되었고, 2.2에서는 그것이 북곽·동리자에 의해 사실로 드러난다. 여기에서 우리는, 1.범에 대한 모순어법에서 암시된 인간의 모순이 2를 거쳐 3에 와서도 범 앞에서 확증되는 것에 유의할 필요가 있다. 3에서 범은 인간의 긍정적 자질을 강조하고, 인간의 부정적 자질을 폭로한다. 이 3을 이 글의 마무리로 본다면 1, 2는 이 3을 위한 도입 단락이었던 셈이다. 또 한편으로는 3에 의해 2.1, 2.2 및 1에서의 인간의 부정적 자질이 다시 조명된다. 8월 27일 일기의 삽화들처럼 서로 맞물려서 의미를 정착시키거나 재구해 주는 상보적 순환구조를 갖는 것이다. 3에서 범은 儒를 대상으로 인간에 대한 새로운 이해를 시작한다. 3은 2.1에서 제기한 인간의 이중성과 행동체계의 불합리에 대한 논지의 전개이고, 2.2의 삽화는 그러한 논지 전개를 위한 사례임을 여기서 다시 확인할 수 있다.

범의 꾸짖는 내용을 살펴보자.

너희들의 천만 가지의 말이 五常을 떠나지 않으며, 경계나 권면이 四綱에 있긴 하나 … 밧줄, 먹바늘이며, 도끼며, 톱 따위를 날마다 공급하기에 겨를이 없으나 그 나쁜 짓을 막을 길 없건마는…

너희들이 저 마소의 태워주고 일해주는 공로도, 따르고 충성하는 생각도 다 저버리고, 다만 날마다 푸줏간이 미어지도록 이들을 죽이고…

메뚜기에게서 그 밥을 빼앗고, 누에에게서 옷을 빼앗으며, 벌을 막지르고 꿀을 긁어먹고, 심한 자는 개미 알을 젓 담가서 그 조상에게 제사하니…

이들 예문들은 인간이 설정하여 문자화한 윤리체계가 실제행위 차원에서 볼 때 부조리로 점철되어 있으며, 그것들은 인간 중심의 편협심에서 나온 것이라는 지적이다. 이렇게 인간행위를 꾸짖는 논리적 근거는 인간 중심의 사고체계에서 벗어나 사물을 똑같은 지평 위에 두고 생각하자는 것이다.

대체 천하의 이치야말로 하나인 만큼 범이 진정 몹쓸진대 사람의 성품도 몹쓸 것이요, 사람의 성품이 착할진대 범의 성품도 착할지니…

하늘의 命한 바로써 본다면 범이나 사람이 다 한가지요, 하늘과 땅이 만물을 낳아서 기르는 仁으로써 논한다면 범과 메뚜기·누에·벌·개미와 사람이 모두 함께 길러져서 서로 거스를 수 없는 것이요…

'천하의 이치', '하늘이 명한 바', 그것은 누구에게나 무엇에게나 공평무사하게 적용되어야 할 것, 즉 원리는 하나요, 그 원리는 하늘의 이름을 빙자하여 인간 위주로 운용할 것이 아니라 만물의 공유물이어야 한다는 논리다. 앞의 3장에서 본 바와 같이 인간 중심과 我 중심의 집착을 떠나야 한다는 것이다. 연암은 개미를 작다고 하는 사람에게 산에 올라가 그 역시 개미와 다름없는 존재임을 알라고 가르친 바 있다. 이런 인간과 我 중심의 논리에서 벗어난 상대적 관점, 입체적 인식논리를 여기에서 다시 볼 수 있다.

범은 이러한 인식논리로 인간의 위치를 제대로 설정하라고 야단치는 것이다. 이 꾸짖는 내용뿐 아니라 '호질'이라는 표현양식도 또한 연암이 예고한 것이었다.

物에 나아가 나를 보면 나 역시 物의 하나이다. 그러므로 物에 바탕해서 자기를 돌보아 구하면 만물이 모두 나에게 갖추어진다. 나의 性을 다하는 것이 능히 物의 性을 다하는 것이다.[12]

연암은 이 이론에 의거하여 자신의 상상력을 物에 처한 것이다. 卽物·體物의 경지이다. 인간의 위치를 제대로 파악하기 위하여, 「虎叱」에서는 그의 허구적 자아를 범으로 치환한 것이다. 코끼리를 코끼리답게 보아주기 위해서는 코끼리의 눈을 가져야 한다고 하던 주장을 그대로 시험한 것이다. 이것은 고사리를 먹고 체한 자신을 허구적 자아가 객관적인 관찰대상으로 바라보았듯이 자기의 집착을 떠나 자신을 바로 보기 위한 것이다. "虎叱이란 두 글자를 따서 제목으로 삼은"데에는 스스로를 범의 위치에 갖다 놓은 이런 체물·즉물의 입체적 인식논리와 허구적 자아의 상정원리가 개재되어 있는 것이다. 지구의 빛을 설명하기 위해, 月中世界를 가설하고, 서 있는 곳을 바꾸어 처해보자[13]는 것과 같은 이치이다.

---

12) 卽物而視我 則我亦物之一也 故體物而反求諸己 則物備於我矣 盡我之性 所以能盡物之性也 … 樂天命而順其命 物與我無不同也. 「答任亨五論原道書」, 『燕巖集』, 35면.

13) "내가 말한 달 속의 세계란 참으로 한 개의 세계가 있다는 것이 아니라 애당초 지구의 빛을 설명하려 하였으나 어떤 곳에다가 나타낼 수 없으므로 이러한 달 속의 세계를 가설하였던 것입니다. 다시 말하자면 땅을 바꿔서 처해 보자는 것이니…" 『열하일기』 中, 195면. 「鵠汀筆譚」.

　애초에 작품을 '虎'를 중심으로 하여 3개의 단락으로 설정한 것은 여기에서 그 타당성을 찾을 수 있을 것이다. 범은 그래서 이 입체적 인식논리와 관점의 상대성은 모르고 자기 중심의 집착에 빠져 있는 인간을 비판한다.

　　범은 도리야말로 어찌 공명정대하지 않으냐? … 범이 노루나 사슴을 먹으면 너희들 사람은 범을 미워하지 않다가도, 범이 마소를 먹는다면 사람들은 원수라고 떠들어대니, 노루와 사슴은 사람에게 은혜로움이 없지만 저 마소는 너희들에게 공이 있어 그런 것이 아니냐?

　인간의 행동과 논리는 '하늘이 준 공명정대에 근거한 객관적 상대주의에 의한 것이 아니고, 말과 문자로는 그것을 표명하면서도 실제로는 그 자신의 이익에 근거한다는 지적이다. 그래서 이 모순된 논리로 인해 범을 싫어하고, 무서워하는 것이 아니냐는 것이다. 이러한 지적은 1.1에서의 범보다 무서운 맹용은 무서워하지 않으면서도, 범은 무서워하는 인간의 불합리가 어디서 오는가를 해명해 주고 있다. 원칙은 원칙대로 표방하고, 이익을 좇아 또 다른 자기 논리를 만들어가는 그 모순, 북곽처럼 "禮를 머리에 이고, 樂을 신처럼 꿰고" 다니면서도 과부의 문에 드나드는 이중성, 즉 儒와 諛·醫와 疑·巫와 誣가 갖는 부조리의 행동원리는 바로 이것이었던 것이다. 이 「호질」의 구조 역시 ①평면적 사실의 기술, ②그로부터의 문제의 제기, ③그에 대한 의견 진술이라는 순차적 구조 위에, 결미의 논리로 인해 도입 단락이 다시 해명되는 순환구조임을 거듭 확인할 수 있다.

　「호질」은, 이렇게 物과 我를 동일지평에 놓고서 자신과 인간의 위치를 살피려던 연암의 허구적 자아가, 虎로 변신하여 인간 중심의 세계관과 논리구조를 타기하고, 사물을 상대적·입체적으로 파악하려는 인식논리를 주장한 것이다.

　그러나 이상과 같은 「호질」의 구조와 연암의 인식체계와 언어형식의 의미는 앞에서 제시했던 것처럼 28일 전체구조의 유기적 관계 속에서 재해석되어야 한다. 점포에서 필사했다는 신변적 사실, 「호질」로의 문제의 제시, 그에 대한 의견 개진의 과정이 『열하일기』 일반의 서술과 동일형식을 가지고 있다는 것은 이미 충분히 논의된 바 있다. 그리고 이러한 형식의 변이에 대해서도 27일 일기를 분석하여 지적했다. 가장 큰 차이는 제시된 문제에 대한 연암의 의견 개진이 27일 일기처럼 삽화에 의한 것이 아니라, 연암의 직접 진술이라는 점이다. 그것은 15일 일기와 같은 형식이다. 이제 「호질」을 독립시켜 그 구조를 통해 얻는 작품의 표면적 주제를 거쳐, 연암이 의도하는 또 다른 「호질」의 의미를 찾을 필요가 있다. 「호질」에 대한 연암의 주석이라 할 수 있는 「호질후지」의 내용 검토를 통해 「호질」의 구조를 재구하고 이를 『열하일기』 및 연암의 사상과 연결시킬 필요가 있는 것이다.

　② 「호질후지」와 「호질」의 이면적 주제

　「호질후지」가 史評의 형식을 하고 있다는 데에서 거듭 「호질」과 갖는 긴밀성을 확인할 수 있다. 「호질후지」를 몇 개의 의미 단위로 축약시켜 보자.

　1. 이 글은 근세 중국인의 작일 것이다.
　2. 세상이 두려워짐에 따라 오랑캐의 화가 심한데 時勢에 호미하는 發塚之儒가 있으니, 이는 짐승도 잡아먹지 않는 존재이다.
　3. 글이 이치에 어긋난다.
　4. 청나라가 불과 4대만에 漢·唐 때에 못 보던 시대가 되었으니 이는 天命이다.
　5. 청의 제도가 중국에 퍼지니 이를 의심하게 되는데 天의 입장에서 보면 華夷論은 틀린 것이다. 이를 天命이 아니고 운수[氣數]라고 할 수 있겠는가?
　6. 선비들이 청의 제도를 따르면서도 明을 생각함은 차마 잊지 못하는 마음에서이다.
　7. 청은 다른 민족들이 중국 습속을 본받다가 망함을 보고서 자기의 의복제도

를 강요하려 하는데 이는 어리석은 짓이다. 그들의 옷과 벙거지가 전쟁에 편한 것을 알면 다른 민족이 그것을 받아들일 것이다. 그런데 수치를 주는 줄 알고 강요하고 있으니 청의 강함이란 알 수 없다.

8. 「호질」이라고 제목을 붙인다.

1, 3, 8은 「호질」의 내용과는 직접 관계가 없고, 흔히 작자 문제를 논할 때 이용되는 부분이다. 나머지는 모두 청의 부강함이 天命이란 논리를 담고 있다. 연암은 특히 4에서 스스로 화이관에 철저한 '小子'로 변신하여 문답법을 통해 '오랑캐의 제도로 중국의 것을 뜯어고친다는 것은 천하에 모욕'이라고 의심하며 明에 대한 의리론을 드러낸다. 그러나 이 과정을 통한 연암의 결론은 4, 5에서와 같이 화이론을 깨고 청의 지배를 천명으로 인정하는 것이다. 이러한 '후지'의 내용은 「호질」에서 찾았던 인간 중심의 사고를 떠나 상대적 인식논리를 회복하자는 개념과는 표면적으로 거리가 있는 것이다. 3장에서 본 바와 같이 我 중심의 세계관에서 벗어난 비아가 상정하는 즉물·체물에서의 입체적 인식논리는 곧 세계관이 확대로 연결되면서 지동설의 해체와 화이론의 수정으로 이어지고, 연암을 북학자로 만든 원리였다. 연암이 그 원리에 의해 춘추의리론을 비판하고 반규범적 사상가로서의 면모를 가졌던 것을 기억한다면, 여기에서 청을 천명을 지닌 존재로 주장하는 것이 「호질」에서의 보편적 인식논리의 구체적 실현임은 자명하다.

사람으로서 보면 中華와 夷狄의 구별이 뚜렷하겠지만 하늘로서 본다면 殷나라 사람이 머리에 쓰던 冔冠이나 周의 冕旒도 제각기 때를 따라 변하였으니, 어찌 淸人이 쓰는 紅帽만을 의심하고 무시하리오?

이것은 곧 7월 27일 일기 속에서 흔히 정통으로 받드는 漢族 중심의 명나라는 '胡의 시각에서 보면 그에게는 역시 이적일 뿐'이라고 주장한 순진한 눈을 가진 동자의 목소리이다. '하늘이 명한 바로써 보면 범이나 사람이나 다 한가지'라고 한 범의 목소리의 한 변형일 뿐이다. 「호질」에서 보였던 원리적 논리체계는 실제적 응용의 차원으로 한 단계 높이 전개되는 것이다. 「호질」이 범의 입장에서 그를 바로 보아주기 위한 것이라면 「후지」의 기록은 청을 청의 입장에서 수용하자는 태도이다.

연암의 논리에 의하면 그것은 바로 조선을 보기 위한 것이다. 연암은 이 글에서도 「호질」과 서술자인 자신의 거리를 27일 삽화에서처럼 '不可近·不可遠'의 형식을 취한다. '격자에서 필사했다', '근세 漢人의 作이다', '내 뜻으로 고쳤다', '호질이란 두 글자를 제목으로 삼는다'는 이러한 거리 설정은 호질 작자에 대한 수많은 논란을 일으키는 직접원인이 되기도 했다.

이 편이 비록 지은이의 성명이 없으나 대체로 보건대 근세 중국 사람이 비분함을 참지 못하여 지은 글이다. 요즘 와서 世運이 긴 밤처럼 어두워짐에 따라 오랑캐의 화가 사나운 짐승보다 더 심하며, 선비들 중에 부끄러움을 모르는 자는 하찮은 글귀나 모아서 時勢에 狐媚하니…

연암은 청나라가 지배하던 중국의 정세를 앞에서 보았듯 어둡게 보지 않았었다. 차라리 '漢·唐 때도 보지 못하던' 것으로 칭송했다. '긴 밤처럼 어두워진 世運'은 연암이 본 조선의 형세였을 것이라는 해석이 더 설득력이 있다. 앞에서 본 '밤중에 홍수를 건너는 장님'의 위기의식, 고사리를 먹고 배탈이 난 자신으로 형상화되었던 맹목적인 의리론의 화신 조선이다. '부끄러움을 모르는 선비'란 남의 글이나 주워 모아 글 같지 않은 글, 곧 남의 말을 자기의 말로 삼는 선비, 그는 춘추의 색안경을 고집하던 시골 유생 바로 그 사람이다. '오랑캐의 화'란 따라서 청나라의 중국에 대한, 조선에 대한 핍박을 말하는 것이 아니다. 對淸·對明 관계의 늪에서 제자리를 찾지 못하던, 그럼으로써 어둡게만 전개되던 시대상황, 그 속에서 시세의 흐름을 못 보던 의리논자들, 그들의 어깨를 짓눌러서 판단을 그르치게 한 '되놈의식', 바로 그것이 오랑캐의 화였던 것이다. 객관적이지 못한 자기 중심의 사고방식 때문에 호랑이의 실상을 바로 보지 못하는 것. 그래서 '맹용보다 더 무서워' 피하는 태도. 그것의 역설적 표현이 '범이 준 화'요 오랑캐가 끼친 피해였다.

이 「호질후지」가 '오랑캐를 바로 보고 받아들이자'는 연암의 비분에 찬 주장이라면, 「호질」은 오랑캐를 바로 보고, 또 자신을 제대로 세우자는 문제의 제기이다. 범의 인간 비난과 자기의 공명정대함의 주장은 다시 해석되는 것이다. 「호질」은 그래서 오랑캐의 입장에서 본다면 '너의 의리론적 집착에서 벗어나라. 나를 바로 보라'는 야단침이다. 「호질」은 '胡叱', 胡의 질책일 수 있는 것이다. 범이 巫誣와 醫疑의 원리를 통해 儒가 諛임을 간파했듯, 우리는 연암의 虎가 胡임을, 즉 淸임을 살피게 된 것이다. 즉물·체물의 논리는 「호질」에서는 '人 : 虎'였던 것이, 「호질후지」를 함께 볼 경우 '조선인 : 청인'의 구조로 전환된 것이다.[14] 「호질」을 '人 : 虎'의 차원으로 볼 때의 작품구조와 주제에 대해서는 이미 논하였다.

이제 虎를 胡로 생각할 경우 虎와 인간에 대한 모순어법은 새로운 의미를 드러낸다. 「호질후지」의 청나라 수용 자세를 기반으로 '胡의 질책'으로서의 「호질」의 구조와 주제를 다시 점검하자. 「호질」 1.1의 '성스럽고, 문채로운 … 천하무적'인 긍정적 자질은 「호질후지」에도 보이는 '청이 문화가 겸전하고 …'와 같은 청의 정치적, 문화적 발전에 대한 찬탄이다. 北郭 앞에서의 '착하고 … 文을 천하에 보일 수 있고, … 武를 천하에 빛내는'이라는 범의 자기 자랑 등은 모두 이 차원의 것이다. 이런 긍정적 자질에도 불구하고 1.1에서의 맹용에 약한 범의 부정적 자질은 명확히 설명되지 않던 부분이었다. 이것은 後識의 '그러나 청의 저를 위한 계책도 역시 허술하다 하리로다!' 이하에 보이는 청나라의 취약점이

---

14) 李在秀 교수는 虎를 淸 太宗으로 보았다(앞의 글 「燕巖小說考」). 李佑成 교수도 淸 太宗으로 보았다(앞의 글 「호질의 작자와 주제」). 그러나 결과는 같지만 청 태종으로 보기까지의 입론은 본고와는 다르다.

바로 '천하무적이면서도 그가 잡아먹히는 동물 맹용'이라는 존재로 표현된 것이다. 청의 취약점이란 의복제도의 강요였다. '그 옷과 벙거지가 진정 싸움에 가볍고 편하다면 北狄이나, 西戎의 것이라도 따를 터인데' 이것을 모르고 오히려 이민족을 무장시키고 있다는 것이다. 북벌을 주장하면서도 武將까지 긴 한삼을 입던 당대인에게 무장을 하기 위해서라면 청나라 옷이라도 빨리 입으라고 한 말인 것이다.

이러한 청의 實과 虛가 모순어법으로 표현되어 있다. 범보다 무서운 맹용은 두려워하지 않으면서 범은 무서워하는 인간의 논리적 모순은 예론과 의리론에 매여, 청이 진실로 두려워할 그들의 약점을 제대로 못 보고 '천하무적'으로만 치부하는 사대부의 어리석음을 지적한 것이다.[15] 범·육혼·이올이 동음이의어를 놓고 벌이는 대결은 껍데기 절의파의 허상을 말해 준다. 그리고 그 예로 동리자·북곽 선생이 등장한 것이다. '천자가 그 의를 아름답게 여기고', '제후가 그 절조를 갸륵히' 여기지만 허상을 지닌 절의파들이다. 이들의 허상은 모두 다섯 아들에 의해 드러남을 앞에서 보았다. 다섯 아들은 북곽의 가면을 벗겨주고, 동리자의 수절이 허위임을 증거하는 징표 역할을 한다. 이때 다섯 아들은 3장과 7월 27일의 고사리 일화에서 본 바와 같은 '혼란한 세계의 모습을 지적하고, 질서를 재편해 주는 천진하고 깜찍한' 동자의 역할을 한다고 할 수 있다. 연암이 부조리를 고발하기 위하여 동원하는 동자인 것이다. 이들 또한 자신의 시로써 고사리 삽화에서처럼 세계가 가진 모순을 고발한다.

강북에는 닭 울음소리	水北鷄鳴하고
강남에는 밝은 별	水南明星한데

---

15) 연암은 조선의 衣制와 상투 등을 실용적으로 바꿀 것을 『열하일기』에서 무수히 주장했다. 2장에서 본 '8월 17일' 일기에서 '긴 한삼'을 입은 문관과 무관을 비판한 것도 그러한 예이다. 허생이 "소위 사대부란 어떤 놈이냐, 앞으로 말달리기, 칼치기, 활튀기기, 돌팔매 던지기에 종사하여야 함에도 불구하고 그 넓은 소매를 고치지 않고서 제 딴은 이게 예법이라 한단 말이냐?"라고 북벌론자 이완을 호통하는 것도 같은 예이다.

<table>
<tr><td>방안에 소리나니</td><td>室中有聲하니</td></tr>
<tr><td>어찌 그리 북곽 선생 닮았나?</td><td>何其甚似北郭先生也오.</td></tr>
</table>

강의 북쪽에는 닭이 울어 새벽이 되는데 강의 남쪽에는 별이 밝다고 했다. 부조리한 표현의 일단이 다시 나타난다. 새벽이 되면 당연히 별은 빛을 잃게 된다. 그런데도 북곽은 아직 별이 밝은 한밤중이라고 착각하는 것이다. 그래서 그는 동리자의 방에 들어갈 수 있는 것이다. 닭이 울어 날이 밝은 것을 전혀 모르는 상태에 빠져 있는 것이다. 水北鷄鳴, 水南明星의 모순어법은 북곽의 판단을 호도하는 심상치 않은 사태인 것이다. 그래서 水北과 水南, 鷄鳴과 明星의 대조법에 유의하면 그것은 바로 청과 명의 대조임을 알 수 있다. 명말청초에 화북지방에서 기세를 떨치고 들어온 청과, 사그라지는 명맥을 움켜진 明나라 후예를 비교한 것이다. 밝아오는 새벽, 닭의 고고한 울음소리와 빛을 잃어가는 별. 두 이미지가 주는 선명한 대조를 통하여 북곽은 밝아오는 새벽의 닭 울음소리를 듣지 못하고, 빛을 잃어가고 있는 새벽별을 붙들고 있는 의리론자임을 동자는 폭로해 준 것이다.

뿐만 아니라, 북곽은 순진의 눈을 가진 동자들에게 여우로 판단되고 있다. '천년 묵은 여우가 도섭한 것'이라는 이들의 추측은 곧 북곽이 세상을 호리는 여우의 속성을 가졌다는 말이다. 「호질후지」의 '하찮은 글귀나 모아서 시세에 狐媚하는, 남의 무덤을 파는 發塚之儒'란 유학자를 여우로 본 것이다. 북곽은 여우가 되어 북벌론이라는 사회분위기를 타고 세상을 호도하는 사대부의 전형인 셈이다. 아울러 이들은 북곽을 잡아 여우의 冠, 여우꼬리를 취하려 한다. 북곽은 이것을 가지고 있다는 말이다. 북곽은 狐之冠을 쓰고 千金의 富를 누리고, 狐之履를 하고 대낮에 그림자를 속이는 존재임을 동자는 밝혀내는 것이다.

내가 듣건대, '여우의 갓을 얻은 자는 천금의 長子가 되고, 여우의 신을 얻은 자는 대낮에 그림자를 감출 수 있고, 여우의 꼬리를 얻은 자는 남을 잘 꼬여서 누구라도 그를 좋아한다'고 한다.

狐와 貂는 같이 쓰이는 말이다.[16] 狐之冠과 狐之履란 고관들이 사용하던 장식인 貂冠·貂尾를 말한다. 이쯤해서 27일 일기에서 보던 우암 송시열의 貂裘를 기억해도 된다. 북벌론의 상징적 표상이자, 우암에 대한 효종의 절대적 신뢰의 표지. 연암의 「貂裘記」[17]에는 이러한 貂裘를 대하는 당시 사대부들의 선망과 비분강개, 그리고 왕이 이를 사용하라고 주었지만 우암은 입지 않았다는 은근한 야유가 함께 한다. 우암으로 대표되는 사대부들이 정치적, 사회적 분위기를 타고 북벌론으로 겉을 장식하여 '사사로운 이익'을 취하는 얼굴을 감추었다는 비판을 북곽을 통해 드러내주는 것이다.

貂裘에 은거하여 '대낮'에 세상을 오도하는 북벌론은 결국 虎, 즉 胡 앞에 무릎을 꿇는다. '머리를 조아리며 앞으로 엉금엉금 기어 나와서 세 번 절하고 꿇어앉아서' 범을 향하여 여쭙는 모습은, 당대 지도층이 겪어야 했던 패배의 전형적인 모습니다. 연암 이전의 사건이긴 하나 兩次에 걸쳤던 '胡亂'이었다고 상정해 볼 수도 있을 것이다. '되놈'을 하루아침에 부모의 나라로 받들고, 칭송의 碑까지 세워야 했던 三田渡에서의 仁祖大王의 수모를 생각할 수 있다. 그러나 虎의 말처럼 '네가 평소에 온 천하의 나쁜 이름을 모아서 망령되이 내게 덧붙이더니 이제 다급하자 낯간지럽게 아첨'하는 '下土에 살고 있는 賤臣'의 태도는 물론 마음으로부터의 것은 아니었다. 虎, 즉 胡가 물러가자 북곽은 자신을 은폐하고 순진한 농부를 속이기 시작했다. 양차에 걸친 胡亂을 통해 주종관계를 다짐하는 '城下의 盟'을 맺고도 對明義理論을 펴며 백성을 호도한 북벌론자들의 모습인 것이다.

연암은 또 이러한 사태가 私慾을 앞세운 당쟁, 곧 정쟁 때문이라고 표현하

---

16) 두 단어는 '狐貂'라고 같은 의미를 형성한다. 모두 귀중한 의복을 지칭하는 점에서도 같다. 『中文大辭典』.
17) 「貂裘記」, 『燕巖集』, 61면.

고 있다.

> 서로 잡아먹는 가혹함이 뉘라서 너희보다 더할 자 있겠느냐. … 범은 아직 口服의 累를 입거나, 음식의 송사를 일으키거나 한 일은 없으니… 범이 아직 표범을 먹지 않음은 차마 동족을 해칠 수 없기 때문이다. … 범이 사람을 먹는 것을 헤아려보아도 사람이 저희들끼리 잡아먹는 것만큼 많지는 않을 것이다.

이해를 앞세운 당파싸움에 대한 비판은 이어서 '관중이 크게 가물었을 때 사람끼리 서로 잡아먹은 일,' 명나라 陝西省의 대기근으로 인심이 흉흉해지자 이를 기반으로 李自成의 반란이 일어난 일, 춘추시대의 '정의'를 앞세운 전쟁 등을 함께 내리친다. 이는 북벌론자에 대한 논리적 비판일 뿐 아니라, 이러한 동족상잔의 배경이 결국 '음식의 송사'로서 '口服의 累'라는 연암이 견해를 보여주는 것이다. 「호질」은 결국 당파의 이익을 앞세우면서도 명분을 앞세워 백성을 현혹시킨 것이 북벌론자들이라는 연암의 질책인 셈이다. 연암의 허구적 자아가 변심한 虎, 즉 胡가 이 질책을 대신한 것이다.

지금까지 「호질」을 7월 28일 일기의 한 삽화로 처리하면서 표면적 주제와 이면적 주제를 나누어 살펴보았다. 우선『열하일기』의 다른 기록과 대조함으로써 「호질」이 단순히 격자 속의 글이 아니고 연암의 허구적 자아가 창출한 기록임을 살피고, 「호질」은 적어도『열하일기』7월 28일 일기의 한 부분으로서 읽어야 한다는 사실을 유도했다. 「호질」은 자체의 구조도 28일 기록방식을 그대로 따르고 있으며, 이 28일 기록은 다른 날의 기록과 일치하는 형식을 가지고 있음을 확인했다. 문체뿐만 아니라 「호질」에 보이는 논리가 연암의 다른 글에서의 사고체계와 갖는 연계성도 아울러 검토해 보았다.

객관적 관점의 상대성, 입체적 논리구조, 그로부터 파생하는 人物性同論의 강조, 인간중심의 사고체계가 갖는 허위성 비판 등이 「호질」의 표면적 주제였다. 이것은 3장에서 살핀 연암의 면모와 일치하는 것이었고, 虎叱이란 虎 중심의 표현기법도 체물·즉물이라는 연암의 사유방식에 의거한 연암의 허구적 자아의 활동양상임을 보았다. ‘虎叱’이란 두 글자를 제목으로 삼는다는 말의 의미가 ‘점포에서 필사했다’는 여행기 속에서의 사실 차원의 진술을 이어받으면서도 그 차원을 넘어서는 것을 연암의 인식체계에서 확인한 것이다. 「호질」을 전후한 기록은 외형상으로는 사실 차원의 1인칭과 3인칭 인물의 것이나, 실제로 허구적 차원의 1인칭, 3인칭에 있는 것이었다.

한편, 이러한 기교적인 측면만이 아니라, 「호질」 전체를 일관하는 긍정적 자질과 부정적 자질이 공존하는 모순어법은 그 자체가 조선후기 사회의 부조리한 이중구조에서 나온 것이다. 「호질」의 이면 주제는 이것을 담고 있는 것이다. 「호질」의 수사법은 표현기교의 차원을 넘어, 사회현상 자체를 그대로 담고 있는 의미 차원, 또 그것을 투시하는 인식 차원의 것이 된다. 이러한 부조리한 대귀법을 태동시킨 당대의 가장 큰 이중구조는, 문자로 표현된 관념체계에서의 진실과 현실 문맥에서 통용되는 진실간의 극단적인 괴리 현상이다. 경화된 성리학적 질서에 의거한 행동양식은 이미 변화하는 사회에 적용할 수 없는 것이었다. 禮와 樂을 머리에 이고 발에 신은, 겉과 안이 다른 北郭은 이를 대표하는 인물이다. 對淸·對明의 정치적 갈등은 이러한 이중구조의 사례를 극명하게 보여주는 객관적 사실이다. 이상적 관념체계의 언어와 그것의 실현인 대명의리론, 그러면서도 신년 아침부터 조하사·진하사를 청에 보내야 했던 정치적 현실. 그 관념적 이상과 현실의 괴리 속에서 입으로는 북벌론을 주장했던 사대부들의 모순이 모순어법으로 「호질」에 나타난 것이다.

5) 일화·삽화 운용의 의미

이상에서 본 바와 같이 『열하일기』의 서술방식은,

1. 일지 형식의 행장 기록
2. 지명, 풍물, 자기 신변 사실 등 여행기로서의 평면적 기록
3. 그곳에서 유추된 일화 혹은 역사적 사실로의 이입
4. 3의 사실에 대한 자기 의견의 진술

이라는 형식을 갖고 있다. 자연스런 문제도입의 준비, 문제의 제기, 그에 대한 답이 이루어지고 있는 것이다. 그러나 무엇보다 주목되는 것은 2, 3, 4가 각각의 독특한 체계를 삽화로써 유지하고 있다는 사실이었다. 물론 모두 삽화 형식을 갖고 있는 것은 아니다. 「호질후지」에서처럼 독립된 삽화로써 유기적 관계를 맺고 있는 경우도 있다. 그러나, 어느 경우에도 연암은 2, 3, 4를 기술하면서 시점을 다양하게 변이시키고 있다. 자기가 가진 논리에서의 단선적인 시점이 아니라, 서술자를 매개로 하여 남의 글을 한 부분 도입하더라도 그 글의 자족적인 시점을 유지해주고 있었다. 이것은 물론 그의 상대적인 인식논리에서 나오는 것이지만, 이를 기반으로 하여 그의 글에 직접 진술뿐 아니라 삽화가 수용될 수 있었던 것이라 생각된다.

이 삽화들은 일기 속에서 자족적인 완결성을 이루고 있지만, 언제나 현실축에 뿌리박은 것이었다. 이들 삽화의 운용공간이 일기와 여행기로서의 현실에 뿌리박고 있기 때문에 이는 당연한 것이나, 매우 중요한 문제를 안고 있다. 연암이 자기의 의견을 진술하기 위해, 직접 진술이 아니고 삽화를 동원하고 있고 더구나 그 삽화가 일상 차원에 있다는 것은 곧 연암 글의 소재와 구성이 事實에 기초한 寫實일 수 있기 때문이다. 이 말은 물론 『열하일기』에 보이는 삽화의 객관적 사실성을 강조하기 위한 것이 아니다. 사실에 기초한 허구, 나아가서는 신변적 사실조차 객관적 인식의 대상으로 삼아 허구적 차원의 삽화로 변용했던 것을 강조할 뿐이다. 연암의 글을 연암의 글답게 하는 장치. 그것은 바로 사실과 허구를 왕래하는 삽화가 2, 3, 4에서 조합될 때 나타나는 것이었다. 『열하일기』가 '奇文'일 수 있는 비밀은 이러한 일화의 사용에 있었다.

사실적 3인칭을 내세워 자신의 의견을 간접적으로 비치기도 했고, 스스로 3인칭 인물로 변신하여 객관적 실체로 우리 앞에 나타나기도 했다. 자신을 배우에 비기면서,[18] 寓言笑談[19]이라는 평을 들은 것은 이 때문이다. 따라서 『열하일기』 안에서는 인물들이 갖는 고유명사가 중요한 것이 아니다. 그들이 한 발언과 행동은 문맥 속에서 바로 연암 자신의 것으로 전환되고 해석될 수 있기 때문이다. 『열하일기』가 연행 후에 심회를 토로하기 위해서 가필 수정한 사실을 강조하지 않더라도, 그의 인식체계와 표현기법으로 보아 증명되는 것이다. 그러므로 연암의 사상을 보기 위해 자주 언급되는 「곡정필담」의 중국측 인물들이 벌이는 반규범적 견해와 화이론 비판 등을 포함하여 『열하일기』 전·후반부의 인물들이 보이는 주장은 문맥에 따라 모두 연암의 것으로 받아들여도 무방할 것이다.[20] 『열하일기』는 연암이 작중인물로 참여하는 현실기반 위에서의 은유적 언어양식인 것이다.

삽화가 이렇게 인물을 교차하면서 시점의 변화를 유도하고 허구와 사실을 공유하기 때문에, 연암은 우리에게 직접적인 언어로 자기 주장을 강요하거나 설득하는 것이 아니라, 인식의 눈을 열어 주면서 객관적으로 증명해 주고 보여 줄 수 있었다. 연암의 글은 단순히 소재가 사실적인 것뿐 아니라 그 소재의 다양한 면모를 자연스럽게 보여주는 데 특색이 있다. 독자는 의미를 전달받는 것이 아니라, 그 소재에서 의미를 느끼고, 나름대로 재구할 수 있는 것이다. 연암은 그 소재에 자기가 가졌던 관념을 그대로 실어서 화석화한 것이 아니고, 객관적 의미체로 존재하는 소재에 반응하면서 투영된 자신의 모습을 그대로 그려냈기 때문이다.

---

18) 況如僕者 中年以來 落拓潦倒 不自貴重 以文爲戲 有時窮愁無聊之發 無非駁雜無實之語 自同俳優 資人諧笑. 「答南直閣書」, 『燕巖集』, 33면.

19) 燕巖 … 著日記二十卷 嘻笑怒罵 雜以寓言. 「古藝堂筆記」(『冷齋書種』, 柳得恭).
　　先君嘗歎息言 吾中年以來 … 對人輒以寓言笑談『過庭錄』, 朴宗采).

20) 「호질후지」에서 연암 자신이 華夷論에 철저한 '小子'로 변신하여 결국은 華夷論을 수정하자는 논지를 펴는 것과 같은 사례는 이런 가능성을 더욱 확고히 해 준다.

　소재의 일상성과 그것을 허구적으로 변용하는 형상화의 방법은, 연암의 견해를 이어받아 色·聲·味를 담은 문장을 강조한 金澤榮이 연암의 문장을 '平易와 奇堀이 일치되었고, 記事에 神化가 더해졌다'[21]고 절찬한 이유이다.

　이러한 소재, 삽화 운용방법은 글의 내용뿐 아니라, 형식의 측면에서도 재도론자들과는 대척점에 서는 것이다. 道文一致論에 입각해서 국초의 文風으로 돌아가자는 文體復古策을 주장한 정조의 "六經=正學"[22]주의에서는 불가능한 것이다. 이들 재도론자들은 연암이 거부해야 한다고 주장했던 '胸中所意'의 선입견을 경전으로 공고히 다진 사람들이다. 경전은 이들에게 세상의 이치와 법칙을 담고 있기 때문에 삶의 전범이었고 사고의 근거였다. 따라서 경전의 언어는 불변의 의미를 담고 있는 정형이었다. 그러므로 재도론자들이 그들 앞에 다가오는 소재들을 경전의 어느 한 부분으로 해석하는 것은 차라리 당위적인 행동으로 이해할 수 있다. 이때에 소재들은 경전이라는 지평 위에 놓여서 경전의 의미를 확인하여 주는 역할을 할 뿐이다. 소재는 이미 화석화한 의미를 담고 있었던 것이다. 재도론자들에게는 연암에게서처럼 경전의 주석까지도 바꿀 수

---

21) 讀古人之文 須昭昭乎 其有香入鼻矣 須昭昭乎 其有味入口矣 須昭昭乎 其有色入目矣 須昭昭乎 其有聲入耳矣 彼徒讀而不知此四者五未如之何.「雜言三」,『金澤榮全集』2(1978, 서울, 亞細亞文化社), 113면. 여기에서 김택영이 말하는 古人의 글에서의 聲·色·味란, 연암이「種北小選序」에서 聲·色이 담긴 문장을 예로 들어 설명한 것과 같음을 알 수 있다. 이 글에서 김택영은 연암의 문장이 조선 오백 년 이래 최고라고 절찬하고 있다. '朴燕巖文置之昌黎集中 往往幾不可辨 然而所作絶小何也 昌黎之文 將學其奇堀 則常患乎力疲 將學其平易 則又患辭俚 此其所以不能多作也(「雜言三」,『김택영전집』, 115면)'라고 연암의 문장이 한유의 것처럼 평이하면서도 奇堀한 것으로 평가하고 있다. 또 '詩固是聲響 而文亦有聲響 如古之莊周太史公 後之昌黎東坡 皆聲之最壯者 在吾東 則朴燕巖其庶幾者乎(「雜言三」,『김택영전집』, 114면)'라고 하여 연암의 글에서 한유·소동파에게서처럼 소리를 들을 수 있다고 했다. '朴燕巖 則記事加有神化(「雜言八」,『김택영전집』, 133면)'라고 평하면서 창강은 또한 '記事에 神化가 있다'고 하여, 기사가 단순한 지시언어의 차원을 넘어 형상화되고 있음을 말했다. 이 말은 곧 평이와 기굴이 함께 한다는 의미와 통하는 것으로 보인다.

22) 鄭玉子,「朝鮮後期文風과 委巷文學」,『韓國史論』 4(1978, 서울대학교 국사학과) ;「正祖의 學藝思想」,『韓國學報』(1978, 여름, 一志社).

있다[23]는 자세로 자신에게 다가오는 소재가 갖는 의미의 자율성을 인정하는 유연성이 없다. 그러므로 이들의 글에서는 소재와 인식주체자, 즉 글 쓰는 사람 사이의 상호교차적 입체인식에서 나오는 다양한 시점이 전개될 수 없었다. 글 쓰는 이의 일방적인 시점만이 전개되는 평면적인 형식의 글만이 가능했던 것이고, 내용 또한 경전이라는 인식의 지평에 있는 것만을 담았다. 소재의 자율성을 인정하는 입체적 인식논리, 다양한 시점의 변이를 수반하는 삽화나 일화의 운용은 전혀 불가능한 것이었고, 그러한 소재는 평면적 사실로 정리되어 나타날 수 있을 뿐이다. 연암의 경전 인용법을 보면 이 차이를 잘 알 수 있다.

> [가 1]+[나] (가 2. 故古來言性者 莫不認氣 告子之謂生也 荀子之謂惡也
>
> 楊子之謂混也 韓子之謂三品也 佛氏之謂作用也
>
> 가 3. 皆氣也 非吾所謂性也)[24]

그래서 古來로 性을 말하는 자는 氣를 인정하지 않을 수 없었으니, 告子가 生을 이른 것, 순자가 惡을 이른 것, 양자가 混을 이른 것, 한유가 三品을 이른 것, 불씨가 作用을 이른 것은 모두 氣이다. 내가 말한 바 性은 아니다.

性은 氣를 통해서만 언어화할 수 있다는 것이 연암이 획득하려던 이 글의 주제였다. 이러한 자기의 주장 [가1]을 진행시키고 확신시키기 위해 [나]안의 경전을 이끌고 있다. 경전을 자신의 견해를 위해 증거로 채택한 것이다. 그래서 '故'라는 말에서 알 수 있듯 告子·荀子·孔子 등은 연암의 의견을 증명해 주려고 연암 앞에 나선 사람이지 자신들의 본래 주장을 하고 있지 않다. [가]←[나]의 형식을 이루는 것이다. 이러한 문체는 기존 사대부와는 전혀 다른 것이

---

23) 所惡於鑿者爲其私意也 方其鑿也未嘗不以經傳證之 鑿而有室又未嘗不以經傳反之 反之不已改經易註而後快於心.「原士」,『燕巖集』, 139면.

24)「答任亨五論原道書」,『燕巖集』, 38면.

다. 성인은 누구의 글에 무엇의 증인으로 나서서 (가2)처럼 본의 아닌 말을 할 분이 아니다. [나]→[가]의 역순으로 위에 모셔져야 할 분들인 것이다. 연암은 이렇게 소재뿐 아니라, 규범으로 존재하는 기존 언어마저 새로운 의미로 재현하고 있는 것이다.

소재의 자율성을 인정하고 결국 이렇게 經書마저 소재로 할 수 있었기에 六經과 朱子書를 종지로 삼아 詞가 순정하고 道가 바른 순정파에게서 '문체반정'의 시련을 받는 것이다. 4일간의 일기분석을 통해 본 바와 같이 연암은 소재의 자율적 운용을 통해 경전 중심의 문체나 의리론과는 전혀 다른 차원의 삽화 운용과, 거기에서 나온 반규범적 사상을 시현했기 때문이다. '문체는 정치와 통한다'[25]는 정조 및 당대 지배층들이 연암을 명말청초의 패관소품 작가와 동궤에 놓았던 것은 이 때문이다.[26]

연암의 문체를 패관소품체라고 생각한 이유는 어찌 보면 경전을 종지로 하는 성리학 내지 주자학적 사고에 반대되는 내용적 측면에서의 연암과 소품가들의 일치를 지적한 것이지 형식적인 측면을 특별히 의식한 것 같지는 않다. 정조는 문체가 변한 이유를 1. 經學과 科文의 분리, 2. 고증학의 수입, 3. 명말청초의 문집과 패사소품의 수입을 이유로 들고 있는데,[27] 1, 2를 설명하면서 내용이 경전의 것에 맞지 않는다고 지적하고 있다. 정조가 패사소품을 명청시대의 문집과 동렬에다 놓고 의론한 것은, 이 두 종류가 내용상 함께 정통 성리학

---

25) 大抵文體隨世不同 … 其盛衰與替 未嘗不與政通矣. 「策問 文體」, 『弘齊全書』 卷49, 25冊.

26) 正祖는 經學=正學=實學의 논리로 주자학의 공리공담을 배격하고 학문의 실용화를 주장(鄭玉子 교수의 앞의 글)했다는 점에서 연암의 태도와 일치하는 바가 있다. 경전은 정조에게 원칙론으로, 즉 학문의 실제적 성격을 강조하는 수단으로서 이용되었다고 보는 견해이다. 이 논지가 옳다면, 정조가 연암을 문체반정으로 몰아친 배경에는 연암을 높이 평가하는 마음이 있었다는 『過庭錄』의 기록을 일단 수긍할 수 있다. 그러나 연암이 경전 자체를 거부한 것은 아니지만 그에 대한 立論은 정조와 다르다고 생각된다. 연암은, 오히려 보편적이고 상대주의적인 인식논리를 견지함으로써 경전의 고착성을 거부한 면모가 있다.

27) 金血祚, 앞의 글.

에 반대되는 성향을 띠고 있음을 직시한 때문이다. 그가 패사소품을 西學과 마찬가지로 사람을 금수로 떨어지게 하는 邪學으로 본 것[28] 역시 반성리학적 내용 측면을 고려한 때문이다.[29] 명말청초의 패사소품이 성리학 중심에서 벗어나려는 사상적 변화와 짝한 것이고, 문체반정 또한 남인·노론의 와중에서 국기를 바로잡으려는 정책이었다는 기존연구는 이를 간접적으로 증명해준다.

정조가 六經의 고문으로 돌아가야 한다고 주장했을 때 이는 六經의 형식적 측면이 아니라 내용적인 것을 지적한 것이었다. 물론 그렇다고 해서 반규범적 사상을 삽화 운용 등 독특한 문체로 태동시킨 형식적 변혁이 이들에게 인지되지 않았다는 것은 아니다. 다만 『열하일기』의 문체를 패관소품식이라고 비교문학적 영향을 배경으로 해서만 설명한다면 『열하일기』 문체의 본래 모습을 설명해 주지 못할 뿐 아니라, 독자적인 자족적 체계를 이룬 연암의 개성을 오히려 약화시킬 수 있을 것이다. 물론 연암은 삽화를 운용함으로써 한문 단편과 형식적으로 접근하는 면모를 갖고 있다고 할 수 있으나, 이 논의는 『열하일기』가 패관소품과 일치한다는 것을 전제로 하여 시작될 것은 아니다. 일차적으로 『열하일기』와 『연암집』 속의 한문 단편의 거리가 설정된 다음에야 보편적 개념으로 논의가 가능할 것으로 생각된다.

여하튼 이처럼 재도론자의 문학과는 달리 사실과 허구를 함께 나누는 일상적인 삽화의 도입은, 『열하일기』가 여행기이기 때문에 이루어지는 것만은 아니다. 서두에서 『열하일기』가 일기·여행기·사상서로의 세 가지 성격을 공유하고 있다고 전제했거니와 일화 내지 삽화는 일기와 여행기로서의 성격 때문에 자연스럽게 이루어지고 있다고 볼 수 있다. 그러나 실제로 7월 27일에서 본

---

28) 西洋之學 學而差者也 小品之文 文而差者也 原其始豈欲自陷於詖淫邪遁之地 一轉而洪水猛獸且其勢 必自小品浸浸入於邪學 路脈雖殊線絡相引 今之攻文者畏小品如邪學 然後可免夷狄禽獸之歸也. 『弘齊全書』 卷164 張11.

29) "文學에 稗史小品이 생긴 것은 마치 儒家에 墨家가 있는 것과 같으므로 이단과 사학을 막는(闢異閉邪) 자세로 임해야 한다"고 「詰稗」를 정조에게 올린 문체반정 관련자 李相璜을 보아도 역시 稗史小品의 내용을 문제 삼은 것이 명확해진다.

것처럼 여행과는 직접 상관이 없는 과거의 일화가 도입되는 것을 보건대 모든 근거를 여기에서만 찾는 것은 무의미하다. 2장에서 본 바와 같이 여행기적 소재는 그에 반응하는 기존의 연암을 비추는 거울 역할을 하기 때문에 과거적 삽화의 등장은 차라리 당연한 것이다. 설사 여행기적 성격 때문에 도입이 가능했다고 하더라도 우리의 관심은 연암의 사물인식 태도와 언어관·문장관에 주어져야 한다. 그것은 연암의 문학사상을 캐는 작업일 수 있고, 나아가서는 사유체계를 통한 연암의 사상적 궤도를 추적하는 데까지 이를 수 있는 일이기도 하다. 후자에 대해서는 이미 3장을 통하여 어느 정도 밝혀졌다고 생각된다.

일화의 도입을 통한 논리의 전개를 연암 글의 한 특색으로 본다면 이것이 가능했던 근거는 두 방향에서 찾을 수 있으리라고 생각된다. 그 하나가 위에서 지적한 연암의 인식논리와 문학관·언어관이다. 또 하나의 배경은, 과연 이론이나 의식만으로 이런 혁명적인 작업이 가능했겠느냐는 의심에서 출발하여 추적해야 한다.

실제 어느 형식의 영향이나 혹은 모형이 있었지 않겠느냐는 생각도 가능한 것이다. 이때 상정할 수 있는 것이 傳의 형식이다. 이 형식은 연암이 많은 작품을 남기고 있을 뿐 아니라, 북학파 문학가들이 많은 관심을 보이고 있는 것이다. 시대를 같이한다고 해서 영향관계를 전제할 수는 없지만, 사상적 궤도와 문학에 대한 인식이 유사한 이들 일군에 의하여 새로운 표현수단으로 채택된 전의 내용이나 표현양식은 『열하일기』뿐 아니라 이 시대의 그 밖의 다른 산문과 동질성이 비교될 수 있을 것이다. 가령 '연암씨 왈'로 시작되는 「호질후지」는 전의 史評 양식을 갖고 있고, 이러한 형식은 '仲存'이라는 인물을 빌어 『열하일기』 도처에 보인다. 이런 소소한 것은 차치하고라도, 이제까지 보아온 문제도입 준비, 문제도입, 그에 대한 평과 같은 3단계 구성은 전의 형식과 거의 일치한다고 할 수 있다. 특히 전에서 '史評' 앞의 내용 기술은 어느 글보다도 객관성이 유지되고 있는 사건의 기록이다. 적어도 이 부분은 작가의 주관이 크게 배제된 삽화를 보여준다. 마치 연암이 객관적 서술시점을 유지하려고 노력

하는 것과 일치한다. 열하일기는 사실표현을 거쳐 의론으로 나갔다는 점에서
傳과 동질적인 면모가 있는 것이다.

5. 사상적 근거와의 상관성 : 경험적 지각언어의 강조

　연암은 이제까지 본바와 같이 입체적 인식논리로 시점이 다양하게 전개되는 삽화를 운용하였다. 인식논리의 입체성은 시점의 다양화를 의미하기에 그의 작품에서도 서술자의 시점이 복합적으로 나타난다는 사실은 흥미로운 일이다. 더구나 그 글이 입체적 인식논리에서 나온 새로운 주장을 담고 있다면 언어형식과 작품주제와의 관계에 대하여 새로운 논의를 해 볼 수 있다.

　이 장에서는 3장에서 객관적 상대주의라고 설명했던 입체적 인식논리의 근거를 연암의 理氣論 등 사상적 근거를 통해 조명해 봄으로써 인식의 구체적 대상을 대하는 연암의 사고유형을 생각해보고, 그로부터 연암의 언어관·문학관을 도출하려 한다. 그의 논리와 작품형식이 일치하는 면모를 살피기 위해서는 세계관을 확실히 할 필요가 있고, 세계를 인식하는 수단과 방법으로서의 언어에 대한 태도를 살펴야한다. 언어란 사물에 대한 인식을 전제로 하고 있고, 그 후에라야 문자행위로서의 작품이 가능한 것이기 때문이다. 이것은 그의 문학론과 작품과의 거리를 조명하기 위한 방법이기도 하다. 우리가 아제까지 살핀 삽화 위주의 서술이 가능했던 근거와 그 의미를 보다 명확히 해 줄 것이다.

1)

연암은 언어란 세계의 존재법칙을 담는 그릇이라고 생각했다.

하늘이 하늘일 수 있는 까닭은 理氣이다. 언어란 이기의 모습이고 소리이다. 하늘이 묵연히 이기를 드러낸즉 사람이 그 모습과 소리로 모양 떠서 그것을 말한다. 언어는 사물을 지시하고 사물을 비유하며, 이름을 세워서(立名) 뜻을 깨우친다. 動과 靜이 근거를 함께 하고, 體와 用이 서로 바탕을 한다. 虛도 있고 實도 있음으로 해서, 그 진위를 드러낸다. 혹은 앞서기도 하고 혹은 뒤쳐지기도 하여 그 시종을 변별한다. 천하의 연고에 통하고, 만물의 情을 다하는 것이 언어이다. 언어는 분별이다. 분별하고자 하면 형용하지 않을 수 없고, 형용하고자 하면 저것을 끌어다가 이것을 증명해야 하니, 이것이 언어의 정실인 것이다.[1]

'언어란 이기의 모습이고 소리'라는 데에서 언어가 곧 세계를 표현하는 역할을 하고 있음을 알 수 있다. 언어란 곧 세계의 기호적 표상일 수 있는 것이다. 그러나 이 말은 아직 언어가 개개 사물과 일대일로 조응할 수 있다는 뜻은 아니다. '하늘이 드러내는 이기를 사람이 모양과 소리로 본뜬' 것이라는 말은 언어란 개개 대상을 지시하는 원자적 존재가 아니라, 그런 것들이 어떻게 존재하는가를 가리키는 질서를 표상하고 있다는 말이다. 사물의 질서를 담는 그릇, 나아가서는 사물에 질서를 부여해 주는 것이 언어라는 것이다. 복희 씨가 존재의 법칙과 질서를 세워서 『주역』에 담는 태도로 언어는 창조되었기 때문이다.[2]

---

1) 天之所以爲天者 理氣也 言語者 理氣之容聲也 天旣默而示之 則人得以體其容聲而發之 言語指事比物 立名喩義 動靜互根 體用相資 有虛有實 以見其眞僞 或先或後 以辨其終始 所以通天下之故而盡萬物之情者 言語也 言語者 分別也 欲其分別 則不得不形容 欲其形容 則援彼證此 此言語之情實也.「答任亨五論原道書」,『燕巖集』, 36면.

2) 不讀易則不知書 不知書則不知文矣 何則庖犧氏作易 不過仰觀俯察奇偶加倍 如是而畵矣 蒼頡氏造字 亦不過曲情盡形 轉借象義 如是而文矣.「鍾北小選自序」,『燕巖集』, 103

‘하늘의 질서’ 즉 이기를 담는 것이 언어라는 생각은 연암만이 가졌던 것은 아니다. 적어도 뜻글자인 한자문화권 안에서는 누구에게서나 볼 수 있는 공통적인 것이다. 현상계의 존재법칙의 해명인 理氣論이 性情論으로 이어지고, 그것이 당위론으로서의 윤리관에 접맥될 때, 이기의 질서를 표상하는 언어는 윤리적 당위론으로서의 행위질서까지도 의미했던 것을, 載道之器·貫道之器 언어관에서 볼 수 있는 것이다. 이때의 이기라는 개념은 현상계를 설명하기 위한 질서라는 의미를 떠나 윤리적 당위성이 강조되는 것이기도 하지만, 존재의 필연법칙이라는 이유 때문에 필연적 법칙으로서의 理가 강조될 때 나올 수 있는 것이다. 조선전기에 徐巨正·梁誠之·權近 등이 道와 文이 相須관계에 있음을 말한 것[3]은 연암과 마찬가지로 언어가 존재의 법칙을 담는 기구라고 생각했다는 점에서 일치한다고 할 수 있다. 언어는 곧 세계관이고 사상일 수 있는 것이다. 그러나 이들이 말한 道란 필연적의 理로서의 경전이 담고 있는 道이고, 文章도 역시 경서에 의한 것이었다. 이에 비하여, 연암의 도, 즉 이기는 경서의 그것이 아니고 문장도 경서의 문장이 아니었다. 도와 문은 상수관계였던 것만은 틀림없으나, 이 상수관계는 理라는 필연성이 강조되고, 경서에 의하여 꿰매어져 있는 것이 아니다.

　요컨대 세계의 법칙인 이기의 개념에 따라 도와 문의 개념은 달라질 수 있는 것이었다. 세계를 존재질서의 측면인 理의 입장에서 이해하느냐 현상계의 모습인 氣의 측면에서 보느냐에 따라 언어가 대상으로 해야 하는 것이 크게 갈라지기 때문이다. 理의 입장에선 문장이 관념적·추상적이고, 자연운행을 묘사하는 氣의 입장에선 언어가 직접적이고 사실적일 것은 물론이다. 똑같은 하늘의 법칙으로서의 이기를 담는 언어라도 대척점에 설 수 있는 것이다. 그렇다

　　면. 여기에서도 周易은 세계를 표상한 그림이라는 생각을 볼 수 있다. 그림은 문자의 전 단계로 이해된다. 그림이 세계의 표상이라면 문자는 그림의 표상이다. 그림이 1차 언어라면 문자는 2차언어라는 생각을 볼 수 있다.
　3) 閔丙秀,「朝鮮朝前期의 文學觀」,『冠岳語文研究』1집, 서울대학교, 1976. 이곳에서는 載道論과 貫道論을 구별하여 설명하고 있다.

고 氣의 관점에 서 있는 언어관이 전혀 같을 수도 없다. 현상계의 대상이 법칙
성으로서의 理와 맺고 있는 관계의 정도에 따라 그것은 다른 모습을 보일 수
있는 것이다. 같은 氣 중심의 입장에 섰지만 연암과 전혀 다른 세계질서를 내
세운 율곡의 경우를 들 수 있다.

　　대개 發하는 것은 氣요, 發하는 까닭은 理이니, 기가 아니면 능히 발하지 못하
　고, 理가 아니면 발하는 바가 없어서, 선후도 없고 떨어지고 합한 것도 없으니,
　서로 발함이라 할 수 있을 것이다.[4]

율곡은 이렇게 이와 기가 不雜不離 상태에서 자연이 운행된다고 보았다. 거
기에 다시 '理는 비록 하나이나 이미 기를 타면 그 갈래가 만 가지로 나뉜다'[5]
라 하여 理一分殊說을 주장하게 된다. 그럼으로써 그는 자연물의 개체성을 보
장해주고, 모두 개별성이 있다는(各一其性) 것을 말할 수 있었다. 이러한 이해
는 연암의 이기관과 외형상 큰 차이가 없다.

　　心이 아니면 性은 머무를 곳이 없고, 기가 아니면 이는 활동할 곳이 없게 된
　다. 이것은 性이 心의 다음이고 理는 氣 안에서 들을 수 있는 것과 같으니, 性이
　없으면 心은 빈집이 되고 이가 없으면 기는 과객일 뿐이다.[6]

연암은 또한 이와 기의 관계를 상호 의존하고 있다고 본 것이다. 이런 바탕
위에서 율곡과 연암은 사물의 개체성·자족성을 인정하는 데서는 어느 정도
일치를 보고 있는 것 같으나, 개체와 그 집합 전체와의 관계를 보는 눈은 전혀

---

4) 大抵發之者氣也 所以發者理也 非氣則不能發 非理則無所發 無先後無離合 不可謂互
　發.「答成浩原 壬申」,『栗谷集』1, 민족문화 추진회, 140면.
5) 理雖一而旣乘於氣 則其分萬殊.「答成浩原 壬申」,『栗谷集』1.
6) 非心則性無所宇 非氣則理無所活 非似乎性次於心而理聽於氣 然無性則心爲空舍 無理
　則氣是過客.「答任亨五論原道書」,『燕巖集』, 36면.

다르다. 율곡의 '理發而氣隨之 氣發而理乘之'라는 논리는 개체의 존재론적 성격을 해명하기는 했으나, 생성하고 변화하는 자연현상을 설명하면서 理는 氣 위에 군림하는 주재자의 위치에 서게 된다. 즉 氣가 분화하여 생성 변화할 때, 변화하는 것은 기 자체이지만 주재하는 것은 理라고 했다.[7] 여기에서 우리는 그의 氣發而理乘之라는 개념이 자연계 안에서의 기 자체의 자족성과 독립성을 인정하기 위한 것이 아니라, 자연계의 생성변화를 인정하면서 그것을 法則(所以然)의 원리로써 체계화하기 위한 것임을 알 수 있다. 율곡이 理通氣局說을 주장한 것은 그 때문이다. '分化凝聚 生生形成'하는 주재로서 능히 理 자신의 形相(法相)을 드러내는 무한성·보편성[8]을 강조해 주는 理의 모습이 있을 뿐이다. 主氣論의 입장에 있으나 그는 아직 이법적이고 목적론적인 세계관을 가지고 있는 것으로 생각된다. '陰陽의 핵심적인 오묘함이 太極에 있다'[9]는 말속에서 그가 자연현상을 관념적인 질서로 이해하고 있음을 알 수 있다.

그는 이렇게 개체의 독립성을 철저히 인정하지 못했기에 氣의 근본이 다양하다는 것을 인정하지 않을 수 없게 되었다. 그럼으로써 氣에는 淸濁이 생기고, 그것의 주재로서 본래 純善인 理조차 선악이 있을 수 있다는 것이다. 따라서 그에게 사람의 본성은 사물의 본성과 다르고 개의 본성은 소의 본성과 다른 理의 원칙하에서의 '각각의 자기 본성(各一其性)'만이 인정되었다. 그러므로 율곡에게는 氣와 理 중에서 언어의 대상이 될 수 있는 것과 없는 것의 구별이 뚜렷하게 나타났다. 탁하고 막힌 것이 없이 본래적인 純善을 담은 것만이 언어화되어야 했고, 그것이 곧 道로서 존재의 지표가 된 것이다. 聖賢의 文과 경서 같은 것이 그런 것이다.[10]

---

7) 參差不齊者 氣之所爲也 雖曰氣之所爲而必有理爲之主宰 則其所以參差不齊者 亦是理當如此 非理不如此 而氣獨如此也. 「答成浩原 壬申」, 『栗谷集』 1.

8) 裵宗鎬, 『韓國儒學史』, 延世大學校出版部, 1974, 112면.

9) 陰陽樞紐之妙 在乎太極. 「答朴和叔」, 『栗谷集』 1, 626면.

10) 聖賢之文이란 율곡의 「文策」에 나타나는 말이다. 이에 대해서는 조동일 교수『韓國文學思想史試論』에서 논의하였고, 율곡의 문학관에 대하여는 林熒澤 교수의 「16世紀 士林派

그러나 연암에서의 理는 기의 분화를 관장하는 원리로서의 개념이 아니다. 연암은 생성·변화하는 기 자체의 자족성을 완전히 인정했고, 그 개체성·자족성 안에서의 존재 원리로서의 理가 인정될 뿐이었다. 그에게서 자연물인 氣는 더 이상 理分殊의 결과적 현상이지도 않았고, 理의 주재를 받아야 할 피동적인 면모도 없다.

만물의 生은 기 아닌 것이 없다. 천지는 커다란 기이다. 가득 찬 것은 기이고, 차게 하는 까닭은 理이다. 음과 양이 서로 움직이면, 理는 그 안에 내재하여 기가 그것을 싸고 있는 것이 마치 복숭아 열매가 씨를 품고 있는 것과 같다.[11]

여기에서 자연을 채우고 생성하는 존재(所以充之者)로서의 理는 기를 운용 조작하는 법칙이 아니다. 음과 양, 즉 기가 운용 조작하여 생성할 때에야 그 안에 모습을 보일 수 있는 것이다. 복숭아가 생겨나고 난 다음에야 그 원리를 보여주는 씨앗을 그 안에 감출 수 있는 것과 마찬가지이다. 연암에게서 理란 곧 기가 형체를 드러낸 다음에야 그 모습을 보일 수 있는 것이었다. 그것은 초의 심지가 불의 주재이긴 하지만, 불꽃이 인 다음에야 原因(所以然)으로서의 그 性을 알 수 있는 것과 같다. 이때 구체적인 시현태인 불은 기존관념으로 보면 기이지만 연암에게는 초라는 자연물의 원리를 설명해주는 형상의 개념이 되었다.[12] 요컨대 性이라는 존재의 법칙은 기를 기다려서만 그곳에서 모습을 드러낼 수 있는 것이었고,[13] 기가 드러나지 않으면 理와 命과 같은 소이연은

의 文藝意識.(『韓國學論集』 3, 啓明大學 韓國學硏究所, 1975)이 있다.

11) 萬物之生 何莫非氣也 天地大器也 所盈者氣 則所以充之者 理也 陰陽相盪 理在其中 氣而包之如桃懷核.「答任亨五論原道書」,『燕巖集』, 37면.

12) 心之者炷也 炷之言主也 謂其建中而主火也 燃而後知其性也 性者所以然之故也 夫燭之末燃 明在何處 … 任生曰 … 故形而下者謂之器 形而上者謂之道 … 今以燭喩氣 以火喩性 火亦氣也 形而下者也 惡得而性乎 曰火信氣也 獨不有形而上者乎.「答任亨五論原道書」,『燕巖集』, 38면.

13) 性之待氣而後形焉者 … 無氣則命絶矣 性安從生 非生則性息矣. 앞의 글.

애초에 존재 자체가 인정되지 않았다. 율곡에게서처럼 기는 理의 증거자가 아니고, 전체로서의 理를 풍부하게 해주는 능동적 존재일 뿐이다. 개체는 개체 하나의 理만을 그 자신 안에 간직하고 있는 것이다. 그 개체적인 理를 통합하는 理라는 개념은 애초에 존재하는 것이 아니다. 理는 더 이상 현상을 만들어내는 주체(所以發者)가 아니기 때문이다. 이것은 모든 사물이 존재의 당위로서의 理에 의하여 존재한다는 목적론적 사고를 버리고, 생성 소멸을 자연의 법칙에 두고 있음을 뜻한다.

연암은 質 혹은 微塵이라는 구체적인 물질을 상정하여 이것의 변형으로 사물이 생겨나고, 생명체도 기원한다고 하였다.[14] 주리론자 혹은 理를 앞세운 주기론자와는 달리, 존재의 이유인 所以發者 혹은 所以然이란 추상적 당위법칙으로서의 理가 아니고, 기의 범주에 속한다고 할 수 있는 微塵이었던 것이다. 이러한 기 중심의 생성·소멸은 이제 천명이란 이름의 주재를 받는 것이 아니라, 스스로 생성 소멸할 뿐이다.

세간 사물 중에 털끝같이 작은 것이라도 하늘이 내지 않은 것이 없다고 한다. 그러나 어찌 다 명령해서 냈을까 보냐? … 理와 기로써 화로와 풀무를 삼고, 생장과 품부를 조물이라 하여 하늘을 마치 재주 있는 기술자에게 비유하여 망치·도끼·끌·칼 같은 것으로 쉬지 않고 일을 한다고 한다. … (그러나) 나는 알지 못하겠다. 맷돌이 밀을 갈 때에는 작고 크거나, 가늘고 굵거나 할 것 없이 뒤섞여 바닥에 쏟아지는 것이다. 무릇 맷돌의 작용이란 도는 것이다. 가루가 가늘고 굵은 데에야 무슨 마음을 먹었겠는가.[15]

---

14) 이 큰 땅덩이가 한 점 미진이 모인 것과 같으니, 티끌과 티끌이 서로 의지하되 티끌로서 어린 것은 흙이 되고, 티끌로서 추한 것은 모래가 되며 … 티끌이 찌는 듯하게 기운이 침울하여 모든 벌레가 되는 것입니다. 이제 우리 사람들은 곧 모든 벌레 중의 한 족속에 불과함이니…(塵塵相衣 塵凝爲土 塵矗爲沙 塵蒸氣鬱乃化諸蟲 今吾人者 乃諸虫之一種族也).「鵠汀筆譚」,『熱河日記』中, 196면.

15)「象記」,『熱河日記』下, 160면.

연암에게서 생성·소멸하는 법칙으로서의 理氣개념은 볼 수 없다. 맷돌은 그냥 돌뿐이지 그것이 주재성을 가지고 사물의 생성에 관여하는 것은 아니다. 현상계는 그가 설정한 微塵을 중심으로 하여 변화할 뿐이다. 그에게 理란 앞에서 본대로 개체가 나타나야 드러날 수 있는, 개체의 그다운 성질 이상의 개념이 아니다. 그러기에 개체의 구체적인 모습이 있고 나서야 알 수 있다. 이 개체성은 율곡에게서처럼 제한을 받거나 국한되는 것이 아니다. 그리고 더 상위의 理라는 개념 위에 통합되어 있는 것이 아니므로 철저한 자율성, 자족성이 유지된다. 淸濁의 차별도 있을 수 없다. 소는 소대로, 개는 개대로 제나름의 독자성이 있되 이들간의 차이는 율곡에게서처럼 理의 분별에 의해 이루어지는 것이 아니므로 애초에 우열의 가치 판단이 전혀 개재되어 있는 것이 아니다. 모두 개체대로의 존재성이 있을 뿐이다. 그러므로 3장에서 본 바와 같이 物과 我, 그리고 물 자체가 모두 동일지평에 설 수 있는 것이다.

物에 나아가 나를 보면, 나 역시 物의 하나이다. 그러므로 物에 바탕해서 자기 몸을 돌보아 구하면 만물이 모두 갖추어진다. 나의 性을 다하는 것이 능히 物의 性을 다하는 것이다.[16]

物의 性과 我의 性을 동등한 자리에 두게 된 것은 性이란 모두 본래적으로 善한 것이라는 의식과 함께 한다.[17] 氣質之性과 本然之性의 분별이 없다. 선악의 개념은 미리 주어진 것이 아니다.[18] 그러므로 연암에게 도란 운행하는 사물

---

16) 卽物而視我 則我亦物之一也 故體物而反求諸己 則萬物皆備於我矣 盡我之性所以能盡物之性也.「答任亨五論原道書」,『燕巖集』, 38면.

17) 吾聞 悔過者改心易慮矣 未聞改性易理矣 知理之不可易 則可以知性之本善矣 善之於性如火之明.「答任亨五論原道書」,『燕巖集』, 38면.

18) 연암은 人物性同論을 주장하지만, 性卽理의 입장에서 一原之理를 本然之性으로 봄으로써, 인물이 모두 一原之理의 소생이므로 '人物性同'이라고 주장한 洛論과는 출발점이 전혀 다른 것이다. 연암의 논리는 개체성을 인정한다는 점에서 湖論의 '人物性相異之說과 일치하나, 그들의 '未發心體本有善惡'이라는 입론과는 거리가 멀다. 그는 차라리 唯氣論

그 자체이다. 그리고 언어란 이것을 지시하여 분별하여 주는 것이다. 天道란 이 자연의 변화하는 모습을 자연스럽게 드러내는 것일 뿐이고, 地道란 보이는 것일 뿐이며, 人道란 그것을 보고 분별하는 일일 뿐인 것이다.[19] 그것을 언어로 담을 때 율곡처럼 그것을 주재하는 원리를 의식할 필요가 없다. 율곡에게 '도로 글을 쓴다(以道爲文)'는 것은 '理의 뒤를 기가 따르는(理發氣隨之)'것처럼 작위적인 모습을 가지면서, 文은 단지 수단의 역할밖에는 하지 못했다. 이때의 문이란 내용 선행 주장을 배경에 둔, 道를 담는 수단인 것이다. 효용을 앞세우기에 언어는 수단일 뿐이다. 그리고 목적론적인 정형 언어가 있을 뿐이다. 이미 존재하는 법칙을 언어는 종속적 위치에서 따라갈 뿐이지, 적극적인 성격을 가질 수 없다.

반면 연암에게 道란 언어의 대상물인 개개 지시 대상물을 선행하여 존재하는 것이 아니기에, 언어는 道의 종속적 위치에 있는 것이 아니다. 병행해서 나아갈 뿐이다. 道가 발전하면 언어도 그에 따르고, 언어가 발전한다는 것은 곧 대상물의 발전, 道의 진전을 뜻할 수 있는 것이다. 연암에게서 '언어가 분별이고, 하늘이며, 理氣를 담는 소리'라는 것은 이러한 개념이다. 그의 道文一致는 여기에서 이루어진다. 선행하는 道를 쫓아서 文을 그곳에 일치시킴으로써 이루어지는 작위적인 것이 아니다. 道와 언어는 현상계의 변화 속에서 일치하고 있을 뿐 아니라, 언어는 표현 이전에 선행적으로 존재하는 사실을 언어행위자의 독자적인 감각으로 분별 표현해내기 때문에 道를 창출하는 능력을 갖게 된다. 또 道는 사물 안에서도 고정 불변체로 존재하는 것이 아니기 때문에, 언어는 새로운 모습을 계속 갖게 된다.[20]

　　者라고 알려진 任聖周와 흡사한 점이 있다는 것이 필자의 생각이다.

19) 光御而不顯其天德乎 生成而不我其天道乎 故天道無他 示而已矣 地道無異 視而已矣 人道無貳 辨而已矣. 「答任亨五論原道書」.

20) 연암이 동음이의어를 자주 이용하는 것도, 연암에게는 文 혹은 文字가 새로운 의미창조 능력을 갖고 있음을 보여주는 사례이다. 문자가 갖는 의미의 고착성을 인정하고, 그 의미를 일방적으로 수용하기만 한다면, 동음이의어 사용에서 볼 수 있는 재치있는 의미창조

따라서 연암은 기존의 문자란 관념이 실체를 지배하여 표현대상과는 거리가 있는 것으로 생각한다. 그래서 그는 기존 문자를 거부한다. 그는 언어가 세계의 질서를 표상하는 그림인 점을 인정했으나 그 그림은 율곡의 논리처럼 본래적으로 존재하는 완전한 형식 아니라는 문제를 깊이 인식하고 있었다.

마을의 소년이 천자문(千字文)을 배우면서, 그 읽기 싫음을 조롱하여 이르기를 '하늘을 보니 푸르고 푸른데 하늘 天 글자는 푸르지 않으니, 그래서 싫어하지요' 했다. 이 소년의 총명이 창힐(蒼頡)을 굶겨 죽인다.[21]

순진의 눈을 가진 소년은 하늘의 본질을 푸른 것으로 지각한다. 그러나 하늘의 그림인 '天'자는 푸름을 함축하고 있지 않다. 이제 언어는 더 이상 진실 파악의 길이 아닌 것이다. 새로운 언어가 필요하게 된 것이다. 낡은 언어는 부정된다. 물론 언어가 갖는 지시대상물의 개념 전달 능력을 근본적으로 부정하는 것이 연암의 본래 의도는 아니다. 지시대상물을 언어가 제대로 전달하지 못한다는 소년의 주장은 언어 사용자들이 존재 차원에서의 대상의 실체를 잊고 표현 차원에서 언어라는 2차적 기호에 지나치게 매달려 있다는 데에 대한 경고이다. 아울러 언어의 의미는 그것이 지시하는 대상과 다를 수도 있다는 일깨움이다. 나아가서 이 말은 어떤 선입견을 가진 형이상학의 울타리 안에 언어를 고착시키지 말고, 그곳에서 나와서 구체적인 실체를 보여줄 수 있는 언어를 사용해야 한다는 주장이라고 생각할 수도 있다. 이러한 반성은 물론 언어가 지시 대상과 일치할 수 없으며, 거리가 있을 수밖에 없고, 따라서 한 언어는 완전한 표기수단일 수 없다는 인식에서 나온다.

놀이는 불가능하다. 그러므로 동음이의어를 사용하여 새로운 논리를 진전시킨 연암의 문장이나 대화는 바로 새로운 언어창조 놀이이자 의미창조 놀이라고 할 수 있다.

21) 里中孺子爲授千字文 呵其厭讀曰 視天蒼蒼 天字不碧 是以厭耳 此兒聰明餒煞蒼頡. 「答蒼厓 之三」, 『燕巖集』, 93면.

한편 소년은 지각기관이 파악한 경험적 진실의 중요성을 강조하고 있다. 卽物窮理에 바탕을 둔 홍대용의 인식방법론[22]과 일치하는 卽物·體物 이론은 생성·변화하는 실체의 객관성을 유지하기 위한 것일 뿐 아니라, 선험적인 대상의 이해, 즉 주관적인 관념론을 배격하고, 감각기관이 작용하는 경험법칙에 따라 대상을 인식하기 위한 것이다. 생성변화하는 대상이 선험적으로 이해할 것도 아니고 또 불가능한 것이라면, 마땅히 대상에 직접 나아가서 지각기관으로 직접 확인하는 경험법칙이 있을 뿐이다. 하늘이란 언어는 당연히 소년이 눈으로 확인한 푸름을 함축하고 있어야 한다는 주장은, 변화하는 대상을 파악하기 위해서는 스스로의 눈·코·귀·입을 동원한 지각기관의 경험이 중요시되어야 하고, 언어는 그렇게 얻은 진실을 담고 있어야 한다는 뜻이다.

   2)

법칙에 의해 생성되는 사물이 아니라 微塵이라는 氣 스스로의 변화무쌍한 운용 조작에 따른 사물을 표현하기 위해서 연암은 필연적 존재로서의 사물을 표현했던 관념적인 언어를 거부하게 되었다. 그 언어는 이미 변화하는 세계를 표현하지 못하기 때문이다. 세계의 본래적인 진실을 담기 위해서는 새로운 질서를 구축하는 언어가 개발되어야 한다. 대상의 실체를 객관적으로 정확히 파악하기 위해 연암은 3장에서 본 바와 같이 소년과 장님의 인식방법을 도입한다. 이들은 언어의 관념적 질서를 해체하고 그들이 가진 명심의 바탕 위에 대상을 있는 그대로 그려낼 수 있기 때문이다.

   소경이 대답하였다. 내가 세 살에 소경이 되어 이제 40년이 되었는데 전에는

---

22) 최민홍, 「洪大容의 哲學」, 「한국철학연구」 8집, 해동철학회, 1978.

걸음을 걸을 때는 발을 의지해서 보고, 聲音을 들어 누구인지 분별하니 귀를 의지해서 보고, 냄새를 맡아 무슨 물건인지 살피니 코를 의지해서 보았습니다. 딴 사람들은 두 눈만을 가졌지만 나는 손과 발과 코와 귀가 모두 눈 아닌 것이 없었습니다. 어찌 수족과 귀와 코뿐이겠습니까. 해가 이르고 늦은 것을 낮에 피로한 내 몸으로 보고, 물건의 형용과 빛깔을 밤에 꿈으로 봅니다. … 이로써 보면 눈이란 그 밝은 것을 자랑할 것이 못됩니다. 오늘 요술을 구경하는 데도 요술쟁이가 눈속임을 해서 속이는 것이 아니라 사실은 보는 자가 제 자신을 속이는 것입니다.[23]

소경은 생성·변화하는 사물 자체를 표현하는 언어가 아니라, 율곡에게서처럼 당위적 법칙으로서의 理를 화석화한 언어를 습득함으로써 세계의 실상에 대하여 맹목이 된 사람의 예이기도 하다.[24] 이제 소경은 앞에서 본 소년과 마찬가지로 그의 지각기관을 통하여 사물의 진실을 파악할 수 있다는 것을 주장한다. 손으로 만지고, 귀로 듣고, 코로 냄새를 맡는 방법이다. 그렇다고 이 소경이 자신의 손·귀·코의 능력을 확신하고 있지도 않다. 눈에 들어오는 빛이란 눈 안에 있는 것이 아니고 대상에 있는 것이기 때문에 소경은 지각 대상이 발하는 빛을 무시하지 않는다. 지각기관의 감지 능력은 자신에게 있는 것이 아니고, 대상 자체가 보여주는 실체에 있는 것이다. 지각기관은 그에 따라 반응할 뿐이다. 대상의 자율성을 보장하고 진실을 찾는 길은 이렇게 지각기관을 매어두지 않는 것이다. 이러한 지각기관은 원래 율곡과 같은 성리학자들에게는 거부되어야 하는 것이었다. 그것은 성인만이 간직할 수 있는 性命의 正을 유지하는 데에 방해가 될 뿐이었다. 연암은 성정론자들과 반대로 이를 적극 활용

---

23) 『熱河日記』 下, 146면.

24) 花潭出遇失家而泣於塗者曰 爾奚泣 對曰 我五歲而瞽 今二十年矣 朝日出往忽見天地萬物淸明 喜而欲歸 阡陌多岐門戶相同 不辨我家 是以泣耳. 「答蒼涯 之二」, 『燕巖集』, 93면. 연암은 이곳에서 道라는 이름을 내세워 오히려 존재의 실상을 잃게 만든 잡다한 문자의 폐해를 지적하고 있다.

할 것을 주장한 것이다. 그 자신도 그것을 체득한 사람이었다.

> 聖人의 천 마디 말씀은 사람으로 하여금 客氣를 없애도록 합니다. 客氣와 正氣는 陰陽이 서로 消長함과 같습니다. … 저의 평생에 항상 객기를 병으로 삼았거니와, 그것을 극복하여 다스림에 있어 九容의 호위함과 四勿의 지켜줌이 없어지매, 耳目口鼻가 群盜의 소굴이 아닌 것이 없고 志意 言動이 모두 客氣의 城社입니다.[25]

客氣와 正氣가 음양이 소멸·성장하는 것과 같이 서로 배치되는 것이라는 것은 理氣와 性情, 氣質之性과 本然之性을 분별하고, 이들의 淸濁을 논하는 성리학자들이 말하는 논리이다. 율곡에 따르면 공평무사한 천지자연의 '말없는 교화(無心而成化)'가 바로 여기에서 말하는 정기로서 성인만이 간직할 수 있는 것이다. 사람의 마음은 性命의 正에서 나오더라도 성인과는 달리 여기에서 耳目口鼻라고 표현된 血氣知覺之心이 있기 때문에 그것을 간직할 수 없다. 따라서 여기에서 말하는 正氣를 갖추려면 이목구비, 즉 혈기지각지심을 없애야 한다. 足容重, 手容恭, 目容端 등의 九容[26] 그리고 非禮勿聽, 非禮勿視, 非禮勿言, 非禮勿動의 四勿은 血氣知覺之心, 즉 연암이 말한 客氣를 다스리고, 正氣를 유지하는 방법이다. 성정론자들에 의하면 여기에서 邪學을 물리치고 正學을 세울 수 있는 근거가 확립되는 것이다.

그러나 애초에 하늘에서 내려 온 道라는 것은 없다고 주장한 연암은 이 血氣知覺에 근거하는 장님과 소년의 인식태도를 찬양한 바 있다. 그에게 지각기관은 이미 극기의 대상이 아니었던 셈이다. 연암은 오히려 지각기관을 적극적

---

25) 聖人千語 使人消除客氣 客氣與正氣如陰陽消長 … 弟之平生 常以客氣爲病 所以克治之工 旣無九客之閑衛四勿之兵甲 則耳目口鼻無非群盜之淵藪 志意言動俱是客氣之城社「答洪德保書」,『燕巖集』, 73면.

26) 九容 君子之容舒遲 見所尊者齊遬 足容重 手容恭 目容端 口容止 聲容靜 頭容直 氣容肅 立容德 色容莊 生如尸 燕居告溫溫(「小學紺珠」, "性理類九容").『中文大辭典』에서 재인용.

으로 활용하고 있음을 홍대용에게 간접적으로 선언하고 있는 것이다. 인간이 대하고 살아가는 세계가 변화와 생성을 스스로 하는데, 하늘이 부여한 인간의 모습에도 마땅히 그 안에 자족적인 원리가 갖추어져 있다는 것이 바탕에 깔린 논리이다. 志意言動이 客氣의 모임터가 되었다는 말은, 자신의 의지와 언어와 행동은 성정론자들이 客氣를 거부함으로써 얻을 수 있던 正氣, 즉 正學을 떠나서 이목구비의 지각기관을 통해 새로운 눈을 열었다는 자신에 찬 발언이다. 연암의 문장이 古文을 막는 것이라며 불사르려고 한 山如 朴南壽에게 '나와는 달리 正學을 하라'고 했을 때 연암은 그의 客氣가 세상에서 말하는 正學과 대척점에 선 것을 인정하는 셈이다. 세상에서 邪學이라고 말하는 자신의 객기의 소산이야말로 정학이라는 '마음 속의 춘추(皮裡之陽秋)', 즉 心中의 의지가 있었던 것이다. "邪學이 횡행하는 것은 정학이 분명하지 않은 때문이니 정학을 밝히기 위해서는 朱子를 높여야 한다"[27]고 말한 정조의 주장에서 우리는 연암의 위치를 알 수 있다. 연암에게 人欲과 人心은, 天理와 道心에 반대되는 극복의 대상이 아니고, 그러한 개념의 분별 자체가 극복의 대상이었던 것이다. 「열녀함양박씨전」의 人欲의 강조 같은 것은 이런 적극적 태도가 나타난 것이다.

혈기지각기관을 적극적으로 수용한 객기로써 세계의 진실을 파악해야 한다고 주장한 연암은, 문자란 거기에서 파악한 진실을 담아야 한다고 했다. 하늘 天자는 마땅히 눈으로 지각한 푸른색을 담고 있어야 하는 것이다. "文은 聲과 色을 담고 있어야 한다"[28]는 말은 문자로서 표현하기 이전 인식은 마땅히 관념적인 사유를 거치지 않고, 지각기관인 객기로써 감지되어야 함을 말한 것이고, 그러한 인식내용이 바로 문자에 표현되어 전달되어야 한다는 뜻이다. 그러기에 책을 읽을 때에는 자신의 객기를 가지고, 글쓴이가 객기로 감지한 인식 과

---

27) 邪學之橫流 亦由於正學之不明 明正學莫先於尊朱子.『弘齊全書』卷165, 張5 ; 文章有道有術 道不可以不正 術不可以不愼 學文者 當宗主六經 羽翼子史 包括上下 博極今古 而卒之 會極於朱子書 然後其辭醇正 而道術庶幾不差誤.『弘齊全書』卷163, 張11.

28) 文有聲乎 … 文有色乎 … 不識老臣之告幼主孤子 寡婦之思慕者 不可與論聲矣 文而無詩 思 不可與知國風之色矣.「鍾北小選自序」,『燕巖集』, 103면.

정을 파악해야 하는 것이다.

　　伏羲氏는 文을 보면서 '우러러 하늘을 보고, 땅을 내려다보며 살핀다'고 했고, 공자는 복희 씨의 문장을 읽는 법을 위대하게 여기며 이어서 이르기를 '책을 대하여 그 辭를 玩賞한다'고 했다. 저 玩이라는 것이 어찌 눈으로 보아 살피는 것이겠는가? 입으로 그것을 맛보아 그 뜻을 얻는 것이요, 귀로 그것을 들어서 그 소리[旨]를 얻는 것이요, 마음[心]으로 그것을 맞아들여서 그 정리(情理)를 얻는 것이다.[29]

복희 씨가 글을 읽을 때 하늘을 보고 땅을 보는 것은 서적 속의 문자가 천지간의 진실을 담고 있는가 스스로 확인하는 것이다. 확인할 뿐 아니라, 서적 속에 있는 문자의 뜻을 스스로의 지각기관, 곧 객기로써 살려내기 위하여 현상계의 사실을 통해 유추하는 것이다. 언어란 『주역』을 만들 때와 같이 세계의 현상을 그림으로 그려낸 것이기 때문이다. 공자가 책을 대하여 한 마디 한 마디에 냄새를 맡고, 소리를 듣고, 자신의 생각으로 곱씹어보는 것도 마찬가지이다. 언어는 표현하는 사람의 객기의 소산이므로, 그 언어는 어디서나 볼 수 있는 공통된 정형일 수 없다. 정형이 아닐진대 언어는 기존 관념의 틀을 가진 눈으로 볼 수 있는 것이 아니다. 대상을 객기로써 언어화한 것이므로 그 언어의 의미를 제대로 파악하기 위해서는 마땅히 읽는 자도 객기를 가지고 표현자의 뜻을 유추할 수밖에 없는 것이다. 마음으로 읽는 以心會之·以心照之가 요구되는 것이다.

언어가 이미 존재하는 道를 담고 있는 것이라면 이러한 독서법은 불가능하고 또 불필요하다. 그 문자라는 것은 이미 주형된 틀이기 때문에 눈으로 받아

---

29) 包犧氏之觀文也曰 仰而觀乎天 俯而察乎地 孔子大其觀文而係之曰 居則玩其辭 夫玩者 其
　　目視而審之哉 口以味之則得其旨矣 耳而聽之則得其音矣 心以會之則得其精矣. 「素玩亭記」,
　　『燕巖集』, 63면.

들여 규범으로 삼으면 족한 것이기 때문이다. 그러나 객기로써 표현된 언어에
서는 그 뜻을 알기 위해서는 쓴 사람의 마음이 되어야 한다. 또 그 글에 나타
난 인물이 되어보아야 한다. 태사공을 읽을 때에는 태사공의 마음으로 읽어야
하고, 항우를 읽을 때에는 壁上의 觀戰을 생각해야[30] 하는 것이다. 그러기에
선비란 단순히 五經에 통달한 자를 말하는 것이 아니다. 성인의 책을 읽으면
서는 그것을 문자화했을 때의 성인의 苦心을 읽을 줄 알아야 하는 것이다.[31]
여기에서 연암은 다시 3장에서 보여주던 卽物·體物의 이론을 펴고 있다.

  연암은 지각기관을 활용하는 객기를 주장했지만 또한 지각기관이 대상으로
할 수 없는 개념이 있다는 것을 인정했다. 이른바 性과 같은 개념이다.[32] 구체
적인 사물이 아니므로 그것은 지각기관으로 실체를 파악하여 형용할 수 있는
것이 아니다. 언어화하자니 구체적으로 끌어다 댈 수가 없다. 그냥 두자니 性
이라는 개념 자체를 부정하게 된다. 形言을 주로 하는 언어의 한계를 인정하
지 않을 수 없다. 이처럼 객기로써 실체를 파악할 수 없고, 그것을 표현하여
담을 수 없는 존재를 만난 당혹감을 해결하기 위해서 연암은 性 자체를 언어
의 대상으로 하지 않고 性의 구체적 발현인 氣를 언어의 대상으로 택하는 방
법을 찾았다.

  연암은 추상언어의 가능성을 부정하고, 그 추상적·형이상학적 개념은 객기
가 대상으로 할 수 있는 구체적 사물을 통하여 간접적으로 전달될 수 있다고
믿은 것이다. 예컨대 '妙 玄玄'이란 추상적인 언어는 객기가 중시되는 인식행
위에서는 이미 언어가 아니고, 현실세계에서 의미를 갖지 못하므로 '앎'의 차

---

30) 足下讀太史公 讀其書未嘗讀其心耳 何也 讀項羽 思壁上觀戰.「答京之 之三」,『燕巖集』,
     92면.
31) 善讀書者 豈訓詁明而已哉 所謂士者豈五經通而已哉 夫讀聖人之書 能得其苦心者 鮮矣.「原
     士」,『燕巖集』, 139면.
32) 言語者分別也 … 至於性也 其體本虛 無可以譬喩形容 粗言則涉氣 精言則嫌虛 不言則精
     實有在 欲語則頓泊無所 謂之衆妙玄玄 則非可名狀 謂之性成存存 則已凝氣質 故古來言性
     者 莫不認氣.「答任亨五論原道書」,『燕巖集』, 36면.

원에서 거론될 것도 아니다. 연암이 주장한 객기의 언어는 곧 살아있는 언어, 삶 속에 행동하는 언어를 말하는 것이다. 추상적으로 관념화한 것이 아니라, 삶 속에서 객기로서 증거되고, 또 객기를 산출해 내는 언어이다. 언어의 진위는 여기에서만 확인할 수 있고, 有意味性도 삶 안에서만 창출될 수 있는 것이다. 독서란 講學에 있는 것이 아니고, 실용에 있는 것이라는 생각[33]은 문자는 행위로써 증거되어야 하고, 그것이야말로 의미를 가진 살아있는 언어라는 생각을 반영한 것이다. 연암에게 언어란 적어도 이목구비로써 표현되고 행위로써 증거되어야 하는 것이었다. '앎'이란 당연히 삶의 양식 속에서 구체적으로 현실성을 가져야 하는 것이다. 추상언어와는 달리 생활 속에서 인식주체를 통하여 객기로서 증거되고, 표현될 수 있는 것이 진정한 언어이자 바로 '앎'이었다. 그래서 그의 독서론은 단순히 서적 속의 문자를 이해하는 것이 아니고, 서적의 문자를 삶의 현장에 살려놓는 것이어야 했다.

연암이 이렇게 지각기관을 활용하는 객기의 언어를 주장한 것은 언어의 현장성을 강조한 것이라고 할 수 있다.[34] 추상적인 도가 아니라, 생활 속에서 직접 파악할 수 있는 것만이 그에게는 객관적인 도였던 것이다. 앞의 「일야구도하기」에서 경험적 사실과 진실을 강조하고 '胸中所意'의 선입견을 거부한 것과, 『열하일기』 전체를 통하여 일상적인 삽화로써 개념을 전달하는 것은 이 때문이다. 일기를 통하여 자신의 일상적인 경험을 통해 진실을 파악하는 방법을 드러내고 그 과정을 독자와 함께 나누는 것이다. 추상적인 개념은 앞에서 본 것처럼 객기로써 증명될 수 있는 구체적인 것을 통해서 간접적으로 증명될 수 있다고 믿은 것이다. 『연암집』의 「放璃閣外傳」을 쓰면서 먼저 「自序」에서 추상적인 개념을 제시하고, 그 뒤에 그 주제를 증거하는 삽화로써 개별 작품을

---

33) 夫讀書者 將以何爲也 將以富文術乎 … 讀書而不知實用者 非講學也 所貴乎講學者 爲其 實用也.「原士」,『燕巖集』, 139면.
34) 이러한 것은 아동교육에서 추상적이고 관념적인 문자보다 지시대상을 명확히 하고 있는 문자를 먼저 가르칠 것을 주장한 정약용의 경험주의적인 교육관과 상통한다(丁淳佑,「茶山「兒學編」硏究」,『茶山學報』 4집, 1982).

제시한 것은 이러한 맥락에서 이해될 수 있는 사례이다. 『열하일기』에서 삽화를 제시하고, 그에 대하여 개념적인 언어로 평을 하고 정리하는 서술방식도 순서가 바뀌었을 뿐 역시 같은 차원의 것이다. 따라서 『연암집』이나 『열하일기』 각 편의 서론, 혹은 자서는 그 뒤의 삽화와 긴밀한 관계를 갖는 것이다.

글을 쓸 때 訟事者가 증거를 제시하듯 해야[35] 한다는 말은 이러한 경험세계에서의 증거제일주의의 산물이다. 許生 삽화 속의 허생이 '책에서 배운 것을 조금 시험해 보았다'고 하고 그 삽화 안에서 '선비에서 상인'으로의 성격적 전환을 보여주고 있는 것이나, 수많은 일화·삽화·古事를 담고 있는 『열하일기』를 '귀에 들은 것, 눈으로 본 것, 마음에 느낀 것을 적어본 것'이라고 언급한 사실은 연암의 언어가 구체적이고, 경험적 사실을 담고 있다는 것을 말해준다.

연암이 생각한 이러한 正道는, 載道論者들처럼 情과 같은 것이 形氣, 즉 연암에서의 客氣에 의해 타락되리라 경계하면서 '存養省察'하여 얻어지는 것이 아니다. 문학은 세상에 두루 통하는 현실의 의미를 찾아내고 밝혀줌으로써 현실 속의 인간을 형성하려는 것이다. 그것은 理法的, 道德的 當爲가 아니고, 현실적 당위 속에서 이루어질 수 있는 것이다. 利用·厚生 다음에 正德에 이를 수 있기에 문학이 正德을 제공하는 방법은 현실 문맥 안에서의 이용과 후생을 통해서였다. 그런 의미에서 실학자에 속하는 연암도 재도론적 문학관을 가졌다고 할 수는 있다.[36] 그러나 연암의 道는 성리학적 체계에서 문학이 곧바로 정덕의 원리를 담고 있었을 때의 재도적 문학관과는 구별되어야 한다. 연암에게는 문자가 실어야 했던 道는 理法으로서의 道가 아니라 생활 속에서의 道이다. 이때의 道는 위에서 본대로 우리의 지각기관, 즉 객기로 직접 확인한 사물

---

35) 文章有道 如訟者有證. 「答蒼厓」, 『燕巖集』, 93면.

36) 실학자들의 당면목표가 사회의 更張이며, 이용후생으로 인한 正德의 실현이므로 그들의 문학관은 載道的 성격을 지닐 수밖에 없다는 견해는 『韓國古典詩學史』(전형대 외 3人 共著, 弘盛社, 1979)에 보인다. 그러나 필자는 나타난 주장은 같지만 그에 이르기까지의 입론은 아주 다르다고 생각한다.

의 새로운 면모라는 뜻을 갖는다. 이 문학은 새로운 진실을 담는다는 뜻에서 載道라고 할 수 있으나 효용론적 차원에서의 개념이 아니라 언어 또는 문학이 그 안에 담아야 하는 본질적인 내용에 관한 문제라고 할 수 있다. 내용과 형식의 관계를 설명해주는 원론차원의 주장일 뿐이다. 가령 문장을 수식하는 일만 하더라도 연암 또한 재도론자들과 마찬가지로 반대했다. 그러나 재도론자들이 문장을 꾸미는 것에 반대한 이유가 수양에 어긋나고, 인간의 본 性情에 어긋나고 道를 가리기 때문인 반면, 연암은 객기의 실체를 갖추지 못한 의미 없는 추상언어의 사용을 거부한 것이다. 그는 오히려 새로운 의미를 창출하고, 또 그 의미를 전달하기 위한 문장 수사법은 적극적으로 개발해야 한다고 주장한 바 있고,[37] 실제로 그런 작품을 썼다. 연암이 죽은 언어의 수식을 반대한 것은 기존의 문자를 닮으려는 의고주의를 부정한 것과 동일한 의미를 가지고 있다.

---

37) 「騷壇赤幟引」(『燕巖集』, 25면)과 같은 글이 대표적이다.

6. 결론

　본고는 서론에서 제시한 바와 같이 『열하일기』의 서술원리를 추적하기 위한 작업이었다. 역사적 사건으로 문제된 연암 문체의 성격을 밝힘으로써 연암문학에 대한 논의의 지평을 확대하고, 조선후기 문학의 '근대적 성격'을 문학적 차원에서 재조명하며, 이러한 논리를 소설뿐 아니라 일반산문연구에 원용할 수 있다고 생각했던 것이다. 이른바 실학사상가로서의 박지원 문학에 대해서는 사상적 측면에서의 근대적 성격이 강조되어 왔고, 이는 실학사상과 연결시켜 실학파문학을 근대문학의 시발로 보려는 노력의 일환이었다. 이러한 상황에서 허균·김만중의 근대적 성격이 논의되고, 실학을 유교의 계승으로 볼 것인가 하는 논의가 병행되자, 실학파문학, 작게는 박지원 문학의 근대적 전환에 대한 논의는 새로운 방법론을 필요로 하게 되었다.

　그러므로 본고는 북학론을 주장하고 인욕의 보편성을 강조한 것과 같은, 겉으로 드러난 연암의 '근대적 사상'의 근저를 밝히려는 노력으로 인식논리를 추적하면서, 그러한 인식논리가 시현되어 새로운 사상을 담게 되는 문체 내지는 서술원리를 찾아보고자 한 것이다. 이것은 서술원리와 문체를 언어의 기법적 차원을 떠나 인식의 차원에 둠으로써 연암의 문학 형식적 특색만을 드러내줄 뿐 아니라, 이제까지 논의된 연암의 근대적 사상에 대하여 새로운 점검을 해줄 것으로 기대하였던 것이다.

이러한 본고의 목적과 의의에 유념하면서 이상의 논의를 간략히 정리한다.

1. 『열하일기』는 소재의 수용과 서술방식으로 보아 일기·여행기·사상서의 세 가지 성격을 함께 가지고 있었다. 여행기는 직접 경험을 서술하는 것을 전제로 함에도 불구하고 연암은 재도론, 즉 복고적인 문학관을 가진 작가들과는 달리 기존의 관념을 소재에 싣는 것이 아니라, 소재가 갖는 의미의 자율성을 철저히 보장해 주고 있었다. 그러므로 『열하일기』는 여행기에서 흔히 볼 수 있는 이색적인 소재의 단순한 전사가 아니라, 그 소재가 연암의 인식과 아울러 새로운 가치체계를 창출하는 모습을 보여준다 하겠다. 그것은 새로운 언어운용이고, 의미창조의 작업이라고 할 수 있다.

2. 이러한 이해를 기반으로 연암의 사유방법 내지 인식체계를 통하여, 허구와 사실의 공유, 서술시점의 다양화 양상을 추적해 보았다. 연암은 그를 중압하고 있던 성리학적 질서를 거부하고, 새로운 질서재편의 방법으로 소년과 장님의 편견 없고 진솔한 경험적 인식태도를 중시하였다. 그 바탕 위에서 인식주체자로서의 인간 중심 논리를 거부하고, 인식주체와 대상과의 사이, 나아가서 대상 상호간에 모두 자율성을 부여하였다. 요컨대 자신조차도 하나의 사물로 치환하면서 대상 모두에게 독립성과 자율성을 부여한 입체적 인식논리를 갖게 된 것이다. 이러한 논리로 我에 대응하는 非我를 상정하는 등 자신조차도 객관적 관찰대상으로 삼을 수 있었다. 이러한 의식은 지구중심설을 파기하고, 지전설을 주장하는 등 자연과학에서 볼 수 있는 객관적 상대성의 확립과 논리가 맞물려 체계화된 것으로서 현실적으로는 중국 중심의 화이론을 수정하고, 민족의식을 강조하는 경향으로 나타났다.

3. 한편 이러한 논리는 자아를 인식대상화 시키는 卽物·體物의 입체적 인식논리를 확립함으로써, 동일 사건을 바라보는 관찰자의 다양한 시점이 서술체에서 가능해지고, 따라서 연암의 글에는 현실에 기반한 허구적 세계가 도입되어 사실 차원의 세계와 공유될 수 있다는 점을 확인하였다. 『열하일기』의 도

처에서 연암은 서술자로서의 의연한 자세를 유지하면서 사실적 3인칭을 내세워 자신의 견해를 은유화하기도 했고, 스스로 삽화 속의 인물이 되어 객관적 실체로 의미를 함축하고 독자 앞에 나타나기도 했다. 이러한 표현기법과 논리는 서술자로서의 연암의 허구적 자아가 卽物논리에 따라 虎와 胡로 변신하여 기존 사대부의 논리를 타파하는 「호질」에서 극에 달했다고 할 수 있다. 자신의 직접 경험세계가 포용하는 진실을 독자에게 강요하지 않고 느끼도록 하는 이러한 기법은, 소재의 사실성뿐 아니라 거기에서 나오는 반규범적 내용 또한 재도론자들과는 대척점에 서는 것이었다.

4. 연암 스스로, '客氣의 城社'로서 '正學'에 위배되는 것이었다고 토로한 '志意言動'의 내용과 형식은 따라서 경전과 朱子를 宗主로 하는 정조 등에 의해 당대에는 反正의 시련을 겪지 않을 수 없었던 것으로 생각된다. '문체반정'은 단순히 당파간의 세력조정 차원을 떠나, 입체적 인식논리와 그로부터 태동한 새로운 문학형식 및 그 안에 담은 반봉건적 사상과 기존체제와의 피할 수 없는 전환시대의 갈등이었다고 이해할 수 있다. 그것은 북벌파와 북학파 혹은 당파 사이에서의 대립관계 차원에서 사상사적, 정치사적으로만 이해될 것도 아니고, 패관소품이라는 삽화운용의 측면으로만 해석할 것도 아니다. 오히려 사상사·정치사의 배경으로서 연암의 문체변혁이 이해되어야 한다. 새로운 인식논리의 시현이 곧 문체로 나타난 것이기 때문이다. 특히 연암의 문체를 형식적인 측면에서 설명해주는 것으로 생각되었던 이른바 패관소품이라는 지적은 형식적 측면보다는 오히려 '正學'에 위배된다는 의미에서, 즉 내용적 측면에서의 상호 일치를 지적한 것으로 생각된다.

5. 경험세계를 통하여 새로운 진실을 파악해 가는 과정을 보여주고 있는 삽화운용을 연암의 언어관 및 사상과 연결시켜 보았다. 연암은 관념적으로 존재하는 추상언어의 유의미성을 부정하고, 그 자신이 客氣라고 표현하고 있는 이목구비의 직접 경험에 의한 사실의미를 담은 언어의 사용을 강조했다. 문학은 이러한 경험을 독자와 작가가 나누어 가지는 것이라고 생각했기에 연암은 자

신이 직접 참여하는 일상생활 속에서 소재와 언어를 취하여 그대로 형상화한 것이다. 연암에게는 일상적 일화와 삽화의 사용은 즉물·체물의 인식논리, 그리고 이목구비로 느낄 수 있는 객기를 담아야 한다는 그의 언어관을 실천하는 것이었다. 이러한 소재의 일상성과 그것의 형상화는 연암의 견해를 이어받아 色·聲·味를 담은 문장을 주장한 창강 김택영이 연암의 문장을 "평이함과 기이·웅장함이 일치되었고, 사실기록에 신이한 변화가 더해졌다"고 절찬한 이유이다.

이상의 결과로 보건대 연암문학의 개성은 소설가로서의 '근대적 사상'의 지향에만 국한시켜 논의할 것이 아니다. 지구중심설을 해체하고 자전설을 주장하는 자연과학적 인식의 진행과 맞물려 현실 기반 위에서의 즉물·체물의 입체적 인식논리가 확보되고, 이러한 논리를 배경으로 사실 차원과 허구 차원 삽화의 교체, 서술 시점의 복선화, 허구적 자아가 상정되는 서술자의 성격적 변모 등이 나타났다는 데에서 더 확고한 연암의 문학사적 의미가 강조될 수 있다. 이것은 전대와 크게 비교되는 서술원리의 변혁이다.

이제까지 사상사를 기반으로 논의된 연암의 '근대적 성격'은 이러한 인식론에 근거하여 추출한 서술원리, 즉 형태적 변혁에 바탕을 두고 재론되어야 한다. 그럼으로써 문학사의 발전적인 모습을 사상사에 그대로 대입시킴으로써 파생될 수 있는 혼란을 최소로 하고, 언어의 비유와 은유적 기능에 주의를 기울여 표면적으로 추출될 수 있는 사상의 근거를 확인하고, 더 명확히 거를 수 있을 것이다. 한 예로서 북학론과 조선의 개별성 주장이 모두 즉물·체물에 입각한 입체적 인식논리의 한 시현임을 확인할 수 있었고, 연암의 당파적 속성으로 보아 우암 송시열을 비난할 수 없었을 것이라는 이제까지의 추정과는 달리 춘추의리론의 비판을 겸하여 신랄하게 야유했다는 것도 「호질」을 통해 보았다.

연암문학의 취약점으로 지적되었던 일화 내지 삽화의 사용도 긍정적으로 설명되어야 할 것이다. 물론 일상적인 삽화의 제시에 그쳤기에 장형서사체와 같은 이야기의 완결성, 인물의 정형성 등이 취약점으로 문제가 되겠으나, 이러한 지적은 연암을 패관소품과 관련시켜 소설가로 고착시키려는 노력이지 연암문학의 개성과 문학사적 의의를 설명하기 위한 것이 아니다. 종래 연암의 문체를 소설식이라고 부른 이유는 연암이 경전 위주 載道論者들의 평면적 서술방식에서 벗어나 허구적 세계의 시점이 전개되는 삽화를 운용했기 때문이다. 연암에게 소설식이란 인물간의 갈등과 대립을 전제로 한 장형서사체를 의미하는 것은 아닌 것이다. 그러므로 연암문학의 문학사적 의의 혹은 '근대적 성격'을 서술원리의 변혁으로 인정하고 삽화의 기능을 적극적으로 해석하면서 이를 바탕으로 연암의 작품론 또한 재론되어야 한다. 연암의 한문 단편, 나아가서는 일반 한문 단편의 소재와 구조를 적극적으로 해석해 볼 수도 있는 것이다. 가령 연암의 「양반전」을 완형의 서사체로 가정한 바탕에서 인물간의 대립과 갈등을 발견하려던 태도에서 벗어나 「호질」의 분석에서처럼 사회의 이중성이 배태한 모순어법이 그대로 나타난 삽화를 그 자체로 하나의 미학적 유기체로 받아들일 수 있다. 이러한 방법은, 正學에 배치되는 내용을 담았다는 의미로 원용된 淸代의 稗史小品과 연결시켜 연암의 문체와 한문 단편의 형식을 설명하려 했던 혼란을 수습해 줄 수도 있다.

이상에서 논의한 연암 작품론과 조선후기 문학사에서의 근대적 성격에 대한 재조명 외에 본고는 소설이 아닌 산문에 대한 연구방법의 모색에 의의를 찾으려 했다. 사상과 아울러 『열하일기』의 서술방식이 연암의 근대적 성격으로 이해될 수 있다는 것은 곧 소설 외의 산문이 문학사의 기술을 더 풍부하고 확실히 해 줄 수 있다는 가능성을 시사해준 것으로 생각된다.

여기에서 말하는 산문이란 『열하일기』와 같은 수많은 『연행록』만을 지칭하는 것이 아니다. 『한중록』과 같은 개인 역사의 기록, 內簡 등 한글과 한문으로 된 일반 문자행위를 모두 말한다. 이러한 산문에 대하여 역사적 상황 속에서의 기록의 사실성과 곡진성을 논하는 단계에서 벗어날 수 있는 계기가 될 수 있을 것이다. 또 이른바 한문 단편 및 문헌설화에 대해서도 소재와 주제 위주의 논의를 보강하는 방법으로 형식적 차원의 접근을 생각해 볼 수도 있다. 이런 것은 모두『열하일기』의 삽화를 적극적으로 해석하면서 응용할 수 있는 것이다.

　본고가 제시한 의의와 문제점은 물론 다음 단계로 연암의 한문 단편이 명확히 설명되고, 또 이제까지 언급된 작품뿐 아니라『연암집』안의 다른 산문들의 성격이 논의된 다음에야 분명히 드러날 수 있을 것이다. 이는 필자의 한문 및 한문학에 대한 소양 부족으로 본고에서는 다루지 못하였으나, 연암 외의 작가론에서도 적용될 수 있는 방법이다. 작품의 형태론적 해명에 그치고, 작품분석에서 얻은 결론을 더 적극적으로 사상과 역사에 되돌리지 못한 본고의 한계점은 이러한 문제가 깊이 논의된 다음에 달성될 수 있을 것이다.

　아울러, 연암의 즉물·체물 인식이론의 근거와 주변 인물과의 연계성은 어떠한가, 연암이 지각경험을 중시한 태도가 경험을 통한 언어습득을 주장한 정약용, 회화성이 강한 시를 남긴 이덕무의 언어와 문학과는 어떻게 연결되는가, 홍대용 등 실학파군의 朝鮮詩 내지 朝鮮風의 강조와 개체의 자족성을 강조한 연암의 인식논리와의 관계는 무엇인가 등 많은 문제를 뒤로 돌린다.

참고문헌

국내자료

『過庭錄』, 奎章閣 所藏(韓國漢文學研究會, 『韓國漢文學研究』 6집 부록), 1982.

『金陵集』, 규장각 본.

『金澤榮全集』, 亞細亞文化社, 1978.

『冷齋集』(『柳得恭의 詩文學研究』, 宋雋鎬 저, 태학사, 자료편).

『湛軒書』, 민족문화추진회, 1974.

『東文選』, 국역, 민족문화추진회, 1976.

『宋子大全』.

『역주 過庭錄』, 김윤조 譯, 태학사, 1997.

『燕巖集』, 景仁文化社, 1974.

『燕行錄全集』, 민족문화추진회, 1976.

『熱河日記』, 李家源 譯, 大洋書籍, 1975.

『栗谷集』, 국역, 민족문화추진회, 1968.

『乙丙燕行錄』, 홍대용, 장서각.

『貞蕤集』, 국사편찬위원회 간.

『朝鮮王朝實錄』, 英正純朝 편, 探究堂.

『惕齋集』.

『青莊館全書』, 민족문화추진회, 1979.

『弘齋全書』, 장서각본, 태학사, 1986.

『花潭先生全集』, 고려대학교, 민족문화연구소, 1971.

국외자료

『桐城派文選』, 안휘인민출판사, 1984.

『晚明二十家小品』 上·下, 대북, 廣文書局, 민국 57.

『續 臧書』, 대북, 학생서국.

『王陽明先生全書』, 동양문화사, 1976.

『袁宏道集箋校』 上·中·下, 상해고적출판사, 1979.

『李溫陵集』, 대북, 학생서국.

『日知錄』, 文史哲出版社, 민국 68.

『臧書』, 대북, 학생서국.

『中國歷代文學論著 精選』 上·中·下, 대북, 화정서국.

『中國美學史資料選編』, 北京大 哲學系 美學敎硏室編, 중화서국, 1985.

논문

김균태, 「양반전의 주제」, 『한국문학사의 쟁점』, 집문당, 1986.

金都鍊, 「古文의 文體硏究－燕巖體를 중심으로」, 『韓國學論叢』 6집, 國民大韓國學硏
　　　究所, 1984.

金明昊, 「燕巖文學과 史記」, 『李朝後期漢文學의 再照明』, 宋載邵 外, 창작과비평사,
　　　1983.

______, 「燕巖의 현실인식과 傳의 변모 양상」(『전환기의 동아시아 문학』, 林熒澤·崔元
　　　植 編, 창작과비평사), 1985.

김용덕, 「북학파 사상의 원류 연구」, 『동방학지』 15집, 1974.

金一根, 「燕巖小說의 近代的 性格」, 『慶北大學校 論文集』 1집, 1956.

金聲振, 「조선후기 소품체 산문 연구」, 부산대 박사학위논문, 1991.

김재용, 「계약행위의 연쇄로 본 장화홍련전의 구조와 변이 양상」, 『二靜鄭然粲先生 回

甲紀念論叢』, 탑출판사, 1989.

金智勇, 「茶山 詩의 事實性」, 『국어국문학』 72·3 합병호, 1976.

______, 「實事求是思想과 朴燕巖의 文學」, 『淸州大學論文集』 3집, 1960.

김태준, 「「호질」과 「의산문답」의 관련」, 『김기동박사 회갑기념논문집』, 1986.

金學成, 「燕巖小說의 諷刺性」, 『文理大學報』, 서울대학교, 1971.

金血祚, 「연암 박지원의 사유양상과 산문문학」, 성균관대학교 박사학위논문, 1993.

______, 「燕巖體의 成立과 正祖의 文體反正」, 『韓國漢文學硏究』 6집, 韓國漢文學硏究
　　　會, 1982.

______, 「燕巖體의 成立과 正祖의 文體反正」, 성균관대학교대학원, 1981.

김흥규, 「다산의 시의식과 시경론」, 『민족문화』 14, 고대 민족문화연구소.

閔斗基, 「熱河日記의 一硏究」, 『歷史學報』 20집, 1963.

閔丙秀, 「朴趾源文學의 硏究史的 檢討」, 『韓國學報』 15집, 1978.

______, 「朝鮮祖 前期의 文學觀」, 『冠岳語文硏究』 1집, 서울대학교, 1976.

성현경, 「열녀함양박씨전과 열녀함양박씨전 병서의 구성」, 『한국고전 산문연구』, 동화
　　　문화사, 1981.

______, 「호질연구」, 『한국고전소설연구』, 새문사, 1983.

蘇在英, 「관자허전의 가전적 성격」, 『어문논집』 23, 고려대 국어국문학과, 1982.

______, 「虎叱再論」, 『崇田語文學』, 崇田大學校 국어국문학회, 1973.

송재소, 「박제가의 문학관」, 『한국한문학 연구』 3·4 합집, 1978·1979.

송찬식, 「연암 소설의 사회적 고찰」, 『우리문화』 2집, 1968.

申基亨, 「燕巖의 實學思想―그의 漢文小說을 중심으로」, 『文耕』 4집, 중앙대학교 국문
　　　학연구회, 1957.

沈慶昊, 「朝鮮後期 古文의 形式美」, 『冠岳語文硏究』, 서울대 국문과, 1989.

오수경, 「실학정신의 시적 표현―초정 박제가의 경우」, 『雨田辛鎬烈先生 古稀紀念論
　　　叢』.

______, 「아정 이덕무의 시론과 조선풍의 성격」, 『한국한문학연구』 9·10 합집, 1987.

유봉학, 「北學思想의 形成과 그 性格」, 『韓國史論』 8집, 서울대 국사학과, 1982.

유봉학, 『18·19세기 연암일파 북학사상의 연구』, 서울대 학위논문, 1992.

李家源, 「睡餘潤筆중에 소개된 燕巖」, 『韓國漢文學硏究』 1집, 韓國漢文學硏究會, 1976.

______, 「燕巖文學과 文體波動」, 『人文科學』 10집, 연세대학교, 1963.

______, 「燕巖 朴趾源의 生涯와 思想」, 『思想界』 6권 10호, 1958.

______, 「弘齋王의 文學思想」, 『東方學志』 20, 연세대학교, 1978.

李東歡, 「朴趾源의 文學思想」, 『震檀學報』 44호, 1977.

______, 「燕巖의 思想과 小說」, 『古典文學을 찾아서』, 문학과지성사, 1976.

______, 「燕巖의 思惟樣式」, 『韓國漢文學硏究』 11집, 韓國漢文學硏究會, 1988.

李離和, 「北伐論의 思想史的 檢討」, 『창작과비평』 10권 4호, 1975.

이명진, 「청장관 시에 나타난 이미지의 문학사적 위상」, 『이화어문론집』 8, 1986.

李石來, 「朴燕巖의 諷刺作品-兩班傳과 虎叱」, 『聖心語文論集』 4집, 1977.

李佑成, 「實學派의 文學」, 『국어국문학』 16집, 국어국문학회, 1957.

______, 「虎叱의 作者와 主題」, 『창작과비평』 11호, 창작과비평사, 1968.

李源周, 「연암소설고」, 『시문학』 15호, 1966.

______, 「虎叱의 諷刺對象」, 『常山李在秀博士 還曆紀念論文集』, 1973.

李離和, 「北伐論의 思想史的 檢討」, 『창작과비평』 10권 4호, 1975.

李庭卓, 「燕巖小說에 나타난 諷刺硏究」, 『安東敎大論文集』 2집, 1969.

이종주, 「열하일기의 서술원리」, 한국학대학원, 석사학위 청구논문, 1982.

이현식, 「연암 박지원 문장의 연구」, 연세대 박사학위 논문, 1993.

林熒澤, 「16世紀 士林派의 文藝意識」, 『韓國學論集』 3집, 啓明大學校 韓國學硏究所, 1975.

______, 「朴燕巖의 友情論과 倫理意識의 方向」, 『韓國漢文學硏究』 1집, 韓國漢文學硏究會, 1976.

______, 「실학파 문학과 한문단편」, 『한국문학 연구입문』, 지식산업사, 1981.

______, 「燕巖의 認識論과 美意識」, 『韓國漢文學硏究』 11집, 韓國漢文學硏究會, 1988.

丁淳佑, 「茶山 '兒學論' 硏究」, 『茶山學報』 4집, 茶山學硏究院, 1982.

鄭良婉, 「李德懋詩의 繪畵性에 대한 一小考」, 『韓國漢文學硏究』 3·4집, 韓國漢文學

研究會, 1978 · 1979.

鄭玉子, 「正祖의 學藝思想」, 『韓國學報』 11집, 一志社, 1978.

______, 「朝鮮後期 漢文學思潮史研究」, 정신문화연구원 역사연구실 연구과제, 1981.

______, 「朝鮮後期文風과 委巷文學」, 『韓國史論』 4집, 1978.

趙 珖, 「朝鮮後期의 邊境意識」, 『白山學報』 16호, 1974.

조동일, 「조선후기 人性論과 문학사상」, 『한국문화』 11, 서울대 한국문화연구소, 1990.

최민홍, 「洪大容의 哲學」, 『韓國哲學研究』 8집, 해동철학회, 1978.

최삼룡, 「이덕무의 문학에 대한 연구」, 『인문논총』 17집, 전북대 인문과학연구소, 1987.

최신호, 「연암의 문학론에서 본 사물인식과 창작의식」, 『한국한문학 연구』, 1985.

국내저서

姜東燁, 『熱河日記研究』, 一志社, 1988.

강봉근, 『연암 소설의 인물연구』, 전북대 대학원 박사학위 청구논문, 1985.

강혜선, 『박지원 산문의 古文 변용양상』, 태학사, 1999.

金吉煥, 『韓國陽明學研究』, 一潮閣, 1982.

김명호, 『열하일기 연구』, 창작과비평사, 1990.

김상홍, 『다산 정약용문학연구』, 단국대 출판부, 1985.

김영동, 『박지원 소설연구』, 태학사, 1988.

金允植 · 김현, 『韓國文學史』, 民音社, 1973.

金泰俊, 『洪大容과 그의 時代』, 일지사, 1982.

金漢植, 『實學의 政治思想』, 일지사, 1970.

閔斗基 編, 『中國의 歷史認識』 上卷, 창작과비평사, 1985.

박기석, 『박지원 문학연구』, 삼지원, 1984.

朴鍾鴻, 『認識論理』, 朴英社, 1972.

裵宗鎬, 『韓國儒學史』, 延世大學校出版部, 1974.

서대석,『군담소설의 구조와 실상』, 이화여대출판부, 1985.

송재소,『다산 시 연구』, 창작사, 1986.

송준호,『유득공 시문학연구』, 태학사, 1985.

吳經熊,『禪學의 黃金時代』(李楠永 徐燉珏譯), 三一堂, 1978.

오상태,『박지원 소설작품의 풍자성 연구』, 형설출판사, 1988.

오춘택,『한국고소설 비평사연구』, 고려대대학원 박사학위 청구논문, 1990.

유근호 외,『조선조의 정치사상』, 평화출판사, 1980.

劉明鍾,『韓國哲學史』, 日新社, 1975.

윤기홍,『박지원과 후기 사가의 문학사상연구』, 연세대 박사학위 청구논문, 1988.

尹絲淳,『韓國儒學論究』, 玄岩社, 1980.

李家源,『燕巖小說研究』, 乙酉文化社, 1965.

______ 外,『韓國學研究入門』, 知識産業社, 1982.

李相澤・成賢慶 編,『韓國古典小說研究』, 새문사, 1983.

이우성,『한국의 역사상』, 창작과비평사, 1982.

李乙浩,『韓國改新儒學史試論』, 博英社, 1980.

李在銑,『韓國短篇小說研究』, 一潮閣, 1975.

李在秀,『韓國小說研究』, 螢雪出版社, 1973.

이정탁,『한국풍자문학연구』, 이우출판사, 1969.

林熒澤,『韓國文學史의 視角』, 創作과批評社, 1984.

張德順先生 退任紀念論叢刊行委員會編,『韓國文學史의 爭點』, 集文堂, 1986.

全相運,『韓國科學技術史』, 料學世界史, 1965.

전형대 외,『韓國 古典詩學史』, 弘盛社, 1979.

鄭玉子,『朝鮮後期 文化運動史』, 一潮閣, 1988.

趙東一,『韓國文學思想史試論』, 知識産業社, 1978.

차상원,『중국 고전문학 비평사』.

車溶柱編,『燕巖研究』, 啓明大學校出版部, 1984.

千寬宇,『韓國史의 再發見』, 일지사, 1974.

최민홍, 『한국철학사』, 성문사, 1974.

최삼룡, 『한국문학과 도교사상』, 새문사, 1990

黃浿江, 『韓國小說文學의 探究』, 一潮客, 1978.

______, 『朝鮮王朝小說研究』, 檀國大學校出版部, 1983.

______, 『韓國小說文學의 探究』, 一潮閣, 1978.

______ 外, 『韓國文學研究入門』, 知識産業社, 1982.

국외저서

『袁中郎 研究』, 袁乃珍, 대북, 학해출판사, 민국 70.

『원중랑 문학연구』, 田素蘭, 대북, 문사철출판사, 민국 71.

『晩明小品 與明季文人生活』, 대북, 大安出版社, 민국 77.

『中國美學史大綱』, 葉郎, 상해인민출판, 1985.

『古代文學理論研究論文集』, 王達津, 天津, 南開大學出版社, 1985.

『晩明小品論析』, 陳少棠, 대북, 源流出版社.

| 영문초록 |

Cognition and Literature of the Northern School

This study traces out the cognition system commonly shared by Hong, Dae-yong, Park, Jee-won, Park, Jae-ga, Lee, Duk-mu, and Yu, Deuk-gong who all belong to the Northern School. And it compares the Northern School with the short piece writers in the end of Ming and early in the Ch'ing dynasty. Then it clarifies the way how the Northern School have changed their thought and developed those into new cognition system. In the process of this study, remembering the blame that the style of the Northern School was influenced by the short pieces of Ming and Ch'ing and the fact that it became the object to be restored the style, it is to discuss those problems, mainly analyzing Park, Jee-won's and Lee, Duk-mu's prose.

In Chapter 2, the study deals with the common cognition system owned by the Northern School. The Northern School share the dark and blind cognition to the world, the child's innocent and empty cognition, the congeniality between subject and object and the cognition to reflect the object in the light of the object, and relativism of time and space. The dark and blind cognition and the child's innocent and empty cognition both basically reject the existing cognition the existing cognition system and the writing act. And they wrote the plan about six calligraphic styles of Chinese characters, and in which they attempted to examine the generative principle of writing from the basis.

The innocent cognition follows the congeniality between subject and object and the cognition to reflect the object in the light of the object. To recognize in the viewpoint of the object is to thoroughly acknowledge the existence of the object, while the congeniality between subject and object names a cognitive method establishing the situation through the subjective imagination. These two kinds of cognition closely relate to the relativism of time and space in that they establish the situation of time and space, and then get the meaning. They make it possible for the cognitive subject to establish the imaginary and fictional world in the reality, and to enlarge the point of view and to borrow the subject matter in the real world.

In the Chapter 3, the study focuses on comparing the cognition system of the Northern School with that of Chinese scholars in the end of Ming and early in Ch'ing. The child's innocent cognition for Lichih is connected with 'the emptiness', 'the space', and 'the plainness', while the blind cognition for taining shih relates to 'the nature', 'the plainness', 'the transference', and 'no possession'.

These Chinese scholars share the similar cognitive ground with Yeonam and Hyungam who not only apprehend the child's cognition as 'the naivete', 'the truth', and 'the simplicity' but insist the dark mind and 'the emptiness'.

The relativism of time and space in the Northern School which the literary truth does not exist in the imitation of the past but in the present space of current age is in union with yuan hung tao's logic. Yuan hung tao himself also persists in having the language of his own age, dicussing that 'the past is not superior to the present'. The Northern School and yuan tao both compare the writing act with the tactics, criticize the style of the past, and highly evaluate the simple language of the nursery song and the folk song.

The Northern School accept the cognition system under Ming and Ch'ing dynasty, and they change it into their independent thought system. Park, Jee-won and Park, Jae-ga unfold the plural logic, establishing the character's inner and independent viewpoint such as 'Tai kung's mind and 'Poi's mind'. And they resist the respect of Chou and the world view of China as the centre of the world, and elucidate the independence of Korea with the independent historical view.

In Chapter 4, the study concentrates on the way how the innocent and blind cognition and the plural view point from the cogeniality and the reflecting cognition appear in the prose the Northern School by the use of the paradox. Yeonam's chon reveal the absurd human act in the structure of paradox. For example, Machang chon shows the man who superficially acts like a true gentleman, but is practically striving after the fame and gain. Yukhadaedo chon expresses the man who pretends to be a hermit to rise in the world, but in the end goes to ruin. Yangban chon presents a noble man who likes to read the book, reducing the provisions, and in the end loses the ability to properly cope with the reality.

Yuduksunsang chon, Kwanmuncha chon, Bongsanhakcha chon, and Woo sang chon reflect the positive characters, while Machang chon, Yukhakdaedo chon, and Yangban chon express the negative characters different in the inside and outside. These two groups of works lie in the supplementary relation in Yeonam's thought and contribute to reform newly the criterion of the value in the society. But Minong chon and Kim Si-sun chon reveal clearly the value of the paradox itself. Yeonam's concern about Sinsun Kim, Hong-gi and Minong mirror his desire for the escape from everyday life. It helps to remedy his melancholy that results from the harsh reality and the absurd value system.

Yeolha Ilgi mirrors the world filled with the hypocrite and the double value system by the use of paradox and irony, and it serves for the curing literature. With the eye of simplicity and equality, the child and blind in Yeolha Ilgi thoroughly critize the world view of China as the centre of the world and the principle of justice in the Chronicles of Lu.

The logic of the paradox also appear in Lee, Duk-mu's works. Lee, Duk-mu's Kwanchahu chon superficially not only represents the fidelity through the symbol of bamboo but emphasizes the fact that the strong power of the bamboo comes out of the emptiness of its inside. In Gansochi chon, Lee, Duk-mu describes paradoxically that he himself is 'a fool keeping on reading the book' in the reversed world because of reading many books. His Hyenyu chon also shows the paradoxical view through the comparison of the woman who wisely copes with the cruel stepmother and the husband who puts his wife to death because of his foolish act. It is evident that Hyungam's chon as in Yeonam's works also describes the alienated characters through the use of the paradox.

Lee, Duk-mu's Imokgusimso, Songuldangnongso, Youngchumungo, and Yangyupgi all deny the existing value system., and freely discuss new thought 'transmitted through ear, eye, and mind'. Lee, Duk-mu points out that Kwakgu who became a representative of the filial son is a cruel man because he has attempted to kill his son in favor of his parents.

The Northern School including Yeonam and Hyungam became the object not only of blame for the imitation of Chinese short pieces but of being restored their style. But with the proper use of paradox, Lee, Duk-mu's works are highly valued so much as Park, Jee-won's ones, even though his works include the direct description that is inappropriate to become the prose.

At last it becomes to conclude that the logic of the Northern School contributes to get the independent individuality such as the historical view free from the theory of China as the centre of the world. But this study leaves the problem to compare the short pieces of Ming and Ch'ing and the styles of the Northern School.